왕의 딸로 태어났다고 합니다

III

왕의 딸로 태어났다고 합니다 Ⅲ

비츄 장편 소설

초판 1쇄 찍은 날 | 2016년 7월 1일
초판 7쇄 펴낸 날 | 2020년 2월 14일

지은이 | 비츄
펴낸이 | 예경원

기획 | CL프로덕션
편집책임 | 박우진
편집 | 이즈플러스

펴낸곳 | 예원북스
등록번호 | 제396-2012-000132호
등록일자 | 2012. 7. 25
WFN | 제3-003호

주소 | 경기도 고양시 일산동구 호수로 646-24 위너스21II빌딩 206A호 (우)10401
전화 | 031-819-9431 팩스 | 031-817-9432
E-mail | yewonbooks@naver.com

ISBN 979-11-5845-555-2 04810
979-11-5845-558-3 (set)

※ 이 도서의 국립중앙도서관 출판시도서목록(CIP)은 서지정보유통지원시스템 홈페이지(http://seoji.go.kr)와 국가자료공동목록시스템(http://www.nl.go.kr/kolisnet)에서 이용하실 수 있습니다.

왕의 딸로 태어났다고 합니다

III

비츄 장편소설

와이

Contents

제21장
김상희의 진짜 능력

고려의 왕 김훈상이 결정을 내렸다.

"우리는 제국의 제안을 수용하지 않는다."

당연히 그 제안을 수용할 줄 알았던 신하들은 까무러치듯 놀랐다.

"폐, 폐하!"

아니, 도대체 무슨 생각이시란 말인가. 도무지 이해할 수가 없었다. 언제나 옳은 선택만을 해왔던 왕이 갑자기 왜 저러는지 모르겠다. 이건 어려운 문제도 아니고, 답이 그냥 정해져 있는 아주아주 쉬운 문제 아니던가!

"반론은 듣지 않도록 하겠다."

반론 그딴 거 제기하면 네놈들 목부터 따주리라. 김훈상은 그렇게 말하고 싶었지만 겨우 참았다. 아니나 다를까, 신하들은 반발했다.

"하, 하지만……."

알렉스는 그런 신하들을 보며 생각했다.

'어이구, 이 답답이들아.'

상희학을 연구하면서 느끼는 건데, 이 세계의 남자들은 정말 답답하다. 있는 그대로를 보지 못한다. 물론 외교적으로, 정치적으로 살펴보자면 겉으로 보이는 게 전부가 아닐 때가 대부분이다. 어떤 나라가 어떤 행동을 하는 것은 그 이면에 무언가 의도가 숨어 있게 마련이다. 하지만 알렉스가 보기에 김훈상의 행동은 보이는 그대로다. 바로, 딸 등신.

'저 딸 등신이 딸을 남한테 주겠니?'

원래는 긴가민가했지만 요즘은 거의 확신하게 되었다. 그것을 증명할 방법이 없어서 발표하지 않을 뿐, 이미 알렉스의 마음속에서 상희학은 진리였다. 적어도 김훈상에게 있어서는 말이다.

'내가 김상희 공주님 아버지라도 다른 사람 주긴 싫겠다.'

김상희에게는 뭔가 특별한 것이 있었으니까.

예상치 못한 왕의 반응에 신하들은 굉장히 황당해했다. 이건 보기에도 안 좋다. 제국의 제안을 고려가 무시한 셈이 되니까.

'도대체 어쩌시려고…….'

고려가 약한 나라는 아니지만 그렇다고 제국보다 강한 건 아니지 않은가. 고려 역시 제국의 눈치를 살필 수밖에 없는 나라다. 괜히 첫째 왕자가 볼모로 잡혀 있는 게 아니다. 신하들이 황당해하는 것 이상으로 제국의 황제도 황당해했다.

"우리 제안을 거부했다고?"

"예, 이해할 수 없지만 그렇습니다."

"설마 김훈상이 그 딸을 정말로 사랑하기라도 한다는 거냐?"

제국 정보국장 김국현은 당혹스러운 얼굴로 답했다.

"현재로서는 그것 외에는 설명할 길이 없습니다."

뭔가 다른 것이 분명히 있을 텐데, 도무지 모르겠다. 아무리 파악하려고 애써도 아무것도 보이지 않았다. 딸을 사랑한다? 그것도 일국의 왕이? 그건 그냥 개소리다. 그러니까 숨겨진 이면에 뭔가 다른 것이 분명 있는데, 그것을 꿰뚫어볼 수가 없다.

'제기랄! 된통 깨지겠어.'

하지만 걱정과 달리 그는 문책당하지 않았다. 도리어 황제는 정말로 이상한 말을 했다. 이 세계의 상식과는 완전히 다른 얘기였다.

"김훈상이 김상희를 정말로 사랑하고 아낀다는 것을 전제로, 아니, 전제가 아니라 이젠 그렇다는 확신을 가지고 움직여라."

"……."

김국현은 자신의 귀를 의심해야 했다. 황제는 불과 며칠 전에 딸인 프리지아—그냥 여자도 아니고 마력을 가진 여자다—를 비밀 감옥에 집어넣지 않았던가. 그런 사람의 입에서 '딸을 사랑하는 것을 확신하고 움직이라는' 말이 나오다니, 믿을 수 없었다.

"……알겠습니다."

황제는 김국현을 내보내고 나서 생각에 빠졌다.

'김훈상, 너는 김상희의 가치를 아는 거냐?'

그도 아니면 정말 만에 하나의 가능성이지만…….

'정말로 김상희를 사랑하는 거냐?'

알 수 없었다. 다만 제국에는 김상희가 꼭 필요했다. 김상희는 지금 당장 전쟁을 일으켜서라도 빼앗고 싶을 만큼 탐나는 물건이었다.

'아직 전쟁은 아니야.'

물론 지금 당장은 아니다. 3년 내로 어떠한 변화가 있을 거다. 그때는 그냥 탐나는 물건이 아니라 반드시 가져야만 하는 물건이 된다.

'우리가 원하는 대로의 변화가 일어난다면…….'

그땐 정말 전쟁을 불사하고서라도 김상희를 얻어야 했다. 황제는 흠 하고 한숨을 내쉬었다.

"이 방법은 물 건너갔고……."

다른 방법을 강구하기로 했다. 이제 곧 마력학원의 2차 승급 시험이 있게 된다. 그때 손을 쓰기로 했다.

다음 날, 정보국장 김국현이 황제의 밀실을 찾았다. 황제가 명령을 내렸다. 김국현은 깜짝 놀라며 황제를 올려다보았다.

"하지만……."

"괜찮아. 이번 프로젝트는 수석 교관 빌헬름에게 맡겨라."

그 말의 뜻은 어렵지 않았다. 이번 일의 책임을 최근 부임한 제국 마력학원의 수석 교관 빌헬름에게 떠넘기라는 것이다.

김국현은 머릿속이 조금 복잡해졌다.

'빌헬름…….'

빌헬름과 아주 친하다고 볼 수는 없지만 개인적인 교류는 있다. 황제의 명령을 따른다면 빌헬름은 최소 파면, 어쩌면 징역을 살게 될 수도 있다. 아마도 그럴 거다.

김국현은 고개를 끄덕였다. 빌헬름에게는 미안한 일이지만 그는 제국의 신하다. 황제의 명령은 무조건적이며 반드시 따라야만 한다.

"알겠습니다."

제국 마력학원의 승급 시험은 1년에 세 번 이루어진다. 암호해독 및 고어 해석 클래스도 마찬가지다.

"2차 승급 시험 얘기 들었어?"

"응. 조금 색다른 방식으로 치러진다던데."

보통 승급 시험은 교실에 앉아서 풀이를 하는 형식으로 이루어진다. 그런데 이번에는 조금 달랐다.

"보고서 제출이라니……."

원래 마력학원의 정책은 수석 교관이나 차석 교관의 재량에 따라 조금씩 달라지기도 한다. 가끔 승급 시험을 리포트 제출로 대체하는 경우도 있었는데 이번이 그랬다.

"우리에게 좋은 걸까, 나쁜 걸까?"

어차피 성적만 잘 나오면 어떻게 시험을 봐도 상관없다. 오히려 외부로 견학을 나가야 하기 때문에 갑갑한 시험보다는 나을 수도 있다.

"두 군데 중 한 곳을 선택하라던데."

고대 유적지를 탐사하고 그에 관한 리포트를 제출해야만 했다. 김형석은 교실에 들어와 주위를 한번 둘러봤다. 김형석은 그날, 김상희가 1차 각성을 이룬 그날 이후로 무려 이틀 동안이나 기절해 있었다. 참고로 김환성은 30분 만에 깨어났다.

사실 공주 때문에 왕자가 기절했다는 건 엄청나게 큰일이다. 원래대로라면 김상희는 엄벌에 처해져야 맞았다. 그러나 기절한 당사자인 김형석도, 김환성도 김상희를 처벌할 생각을 하지 않았다. 더욱 황당한 건 김훈상이었다.

괜찮으냐?

김훈상은 김상희가 쓰러졌다는 보고를 듣자마자 바로 자필 편지를 써서 보냈으니까. 그것이 황제와 왕을 잇는 비밀 편지라고 알고 있는 김유신이 저 네 글자의 정체를 안다면 정말 까무러칠 거다. 또 참고로 말하자면 공주 따위에게 편지를 전해 주기 위해 스페셜 나이트의 대대장이 은밀하게 움직인다는 건 상식적으로 절대 불가능한 일이다.

어쨌든 김형석은 주위를 한번 둘러봤다. 중간쯤에 앉아 있는 김상희가 보였다. 상희를 보니 마음이 놓였다. 상희를 보고 있으면 뭐랄까, 물가에 애를 내보내 놓은 느낌이랄까? 상희와 눈이 마주치자 김형석은 살짝 윙크를 해줬다.

김상희는 김형석을 좋아한다. 좋아하긴 하는데 저건 좀 부담스럽다. 까딱 잘못하면 학생들에게 미움을 받을 수 있다.

'애정 표현은 좋은데, 자제 좀 시켜야겠어.'

감히 공주 따위가? 그런 질문은 이제 필요 없을 때가 됐다. 김상희는 이제 자신감이 많이 붙었다. 물론 아슬아슬한 줄타기를 하는 건 맞지만 예전과 달리 이젠 허리에 안전벨트를 하나 정도는 매고 있는 느낌이랄까?

김형석이 학생들을 둘러보며 말했다.

"모두들 이번 2차 승급 시험에 대해서 들었을 겁니다."

음, 그렇단 말이지.

우리 잘생긴 형석이의 말을 듣고 나는 이번 승급 시험에 대해서 자세히 알 수 있었다. 리포트 제출, 대학교 다닐 때 많이 해봤다. 오히려 이런 건 자신이 있는 편이다. 마력학원과 비교적 가까운 고대 유적 두 군데 중 한 군데를 골라서 답사를 해야만 했다.

"먼저 자율적으로 장소를 한번 골라볼까요?"

한 곳은 '골렘 피라미드'이고, 또 한 곳은 '태양의 무덤'이다. 비록 방향은 정반대편이긴 하지만, 3일 정도면 갔다 올 수 있을 정도의 비교적 가까운 거리였다.

크리스가 내게 가까이 다가왔다.

"상희 넌 어디로 가고 싶어?"

"소녀는……."

"잘 모르겠으면 그냥 나 따라와."

내게 선택권이 있을 리가 없다. 자, 3일 만에 다녀올 수 있다는 건 남자들 기준이다. 나 혼자 간다면 아마 일주일은 넘게 걸릴 거다. 일주일이 뭐야, 아마 수십 일은 걸리겠지. 생각해 보라. 자동차를 타고 3일 동안 가야 하는 거리. 그걸 나 혼자 간다면 걸어가야 한다. 참고로 말하자면 서울에서 부산까지도 차 타고 4시간이면 간다. 그럼 이제 어느 정도 거리인지 감이 오지? 3일이면 72시간이고, 서울에서 부산까지 차 타고 가는 거리의 무려 13배다. 그걸 걸어가라고? 절대 못 간다.

나는 방긋 웃었다.

"크리스 학우님께서 저를 신경 써주시다니, 저는 정말 행복하답니다."

크리스가 어깨를 으쓱했다.

"우린 골렘 피라미드로 가자."

정말 황당한 일은 거기서부터 벌어졌다. 우리 클래스의 반 아이들 중 이름만 겨우 아는 정도인 홍경식이란 아이가 있다. 그 아이가 손을 번쩍 들었다.

“저는 골렘 피라미드로 가겠습니다.”

이상했다.

“저도 골렘 피라미드로 결정했습니다.”

아니, 얘네가 왜 이러지?

“저도 골렘 피라미드로 가겠습니다.”

아이들이 모두 골렘 피라미드로 가겠다고 하자 우리 형석이가 가볍게 웃었다.

“골렘 피라미드가 압도적으로 높군요. 혹시 여러분이 이곳을 선택한 것은 김상희 학우가 골렘 피라미드를 선택했기 때문인가요?”

“교관님, 그건 어불성설입니다.”

“그럴 리 없습니다.”

“저희는 그런 멍청한 마음가짐 따위는 가지고 있지 않습니다.”

아이들은 마치 들키고 싶지 않은 치부를 들킨 어린아이들처럼 모두가 발끈했다. 골렘 피라미드로 가겠다는 학생이 무려 80퍼센트를 넘었다. 겨우 20퍼센트의 학생들만이 태양의 무덤을 선택했다.

아니, 그래도 이건 말이 안 되잖아. 얘네가 평소에 나를 얼마나 무시하는데. 얼마나 무시하느냐 하면 나랑은 거의 말도 안 하고 인사도 잘 안 한다. 나와 눈이라도 마주칠 때면 기분 나쁘다는 듯 고개를 돌려 버리기 일쑤다. 그런 애들인데 나 때문에 골렘 피라미드를 선택한다니, 말도 안 되는 소리다.

‘역시 우리 형석이, 단속 좀 시켜야겠어.’

날 챙겨주고 예뻐해 주는 건 좋은데 아무래도 따끔하게(?) 한 소리 좀 해줘야겠다.

저녁 식사 자리에서 김형석이 말했다.

"오빠는 교관이야."

김상희는 고개를 갸웃했다. 당연한 걸 왜 갑자기 말하고 있는지 모르겠다.

"앞에서 수업을 하고 있으면 다 보여."

그니까 뭐가요?

"몇몇 아이가 자꾸만 널 힐끗힐끗 훔쳐보더라. 몰랐니?"

"……."

김상희는 눈치가 빠른 편이다. 이 세계에서 15년을 살아왔다. 하지만 그 눈치는 '생존'에 특화된 눈치다.

"오, 오라버니 눈에만 그렇게 보이는 것 아닐까요?"

그럴 것 같다는 생각이 들었다. '아이들이 날 왜 쳐다보겠어? 재수 없어서 쳐다보겠지' 하고 김상희는 생각했지만 또 김형석의 말이 맞을 수도 있겠다는 생각이 들었다. 김상희는 이곳에서 15년간을 살아오면서 스스로의 생각보다 더 많이 끼를 부렸다. 그런 것에 면역이 없는 학생들은 알게 모르게 김상희의 매력(?)에 빠져 들어간 거다.

김형석이 가볍게 웃으면서 말했다.

"아냐. 내 동생 간수 좀 잘해야겠어. 외간 남자들한테 끼 좀 그만 부리고. 오빠 질투할지도 몰라."

아니, 그건 끼가 아니고 살아남기 위한 생존 방식인데요. 슬프지만…… 진짠데요. 김상희는 말하고 싶었다. 아니, 고맙긴 고마운데…… 나 왜 슬프지? 엉엉.

알렉스는 왕을 찾았다. 김훈상이 알렉스를 힐끗 쳐다보며 말했다.

"서영에게 가야 한다."

그 말인즉, 나는 불타는 밤을 보내야겠으니 빨리 할 말만 하고 사라지라는 뜻이다. 상희학을 공부하니 이렇게 응용도 됐다. 알렉스는 그 말을 정확하게 알아들었다.

"상희 공주님 클래스가 이번에 답사를 간다고 합니다."

"아, 들었다."

"뭔가 이상하지 않습니까? 제삼자의 입장에서 살펴보자면 제국은 우리 고려에게 무시를 당했습니다. 그럼에도 불구하고 그 어떠한 반응도 보이고 있지 않습니다."

"……시일이 조금 걸리는 것뿐이겠지."

사실 김훈상도 할 말은 없었다. 아버지로서의 선택을 했지만, 왕으로서의 그의 선택은 틀렸다. 반박할 가치도 없다. 그도 그걸 안다. 그래서 신하들 앞에서 떳떳할 수만은 없었다.

"그리고 답사를 보낸답니다."

"원래 마력학원의 시험은 교관의 재량 아니었나?"

"그렇기는 하지만 시기가 너무 공교롭습니다."

물론 알렉스도 그 자체를 이상하다고 생각하지는 않는다. 아주 조금, 뒷공작이 있지는 않을까 우려하고 있을 뿐이다.

알렉스가 말을 이었다.

"어떤 음모가 있다면 아주 작은 가능성도 놓칠 수는 없는 법입니다."

지구식으로 예를 들어보자면 앰뷸런스를 들 수 있겠다. 앰뷸런스가 사이렌을 울리면서 달리면 사람들은 그 앰뷸런스를 위해 길을 터주는 것이 당연하다고 생각한다. 그 앰뷸런스 안에 응급 환자가 있는지 없는지 그건 알 수 없다. 거짓말로 사이렌을 울리고 있는 것일 수도 있으니까. 하지만 그래도 비켜줘야 한다고 생각한다. 만약에라도 응급 환자가 타고 있을 수 있으니까 말이다. 같은 맥락이다.

"네 말은 김상희에게 어떤 위해가 가해질 수도 있다는 뜻인가?"

사실 그럴 가능성은 거의 없다고 봐도 된다. 아주 작은 가능성, 혹시 모를 우려 때문에 알렉스가 왕을 찾은 거다.

알렉스가 회심의 한마디를 던졌다.

"폐하께선 김상희 공주를 사랑하고 계시지 않으십니까?"

"……."

김훈상은 아무런 말도 하지 않았다. '그깟 계집년 따위 알 바 아니다'라고 왕답게, 남자답게 말하고 싶었는데 그게 안 됐다.

알렉스가 대놓고 말했다.

"그만 슬슬 인정하시죠. 저는 폐하를 정신병으로 몰거나 하지 않습니다. 상희학을 공부하고 있는 입장에서 폐하의 반응과 생각은 지극히 정상적이니까요."

"상희학이 무엇이냐?"

알렉스가 미소를 지었다. 됐다! 물었다! 와라, 실험 샘플! 아니지, 실험 샘플 폐하.

'폐하가 관심을 보이시면 든든한 우군이 한 명 생기는 거지.'

뿐만 아니라 적어도 돌 맞고 죽을 거 지켜주실 수는 있지 않겠는가.

한편 김훈상은 생각했다.

'알렉스는 내 마음을 알아주는 것인가?'

왕은 언제나 고독한 법이다. 모든 사람 위에 군림해야만 하니까. 속마음을 터놓고 얘기할 수 있는 상대도 없다. 절대자의 자리가 원래 그렇다. 기껏 얘기해 봐야 강서영에게 속마음을 살짝 털어놓는 것 정도다. 그런 의미에서 알렉스는 참다운 신하가 아닐 수 없었다.

'알렉스, 너만은 내 마음을 알아주는구나.'

사실 별거 아닌데, 김훈상은 고마움을 느꼈다. 김훈상도 사람이다. 오히려 왕이라서 더 외로운 사람이다.

알렉스는 속으로 기뻐했다.

'실험 샘플! 실험 샘플! 실험 샘플!'

상희학을 공부하니 왕의 총애가 뒤따라 왔다는 것을 미처 인지하지는 못했지만, 알렉스는 그저 기쁘기만 했다.

나는 언제나 그렇듯 '고마워' 이 한 마디를 길게 늘여서 표현했다.

"고맙습니다, 홍경식 학우님. 저는 정말 큰 은혜를 지고 말았어요. 학우님의 손이 이토록 따뜻하고 넓은지 저는 오늘에서야 겨우 깨달을 수 있었답니다."

아, 이건 내가 아냐. 손이 따뜻하긴 뭘 따뜻해. 깨닫긴 뭘 깨달아. 그런 거 아니다. 어쨌든 내가 넘어질 뻔했고 그걸 잘 잡아줬으니까. 고마운 건 분명 고마운 거다. 다만 '고마워' 이 한 마디를 저토록 늘여서 표현한다는 게 마음에 들지 않을 뿐.

'이젠 뭐 생각 안 해도 그냥 술 나오네.'

더 마음에 안 드는 건 저런 멘트가 뇌를 거치지 않고 그냥 입 밖으로 술술 나온다는 거랄까? 힐끗 옆을 보니 어느새 크리스가 다가와 나를 보며 웃고 있었다.

"상희 너, 다치진 않았어?"

이봐, 크리스야. 내가 아무리 마력이 없는 계집이라지만 넘어진 것도 아니고 겨우 넘어질 뻔한 걸로 어떻게 되거나 하지는 않는단다. 그래도 너는 여자에 대한 개념이 조금 있잖니. 너 왜 이러니 나한테?

그런데 확실히 달라진 게 있는 것 같다. 과거에 내가 이렇게 넘어질 뻔했으면 여기저기서 혀를 차는 소리가 들렸을 거다. 이를테면 '쯧쯧, 계집이 저렇지 뭐' 이런 식으로 말이다. 하지만 지금은 아니었다.

'확실히 조금씩이지만 변하고 있어.'

적어도 계집년이라는 욕도 안 들려왔고 심지어는 크리스가 아닌 다른 남자가 날 붙잡아주기까지 했다.

'객관적으로 생각해 보자.'

사람은 주관을 가진 생물이다. 나 역시 주관적일 수밖에 없다. 좀 더 객관적으로 생각해 보기로 했다.

'진짜 충격적인 거네.'

익숙해져서 몰랐는데 한 발자국만 떨어져서 생각해 보면 정말 충격적인 거다. 남자가 여자를 잡아주다니! 오히려 감히 내 앞에서 자빠지냐고 궁둥이를 퍽 차버리지 않으면 다행인 남자가, 여자를 잡아주다니. 아마 시녀들이 보면 놀라 까무러치지 않을까 싶다.

우리는 골렘 피라미드에 도착했다. 골렘, 현재는 존재하지 않는, 기록상에만 존재하는 고대 유물이다. 아, 정확하게 말하자면 기록상에만 존재하지는 않는다. 지금 우리 눈앞에 보이는 저 엄청난 크기의 피라미드가 사실은 골렘이라나 뭐라나. 골렘이 뭐냐고? 음, 쉽게 얘기하자면 로봇 같은 거라고 보면 된다. 고대 기록에 의하면 마력을 원동력으로 삼아 움직이며 전쟁 시에 사용된 마도 병기란다. 하지만 이따금씩 조종에 실패하여 폭주하는 골렘이 생겨나게 됐고 그 위험성 때문에 폐기되었다고 한다.

'뭐, 어쨌거나 저게 만약 정말 살아 움직이는 골렘이라면…….'

그렇다면 정말 엄청나지 않을까 싶다. 김상희는 이 엄청난 크기의 피라미드에 놀라야만 했다. 목을 한없이 위로 꺾어 올려다보아도 꼭대기가 보이지 않을 정도. 한국에서 봤던 63빌딩보다도 더 높아 보였으니 말 다했다.

입구에는 표지판 하나가 붙어 있었다.

'음?'

그런데 뭔가 이상했다.

'해석이…… 이상하게 되어 있는데?'

혹시 모른다. 내 눈이 이상한 걸지도. 하지만 내 눈에 보이는 한글과 해석을 해 놓은 표지판 내용은 조금 달랐다.

'이게 어떻게 된 거지?'

예전에 시험을 봤을 때도 그랬다. 1차 승급 시험 때, 나는 모든 답을 정확하게 썼다고 생각했다. 초등학교 수준의 한글이었으니까 어렵지 않았다.

'혹시 그때…….'

한 가지 가능성이 떠올랐다. '에이, 설마. 그럴 리는 없겠지……' 하고 생각은 해도 여전히 이상했다. 설마 교관이 틀렸고 내가 맞은 건가? 어쩌면 그럴 수도 있잖아.

'내 능력이 완벽하지 않은 걸 수도 있어.'

일단 입을 다물었다. 아까 나를 잡아준 홍경식이 내게 가까이 다가왔다.

"김상희, 이건 어떻게 해석해서 이렇게 나온 거야?"

솔직히 나는 또 놀랄 수밖에 없었다. 아니, 남자가 나한테 질문을 해? 자존심도 없나? 크리스라면 모를까, 도대체 어떻게 다른 남자애가 나한테 질문을 할 수가 있지? 그때, 크리스가 대신 대답했다.

"여기서부턴 우리 모두가 경쟁자야. 그런 건 알아서 해석하라고…… 라고는 하지만 내가 알려줄게. 잘 봐. 여기선 유포푸루토스의 정리를 사용하는 거야. 저번에 배운 기억 있지?"

나는 잘 알아듣지도 못할 외계어로 크리스는 고어 해석을 하는 법을 설명해 줬다.

'혹시…… 내가 저런 방식으로 해석하지 못할 걸 알고 일부러 끼어든 걸까?'

에이, 그건 아닐 거다. 그냥 나를 도와주고 싶은 거겠지.

스페셜 나이트 강준석은 오늘도 혼란스럽다.

'하마터면 은신이 풀릴 뻔했다.'

김상희가 넘어질 뻔했을 때 그랬다. 은신을 풀고 달려가 잡아줄 뻔했다.

'내가 도대체 왜 이러지?'

딸기랑 바나나 때문은 절대 아니다. 비록 접시는 깨끗하게 비웠지만 그는 딸기 안 좋아한다.

'왜 잡아주고 싶었던 거지?'

이유를 알 수 없었다.

'나는 왜 김상희 공주가 넘어지는 게 싫지?'

혼란이 혼란을 불러왔다. 스스로를 도무지 이해할 수가 없었다. 점점 나락으로 빠져드는 기분이다. 그리고 더욱 혼란스러운 건 자신의 심리상태다.

'나는 왜 저 자식이 김상희 공주에게 자꾸 집적대는 게 싫지?'

아니, 이런 생각이 드는 것 자체가 우스운 거 아니겠는가. 원래 계집은 남자가 말을 걸어주는 것만으로도 황송해야 한다. 그게 맞는 거다. 그런데 왜? 어째서 기분이 이렇게 별로란 말인가.

'좀 멀리 떨어져라, 이 자식아.'

괜스레 짜증이 났다. 골렘 피라미드에 도착했다. 그도 예전에 한 번 왔던 곳이다.

'여전히 엄청난 규모군.'

뭐, 저 홍경식이란 놈이 마음에 안 드는 것만 빼면. 아니, 솔직히 말하자면 이곳 남자 놈들이 전부 마음에 안 든다는 것만 빼면 그다지 어려움 같은 건 없었다. 어차피 이곳은 일반인들에게도 개방되어 있는 일반 고대 유적지다. 참고로 설명하자면 일반인들에게는 공개가 되지 않는 특수 고대 유적지들도 있다. 어쨌거나 일반 고대 유적지는 딱히 위험하거나 특별한 구석이 없는 곳이다.

'별일은 없겠지.'

피라미드 내에 들어가기 전까지는 그렇게 생각했다. 하지만 그 생각은 오래가지 못했다.

'도대체 이건……!'

강준석은 김상희에게 더욱 가까이 붙었다. 주위가 어두웠다. 뭔가, 함정에 빠진 것 같다.

'아니, 함정은 아니야.'

함정이라고 보기엔 인위적인 느낌이 너무 없었다.

'이건 던전에 가깝다.'

왜 갑자기 특수 고대 유적지도 아니고 일반 고대 유적지에 던전이 생성되었는지는 알 수 없었다. 애초에 던전이라는 것 자체가 흔하지 않은 거다. 그도 경험해 본 적이 겨우 딱 한 번 있었을 뿐이다.

"이, 이거 뭐야?"

"왜 이래?"

"무슨 일이야!"

당연한 말이지만 학생들은 패닉 상태에 빠져들었다. 피라미드 안으로 들어와서 얼마간 걷다 보니 별안간 이상한 기분이 들었다. 주위를 둘러보니 어두웠다. 피라미드가 아닌 동굴 속인 것 같았다. 언제, 왜 이런 곳으로 들어오게 됐는지는 아무도 몰랐다.

크리스가 중얼거렸다.

"던전……."

강준석이 그 말을 듣고 크리스를 쳐다봤다.

'저놈은 학생답지가 않단 말이야.'

던전이라는 걸 알다니, 묘한 놈이다. 일반인들은 던전에 대해서 잘 모른다. 던전이란 건 무작위로, 아무 데나 규칙 없이 생기는 특수한 공간을 뜻한다. 던전마다 다르기는 한데, 이 던전이 요구하는 어떤 조건을 클리어하게 되면 밖으로 나갈 수 있다. 게다가 막대한 보상도 따른다.

'대부분의 경우는 던전 내의 괴물을 처리하는 거지.'

그 결과로 상당히 커다란 보상이 따르게 된다.

'문제는 너무 위험하다는 건데…….'

과거 스페셜 나이트 대대원 12명과 일반 나이트 30명이 힘을 합쳐서 던전을 클리어했던 경험이 있다. 그래도 부상자 9명과 사망자 3명이 나왔다. 던전마다 난이도는 다르겠지만 하여튼 던전이라는 건 굉장히 위험한 거다.

'상황이 안 좋다.'

던전 내에 들어서면 일단 외부와의 연락은 차단된다. 핸드폰도 소용없다.

'어떻게 해야 하지?'

이 조무래기들을 데리고 던전을 클리어할 수는 없는 노릇이다. 머리가 아파왔다. 이주형은 자신도 의식하지 못한 순간 결심했다.

'김상희 공주는 지켜야 해.'

이유는 알 수 없었다. 지켜주고 싶었다.

그때 김상희는 울고 싶었다. 애초에 외딴 산길에 혼자 버려져도 무서운 게 사람이다. 김상희는 이 세계에서 잘 살아남기는 했지만 그렇다고 해서 용기 넘치는 소녀라고 보기에는 힘들었다. 솔직히 말해 무서웠다.

'뭔가…… 일이 이상하게 흘러가는 것 같은 느낌이 들어.'

이 세계에는 자신이 알지 못하는 것이 아주 많다는 기분이 들었다. 아까 표지판도 그랬다.

세상을 가지고 싶다면 골렘을 얻으라.

원래는 이렇게 해석이 되어야 맞았다.

골렘을 가지면 세상을 얻을 것이다.

그런데 해석은 이렇게 되어 있었다. 순서가 바뀌었다. 비슷해 보이지만 내용은 완전히 다르다. 이런 구절도 있었다.

성녀의 은총이 내릴 때 골렘이 깨어나리니.

이 부분은 해석이 불가하다고 되어 있었다. 사실상 학생들도 그렇고 다른 사람들도 그렇고 그런 해석, 별로 중요하게 생각하지 않았다. 고대의 기록이라는 건 워낙 뜬구름 잡는 소리도 많고 전설 속에서나 있을 법한 얘기가 많아서, 전래 동화처럼 여겨지는 경우가 많았으니까.

크리스가 말했다.

"도와주셔야겠는데요?"

마치 스페셜 나이트의 은신을 알고 있기라도 하듯 말이다. 크리스가 다시 말했다.

"김상희 공주 주변 어딘가에 은신하고 계신 거 알아요. 저 여기서 죽고 싶지 않거든요."

그때, 키긱! 키긱! 이상한 울음소리가 들려오기 시작했다. 강준석이 결국 모습을 드러냈다. 은신을 유지한 채 싸우는 것과 그냥 싸우는 것은 완전히 다르다. 당연히 전자가 훨씬 힘들다. 강준석은 김상희의 손목을 잡아끌며 괜히 퉁명스럽게 말했다.

“공주님은 내 뒤에 있어요.”

하마터면 다정하게 말했다가 스페셜 나이트로서 창피할 뻔했다. 어떻게 공주를 뒤로 숨기면서 다정하게 말할 수 있겠는가. 이 무슨 창피란 말인가!

‘나는 긍지 높은 스페셜 나이트다!’

스페셜 나이트로서 있을 수 없는 일인데, 자꾸만 몸이 이상하게 움직여서 혼란스럽다.

키긱! 키긱!

이상한 울음소리가 점점 다가왔다.

크리스는 여전히 웃고 있었다.

“너희도 정신 똑바로 차려.”

처음에는 많이 당황했는데 아이들도 정신을 차리기 시작했다. 그들 역시 각국의 수재만 모인 제국 마력학원의 학생들이다. 마력을 끌어올리기 시작했다.

크리스가 작게 말을 이었다.

“우리 상희는 지켜도 너희는 지켜줄 자신이 없거든.”

크리스와 강준석이 동시에 검을 빼 들었다.

키긱! 키긱!

기분 나쁜 울음소리의 정체는 바로 ‘고블린’이었다. 약 120㎝의 작은 키, 초록색 피부, 길게 찢어진 눈과 긴 귀가 특징인 이 괴물은 근력 자체는 그렇게 강하지 않으나 상당히 재빠르며 날카로운 무기-뾰

족하게 깎은 나무칼이나 죽창 같은-를 사용하는 것이 특징이었다. 물론 여기서 근력이 약하다는 말은 남자에 비해서 약하다는 뜻이다.

김상희는 몸이 떨려왔다.

'세상에…… 저게 몇 마리야…….'

만약 크기가 약 30㎝쯤 되는 바퀴벌레가 있다면 기겁하는 게 정상이다. 그런데 고블린은 30㎝도 아니고 무려 1미터가 넘는 괴물. 이빨은 날카로웠으며 고약한 악취가 풍겨왔다. 녹색 침을 질질 흘리고 있는 게 굉장히 혐오스러웠다.

크리스가 가장 먼저 움직였다.

키긱!

고블린의 머리 하나가 허공에 떴다. 크리스가 일검에 고블린의 목을 날려 버렸다. 클래스의 학원생들 중 한 명이 신음성을 내뱉었다.

"커, 컥!"

각국의 수재가 모였다고는 하지만 괴물과의 실전은 처음이다. 일반적인 곳, 그러니까 던전이 아닌 세상에선 괴물을 보기가 힘들다. 각국의 나이트들이 주기적으로 괴물들을 토벌하기 때문이다. 수재들이라고 해서 싸움 경험이 많은 건 절대 아니다. 오히려 온실 속의 화초처럼 컸다. 수재이기 때문에 보호받으면서 말이다.

하지만 크리스만큼은 달랐다. 스페셜 나이트 강준석의 눈으로 보면 그랬다.

'저 자식, 도대체 정체가 뭐지?'

크리스, 처음에는 별생각 없었다. 그러다가 나중에는 조금씩 눈에 띄기 시작했다. 김상희에게 이상할 정도로 많은 관심을 가지고 있었고 김상희에게 잘해 줬다. 그게 조금 마음에 안 들었다. 왜 마음에 안

드는지는 스스로도 몰랐지만 하여튼 그게 별로였다. 그래서 조금씩 눈에 들어왔다. 그는 자신은 의식하고 있지 못했지만 이렇게 생각하고 말았다.

'우리 상희 공주님에게 다가가리라 예상되는 놈들을 가장 먼저 효과적으로 처리하고 있어.'

이게 우연일까, 실력일까? 스페셜 나이트 강준석은 고민해야만 했다. 사실상 고블린이 그렇게 강한 몬스터라고 보기에는 어려웠다. 지금 이 학생들의 실력으로도 충분히 처치가 가능했다. 하지만 그러려면 조건이 하나 붙는다.

'학생들은 실전 경험이 없을 텐데.'

지식을 머리로 아는 것과 실제로 행하는 것에는 큰 차이가 있다. 전투 역시 마찬가지다. 심지어 이들은 전투 특화 클래스도 아니고 암호해독 및 고어 해석 클래스다. 실전 경험이 있을 리가 없다.

강준석이 검을 휘둘렀다.

'우연…… 인가?'

방금 한 마리가 김상희 공주에게 접근할 거라 예상되어 죽여 버렸다. 학생들의 걱정과는 달리 강준석은 여유 있었다. 이런 고블린들 따위 수백, 수천 마리가 몰려와도 두렵지 않다. 그는 고려의 스페셜 나이트니까. 그는 고블린보다도 크리스가 더 신경 쓰였다.

'수많은 실전 경험을 거친 것 같은데.'

고수는 고수를 알아보는 법이다. 크리스의 동작은 화려하지도 눈에 띄지도 않았지만 신속하고 정확했다. 딱 필요한 만큼만 움직였다. 저건 어지간한 실전 경험이 없으면 절대 안 되는 일이다.

검을 휘둘렀다. 고블린 한 마리가 강준석의 검에 의해 목숨을 잃었다.

'아니, 근데 난 왜 짜증이 나지?'

딴 건 모르겠는데 고블린 저놈들이 김상희 공주를 향해 침을 질질 흘리며 달려오는 꼴이 아주 꼴 보기 싫어 죽겠다. 아까부터 계속 이상한데 이 불쾌함의 근원을 도무지 알 수가 없었다.

'어디서 감히 눈독을 들여, 이 잡놈들이!'

또 검을 휘둘렀다.

'최소한으로 움직이려고 했는데.'

스페셜 나이트는 고려 왕국의 자산이다. 그리고 이들은 비록 아직 학생이지만, 그래도 타국의 엘리트들이다. 이들에게 스페셜 나이트의 모습을 보이는 건 그리 바람직한 일은 아니다. 그래서 일부러 조금만 움직이려고 했는데 고블린들이 김상희에게 달라붙으려 하는 걸 보자 짜증이 치밀었다.

김상희 공주가 짧은 치맛자락을 꽉 붙잡는 게 보였다. 안색이 핼쑥하게 질린 것이 어지간히도 무서운가 보다. 원래대로라면 '계집 따위가 그럼 그렇지, 남자에게 도움이나 받을 줄 아는 하등한 생물체 같으니라고' 하고 생각했을지도 모른다. 하지만 지금은 아니었다.

'아니, 내가 있는데 왜 저렇게 무서워해?'

조금 자존심이 상했다.

'아니, 뭐, 이주형 나이트만 듬직하고 나는 안 듬직해?'

사실 그런 거랑 상관없이 김상희는 무섭다. 애초에 사자나 호랑이쯤 되는 동물만 앞에 있어도 무서운 게 사람 아니겠는가. 그런데 그런 동물도 아니고 괴물이 앞에 있으니 무서울 수밖에. 마력이 있는 남자들도 몸을 떠는 마당에 김상희가 무서워하는 건 당연한 거다. 김상희가 핼쑥하게 질려서 말했다.

"가, 강준석 나이트님, 조, 조심하셔요. 아주 무서운 괴물인 것 같아요."

그 말에 강준석, 제대로 자극받았다. 자존심이 팍 상했다.

'에이씨, 모르겠다. 일단 쓸어버리고 보자.'

나는 고블린을 봤다. 고블린, 솔직히 무섭다. 책으로만 봤던 걸 실제로 봤으니까. 안 무섭다면 거짓말이지만 사실 그렇게까지 두렵진 않았다. 내 옆엔 스페셜 나이트 강준석 씨가 있으니까. 책에서 본 적이 있다. 괴물의 등급은 A, B, C, D 4가지로 나누어지게 된다고 했다. 여기서의 등급은 '사람의 힘'으로 척살이 가능하다는 것을 의미한다. 참고로 샤벨 드래곤 같은 괴물은 등급 외 몬스터라고 부른다. 일반적인 몬스터 말고도 마의 대륙이라 불리는 아탄티아 내에는 등급을 지정할 수 없는 이상한 괴물도 많다고는 하지만, 어쨌거나 고블린의 등급은 D.

'스페셜 나이트 한 명이 있으면 고블린 1,000마리가 있어도 문제되지 않는다고 했어.'

대충 그 정도는 안다. 그래서 사실 크게 두렵지는 않았다. 15년간 언제나 생명을 위협받으면서 살아왔다. 요즘이야 조금 긴장의 끈이 풀어지기는 했지만 그래도 15년간 커진 건 담밖에 없는 것 같다. 아, 슬퍼. 좋은 거 같긴 한데 뭔가 슬퍼.

'열심히 나서는 것 같지는 않네.'

이해는 된다. 스페셜 나이트의 사정 때문에 열심히 나서지 않는 것 같다. 그렇다면 열심히 나서게 만들어주면 되지. 겁먹고, 연약한 소녀를 연기하면 되려나? 뭐, 백 프로 연기는 아니고 한 칠십 프로 연기니까 아주 사기는 아니잖아.

"가, 강준석 나이트님, 조, 조심하셔요. 아주 무서운 괴물인 것 같아요."

너한테는 하나도 안 무서운 괴물인 거 알아요. 아니나 다를까, 그 말에 강준석 나이트가 사라졌다. 학생들이 주위를 둘러봤다.

"어, 어, 어? 뭐지?"

나는 알 수 있었다. 강준석 나이트, 지금 스페셜 필드를 펼쳤다. 우리를 둘러싸고 죄어들던 수백 마리의 고블린을 전부 스페셜 필드에 넣어버린 것 같다. 와…… 이런 게 가능하구나. 딸기와 바나나 정도면 조련할 수 있는 쉬운 남자인 것 같기는 한데, 정말 따지고 보면 엄청난 능력을 가진 사람이다. 조련에 내성이 없어서 그렇지, 능력 자체는 되게 출중한 것 같다.

그런데 문득, 나는 이상함을 느껴야만 했다.

'크리스는 어디 있지?'

강준석은 주위를 둘러봤다. 바닥이 녹색 피로 흥건했다. 고블린의 목이 마치 낙엽처럼 바닥에 굴러다녔다. 스페셜 필드를 펼치고 강준석이 혼자서 고블린들을 도륙했다. 그리고 물었다.

"너는 뭐냐?"

크리스가 강준석을 쳐다봤다.

"저는 크리스라고 합니다. 이름 정도는 알고 계셨을 줄 알았는데요."

"너는 학생이냐?"

"보시다시피요. 저는 제국 마력학원 암호해독 및 고어해석 클래스의 학생입니다."

강준석은 그 말을 믿지 않았다. 아니, 믿을 수 없었다. 고블린을 처치할 때 그는 봤다. 크리스는 학생이라고는 결코 말할 수 없을 정도의 실력이었다.

"아참, 한 가지 특이한 점을 말씀드리자면……."

뭔가 말을 할 건가 보다. 강준석은 눈을 가늘게 떴다. 저놈, 뭔가 수상하다.

"저는 김상희 공주에게 열렬히 구애하고 있는 중이죠."

그게 제일 짜증 난다! 누가 너 따위 놈한테 허락할 것 같냐! 강준석은 그렇게 말할 뻔했다. 그리고 스스로 소스라치게 놀랐다.

'내가 지금 무슨 생각을 한 거냐!'

크리스가 말했다.

"그런데 여기서 이러고 있을 시간…… 없지 않을까요? 저희 아무래도 던전에 갇힌 것 같은데요."

"앞으로 두고 보겠다. 네놈이 순수한 의미의 학생이라고 보기에는 힘드니까."

크리스가 어깨를 으쓱했다.

"저는 순수한 학생입니다. 그렇게 안 보이는 건 알지만."

그리고 한마디를 덧붙였다.

"그거 딱 하나만 알아줘요. 저, 김상희 공주 진짜 좋아하거든요. 딴 건 몰라도 그거 하나만 기억해 주면 아주아주 감사하겠습니다."

결론부터 말하자면 고블린 떼는 그저 시작에 불과했다. 던전 안에 고립된 지 벌써 7시간째. 남자 학생들 중에서도 벌써 4명이나 혼절했다. 그나마 김상희는 전투에 직접적으로 참여하지 않았기 때문에 쓰러지지 않은 거다.

강준석 역시 지쳐 갔다.

'역시 던전은 던전인가.'

굳이 던전을 클리어하려고 애를 쓸 필요는 없었다. 분명 제국이나 고려에서 지원을 올 거다. 그때까지만 버티면 된다. 이 아이들은 각국의 엘리트들이며, 이들이 골렘 피라미드에 갇혔다는 소식이 알려지면 각국에서 지원군을 보내올 거다. 그렇게 생각했는데 문득 불안이 엄습해 왔다.

'설마 고립 던전인가?'

던전에도 여러 가지 종류가 있다. 한 번 입구가 열린 뒤, 클리어할 때까지 입구가 열리지 않는 던전을 일컬어 고립 던전이라고 부른다. 다시 말해 고립 던전에 갇히면 지원군이 오지 못한다는 소리다.

제국의 황제가 입을 열었다.

"상황은 어떻게 진행되고 있지?"

"순조롭게 진행되고 있습니다."

"사망자가 너무 많이 나오면 피곤해져."

"적절히 조치하겠습니다."

아무리 제국이라고 해도 수많은 인재를 몰살시키는 건-사실 이게 제일 마음에 드는 방법이지만-조금 무모한 짓이었다. 극한 상황 속에 몰아넣은 뒤, 나중에 혼란을 틈타 스페셜 나이트만 죽이고 김상희를 몰래 빼낼 생각이었다. 던전 내에는 이미 제국의 나이트들이 몰래 대기하고 있는 중이다.

죽은 스페셜 나이트는 학생들을 위해 몸을 내던져 학생들을 구한 거룩한 영웅으로 기억될 테고, 김상희는 던전 안에서 죽어버린 흔하디흔한 계집아이 중 하나가 될 것이다. 그리고 제국은 김상희를 얻을 수 있을 거다.

그때, 정보국장 김국현에게 긴급 보고가 올라왔다.

"고려 측에서 긴급 요청이 들어왔습니다."

"무슨 요청?"

"고려의 나이트 3개 대대가 입국 및 골렘 피라미드에 입성을 요구하고 있습니다."

"뭐라고!"

고려의 나이트 3개 대대라면 어지간한 나라는 쓸어버릴 수 있을 정도의 전력이다. 정확하게 말하자면 어지간한 나라의 수뇌부들의 목을 따버릴 수 있을 정도의 전력.

'어떻게 안 거지?'

김국현은 이유를 알고 있지만 전혀 모르고 있다는 듯 물었다.

"우리와 전쟁을 하자는 건 아닐 테고, 도대체 무슨 연유로?"

"골렘 피라미드 내에 고려의 보배가 갇혀 있다고 주장하고 있습니다. 실제로 저희가 알아본 결과, 제국의 마력학원 학원생들이 7시간이나 실종 상태라 합니다."

아니, 그건 우리가 일부러 그렇게 만든 거라고. 김국현은 인상을 찡그렸다. 이 일은 철저한 기밀사항이다. 모든 요원이 이 사실을 알고 있는 게 아니다. 오히려 신뢰할 수 있는, 혹은 이 일이 끝나면 죽여 버릴 요원들만 이 사실을 알고 있다.

‘정보 통제를 철저하게 했을 텐데 도대체 어떻게 안 거지?’

김국현의 마음이 복잡해졌다. 일단 대외적인 발표는 해야 했다.

“우리 제국에서 먼저 구조대를 파견하도록 한다.”

먼저 제국 구조대를 출발시키도록 했다.

‘3개 대대? 미친 건가?’

3개 대대의 입국을 허가해 달라니, 미친 소리다. 아무리 고려와 제국이 상생하는 관계라고는 해도 허락할 수는 없는 노릇이다.

그런데 상황을 알게 된 황제가 말했다.

“아니, 허락하도록 해.”

“황제 폐하! 하지만 그들은 지나치게 강합니다.”

“그놈들이 마음먹고 몰래 들어오려면 얼마든지 들어올 수 있다. 그리고…….”

황제는 입술을 깨물었다.

“정보 통제, 확실히 한 것이 맞나?”

어떻게 이 일이 고려의 귀에 들어갔단 말인가. 고려의 첩보 능력이 뛰어난 것인가? 그도 아니면 제국의 정보망이 허술한 것인가? 그도 아니면 다른 것을 의심해 봐야 한다.

“첩자가 있는 건 아닐까?”

이 일은 극비다. 심지어 현장에 투입되어 있는 나이트들도 자기들이 뭘 하는지 잘 모른다.

“이 일을 아는 사람은 몇 안 되지.”

“폐, 폐하!”

김국현의 얼굴이 핼쑥하게 질렸다. 이건 말도 안 된다. 아무래도 황제는 자신을 첩자라고 의심하고 있는 것 같았다.

"저는 정말로 결백합니다!"

"그래, 믿겠다."

실제로 의심을 하든 말든 그건 중요한 게 아니다. 의심의 씨앗을 틔웠다는 게 중요했다. 그는 황제를 안다.

'나는 죽고 싶지 않다.'

정말 조금만 더 잘못하는 게 눈에 보인다면 자신을 가차 없이 죽일 사람이다.

'도대체 어떻게 안 거냐!'

고려 왕궁.

알렉스는 뿌듯해졌다.

"폐하께선 김상희 공주를 사랑하고 계시지 않으십니까?"

이 말에 김훈상은 대답하지 못했다. 그게 끝이 아니었다.

"그만 슬슬 인정하시죠. 저는 폐하를 정신병으로 몰거나 하지 않습니다. 상희학을 공부하고 있는 입장에서 폐하의 반응과 생각은 지극히 정상적이니까요."

평소라면 불호령이 떨어졌을 발언인데도 김훈상은 오히려 되물었었다.

"상희학이 무엇이냐?"

심지어 왕의 총애까지 얻게 됐다. 도랑 치고 가재 잡고 꿩 먹고 알

먹고다. 그런데 더더욱 뿌듯해졌다.

실제로 제국에서 공작을 벌인 것 같다. 일반적인 고대 유적지에 들어갔는데 7시간 동안 실종은 좀 황당하지 않은가. 이건 뒷공작이 없으면 절대 일어날 수 없는 일이다. 갑자기 던전 같은 게 저절로 생긴 게 아니라면.

'아무도 예상하지 못했겠지.'

누가 예상이나 했겠는가. 사실 이건 예상이 아니라 딸바보 아버지의 딸 걱정이었다. 그곳에서 무슨 일이 벌어질지도 모른다는. 그래서 김훈상은 조치를 취했다. 스페셜 나이트 두 명을 더 파견해서 김상희의 상황을 파악하도록 한 거다. 제국의 정보 통제가 아무리 심했다 하더라도, 스페셜 나이트 두 명이 몰래 잠입하는 것까지는 막아낼 수 없었다. 애초에 일반 고대 유적지에 외부의 스페셜 나이트가 들어올 거라고 생각하지도 못했다. 만약 알았다 하더라도 방비하지 못했을 가능성이 높지만 일단은 그랬다.

'딸 등신의 딸 걱정이 이렇게 도움이 될 때도 있네.'

만에 하나의 가능성, 그 가능성에 집중하는 사람이 세상에 얼마나 있겠는가. 심지어 스페셜 나이트 파견이라는 아주 파격적인 조치를 취하는 사람. 그런 사람은 이 세상에 김훈상밖에 없다고, 알렉스는 단언할 수 있었다.

암호해독 및 고어 해석 클래스, 고립 8시간째.

강준석은 굉장히 이상함을 느꼈다. 순간 온몸에 소름이 돋았다. 과거, 등급 외 몬스터 중 하나인 '레이가'를 상대할 때와 비슷한 느낌. 세간에는 전혀 알려지지 않았지만, 당시 일반 나이트 7명이 목숨을 잃었고 탱크 12기가 파괴되었다. 스페셜 나이트 1명이 중상을 입고 사경을 헤맸었는데 그 당사자가 바로 강준석이었다.

'그때와 비슷할 정도로 끔찍한 느낌이다.'

그런 괴물이 또 있지 말라는 법은 없다. 정말 보기 힘든 괴물이지만 분명 존재하기는 하는 괴물이니까.

'도대체 뭐냐…… 구조대는 도대체 언제 오는 거지?'

같은 시각, 바닥에 쓰러진 한 남자가 허공을 노려보며 말했다.

"……김상희는…… 내가 지켜……."

그는 피투성이의 몸으로 거친 숨을 몰아쉬었다.

"내가…… 사랑하는 여자니까."

그의 몸에서 피가 뚝뚝 흘러내렸다. 그 남자를 내려다보며 누군가가 말했다.

"세상에…… 지금 이걸 혼자서 이렇게 했다고……?"

그는 베테랑이지만 이런 광경은 정말 처음 본다.

'정말…… 무서운 놈이다.'

사람이 이런 짓을 할 수 있을 거라곤 아무도 생각하지 못했다. 제국의 반역자라는 건 이미 알고 있다. 적의 적은 친구라고 하지 않았는가. 제국의 반역자가 자신들에게 귀화를 요청해 왔을 때만 하더라도, 제국의 어떤 술수가 있지는 않을까 생각했었다. 하지만 그러한 술수가 있을 거라는 것을 감안하고서라도 한진수는 꼭 얻어야만 하는 그런 인재였다. 그래서 받아들였다.

'이젠 믿을 수밖에 없겠군.'

첩자일 가능성을 배제하지 않고 있었다. 그러나 정말 첩자라면 이런 짓을 벌였을 리 없다.

'제국의 나이트 40명을 죽여 버리다니.'

이런 건 듣도 보도 못했다. 한진수가 강하다는 건 알고 있었지만 이 정도일 줄은 몰랐다.

"대장님, 저, 저기 보십시오."

그러나 놀라운 건 거기서 끝나지 않았다.

"설마 이건……?"

그도 익히 아는 것이었다. 등급 외 괴물, 발록. 크기가 약 30여 미터에 이르는 괴물이다. 온몸이 미끈한 검은색 털로 덮여 있으며, 검은색 기다란 꼬리를 채찍처럼 자유자재로 휘두르는 놈이다.

'등급 외 몬스터까지 혼자서 사냥했다고?'

등급 외라는 이름이 붙은 건 사람의 힘으로 사냥할 수 없기 때문이다. 보통은 탱크나 전투기가 동원되어야만 사냥이 가능하다. 물론, 인간의 힘으로는 아예 건드릴 수조차 없는 등급 외 중에서도 정말 등급 외의 괴물들이 있기는 했지만 그런 괴물들과 인간이 마주치는 경우는 거의 없으니 논외로 치고.

'발록을 혼자서…….'

한편으로는 이해가 잘 안 됐다. 그래, 제국에 대한 원망과 분노, 있을 수 있다. 그래서 제국의 나이트들을 도륙해 버렸다. 거기까진 알겠다.

'그런데 저렇게 피투성이가 될 때까지 발록과 싸웠다고? 어째서?'

이건 이해가 안 된다. 어째서, 왜 발록과 저렇게 싸웠을까? 단순한 수련은 절대 아닐 거다.

"일단 한진수를 이송한다."

이유야 어찌 됐든 한진수는 지금 위독한 상태. 빨리 병원으로 옮겨야 했다. 그들이 한진수를 이송하기 위해 다가갔다.

그때 어둠 속에서 이상한 빛이 번쩍였다.

하아…… 하아……!

스페셜 나이트 강준석조차도 힘에 겨운 듯 숨을 내뱉었다.

'나도…… 돕고 싶어.'

김상희는 돕고 싶었다. 하지만 지금 이런 상황에서는 도움을 받아야만 했다. 크리스와 강준석이 없었다면 자신은 이미 죽은 목숨이라는 것도 알고 있다.

'나는 뭘 할 수 있을까?'

애교를 부리고 남자들을 휘어잡는 거, 그래, 거기까진 좋다. 하지만 그 이상은 아무것도 할 수 없었다. 이럴 때면 김상희는 자괴감에 빠져들었다. 언제까지나 보호받는 새장 속의 새일 수밖에 없으니까.

꿈틀.

김상희의 몸이 움찔했다.

'뭐지?'

김상희는 뭔가 이상한 기분이 들었다. 심장에서 뭔가가 꿈틀거리고 있는 것 같았다. 뭔지는 알 수 없었다.

그때, 강준석이 한숨을 내쉬었다.

"미친…… 반데스라니."

김상희는 '반데스'라는 것이 무엇인지는 알 수 없었다. 하지만 강준석의 말투로 보아, 상당히 위협적인 괴물일 것은 틀림없었다.

반데스는 몸 크기가 약 3미터인 인간형 괴물이다. 두 팔의 완력이 엄청나게 강해 어지간한 성인 '남성'-당연한 말이지만 마력을 가진-쯤은 양쪽으로 찢어버릴 수 있는 힘을 가졌다. 게다가 몸놀림이 굉장히 빨라 아주 위협적인 몬스터라고 볼 수 있었다. 이 몬스터는 B등급 중에서도 상급. 스페셜 나이트 강준석이라면 충분히 상대가 가능한 정도지만 지금은 그도 많이 지쳤다. 고립된 지 벌써 8시간이 흘렀으니까.

강준석은 옆을 힐끗 봤다. 김상희가 보였다. 그는 김상희를 끌어당기며 신경질적으로 말했다.

"공주님, 내 뒤에 있으라고 했습니까, 안 했습니까?"

"……."

"공주님 다치는 꼴, 저는 못 봅니다. 알겠습니까?"

김상희는 아무런 말도 못하고 강준석 뒤에 섰다.

'돕고…… 싶어.'

하지만 나서지 않는 거, 가만히 있는 게 오히려 도움이 된다는 걸 이미 잘 알고 있다. 그래서 아무것도 못 했다.

"크리스, 네가 왼쪽을 맡아라. 내가 오른쪽을 칠 테니."

"네."

크리스와 강준석이 각각 반데스의 왼쪽과 오른쪽을 공략해 들어갔다. 그때, 천장에서 무언가가 떨어져 내렸다.

학생들 중 한 명이 외쳤다.

"위, 위험합니다!"

학생들이 보기에 저 둘은 반데스에 집중하느라 천장 쪽에 은신하고 있던 작은 몬스터를 놓치고 있는 것 같았다. 김상희도 그걸 봤다. 무언가 작고 시꺼먼 것이 크리스의 목 뒷덜미를 향해 떨어져 내리고 있었다. 아무도 보지 못했지만 크리스는 그때, 슬며시 웃고 있었다.

번쩍!

빛이 일었다. 강준석은 이상한 느낌을 받았다.

'이건…… 도대체?'

그도 분명히 봤다. 방금, 뭔가가 번쩍하고 빛났다. 어두운 던전 안이 환하게 밝아졌다. 아주 짧은 시간이었지만 분명히 그랬다. 더욱 이상한 점이 있었다.

'몸이…… 아무렇지도 않다.'

8시간째 몬스터를 상대하느라 지칠 대로 지친 몸이 원래의 상태로 돌아왔다.

'완전히 회복됐어.'

아니, 단순히 회복된 정도가 아니라 최고의 컨디션이다. 학생들도 당황해했다.

"이, 이게 어떻게 된 거야?"

"나 상처가 없어졌어. 너도 없어졌어?"

"어. 그런데…… 뭐가 어떻게 된 거지?"

강준석은 몸 상태를 느끼고 몹시 놀랐지만 오래 생각하고 있을 겨를이 없었다. 일단은 이 위험한 괴물인 반데스부터 죽이고 봐야 했으니까. 몸이 불편한 상태라면 모를까, 몸이 완벽하게 회복된 상태에선 반데스는 강준석의 상대가 되지 못했다. 반데스를 처리한 강준석이 다시 김상희에게 가까이 다가왔다.

'빛이 김상희 공주님으로부터 나왔는데…… 뭐가 어떻게 된 거지?'

보아하니 김상희 공주는 그걸 잘 모르는 것 같았다. 크리스가 말했다.

"아무래도 던전의 특수 효과인 것 같네요. 일정 시간이 지나면 몸을 회복시켜 준다든지."

강준석은 크리스를 쳐다봤다. 그런 특수 효과가 있다는 말은 들어본 적도 없다. 하지만 또 아예 없다고 할 수도 없다. 그런 일이 있을 수도 있다.

'아냐, 분명 빛은 김상희 공주님으로부터 나왔어.'

그도 모르는 사이, 그는 '김상희 공주'를 '김상희 공주님'이라 생각하게 됐다.

김상희도 뭔가 이상함을 느꼈다.

'나한테서 뭔가 변화가 일어났어.'

뭔지는 잘 모르겠다. 뭔가를 한 것 같은 느낌이 들자 학생들의 몸이 전부 나았다. 그것도 완벽하게.

'도대체 뭐지?'

누군가가 말했다.

"방금 도대체 무슨 일이 일어난 겁니까?"

아무래도 기적이 일어난 것 같았다. 아니, 기적이 맞았다. 기적이 아니고서야 지금 일어난 일은 설명이 안 된다. 거의 시체에 버금갈 정도로 큰 부상을 입었던 한진수가 멀쩡하게 일어섰으니까.

한진수가 말했다.

"중요한 건 제 몸이 회복되었다는 거겠죠."

이유는 알 수 없었다. 극한까지 몰아붙였던 몸이 완전히 원래의 모습을 되찾았다. 상처는 온데간데없었다. 오히려 훨씬 몸이 상쾌했다.

"한진수, 네가 강한 것은 알고 있지만 발록을 상대로 혼자서 싸우다니, 너무 무모했다."

"저는 더 무모한 것도 얼마든지 할 수 있습니다."

그 무모한 것이 나의 상희를 위협한다면 나는 그 위험, 얼마든지 무릅쓰겠습니다. 그 말은 참았다.

"도대체 뭐가 널 그렇게 초조하게 만드는 거냐?"

"……묻지 않기로 하셨습니다."

두말할 것도 없다. 김상희 때문이다. 마음 같아선 지금 김상희에게 달려가고 싶다. 가서 사랑한다고 말해주고 싶다. 말이라도 해야, 이 터질 것만 같은 마음을 주체할 수 있을 것 같았다. 하지만 그럴 수 없었다.

'나는…… 반역자니까.'

반역자에게는 사랑도 허락되지 않는 법이다. 김상희까지 힘들게 만들 수는 없었다.

'힘든 건 나 하나로 족해.'

차라리 혼자만 힘들면 됐다. 지금 당장에라도 보고 싶지만, 품에 안고 싶지만, 사랑한다고 말하고, 어디 다치지는 않았냐고 묻고 싶지만 그럴 수 없었다. 그러는 순간, 김상희 역시 반역자의 여자로 낙인찍히게 될 거다.

"발록의 사체를 수거하도록 한다. 제국의 지원군이 도착하기 전에 자리를 뜬다."

발록의 사체는 상당히 중요한 전리품이다. 당연한 말이지만 엄청나게 큰돈이 된다. 하지만 한진수는 그런 것에 일절 관심이 없어 보였다. 한진수는 한쪽을 뚫어져라 쳐다보기만 했다.

"한진수, 돌아가자."

"……예."

그 한쪽, 어둠 저편에 보이지는 않지만 느껴지는 한 사람이 있었다. 그 사람은 자신을 느끼지 못하겠지만, 그는 그 사람을 정확하게 느낄 수 있었다. 한진수는 아무도 듣지 못할 만큼 아주 작은 목소리로 말했다.

"……보고 싶어."

가슴이 아파왔다. 조금만 더 가면 저곳에 김상희가 있는데 갈 수 없었다. 그는 가슴이 향하는 그곳과는 반대의 방향으로 걸음을 옮겼다.

스페셜 나이트 강준석은 깜짝 놀랐다.

"네놈이 어떻게……?"

몸이 회복되는 기적이 일어난 것은 물론 좋다. 뿐만 아니라 마력 흐름도 활성화된 것 같은 기분이 들었다. 기분 탓인지는 모르겠지만 하여튼 좋아졌다. 그런데 그보다 더 놀라운 일이 일어났다.

"네가 어떻게 스페셜 필드를 펼치고 있는 거냐?"

아니다. 사실은 스페셜 필드가 아니다. 강준석도 그걸 안다. 이건 스페셜 필드보다도 오히려 한 단계 더 진화한 스페셜 필드다.

'바깥세상은 멈춰 있는 건가? 도대체 어떻게……?'

정체를 알 수 없는 필드를 펼친 크리스가 말했다.

"던전의 특수 효과라고 해두죠."

"무슨 뜻이지? 아니, 너는 정말 학생이 맞나?"

"제국 마력학원 암호해독 및 고어해석 클래스의 크리스입니다. 백제의 왕자구요. 확실합니다."

"……."

강준석은 믿을 수 없었다. 이런 고차원의 필드를 펼치려면 엄청난 마력 컨트롤 능력이 필요하다. 이 안에서는 시간이 흐르고 있지만, 바깥은 멈춰 있다. 그 말인즉, 시간을 따로 분리할 수 있는 능력이 있다는 것이다.

'이런 게 가능한 사람이 있다고? 이쪽으로 특별한 재능을 가지고 있는 건가? 그도 아니면 무서운 실력자인가?'

전자일 가능성이 더 높았다. 가끔 있다. 어느 한쪽 방면으로 재능이 특화된 사람들. 김환성도 그렇지 않은가. 김상희의 표현을 빌리자면 무식하게 힘만 센 사람도 있는 법이다. 이상한 필드를 만드는 데 특출한 사람이 있을 수도 있다.

"김상희 공주의 능력, 보셨죠?"

정말 대단한 능력이다. 모든 학생을 일시에 회복시키다니. 하지만 강준석은 내색하지 않았다.

"……무슨 말을 하고 싶은 거지?"

"저는 많은 말을 할 수 없어요. 그냥…… 던전의 특수 효과라고 해두는 게 좋을 겁니다. 그게 고려를 위해서도, 당신을 위해서도."

크리스는 잠시 호흡을 가다듬더니 말을 이어갔다.

"그리고 내가 사랑하는 여자를 위해서도 좋아요. 내가 사랑하는 여자는 가슴 아프지만…… 이제 힘든 길을 가게 될 거예요."

능력이 이거 하나뿐일 리가 없으니까요. 그 말은 삼켰다. 아니, 할 수 없었다. 너무 많은 것을 말할 수는 없었다. 나는 그 길을 함께 걸어갈 거고. 그 말도 하지 않았다.

강준석이 말했다.

"너는 도대체 정체가 뭐지? 나는 납득하기가 어렵다."

"한 가지만 알아둬요. 나도 지금 도박을 하고 있는 거예요. 내가 사랑하는 여자를 위해서 모든 것을 내버릴 각오를 하고 내 위치에서 최선을 다하고 있는 겁니다. 스페셜 나이트께서도 김상희 공주가 다치는 것을 원하지 않죠?"

"……."

그래도 명색이 스페셜 나이트다. 그쯤 되는 사람이 '나는 공주가 다치는 게 싫어'라고 말할 수는 없는 법이다. 자존심 상한다. 그런데 또 아니라고 말하기도 좀 그랬다.

'젠장! 내가 미쳐 가고 있군.'

강준석은 그저 스스로를 욕할 수밖에 없었다. 크리스가 어깨를 으쓱했다.

"알아요. 그 마음, 이해합니다. 많이 혼란스러울 거예요. 처음에는 다들 그러는 법이거든요."

크리스의 얼굴이 굳어졌다.

"이 필드, 보면 아시겠지만 오래 유지 못 해요. 엄청 힘들거든요. 더군다나…… 뭔가가 다가오고 있어요. 시간 정지는 이제 끝이네요."

다시 시간이 흐르기 시작했다. 느껴지는 기척, 괴물은 아니었다. 분명 사람의 기척이다. 강준석은 조용히 검을 빼 들었다.

'구조대인가?'

구조대면 좋겠다. 구조대가 오고도 남을 시간이다. 하지만 구조대라고 생각하기엔 기척이 지나치게 은밀했다.. 뭔가가 분명 다가오고 있었다. 강준석은 청력과 시력을 극대화시켰다. 아직 모습은 보이지 않았다. 그러나 바람결에 아주 작은 목소리를 들었다.

"타깃은 김상희 공주다."

그 말을 듣자마자, 강준석이 마력을 최대치로 끌어올렸다. 이성을 잃을 뻔했다. 김상희 공주는 절대 내줄 수 없다. 스페셜 나이트의 자존심이 있어 지켜주고 싶지는 않지만, 정말 지켜주고 싶다. 모순된 마음인데 하여튼 그랬다. 뭔가가 계속해서 은밀하게 다가왔다.

'어떤 놈이냐!'

그때 익숙한 목소리가 들려왔다.

"검을 내려라, 스페셜 나이트."

강준석은 눈을 크게 떴다. 그는 상대를 확인하고 황급히 검을 갈무리했다.

"와, 왕자님!"

하마터면 김환석에게 검을 겨눌 뻔했다.

'스페셜 나이트가 왔다!'

같은 스페셜 나이트끼리는 은신하면 제대로 찾을 수 없었다. 그러나 스페셜 나이트 수십 명이 은신한 상태로 이동하면 그건 느낄 수 있다. 정확하게 몇 명이나, 어디에 있는지까지는 몰라도 무언가가 은신하고 있다는 것은 충분히 느낄 수 있다.

'거기에 일반 나이트…… 이 정도면 3개 대대쯤 되는 병력인데.'

이 정도면 전쟁도 치를 수 있는 병력이다. 한 명, 한 명이 타국의 나이트 수십 명을 상대할 수 있는 엄청난 전력이라 할 수 있으니까.

강준석은 순간 가슴이 뭉클해졌다.

'설마…… 나를 구하기 위해서?'

감동할 수밖에 없었다. 스페셜 나이트 한 명을 구하기 위해 나이트 3개 대대가 움직이다니. 저들이 그냥 왔을 리는 없다. 분명 제국에게 허락을 구했을 거다. 이 정도의 병력을 제국에 들이려고 했다면 상당히 큰 마찰이 있었을 것이 분명하다. 그러한 마찰과 번거로움, 시간을 감수하고서라도 지원 세력을 이렇게 보냈다는 것은 조국이 자신을 이토록 아끼고 있다는 반증 아니겠는가.

강준석은 무릎을 꿇었다.

"왕자님, 번거롭……."

'번거롭게 하여 죄송합니다'라고 말하려고 했는데 김환석이 그냥 지나쳐 갔다. 스페셜 나이트의 대대장 김유신이 그의 어깨를 툭툭 두드려 줬다.

"수고했네."

그리고 김유신도 지나쳐 갔다.

'어라?'

김환석이 말했다.

"왜 안 죽었냐?"

제22장
한밤의 불청객

나는 나름대로 반가운 얼굴을 봤다. 우리 첫째 망나니. 망나니 중 탑 오브 망나니. 그런데 이곳 던전 안에서 보니까 반갑다. 아무래도 나를 구하러 온 것 같다.

"오라버니!"

고려에서 작정하고 구조대를 보낸 것 같다. 그렇다면 우리는 아마 살아나갈 수 있을 거다. 희망이 보였다. 그 희망의 기쁨을 담아 우리 첫째 망나니를 껴안았다.

학생들은 김상희를 쳐다봤다.

"저런 미친 행동을……."

김환석, 이미 포악하기로(?) 유명한 왕자다. 하늘 아래 자기보다 높은 사람은 형님과 아버지, 그리고 황제 폐하밖에 없다고 공공연하게 말하는 왕자이며, 계집을 벌레만도 못하게 생각한다고 알려져 있었다. 그런 김환석 왕자에게 공주 따위가 예도 차리지 않고 달려들다니.

김환석이 인상을 찡그렸다.

"건방진 계집."

자리에서 일어선 강준석 나이트는 혼란에 빠져들었다.

'안 돼. 지켜야 해. 아, 아니. 지켜야 하나? 어, 어떻게 하면 좋지?'

전투상황보다 이런 게 더 어렵다는 생각이 들었다. 김상희 대신 변명을 하고 싶어졌다. 생각해 보면 김상희 공주의 저런 모습이 이해는 된다. 지금이야 이상한 빛―이건 나중에 따로 보고를 올려야겠다고 생각하고 있는 중이다―덕분에 모두의 체력이 회복됐고 괜찮아진 상태지만 불과 몇 분 전까지만 하더라도 실신한 남자들까지 있었다. 남자들이 그 정도인데, 허접한 체력을 가진 여자의 몸으로 얼마나 무서웠을까를 생각해 보면 답은 어렵지 않았다. 그렇게 무서운 상황에서 나이트들과 고려의 왕자를 봤으니 당연히 반가울 법도 하겠지. 이성을 잃을 법도 하다고 그렇게 애써 합리화했다. 저대로 놔두면 김상희는 죽을 것이다. 그래서 무슨 변명이든 하려고 했다.

"왕……."

김유신이 강준석의 어깨를 잡았다. 고개를 절레절레 저었다. 아무래도 김유신 대대장 역시 김상희를 처분해야 한다고 생각하는 것 같았다. 강준석은 다급해졌다. 뭐라도 해야겠다는 생각이 들었다.

"대대장님, 그래도 저 정도로 죽이는 건……."

김상희의 목소리가 들렸다.

"이토록 어두컴컴하고 무서운 곳에서 한줄기 햇빛 같은 오라버니를 뵙다니, 소녀의 마음을 어떻게 표현해야 할까요?"

김환석이 말했다.

“계집의 마음 따위 알 바 아냐.”

이제 이런 상황에 어느 정도 내성이 생긴 김유신 나이트는 조금씩 객관적인 눈으로 보기 시작했다.

‘왕자님, 지금 웃음 참고 계신다.’

다른 사람이 보면 몰라도, 김유신이 보면 분명히 그랬다. 김환석, 지금 억지로 웃음을 참고 있다. 마력을 끌어올려 아주 자세히 보면 입가가 꿈틀거리고 있다.

김환석이 김상희를 밀쳤다.

“저리 비켜, 거치적거려.”

김유신은 안다. 정말로 거치적거렸으면 마력을 써서 밀쳤을 거다. 그럼 아마 김상희는 저항하지 못하고 저만치 날아가 구석에 처박혔겠지.

‘애초에 계집이 달려드는데 못 피할 분이 아니시지.’

아무리 김환석이 무력 쪽으로 특화된 왕자는 아니라 할지라도 기본적으로 고려의 피를 이었다. 계집이 달려드는 거, 마음만 먹었으면 애초에 하지도 못 하게 막았다.

김환석이 말했다.

“나는 고려의 왕자, 김환석이다. 국왕 폐하의 명을 받들어 나이트 3개 대대와 함께 너희를 구출하러 왔다.”

학생들은 이제야 살았다는 듯 와아! 하고 환성을 내질렀다. 죽음의 공포를 실제로 맛봤다. 이 순간이 이렇게 기쁠 수 없었다. 서로 얼싸안았다. 그중 일부는 눈물을 흘리기까지 했다. 꼼짝없이 죽는구나 싶었는데, 그 유명한 고려의 나이트들이 구출을 하러 왔다니.

'심지어 왕자까지 왔어!'

정말 클리어가 불가능한 아주 위험천만한 곳에 왕자가 직접 왔을까? 생각해 보면 간단하다. 이 던전, 클리어할 수 있기 때문에 왕자가 직접 온 거다. 정말 위험한 곳이었다면 왕자는 오지 않았을 것이다.

'우리는 살았어!'

고려는 정말 대단하다고 생각했다. 제국의 구조대도 아직 오지 못했는데, 고려의 구조대가 먼저 도착하다니. 역시 고려였다. 목숨을 구제받은 학생들 중 누군가가 외쳤다. 생명의 은인에게 말이다.

"국왕 폐하 만세!"

괜찮겠지? 괜찮을 거야. 그래, 나이트 3개 대대가 갔다. 거기에 머리 좋은 환석이 녀석까지 따라갔어. 그러니 괜찮을 거다.

김훈상은 도통 자리에 앉지를 못했다. 초조해도 이렇게 초조할 수가 없었다.

알렉스가 김훈상을 찾아왔다. 김훈상은 요즘 알렉스를 예전보다 더 총애하고 있다. 자신의 마음을 알아주는 고마운 신하가 아니던가.

"폐하, 김환석 왕자까지 따라갔습니다."

"내 명령이었다."

"던전은 위험합니다."

"……나도 안다."

그래, 그런 곳에 왕자를 보내는 건 이성적으로 말이 안 되는 일이다. 해서도 안 되는 일이지. '나도 안다, 알렉스. 너 역시 나를 이해하지 못하는구나'라고 생각했다. 당연하다. 이런 건 이해받을 수 없는 행동이다. 이성적으로는 그렇게 생각했다.

하지만 상희학을 공부하고 있는 알렉스다.

"사랑스런 공주님을 구하기 위해서라면 어쩔 수 없는 선택이기도 했죠. 김환석 왕자님은 아마 던전 안에서 뛰어난 길잡이 역할을 하실 수 있을 테니까요."

"……정말로 그렇게 생각하나?"

알렉스는 속으로 쾌재를 불렀다. 그렇습니다. 실험 샘…… 아니, 폐하. 역시, 역시 폐하가 지시한 거군요. 왕자님의 안위를 걱정하기는 하지만, 그보다 김상희 공주의 안전이 더 중요한 거군요! 제국에 3개 대대를 파견하면서까지 말이죠. 음, 그래요. 이런 데이터 하나하나가 상당히 중요합니다. 고맙습니다. 실험 샘플…… 아니, 폐하.

그런 속마음을 숨기고 알렉스가 말했다.

"그렇습니다. 저 역시 김상희 공주가 정말 걱정됩니다."

"……."

너는 역시 내 마음을 알아주는 유일한 신하다. 김훈상은 그 말을 속으로 삼켰다.

3시간 뒤, 다행히 김상희 공주를 잘 구출했다는 소식이 전해졌다. 그때, 김훈상은 그 자리에서 벌떡 일어나 신하들의 의심(?)을 사기도 했다.

알렉스가 다시 김훈상을 찾았다.

"뭔가 이상합니다. 제국이 어째서 이런 짓을 벌이는 걸까요?"

알렉스는 이것이 제국의 소행이라고 확신했다. 세상에 알리지는 않았지만 결정적인 증거도 포착됐다. 스페셜 나이트들이 던전을 클리어하면서 몇 가지 이상한 점을 발견했다.

"제국의 나이트 수십 명이 변사체로 발견되었죠. 그 말인즉, 제국의 나이트가 미리 그 던전…… 아니, 던전으로 위장시킨 그 함정 안에 잠복하고 있었다는 얘기입니다."

"그렇지."

이쯤 되니 이제 의심하지 않을 수 없었다. 원래 예전부터 이상하긴 했다. 제국의 황제가 김상희를 보고 싶어 했고, 또 마력학원에 입학을 제안했다. 그런데 이번에는 이상한 함정까지 만들었다.

"제국의 나이트가 시체로 발견되지 않았다면 아마 저희는 몰랐을 겁니다."

고려가 발 빠르게 움직이지 않았다면 분명 그랬을 거다. 무슨 일이 벌어졌을지는 모르겠지만 좋은 의도는 아니었을 것이 분명했다. 김훈상은 생각했다.

'김상희에게 우리가 모르는 뭔가가 있다.'

알렉스도 비슷한 생각이었다.

"제국이 어째서 김상희에게 그렇게 큰 관심을 가지고 있는 건지 알아봐라."

알렉스는 상희학의 관점에 의거하여 한 가지 의견을 냈다.

"혹시 황제 역시 김상희 공주님의 사랑스러운 매력에서 벗어나지 못한 거 아닐까요?"

김훈상의 표정이 진지해졌다. 누가 들으면 그 무슨 미친 소리냐고 할 테지만, 김훈상은 그러지 않았다.

"확실히……."

말을 듣고 보니 아주 그럴싸하지 않은가. 황제가 정말로 김상희를 딸처럼 아낀다거나, 아니면 여자로 아낀다거나. 하여튼 김상희에게 완전히 푹 빠져서 김상희를 납치하려고 했다거나. 뭔가 좀 이상하긴 한데, 또 묘하게 말이 되지 않는가! 적어도 김훈상-김훈상이라 쓰고 딸 등신이라고 읽는다-에게는 그랬다.

김훈상이 말했다.

"김상희를 다시 고려로 불러올 수 있는 방법을 생각해라."

황제가 친히 권하여 마력학원에 입학했다. 그걸 강제로 다시 빼앗아 올 수는 없다. 황제를 무시하는 셈이 되니까. 그러려면 명분이 필요했다.

알렉스가 재확인했다.

"역시 사랑스러운 김상희 공주님이 마력학원에 있는 게 못내 불안하신 거죠?"

알렉스의 눈이 빛났다.

'그래, 어서 사랑스러워 미치겠다고 인정하세요, 실험 샘…… 아, 아니, 폐하! 그건 정신병이 아닙니다!'

이번 일은 꽤 큰 이슈가 됐다. 골렘 피라미드 안에서 갑자기 던전이 생성되었고, 고려가 가장 먼저 이상 징후를 파악하여 학생들을 구했단다.

"역시 고려인가……."

고려의 정보력에 다들 놀랐다. 제국보다도 더 빠르게 움직이지 않았는가. 그 어떤 나라보다도 빨랐다.

"제국 내에서 일어난 일인데, 제국보다 빨리 알았다는 건 고려가 그만큼 엄청나다는 거지."

사실 그렇다기보다는 딸 등신이 딸 걱정을 하도 하는 바람에 우연히 알아낸 것뿐이다. 그리고 딸 등신이라 다른 일 다 제쳐 놓고 그냥 구조부터 하고 봐서 그랬다.

제국의 정보부에 불호령이 떨어졌다. 황제가 단단히 화가 났다.

"정보부는 도대체 뭘 하고 있는 거지?"

김국현은 침을 꿀꺽 삼켰다. 고려에 비해 한 끗발 뒤처진다는 인식이 생겨 버렸다. 사실 더 빨리 움직일 수 있었다. 함정 내에 미리 준비시켜 뒀던 나이트들을 구조대로 바꿔서 행동하게 하려고 했다. 그런데 그 나이트들이 전부 죽었다.

"나이트들은 누구에게 죽은 거지? 그것도 아직 확인하지 못했나?"

스페셜 나이트들은 아닐 거다. 왜 굳이 그들이 제국의 나이트들을 죽이겠는가? 그러나 또 스페셜 나이트 외에 누가 또 제국 나이트들을 그렇게 무참히 죽일 수 있겠는가? 김국현은 머리가 아파왔다.

"죄송…… 합니다."

"김국현, 예전 같지가 않구나."

김국현은 식은땀을 삘삘 흘렸다. 황제의 싸늘한 눈빛, 오랜만에 본다. 정말 죽을 것 같았다.

"한 가지 알아낸 것은…… 한 명에게 당한 것 같습니다."

흔적을 살펴보자면 그랬다.

"그게 말이나 되는 소리냐! 김훈상이 직접 오기라도 했다는 뜻이냐?"

김훈상이라면 가능할 거라고 생각했다. 그 외의 다른 인물이라면 절대 불가능하다. 어떻게 제국 나이트 수십 명을 혼자서 도륙한단 말인가. 김국현의 입술이 바짝바짝 메말랐다. 그래도 한 가지는 알아냈다.

"김상희 공주가 빛을 발현시켰다고 합니다."

황제가 분노를 잠시 누그러뜨렸다.

"빛이라?"

"예, 회복의 빛이었습니다."

황제는 자리에 앉았다.

"무슨 수를 써서라도 김상희 공주를 손에 넣어야 한다. 아마 지금쯤이면 고려에서도 이번 사태를 의심의 눈으로 볼 것이다. 납치를 해도 좋다. 당장 손을 써. 도렉스 왕국이나 펜릴 왕국을 이용하는 것도 괜찮겠지."

김국현은 무슨 말인지 이해했다. 조금 과격한 수단을 써서 납치를 한 뒤, 그걸 도렉스 왕국이나 펜릴 왕국에 뒤집어씌우라는 거다. 증거만 조작하면 될 일이다.

'이번 일에…… 내 모가지가 달렸다.'

김상희의 중요성은 이제 완벽하게 입증됐다.

'회복의 빛이라니…….'

언제가 될지는 모르지만 3년 이내에 모든 능력이 만개할 가능성이 높아졌다.

'반드시 손에 넣어야 한다.'

황궁 지하 밀실.

김국현이 말했다.

"10년을 줄여주겠다."

"무슨 일이기에 귀한 몸을 이끌고 여기까지 행차하셨나? 죽을 수도 있는데."

"15년으로 하지."

"싫다."

"20년."

김국현이 이야기를 시작했다. 누군가가 귀를 기울이기 시작했다.

"재미있는 얘기인데."

다시 제안했다.

"30년이면 하겠다."

김국현이 고개를 끄덕였다.

"30년. 대신 스페셜 나이트를 몰래 죽여야 한다. 티 나지 않도록. 그리고 김상희를 절대 범해서도 안 된다. 옆에 김환성 왕자라는 강한 놈이 있을 가능성이 있다."

그가 어깨를 으쓱했다.

"지금 그런 조무래기 때문에 내게 경고를 하는 건가? 기분 나쁜데? 죽고 싶냐?"

"이 일에 내 목이 달렸다. 아무리 너라고 할지라도 신중을 기할 수밖에 없다."

그가 피식 웃었다.

"언제부터 이렇게 겁쟁이가 된 건지 모르겠군. 금방 다녀오겠다."

깊은 밤, 제국 마력학원 제3관 기숙사에 불청객이 찾아들었다.

한진수는 입술을 깨물었다. 이러면 안 된다는 거 안다. 자신과 김상희는 이제 멀어져야만 했다. 그걸 머리로는 아는데, 몸이 자꾸만 말을 듣지 않았다. 저번에 제국의 함정 속에서 김상희를 느꼈다. 눈으로 보지는 못했지만 김상희가 저쪽에 있음을 분명히 느꼈었다. 그 이후로 사무치는 그리움이 밀려들었다. 결국 그 마음을 참지 못했다.

'저놈이 스페셜 나이트.'

예전의 스페셜 나이트는 아니었다. 아무래도 바뀐 모양이다. 실력은 제법 좋았다. 저 정도 은신 능력이면 어지간해서는 아무에게도 들키지 않을 터.

한진수는 고개를 돌렸다. 침대에 누워 곤히 잠든 약혼녀의 얼굴을 쳐다봤다. 진수는 손을 뻗고 싶었다. 손을 조금만 뻗으면 저 아이의 뺨에 손을 댈 수 있는데, 닿을 수 있는데 그러지 못했다. 그냥 보기만 하면 그리움이 가라앉을 줄 알았는데, 아니었다. 오히려 눈앞에 있으니 더 보고 싶었다.

'김상희…….'

다행히 어디 다친 곳은 없는 것 같다. 한참 동안이나 몰래 김상희를 쳐다봤다. 그때 누군가가 방에 들어왔다.

'뭐지?'

순간, 한진수는 긴장했다. 이거 뭔가 느낌이 안 좋다. 정신 똑바로 안 차리면 들어왔는지조차 알 수 없을 정도. 뒷짐을 지고 어슬렁어슬렁 걸어 들어오는데, 스페셜 나이트보다도 은신 능력이 뛰어났다. 그 남자는 한진수가 있는 쪽을 쳐다보고 씨익 웃으며 입 모양만으로 말했다.

'네놈, 스페셜 나이트냐?'

한진수는 그 말을 정확하게 알아들었다.

'기다려라.'

한진수는 순간, 움직이지 못했다. '기다려라'라는 말속에 어떤 권능이라도 있는 것 같았다. 남자는 어슬렁어슬렁 스페셜 나이트 강준석에게 가까이 걸어갔다. 강준석은 그때까지도 위험이 다가오는 줄 모르고 있는 것 같았다.

'저놈은 상희를 지키는 놈이다.'

그렇다면 저놈은 지켜야 했다. 약간 이상하게 되어버린 몸을 움직여 일부러 은신을 깼다. 강준석이 황급히 검을 빼 들었다.

"누, 누구냐!"

의문의 남자가 말했다.

"운이 좋구나, 애송이. 저 녀석이 아니었다면 네 목은 지금 바닥에 굴러 떨어져 있을 텐데."

강준석이 검을 고쳐 쥐었다.

"너희는 누구지?"

한진수가 말했다.

"나는 네 편이다."

하지만 강준석은 믿을 수 없었다. 강준석의 입장에선 당연했다. 늦은 밤, 은신을 하고 숨어 있던—심지어 강준석은 그걸 몰랐다. 상대는 엄청난 실력자다—남자가 갑자기 나타나 '나는 네 편이다'라고 말하면 누가 믿을 수 있을까.

"복면부터 벗고 말하지?"

"나는 김상희를 사랑한다."

한진수의 말에 또 다른 남자가 킬킬대고 웃었다.

"뭐, 사랑이고 나발이고 다 좋아. 나는 너희를 얼른 죽이고 이 계집을 데려가야겠다."

한진수가 필드를 펼치자 남자가 말했다.

"내 수고로움을 덜어주는군."

어차피 남자도 필드를 펼치려고 했다. 소란을 피우지 않기 위해서. 그가 받은 명령은 스페셜 나이트를 쥐도 새도 모르게 죽이고 할 수만 있다면 아무에게도 들키지 않고 김상희 공주를 데려오라는 것이었다. 그래서 필드를 펼쳐야만 했다. 당연한 말이지만 필드를 펼치면서 싸우면, 그냥 싸울 때보다는 아무래도 효율이 떨어진다. 필드 운용에 계속 신경을 쓰고 있어야 하니까.

한진수는 생각했다.

'김상희를 다치게 할 수 없어.'

김상희는 약하다. 마력도 없으니 싸움의 파편으로도 크게 다칠 수 있다. 평소의 경우라면 모르겠지만 오늘은 아니었다. 눈앞의 이 남자, 아무래도 방심할 수 없는 상대다. 쉽게 제압할 수 없다. 큰 싸움이 벌어지면, 김상희가 다칠 수도 있었다. 한진수는 자신이 설령 죽을지라도 김상희를 다치게 하고 싶지 않았다.

강준석은 결정을 내렸다.

'내 힘으로는 이 두 사람 중 한 명도 감당하지 못한다.'

슬프게도 그게 현실이었다. 그는 스페셜 나이트였지만 세계에서 가장 강한 사람은 아니었다. 스페셜 나이트나 프리온 나이트 외에도 세상에는 강한 사람이 얼마든지 있었다. 그리고 이 두 사람은 그 강한 사람이었다.

'어차피 내가 이기지 못한다면 가능성에 걸어야 해.'

김상희를 사랑한다고 했다. 원래대로라면 저게 무슨 개소리인가 생각했겠지만 이제는 아니었다. 김상희를 사랑한다는 거, 어느 정도 이해는 될 것 같기도 했다. 크리스를 보고 또 왕자님들을 보면 그게 그렇게 이해할 수 없는 일만은 아니다.

'일단 저 복면인과 힘을 합친다.'

싸움이 시작됐다. 스페셜 나이트는 역시 스페셜 나이트였다. 한진수와 호흡을 맞춰본 적은 한 번도 없었지만 제법 호흡이 잘 맞았다. 하지만 남자는 여유 있어 보였다.

"제법이구나, 애송이들아. 그 나이에 이 정도 성취라니, 정말 제법이다."

한진수는 조금 암담해졌다. 그는 2차 각성을 이룬 상태다. 이 정도면 그 누구보다도 강할 거라고 생각했는데 아니었다.

'이 남자는…… 나보다 강하다.'

스페셜 나이트가 옆에 있어서 다행이지, 없었으면 금방 패배할 뻔했다. 하지만 시간이 지나면 지날수록 이쪽이 불리해질 것은 자명한 사실.

"지금 무릎 꿇는다면 그냥 편하게 죽여주지."

강준석이 거친 숨을 몰아쉬며 말했다.

"닥쳐라."

그때, 필드 바깥에서 김상희가 몸을 뒤척였다. 김상희의 눈에는 눈물이 조금 맺혀 있었다. 그녀는 물론 모른다. 잘 때 가끔 눈물이 난다는 걸, 자주 어떤 꿈을 꾼다는 걸, 그리고 일어나면 그 꿈은 말끔히 잊혀 있다는 걸 말이다. 이따금씩 눈물이 흘러나오곤 했는데, 그녀 스스로도 왜 그런지는 몰랐다.

김상희는 잠결에 중얼거렸다.

"진수야…… 나한테 왜 그랬어……?"

그 말이 한진수의 가슴을 후벼 팠다.

'네가 위험해지는 게 싫으니까.'

그래서 기억을 지웠다. 김상희를 껴안고 사랑한다고 속삭였던 그 기억, 김상희가 손을 올려 자신의 허리를 껴안고 울던 그 기억, 그 기억을 지워 버렸다. 그 기억은 이제 한진수만 갖고 있다.

김상희가 끙끙 앓았다.

"나 네가 너무…… 보고 싶어……."

그리고 기적이 일어났다.

한진수는 이해할 수 없었다.

'뭐가…… 어떻게 된 거지?'

김상희가 '나 네가 너무 보고 싶어'라고 말하고 난 뒤, 한진수는 이상함을 느꼈다. 갑자기 마력이 충만해진 느낌. 뿐만 아니라 마력의 순도가 엄청나게 정순해진 느낌이었다. 갑자기 힘이 솟구쳤다. 원래대로라면 눈앞의 이 남자를 이길 수 없는데, 지금은 이길 수 있을 것 같다는 확신이 들었다. 그리고 그 확신은 곧 결과가 되었다.

강준석은 입을 쩍 벌렸다.

'여태까지 힘을 숨기고 있었나?'

그렇지 않고서는 설명이 안 된다. 여태껏 수세에 몰려 있었다. 그런데 복면인의 움직임이 갑자기 빨라지더니 의문의 남자의 목이 베어져 있었다.

'엄청난 움직임이다.'

솔직한 말로 제대로 살펴보지도 못했다. 저 복면인이 정말 나쁜 마음을 품고 있었다면 자신쯤은 저항도 해보지 못하고 죽었으리라. 저런 움직임은 여태껏 본 적이 없다. 스페셜 나이트 대대장 김유신이라도 저런 움직임을 보이지는 못할 것 같았다.

'저런 게 어떻게 가능하지?'

갑자기 강해졌을 거라는 건 생각하지 못했다. 저 정도의 강함을 가진 사람을 그는 모른다.

"다, 당신은 도대체 누구……?"

그는 말을 잇지 못했다. 복면인이 김상희에게 가까이 다가가 이마에 입술을 댔다. 그렇게 약간 시간이 흘렀다.

"이 아이를 사랑하는 사람입니다. 부디 나 대신……."

거기까지 말했는데, 한진수는 욕심이 생겼다. 지켜주고 싶다. 다른 사람이 아닌 내가 지켜주고 싶다. 그런 마음이 들었다. 하지만 참아야 했다.

'나는…….'

나는 어떻게 해야 하는 거냐?

'같이 있고 싶다.'

그러나 같이 있을 수 없다.

'하지만 같이 있고 싶다.'

그래도 같이 있으면 안 된다. 김상희까지 위험해진다.

'내가 지켜주면 돼.'

어떤 위협이 닥쳐올지 몰라.

'나도…… 행복해지고 싶어.'

그게 김상희를 불행하게 만들 수도 있어.

'내가 행복하게 만들어줄 수 있어.'

그건 네 자만이야. 너랑 있으면 김상희는 위험해질 뿐이야.

한진수는 수없이 자신과 싸우고 또 싸웠다. 김상희의 잠든 모습을 보고 있으니 충동을 이기기가 너무 힘들었다.

'하지만 지금도 충분히 위험하잖아.'

오늘 만약 자신이 없었다면 김상희는 분명 저 의문의 남자에게 잡혔을 거다.

'분명 제국이겠지.'

아마도 제국일 거다. 제국이 아니고서는 범인을 생각할 수가 없다. 솔직한 말로 만약 오늘 기적이 일어나지 않았다면 자신은 이미 시체였을 거다.

'기적을 일으킨 건…… 너야?'

그럴 거라고 생각했다. 저번에도 그랬다. 거의 죽어가던 그때, 몸이 말끔히 회복된 적이 있었다. 한진수는 확신할 수 없었지만 이것이 김상희 덕분이라고 생각했다. 사실관계야 어찌 됐든 그녀는 자신의 행운의 여신이니까.

'기적 같은 건 아무래도 좋아.'

그냥 내 옆에만 있어줘.

'용서해 줘.'

결국 한진수는 사고를 치고 말았다.

김훈상이 벌떡 일어섰다. 어지간하면 표면적으로 분노를 드러내지 않는 김훈상이다. 그런데 오늘은 굉장히 화가 났다.

"강준석, 너. 도대체 뭐 하는 놈이냐!"

강준석의 머리카락이 쭈뼛 섰다. 핸드폰 너머로 느껴지는 김훈상의 분노는 어마어마했다. 만약 앞에 있었다면 무슨 일이 벌어졌을지 모른다.

―죄송합니다, 폐하."

"찾아라, 당장."

찾지 못한다면 너를 죽이겠다. 김훈상은 그 말을 겨우 참았다. 아무리 화가 난다 하더라도 할 말이 있고 못할 말이 있는 거다. 스페셜 나이트에게 이런 임무를 맡기는 것조차도 이미 아이러니한 일인데, 그 임무를 실패했다고 해서 죽인다고 말하는 건 말도 안 되는 일이다. 말도 안 되는 일이긴 한데, 김훈상은 그 분노를 참을 수가 없었다.

"젠장!"

처음에는 분노가 일었지만 시간이 지나자 염려와 걱정이 밀려들었다.

"도대체 어디 있는 거냐!"

사실 문제는 그게 아니었다. 김상희가 어떻게 되든 그런 건 전혀 중요하지 않다. 원래대로라면 말이다. 지금 정말 큰 문제는 제국이 항의를 하고 있다는 거다. 상대가 고려쯤 되는 나라라서 항의하고 있는 거지, 다른 나라였으면 프리온 나이트가 쳐들어왔어도 열 번은 쳐들어왔다.

알렉스도 걱정했다.

'제국은 우리 고려가 김상희 공주님을 빼돌렸다고 확신하고 있어.'

정황상 그럴 수밖에 없다.

'하지만 김상희 공주님이 도대체 뭔데 제국에서 저렇게 신경을 쓰지?'

물론 명분은 있다. 황제가 직접 뽑은 아이를 제국에 아무런 언질도 없이 고려로 데려와 버렸다. 이건 상당히 문제가 있는 거다. 황제를 개무시하는 처사니까. 그런데 문제는 고려는 그런 적이 없다는 거다.

스페셜 나이트는 멀쩡하고, 싸움의 흔적도 없다. 세상에 그 누가 스페셜 나이트 몰래 잠입하여 김상희 공주만 데리고 갈 수 있겠는가. 상식적으로 말이 안 된다. 그 말인즉, 고려가 빼돌렸다는 소리다.

"솔직히 그렇게 티 나는 행동을 고려가 왜 하겠어?"

"그런데 김상희 공주를 누가 데려가? 고려 아니면 없잖아."

"아니, 그런데 김상희 공주가 도대체 뭔데 고려랑 제국에서 저렇게 아웅다웅하는 거야?"

사람들은 이해하지 못했다. 왜 겨우 공주 하나 따위를 두고 저렇게 신경전을 벌이고 있는 건지 알 수 없었다.

자신의 실종으로 난리가 났다는 걸 전혀 모른 채 김상희가 눈을 떴다.

"여기는……."

한진수가 말했다.

"너 납치당했어, 나한테. 정말 미안한데 너한테는 선택권이 없어. 그냥……."

조금 고민했다. '너 사랑해'라고 말하고 싶었는데, 막상 상황이 이렇게 되니 조금 민망해졌다. 그래서 말이 엉뚱하게 나왔다.

"날 사랑하도록 해."

김상희는 머릿속이 복잡해졌다. 지금 무슨 일이 벌어지고 있는 건지 모르겠다. 게다가 날 사랑하라고? 그거 강요냐? 하고 묻고 싶었다. 하지만 다르게 물었다.

"오라버니, 제가 어떻게 여기에……?"

나는 이 상황을 이해할 수가 없었다.

최근에 큰일을 겪었다. 그래서 몸도 마음도 많이 피곤한 것 같았다. 침대에 누우면 금방 곯아떨어지곤 했다. 이번에도 그랬는데 일어나보니 완전히 다른 곳이다. 꿈인 것 같았다. 어째서 한진수의 얼굴이 보이는지.

"날 사랑해라."

한진수가 저런 이상한 소리를 하고 있는 걸 보니 꿈이 맞는 것 같다. 그런데 저건 또 무슨 소리란 말인가?

"미안하다. 나는 널 그대로 두고 올 수 없었어."

"소녀는 지금 무슨 상황인지 이해하기가 너무나 어려워요."

'그러니까 알아듣기 쉽게 설명해' 이 뜻인데, 한진수는 어련히 잘 알아들었다.

"내가 널 납치했다."

"소녀를요?"

나는 미친한 계집이다. '왜요?'라고 직접적으로 물을 수 없다. 하지만 이 정도만 해줘도 충분하다. 이 세계의 남자들은 단순해서 살살 긁어주기만 해도, 알아서 입을 연다. 한진수 역시 마찬가지다.

"네가 잠들어 있는 모습이……."

순간 나는 한진수를 멍하니 쳐다볼 수밖에 없었다. 지금의 저 표정, 저 말투, 그리고 저 분위기. 나를 사랑했던 그 한진수의 분위기와 똑같았다.

아침에 눈을 뜨면 지구의 진수는 이렇게 말하곤 했었다

"넌 어떻게 잠들어 있을 때도 왜 그렇게 예뻐?"

'무슨 헛소리를 하는 거야'라고 핀잔을 주고 싶다가도 나는 내심 기분이 좋아져선,

"나는 원래 예뻐."

라고 얼토당토않은 말을 하곤 했었다. 그럴 때면 또 진수는,

"내 눈에만 예뻤으면 좋겠는데. 역시 불가능하겠지?"

라고 말하며 오히려 나를 더욱더 민망하게 만들곤 했었다. 지금 돌이켜 생각해 보면 진수는 정말 제정신이 아니었던 것 같다. 제정신이 아니어서 너무나 고마웠다.

그런데 지금의 저 한진수, 그때의 한진수와 분위기가 비슷했다.

'지금의 저 모습은…….'

그때보다 훨씬 더 쭈뼛거리고, 훨씬 더 부자연스러웠지만 나는 느낄 수 있었다. 그때 진수의 마음과 지금 진수의 마음이 똑같다는걸.

"네가 잠들어 있는 모습이…… 너무 못생겨서 신기하더군."

……정정하겠다. 분위기는 똑같은데 내용은 아주 달랐다. 이 자식, 언젠가 네 명치도 겁나 세게 때리고 말 거다. 진짜다. 겁먹어야 할 거야. 그때까지 난 주먹을 갈고닦을 테니까. 네가 이렇게 나온다 이거지?

"소녀는…… 너무나 못났어요. 그래서 오라버니의 옆에 설 자격이 없다는 거, 너무나도 잘 알고 있어요. 정말 소녀를…… 버리실 생각이신가요?"

이쯤 하면 아니라고 하겠지.

'그러고 보니…… 나 왜 이렇게 평안해?'

이상함을 이제야 눈치챘다. 나는 왜 이렇게 편안한 걸까? 눈 떠보니 이상한 곳이고 내 침대가 아닌데, 왜 나는 이렇게 아무렇지도 않은 걸까?

어쨌든 진수는 틀림없이 당황했다. 아무렇지도 않은 척 무표정한 얼굴을 하고 있기는 하지만 나는 알 수 있었다. 지금의 한진수는 내가 알던 한진수랑 너무나 많이 닮았다. 나는 아주 많이 상처받은 척 조심스럽게 물었다.

"그런데 소녀가…… 정말로 그렇게 못났나요? 그렇게 못났다면…… 그래서 오라버니의 마음이 흡족하지 않는다면 차라리…… 차라리……."

뭐, 이 정도만 말하면 되겠지?

한진수가 인상을 찡그렸다.

"차라리 뭐? 끝까지 말해."

"차라리……."

너 지금 아무렇지도 않은 척하고 있지만 속마음은 그렇지 않잖아. 빨리 말을 해봐. 사실 나도 이후에 무슨 말을 해야 할지 모르겠으니까, 빨리 말을 해보라고. 원래의 진수라면 말을 할 텐데? 분명 그럴 텐데? 그래야만 할 텐데?

한진수가 말했다.

"차라리 나를 사랑해라."

아니, 그게 무슨 밑도 끝도 없는 말이야. 그렇게 못났다면 차라리 널 사랑해? 논리적으로 앞뒤 문맥이 맞다고 생각하냐? 너 세기의 대천재라며? 세기의 대천재치고 논리력이 너무 허접하잖아.

나는 봤다. 한진수의 귓볼이 아주아주 조금 빨개진 것을. 그리고 나는 이 장면을 많이 봤었다. 예전의 진수도 부끄러우면 귓볼이 먼저 빨개지곤 했었다.

"소녀는……."

한진수는 침을 꿀꺽 삼켰다. 아무것도 아닌 일인데 왜 긴장이 되는지 모르겠다.

'차라리 나를 사랑해라'라고 일단 던져 놓기는 했는데 왜 이런 말을 했는지 스스로도 이해 못하고 있다. 그리고 김상희가 '소녀는……' 하고 말꼬리를 흐리자 괜히 심장이 쿵쿵 뛰기 시작했다.

'미치겠군.'

예전에는 병인 줄 알았는데 병이 아니었다. 설령 병이라 해도 이건 못 고치는 병이다.

'그래, 사랑한다고 말해라.'

이렇게 대놓고 말할 수도 없다. 남자 자존심이 있지 않은가. 한 번은 말했는데 두 번은 못 말하겠다. 이런 말, 해본 적도 없고 스스로 할 거라고 생각조차 못해 봤다. 몸에 맞지 않는 옷을 입은 것처럼 어색하기 그지없었다.

"오라버니를……."

한진수의 심장이 쿵쿵쿵쿵 뛰기 시작했다. 제국의 나이트 수십 명을 죽일 때도 심장이 이렇게 요동치지는 않았었다. 저딴 게 뭐라고 이렇게 심장이 미친 듯이 뛰는지, 그리고 뭐가 또 이렇게 두려운지.

"사……."

한진수가 또다시 침을 꼴깍 삼켰다. 긴장한 나머지 주먹도 꽉 쥐었다.

"여기까지만 할래요. 소녀는 너무 부끄러워 말을 잇지 못하겠어요."

"아 왜!"

한진수는 신경질적으로 말하고 소스라치게 놀랐다.

'이, 이 무슨 추태냐!'

'아 왜!'라니. 어린아이가 투정을 부리듯 그렇게 신경질을 냈다. 세기의 대천재인 자신이, 불과 얼마 전까지만 해도 각국의 러브 콜을 받으며 차세대 김훈상이라 칭송받던 자신이 어린아이 같은 투정을 부리고 있다니. 이건 말도 안 된다. 있을 수 없는 일이고 있어서도 안 되는 일이다.

'이건 꿈인 거냐!'

김상희는 얼른 말을 끊었다. 저대로 두면 한진수가 기어코 '사랑한다'라는 말을 듣고 말 터. 사실 김상희도 마음 같아선 사랑한다고 말하고 싶었다. 그런데 또 조금 걸리는 게 있다.

'나는 저 한진수를 사랑하는 걸까……?'

과거의 한진수를 사랑하는 건 틀림없었다. 그런데 이 한진수가 그 한진수가 확실히 맞다고 보기에는 조금 힘들었다. 아주 가끔 예전 한진수의 모습이 조금씩 보이기는 하지만 평소의 모습은 완전히 다르니까. 그리고 지금의 그는 과거의 자신을 기억하지 못하는 한진수니까.

'나는 어떤 한진수를 사랑하는 거지?'

그래서 쉽사리 말을 해주지 못했다. 한진수를 사랑하는 건 틀림없지만, 이 한진수와 그 한진수가 같은 사람일 거라는 확신은 없었으니까.

김상희는 말을 돌려 굉장히 슬픈 척을 했다.

"오라버니, 소녀가 정말로 그렇게 못생겼나요? 신기하게 쳐다볼 만큼……?"

고려 왕궁.

김환석이 말했다.

"아버님, 여행을 좀 다녀오겠습니다."

김훈상은 김환석을 쳐다봤다.

"여행을 다녀온다는 것치고는 표정이 지나치게 비장하구나."

김훈상은 한눈에 알아봤다. 김환석, 지금 김상희 찾으러 간다. 나이트들이 지금 흩어져서 찾고 있지만 그걸로는 성에 안 차는 것 같았다. 아들과 아버지는 마음이 통했다.

"그래, 다녀와라."

참고로 김환석은 지금 유부남이다. 그것도 신혼이다. 하지만 아내 따위는 별로 중요하지 않은 듯했다. 애초에 아내와 잠자리도 하지 않고 있다. 말 그대로 형식적인 결혼만 했을 뿐.

알렉스가 김환석을 찾았다.

"세상에. 왕자님…… 전쟁 나가십니까?"

"별거 아니다, 호신 도구일 뿐."

호신 두 번 했다가는 나라 하나 멸망시키겠네요. 그 말은 참았다.

'아니, 여행 가는데 미사일 레이저 유도기는 왜 챙겨 가시는 거야?'

저거, 갖고 가고 싶다고 마음대로 가져갈 수 없다. 저건 왕의 재가가 있어야만 가능하다.

'실험 샘플 폐하님과 합작을 하나 보군.'

공식적으로 '왕자가 공주를 찾기 위해 움직인다'라는 건 말이 안 된다. 있을 수도 없는 일이다. 아마도 실험 샘플 폐하는 마지막 한 가닥 이성의 끈을 붙잡고 있는 것 같았다. 그래서 대외적으로는 '여행', 실질적으로는 '수색 작전'을 하는 거겠지.

'김환석 왕자님이 가신다면…… 결국 스페셜 나이트 몇은 따라붙게 되어 있고.'

그러면 결국 수색 작전이다.

'게다가 김환석 왕자님은 상당히 유용한 발명품을 많이 갖고 계셔.'

상용화된 것은 그렇게 많지 않다. 김환석이 발명하는 것들의 성능은 굉장히 뛰어나나, 가격이 너무 비쌌다. 더군다나 효용성도 떨어졌다. 어차피 이 시대의 문물은 남자를 위한 것. 마력이 없는 사람을 배려할 필요가 없다. 그런데 김환석의 발명품은 정말 쓸데없이 마력이 없는 사람을 배려하는 발명품이 많았다. 이를테면, 충전식으로 운용되어 마력이 없어도 사용할 수 있는 핸드폰 같은 것. 참고로 가격이 일반 핸드폰의 천 배에 이른다. 누가 사용하겠는가?

'결국 김상희 공주님을 찾으러 가는 거겠지.'

저번에 보아하니, 위치추적기까지 부착시켜 놓은 것 같았다. 무려 300억의 예산이 들어간 그것 말이다.

알렉스가 물었다.

"혹시 김상희 공주 찾으러 가는 건 아닙니까?"

"난 그딴 계집애에게 관심 없어."

아니, 그럼 그거는 왜 챙겨요? 김상희의 위치를 나타내는 디스플레이 기계, 지금은 위치가 안 잡힌다만 여태까지의 기록이 남아 있다.

'엄청 소중히 챙기시네.'

그래서 한번 떠봤다.

"혹시 그거, 레이저 미사일 유도기 아닙니까?"

그거, 별거 아니다. 저걸로 어느 표적을 가리키면 고려 본토에서 미사일이 발사된다. 탄두에 따라 다르지만 아마도 반경 수백 미터는 한 방에 초토화시킬 수 있을 정도의 미사일일 것이 틀림없었다.

"……."

김환석은 아무런 말도 못했다. 보통 여행에 이런 걸 챙겨 가지는 않으니까. 이런 건 전쟁하러 갈 때나 스페셜 나이트들이 챙기는 거다.

"이건……."

김환석이 변명했다.

"내 장난감이다."

김상희가 말했다.

"사랑하는 사람…… 있다고 하셨잖아요."

김상희는 똑똑히 기억하고 있다. 아주 오래전, 그러니까 김상희가 소녀식을 치르던 8살 때, 한진수는 김상희를 찾아와 '나는 사랑하는 사람이 있다'라고 말했었다. 그때 상처를 굉장히 많이 받았다.

한진수는 침을 꿀꺽 삼켰다.

'뭔가…… 위험하다.'

아니, 이성적으로 판단하면 무서울 것도 위험할 것도 없다. 그런데 뭔가 위험하다고, 이거 뭔가 느낌이 안 좋다는 게 느껴졌다. 본능의 외침이었다.

"그 사람도 납치를 하셨었나요? 오라버니께서 사랑하시는 분이니 저도 인사를 올리고 싶답니다."

개뿔, 그런 거 아니다. 한진수가 반갑고, 한진수가 고마운데, 그래도 짚을 건 짚고 넘어가야 하지 않겠는가.

김상희의 말에 한진수는 점점 더 당황했다. 뭔가 수렁으로 빠져드는 것 같은 괴상한 기분이 든다.

"나는……."

김상희는 한진수를 재촉하지 않았다. 물끄러미 한진수를 쳐다보기만 했다.

'뭔가가 다가오고 있는 건가……!'

던전 내에서 발록과 싸울 때, 그리고 제3기숙사에서 정체 모를 이상한 남자가 접근했을 때, 이런 기분을 받았었다. 아주 크고 무서운 위협이 다가오고 있을 때나 느껴지는 위기감이다. 그런데 지금은 그런 것도 아닌데 왜 이렇게 식은땀이 줄줄 흐르는지 알 수 없었다.

김상희를 사랑한다는 건 인정했지만, 계집의 질문 때문에 자신이 두려울 수 있다는 사실은 아직 인정하지도, 인지하지도 못하고 있어서 그렇다.

'뭔가가 다가오고 있는 거다! 큰 위협이!'

그 인지부조화 때문에 큰 착각에 빠진 한진수가 말했다.

"내가 지켜주겠다."

아니, 그게 아니라, 사랑하는 사람 있다며? 어서 말을 해봐. 김상희는 그렇게 말하고 싶었다. 그런데 그때, 한진수는 또 위험을 직감했다. 이번에는 진짜였다. 아까는 실체가 없는 막연한 공포와 두려움이었다면 이번에는 실체가 있었다.

'큰일이다.'

위치가 발각된 것 같다.

'김상희는 내가 지켜.'

검을 빼 들었다. 제국의 마수로부터 김상희만큼은 지켜야 했다. 한진수는 긴장하기 시작했다. 그가 아무리 강하더라도 제국이 마음먹고 쳐들어오면 혼자서는 버틸 재간이 없다. 혼자라면 도망이라도 칠 수 있겠지만, 지금은 김상희가 옆에 있다.

'김상희를 두고는 아무 데도 못 간다.'

절대 버리고 가지 않을 거다. 이성적으로 생각하면 말도 안 되는 거다. 겨우 계집애 따위 때문에 도망치지 않는다니. 돈으로 비유해 보자면 100원짜리를 줍기 위해 10억 원을 거리에 뿌리는 거랑 다를 게 없다. 하지만 한진수에게 김상희는 100원이 아니라 100억, 그 이상의 가치를 가졌다. 아니, 자신의 목숨을 버려서라도 지키고자 하니, 돈으로 환산할 수도 없는 가치를 가졌다.

한진수가 조용히 말했다.

"여기 가만히 있어. 밖을 조금 둘러보고 올 테니."

이곳은 동굴 내에 마련한 임시 은신처다. 한진수는 조심스레 밖으로 나갔다. 이곳을 숨기기 위한 장치를 여러 개 마련해 놨는데, 다행히 아직 위치가 파악되지는 않은 것 같다.

'저 사람은……!'

한진수가 익히 아는 얼굴이었다. 긴장을 조금 풀었다. 저 사람이 왜 여기에 있는지 알 것 같으니까.

'아는 척을 해야 하나?'

저 사람의 이름은 김환석. 세간에는 여자에게 굉장히 무시무시한 남자로 통하고 있는데, 한진수는 그게 아님을 안다. 김환석은 김상희를 상상 이상으로 아꼈다. 다만 김환석 본인이 인정하고 있지 않을 뿐.

그 순간 한진수는 갈등에 빠져들었다. 자신은 제국의 반역자다. 제국의 반역자라면 곧 고려의 반역자라는 뜻도 된다.

'어떻게 해야 하지?'

반역자와 함께 있는 여자? 번거롭게 다른 절차를 취할 것도 없이 그냥 죽이면 끝이다. 어쩌면 제국에서 그걸 요구했을 수도 있다. 일단 상식적으로 생각해 보자면 고려의 왕자가 직접 공주를 찾아올 리는 없다. 상식적으로는 말이다. 그런데 왕자가 왔다는 건 뭘 의미하는 걸까?

'혹여 내가 김상희를 데리고 왔다는 것이 발각된 건가?'

지금으로선 그렇게밖에 설명이 되지 않았다. 그 말인즉, 반역자인 자신을 잡기 위해 고려의 왕자가 나이트들을 이끌고 수색하고 있다는 뜻이다.

'이곳이 들키지 않기만을 바라야지.'

만약 들킨다면 저항은 하지 않을 거다. 김환석은 김상희의 오빠다. 다시 말해 가족이다. 김환석이 김상희를 가족으로 생각하고 있는지 아닌지, 정확하게 파악할 수는 없지만 그래도 김상희는 김환석을 좋아하는 것 같다. 물론 김상희가 듣는다면 굉장히 억울해할 일이긴 하지만 적어도 김상희는 김환석에게 항상 애정 표현을 하곤 했으니까.

'나는 왕자님을 해칠 수 없다.'

다른 건 몰라도 김상희가 좋아하는 사람이며 김상희의 가족이다. 그래서 자신은 질 수밖에 없다.

'나는 도대체 뭘 하고 있는 거냐……?'

김상희를 지켜주려면 데려와서는 안 됐다. 그게 논리적으로 맞다. 하지만 논리적인 사고가 불가능해져 버렸다. 김상희를 옆에 두지 않으면 미칠 것 같았다.

'반역자의 여자로 낙인찍히게 둘 수는 없어.'

한진수는 자신의 은신처가 김환석에게 들키지 않기를 간절히 바랐다.

김환석은 초조해졌다. 온갖 최첨단 장비를 동원하여 수색 중인데 아무래도 정확한 위치가 잡히질 않는다. 대략적으로 이 근처에 있을 것 같다고 추측할 수 있을 뿐 정확하게는 알 수 없었다.

'도대체 어디에 있는 거냐.'

대외적으로는 여행을 간다고 하고서 이곳으로 왔다. 카렐 산맥, 대륙의 5대 산맥 중 하나로 뛰어난 길잡이 없이는 절대 되돌아 나올 수 없는 깊은 산으로 통하는 곳이다. 탐사되지 않은 미개척 지역도 많다. 아주 깊은 곳에는 인간과 맞닥뜨린 적 없는 괴물들도 있다는 전설도 있는 곳.

'왜 이런 곳에 똥개가…….'

김환석은 국제 정세니 외교 관계니 그런 건 지금 하나도 중요하지 않았다. 아니, 원래대로 따지면 중요해야 맞다. 그는 뭐니 뭐니 해도 고려의 둘째 왕자니까. 지금 꽤 민감한 상황이다. 제국에서는 고려에게 '김상희를 내놓으라'고 윽박을 지르고 있고 고려는 '우린 그런 적이 없다'라고 맞받아치고 있는 형국이다. 별거 아니라면 별거 아닐 수 있지만, 이건 제국의 자존심이 걸린 문제다. 제국의 자존심을 잘못 건드렸다가는 고려가 지도에서 사라질 수도 있는 법이다. 하지만 지금 이 순간만큼은 그런 거 따윈 신경 쓰고 싶지 않았다.

'제발 살아만 있어라.'

왜 이렇게 간절한 마음이 드는지 모르겠다. 겨우 똥개 따위에게 이런 절박한 마음이 들다니, 스스로 생각해도 미칠 노릇이었다.

'무슨 일이 생겼다면 용서하지 않겠다, 똥개.'

뭐가 어찌 됐든 상관없었다. 막말로 엄청난 악인, 그러니까 예를 들자면 제국의 반역자가 되어버린 한진수랑 같이 있든 뭘 하든 그냥 살아만 있으면 좋겠다고 생각했다. 그러고 보니 문득 짜증이 치밀었다.

'한진수 그 개자식은 어디서 뭘 하고 있는 거냐!'

아니, 응당 약혼자라면 약혼녀가 납치를 당했으면 행동을 보여야 할 것 아닌가. 물론 입장을 바꿔서 생각해 보면 좀 아니긴 하다. 만약 그의 아내 최지수가 누군가에게 납치를 당했다면 별로 신경도 안 쓸 거다. 하지만 이건 다른 문제다. 다른 사람도 아니고 똥개가 아닌가!

'한진수 개자식.'

김환석은 굉장히 이기적이고 편파적으로 생각했다. 자신의 아내가 납치당해도 아무렇지도 않을 거면서 말이다. 심지어 한진수는 지금 행방이 묘연한 상태. 한진수가 김상희 구출과 관련된 행동을 어디서 하고 있다고 하더라도 김환석은 그걸 알 수 없다. 그럼에도 불구하고 한진수가 아무것도 하지 않고 있다고 생각했다. 머릿속이 뒤숭숭해진 그는 뭐든 짜증스럽기만 했다.

제국의 정보부 국장 김국현은 의자에 털썩 주저앉았다.

"실패…… 라고……?"

이건 말도 안 된다. 30년 형량을 줄여주면서까지 그를 보냈다. 그가 간 이상 절대로 실패할 리는 없었다.

'고려의 스페셜 나이트가 그렇게 강할 리는 없다.'

그럴 수밖에 없다. 그는 스페셜 나이트 따위와는 비교조차 되지 않는 강함을 가지고 있으니까.

'도대체 어떻게 된 일이지?'

곧 영상 분석 결과가 나온다. 지금 아무리 궁금해해 봤자 어찌할

도리가 없다. 하지만 초조해졌다. 이번 일로 황제의 마음을 돌렸어야 했는데 실패다. 계속되는 임무 실패, 이젠 정말로 위험했다.

"영상 분석 결과 나왔습니다."

그를 보낼 때 초소형 카메라를 부착했었다. 영상은 약간의 시간차를 두고 제국의 데이터베이스에 기록되게 되는데, 암호화되어 있어서 해독하는데 시간이 좀 걸렸다.

영상 속에서 의문의 복면인이 나타났다.

'저놈은 도대체 누구냐?'

단서는 있었다. 그 남자가 스페셜 나이트에게 이렇게 말했다.

–나는 네 편이다.

–나는 김상희를 사랑한다.

특히 중요한 단서는 '김상희를 사랑한다'라는 말. 그것을 토대로 추측했을 때 당장 떠오르는 사람은 바로 한진수였다.

'하지만 한진수에겐 저런 능력이 없다.'

그런데 영상 속에서 또 다른 목소리가 들려왔다.

"잠깐. 여기. 그래, 여기 다시 돌려봐."

김국현은 제국의 정보부 국장이다. 최근 황제의 신임을 잃기는 했지만 그의 분석 능력이 어디 가는 건 아니다. 사실 김상희처럼 얼토당토않은, 그러니까 상식적으로 생각하면 절대 이해할 수 없는 존재(?)가 나타나지 않았다면 김국현의 자리가 이토록 위태로워지지는 않았을 거다. 그런 김국현이기에 작은 단서도 놓치지 않았다.

"이 음성 주파수대역만 잡아서 크게 확대시켜. 정확하게 보정시키고."

아주 작은 음성이 분석됐다. 김상희의 목소리였다.

—진수야…… 나한테 왜 그랬어…….

—나 네가 너무…… 보고 싶어…….

김국현은 아차! 싶었다.

'그렇다. 옆에는 김상희 공주가 있었다!'

이제 설명이 된다.

'저 복면인은…… 한진수가 틀림없다.'

그렇게밖에 설명할 길이 없었다. 원래대로라면 한진수는 그를 이길 수 없다. 그게 맞다. 그러나 옆에 김상희가 있다면 얘기는 달라진다.

'1차 각성 이후 능력들이 피어나고 있다. 본인이 컨트롤 할 수는 없는 모양이지만.'

저번에는 회복의 빛이 발현됐다. 그렇다면 이번에도 또 다른 능력이 발현됐다면 의문이 풀리는 것이다.

'각성의 빛인가?'

벌써 두 가지. 그것도 이번엔 각성의 빛이 발현됐다. 눈으로 보이지는 않았지만 그것 외에는 설명할 길이 없었다. 김국현은 한달음에 황제를 찾아갔다.

황제는 의자에 앉아 턱을 매만졌다.

"각성의 빛이라. 그리고 한진수라. 그래, 그렇다면 이해가 될 수도 있지. 불가항력인 게 맞다."

김국현이 한 가지를 건의했다.

"범인은 한진수가 틀림없습니다."

"계속 말해봐라."

"고려는 지금 제국의 눈치를 살피고 있는 상황입니다. 자신들의 결백을 주장해야만 하죠. 그렇다면 이번 일을 아예 고려에 맡기는 게 어떻겠습니까?"

한진수는 위험한 놈이다. 프리온 나이트 7기까지 가지고 있다. 힘으로 제압하려면 쉽지 않다. 그렇다면 고려를 이용하면 어떨까? 오히려 대인전에 있어서는 고려가 제국보다 훨씬 강하다. 제국은 대규모 화력전에 강하니까.

"흠……."

어차피 김상희가 지금 당장 필요한 건 아니다. 아직 자신의 능력조차 제대로 파악하지 못하고 있는, 비유하자면 아직 어린아이이다. 그렇게까지 급할 건 없다.

"한진수가 김상희를 죽일 가능성은?"

김국현이 자신 있게 말했다.

"그랬을 거면 김상희를 지키기 위해 목숨을 걸었을 리도 없습니다."

영상 초반에 한진수는 분명 목숨을 걸었다. 김상희가 없었으면 아마 한진수는 이 세상 사람이 아닐 거다. 김국현은 자신 있었다. 아니, 자신이 없어도 자신 있는 척해야 했다. 황제 앞이니까. 이제 더 이상 신임을 잃을 수는 없었다.

황제는 제법 만족한 듯했다.

"귀찮은 짐은 고려에 떠넘기고, 우리는 한진수와 김상희를 얻을 수 있는 건가?"

한진수는 안도의 한숨을 내쉬었다. 다행히 김환석을 비롯한 나이트들은 이곳의 위치를 정확하게 파악할 수는 없는 모양이었다.

시간이 조금 흘렀다.

'언제까지 이렇게 숨어 있을 수는 없어.'

그는 김상희를 사랑한다. 다른 건 몰라도 김상희만큼은 행복하게 해주고 싶었다. 하지만 자신과 함께 있으면 행복할 수 없는 것도 안다. 자신과 함께 걸어가야 할 길은 가시밭길이니까.

"오라버니, 소녀는 지금 무슨 상황인지는 잘 몰라요."

한진수는 말하고 싶었다. 그래, 너는 무슨 상황인지 몰라도 돼. 그냥 나만 믿고, 내 옆에만 있어줘. 난 너만 있으면 돼. 하지만 그렇게 말하지 못했다.

"하지만 소녀는 오라버니를 믿어요."

예전부터 그래왔다. 저런 모습의 한진수는, 뭔가를 말하지 못하고 더듬대고 있을 때의 한진수는 언제나 김상희를 답답하게 했다. 그러나 믿음은 갔다. 결과적으로 한진수는 언제나 김상희의 편이었고, 조금 답답할지언정 김상희에게 해가 되는 행동은 절대로 하지 않았었다. 지금의 한진수 역시 마찬가지일 거라는 기분이 들었다.

한진수는 아무런 말도 하지 못했다.

"……."

믿는단다. 모르겠다. 이유는 잘 모르겠는데 힘이 마구 솟구치는 것 같은 그런 기분이 들었다.

한진수가 말했다.

"여기서 기다리고 있어."

"소녀를 여기 두고 가시려구요?"

"금방 올 거야."

그렇게 말해 놓고 한진수는 움찔 놀랐다. 김상희의 표정을 보아하니 뭔가 크게 잘못을 한 것 같다.

'내가 이 아이를 계속해서 기다리게 만드는 것 같은데……?'

왠지 그런 생각이 들었다. 그것도 짧은 시간이 아니라 아주 오랫동안. 한진수는 알 수 없었다. 김상희가 최소 15년을 기다려 왔다는 걸, 그 오랜 시간 한진수만을 그리워했다는 걸 말이다.

한진수는 자신의 의지와는 달리 또 말했다.

"이번엔…… 오래 기다리게 하지 않을게."

"……."

한진수는 순간 자신의 몸을 컨트롤하지 못했다. 몸이 저절로 움직였다. 김상희에게 다가가 턱을 살짝 들어 올렸다. 김상희가 눈을 감았다. 속눈썹이 파르르 떨리는 게 보였다.

'사랑…… 스럽다.'

정말 사랑스러웠다. 사랑스러워 미칠 것 같았다. 가능하기만 하다면 이 아이를 주머니 속에라도 넣고 다니고 싶을 정도였다. 파르르 떨리는 속눈썹, 살포시 감은 두 눈, 홍조를 머금은 볼, 살짝 벌어진 붉은 입술, 미묘하게 떨리는 몸. 한진수의 심장이 미칠 듯이 뛰기 시작했다. 김상희를 보는 것 자체가 좋았다. 모든 게 다 예뻤다. 그중에서도 유독 붉은 입술이 눈에 띄기 시작했다.

'나는…… 참을 수가 없을 것 같다.'

참기에는 지나치게 사랑스러웠다. 적어도 한진수에게는 그랬다.

한진수도 눈을 감았다. 한진수와 김상희의 코가 살짝 스쳤다. 한진수가 오른쪽으로 고개를 살짝 숙였다. 김상희의 입술과 한진수의 입술이 닿으려던 찰나.

목소리가 들려왔다. 분노에 가득한 목소리였다.

"드디어 찾았다."

한진수는 실수를 깨달았다.

'앗차.'

김상희와 입술이 맞닿으려는 그 찰나, 마력 흐름이 흐트러졌다. 이곳을 은폐시키던 흐름이 불안정해졌고, 김환석과 스페셜 나이트들은 그 틈을 놓치지 않았다.

'내가 이런 실수를…….'

논리적으로 생각해 보면 자신은 김상희와 만나면 절대로 안 됐다. 반역자니, 국제 관계니 그런 건 둘째 치고서라도 이건 무조건적으로 한진수의 손해였다. 김상희만 아니었으면 제국의 반역자로 몰릴 일도 없었고 이런 실수를 할 리도 없었다. 보통의 경우, 이런 황당한 실수를 하고 나면 후회를 하거나 자책을 한다. 하지만 이번만큼은 바보가 된 것처럼 자신을 탓하지 않았다.

'하지만…… 이 기분 나쁘지 않아.'

어떻게 따져 봐도 자신이 큰 손해를 보는 건데, 그 손해가 손해같이 느껴지지가 않았다. 오히려 김상희가 옆에 있음으로 얻게 되는 이득이–그 이득이 뭔지는 스스로도 잘 모르지만–훨씬 크다고 느껴졌다.

한진수가 말했다.

"김상희, 넌 내가 지켜줄게. 그러니까 여기 가만히 있어."

한진수는 동굴 밖으로 나가 양손을 머리 위로 들어 올려 깍지를 꼈다. 저항할 의사가 없음을 표시한 거다.

"왕자님, 접니다. 결론부터 말씀드리자면 제가 사랑하는 여자는 무사합니다."

한진수는 침을 꿀꺽 삼켰다. 가슴팍에 빨간색 레이저가 보인다. 이거…… 이거 설마 레이저 미사일 유도기?

"너, 자세히 얘기해라."

아무리 한진수가 세기의 대천재라고 해도 미사일을 맨몸으로 맞고 멀쩡할 수는 없는 노릇이다. 그건 한진수가 아니라 김훈상이라고 해도 불가능하다.

"왕자님, 실수로라도 그걸 누르시면 안에 있는 김상희까지 다칩니다."

그 말에 김환석은 움찔 놀랐다. 물론 겉으로는 티가 안 났다. 한진수쯤 되니까 움찔 놀라는 걸 겨우 눈치챘을 정도다. 그걸 본 한진수는 깨달았다.

'김상희를 해코지하러 온 것은 아니다. 그렇다고 나는 쫓아온 것 같지도 않다. 그렇다면 김상희는 안전해.'

그 사실 하나만으로도 한진수는 안심을 했다. 다른 건 아무 상관없다. 김상희만 안전하면 됐다.

"제가 모든 것을 설명하겠습니다."

"내가 어째서 반역자의 말을 들어야 하지?"

"김상희 공주의 안전과도 깊은 관련이 있으니까요."

"그따위 계집, 내 알 바 아니다."

혹시나 싶었던 스페셜 나이트들은 고개를 끄덕였다. 그럼 그렇지, 역시 왕자님 아닌가. 괜히 철혈이라 불리는 왕자가 아니다.

'한진수도 멍청하군.'

겨우 저딴 걸 이유라고 말하다니. 차라리 다른 어떤, 뭔가 있어 보이는 이유를 주구장창 설명하는 게 나을 뻔했다.

"하지만 네 얘기는 듣고 싶군. 넌 어째서 제국에 반역을 했나?"

스페셜 나이트들은 긴장하기 시작했다. 한진수의 실력은 어느 정도 알고 있다. 한진수를 제압하려면 큰 피해가 있을 수도 있다.

한진수가 물었다.

"제가 필드를 펼쳐도 되겠습니까?"

스페셜 나이트들이 반대했다.

"안 됩니다, 왕자님. 위험합니다."

일반적으로 스페셜 나이트가 펼치는 스페셜 필드는 외부에서의 간섭이 불가능하다. 물론 스페셜 나이트보다 훨씬 강한 능력을 가진 사람이라면 스페셜 필드를 부수거나 안으로 들어오는 것이 가능하지만 말이다. 한진수가 만약 마음먹고 필드를 펼친다면 외부에서는 도움을 줄 수 없는 상황이 발생할 수도 있다.

김환석이 고개를 끄덕였다.

"펼쳐라."

"왕자님!"

김환석은 한진수를 두려워하지 않았다. 한진수 역시 필드 내에서 김환석에게 해코지할 생각은 전혀 없었다. 아니, 잘 보여야 했다.

'김상희의 오라버니다.'

이미 제국의 반역자가 된 시점에서 다른 건 중요하지 않았다. 고려의 왕자라거나 하는 사실은 그에게 별로 중요하지 않은데, 오로지 하나, 김상희의 오라버니라는 건 아주아주 중요했다. 잘 보여야만 했다. 계집 때문에 오라비에게 잘 보여야 한다는 거. 사실 엄청 이상하고 황당한 건데, 하여튼 그의 마음가짐은 그랬다.

필드가 펼쳐졌다.

"왕자님, 저는 김상희를 진심으로 사랑합니다. 제 목숨보다도 더욱, 훨씬 더 많이 사랑합니다."

"……개소리를 지껄이는군."

"왕자님도 아실 겁니다. 제 말이 괜한 헛소리가 아니라는 걸 말입니다. 실제로 왕자님도 김상희 공주가 걱정되어 여기까지 찾아오신 것 아닙니까?"

"난 단순히 여행을 왔을 뿐이다."

누가 단순 여행에 레이저 미사일 유도기와 위치 추적기, 거기에 스페셜 나이트들을 대동합니까? 한진수는 따지고 싶었지만 참았다. 참아야 했다. 저 인간은 김상희의 오빠니 잘 보여야만 한다.

"어쨌든…… 김상희 공주가 위험합니다."

"너는 김상희 공주를 납치했다."

'납치범 주제에 무슨 말을 그렇게 하는 거냐'라는 뜻이다. 한편, 김환석은 이상한 생각이 들었다.

'나는 여기서 도대체 뭘 하고 있는 거지?'

왜 제국의 반역자 한진수와 반역에 관한 얘기는 하지도 않고, 김상희와 관련된 얘기만 하고 있는지 도통 모르겠다. 그런 귀찮고 짜증 나는 계집. 신경 안 쓰면 그만인데, 이상하게 한진수의 말을 끊지를 못하겠다. 짜증이 났다. 그런데 신경 쓰이는 게 있었다.

'김상희가 위험하다고……?'

아니다. 반역자가 하는 헛소리일 뿐이다.

'하지만 정말 위험하다면……?'

한진수가 말했다.

"제국에서 누군가를 보냈습니다. 스페셜 나이트와 힘을 합쳐 그 누군가를 죽였습니다. 그리고 저는…… 김상희의 안전을 위해 데리고 올 수밖에 없었습니다."

사실 조금은 거짓말이다. 김상희의 안전도 안전이지만 자신의 욕심이 더 컸다. 김상희를 옆에 두고 보고 싶은 그 마음. 그 충동을 억누르지 못했다.

"네 말을 어떻게 믿지? 근거를 대봐라."

"제가…… 김상희를 진심으로 사랑하고 있습니다."

시간이 흘렀다. 한진수도, 김환석도 스스로를 이해할 수는 없었으나 서로를 이해했다.

김환석이 고개를 끄덕였다.

"과연…… 그렇군."

다른 건 잘 모르겠다. 그런데 저 한진수가 미친놈인 것은 확실히 알았다. 계집 때문에 목숨을 걸 생각을 하다니, 확실히 미친놈이다. 미치지 않고서야 어찌 이런단 말인가.

한편, 한진수도 생각했다.

'왕자님 역시 김상희를 굉장히 아껴.'

말로는 그저 하찮은 계집이니 뭐니 하고는 있지만, 속으로는 정말 아낀다는 게 느껴졌다. 그것을 스스로 인지하지 못하는 것 같지만, 아니 엄밀히 말하자면 그것을 인정하기를 거부하는 것 같지만.

김환석이 고개를 끄덕였다.

"……네 제안을 수용하지. 알겠다. 하지만 위험할 수 있다. 정말 아주 잠깐만 틈을 벌어주겠다. 그사이 도망쳐라."

"저는 걱정하지 않으셔도 됩니다."

"네가 원하는 것이 정말 아무것도 없나? 필요하다면 지원을 해줄 수 있다."

"아닙니다. 그러면 꼬리가 밟힙니다. 저는 스스로 힘을 키우겠습니다."

다만…… 김상희만 책임져 주십시오. 제가 왕자님께 부탁드릴 것은 딱 그것 하나뿐입니다. 제가 진심으로 사랑하는 여잡니다. 그 말은 겨우 삼켰다. 굳이 말하지 않아도 김환석은 분명히 그렇게 해줄 테니까.

김환석과 한진수, 둘의 얘기는 끝났다. 이제 연극 아닌 연극을 해야만 할 때다. 필드가 해제되었다.

"왕자님!"

김환석이 명령을 내렸다.

"우리는 지금부터 제국의 반역자이자 고려의 반역자인 한진수를 체포하도록 한다."

그때, 목소리가 들려왔다.

"오라…… 버니!"

김환석이 손을 들어 올렸다. 한진수를 공격하려던 스페셜 나이트들이 멈칫했다.

'저 계집은 도대체 무슨 배짱이냐!'

스페셜 나이트들이 어, 어, 어 하는 사이에 김상희는 김환석에게 가까이 달려왔다. 그리고 김환석에게 안겼다. 겉으로 보면 그저 반가워서 하는 행동이지만, 김상희의 의도는 다른 데 있었다.

'진수를 지켜야 해.'

한진수는 천재다. 이 정도의 틈만 벌어주면 도망갈 수 있을 거다. 한진수가 김상희를 지키고 싶어 하는 마음과 마찬가지로, 김상희 역시 한진수에게 도움을 주고 싶었다.

스페셜 나이트들은 얼떨떨했다.

'저 계집이 어째서 저렇게 무사하지?'

지금은 아주 중요한 순간이다. 반역자 한진수를 잡아야 할 때, 하필이면 계집 따위가 방해를 하다니! 그렇다면 죽어도 할 말이 없다. 저 계집은 죽을 거라고 생각했다. 그런데 아니었다. 김상희 공주가 김환석에게 안길 때까지 김환석의 칼은 움직일 생각을 하지 않았다. 당연한 말이지만 총도 쏘지 않았다.

'혹시 왕자님이 한진수에게 부상을 입으신 건가!'

필드 내에서 어떤 일이 벌어졌는지는 모른다. 하지만 부상을 입은 것 같다. 그렇지 않고서야 어떻게 저런 하찮은 계집이 왕자에게 폭 안길 수 있단 말인가!

한편, 김환석은 당황했다.

'이건 예상치 못한 변수군.'

김상희가 끼어들 줄이야. 어쩔 수 없다. 지금은 연기를 해야 한다. 한진수를 거의 죽일 수 있었으나 실패하는 걸로. 중상을 입히는 걸로 끝내야 했다. 그리고 한진수를 놓쳐야 했다. 지금 당장 한진수는 힘이 없다. 제국으로부터 김상희를 지킬 수가 없다. 그래서 당분간 고려의 그늘 아래로 숨길 거다. 그러려면 한진수로부터 김상희를 '빼앗아' 와야 했다.

'어쩔 수 없다.'

마음이 내키지 않았다. 김상희를 밀쳐 버리는 거, 왜 이렇게 어려운지 모르겠다. 다른 공주들이 접근하면 가차 없이 수십 미터 뒤로 던져 버리지만, 김상희만큼은 예외였다.

'다치지만 마라.'

김환석은 김상희를 신경질적으로 던졌다. 그 스스로는 온 힘을 다해서 던져 버렸다고 생각했다. 그 모습을 본 스페셜 나이트들은 확신했다.

'김환석 왕자님 몸이 정상이 아니다.'

하지만 그것은 오해였다. 그는 온 힘을 다해 던진다고 생각했지만 몸이 제대로 말을 듣지 않았을 뿐, 전력으로 김상희를 던지지 못했을 뿐이다.

어쨌든 김상희는 날아갔다.

"꺄아악!"

동굴벽에 쾅! 부딪쳤다. 한진수는 순간 마음이 너무 아팠다. 김환석이 왜 저런 짓을 했는지 이해는 되지만, 화도 났다. 좀 더 살살 던져도 되잖아! 따지고 싶었다. 스페셜 나이트들은 '너무 살살 던진 것 같아서' 김환석의 안위를 걱정했고, 한진수는 '너무 세게 던진 것 같아서' 김환석에게 분노했다. 하지만 지금 일일이 분노하고 아파할 겨를이 없었다.

"프리온 나이트 소환."

동굴이 웅웅 울리기 시작했다. 한진수가 소환한 프리온 나이트는 가장 작은 형태의 프리온 나이트, 높이가 겨우 3미터밖에 안 되는 소형 모델이다.

스페셜 나이트들은 황당했다.

"저, 저게 프리온 나이트라고?"

베일에 가려져 있던 프리온 나이트가 실체를 드러냈다. 그리고 김환석이 이끄는 스페셜 나이트와 한진수가 이끄는 프리온 나이트 1기가 치열한 전투를 벌이기 시작했다. 치열한 전투 가운데, 김환석이 일부러 틈을 한번 내줬다.

"와, 왕자님!"

그 틈을 한진수는 놓치지 않고 김환석의 옆구리를 살짝 찔렀다. 한진수는 깜짝 놀랐다.

'아니?!'

원래대로라면 살짝 빗겨 맞기만 하기로 했다. 그 틈을 타서 도망치려고 했다. 그런데 김환석이 일부러 검을 끌어당겨 자신의 몸을 깊게 찌르게 했다.

'왕자님, 도대체 무슨 생각입니까!'

알 것 같기는 했다. 가벼운 상처만 입으면 치열한 전투가 펼쳐졌다고 말할 수 없다. 이 정도 다쳐줘야 제국에게 '우리는 최선을 다했다'라고 생색이라도 낼 수 있지 않겠는가. 어쨌든 주사위는 이미 던져졌다. 한진수의 눈길이 김상희를 향했다.

'내가 언젠가 더 강해져서, 혼자서도 제국을 이길 수 있을 만큼. 그래서 너만큼은 반드시 지킬 수 있는…… 그런 남자가 되어 돌아올게.'

그러니까 조금만 더 기다려. 그는 속울음을 삼키며 고개를 돌렸다.

'사랑해…… 김상희.'

김환석이 부상을 입은 그 찰나, 한진수가 도망쳤다.

몇 시간 뒤, 고려가 놀라운 발표를 했다. 대외적인 발표와 별도로 제국에도 비밀리에 연락이 갔다.

제국의 황제가 그 소식을 듣고 벌떡 일어섰다.

"뭐라고! 그게 정말이냐!"

황제는 생각에 잠겼다.

'프리온 나이트 1기가 파괴되고…… 한진수는 도주. 그리고 김상희는 의식 불명이라…….'

세간에는 고려가 제국의 반역자 한진수를 발견하여 공격했다고만 알려졌다. 그리하여 스페셜 나이트 몇 명이 부상을 당했고 한진수가 도망을 쳤다는 게 고려가 대외적으로 발표한 내용이었다. 위치는 카렐 산맥.

'고려가…… 프리온 나이트에 대해 어느 정도 알게 되었겠군.'

물론 정확하게는 모를 거다. 하지만 프리온 나이트가 적어도 '사람'이 아니라는 것 정도는 눈치챘을 터. 황제는 어금니를 깨물며 다짐했다.

'한진수, 이 개자식을 내 편히 죽이지 않으리라.'

고려 역시 제국에 반할 생각은 없는 것 같았다. 그렇지 않고서야 파괴된 프리온 나이트를 일부러 수거하여 은밀한 루트로 제국에 돌려줄 리는 없으니까.

'이로써 고려는 한 가지 패를 더 얻게 된 건가.'

상관없다. 완전한 능력을 각성한 김상희만 얻는다면, 그땐 모든 비밀이 세상에 알려져도 상관없다. 하지만 그때까지는 조심해야 했다.

사람들은 굉장히 놀라워했다.

"고려가 역시 대단하긴 대단한가 봐."

"제국에서도 눈에 불을 켜고 찾고 있는데 다른 곳도 아니고 카렐 산맥에서 한진수를 찾아내다니. 인간의 능력으로만 보면 고려가 최고라는 게 틀린 말은 아닌가 봐."

"저번에 골렘 피라미드에서도 증명됐잖아. 고려의 정보 수집 능력은 진짜 전 세계 탑일걸?"

사실 그런 거 아니다. 애초에 김환석은 한진수를 찾을 생각이 아니었다. 한진수는 그냥 곁다리로 걸렸을 뿐, 원래는 김상희를 찾으려고 했다. 그걸 알 리 없는 사람들은 제멋대로 생각했다.

"그런데 김상희 공주가 한진수와 함께 있었다는 것 같은데."

"반역자의 약혼녀잖아."

"그게 뭔 상관이야?"

"하긴 그것도 그러네."

사실 뭐, 별로 상관없다. 약혼을 했든 심지어 결혼을 했든 그런 건 별로 중요한 사실이 아니었으니까. 대중들은 '그 별로 중요하지 않은 사실'이 원래 김환석의 목표였다는 걸 까마득히 몰랐다.

황제는 생각에 잠겼다.

'위치는 동굴, 놈이 탈취한 프리온 나이트 중 가장 약하고 작은 놈밖에는 사용할 수 없었을 터.'

만약 프리온 나이트 7기를 전부 동원했다면 얘기는 달라졌을지도 모른다.

'만약 고려와 한진수가 짜고 어떠한 밀거래를 했다면?'

그럴 가능성도 있다. 황제는 김훈상의 야망을 안다. 적어도 작은 그릇은 절대 아니다. 한진수를 얻기 위해서 어떤 도박을 했을지, 어떤 거래를 했을지 모른다.

'놈이 프리온 나이트 한 기를 내주고 밀거래했을 확률은…….'

황제는 고개를 저었다.

'그럴 리는 없다.'

그러기엔 김환석 왕자의 부상이 너무 심각했다. 옆구리를 완전히 관통당했으며 고려의 뛰어난 의료진조차도 혀를 내두를 정도의 심각한 부상이라고 했다.

'프리온 나이트가 파괴되고 김환석 왕자가 그 정도 부상을 입었을 정도면…… 자작극이라고 보기에는 힘들다.'

그는 지극히 상식적으로 생각했다. 고려는 김상희 공주의 상태가 위독하며 또다시 어떤 습격이 있을지 모르기 때문에 고려에서 보호하고 있겠다고 알려왔다.

'프리온 나이트 1기를 우리에게 비밀리에 보내왔다. 이것은 우리에게 잘 보이기 위함과 동시에…….'

황제는 눈을 가늘게 떴다.

'우리에게 일종의 경고를 하는 셈이지.'

하나의 경고다. 우리는 프리온 나이트마저도 부술 수 있는 힘을 가지고 있다고 은연중 드러내는 거다. 김환석 왕자는 여행 중이라고 했다. 여행 중이라면 중화기를 챙기지는 않았을 터. 그러니까 준비되지 않은 상태로도 프리온 나이트를 부술 수 있는 힘을 가진 인간들, 그게 고려의 스페셜 나이트들과 김환석이라고 보면 맞았다.

'고려를 이용하여 한진수와 김상희를 얻으려 했는데.'

그게 완전히 실패로 돌아갔다. 한진수는커녕 김상희까지 제국에 묶어두는 것에 실패했다.

'아직은…… 시간이 있어.'

김상희의 모든 능력이 개화된다면 그땐 전면전을 각오하고서라도, 그 어떤 희생을 감수한다 할지라도 김상희를 얻을 생각이었다.

한편, 김환석은 짜증이 무럭무럭 치밀어 올랐다.

"야, 똥개."

"네, 오라버니."

"너 그때 뭐 하고 있었냐?"

그때는 상황이 워낙 급박하여 말을 하지 못했는데, 지금 생각해 보니 아주 짜증 나는 일이 있었다. 김상희와 한진수를 발견했을 때, 그때 둘은 뭔가 짜증 나고 불쾌한 뭔가를 하려고 했던 것 같다.

"소, 소녀는 오라버니께서 무슨 말씀을 하시는지 모르겠어요."

김상희는 직감했다. 저 자식, 지금 아주 불쾌한 상태다. 잘못 건드리면 큰일 난다. 저놈은 누가 뭐라 해도 탑 오브 망나니 아닌가.

"한진수 앞에서 눈을 감고 있던데."

"소, 소녀가 그랬나요? 무서워서 잘 기억이 안 났어요."

김환석은 인상을 찡그렸다. 아, 다시 생각하면 생각할수록 짜증이 난다. 왜 짜증이 나는지는 모르겠지만 아주아주 짜증이 난다. 그래서 밑도 끝도 없이 그냥 말했다.

"죽고 싶냐?"

김상희는 남자를 다루는 데에 이골이 났다. 김환석은 다루기에 좀 어려운 상대기는 하지만 마음먹으면 못할 것도 없다.

"아야……."

현재 김상희는 온몸에 붕대를 감고 있다. 물론 남의 눈을 속이기 위한 위장이다. 김상희는 그 어느 한 곳도 다치지 않았다. 한진수와 김환석이 각별히 신경 써서 보호했고, 굉장히 조심해서 연기를 펼쳤기 때문이다. 김환석도 안다. 김상희는 지금 다친 곳이 아무 데도 없다.

"……."

하지만 김환석은 더 이상 김상희를 윽박지르지 못했다.

"소녀…… 허리가 너무 아픈 것 같아요."

김상희가 아픈 척을 한다는 걸 알고는 있는데, 그래도 혹시나, 아주아주 적은 가능성으로 정말로 아프다면?

'하찮은 계집이니 그렇게 보호를 해줘도 다쳤을 수도 있다!'

김환석의 정신세계는 스스로를 합리화시키고 얼토당토않은 이유를 찾아내고야 말았다.

'그래, 아주 하찮으니까 다쳤을지도 몰라.'

하나도 안 다쳤다는 것을 알고 있으면서도 말이다. 김환석이 투덜거렸다.

"겨우 그까짓 것에 다치다니, 한심하군."

참고로 김환석도 붕대를 감고 있다. 김상희와는 다르게 정말로 크게 다쳤다. 하지만 김환석은 아픈 내색을 전혀 하지 않고 퉁명스레 말했다.

"멍청한 계집 같으니라고."

그는 몸을 돌려 나가 버렸다. 김환석이 김상희의 방을 나가고 나서 얼마 지나지 않아 회복의 관 관장인 미첼이 김상희의 방을 찾았다. 김상희는 얼른 몸을 일으켜 미첼을 맞이했다.

"회복의 관 관장님께서 어쩐 일로……?"

"김상희 공주님이 편찮으시다 하여 진료하러 왔습니다."

김상희는 멍해졌다. 아니, 왜? 난 다친 곳도 없다고. 그리고 일반

의료진도 아니고 회복의 관 관장이 직접? 지금 무슨 일이 벌어지고 있는 거야?

'탑 오브 망나니 짓인가 보다.'

아…… 그 망나니, 진짜 어떻게 손쓸 도리도 없다. 회복의 관의 관장쯤 되는 사람이다. 그 정도 되는 사람이 공주의 진료 때문에 여길 온다? 나라도 엄청 짜증 났을 거다. 자존심도 상하고. 김환석을 미워함과 동시에 나까지도 미워할 수 있다. 저 사람 입장에선 엄청나게 화나는 일일 테니까. 자신을 무시한다고 느낄 것이 분명했다.

김환석은 퓨리어스 한 방울을 미첼에게 건넸다.

"네게 주겠다."

미첼은 눈을 크게 떴다. 이럴 수가! 한 병만 있으면 나라를 살 수도 있다는 천고의 보물 퓨리어스를! 미첼은 힘이 솟았다. 퓨리어스는 왕가가 직접 관리한다. 그리고 이 퓨리어스를 받는다는 건 최고의 영예로 여겨지고 있다.

"감사합니다, 왕자님!"

"가서 김상희를 살펴봐라."

응? 김상희를? 도대체 왜? 미첼은 고개를 갸웃했다.

"그딴 계집 알 바 아니나, 아버님께서 그 계집의 안위에 상당히 신경을 쓰고 계시니."

김환석은 아주 쿨한 척 말했다. 그 스스로가 김상희가 아플지도 모른다고 합리화했다는 사실은 아예 기억 속에서 지워 버렸다. 그렇다.

이건 자신이 아니라, 아버님께서 김상희를 걱정하고 있기 때문에 이러는 거다. 김환석은 스스로를 속이고 기만했다.

"김상희 공주를요? 알겠습니다. 제가 바로 가보겠습니다."

미첼은 하던 일도 미루고 바로 기록의 관으로 달려갔다. 퓨리어스다! 천고의 보물 퓨리어스 한 방울. 이거 먹으면 평생 병 없이 떵떵거리며 살 수 있다. 계집한테 가는 거, 그게 뭔 상관이란 말인가. 돈 있어도 못 구하는 퓨리어스를 받았는데. 그도 스스로를 합리화했다.

'하긴, 일단 대외적으로 왕국의 보배니까 내가 진료를 보는 게 맞지.'

절대 퓨리어스에 낚여서 그러는 건 아니다. 그는 아주 행복하게 웃었다. 김상희 공주 한번 봐주면 퓨리어스가 생기는데!

'이상도 없잖아?'

미첼은 더욱 기분이 좋아졌다. 이상이 없다는 건, 즉 할 일이 없다는 소리다. 이거 완전히 횡재다. 아무 일도 안 했는데 퓨리어스 한 방울이라니!

'또 봐주고 싶다!'

김상희의 걱정과 다르게 미첼은 즐거웠다. 김상희의 생각보다 김환석은 제법 똑똑했다. 더욱이 돈도 많았고.

대외적으로 나는 아주 많이 다쳤고 사경을 헤매고 있는 상태다. 그래서 나는 왕의 부름에 응답하지 못했다.

"……그러니까 내가 대신 올 수밖에. 아주 발칙하고 건방진 계집이구나."

무슨 말이냐고? 아, 억울해. 그냥 억울한 것도 아니고 왕 억울. 아니, 비속어 좀 쓰자. 개억울해, 진짜.

저 개차반이 무슨 말을 하는 건지 설명을 하자면 김훈상이 나를 불렀단다. 뭐, 나는 모를 일이다. 재가 날 불렀는지 안 불렀는지 확인할 길이 없으니까. 어쨌거나 재 말에 따르자면 재는 나를 불렀는데, 내가 몸 상태가 위중하여 자기한테 못 오니까 자기가 여기로 왔다는 거다. 결과적으로 나는 아주 발칙하고 건방진 계집이 된 거고. 이러니 내가 억울해, 안 억울해? 나는 가만히 있었는데 왕명을 안 들은 미친 계집이 됐다.

김훈상은 스페셜 필드를 펼쳤다.

"어이."

"네, 아버님."

아니, 갑자기 스페셜 필드는 왜?

"내 명치를 때려 봐라."

오! 듣던 중 반가운 소리. 나는 왜인지는 알 수 없었다. 중요한 건 얘가 명치를 때릴 수 있도록 허락해 줬다는 거. 일단 한 번은 튕겼다.

"어찌 소녀가 감히……."

아니나 다를까, 이 개차반은 개차반답게, 개차반에 의한, 개차반다운 명령을 내렸다.

"안 치면 사형이다."

그래도 이 정도면 양반 됐다. 다른 사람들 이목을 피하게 해주려고 스페셜 필드를 펼친 다음에 때리라고 하잖아. 어쨌든 왕씩이나 되는 인간이 공주 따위를 신경 써주고 있는 거니까 고마운 거긴 한데, 너 딱 걸렸다. 너 명.존.세!

나는 온 힘을 다해 개차반의 명치를 쳤다.

"컥."

어라? 나는 분명 들었다. 쟤 입에서 컥 소리 나왔다. 그런데 지금 다시 보니 표정이 너무 멀쩡하다. 이상하네? 방금 신음을 낸 거 같은데? 나는 매우 걱정하는 척을 했다.

"괘…… 괜찮으셔요?"

"이 정도 따윈 아무렇지도 않다."

얘도 허세를 부린다. 우리 둘째 망나니의 허세가 어디서 왔냐고 묻는다면, 나는 단연코 이 개차반에게서 왔다고 말할 수 있다.

"한 대 더 때려 봐라."

"소녀가 어찌 감히……."

이제 형식적이다. 어차피 때릴 거다. 아니, 겁나 세게 때리고 싶다. 너 딱 걸렸어. 명치 대라. 명.존.세!

"큭!"

어? 이번엔 진짜다. 진짜 들었다. 진짜로 컥! 소리 들었다. 김훈상이 지금 신음을 냈다고! 아, 이렇게 표현하면 너무 변태 같은가? 나는 변태 아니다. 그냥 단순히 15년의 한풀이를 하고 있을 뿐!

개차반은 또 허세를 부렸다.

"역시 계집 따위의 주먹은 간지럽지도 않군."

그럼 또 때려도 되냐? 맘 같아선 한 10대쯤 치고 싶은데. 나는 알 수 있었다. 김훈상 저 개차반, 지금 마력 운용해서 몸 회복한 것 같다. 뭐랄까, 숨길 수 없는 고통의 표정 같은 게 있었던 거 같은데 그게 지금은 사라졌다. 개차반이 뚜벅뚜벅 내게 걸어왔다. 솔직히 나는 조금 쫄았다. 스페셜 필드, 원래 이거는 사람 죽일 때 펼치는 거라고. 막말로 애가 '왕 때렸으니 너 사형'이라고 말하면 그냥 죽는 거다. 아주 조금 긴장을 했는데, 개차반이 말했다.

"내 손을 잡아라."

……응? 갑자기 왜? 이유를 알 수 없었다. 김훈상의 손은 생각보다 따뜻했다. 개차반은 고개를 갸웃하는가 싶더니 또 말했다.

"안아라."

예?

김훈상은 언제나 그렇듯 무심한 듯 무심하지 않은 듯 시크한 표정으로 날 쳐다보다가 귀찮은 듯 팔을 벌렸다. 와, 저 무심한 표정, 뭐랄까, 안기기 싫은 그런 표정이다. 하지만 내게 선택권이 있을 리 없지. 나는 쭈뼛쭈뼛 부끄러움을 타는 척하면서 걸어가 김훈상을 안았다.

"음……."

김훈상은 또 고개를 갸웃했다.

"꽉 안아라."

나는 시키는 대로 했다. 얘가 도대체 왜 이래? 뭔가 이유가 있는 건가? 그러고 보니 예전 황제도 멍치를 때리라고 했었고. 내가 멍치를 때리는 게, 뭔가가 있기는 있는 것 같다. 아니, 근데 손잡는 거랑 또 안는 거랑은 뭔 상관이래?

결국 개차반은 내 의문점을 풀어주지는 않았다. 대신 내게 다르게 물었다.

"차갑냐?"

아니, 일단 너도 사람인데 차갑지는 않지. 체온이라는 게 있는데. 그렇게 말해주고 싶었지만 내 입은 또 나를 배신했다.

"아버님의 품은 너무나 따스해요. 결코 차갑지 않답니다."

이건 내 입이 아니야. 내 의지가 아니라고. 엉엉.

김훈상이 피식 웃었다. 오른손을 내 머리 위에 얹었다. 설마 이거…… 내 머리 쓰다듬는 뭐, 그런 비스무리한 거야?

"그렇다면 앞으로 자주 안겨라."

갑자기 얘 왜 이래, 진짜!

"내 품도 차갑지만은 않으니."

아니, 그니까 지금 당신 이러는 이유가 뭐냐고? 나 뭐 심각하게 잘못했나?

개차반이 말했다.

"많이…… 걱정했다."

……아, 잊고 있었는데 나 납치당했다가 돌아왔구나.

김훈상에게 누군가가 찾아왔다. 김훈상은 그가 찾아올 것을 예상하기라도 한듯 별로 당황한 모양새는 아니었다.

"너는…… 내가 익히 아는 얼굴이구나."

"……."

"스페셜 나이트의 경호를 뚫고 이곳까지 올 수 있다니, 제법이다."

그는 고개를 끄덕였다.

"날 찾아온 용건은?"

김훈상은 천천히 자리에서 일어서며 검을 뽑아 들었다.

"아니, 용건은 궁금하지 않다."

"고려의 왕이시여."

김훈상은 검을 뽑아 든 상태로 천천히 그 남자를 향해 걸어갔다.

"말을 하려면 일단 살아있어야겠지."

그 말은 김훈상이 그 남자를 죽일 생각이 없다는 뜻이다.

"죽지 마라."

고려 왕궁 내 스페셜 필드가 펼쳐졌다. 김훈상이 말했다.

"김유신, 끼어들지 마라."

모두가 잠든 새벽, 전 세대의 대천재 김훈상의 전투가 시작됐다.

눈앞에 나타난 상대와 몇 번인가 검을 겨루었다. 김훈상이 거리를 벌리더니 인상을 살짝 찡그렸다.

"최선을 다하지 않는구나."

"안 하는 것이 아니라 못하는 겁니다."

"최선을 다하지 않으면 죽는다."

"차라리 죽겠습니다."

김훈상은 어깨를 으쓱했다.

"너는 제국의 반역자다. 곧 우리 고려의 반역자임과 마찬가지다. 어째서 굳이 날 찾아와서 죽음을 자초하려 들지?"

"김상희를 사랑하고 있기 때문입니다."

김훈상이 피식 웃었다. 뭐랄까, 묘한 안도감이 들었다. 사실 상식적으로 생각해 보면 저 말은 어이없고 이해도 안 되는 말이다. 하지만 김훈상이라서 이해할 수 있었다.

'저놈도 단단히 미친놈이군.'

스스로도 미쳤다고 생각하고 있다. 적어도 정상은 아니다. 알렉스를 제외한 다른 신하들에게는 티를 내지 않으려고 노력하고 있다. 그런데 아무래도 세상에는 미친놈이 딱 한 명만 있는 건 아닌 것 같다.

"그것과 나를 공격하지 못하는 것이 무슨 상관이냐?"

"사랑하는 여자의 아버지를 제가 어찌 감히 다치게 할 수 있겠습니까?"

"그 말인즉 나를 다치게 할 수 있다는 뜻이냐?"

"그건 아닙니다. 그러나 한 가지는 확실합니다. 폐하께서 김상희의 아버지인 이상, 저는 폐하를 공격할 수 없습니다."

김훈상은 다시 한 번 피식 웃었다. 저놈, 아주 재미있는 놈이다. 꼬박꼬박 폐하라고는 부르고 있다. 하지만 저 녀석에게 있어 '폐하'라는 건 별로 중요하지 않은 듯했다. 폐하라서 못 때리는 게 아니고, 김상희의 아빠라서 못 때린단다.

"미쳐도 단단히 미쳤군."

"조금 더 미쳐도 될 것 같습니다."

"네가 이렇게 미쳤다는 거, 김상희도 알고 있나?"

"이 정도로 미친 줄은 모를 겁니다."

뭐랄까, 김훈상은 기분이 조금 좋아졌다. 하늘 아래 미친놈이 또 한 명 있다는 걸 알아서일까? 묘한 동질감까지 느껴질 정도였다.

"그렇다면 나를 찾아온 이유를 말해라."

반역자는 이유를 불문하고 처형해야 마땅하다. 하지만 김훈상은 그러지 않았다. 어차피 제국이 시키는 대로 다 할 생각은 없다.

"저도 정확히는 모르지만…… 제국은 김상희를 필요로 합니다."

"계속해 봐."

그건 김훈상도 어렴풋이 알고 있다.

"제게는 프리온 나이트 6기가 있습니다. 1기는 김환석 왕자님에 의해 파괴되었죠."

"프리온 나이트는 사람이 아니더군."

"저도 정확하게는 모르겠습니다. 그러나 그 프리온 나이트보다도 제국은 김상희를 더 원하고 있습니다. 만약 김상희가 고려의 보배가 아니었다면 벌써……."

프리지아처럼 되었겠죠. 그 말은 하지 않았다. 사실 이것도 한진수의 추측에 불과했으니까. 대신 김훈상이 말했다.

"혹시 프리지아는 제국에 의해 사라진 건가?"

"그것 역시 알 수 없습니다. 다만…… 제 개인적인 의견으로는 프리지아의 실종은 제국이 벌인 자작극 같다는 겁니다."

김훈상은 머리가 복잡해졌다. 아쉬울 것 하나 없는 제국이 어째서, 왜 김상희를 얻으려 할까? 우리가 모르는 어떤 비밀이 있는 걸까?

'프리온 나이트, 제국, 여자. 도대체 뭐지?'

알 수 없었다. 이번에는 한진수가 물었다.

"폐하께서는…… 어째서 전력을 다하지 않으셨습니까?"

김훈상은 조금 거만한 태도로 말했다.

"내가 전력을 다하면 이 왕궁은 흔적도 없이 사라진다."

"……."

허세처럼 보이지만 저 말은 허세가 아닐 터.

'하지만…… 폐하시라면 그러지 않도록 조절도 가능하시겠죠.'

한진수는 눈치챘다.

'나를 봐주고 계시다.'

그는 그 이유를 생각해 봤다.

'나를 시험한 걸지도 몰라, 김상희의 남편으로 합당한지.'

그럴 수도 있다. 보편적인 기준에서는 말도 안 되는 생각이다. 제국의 반역자만 아니라면 한진수는 그 어떤 여자를 거느려도 될 정도의 훌륭한 남편감이다. 애초에 여자의 아버지가 사위 될 사람에 대해 평가한다는 게 말이나 되는 소리인가? 그저 훌륭한 사위를 얻을 수 있음에 감사하고 또 감사해도 모자를 판이다. 계집 따위는 별로 중요한 게 아니니까.

보편적인 기준에서는 말도 안 되는 생각인 건 틀림없지만, 한진수는 김훈상의 속내를 어렴풋이 파악했다.

"프리온 나이트 1기를 여기 두고 가겠습니다. 제국의 근간이 되는 전력이니 연구하시면 큰 힘이 될 겁니다."

"……."

고맙다는 말은 하지 않았다. 고맙기는 한데 이런 상황이 편지 않았다.

'뭔가 마음에 안 든다.'

아주 훌륭한 놈이다. 제국의 반역자? 그런 거 신경 썼다면 애초에 전력으로 싸워서 체포하든 죽이든 했을 거다. 그 외에 다른 것들, 모든 점에 있어서 한진수는 완벽했다.

'저 나이 때의 나는 저 정도의 성취를 이루지 못했다.'

김훈상도 인정할 건 인정했다. 저놈은 자신을 능가하는 천재였다. 저 재능에 노력, 그리고 약간의 운만 더해진다면 자신을 뛰어넘을 가능성이 농후한 놈이다. 그러니까 마음에 안 들 리가 없다. 오히려 절하면서 넙죽 업어 와야 할 판국이다. 그런데 기분이 나빴다.

'도둑놈 새끼.'

이유는 모르겠는데 그런 생각이 들었다. 하여튼 마음에 안 들었다.

'주기 싫다.'

김훈상은 뭔가를 빼앗기는 것 같은 기분이 들었다.

김훈상은 의자에 앉은 상태로 중얼거렸다.

"스페셜 나이트의 감시망이 이렇게 허술했던가?"

"그렇다기보다는 제가 너무 뛰어났던 거 아닐까요?"

김훈상은 계단 아래쪽을 쳐다봤다. 저놈, 낯이 익다. 예전에도 제법이라고 느꼈었던 놈이다. 어째서 저 정도의 힘을 가진 녀석이 제국 마력학원의 하위 클래스에 들어가 있는지도 모르겠다.

"백제의 왕자라고 했던가?"

크리스는 고개를 끄덕였다.

"저를 기억해 주시는군요."

김훈상은 피식 웃었다. 저놈은 여길 왜 찾아온 건지 알 수 없었다.

"스페셜 나이트가 되고 싶어서 왔습니다."

"네게 그럴 만한 능력이 있나?"

"스페셜 나이트의 이목을 피하여 이곳으로 왔습니다."

김훈상은 고개를 끄덕였다. 사실 찾는 것보다는 숨는 것이 쉽다. 같은 능력을 가지고 있다면, 찾는 사람보다 숨는 사람한테 유리하다. 그러나 이곳을 지키는 사람은 다른 사람도 아니고 스페셜 나이트다. 스페셜 나이트의 이목을 피하려면 어지간한 실력으로는 안 된다.

김훈상은 이유가 궁금해졌다.

"어째서 스페셜 나이트가 되고 싶지?"

크리스가 한 치의 망설임도 없이 대답했다.

"김상희를 사랑하고 있기 때문입니다."

어라? 이 말, 방금 전에도 들은 것 같은 기분이 드는데. 김훈상은 기억을 돌이켜봤다. 멀리 갈 것도 없었다. 불과 1시간 전, 한진수가 자신에게 했던 말이다.

"김상희를 사랑하고 있기 때문입니다."

김훈상이 껄껄대고 웃었다. 그것도 한참이나 웃었다.

"제정신이 아닌 놈이구나."

"세상에서는 저를 미친놈이라 할지 모르지만……."

크리스는 언제나 그렇듯 활짝 웃었다.

"사랑은 미쳐야만 할 수 있는 거거든요."

김훈상은 크리스를 물끄러미 쳐다봤다. 저놈, 꿍꿍이가 뭔지 모르겠다. 난데없이 스페셜 나이트가 되고 싶다니. 원래대로라면 아예 이해조차 할 수 없는 말들이 오가고 있는 셈이다. 단적인 예로, 지금 김훈상 뒤에 은신한 체 대기하고 있는 김유신은 혼란에 빠진 상태다.

'아까부터 무슨 얘기가 오가는 거냐?'

무슨 외계어인 것 같다. 사랑이라느니, 어쩐다느니. 뭐가 어떻다는 건지 이해가 안 됐다. 그나마 김유신은 김상희를 오래 봐와서 이런 식의 대화에 어느 정도 내성이 있는 편이다.

'무슨 말들을 하고 있는 건지 도통 이해할 수가 없다!'

새로운 언어, 혹은 새로운 암호가 아닐까 하는 생각이 들 정도였다. 사랑은 미쳐야만 할 수 있는 거거든요? 저건 또 무슨 개소리란 말인가!

어느 정도 내성이 있는 김유신이 이 정도다. 다른 사람들은 말할 것도 없다. 아예 이해 자체가, 아니, 논리 자체가 성립이 안 되는 얼토당토않은 대화가 오갔다.

"그렇다면 네가 스페셜 나이트가 되려는 건 김상희를 지키고 싶어서냐?"

"정확합니다."

김유신이 눈을 크게 떴다.

'공주를 지키는 스페셜 나이트라고?'

이주형도 강준석도 처음에는 엄청난 불만을 표했다. 그들은 스페셜 나이트지 시녀가 아니다. 지구식으로 비유해 보자면, 대기업 회장이 계열사 사장에게 나서서 '저기 쓰레기 좀 버려라'라고 명령하는 꼴이다. 쓰레기, 까짓것 못 버릴 건 아니지만 사장이 직접 나서서 할 일은 아니다. 기분이 굉장히 나쁠 거다. 스페셜 나이트들도 마찬가지다. 스페셜 나이트라는 명예를 가지게 되었는데, 난데없이 공주 따위를 지키라고 한다고? 엄청 기분 나쁜 일이다.

'신기한 건 이주형도, 강준석도 불만이 쏙 사라졌다는 거지.'

김유신은 자신 역시 그런 불만이 사라졌다는 걸 인정하지 않았다. 아니, 아예 떠올리질 못했다.

'어쨌든 저놈도 제정신은 아니군.'

그런데 김훈상의 표정이 뭔가 이상하다. 뭐랄까, 좋은 것 같기도 하고 나쁜 것 같기도 한 오묘한 표정이랄까?

김훈상은 생각했다.

'저놈은 미친놈이다.'

미친놈이라서 마음에 든다. 다른 거에 미친 것도 아니고 김상희에게 미쳐 있지 않은가. 자신 역시 김상희에게 미쳐 있는 상태다.

'이런 미친놈은 많으면 많을수록 좋지.'

김훈상이 고개를 끄덕였다.

"좋다. 입단을 허가한다."

"감사합니다."

"대신."

김훈상이 이번에도 검을 뽑아 들었다.

"1분만 버텨봐라, 어디."

검을 뽑기는 뽑았는데 역수로 쥐었다. 즉, 검면으로 크리스를 공격했다. 죽일 생각은 없다는 소리다. 크리스가 비명을 질러댔다.

"아이고, 저 죽습니다!"

김훈상은 아랑곳하지 않았다. 퍽! 퍽! 퍽! 퍽! 요란한 격타음이 울려 퍼졌다. 일부러 전력을 다해 때렸다. 마력을 컨트롤하여 검을 몽둥이처럼 만들어 버렸다.

김유신은 이해할 수 없었다.

'왜 저렇게 저놈을 때리시는 거지? 때리는 것이 즐거우신가?'

김유신이 평소 파악한 김훈상은 때리는 것에 취미가 없었다. 가끔 가학적인 취미를 가진 변태 왕들도 있는데, 김훈상은 아니었다. 그런데 지금은 왠지 평소와 달라 보였다.

'즐거워하고 계신다!'

이유는 알 수 없었다. 왜 크리스를 때리면서 즐거워하는 거지?

김훈상은 신이 났다.

'더 맞아라!'

역시 스스로도 이유는 알 수 없었다. 이유는 모르겠는데, 한진수 때랑 비슷한 마음이 들었다.

'도둑놈 같은 새끼.'

아무리 딸 등신이어도 '감히 내 딸을 넘봐' 심리를 스스로 인지하지 못했다.

시간이 흘렀다. 크리스를 내보냈다.

"김유신, 저놈을 김상희의 호위로 붙여. 스페셜 나이트의 기본 교육만 시켜. 무력 교육은 필요 없다."

"예?"

"저놈은 이미 스페셜 나이트를 뛰어넘었다."

"……."

김훈상은 속으로 생각했다.

'재미있는 놈이군.'

아까의 모습, 솔직히 말하면 찌질했다. 비명을 지르며 얻어맞는 꼴이라니. 체통과 품위를 지켜야만 하는 스페셜 나이트의 모습으로는 영 아니었다. 하지만 김훈상은 알았다.

'피할 수 있으면서도 놈은 일부러 피하지 않았다.'

재미있었다. 놈의 능력이 어디까지인지도 궁금해졌다.

'정말 재미있는 놈이 많이 생겼군.'

미친놈 1 한진수, 미친놈 2 크리스.

'미친놈들의 세상이 다가오고 있다.'

제일 심각한 미친놈이 자신이라는 사실은 인정하지 않기로 했다.

나는 붕대를 감고 생활하고 있다. 솔직히 말해서 엄청 불편하다.

그냥 가만히 있어도 불편한데, 더더욱 불편한 것이 생겼다. 나는 긴장할 수밖에 없었다. 나는 애가 이렇게 화난 모습 처음 본다. 나는 느낄 수 있었다. 애, 이번에는 장난이 아니고 진심으로 화가 났다.

"오, 오라버니……."

"……죽고 싶냐?"

이유는 알 수 없었다. 난데없이 갑자기 찾아와 나를 노려보다가 처음 꺼낸 말이 '죽고 싶냐?'였다.

'내가 뭘 잘못한 거지?'

애교라도 부리면 풀어질까 싶지만 또 그게 무조건적인 법칙은 아니다. 저렇게 정말로 화가 났을 때에는 오히려 역효과를 부를 수도 있다.

'이유를 찾아야 해.'

이유만 알면 풀어가기가 훨씬 쉬워질 거다. 그런데 이유를 도통 모르겠다. 누가 우리 둘째 망나니가 왜 화난 건지 좀 말해주면 안 될까요?

기록의 관 전체가 바르르 떨렸다. 쟤 지금 정말로 분노를 억누르고 있다. 쟤가 저 상태로 실수로라도 나를 건드린다면 아마 나는 즉사할 거다.

"죽고 싶냐고!!!"

유리창이 와장창 깨졌다. 아…… 쟤 왜 저래. 진짜 망했다. 망나니가 성큼성큼 내게 다가왔다.

"……대답 안 해?"

나도 모르게 등에서 식은땀 한 방울이 흘러내렸다.

김상희는 무엇을 잘못한 것인가, 무엇 때문에 저 망나니가 정말 망나니스럽게 화가 났는가, 열심히 생각해 봤지만 제대로 알 수 없었다. 하지만 김상희가 놓치고 있는 게 있었다. 김환성이 정말로 화가 났다면, 정말로 망나니스럽게 화가 났다면, 정말로 지금 외치는 것처럼 김상희를 죽이고 싶었다면, 김상희는 이미 산목숨이 아닐 거다. 막말로 손가락을 까딱만 해도 김상희는 죽을 수도 있다.

"오, 오라버니……."

김상희는 악! 비명을 질렀다. 허리, 하나도 안 아픈데 아픈 척했다. 이럴 때 그녀가 취할 수 있는 최선의 방법이었다.

김환성이 움찔 놀랐다. 언제 화를 냈냐는 듯 빠르게 달려왔다.

"야, 똥개! 너 왜 그래!"

"허리가…… 허리가 너무 아파요."

"이런 젠장!"

와장창!

유리창이 깨졌다. 김상희가 정신을 차려보니 김환성은 여기 없었다. 약 10초가 지난 뒤, 밖에서 으아아아아아! 하고 큰 비명이 창문 밖에서 들려왔다. 김상희는 지금 무슨 일이 일어나고 있는지 알 수 없었다.

'도대체 무슨……?'

"으아아아아!"

비명이 점점 더 가까워져 왔다. 그리고 약 5초 뒤, 김상희는 무슨 일이 벌어지고 있는지 확실히 알 수 있었다.

김환성이 말했다.

"얼른 봐!"

그의 허리춤에는 웬 남자 하나가 매달려 있었다. 보아하니 하늘을 날아서 여기까지 온 것 같은데, 저 남자 지금 팬티 바람이다. 김상희는 눈을 살짝 감았다. 이제야 상황을 좀 알겠다.

'잠자는 의사를 납치해서 데려왔나 보다.'

회복의 관에는 유능한 의사가 많다. 그리고 그 의사들은 서로 간 비번을 정하여 휴식 시간을 갖는다. 그게 환자에게도 좋다. 의사의 마력 흐름이 망가지면, 환자를 보는 데 악영향을 끼치니까.

김환성은 자고 있던 의사 하나를 막무가내로 납치(?)해서 여기까지 날아왔다. 의사 입장에서는 마른하늘에 날벼락. 정신을 차려보니 하늘을 날고 있었다. 참고로 김환성쯤 되는 속도로 하늘을 나는 사람은 거의 없다. 마력 비행술은 어렵다. 의사라고 해서 하늘까지 빠르게 날아본 적 있는 거 아니다. 아무리 남자라도 무서운 건 무섭다.

김상희의 방에 무슨 짐짝처럼 내던져진 의사는 거친 숨을 몰아쉬었다.

"헉…… 헉……."

붕대로 온몸을 칭칭 감싼 공주가 보였다.

김환성이 말했다.

"허리 아프대. 고쳐."

아무래도 안 되겠어. 김환성은 인상을 찡그렸다.

"똥개, 확실히 안 아픈 거 맞아?"

이때다. 김상희는 기회를 포착했다.

"정말이어요. 오라버니가 제 곁에 계시니 아픈 것이 싹 달아난 것 같아요. 역시 오라버니는 제게 있어서 최고의 오라버니셔요."

김환성의 입가가 씰룩거렸다. 하지만 오늘은 웃음을 참았다. 오늘은 동생을 혼내러 왔다.

"너 진짜 죽을래?"

하지만 말투는 많이 부드러워졌다. 절대 '최고의 오라버니'라는 말을 들어서 그런 건 아니다. 절대 절대 아니다.

"소녀가…… 오라버니께 큰 잘못을 저질렀나요?"

"아오씨……!"

김환성은 주먹을 들어 올렸다. 그리고 김상희를 때렸다. 사실 때렸다고 보기엔 좀 미안할 정도다. 들어 올린 건 주먹이었는데, 결국 김상희의 이마에 닿은 건 검지뿐이었으니까. 혹시 몰라서 마력을 일부러 하나도 안 썼다. 까딱 잘못해서 마력을 썼다가 진짜로 다치면 안 되지 않는가. 다른 공주라면 신경도 안 썼겠지만, 아니, 이렇게 독대하고 있을 리가 없겠지만 어쨌든 김환성은 최대한 조심했다.

"……걱정했잖아."

김상희는 어이가 없어 웃을 뻔했다. 그 웃음을 필사적으로 참았다.

'그러니까 내가 납치됐었고 그것 때문에 걱정이 되어서 이 난리를 피운 거라고?'

두 번 걱정했다가는 사람 잡겠네. 김상희는 남몰래 한숨을 쉬었다. 아까 김환성이 처음 이 방에 들어왔을 때는 정말 놀랐다. 이를테면 그런 거다. 평소에 얌전한 사자가 있는데, 그 사자가 갑자기 엄청 배가 고픈 듯 주인에게 달려드는 상황. 그것보다 훨씬 무서운 상황이라고 할 수 있겠다.

'하긴…….'

김환석도 그렇고, 김환성도 그렇고 하여튼 못 말리는 망나니들이다. 김환석은 회복의 관 관장 미첼을 직접 보냈고, 김환성은 아예 의사 하나를 납치해 왔다. 김상희는 모르고 있는 사실이지만, 방금 그 난리로 인해 회복의 관 병실 하나의 벽이 사람 크기만큼 뚫렸다. 마음이 너무 급했던 김환성이 그냥 벽을 뚫고 들어갔기 때문이다.

"너 진짜 안 아파? 많이 다친 거 아냐? 괜찮아?"

김환성은 속사포처럼 말한 뒤, 손가락을 까딱했다. 김상희는 이해하지 못했다.

'뭐라는 거야?'

김환성이 또 손가락을 까딱했다. 김상희는 고개를 갸웃했다. 아무래도 가까이 오라는 뜻 같은데. 그리고 김상희는 깨달을 수 있었다.

'저 망나니가 나를 진짜로 신경 써주고 있네.'

원래대로면 그냥 마력으로 끌어당겼을 텐데, 지금은 아니었다. 허리 아프다고 말했더니 정말로 걱정을 하고 있다. 마력으로 당기면 쉬운 일을, 굳이 저렇게 돌아가고 있으니까. 평소 김환성의 성정을 생각해 보면 정말 엄청난 발전이라 할 수 있겠다.

김상희가 쭈뼛거리자 김환성이 신경질을 냈다.

"아, 와서 안기라고, 멍청아."

답답해진 김환성은 성큼성큼 걸어가 김상희를 와락 끌어안는 척을 하면서 살짝 껴안았다. 김상희가 또 어디 다칠까 봐 걱정되어 그랬다. 물론 김상희는 그것까지 알아채지는 못했지만.

김환성이 말했다.

"주인 허락 없이 어딜 그렇게 싸돌아다닌 거냐? 어? 진짜 죽어볼래?"

……저기요, 나 싸돌아다닌 거 아니고 납치당했거든요. 의문의 복

면인한테? 그 복면인이 한진수였기에 망정이지 다른 사람이었으면 나 죽었을지도 모르거든요. 김상희는 말하고 싶었다. 그래서 간곡히 돌려서 표현했다.

"그때…… 오라버니께서 옆에 계셨다면 소녀는 오라버니와 떨어지지 않을 수 있었을 텐데……."

직설적으로 말하자면 '주인이고 뭐고 하필 그때, 네가 없어서 납치당한 거잖아'라는 뜻이다. 김환성은 크게 충격을 받았다. 따지고 보면 자신이 잘못한 건 없는데, 굉장히 뭔가를 잘못한 것 같은 기분이 들었다. 사실 엄청 화가 나서 찾아왔는데, 그래서 따지러 왔는데 뭔가 이상한 기분이다. 그래서 하마터면 미안하다고 말할 뻔했다. 황급히 정신을 차리고 툭 내뱉었다.

"시, 시끄러워, 똥개."

하…… 힘들었다.

나는 두 망나니에게 시달릴 대로 시달린 것 같다. 그래, 나를 걱정해 주는 건 알겠다. 그래, 그 정도는 알겠어. 그런데 좀 정상적인 방법으로 걱정해 줄 수는 없는 거야? 회복의 관 관장 미첼 님을 보내질 않나, 자는 의사를 팬티 바람으로 납치해 오질 않나. 아니, 그건 범죄 아냐? 왕자면 다 용서되는 거야? 아니, 그리고 개차반은 자기를 줘 패라고 그러질 않나. 얘네가 단체로 약 했어? 왜 이래?

물론 뭐, 내가 납치를 당했다가 구사일생(?)으로 돌아온 거긴 하지만 그래도 좀…… 어휴, 어째 내 주변의 남자들은 정상인이 하나도 없는 것 같냐.

나는 침대에 누우려고 했다. 그런데 또 누가 찾아왔다.

"누나!"

나는 자리에서 일어났다. 환혁이다. 환혁이 목소리! 그래! 환혁이는 그래도 정상에 훨씬 가까운 아이지. 예전에 나한테 '명령이야, 나랑 놀아'라고 말했던 그 사건 이후로 환혁이는 나를 부쩍 조심스럽게 대하고 있다. 자기가 잘못했다고 엉엉 울던 그 모습이 아직도 선하다.

"누나, 누나를 위해 내가 선물을 가지고 왔어! 아주 어렵게 잡은 녀석이야!'

……정상적인 아이라는 거, 취소…… 해도 될까?

"와, 왕자님. 무, 무서워요."

나 이거 진짜 연기 아니다. 진짜 무섭다. 과거 환혁이와 상아는 매미니 메뚜기니, 하여튼 그런 작은 종류의 곤충들을 잡는 걸로 서로 경쟁을 하곤 했었다. 그런데 지금은 아니었다. 세, 세상에. 이게 도대체 뭐야? 아, 무서워. 무섭다고!

"내가 힘들게 잡은 슈퍼 자이언트 스네이크야!"

선물이라고 가져온 게 다름 아닌 뱀이다. 그것도 살아 움직이는 뱀! 그냥 작은 뱀이면 내가 그러려니 하겠다.

환혁이가 활짝 웃었다.

"아직 애기라서 크기는 엄청 작은데, 금방 크는 녀석이야!"

……그 포인트에서 웃지 말아줘. 아직 애기 뱀이라는 건 알겠다. 크기가 겨우 3미터밖에 안 되니까…… 슈퍼 자이언트 스네이크가 괜히 '슈퍼 자이언트'가 아니다. 다 크면 20미터가 넘는 거대한 뱀이 된

다. 그러니까 저걸 내 선물이라고 가져온 거라고……?

환혁이의 얼굴을 봤다. 얼굴은 물론이고 옷도 굉장히 더러웠다. 겉모양만 보면 왕자가 아니고 거지 같다. 아마 저거 잡는다고 며칠을 돌아다닌 모양이다.

보다 못한 스페셜 나이트 강준석이 모습을 드러냈다.

"왕자님, 그 뱀은 위험합니다. 김상희 공주가 죽을 수도 있습니다."

"죽어? 왜?"

고마워요, 강준석 씨. 나는 설명을 해줘야만 했다.

"저는 마력이 없어요. 아주 미천하고 나약한 존재예요. 그러니까 그런 미물이라 할지라도 저를 충분히 해칠 수 있답니다."

환혁이는 그제야 이해했다는 듯 고개를 끄덕였다.

"그럼 안 되지. 음, 그럼 나 이거 다시 놓아주고 올게!"

환혁이도 나갔다. 거기서 끝인 줄 알았다.

"언니!"

좋아, 이번에야말로 정상적인 나의 희망! 나의 힐링! 우리 상아의 목소리가 들려왔다.

"언니, 소녀는 언니를 너무너무 걱정했어요! 언니! 언제 나아요? 상아는 언니가 아픈 거 너무너무 싫어."

……그런데 손에 든 그거 뭐니?

"상아야, 혹시 그거 언니 선물이야?"

"응! 언니 주려고 상아가 잡아왔어요."

……하, 기쁘긴 기쁜데 나 왜 눈물이 나려고 해?

"엄청 귀엽죠?"

……진심이니? 그게 귀엽다고?

“상아야, 언니는 다리가 많이 달린 곤충은 별로 안 좋아해.”

안 좋아하고 자시고를 떠나서, 그거 독 엄청 센 거미 아니니? 아까 봤던 슈퍼 자이언트 스네이크의 새끼는 독은 없다. 하지만 저 거미는 맹독을 가진 거미로 유명하다. 이름이 뭐더라? 메탈릭 포이즌 스파이더였나? 정확하게는 기억 안 나는데, 하여튼 엄청난 맹독을 가지고 있는 거미라는 것만 알고 있다. 크기는 약 30㎝ 정도. 생각해 봐. 거미가 30㎝라고. 5㎝만 되어도 엄청 거대한 건데, 그것의 6배라고. 상상이 돼? 아, 소름.

“상아야, 상아의 마음은 정말 너무너무 고마워요.”

나는 거미에 닿지 않도록 최대한 조심하면서 상아의 머리를 슥슥 쓰다듬어줬다. 상아의 몰골을 보아하니 얘도 고생을 좀 한 것 같다. 아무리 마력이 있다고 해도 너는 여자라고! 요 녀석아! 아무래도 안 되겠다. 특단의 조치를 취해야겠다. 이 세계에서 여자가 살아남는 법, 그거 그렇게 어려운 거 아니다. 상아는 마력을 가지고 태어나기는 했지만 그래도 여자가 아닌 건 아니다. 여자라는 한계는 분명히 존재한다.

‘여자니까 여자의 방식을 써야 해.’

조기교육을 해야겠다. 상아는 자신의 선물을 내가 그다지 좋아하지 않는다는 걸 눈치채고 시무룩해졌다. 그래서 나는 상아의 이마에 살짝 키스해 줬다. 아주 작게 쪽 소리가 났다. 상아의 얼굴이 금방 밝아졌다.

“내일부터 상아는 언니랑 매일매일 데이트할까?”

상아가 활짝 웃었다.

“응!”

알렉스는 굉장히 흥미로운 것을 발견했다.

'김상희 공주님이 김상아 공주님을 가르친다고!'

오오, 오오~ 엄청나다. 엄청난 것이다! 이것은 혁신이 아닌가! 알렉스는 흥분했다.

"김상희 공주님, 저도 참관하면 안 됩니까?"

학자로서의 학구열이 불타오른다! 김상희 공주 본인이 직접 전하는 상희학이라니! 알렉스는 행복해졌다.

"학자님이요……?"

김상희는 알렉스가 '상희학'을 공부하고 있는지 모른다. 애초에 그런 학문 같은 게 있다고 생각도 안 한다. 아니, 못 한다. 상식적으로 그런 학문이 있을 리 없지 않은가.

"저도 꼭! 꼭! 참여하고 싶습니다."

"아니…… 그래도 이건……."

김상희는 김상아를 '여자'로 키우려고 한다. 그녀도 남자에게 애교부리고, 할 말도 가려 하고, 돌려 말하는 거 좋아하지 않는다. 그래도 어쩔 수 없다. 세상이 그렇다. 세상이 그렇다면 그 세상에 최대한 맞춰야 하지 않겠는가. 세상 전체를 바꿀 수 있는 게 아니라면 말이다.

'알렉스 학자님이 계시면 제대로 말을 못할 텐데……?'

알렉스가 타협안을 제시했다.

"일주일에 딱 한 번, 한 번 참관하도록 하죠!"

김상희는 알 수 없었다. 알렉스가 왜 저렇게 기뻐하고 있는지, 뭐가 저렇게 행복한지 말이다. 김상희는 방으로 돌아왔다. 뭔가 평소의 방과는 약간 달랐다.

'어라?'

내가 들어가자 어두웠던 방 안의 불이 저절로 켜졌다. 어라, 뭐지? 눈에 가장 먼저 들어온 것은 붉은색의 향연이었다. 장미꽃이 보였다. 향기로운 장미향이 코에 스며들었다. 아, 냄새 좋다. 나 이 냄새 좋아.

'이건 도대체……?'

이런 광경, 15년을 살면서 처음 본다. 지구에서도 한 번밖에 못 봤다. 진수는 내게 프러포즈를 제대로 못한 것–진수는 정말 황당한 방식으로 내게 프러포즈를 했다. 반지도 없고 이벤트도 없었다. 된장찌개 끓여주면서 그런 말을 했었다. 지금 생각해도 황당하다–을 항상 미안해했다. 그래서 어느 날, 내게 이런 이벤트를 해줬었다. 방에다가 촛불과 장미꽃들을 뿌려 놓고 나를 기다리고 있었다. 그때의 진수가 떠올라 그리워졌다. 그런데 목소리가 들려왔다. 진수의 목소리는 아니었다.

"어때? 마음에 들어?"

주위는 온통 장미꽃투성이. 그리고 장미꽃들 사이로 길이 나 있었다. 마치 나보고 걸어오라고 하는 듯.

"……예뻐요."

예쁜 장미꽃들 너머로 옛날 진수의 따뜻한 얼굴이 또 아른거렸다. 크리스가 씨익 웃었다.

"마음에 들어 하는 것 같아 다행이다."

나는 이때까지 알지 못했다. 지금 이 장미들은 그냥 장미가 아니라 '로얄 로즈'라고 불리는 특수한 장미꽃이다. 향이 일반 장미보다 강하며, 마력을 조금 흡수하게 되면 스스로 빛이 나는 신비한 속성이 있다. 붉은색뿐만 아니라 각 꽃마다 여러 가지 색깔을 낸다. 참고로 가격은 한 송이에 약 1만 원가량. 대충 봐도 수천 송이는 되는 것 같으니, 적어도 수천만 원 정도는 들어갔다고 보면 될 것 같다.

'진수야…….'

어둠 사이로 각양각색의 빛을 내는 이 장미들을 보면서 나는, 진수의 기억을 떠올렸다. 그 기억은 내게 추억이었으며 아름다운 행복이었다.

목소리가 들려왔다.

"가까이 와."

언제나 그렇듯 크리스는 활짝 웃었다. 침대 바로 앞에 크리스가 서 있었다. 나는 물었다.

"소녀에게 어찌하여 이렇게 잘해 주시는 거죠?"

크리스가 어깨를 으쓱했다.

"말했잖아, 사랑한다고."

"……."

"장난 같아?"

"……."

"장난 아닌데. 나 진짠데."

나는 아무런 말도 하지 않았다. 아니, 하지 못했다.

'나는…….'

나는 진수가 아닌 다른 사람은 남자로 보이지 않는다. 크리스가 잘생긴 것도 알겠고, 이제 내 편인 것도 알겠다. 고마운 것도 맞다. 하지만…….

'크리스는 진수가 아니야.'

미안한 말이지만 나는 크리스의 마음을 받아줄 수 없었다. 나를 위해 이벤트를 열어주는 이 순간에도 내 마음과 시선은 온통 진수를 향해 있었다.

'어떡하면 좋지?'

나 참, 누가 들으면 정말 황당한 고민이라고 하겠다. 이 세계에서 여자에게 선택권 같은 건 없다. 그저 남자가 뭔가를 요구하면 그것에 따라야 하는 게 맞다. 원래대로라면 크리스가 나쁜 마음을 먹는다면 얼마든지 나를 취할 수 있다. 크리스가 신경 써야 할 것은 원래 약혼자인 한진수에 대한 예의인데, 지금 진수는 제국의 반역자로 쫓기고 있는 상태. 그러니까 크리스가 신경 써야 할 것은 아무것도 없었다.

'크리스는…… 나를 정말로 배려해 주고 있어.'

나는 뭔가를 말하려고 했다. 크리스가 손가락으로 내 입술을 막았다.

"쉿."

"……."

크리스는 또 활짝 웃었다.

"네가 무슨 말 하려는지 알겠으니까, 말하지 마."

"……."

"나는 그냥 네가 무사히 돌아온 게 기뻐서, 그 마음을 표현하고 싶어서 작은 이벤트를 벌였을 뿐이야. 당장 뭐 너 보고 나 좋아하라고 그런 말 안 해. 걱정하지 마."

나는 주위를 한번 둘러봤다. 반짝반짝 빛을 내는 장미들이라니, 신기했다. 나는 고개를 숙여서 감사를 표시했다.

"감사해요, 크리스 학우님."

"나는 많은 걸 바라지 않아, 지금 당장은."

크리스가 말을 이었다.

"학우님 빼고 크리스라고 불러주면 안 되겠어?"

"제, 제가 어찌 감히……."

내가 어떻게 감히 크리스를 크리스라 부른단 말인가. 하다못해 내가 예뻐하는 남동생인 환혁이에게도 꼬박꼬박 '왕자님'이라고 부르면서 존댓말을 쓰고 있는데, 타국의 왕자인 크리스를 이름으로만 부르라는 건 내게 형벌과도 같은 거다. 만에 하나 다른 사람이 듣는다면? 나는 뒷감당을 할 자신이 없다.

"나도 알아. 그러니까 지금처럼 우리 둘만 있을 때, 딱 그때는 그냥 내 이름 불러줘."

"하지만……."

"김상희."

크리스가 내게 가까이 다가와 내 어깨에 손을 얹었다.

"내 이름 부를 거야, 말 거야?"

아니, 이 인간아. 아무리 그래도 어떻게 내가 널 이름으로 부르냐? 괜히 얘기 잘못 퍼지면 나만 엄청 곤란해진다고. 미친 계집이라고 말이야.

"이름으로 안 부르면 여기서 키스해 버린다."

크리스는 말로만 그러는 게 아니라 진짜 행동으로 보였다. 크리스의 얼굴이 가까워졌다. 나는 화들짝 놀라 뒷걸음질 쳤다. 크리스는 내 행동을 막을 수 있었음에도 불구하고 그러지 않았다. 내가 뒷걸음질 치도록 내버려 뒀다.

"키스받고 싶으면 계속 학우님이라고 불러. 사실 난 학우님이라고 부르는 게 더 좋아. 그럼 키스할 수 있으니까."

그게 말이냐 막걸리냐? 지금 그걸 협박이라고 하는 거냐? 아오, 너도 명존세 리스트에 포함시켜도 되겠니? 싫으나 좋으나, 얘는 지금 나 엄청 봐주고 있다. 그래, 나도 안다. 얘가 그냥 마음먹고 내게 키스하면 나는 거부할 수도 없다. 남자에겐 마력이라는 게 있으니까.

"크, 크리스……."

"그래, 그렇게 부르니까 얼마나 좋아?"

크리스는 내 침대에 앉았다.

"아쉽네, 키스할 수 있었는데."

……이봐, 너 전혀 아쉬운 표정 아니거든? 오히려 즐거워 보이거든? 크리스는 언제나 그렇듯 활짝 웃었다.

"그냥 네 입에서 내 이름이 나왔다는 것 자체가 기분이 좋아. 나 되게 멍청해 보이지 않아?"

"……."

나는 정말 모르겠다. 크리스는 정말 이상하다. 이 세계의 사람이 아닌 것 같다. 백제라는 곳, 한번 가보고 싶어졌다. 어떤 곳이기에 저런 특이한 아이가 나올 수 있는지.

"근데 한편으로는 슬프기도 하네. 자존심도 상하고."

"제가…… 무언가를 잘못했나요? 저는 너무나 아둔하여……."

잘못한 게 있다면 사과해야 했다. 이곳은 그런 세계다. 크리스는 남자고 나는 여자니까. 하지만 나는 말을 하지 못했다. 크리스가 마력으로 내 입을 막아버렸기 때문이다. 야. 나도 말 좀 하자!

"네 안에 누가 그렇게 크게 있기에 나를 그렇게 거부하는지 모르겠어."

크리스는 또 활짝 웃었다. 쟤는 참…… 정말 속없이 잘도 웃는다.

"그 누군가가 누군지 알고 있어서 더 짜증 나. 아까는 반쯤 장난이었는데, 그렇게 기겁해서 뒷걸음질 칠 줄은 몰랐거든. 그거 되게 자존심 상한다?"

"……."

이봐, 내가 무슨 말이라도 좀 하게 이 마력 좀 어떻게 해봐. 아오, 진짜. 내가 명존세를 해야 할 대상은 다름 아닌 마력이다. 왜 신은 남자에게만 마력을 준 거냐! 그 신, 어디 한번 나와 봐라. 명치 한 번 때려주게.

크리스는 여전히 활짝 웃으면서 나를 쳐다봤다.

"괜찮아. 내가 자존심 상하는 것보다……."

내 머리를 슥슥 쓰다듬었다.

"겨우 그런 것보다 내가 널 더 많이 좋아하거든."

나는 알게 됐다. 크리스가 내 새로운 스페셜 나이트가 되었다는걸. 크리스가 말했다.

"……내가 지켜줄게."

내게 하는 말인지, 스스로에게 하는 말인지는 모르겠지만, 크리스는 이렇게 중얼거렸다.

"너를 지키는 것의 대가가 설령 내 목숨이라 할지라도."

김상희는 김상아를 교육시키기로 했다. 이 세계에서 여자로 태어난 이상, 여자만이 살아갈 수 있는 방식을 익혀야만 한다. 김상아는 언제나 김환혁과 어울려 다닌다. 마력도 갖고 있다. 그러다 보니 사내아이와 똑같아져 버렸다.

'이래서 교육 환경이 중요하다니까.'

하지만 언제까지고 이렇게 클 수는 없는 법이다.

"상아야, 오늘부터 뭔가를 잡아오는 건 금지야."

"하, 하지만 환혁 오라버니는 항상 나보다 큰 걸 잡는데!"

상아는 그게 자존심이 상하는 모양이다. 상아야, 그것부터가 잘못됐어. 아, 이 아이를 어디서부터 가르쳐야 하는 거지? 김상희는 고개를 절레절레 저었다.

'애초에 남자는 경쟁 대상이 아냐.'

이미 상아와 환혁이 사이에서 능력 차이가 조금씩 벌어지고 있다. 상아는 여자이고, 여자로서의 한계가 분명히 존재한다. 애초에 남자와 여자는 경쟁 자체가 안 된다. 그래서 경쟁 대상이라고 할 수 없다.

'다만 조련의 대상이지.'

지구에도 이런 말이 있다. 세계를 지배하는 건 남자지만, 그 남자를 지배하는 건 여자라고.

'갑갑하네.'

한편, 알렉스는 신이 났다.

'오오! 여성스러움이라는 건가!'

여성스러움, 이 세계에서 여성스러움이라는 거 별거 없다. 그냥 천하고, 할 줄 아는 거 없고, 노예처럼 일만 하고, 남자의 성욕이나 풀어주고. 그냥 그런 거다. 천하의 알렉스조차도 그렇게 생각하고 있다. 알렉스의 잘못이 아니다. 이 세계의 남자 대부분이 '여성스러움'에 대해서 그렇게 생각한다.

'상희학에 접목시켜야겠어. 상희학에서 말하는 여성스러움이라는 건, 기존의 여성스러움과는 확연히 다르다! 그래! 그랬어! 좋아! 좋다고!'

김상희는 알렉스의 표정을 훔쳐봤다. 뭔가 좀 불길하다. 상아의 수업에 왜 저렇게 열성적으로 참여하는지 모르겠다. 참고로 필기까지 하고 있다. 당연히 일반적인 필기와는 완전히 다르다. 김상희의 말을 토시 하나 빠뜨리지 않고 처음부터 끝까지 다 받아 적고 있다. 뿐만 아니라 김상아의 질문까지도 완벽히 카피했다. 마력이 있어서 가능하다. 지금 펜이 움직이는 거, 김상희의 눈으로는 제대로 보이지도 않을 정도다. 아마 지구의 개념으로 치자면 분당 타자 속도 3천타는 넘을 것이다.

김상희는 또 땡을 외쳤다.

"땡!"

"왜, 왜! 상아는 분명히 맞췄는데!"

질문은 이랬다. '무거운 돌이 있다. 들 수는 있는데 힘들 것 같다. 옆에는 왕자님이 있다. 그러면 어떻게 해야 할까?' 상아의 눈높이에 맞춘다고 아주 쉽게 문제를 냈는데, 상아의 대답은 해괴할 정도였다.

'이 아이를 어떡하지 진짜……?'

상아가 낸 답은 돌을 부숴 버리는 거였다. 돌을 부수면 가벼워진다나 뭐라나.

알렉스도 곰곰이 생각했다.

‘정답이 도대체 뭐지?’

상희학을 공부하고 있는 만학도 알렉스는 학구열에 불타올랐다. 뭔가, 그럴싸한 답이 떠올랐다.

“공주님, 혹시 정답은 들어달라고 부탁하는 겁니까?”

알렉스가 생각하기로, 만약 김상희가 왕자들 중 한 명에게 들어달라 부탁한다면 분명 들어줄 거라고 생각했다. 거기까지가 알렉스의 한계였다.

“땡.”

김상희가 생각하는 정답은, 일단 나름대로는 최선을 다해서 열심히 들어보고–들어 보는 척을 하고–구원을 바라는 듯한 눈빛으로 왕자를 쳐다보며, 이걸 들 수 있는 분은 정말로 멋진 분이실 거예요, 등의 멘트를 날리는 거다. 물론, 몇 가지 제약이 따른다. 애초에 이 정도 말을 할 수 있을 정도의 최소한의 관계는 미리 쌓아놔야 한다는 거다. 상희가 보기에 상아는 이미 그 정도는 됐다.

김상희는 한숨을 내쉬었다.

‘정말…… 갈 길이 머네…….’

어찌 됐든 상아는 좋아했다.

“오라버니, 소녀는 상희 언니랑 매일매일 데이트를 한답니다!”

“흐, 흥! 그런 거 하나도 부럽지 않아!”

김상희는 또 한숨을 쉬었다. 아니, 애초에 왕자님은 경쟁의 대상이 아니라고 그렇게 말을 했음에도 불구하고, 상아는 환혁에게 경쟁심을 느끼는 것 같았다. 요즘은 딱히 이길 구석이 없으니, ‘언니와 데이트를 더 많이 한다!’라는 걸로 경쟁을 하는 모양이다.

“누나, 나도 누나랑 데이트할래. 왜 상아랑만 해? 나도 누나랑 데이트하고 싶어.”

그래도 예전과 달리 명령이니까 데이트해. 이런 말은 안 했다. 그런데 알렉스가 김상희를 찾아왔다.

“왕자님, 공주님, 저는 지금 국왕 폐하의 명령으로 김상희 공주와 잠시 독대를 해야 할 것 같습니다.”

김상희는 고개를 번쩍 들었다. 올 것이 왔다.

‘드디어…….’

저번에 알렉스와 따로 얘기했던 게 있다. 상대가 알렉스라서, 그래서 얘기할 수 있었다. 다른 사람이었다면 엄두도 못 냈을 거다.

김상아와 김환혁을 밖으로 내보낸 뒤, 알렉스가 말했다.

“결정이 내려졌습니다.”

김상희가 물었다. 솔직히 조금 긴장됐다.

“어떻게 됐나요?”

나는 알렉스 학자님과 밀거래(?)를 했다.

‘이런 일을 아무렇지도 않게 하고 있는 내가 알렉스 씨 눈에는 얼마나 별종으로 보일까?’

이 세계의 상식, 그 상식이 내게는 통하지 않을 때가 많다. 지금의 경우도 역시 마찬가지다. ‘내가 이걸 해줄 테니, 당신은 내게 이걸 해줘’ 이런 건 지구에서나 가능한 일이다. 상대는 남자 중에서도 원로 학자이자 왕의 총애를 받는 남자이며 나는 그저 허울뿐인 공주다. 일단 뭐, 대외적으로는 그렇다는 거지. 그런 상황에서 내가 알렉스 씨에게 뭔가를 제안한다는 건 원래는 있을 수 없는 일이다.

‘그런 의미에서 알렉스 씨도 진짜 특이한 사람이야.’

요즘은 뭘 그렇게 열심히 공부하는 건지 모르겠는데 뭐라더라, 무슨 새로운 학문을 공부하고 있단다. 그 학문에 내가 아주아주 중요한 역할을 하고 있다는데 뭐 내가 알 수가 있어야지. 나는 정보가 많이 제한되어 있는 상태다. 솔직히 말해서 나도 궁금한 것이 많다. 특히 왜 남자들이 나보고 명치를 때려보라고 하는지 모르겠다. 마력 흐름이 약간 좋아진다고 얼핏 들은 것 같긴 한데 확실하진 않다.

'개차반은 심지어 안아보라고 하고, 손도 잡아보라고 했었지.'

나와의 스킨십이 어떤 영향을 끼치는 것 같기는 한데, 누구 하나 속 시원하게 말해주는 사람이 없으니 답답할 수밖에. 어쨌거나 결론을 말하자면 나는 정보가 굉장히 제한되어 있는 상태고, 이 제한을 조금이나마 완화시키기 위하여 알렉스 씨와 거래를 한 거다.

"여기 있습니다. 진짜 조심해야 합니다. 잘못 걸리면 저도 모가지입니다."

알렉스 씨는 목소리를 한껏 낮추고 목에다 손을 대고 까딱거리면서 칵칵 하고 이상한 소리를 냈다. 이봐요, 당신 80세 넘었잖아. 그리고 대학자잖아. 제스처가 너무 적나라하고 유치한 거 아니에요? 게다가 말은 저렇게 하면서도 눈동자는 기이한 열망으로 이글이글 불타오르는 것 같은 착각이 들었다. 하여튼 이상한 학자님이다.

그렇다면 이게 뭐냐고? 별거 아니다. 그냥 책이다. 일단 겉으로는 말이다. 하지만 일반 책은 아니었다. 이 책은 기록의 관 꼭대기, 21층에 있는 왕궁 특별 서고에 있는 책이다. 왕궁 특별 서고, 이곳은 절대 금녀의 구역이다. 시녀조차도 출입이 불가능하다. 성스러운 곳이라 하여, 아예 여자의 출입 자체가 금지된다. 남자들이라고 해서 아무나 들어갈 수 있는 건 아니다.

고려 학회의 승인을 얻고, 왕의 재가를 받은 자만이 특별 서고에 출입할 수 있다. 그 서고가 얼마나 넓은지, 얼마나 많은 책이 수록되어 있는지 그건 알려진 바가 없었다. 왕궁의 학자들도 말을 해주지 않았고.

내가 생각해도 참 감회가 새롭다.

'이런 거래를 하게 될 줄이야.'

또 계집아이라니, 부끄러운 줄 알도록 해라. 태어나자마자 이 말을 들었을 때 얼마나 황당했던가. 저딴 게 아버지라고. 그때부터 나는 개차반을 개차반이라고 부르지 않았던가. 하여튼 그런 곳에서 내가 왕궁의 대학자와 이런 식의 거래를 할 수 있다는 건, 적어도 내 주변의 세상이 많이 변했다는 뜻이다. 아직 갈 길이 멀기는 하지만 말이다.

'이 책에는 무슨 내용이 있을까?'

책을 펼쳐 봤다. 별 기대 안 하고 열어봤던 첫 번째 책인데, 상상도 하지 못했던 내용이 적혀 있었다.

김상희는 알렉스를 조금 특이하다고 생각한다. 다른 남자에게는 할 수 없는 말도 알렉스에게는 할 수 있다고 생각하는 편이다. 알렉스는 무슨 말을 하든지 잘 받아들일 것 같았으니까. 하지만 이번에는 아니었다.

'남자와 여자가 평등한 세상?'

이 세계에서는 말도 안 되는 일이다. 과거, 지동설을 주장했던 코페르니쿠스는 당시 학자들에 의해 학계의 이단아 취급을 받았고, 갈릴레이 갈릴레오 역시 지동설을 주장하다 재판까지 받게 됐다. 그 당시의 사람들에게 있어서 지동설은 하느님을 위협하는 이단의 학문이라고 생각했었으니까.

'그거보다 더 심각한 얘기인데, 이건?'

오래 거슬러 올라갈 필요도 없다. 김상희는 한국을 떠올렸다. 사회주의와 민주주의의 갈등. 그 갈등 속에서 얼마나 많은 사람이 죽었던가. 이건 거의 그 정도 수준이 아닐까 싶다. 남자와 여자가 평등한 세계. 어떻게 이런 게 가능하단 말인가? 아니, 그 정도면 차라리 말할 수 있겠다. '옛날에는 이랬대요. 제 해석이 역시 틀린 거겠죠? 헤헷' 하고 웃어버리면 그만이니까.

'마력이 원래 여자들의 전유물이었다고?'

특별 서고에 보관되어 있는 책들은 대부분 해석이 불가능한 책들이다. 여태까지 해석을 할 수 없었던 책들. 그러나 김상희는 읽을 수 있었다.

'무슨 뚱딴지같은 얘기야?'

원래 고대의 기록이라는 건 뚱딴지같은 소리가 많다. 뜬구름 잡는 소리도 많고, 그냥 헛소리로 치부되는 것도 많다. 예를 들어 '옛날 옛적, 호랑이 담배 피우던 시절에' 그것과 거의 비슷한 얘기다.

"상희 공주님, 뭐 좀 알아낸 거 있어요?"

악! 깜짝이야!

김상희는 자리에서 벌떡 일어났다. 일어나면서 머리로 알렉스의 턱을 세게 쳤다.

알렉스가 물었다.

"괘, 괜찮아요?"

당연히 김상희만 아프다. 이 정도 충격은 마력이 알아서 몸을 보호한다. 다시 말해, 알렉스의 몸은 마력으로 보호받는다는 뜻이다.

김상희는 머리를 비비면서 울상을 지었다.

"놀랐잖아요. 갑자기 그렇게 뒤에 계시면 어떡해요?"

그냥 이렇게만 말하면 아주 건방지고 몰상식한 계집이 된다. 여기에 김상희 특유의 애교가 녹아들었다.

'그래, 이건 내가 아니야. 나를 잊자. 나를 잊는 거야. 15년 동안 잘 해왔어 나는.'

"히잉…… 소녀는 너무 아파요."

그것도 일부러 약간 혀 짧은 소리를 냈다. 굳이 문자로 표현해 보자면 '힝, 아파쪄요'와 같은 느낌이다. 이럴 때마다 김상희는 스스로가 소름 끼쳤지만 어쩔 수 없다. 그냥 '놀랐잖아요. 갑자기 그렇게 뒤에 계시면 어떡해요?' 하면 아주 싸가지 없는 계집이 되는 거니까.

"허허허……."

비록 상희학을 공부하고는 있지만 김상희에 대해 큰 면역력이 없는 알렉스는 그저 허허거리고 웃고 말았다. 말의 내용을 들어 보면 아주 건방진데, 이 모습을 보고 있노라면 기분이 전혀 나쁘지가 않다.

"미안합니다. 인기척을 좀 낼 걸 그랬나?"

이상했다. 자꾸만 허허허 하고 웃음이 나왔다. 알렉스의 학구열이 또 불타올랐다.

'좋아. 다른 사람이라고 가정을 해보자.'

예를 들어 다른 공주라고 가정을 해보고 똑같은 상황에 처했다면?

'나는 화를 냈겠지?'

아마 그랬을 거다. 뭐, 다른 학자들과는 다르게 그냥 '조심 좀 하세요' 정도로 끝났을 것 같기는 하다.

'그런데 그 공주가 놀랐으니 조심 좀 해라, 라고 말한다면?'

그렇게 생각을 해보니 좀 짜증이 날 것 같았다. 어디 감히 공주 따위가?

'분명히 그런데 상희 공주님은…….'

다른 공주와는 다른 뭔가가 있다! 알렉스는 그 실체를 찾기 위해 무던히 노력해야만 했다. 알렉스는 분명 특이한 학자이기는 하지만 그렇다고는 해도 역시 이 세계의 '남자'다. 이 세계의 남자들에 비해서 김상희에 대해 더 잘 안다는 거지, 지구의 남자들에 비하면 아무것도 아니다. 애초에 지구의 남자들과는 개념 자체가 다르고, 생활방식 자체가 다르다. 알렉스의 학구열이 뜨겁게 불타올랐다.

'뭐가 다른 거냐!'

그는 인정할 수밖에 없었다.

'왜 이렇게 사랑스러운 거냐! 불가사의하다!'

한편, 김상희는 속으로 생각했다.

'이런 얘기는 할 수 없어. 일단 더 많은 정보를 끌어모으자.'

특별 서고에는 대부분 고대의 기록들, 그중에서도 해석이 불가능한 내용이 많을 거라고 추측하고 있는 중이다.

"공주님, 해석은 됩니까?"

"고려의 뛰어나신 학자님들도 아직 못 하고 계신데 미천한 소녀가 어찌 해석을 할 수 있겠어요? 소녀는 그저, 특별 서고의 책을 보는 것만으로도 무한한 영광이랍니다."

어쩜, 어쩜 저렇게 말을 예쁘게 할까? 알렉스는 또 흐뭇해지고 말았다. 다른 여자들과는 달라도 너무나 다르지 않은가.

“허허, 그거 다 보시고 나면 또 가져다 드리죠.”

김상희는 스스로를 또 잊기로 했다. 이건 내가 아니다. 내 안에 30살, 아니, 살아온 세월로만 따지면 40살 넘는 아줌마 따윈 존재하지 않는다. 그런 거다. 이건 내가 아니다! 속으로는 그렇게 외치면서 겉으로는 예쁘게 말했다.

“와아! 알렉스 학자님 최고!”

김상희는 활짝 웃으며 알렉스를 껴안았다. ‘나는 당신이 정말 정말 좋아’라고 주장하듯 말이다. 알렉스는 허허! 웃고 말았다. 이거, 기분이 썩 나쁘지 않다. 아니, 좋다. 이거 아주아주 좋은 기분이다!

‘그래서 폐하가 이리저리 날리다가 못 이기는 척하고 안아주고 그랬나?’

이제 김훈상의 마음도 이해하는 학자가 됐다. 알렉스가 너털웃음을 짓고 있는 사이, 김상희는 남몰래 한숨을 쉬었다. 이건 내가 아니다. 이건 내가 아니다. 이건 내가 아니다.

김상희는 머릿속이 복잡해졌다.

‘뭔가…… 이 세계엔 특별한 것이 있는 것 같아. 남자들조차도 모르는…… 그런 뭔가가.’

뭔가가 더 있는 것 같아서 마음이 복잡해졌다.

‘당분간은 모른 척하자.’

나는 몇 권의 책을 더 봤다. 일단 고대의 기록이 사실이라면, 과거에는 남자와 여자가 평등했었다. 아무래도 지금의 세상과는 많이 다른 모양이었다. 흔히들 말하는 '고대'라고 한다면 보통은 '마도 문명'을 뜻한다. 그 마도 문명 시대에는 남자와 여자가 마력을 갖고 있었는데, 그중에서도 여자의 마력이 더 높았다고 한다. 남자와 여자 간의 어떠한 차이가 있다는데 정확히는 잘 모르겠다.

'애초에 몇 권의 책으로 고대 문명을 이해한다는 거 자체가 말이 안 되지.'

그런데 왜 지금 시대에 이르러서는 남자만이 마력을 갖고 있을까? 또 왜 여자만 이렇게 많이 태어나는 걸까?

그 의문점들은 지금 당장은 답을 찾을 수 없었다. 다른 남자들에게 발설하지 않으면서 그냥 순수한 척, 모르는 척하면서 공부를 하는 수밖에.

"상희, 요즘 공부 열심히 하네?"

"아…… 크리스 나이트님."

이젠 학우님이 아니다. 어쩐 생각인지는 모르겠지만 크리스는 제국의 마력학원을 그만두고, 스페셜 나이트로 입대했다. 그것도 나를 지키는 스페셜 나이트를 자원했다고 들었다. 그것부터가 조금 이상하다. 고려의 스페셜 나이트가 될 수 있을 정도의 실력자가 어째서 제국 마력학원의 하위 클래스에서 공부를 하고 있었을까? 예전 던전에 갇혔을 때도 이 아이는 뭔가 특별했다.

'정말 비밀이 많은 아이야.'

언제나 그렇듯 크리스는 활짝 웃었다. 크리스는 몸을 살짝 숙여 나와 눈을 마주치고 내 머리에 손을 얹었다.

"이름으로 안 부르면 키스해 버린다고 했어, 안 했어? 지금 우리 둘밖에 없는데 그냥 확 해버려?"

"크, 크리스!"

그제야 크리스는 허리를 세우며 일어섰다.

"거봐, 이름으로 부르니까 좋잖아. 내가 꼭 이렇게까지 협박을 하게 만들어야겠어?"

그러고 나서는 콧노래를 흥얼거렸다.

"뭐, 좋아. 경고는 두 번 했으니까. 다음부터는 진짜로 키스할 거야. 경고 두 번이나 했어 나는. 내 나름대로는 최선을 다했다고."

그게 최선을 다한 거냐……? 협박 같지도 않은 그딴 협박이라니. 나는 도대체 전생에 무슨 잘못을 했길래 이런 곳…… 아, 잘못했구나. 내가 진수 마음고생 많이 시키긴 했었지.

그때, 나는 문득 이런 생각이 들었다.

'크리스는 처음부터 특별했어.'

성장 환경이 다른 곳에서 자랐다고 했다. 백제라는 곳. 그곳이 어떤 곳인지는 잘 모르지만 일단 책으로 접할 수 있는 내용으로는 남자와 여자가 거의 평등에 가까운 생활을 하는 곳이라고 했다. 그래서 다른 나라들로부터 무시받는다고도 했고. 백제라는 곳이 궁금해졌다.

크리스는 복도를 따라 걸었다. 아까 김상희에게 했던 말이 떠올랐다.

'다음부턴 진짜로 키스할 거야. 경고 두 번이나 했어 나는. 내 나름대로는 최선을 다했다고.'

스스로 아주 흡족했다. 이렇게 훌륭한 협박이 또 있을까 싶었다. 마음에 들었다.

그때 누군가와 마주쳤다.

"잠깐만요."

정확하지는 않으나 아마도 고려의 나이트들 중 한 명일 것 같다.

"예?"

크리스는 남자를 유심히 쳐다봤다. 주위를 둘러봤다. 마력을 사용하여 감지까지 했다. 주위엔 아무도 없었다.

크리스가 작게 물었다.

"너는…… 누구냐?"

남자는 인상을 팍 찡그렸다. 척 보기에도 어린놈이다. 어린놈들 중 자신에게 하대를 할 만한 사람은 왕자님들 정도다. 그 외에 다른 놈들은 하대를 할 수 없다. 자신은 긍지 높은 고려의 나이트가 아닌가.

그때, 크리스가 말했다.

"*Kerannis Frential.*"

"……."

고려의 나이트, 6대대 소속 정윤한. 그러니까 과거 죽은 줄만 알고 장례까지 치러졌었던 그의 눈동자의 초점이 풀리기 시작했다.

"나는 백제의 왕자 크리스다."

정윤한이 말했다.

"명을 받듭니다."

"너는 이곳에서 뭘 하고 있지?"

"말씀드릴 수 없습니다."

"*Essantia Kerannis Frential.*"

"……."

머뭇거리던 정윤한이 말을 이었다.

"저는 고려를 살피고 있습니다."

"구체적으로 무엇을?"

"고려의 자금력에 관한 조사를 진행 중입니다."

"누구의 명령이냐?"

"말씀드릴 수 없습니다."

크리스는 인상을 찡그렸다.

'이보다 더 상위 명령어가 입력되어 있다는 뜻인가?'

그렇다면 어쩔 수 없다. '*Essantia Kerannis Frential*'보다 더 높은 상위 명령어는 많아봐야 5개가 채 되지 않는다. 다시 말해, 이 나이트는 굉장히 중요한 임무를 수행 중이라는 뜻이다.

"임무 수행 기간은?"

"정해져 있지 않습니다."

고려의 자금력을 조사한다라. 크리스는 고개를 갸웃했다. 고려가 막강한 나라인 것은 이전부터 이미 유명한 사실이다. 무역의 요충지에 자리 잡고 있으며 스페셜 나이트라는 강대한 인적 자원을 가지고 있다. 예전부터 경제 대국이었다.

'내가 모르는 무언가가 있을 수도 있다는 뜻인데.'

아마 상부에서는 '뭔가가 있다'라고 확신을 하는 건 아닌 것 같았다. 확신을 했다면 임무 수행 기간을 저렇게 무작위로 주지는 않을 거다. 언제까지, 어떠한 내용을 알아내라고 하는 것이 일반적인 명령이다. 저렇게 광범위한 주제를 가지고 기간조차 정해지지 않고 조사를 하는 것은 아마도 조사해도 아무것도 나오지 않을 가능성이 높아서 그럴 거다.

'누구지? 누가 상위 명령어를 사용하여 고려 왕궁에 이놈을 침투시킨 거냐?'

크리스는 알 수 없었다. 예전 김훈상의 명령으로 인해 정윤한이 백제에 침투했다가 돌아왔다는 것을.

'당장 떠오르는 사람은 세 명 정도인데…….'

크리스는 살짝 눈살을 찌푸렸다.

'그놈이 관련되어 있다면 피곤해진다.'

원래대로라면 신경을 안 쓰는 게 맞다.

왕궁 내 화장실. 그는 거울을 쳐다봤다. 거울 속의 그는 히죽 웃고 있었지만 거울 밖의 크리스는 웃지 않았다. 그는 히죽 웃고 있는 거울 속의 자신을 쳐다보며 말했다.

"맞아, 사실 내가 관여할 문제는 아니지."

주위에는 아무도 없었다.

"원래대로는 그런데…… 상희가 얽혀 있을 수 있잖아."

물론 아닐 수도 있다.

"고려 왕궁, 고려 왕가와 관련된 일이라면 상희와 관련이 없을 수는 없겠지. 상희에겐 아무런 피해가 가지 않더라도. 만약 고려에 피해가 간다면, 고려의 왕이나 왕자들에게 피해가 간다면…… 상희가 좋아하지 않을 거야."

크리스는 활짝 웃었다. 이번에는 거울 속 크리스는 웃지 않았다.

"나는 김상희가 가슴 아파하는 거 보기 싫거든. 알아, 나도 미친 거. 정상이 아니라는 것쯤은 아주 확실하게 알고 있어. 아, 알았다고. 잔소리 좀 그만해. 임무를 잊은 건 아니야. 임무는 확실히 해."

그리고 한마디를 더했다.

"난 죽어도 돼. 죽어도 될 이유가 나한테 있으니까."

크리스는 이제 고려의 스페셜 나이트다. 왕이 직접 그렇게 임명했다. 하지만 스페셜 나이트 대대장인 김유신은 크리스에 대한 신뢰도가 그렇게 높지는 않았다.

김유신이 퉁명스러운 목소리로 말했다.

“무기는 모두 내려 놔라.”

크리스는 얌전하게 두 손을 머리 위로 들고 몸수색에 응했다. 왕의 방문이 저절로 열렸다. 안쪽에서 목소리가 들려왔다.

“됐으니까 그냥 들여보내.”

“하지만 폐하!”

“김유신, 잊고 있나 본데.”

김훈상이 씨익 웃었다.

“내가 너보다 세다?”

……잊지는 않았습니다만. 김유신은 크흠 헛기침을 했다.

“그래도…… 저는 이 아이를 믿지 못하겠습니다. 수상쩍은 구석이 지나치게 많은 놈입니다.”

“그래서 스페셜 나이트 전체 임무에서는 빼주잖아. 그냥 형식상 스페셜 나이트고 실제로는 김상희 호위인데 뭐.”

크리스는 언제나 그렇듯 활짝 웃었다. 그도 그의 입장을 안다. 이 정도의 실력을 가지고서 제국 마력학원의 하위 클래스에 입학했다. 여태까지 소문도 나지 않았다. 김유신이 그를 경계하는 이유다. 이 정도의 실력을 가졌으면 소문이 났어도 벌써 났어야 했다. 그런데 나지 않았다. 뭔가 있다는 거다. 어쨌든 김유신은 크리스를 그다지 신뢰하지 않았으며 스페셜 나이트로 인정하지도 않았다. 왕이 스페셜 나이트라니까 그런가 보다 할 뿐이다.

크리스는 웃음기를 잃지 않은 채 태평스레 말했다.

"임무와 전쟁에서 팀워크는 엄청나게 중요한 거죠. 저도 이해합니다."

"……."

"저를 임무에서 제하셔도 좋습니다. 저를 스페셜 나이트로 인정하지 않아도 좋아요. 다만, 제가 김상희를 사랑하고 있다는 사실만큼은 인정해 주셨으면 좋겠네요."

"……."

김유신은 아무런 말도 하지 못했다. 저게 도대체 무슨 개소리인가 싶은데, 또 이상한 건 저 말이 이상하게 말이 된다고 생각하게 된다는 거다. 다른 여자라면 모르겠는데 김상희니까 가능할 수도 있겠다는 생각이 든다.

시간이 조금 흘렀다.

"날 찾아온 이유가 뭐냐?"

크리스는 빙빙 돌리지 않고 본론부터 얘기했다.

"김상희 공주가 백제를 방문하고 싶어 합니다."

김훈상은 피식 웃었다.

"백제? 네 고국 말이냐?"

"예, 알고 계셨군요. 맞습니다."

"그걸 왜 네가 날 찾아와서 말하지? 겨우 그런 게, 일국의 왕을 찾아와 직접 말할 정도로 크고 중한 일이냐?"

보통의 경우, 그러니까 일반적인 신하들이라면 왕이 이렇게 말하면 기가 죽는다. 주눅 들어서 할 말도 제대로 못하게 된다. 그리고 김훈상의 말에는 틀린 점이 없었다. 겨우 공주의 소망 때문에 스페셜 나이트가 왕과의 독대를 요청하여 말을 하다니, 이건 엄연히 왕을 무시하는 행위다. 왕의 귀중한 시간을 빼앗는 것이기도 했다.

"크고 중한 일은 아니나, 김상희의 일입니다."

"……그게 나와 무슨 상관이지?"

혹시 모른 사태-혹여라도 크리스가 김훈상을 암습하는-에 대비하고자 김훈상 옆에서 대기하던 김유신은 말하고 싶었다.

'폐, 폐하. 지금 동공이 흔들리는 것 같습니다.'

김유신은 김훈상과 많은 전투에 참여했다. 세간에 알려지지 않은 전투들도 꽤 된다. 김훈상이 아무런 피도 흘리지 않고, 평탄대로로 이 자리에 오른 건 절대 아니니까. 그때마다 김훈상은 언제나 침착한 상태를 유지했다. 언제나 이성적이었고 냉철했다. 김훈상은 그런 왕이며, 그런 주군이었다. 분명히 그래야만 하는데 저렇게 흔들리는 눈빛은 뭐란 말인가.

'폐하께서 또 이상하시다.'

오늘은 왜 저렇게 불안해 보이는지 이유를 알 수 없었다.

크리스는 말하고 싶은 것을 참지 않았다.

"폐하, 지금 엄청 상관있다는 표정이신데요?"

그랬다가 피식 웃었다.

"그럼요. 김상희 공주 따위에게는 무슨 일이 벌어져도 이상하지 않죠. 그렇다면 제가 김상희 공주를 데리고 백제에 좀 다녀와도 되겠습니까? 일단 제 임무는 임무니까 김상희를 지켜야 하기는 하는데, 저는 백제를 가야 하니까요. 그럼 어쩔 수 없이 김상희를 제가 데리고 가야겠네요."

김훈상은 소리칠 뻔했다. 뭐라고! 이 도둑놈 새끼가! 초인적인 인내심으로 겨우 참아냈다. 도둑놈? 무엇을 도둑질한단 말인가? 답은 이미 정해져 있었지만 김훈상은 거기까지는 아직 인정하지 못했다. 아직도 갈 길이 멀었다.

김훈상은 호흡을 가다듬었다.

"그러니까 김상희와 백제에 갔다 오겠다, 이 뜻이냐?"

"네, 정확하게 말하자면 휴가를 신청하는 겁니다. 저는 뭐 일단 스페셜 나이트로 인정되지 않는 상태라서 김유신 대대장에게 신청할 수도 없고, 신청 절차를 누가 알려주는 사람도 없고, 그래서 그냥 저를 직접 임명하신 폐하를 찾아왔습니다."

김훈상은 곰곰이 생각해 봤다. 크리스의 말이 틀린 건 아니다. 크리스의 상황이 그렇다. 스페셜 나이트이기는 한데, 스페셜 나이트로 딱히 인정받지는 못하고 있는 상황. 김훈상도 그걸 알기에 뭐라고 하지 않았다.

김유신이 말했다.

"죄송합니다, 폐하. 신입 교육을 시키려고 했던 스페셜 나이트들이 하필이면 부재중이라서……."

김유신도 김유신 나름대로의 이유가 있었다. 그렇게 급한 일도 아니고, 나중에 처리해도 될 일이라 조금 미뤘다. 신입 교육을 담당하는 스페셜 나이트가 현재 휴가 중이기도 했다.

하지만 김훈상은 김유신의 말을 듣지 못했다.

'저 도둑놈 새끼.'

자꾸만 욕이 치밀어 올랐다.

'그러니까 지금 내 딸을 데리고 외박을 하겠다고?'

아무리 생각해도 이게 맞는 거 같다. 하루 이틀 거리도 아니고 적어도 열흘 이상 걸리는 거리다.

'그 기간 동안 함께 있겠다고?'

짜증이 났다.

'외박을 한다고?'

김훈상의 얼굴이 딱딱하게 굳었다. 그 표정을 본 김유신은 긴장할 수밖에 없었다. 저 표정의 김훈상을 김유신은 똑똑히 기억하고 있다. 17년 전 도르긱의 멸망을 결정지었던, 평원 대전투 때의 단호했던 김훈상의 표정이다. 그때 김훈상의 명령으로 인해 도르긱의 백성 수천 명이 몰살당했었다. 그 정도로 일단 뭔가를 결심하면 확실히 단호해지는 왕이다.

'도대체 무슨 말씀을 하시려고…….'

김훈상이 진지한 표정으로 말했다. 도르긱 평원 대전투 때, 수천 명을 학살하라 명령을 내렸던 그 단호한 표정으로 말이다.

"김상희 공주의 외박은 절대 불가하다."

'외박'이란 단어를 꺼냈을 뿐인데 몹시 불쾌해졌다. '외박'이란 단어, 뭔가 화를 불러일으키는 괴상한 단어였다.

"다시 한 번 말도 안 되는 요구를 하며 왕을 능멸하는 일이 없도록 해라. 처음이니 참고 넘어가도록 하겠다."

크리스는 찔끔 놀라 침을 꿀꺽 삼켰다. 김훈상이 대단하다, 대단하다 말만 들었지 이 정도일 줄은 몰랐다. 기세만으로도 사람을 압도하는 강대한 힘을 가지고 있었다.

'역시…… 고려의 왕이다.'

한편, 김유신은 조금 헷갈렸다.

'이상하네.'

왕을 능멸했다는 이유로 화를 내려면 아까 진작에 냈어야 맞다. 그런데 갑자기 어느샌가 화를 마구 내고 있는데, 단순히 그 이유는 아닌 것 같다. '김상희 공주의 외박은 절대 불가하다'라는 말을 꺼냈을 때부터였던 거 같다.

'그때부터 화가 나신 거 같은데?'

하지만 김유신은 나서지 않았다. 지금의 김훈상은 건드리면 안 된다. 과거에는 김환성보다도 더 어디로 튈지 몰랐던 그런 천방지축이었다.

'조용히 있자.'

비록 헷갈리고 궁금하긴 했지만 그냥 조용히 있기로 했다.

나는 크리스가 우리 개차반 씨한테 혼이 났다는 걸, 크리스의 입을 통해서 들었다. 아, 뭔지 대충 알 것 같다. 외박은 절대 불가능하다는 말을 굳이 붙였으니까. 아니, 나 태어났을 때엔 계집을 낳았으니 반성하라느니, 어쩌라느니 그래 놓고선 이제 와서 통금(?)인지 외박 불가인지 하여튼 그런 걸 정하느냔 말이다.

'백제에 가고 싶은데…….'

그런데 일단 왕이 직접 '외박은 절대 불가'라는 말을 했다. 그러면 이건 얄짤도 없다. 이미 그렇게 못을 박아놨는데 거기다 대고 '저 가고 싶어요!'라고 말할 수는 없지 않은가. 왕자도 아니고 감히 공주 따위가 어떻게 그러겠는가.

이쯤 되니 나도 묘한 오기가 생겼다.

'과연 이번에도 내 말을 들어줄까?'

확실하지는 않다.

'지나치게 위험을 무릅쓸 필요는 없어.'

나는 내 위치를 안다. 지금 내가 누리는 권리와 총애는 언제 날아갈지 모르는 먼지와도 같은 거다. 자만하는 순간, 그대로 끝날 수 있다. 뭐가 끝나냐고? 인생이 그냥 끝날 수 있다. 이렇게 아등바등 나를 잊고, 나를 외면하며 살았는데 겨우 15년 살면 억울하잖아. 억울해서라도 나는 그냥 못 죽는다.

'그래, 그 방법이 좋겠어.'

개차반, 네가 외박 불가를 만들었겠다? 그거 내가 풀어주겠어. 못할 것 같아? 나는 할 수 있…… 겠지? 아마도……?

날 죽이진…… 않겠지?

나는 백제에 가보고 싶었다. 여성과 남성이 거의 평등한 세상? 사실 상식적으로 생각해 보면 그건 불가능한 일이다. 애초에 100원짜리와 100억짜리가 같은 가치를 지녔을 리가 없다. 여자는 남자보다 그 숫자도 훨씬 많을뿐더러 마력도 없는 존재다. 심하게 말하면 남자의 노예나 다름없다. 이런 세상인데 어떻게 그런 일이 벌어질 수 있을까?

'남자의 입장에서도 생각해 볼 필요가 있어.'

어째서 남자들이 여자들을 대우해 줄까? 라는 의문을 떠올릴 수 있다. 남자들의 입장에서는 여자를 대우해 줄 필요가 전혀 없지 않은가.

'고대의 기록에 가장 근접한 나라가 백제야.'

그래서 가보고 싶은 거다. 나는 개차반을 찾아갔다. 아니나 다를까, 나는 입구에서 문전박대를 받았다.

"폐하께서는 오늘 매우 바쁘십니다."

사실 말이지, 내가 개차반을 직접 찾아온 건 거의 처음이 아닌가 싶다. 맞네, 처음이네. 내가 내 발로 왕의 명령도 없이 제 발로 찾아온 건 말이야.

"전갈이라도 넣어주시면 안 될까요?"

"……."

스페셜 나이트라 짐작되는 남자 한 명이 나를 노려봤다. 아, 이해는 한다. 건방진 계집년이라고 생각하고 있겠지. 틀린 거 아니다. 어찌 감히 계집 따위가 다른 사람도 아니고 왕을 직접 보고 싶다고 찾아올 수 있을까.

'나를 막는다는 건…… 어쨌든 이 안에 개차반 씨가 있다는 거네.'

그렇다면 됐다. 나는 목소리를 약간 키웠다.

"저는 아버님이 너무나 보고 싶어요. 상사병에 걸릴 것 같아 잠을 이룰 수가 없어요."

"……돌아가십시오."

그나마 내가 왕국의 보배쯤 되니까-일단 대외적으로는 그렇다-이 정도 봐주는 거지, 다른 공주였으면 아마 바닥에 패대기쳐졌을지도 모를 일이다.

흠, 이쯤 되면 저 굳건히 닫힌 문이 열릴 때도 됐는데. 마력이라는 사기 같은 능력을 갖고 있어서 들릴 텐데. 아, 혹시 자기가 듣고 싶은 단어만 골라 듣나?

나는 아주 작게 중얼거렸다.

"아빠…… 보고 싶어요."

내가 아무리 작게 말한다 한들, 이 남자는 스페셜 나이트. 내 목소리를 들었을 거다.

"아, 진짜! 보자 보자 하니까 짜증 나게…… 헉!"

남자가 무릎을 꿇었다. 어라, 무슨 일이지? 무슨 일인지는 모르겠는데 남자는 일어나려고 안간힘을 쓰는 것 같았다. 어떤 힘이 작용해서 남자를 억누르는 것 같은 그런 느낌이랄까?

"보자 보자 하니까 뭐? 끝까지 구체적으로 말해봐라."

김훈상은 오늘 카시야 왕국의 국왕과 중요한 회의를 가졌다. 국가 간의 거래라는 것은 아주 신중해야 한다. 겨우 0.1퍼센트의 차이로 수억, 수십억 혹은 수백억 혹은 그 이상의 엄청난 차익 혹은 손해가 발생하곤 한다. 그러니까 아주 사소한 숫자 하나, 조항 하나까지 꼼꼼하게 따져야 한다.

고려는 카시야 왕국으로부터 '프레아'라는 특수 광물을 수입하고 있는데, 그 거래 금액이 1년에 무려 100조 원에 이른다.

카시야 왕국의 대사 홈 르반은 긴장했다.

'0.1퍼센트를 깎지 못하면…… 난 죽음이다.'

엄명을 받아왔다. 무슨 일이 있어도, 0.1퍼센트의 관세를 내리고 오라고. 다른 어려운 계산은 전부 배제하고 편하게 계산한다면 전체 규모의 0.1퍼센트, 즉, 100조의 0.1퍼센트라고 계산한다면 그 금액은 무려 1,000억 원이다. 겨우 0.1퍼센트에 불과하지만, 어마어마한 금액이 된다.

"폐하, 폐하께서도 아시다시피 그러니까 프레아의 수급에 문제가 약간 생겼습니다. 타국에서도 요청을 하고 있는 상황이며……."

고려는 강대국이다. 카시야 왕국의 입장만 강요할 수는 없다. 게다가 김훈상은 철혈의 왕이라고 불러질 정도로 막강한 권력자. 조금 마음에 들지 않는다는 이유로—정확한 이유는 아직까지도 밝혀지지 않았다—두 왕국의 왕궁을 접수해 버렸던 그런 남자 아닌가. 비위를 거스를 수는 없었다.

그런데 오늘 좀 이상했다. 대사가 걱정했던 것과는 달리 너무 선선히 수락하는 게 아닌가.

"알겠다, 그렇게 하지."

김훈상의 귀에 낯익은 목소리가 들려왔다.

—저는 아버님이 너무나 보고 싶어요. 상사병에 걸릴 것 같아 잠을 이룰 수가 없어요.

김훈상의 입꼬리가 조금 올라갔다.

홈 르반은 하마터면 '그게 정말입니까?' 하고 되물을 뻔했다. 이대로라면 지금에 비하여 고려는 최소 1,000억 이상의 손해를 보게 된다. 그리하여 조심하고 또 긴장했던 것인데 이렇게 수월하게 오케이가 떨어질 줄은 몰랐다. 밤새도록 끙끙대며 고민했고, 김훈상이 어떤 말을 할지 미리 생각했다. 이 말을 하면 이렇게 대답하고, 저 말을 하면 저렇게 대답하려고 열심히 대본을 짜 맞추어 왔다.

'일이 너무 쉽다……!'

이상했다. 속고 있는 게 아닌가 싶었다.

'이것만 잘되면 나는 두둑한 상여금을 받을 수 있겠지!'

일이 너무 쉬우니 불안했지만 그래도 또 한편으로는 기뻤다. 그런데 또 불안해졌다.

'김훈상은 어째서 웃고 있는 거냐!'

김훈상의 입꼬리가 슬쩍 올라가는 걸 봤다. 김훈상의 귀에 '저는 아버님이 너무나 보고 싶어요. 상사병에 걸릴 것 같아 잠을 이룰 수가 없어요'라는 말이 들렸다는 걸 꿈에도 알지 못했다.

'뭔가 속고 있다!'

뭐지? 도대체 뭐지?

김훈상의 말이 들려왔다.

"사인을 해야 하는 것 아닌가?"

"아, 폐하. 제가 잠시 잊고 있었던 것이 있어서…… 다시 한 번 확인을 해야 할 것 같습니다."

그리고 김훈상의 눈치를 슬쩍 살폈다. 그렇다. 뭔가 이상한 조항이 들어 있는 계약서가 틀림없었다. 이대로 계약하면 안 될 것 같았다.

'일단…… 시간을 끌어야겠다.'

괜히 잘못 사인했다가는 불호령이, 아니, 모가지가 떨어진다. 김훈상의 귀에 또 목소리가 들려왔다.

—아빠…… 보고 싶어요.

사실 아무리 마력을 가지고 있다고 해도 모든 소리를 다 듣는 건 아니다. 사람의 귀라는 건 참 특이한 기관이라서, 필요한 소리만 골라 듣는다. 그리고 똑같은 소리라고 해도 누군가에게는 소음이 되기도 하고 누군가에게는 음악이 되기도 한다. 또한 집중하고 싶은 소리에만 집중해서 들을 수도 있다. 김훈상이 그랬다.

'아빠 보고 싶어요'라는 말이 아주 똑똑히 잘 들려왔다.

"얼마나 시간을 줘야 하지?"

홈 르반은 긴장했다. 이거 뭔가 단단히 잘못 걸렸다. 낚시 조항이 있는 게 틀림없었다. 아무래도 하루 정도 더 시간을 두고 검토해야 할 것 같았다.

"하루만 시간을 더 주십시오. 저희 국왕과 상의를 다시 해보도록 하겠습니다."

김훈상은 이러나저러나 상관없었다. 홈 르반이 머리를 굴리고 있든 말든 그런 건 지금 관심 없다.

김훈상이 벌떡 일어섰다.

"좋다, 내일 다시 보도록 하지."

홈 르반은 여전히 미궁을 헤맸다.

'왜 이렇게 또 쉽게 시간을 허락하지? 불평등 조항이 섞여 있다면 지금 여기서 사인을 하라고 강요했을 텐데.'

이상했다. 이상해도 너무 이상했다. 뭔가 생각하면 생각할수록 자꾸만 함정에 빠져드는 것 같은 괴상한 기분에 빠져들었다.

김훈상에게 또 목소리가 들려왔다.

-아 진짜! 보자 보자 하니까 짜증 나게…….

김훈상이 말했다.

"먼저 일어나겠다."

결론부터 말하자면 입구를 지키던 나이트는 김훈상 때문에 일어나지를 못했던 것이었다. 비접촉 상태에서의 마력 간섭은 굉장히 고난이도의 기술이다. 그런 기술로 상대의 몸을 제압했다는 건, 그것도 일반인도 아니고 고려의 나이트의 몸을 저렇게 만들었다는 건, 알 만한 사람이 본다면 엄청나게 놀라운 일이지만 김상희는 그런 것까지는 알 수 없었다.

어쨌든 김상희는 김훈상과 독대하는 시간을 가질 수 있었다.

"건방진 계집, 감히 날 찾아온 거냐?"

'아빠 보고 싶어요' 때문에 1,000억-그것도 최소 수치로 잡아서-을 날릴 뻔했던 김훈상이 시크하게 말했다. 김상희는 예쁘게 눈웃음을 지었다. 그랬다가 토라진 척했다.

"소녀는…… 아빠를 보러 오면 안 되는 걸까요? 혹여 아빠의 일에 너무나 큰 방해가 됐을까요?"

그러면서 속으로 생각했다.

'이건 내가 아니다. 이건 내가 아니다. 이건 내가 아니다.'

내 안에 42세 아줌마 따윈 없다. 나는 15살이다. 그것도 애교 넘치고 아빠를 사랑해 마지않는 꿈 많은 소녀다. 라고 스스로를 기만했다.

김훈상이 말했다.

"너 따위, 그리 방해도 되지 못한다."

김상희는 여러 번이나 김훈상의 마음을 어루만져 줬다. 좋게 얘기해서 어루만진 거고, 나쁘게 말하자면 몇 차례나 조련에 조련을 거듭했다. 김훈상은 물론 마력 컨트롤에 관한한 세기의 대천재지만, 김상희의 조련에는 내성이 별로 없다. 김훈상은 김상희의 애교와 조련에 결국 함박웃음을 짓고 말았다.

"앙큼한 계집, 목소리에 꿀이라도 바른 것 같구나."

이때가 기회다. 김상희가 말했다.

"소녀는…… 백제에 꼭 가보고 싶어요. 아주 재미있는 곳이라 들었답니다."

그때, 김훈상의 표정이 굳어졌다.

'백제라고?'

얼마 전, 크리스가 말을 했었다. 크리스의 얼굴이 떠오르자 노여움이 치솟았다.

'도둑놈 새끼!'

도둑놈 새끼라는 단어가 떠올랐다. 뭘 훔쳐가려는 건지는 모르겠는데 하여튼 도둑놈이다. 게다가 또 다른 단어도 떠올랐다.

'외박?'

갑자기 짜증이 치솟았다. 김훈상은 단호하게 말했다.

"불가."

김상희는 슬픈 표정을 지었다. 하지만 왕에게 더 조를 수는 없는 노릇이다. 아무리 김상희라도 선을 지킬 줄은 안다. 애초에 공주가 왕을 이렇게 찾아와 뵙겠다고 하는 것부터가 일반 공주들이나 왕비들은 생각조차 못할 일이다. 그나마 김상희니까 이 정도 하는 거지, 이 이상 선을 넘어가면 안 된다. 대신 혼잣말처럼 중얼거렸다.

"소녀는 아빠랑 너무너무 데이트를 하고 싶었는데……."

김훈상은 고민에 휩싸였다. 따지고 보면 그렇게 고민할 문제도 아니다. 그는 고개를 흔들었다.

'나는 미친 것이 틀림없다.'

아무래도 미친 것이 틀림없었다. 고민할 가치도 없는 것으로 고민하고 있다니. 그는 왕이다. 절대 한가하지 않다. 몸이 열 개라도 부족하다. 휴가? 그런 건 꿈에도 생각하지 못한다. 그는 만민을 책임지는 왕이니까.

김훈상은 헤벌쭉 웃었다.

'데이트?'

그랬다가도 정색했다. 다행히 주위에는 아무도 없었다.

'하지만 나는 갈 수 없다.'

이성적으로 생각하면 고민할 필요도 없고, 할 수도 없는 문제인데 왜 이렇게 갈등이 되는지 모르겠다. '내 딸이 내게 신청한 정식 첫 데이트'라는 명제는 아예 떠올리지도 못하고 '왜 나는 갈등하고 있는가'에 대해서만 고민했다.

그때, 김환석이 찾아왔다.

"아버님."

"그래, 무슨 일이냐?"

"제게 예전에 나라를 주신다고 하셨던 것을 기억하고 있습니다."

"그랬지. 네가 분가를 거부했었지. 왜? 마음이 바뀌었냐?"

김환석은 진지한 표정으로 얘기했다.

"아버님께서 제게 주시려던 땅이 백제에 근접해 있다 들었습니다."

김환석이 얘기를 이었다.

"지금 당장 그 땅을 받겠다는 것은 아닙니다. 다만, 그곳을 먼저 시찰해 보고 답사를 다녀온 뒤, 확실한 결정을 내려도 되겠습니까?"

"흠……."

김훈상은 고개를 갸웃했다. 갑자기 얘가 왜 마음이 바뀌었나 싶다. 왜 그러냐고 물어보려고 했는데, 김환석이 선수를 쳤다.

"가는 김에 백제도 들렀다 오겠습니다. 여러모로 수상한 구석이 많은 나라입니다."

전에는 그 땅에 관심도 없던 주제에 갑자기 관심이 생겼단다. 김훈상은 거기에 이상함을 느끼지 못했다. 인지하는 것을 이성이 거부했다.

"김상희라는 계집이 백제에 가고 싶어 하는 것을 알고 있냐?"

김환석이 인상을 찡그렸다.

"계집 주제에 돌아다니는 것을 참 좋아하는군요. 아주 건방집니다."

"그렇지."

참고로 김환석은 이미 김상희가 백제 가고 싶어 하는 걸 알고 있다. 알고 있으면서 모른 척했다. 마치 나는 '그 땅에만 관심이 있기 때문에 그곳을 시찰해 보려고 가는 겁니다'라고 주장하는 듯 말이다. 관심이 있었으면 애초에 먼저 갔다 왔어도 됐는데, 굳이 꼭 이 타이밍에 가겠단다. 어떤 타이밍이냐면 '김상희가 백제에 가고 싶어 하는 타이밍'. 그리고 김상희가 김훈상에게 '데이트 신청'을 한 타이밍에 말이다.

김환석이 자리에서 일어섰다.

"건방진 계집, 제가 확실히 교육시키고 오겠습니다."

김환석이 김상희의 방에 들렀다. 김상희가 마치 강아지처럼 쪼르르 달려 나왔다. 여자가 몸에 닿는 것조차도 싫어하는 김환석은 김상희가 자신을 안는 것을 거부하지 않았다. 김상희는 김환석의 품에 안긴 채 눈을 말똥말똥 뜨고 김환석을 올려다봤다.

"어떻게 됐어요, 오빠?"

'오빠'라는 단어에 김환석의 몸이 움찔했다. 다만 아주 미세한 움직임이라 김상희는 김환석의 몸이 움찔한 걸 몰랐다.

김환석이 말했다.

"준비해라, 내일 바로 출발할 테니."

김상희를 혼내겠다고 호언장담했던 김환석은 '준비하라'라는 말만 남긴 채 뒤돌아섰다.

'오빠라…….'

아무도 보지 못했지만 뒤돌아선 그의 얼굴에는 미소가 걸려 있었다.

시녀인 송수진이 바빠졌다. 송수진은 울먹거렸다.

"갑작스레 외국이라니요?"

김상희 공주가 이렇게 자랑스러울 수가 없었다. 여자의 몸으로 제국의 마력학원에 입학했다가 또 이번에는 외국 여행이라니. 이런 특권을 누리는 공주는 여태까지 없었다. 아마 앞으로도 없을 것 같다.

"저는 공주님을 모시게 되어 정말 영광이에요."

"수진도 짐 챙겨. 같이 가야지."

그 말을 들은 송수진은 펑펑 울었다. 시녀를 이토록 챙겨주는 공주라니. 김상희 덕분에 저번에 비행기도 타봤다. 이제는 제국이 아닌, 또 다른 외국에도 가게 생겼다.

"공주님…… 공주님은 정말 대단하세요. 저는 공주님이 너무나 자랑스러워요."

김상희는 우는 송수진을 달래줘야만 했다. 겨우 이런 걸로 감동하고 우는 게 한편으로는 안타까울 정도였다. 이해는 됐다. 이 세계가 여자들을 이렇게 만들었다. 그래서 더더욱 백제에 가보고 싶어졌다.

아침이 됐다. 크리스가 활짝 웃었다.

"그럼 가볼까?"

비행기를 타고 백제로 향했다. 중간중간 잠들었다 깨서 정확하게는 모르겠는데 20시간 이상은 비행을 한 것 같았다. 공식 일정도 아닌지라, 백제의 왕자인 크리스가 도착했음에도 불구하고 공항에는 아무도 나와 있지 않았다.

김상희는 뭔가 이상하다고 느꼈다.

'너무 조용한 것 같은데……?'

주위에는 아무도 없었다. 크리스가 활짝 웃었다.

"백제에 오신 것을 환영합니다."

카시야 왕국의 홈 르반은 울고 싶어졌다.

'어제는 분명 이대로 하자며!'

신중에 신중을 기하기 위하여 하루의 시간을 벌었을 때에는 잘했다고 생각했다. 그런데 잘못된 선택인 것 같았다.

"나도 다시 생각해 보니 고려에 너무 큰 손해가 발생하는 것 같다."

"하, 하오나 폐하……!"

그냥 어제 사인할 걸, 어제 할걸. 어제 하는 거였는데. 울고 싶었다. 숙소에 돌아가 몇 번이고 계약서를 살펴봤었는데 이상한 점이 없었다. 카시야 왕국에 무조건적인 이득이었다.

'도대체 어제는 왜 그냥 사인하라고 했지?'

그 이유를 알아내야만 했다. 그걸 알아야 다시금 김훈상의 마음을 돌릴 수 있을 터.

'도대체 뭐냐!'

아무리 생각해도 답은 나오지 않았다. 아마도 홈 르반이 아니고 다른 그 누군가라고 해도 마찬가지였을 거다. 단 한 명, 알렉스를 제외하고 말이다.

알렉스는 안도의 한숨을 내쉬었다.

'김상희 공주님 때문에 수천억의 손해가 날 뻔했네.'

아, 저 딸 등신. 저건 좀 위험한데. 저러다 더 미치면 어쩌지? 알렉스는 조금 걱정까지 됐다.

'아니, 아무리 그래도 어떻게 그냥 사인을 하려고 했지?'

상황은 들었다. 나이트들 중 누군가가 김상희 공주를 밀치려고 했던 것 같다. 그래서 저 딸 등신이 하도 급한 마음에 대충 마무리 짓고 일어선 것 같은데, 아무리 그래도 조금 심했다. 국가 간 계약이다. 국가 간 계약에 있어서 한 치의 양보도 없었고, 철혈의 왕이라 불리는 그가 그런 행동을 보이다니.

'어쨌든 다행이네.'

김상희는 지금 백제로 떠났다. 김상희가 떠나고 나니까, 아무래도 제정신이 돌아온 것 같았다. 역시 상희학은 오묘한 학문이었다. 수천억의 손실 따위는 우습게(?) 생각하게 만들 정도로 말이다. 그렇게 생각하자 자부심이 뭉클뭉클 피어올랐다.

'나는 새로운 학문을 개척하는 거다……!'

그리고 알렉스는 생각했다.

'홈 르반, 당신은 때를 놓친 거야. 딸 등신이 딸에게 미쳐 있는 그

순간을 놓치다니…….'

알렉스는 홈 르반을 떠올리며 실소를 머금었다.

'어제 왜 폐하가 그 조건을 수락했는지 알아내기 위해 열심히 노력하고 있겠지?'

피식 웃었다. 뭐랄까, 잘난 척을 하고 싶어졌다.

'넌 평생 모를 거다! 상희학은 안 가르쳐 줄 거니까!'

음하하핫! 하고 혼자 웃었다. 알렉스와 모임을 갖던 다른 학자들이 이상한 눈초리로 알렉스를 쳐다봤다. 알렉스는 민망해져서 크흠 헛기침을 했다.

"크흠, 하던 얘기 마저 하시죠."

김환석은 크리스를 못마땅한 듯 쳐다봤다.

"너는 그냥 가이드다."

선을 딱 그었다. 다른 것도 아니고 그냥 가이드일 뿐이다. 크리스는 싱글벙글 웃었다.

"왕자님, 그거 아세요?"

"……."

"백제에는 여행 문화가 많이 발달되어 있습니다."

"그래서?"

김환석은 좀 불길함을 느꼈다.

"여행에는 가이드가 있는 법이고, 가이드와 눈이 맞는 남녀가 꽤 많습니다."

김환석은 인상을 살짝 찡그렸다. '눈이 맞다'라는 말이 무슨 뜻인지는 모르겠다. 아마 백제 쪽에서만 사용하는 특수한 형태의 방언인 것 같았다. 무슨 뜻인지는 모르겠는데, 기분이 매우 나쁘다. 부정해야만 할 것 같은 확신 아닌 확신이 들었다. 김환석은 모른다는 것을 티내지 않으려는 듯 단호하게 말했다.

"그런 일은 없을 거다."

"왕자님, 눈이 맞다라는 게 뭔지 아십니까?"

"……그딴 거 알 바 아니다."

거기에 한마디를 덧붙였다.

"나는 너를 허락한 기억이 없다."

크리스는 싱글벙글 웃었다.

한편, 김상희는 속으로 혀를 찼다.

'뭘 허락해? 뭘 허락하는지는 지금 자각하고 그런 말을 하는 거야?'

묻고 싶었는데, 그걸 크리스가 대신 물어줬다.

"왕자님, 구체적으로 무엇을 허락한다는 거죠?"

"……."

김환석은 대답하지 못했다. 크리스가 지금 희대의 도둑놈처럼 보이는데, 구체적으로 뭘 도둑질하려는 건지는 인지하기를 거부하고 있었으니까. 한 발자국만 떨어져서 생각해 보면 너무나도 명료하고 쉬운 답인데, 그 한 발자국 떨어지기를 무의식이 거부했다.

김상희는 속으로 생각했다.

'그만 툴툴대, 이 망나니야!'

이제 김상희도 안다. 저 자식 탑 오브 망나니인데, 츤데레(겉으로는 틱틱대면서 실제로는 아끼고 사랑한다는 뜻)의 속성을 아주 많이 가지고 있는 탑 오브 망나니다.

'견제하는 것도 정도가 있지.'

아마 지구였다면 시스터 콤플렉스라고 엄청 욕먹었을(?) 거다.

'아니, 좋아. 오빠가 동생 아끼는 거, 좋지. 아주 좋고말고.'

김상희는 아주 억울해졌다.

'근데 인간적으로 지가 뭘 아끼는지는 좀 제대로 알고 아끼라고, 이 못난이 망나니야!'

속으로는 김환석을 욕했지만 겉으로는 따스하게 웃었다.

"그런데 백제에는 사람이 정말 없네요."

크리스가 고개를 끄덕였다.

"사실 백제는 인구밀도가 그렇게 높지 않거든."

김환석은 주위를 둘러보고 조금 이상함을 느꼈다. 아무리 인구밀도가 낮다 해도 이건 너무 지나치게 사람이 없지 않은가. 공항을 벗어나 차를 타고 이동하는 가운데, 공항 직원을 제외하고 다른 사람과 단 한 번도 마주치지 못했다.

'확실히 조금 이상하긴 하군.'

마치 유령도시에 온 것 같은 기분이었다. 백제의 거리는 꽤나 발달해 있었다. 그저 건물만 본다면 고려의 번화가에 온 것 같은 기분도 들었다. 빌딩은 굉장히 높았고 거리는 깨끗했다. 사람이 너무나 없다는 것이 이상했지만.

크리스는 아무것도 아니라는 듯 여전히 옅은 미소를 지은 채 운전대를 잡고 운전했다. 뒷자리에 앉은 김상희는 조금 감탄했다.

'크리스가 운전하니까 정말 편하네.'

뭐랄까, 여자를 배려하고 있다는 게 느껴졌다. 움직임 자체가 굉장히 부드러웠다. 그래서 조금 고마워졌다. 여자를 배려하는 남자는 이 세상에 없는 종자니까. 만약 그녀에게 한진수가 없었다면 그녀는 크리스를 받아들였을지도 모를 일이다.

"다 왔습니다."

놀이동산에 도착했다. 김상희는 입을 쩍 벌렸다.

김환석은 주위를 둘러봤다. 어디서 갑자기 이렇게 많은 사람이 튀어나왔는지 알 수 없었다. 아니, 사람들이 모두 이 놀이동산에만 모여 있는 것 같은 기분이 들었다.

김상희는 감탄을 연발했다.

"와아……."

정말 이건…… 신세계네, 라는 생각이 절로 들었다. 그럴 수밖에 없다.

'여자들이 남자들과 팔짱을 끼고 걷고 있어?'

백제, 확실히 이상한 곳이다. 예전에 그런 경험이 있지 않은가. 개차반과 팔짱을 끼고 걷고 있다는 것만으로도 어떤 남자가 시비를 걸었었다. 남자 망신시키지 말라고. 그런데 이곳은 마치 지구의 놀이동산을 떼어다 놓은 것 같은 그런 기분이 들었다.

'어떻게 이런 일이 가능하지?'

김상희는 슬쩍 김환석을 쳐다봤다.

'저런 모습을 보는 것만으로도 기분이 나쁘겠지?'

김환석의 표정, 다른 사람은 몰라도 김상희는 읽을 수 있다. 김환석은 지금 기분 나쁜 것 같다. 하지만 그건 김상희의 착각이었다. 김환석은 기분이 나쁜 게 아니라 이상함을 느끼고 있다.

'뭔가…… 이상하다.'

이상하다는 건 알겠는데 뭐가 이상한 건지는 모르겠다. 눈앞의 풍경이 역시 이질적인 것은 알겠다. 여자와 남자들이 팔짱을 끼고 걷고 있다? 손도 잡고 있다? 어처구니가 없다. 게다가 한쪽에는 여자에게 사과하는 남자도 보인다. 남자가 뭔가를 잘못한 것 같았다. 고려의 남자들이 본다면 '미친놈이군' 하고 욕을 했을지도 모른다. 애초에 개미를 밟았다고 개미에게 진심으로 사과하는 사람이 세상에 몇이나 있겠는가. 하지만 단순히 그것 때문에 이상한 건 아니었다.

'뭔가 이상하다.'

그냥 그렇게만 생각했다. 그 이상함은 곧 다른 형태의 감정으로 변했다. 절대 비명 따위는 모를 것 같았던 김환석의 입에서 비명이 터져 나왔다.

나는 지금 기분이 좋다. 아주 좋다. 왜냐하면 우리 첫째 망나니, 이름하여 탑 오브 망나니의 얼굴이 아주 핼쑥하게 질렸기 때문이다.

"오라버니…… 괜찮으셔요?"

우리 망나니는 센 척했다. 아마도 여동생에게 약해 보이기 싫은 오빠의 허세 같은 거랄까? 나도 안다. 얘 지금, 엄청 허세 부리고 있다.

"뭐가?"

"오라버니의 안색이 안 좋으셔요. 혹여…… 놀이 기구가 무서우신 건가요?"

"미친 소리를 하는군. 나는 고려의 왕자, 김환석이다."

아니, 너. 평소라면 그냥 무시하고 말았을 거잖아. 굳이 그걸 또 미친 소리니 고려의 왕자 김환석이니, 그렇게 길게 구구절절 변명하고 있으면 더 웃기잖아. 김상희는 속으로나마 쾌재를 불렀다. 김환석은 놀이 기구에 면역이 전혀 없는 듯했다. 김환성과는 달랐다.

김상희는 거짓말했다.

"역시 오라버니는 정말 강인하셔요."

"……."

당연한 소리 하지 말라는 듯 김환석은 김상희를 쳐다봤다. 김상희는 '오라버니의 강함'에 정말 감탄이라도 하고 있는 듯 눈을 크게 뜨고 김환석을 쳐다보다가 이내 팔짱을 꼈다. 속으로는 다르게 생각했다.

'누가 김환성 형 아니랄까 봐, 허세는 진짜 끝내주네.'

계집은 미천하다. 이게 사람들의 기본 생각이다. 그래서 김환석의 안색을 못 알아차릴 수도 있다. 사실 크리스가 보기에도 지금 김환석의 상태는 정상이 아니다. 누가 봐도 그런데, 김상희는 '미천한 계집'이므로 김환석의 상태를 못 알아봤을 수도 있다. 김상희는 거기까지 계산하고서 일부러 김환석을 데리고 이것저것 타러 다녔다.

김환석은 죽을 것 같았다.

'미치겠군.'

이런 기분 처음이다. 속이 메스꺼웠다. 그는 왕자로 태어나 편하게 살아왔다. 이런 극한의 상황(?)에 던져져 본 적이 없다.

'이런 걸…… 멀미라고 하는 건가?'

멀미라는 걸 처음 느껴봤다. 이런 병이 실제로 있는 거라니. 놀이 기구들을 보고 있노라니 눈알이 핑글핑글 도는 것 같았다. 그런데 타지 못하겠다는 말을 할 수가 없었다. 김상희의 말이 메아리쳐 들렸다.

역시 오라버니는 정말 강인하셔요. 역시 오라버니는 정말 강인하셔요. 역시 오라버니는 정말 강인하셔요.

게다가 지금은 팔짱까지 끼고 있는 상태! 뭐랄까, 약간 흐뭇해졌다.

'미천한 계집이라 다행이군.'

김상희가 자신의 상태를 못 알아본다고 생각했다. 김상희가 멍청이라서 다행이라고 생각했다. 사실 자신이 김상희에게 농락(?)당하고 있다는 사실은 꿈에도 몰랐다. 김상희는 지금 15년간 망나니로부터 받아왔던 설움을 이 순간 폭발시키고 있는 거다. 지금이야 조금 괜찮아졌다지만 과거 김환석 때문에 얼마나 숨을 죽이고 가슴을 졸이며 살아왔던가. 매일매일이 살얼음판이었으며 매일매일이 위태함의 연속이었다. 작은 복수라면 복수였다.

이어지는 청룡 열차. 김환석은 또다시 '으아어어어어어억!' 비명을 질렀다.

'이, 이건 악마의 기구다!'

무서웠다. 솔직히 말해 엄청 무서웠다. 하지만 참았다. 옆에서 김상희도 비명을 질렀다. 사실 김상희도 무서운 건 매한가지였으니까. 무섭긴 했지만 김환석은 오빠 노릇을 좀 하려고 했다. 뭐랄까, 본능이 알려줬다. 이럴 때 손이라도 꽉 잡아주면 동생이 조금 더 괜찮을 거라고 생각했다. 덧붙여 자신이 여유 있음을 보여주기도 하고. 하지만 그러지 못했다.

"우에에엑!"

황급히 마력으로 입을 틀어막았다. 이대로면 진짜 토하게 생겼는데 손잡아 줄 정신이 어디 있겠는가. 청룡 열차에서 내린 김환석은 황급히 화장실로 뛰어갔다. 물론, 스스로는 여유롭게 걷는다고 걸었으나 크리스가 보기엔 영락없이 황급히 뛰어가는 모양새였다.

김환석은 화장실에서 정말로 토를 했다. 그리고 밖으로 나왔을 때, 김환석은 기분이 나빠져 인상을 찡그리고 말았다.

김환석이 매우 진지한 얼굴로 말했다.

"크리스, 그게 무슨 소리냐? 나는 허락한 적이 없다고 했을 텐데."

김환석은 옆을 힐끗 쳐다봤다. 토끼 머리띠를 하고 있는 여자가 눈에 들어왔다. 그 여자에게 말했다.

"계집."

이곳은 백제다. 여자와 남자가 거의 평등한 세계. 아직 정확하게 아는 건 아니지만, 일단 대외적으로는 그렇게 알려져 있다. 그런 상식에 기초하여 생각해 보면 여자는 사실 기분이 나빠야 하는 게 맞다. 하지만 그런 기색은 없었다. 오히려 활짝 웃었다.

"네, 손님."

"그거, 내가 접수하겠다."

김상희는 황당해졌다.

'야…… 너는 진짜…….'

거기에 더해 크리스가 한술 더 떴다.

"왕자님, 그럼 이렇게 하죠."

이 남자들을 보고 있노라면 김상희는 절로 한숨이 나왔다.

'……답이 없네.'

내 의사는 중요하지 않은 거냐? 나는 뭐 그냥 꼭두각시냐? 그렇게 묻고 싶었지만 그럴 수 없었다. 결국 태연한 척 말하고 겉으로는 예쁘게 웃었다. 언제나 그렇듯 말이다.

"두 분이서 알아서 결정하셔요."

이게 무슨 상황이냐고?

그 왜 놀이공원에서 가끔씩 접하게 되는 이벤트 중 하나이다. 이름하여 '베스트 커플 샷을 찾아라'인데, 문제는 지금 이 망나니랑 크리스가 나를 사이에 두고 신경전을 벌이고 있다는 거다.

'아니, 왜? 난 진수랑 찍고 싶은데?'

크리스는 그렇다 치고, 한 놈은 망나니다. 망나니 중에서도 탑 오브 망나니이며 심지어 그 망나니는 내 오빠다.

'네가 왜 나랑 커플 샷을 찍으려고 드는 건데?'

망나니가 말했다.

"내가 찍겠다, 널 신용할 수 없으니."

"왕자님은 오라비이지 남자 친구가 아니지 않습니까?"

"너 역시 남자 친구는 아니지."

"저는 김상희를 여자로 사랑하고 있습니다. 왕자님은 김상희를 하찮게 여기면서 왜 굳이 커플 샷을 찍겠다고 하는 겁니까?"

내가 묻고 싶다. 나를 아끼는 건 좋은데, 아낄 대상을 구체적으로 생각한 다음에 아끼라고. 무의식적으로 아끼지 말고, 이 망나니야!

둘의 신경전은 거기서 그치지 않았다. 크리스는 여전히 능글맞은 웃음을 지은 채 김환석의 심기를 살살 건드렸고, 김환석은 너를 신용할 수 없다는 이유를 계속해서 반복하며 자신과 찍기를 종용했다. 보다 못한 내가 둘 사이에 끼어들었다.

"저는 오라버니와도 찍고 싶고 크리스 나이트님과도 찍고 싶은데…… 그건 너무 큰 욕심일까요?"

마음 같아선 그냥 둘 다 안 찍고 싶다. 애초에 내 의견 따윈 전혀 반영되지 않은 투닥거림 아닌가. 어휴, 진짜. 너희 둘 다 명존세다.

크리스가 활짝 웃었다.

“그렇게 하죠.”

하지만 망나니는 마음에 안 들어 했다.

“싫다.”

아, 진짜 저 망나니. 진짜 탑 오브 망나니. 저 망나니를 어찌하면 좋지?

그때, 크리스가 도발했다.

“혹여 베스트 커플 샷에서 저한테 밀릴까 봐 지금 견제하시는 겁니까?”

그게 망나니의 자존심을 제대로 긁었다.

“개소리.”

그렇게 하여 나는 두 남자와 따로따로 사진을 찍게 됐다. 가만히 보면 참 대단한 놈들인데, 그래서 더 대단하게 유치한 것 같다.

아니, 무슨 왕자님들이 이래? 겁나 유치하네.

주위에는 사람이 많았다. 대부분이 커플. 나는 그중에서 좀 특이한 여자였다. 양옆에 김환석과 크리스라는 꽃미남 둘을 대동하고 있으니까. 둘 중에 한 명만 있어도 사실 눈에 띈다. 둘의 매력은 약간 다르지만 어쨌든 엄청나게 잘생겼다는 것은 틀림없는 사실이다. 그래, 나도 인정할 건 인정한다. 망나니가 제아무리 탑 오브 망나니라 할지라도 잘생긴 건 맞다. 우리 개차반의 유전자와 왕비-고려 내에서도 최고로 예쁜 여자들 중 한 명-의 유전자를 함께 가지고 태어났으니 못생겼다면 그게 더 이상한 일이다.

어쨌든 나는 지금 커플은 아니되, 두 남자를 거느린 여자로 이 자리에 참석하게 됐다. 이벤트를 진행하는 사회자가 진행을 이어갔다.

"그럼 인기상을 발표하겠습니다!"

뭐랄까, 이 분위기? 굉장히 낯설다. 여자들과 남자들이 자유롭게 웃고 떠들고 있는 세상. 정말…… 이런 게 어떻게 가능할까?

대형 전광판에 어떤 커플의 사진이 떴다. 가볍게 키스를 하고 있는 사진이었는데 참 좋아 보였다. 행복해 보이는 사진을 보고 있노라니 괜스레 나도 기분이 좋아졌다.

인기상이 발표되고 아차상, 코믹상, 추남 추녀상. 기타 등등 몇 가지 상이 발표됐다. 아무래도 상품들도 꽤 좋은 것 같았다.

"이제 최우수상을 발표하겠습니다!"

두그두그두그두그두그. 드럼 소리가 울리기 시작했다. 나는 옆을 힐끗 봤다. 김환석은 무표정을 가장한 흥분한 표정으로 앞을 쳐다봤다.

'그러다 사회자 몸 뚫리겠다. 그만 노려봐.'

그렇게 말해주고 싶었다. 크리스는 여유를 잃지 않고 웃고 있는 모습이긴 했는데,

'넌 왜 그렇게 침을 꼴깍꼴깍 삼켜?'

목울대가 계속 꿀렁거리는 게 보였다. 좀 긴가민가했다.

'나 이거 행복한 거야?'

최우수상이 발표됐다.

"최우수상은 바로 이분들입니다!"

그러자 김환석은 더욱더 찢어 죽일 듯 사회자를 노려봤다. 그에 반해 크리스는 팔을 번쩍 들어 올렸다. 그리고서 나를 꽉 껴안았다.

"상희야, 우리가 최우수상이야."

어, 어. 그, 그래, 그런데 괜찮겠어? 망나니 표정이 너 지금 죽일 거 같은데. 아니나 다를까, 망나니가 말했다.

"떨어져라."

"왕자님, 지금 질투하는 겁니까, 혹시?"

"나와 질투라는 단어가 공생할 수 있는 단어라고 생각하나?"

어, 엄청, 엄청 잘 공생할 거 같은데. 크리스가 계속 약 올렸다.

"왕자님, 아쉽게 됐네요. 다른 사람들 눈에도 역시 오빠보다는 제가 훨씬 더 커플 같아 보였겠죠."

"……."

그때, 대상이 발표됐다. 승자와 패자가 뒤바뀌었다.

김환석은 허세를 부렸다.

"너 따위는 내 발뒤꿈치에도 따라오지 못한다."

"분하네요, 제가 이겼다고 생각했는데. 아무래도 심사하는 사람들의 눈이 정상이 아닌 모양이에요."

"어째서 그렇게 생각하지? 그렇게 생각하는 네 머릿속을 열어보고 싶군."

이런 상황이 김상희는 황당하기만 했다.

'겁나 유치하네 진짜.'

아니, 애초에 이게 싸울 거리가 되는가? 둘 모두 '나는 싸우고 있지 않음'을 강조하고 있지만 김상희가 보기엔 영락없이 애들 싸움이다. 애기 둘 데리고 다니는 것 같은 그런 기분이 들었다.

'아니, 너네 천재라며? 각국이 내로라하는 수재잖아? 근데 왜 그래?'

누가 이 모습을 보면서 고려의 왕자 김환석과 백제의 왕자 크리스라고 생각을 하겠는가.

'환혁이라면 모를까.'

나이도 먹을 만큼 먹은 것들이 왜 이러나 싶다. 김상희도 이럴진대 이들을 비밀리에 호위하고 있는 스페셜 나이트는 더더욱 어이가 없었다.

'와, 왕자님이 도대체 왜 저러시지?'

그는 김환석을 어릴 때부터 봐왔다. 그런데 저런 모습, 단언하건대 처음 본다.

'저렇게 흐트러진 모습을 보는 건 처음이다.'

왕자님이 정말 이상했다. 충격의 연속이었다. 저게 뭐라고. 베스트 커플 샷? 저런 게 있는지도 몰랐다. 백제에 와서 처음 알았다.

'왜 저거에 저렇게 목숨을 거시지?'

그것도 이해가 안 됐는데, 대상을 받고 나니까 좋아하는 모습이 솔직히 말해 꼴불견이다.

'뭐가 저렇게 좋아?'

저게 왜? 저게 뭔데? 저거 받으면 뭐 주나?

뭐 주긴 줬다. 둘의 얼굴이 새겨진 티셔츠와 사진기를 선물로 줬다. 스페셜 나이트는 생각했다.

'티셔츠는 쓰레기고, 사진기도 딱히.'

참고로 지금 김환석이 입고 있는 옷은 수억 원에 달하는 마력 아이템이다. 온도와 습도를 알아서 조절해 주는 마이크로 자동 컨트롤 시스템이 적용되었으며 오염물이 묻는 것을 방지해 준다. 무엇보다도 어지간한 쇠붙이나 총탄은 막아내는 온갖 최첨단 기술이 집약된

소재로 만들어진 옷이다. 그에 반해 저 티셔츠는 그냥 둘의 얼굴이 박혀 있을 뿐, 쓰레기나 다름없다. 김환석 왕자라면 저런 옷, 거들떠보지도 않는다. 그러니까 티셔츠 때문에 좋아할 리는 없다. 사진기도 말할 것도 없다. 김환석이 사용하는 사진기는 개발비만 약 20억 원이 들었다. 세계에 딱 하나밖에 없는, 김환석 전용 사진기다.

'도대체 뭐가 왕자님을 저렇게 기쁘게 만든 거냐?'

그는 전혀 알 수 없었다. 후에 김환석 왕자는 사진기는 쓰레기통에 버리고 티셔츠만 소중히 보관하게 되는데, 그는 그걸 예상조차 할 수 없었다.

'역시 김상희 공주님을 보고 있노라면 뭔가 상상할 수도 없는 일들이 자꾸만 벌어지는군.'

한편, 크리스는 화장실에 들렀다. 화장실에는 아무도 없었다. 다만, 웃고 있는 크리스와 웃지 않는 크리스가 있을 뿐이었다.

웃는 크리스가 거울을 쳐다봤다.

"이 정도 힌트를 줬으면 알아차렸겠지?"

혼잣말을 이어갔다.

"이미 여러 번 인사했어, 일부러. 아주 여러 번 솜사탕을 파는 남자와도 인사를 했고, 사회자와도 인사를 했지. 지나가는 아이와도 인사를 했고 사진기를 들고 있던 여자와도 인사를 했어. 생판 모르는 남자와도 인사를 했어."

고개를 저었다.

"알아, 나 미친 거. 하지만 룰을 어기고 있지는 않잖아?"

그리고 고개를 끄덕였다.

"나도 안다니까? 난 백제를 배신하지 않아. 그럴 수 없다는 거, 너도 잘 알잖아. 나는 절대 그럴 수 없어. 그렇게 되면 난 죽어. 죽는 건 두렵지 않아. 하지만 죽으면…… 김상희를 못 보잖아."

활짝 웃었다.

"원래 사랑은 미쳐야 할 수 있는 거야. 남는 게 아무것도 없어도 괜찮아. 뭔가를 남기려고 하는 건 사랑이 아니야. 아무것도 남기지 않고 다 줄 거야. 제약만 아니라면 모든 걸 말해줄 텐데."

어깨를 으쓱했다.

"걱정 마. 아니, 애초에 그럴 수 없다는 거 알잖아? 뭐가 그렇게 걱정인데? 내가 할 수 있는 거라곤 이렇게 암시를 주는 것밖에. 상희나 김환석 왕자가 부디 알아차렸기를."

그리고 다시 고개를 끄덕였다.

"응, 맞아. 어쩌면 고려에서 함정을 팠을 수도 있지. 굳이 보고를 해야 하나? 그럴 필요까지 없다고 보는데. 나도 정확하게 파악하지 못했어. 고려에서 작정하고 보냈단 말이야. 불확실한 것은 확실해질 때까지 기다렸다 보고하는 게 낫잖아? 문책이 들어온다면…… 그땐 그때 일이고. 내 생각에는 아마 누군가가 분명 움직일 거야. 누가 됐든 간에 말이야. 아마 곤욕을 치르겠지."

한진수는 주위를 둘러봤다. 주위는 이미 피범벅. 얼마나 많은 사람을 죽였는지, 솔직히 그도 잘 기억이 안 난다. 한진수 역시 지금 정상이 아니다.

'폐하가 아니었다면 나는 이미 죽었다.'

고려 왕궁을 떠나올 때 김훈상이 했던 말이 떠올랐다.

"나는 너 같은 미친놈이 마음에 든다."

그러고 나서 선물을 줬었다.

"내 딸을 사랑한다면 증명해 봐라, 말이 아닌 행동으로."

그 말뜻은 명료했다. 제국으로부터 김상희를 지킬 수 있는 힘을 키우라는 뜻이었다. 제국은 명실공히 이 세계의 최강자다. 그 강하다는 고려조차도 감히 넘보지 못한다. 고려에서는 첫째 왕자를 제국에 볼모로 보냈다. 김훈상 입장에서는 자존심 상하는 일이지만, 그래도 그걸 받아들였다. 제국보다 약하기 때문이다.

그때 한진수는 김훈상으로부터 퓨리어스 한 병을 받았다. 한 방울만 먹어도 무병장수한다는 천고의 보물. 그 보물을 무려 한 병이나 받았다. 한 병이면 어지간한 나라는 통째로 살 수 있는 엄청난 보물이다. 죽지만 않았으면 누구든 살릴 수 있는 천고의 영약. 그리고 그 영약 덕택에 지금 그는 살아 있을 수 있었다.

"당신이 나를 먼저 죽이려 하지 않았다면 나도 이러지는 않았을 겁니다."

아니, 솔직히 말하면 기회였다. 상부에서 자신의 힘을 두려워한 나머지 자신을 죽이려고 했다. 그래서 한진수는 반대로 모두를 죽였다. 혼자서 지도부를 숙청했다.

제국을 피해 도망치다가 잠시 힘을 합쳤던 레지스탕스. 레지스탕스의 대장, 이곳에서는 붉은 늑대라 불리는 칼리번은 의자에 앉아 있는 상태다.

"당신이 마지막입니다."

"우리가 괴물을 받아들였구나."

"당신이 그 괴물을 먼저 건드리지 않았다면, 괴물은 당신에게 협조했을 겁니다."

"아니, 너는 언젠가 우리를 집어삼켰을 거다. 네 야망은 익히 알고 있었다. 처음에는 길들일 수 있을 줄 알았지. 하지만…… 내 생각이 틀렸구나."

칼리번은 어깨를 으쓱했다. 한진수를 처음 받아들일 때 많은 생각을 했다. 너무 강한 호랑이를 받아들이는 건 아닐까 하고. 혹은 제국의 첩자라든가. 하지만 아니었다. 그는 호랑이도 첩자도 아니었다. 용이었다. 감당할 수조차 없는.

"뭐가 널 그렇게 만드는 거냐?"

한진수는 칼리번에게 가까이 다가갔다.

"내가 살아가는 이유는 단 하나입니다."

"……그게 뭐지?"

"내가 사랑하는 사람을 지키기 위해서입니다."

칼리번은 너털웃음을 터뜨렸다. 한진수는 정말 미친놈이 틀림없었다. 이 세계에서 '사랑'이란 단어를 들먹이다니. 그리고 겨우 그딴 이유로 32명의 늑대가 죽다니. 이건 있을 수 없는 일이다.

"질문을 정정하지. 어떻게 그렇게까지 강할 수 있지?"

제국에서도 처리하지 못한 32명의 늑대, 하나하나가 모두 강자이다. 그 강자들이 전부 덤볐는데도 한진수를 이기지 못했다. 32명이 죽고, 마지막으로 자신만 남았다. 레지스탕스는 이제 한진수의 수중으로 넘어가게 될 거다.

"모든 것을 잃어서 더 이상 잃을 것이 없는 사람은 강할 수밖에 없습니다."

"……."

"그런데 모든 것을 잃었던 사람에게 절실히 지켜야만 하는 소중한 것이 생기면 더욱더 강해질 수밖에 없습니다."

"그게…… 설마 김상희라는 거냐?"

한진수가 검을 들어 올렸다. 칼리번은 피식 웃었다. 이렇게 허무하게 죽게 될 줄이야.

그때, 한진수가 말했다.

"나는 아무것도 바라지 않습니다. 나는 내가 사랑하는 여자를 지킬 수 있으면 그걸로 족합니다. 그 이외의 그 무엇도, 명예도 돈도 권력도 모두 필요 없습니다. 그런 건 전부 당신에게 드리겠습니다. 칼리번, 나와 힘을 합치지 않겠습니까?"

"32명의 형제를 모두 죽여 놓고 하는 말이 너무 뻔뻔하구나. 더 이상 나를 모욕하지 말고 그냥 죽여라."

제국 정보부가 정보를 입수했다. 김상희 공주가 백제로 향했다는 정보다.

"문제는…… 김환석 왕자가 함께하고 있다는 겁니다. 왕자가 움직였으니 스페셜 나이트가 분명 따라 붙었을 겁니다."

황제가 말했다.

"우리의 소행인 것만 밝혀지지 않으면 되겠지. 네 능력을 믿겠다."

이번 일은 위험하다. 고려의 왕자까지 있다. 하지만 그 정도의 리스크를 감수할 수 있을 만큼 김상희의 가치는 컸다.

"차라리 김환석도 죽여라. 김환성이 아닌 것이 다행이군. 그리고 모든 증거를 지워라. 수단과 방법을 가리지 말고 김상희를 얻어."

제국에서 작정하고 나이트들을 백제로 보냈다. 나이트들이 김상희 일행을 발견했다.

"은밀히 움직인다."

제국은 세계의 최강국이다. 그들이 최강국으로 군림할 수 있었던 배경에는 프리온 나이트라는 압도적인 전력이 있다. 하지만 제국에 프리온 나이트만 있는 건 아니다. 오히려 프리온 나이트는 베일에 철저히 가려져 있는 상태고, 그보다 일반 나이트가 훨씬 더 많다. 그리고 프리온 나이트의 위명에 가려져서 그렇지 제국의 나이트 수준 역시 세계 최상위권이다. 그들이 김상희 공주를 노리고 접근했다. 이번 작전의 목표는 김상희의 생포, 그 외의 다른 인물은 죽여야 했다.

"아마 스페셜 나이트 하나 내지 둘 정도가 붙어 있을 거다. 기척이 감지되나?"

"약 한 명의 기척은 느껴집니다만 정확한 파악은 어렵습니다."

"김환석을 공격하면 나타나겠지."

이번 작전은 신속하고 은밀하게 끝내야 했다. 혹여라도 이 작전이 실패로 돌아가서 고려가 이 사실을 알게 된다면 사단이 벌어지게 된다.

'실패한다면…… 제국은 우릴 버릴 것이다.'

이번 작전을 주도하고 있는 대령 이종선은 그 사실을 확실히 알고 있었다. 고려와는 척을 지려야 질 수 없는 사이이다. 그렇게 마음에 드는 우군이라고는 볼 수 없으나, 적군이 되어서는 안 될 사이.

'최대한 빠르게 성공시키고 증거를 모두 없앤다.'

증거를 없애는 거 별거 아니다. 주변을 깨끗하게 지워 버리면 된다. 그게 생명체든 아니든. 김상희 일행이 가까워졌다. 아직까지 이쪽의 은신을 파악하지는 못한 것 같다. 이종선 대령이 수신호를 보냈다.

'산개!'

산개하여 여러 방향에서 포획하는 것. 이번 작전을 간단하게 설명하자면 그러했다.

'필드 개방.'

매복 작전은 은밀함이 생명이다. 그래서 필드를 유지하는 나이트 세 명을 따로 골라 뽑았다. 이들은 다른 것은 아무것도 하지 않고 오로지 필드를 유지하는 것에만 신경 쓰기로 했다. 바깥에서는 안에서 무슨 일이 일어나고 있는지 모를 것이다.

'작전은…… 성공이다.'

그는 성공을 확신했다. 김환석의 실력은 그렇게 뛰어난 것 같지 않았고, 느껴지는 스페셜 나이트의 기척은 단 한 명뿐이었으니까. 김상희 생포는 그가 직접 맡았다. 김상희가 보였다.

'잡는다!'

상대가 반항할 틈 없이 일시에 쳐야 했다. 그가 김상희를 잡는 그 순간, 다른 나이트들이 일행들의 목을 잘라 버릴 것이다.

그때, 누군가가 이종선 대령의 앞을 막아섰다.
"거기까지."

하루 전.
김훈상이 김유신을 불렀다. 당연한 말이지만 김유신은 그 대단하다는 스페셜 나이트의 대대장이며 그만큼 뛰어난 실력을 갖고 있다. 김훈상이 특별히 총애할 만큼.
"네가 가라."
어딜 말입니까? 김유신은 되묻고 싶었다. 하지만 천천히 기다렸다. 곧 설명을 들을 수 있었다.
"김환석이 따라간다."
그제야 김유신은 이해했다. 김환석 왕자는 고려의 둘째 왕자다. 스페셜 나이트가 존재하는 제일 큰 이유는 바로 왕가 핏줄을 수호하는데 있다. 고려의 둘째 왕자를 지키는데, 스페셜 나이트 대대장이 움직이는 것은 그렇게 이상한 일은 아니다. 하지만 그는 김환석보다는 김훈상을 지켜야 한다고 생각하고 있다. 그 생각을 김훈상도 안다. 김훈상이 말했다.
"걱정 마라, 내가 너보다 더 세니까."
"……예."
저 말은 틀리지 않았다. 전 세대 최고의 천재가 바로 김훈상이었으며 약 20년 전 전쟁기에 수많은 전투 경험을 쌓은 베테랑이다.
그런데 김훈상이 이상한 명령을 내렸다.

"스페셜 나이트들을 데려가라."

"몇 명을 데려갑니까?"

"최소 7명 이상."

김유신은 의아해했다. 7명 이상의 스페셜 나이트를 데려가라니. 그것도 타국에 말이다. 스페셜 나이트의 임무 특성상 그들은 몰래 입국하게 된다. 다시 말해 그들은 간첩이나 다름없다는 소리다. 이런 식으로 몰래 침투하면 그 나라에서 이들을 죽여도 할 말이 없다.

'7명씩이나?'

20년 전, 전쟁기에도 스페셜 나이트 7명을 호위 목적으로 타국에 보냈던 적은 단 한 번도 없었다. 요인 암살이라면 모를까.

김훈상이 설명을 더했다.

"제국이 술수를 부릴 가능성이 매우 높다."

"제국에서 말입니까?"

"함정을 파 놓고 기다리는 거다."

김훈상이 말했다.

"아무 일도 벌어지지 않으면 좋겠지만, 만약 벌어진다면 반드시 한 놈은 생포해라. 자살하지 못하도록 막아라. 어째서 이런 짓을 벌이고 있는지 나는 꼭 알아야겠으니."

한편, 김훈상은 알렉스를 따로 불렀다. 최근에는 알렉스를 부르는 일이 많아졌다. 알렉스는 고독한 김훈상의 마음을 누구보다도 잘 알아주는 고마운 신하였다. 다른 사람이 듣는다면 현재 김훈상의 상태, 그러니까 '딸 등신 상태'는 정신병이나 다름없었다. 이 마음을 알아주고 가려운 곳을 긁어주는 사람은 알렉스밖에 없었다. 그래서 알렉스는 김훈상의 총애를 듬뿍 받았다.

"폐하, 부르셨습니까?"

상희학을 공부하고 있는 알렉스의 입장에서는 더없이 반가운 일이었다. 실험 샘플, 아니, 실험 샘플 폐하와의 독대는 언제나 유익했으니까. 그런데 오늘은 조금 이상했다.

'이상하군. 상희학의 정통 이론에 따르면 이 상황은 불가능한데.'

평소의 김훈상과는 달랐다. 평소의 딸 등신이라면 딸을 위험한 상황에 모는 일은 절대로 하지 않을 터. 그런데 이번에는 왠지 다른 것 같았다.

'김상희 공주님을 미끼로 던지는 느낌이다.'

미끼란 게 무엇인가. 쉽게 말해 물고기를 낚기 위한 물고기의 밥이다. 미끼는 죽음의 위협에 언제나 노출되게 마련이다.

알렉스가 물었다.

"김상희 공주가 위험해지지는 않을까요?"

김훈상의 표정이 어두워졌다. 저 말도 맞다. 제국이 지금 김상희를 노리고 있는 건 확실했다. 고려와 제국, 지금 둘은 겉으로 좋은 관계를 유지하고는 있으나, 김상희를 가지고 눈에 보이지 않는 전쟁을 치르고 있는 중이나 다름없었다. 다른 사람들이 보기에는 어떨지 모르나, 적어도 김훈상에게는 하나의 전쟁이었다.

"위험하겠지."

"하면……?"

알렉스도 차마 묻지는 못했다. 김상희 공주가 위험해지는데 그래도 됩니까? 라고 묻고 싶었지만 그렇게 직접적인 질문을 하면 '남자-여자를 하찮은 존재로 생각하는-'인 김훈상의 자존심을 건드릴

우려가 있다.

'딸을 가지고 도박을 할 리가 없는데. 상희학에 따르면 딸 등신은 딸에게 무한한 사랑을 베풀어야 하는 거 아닌가? 아주 사소한 위협에 내몰리는 것도 원치 않을 텐데 어째서?'

김훈상이 말했다.

"알렉스."

"예, 폐하."

"나는 왕의 자리에 있으면서 수많은 위협과 부딪쳐 왔다."

알렉스도 안다. 김훈상은 지금 성군으로 추앙받고 있지만 처음부터 성군은 아니었다. 성군이 되기까지 수많은 피를 흘렸다. 다시 말해 평탄한 생활을 해왔다는 건 아니라는 뜻이다. 이렇게 세상이 평안해진 지 불과 20여 년 정도밖에 되지 않았다.

"그리고 나는 확실히 알게 되었다. 세상에 위협이라는 건 언제나 존재하는 법이다."

"맞습니다, 폐하."

"하지만 위협의 경중에는 차이가 있다."

"……."

"하나의 작은 위협을 극복하여 후에 있을 큰 위협을 막아낼 수 있다면 나는 언제든 그렇게 할 것이다."

김훈상은 잠시 눈을 감았다. '아빠랑 데이트하고 싶었는데……' 하고 시무룩해하던 딸의 모습이 떠올랐다. 물론 걱정된다. 당연하다. 제국이 이상한 술수를 부릴 것이 뻔했으니까. 그걸 알기에 일부러 정보를 흘렸다. 김상희 공주가 백제로 향한다고. 김환성이 아닌 김환석이 따라붙었으며 스페셜 나이트 2명 정도가 따라붙는다고.

'그것보다 더 강한 전력을 데리고 오겠지.'

하지만 아닐 거다. 스페셜 나이트 7명이 따라붙었다. 그 강하다는 스페셜 나이트 중에서도 가리고 가려 뽑은 7명의 최정예다. 거기에 더해 스페셜 나이트 대대장 김유신까지 붙었다.

알렉스는 한쪽 구석에서 뭔가를 발견했다.

'저게 뭐지?'

알렉스는 알 수 없었다. 저게 바로 김환석이 독자적으로 개발한 위치추적기라는 것을. 그리고 김훈상이 힐끔힐끔 계속 저것을 쳐다보고 있다는 것을 말이다.

김유신이 누군가에게 검을 겨누었다.

"거기까지."

제국의 나이트를 통솔하던 대령 이종선은 화들짝 놀랐다.

'도대체 언제……? 어디서……?'

눈앞의 이 남자가 스페셜 나이트 대대장 김유신일 거라는 예상은 하지 못했다. 이종선이 황급히 수신호를 보냈다. 스페셜 나이트에게 발각된 이상 일단 싸움은 벌어질 거다. 그렇다면 압도적인 전력으로 먼저 스페셜 나이트부터 죽이고, 그 이후 빠르게 임무를 수행하면 될 거다.

그런데 문제가 발생했다.

'엄청난 실력자다.'

하지만 괜찮았다. 상대가 엄청난 실력자인 것은 알겠지만 그래도 이쪽은 숫자가 훨씬 많다. 이 정도는 예상 범위 안이며 충분히 대처 가능한 정도다. 그때까지만 해도 그는 그렇게 생각했다.

수신호를 보냈다.

—공격해.

그러나 그럴 수 없었다.

한 명, 두 명, 세 명, 네 명, 다섯 명, 여섯 명, 일곱 명. 무려 7명의 스페셜 나이트가 차례차례 모습을 드러냈다.

이종선 대령은 침을 꿀꺽 삼켰다.

'어떻게 이런 일이……!'

어찌하여 스페셜 나이트가 7명이나 이곳에 와 있는 건지 모르겠다. 김상희 역시 몰랐다. 하지만 이제야 김훈상이 했던 말의 의미를 알 수 있을 것 같았다. 백제로 출발하기 전, 김훈상이 말했었다.

"만약 많은 사람이 나타나도 놀라지 마라."

그게 이 뜻인지는 몰랐다.

'아니, 설명을 해주려면 제대로 해주든가.'

그리고 또 이런 말도 했었다.

"절대 위험해지지 않도록 하겠다."

그냥 딸바보 아빠의 푸념 같은 거라고 생각했는데, 아무래도 자신이 모르는 뭔가가 있는 것 같았다.

'나 지금…… 미끼가 된 거야?'

함정을 파 놓고 기다린 것 같은 그런 느낌이랄까? 거기까지 생각이 미치자 뭐랄까 조금, 아주 조금 서운한 마음이 드는 것 같기도 했다. 나를 미끼로 삼아 무언가를 유혹하여 덮치는 거, 지금 상황을 보니까 딱 그런 모양새다.

이종선 대령은 깨달았다.

'함정이다.'

그렇지 않고서는 이런 일이 벌어질 수가 없다. 타국, 그러니까 백제에 무려 7명이나 되는 스페셜 나이트를 침투시키다니, 이건 백제에 대한 선전포고와도 같은 일 아닌가. 하지만 이대로 작전을 실패할 수는 없었다. 작전은 어떻게든 성공시켜야 했다. 그게 나이트니까. 이런 변수, 예상하지는 못했지만 그래도 돌파하려면 할 수 있다.

수신호를 보냈다.

–엘리온을 복용한다.

엘리온은 일시적으로 남자의 마력을 증폭시켜 주는 마약이다. 물론 부작용은 있다. 개인차는 있지만 심하면 며칠을 앓아눕는다. 수명이 깎인다는 보고도 있다. 하지만 생명이 위급한 순간에 사용하면, 그 순간을 벗어날 수는 있다. 현재 제국만이 보유하고 있는 특별한 약물이다.

김상희도 저들이 뭘 하려는 건지는 대충 눈치챘다. 제국의 비약 엘리온은 이미 상당히 유명했으며 김상희도 책을 통해서 몇 번 접해 봤었으니까.

그때, 목소리가 들려왔다.

"지금부터 지휘는 내가 맡는다."

김유신조차 놀랐다.

"폐, 폐하……!"

이종선 대령은 눈앞이 캄캄해졌다. 이게 무슨 미친 상황이란 말인가. 불과 10여 시간 전, 김훈상은 왕궁에 있었다. 이종선도 그걸 알고 있다. 그런데 어찌하여 김훈상이 이 자리에, 그것도 타국 한복판에 무방비로 저렇게 나타날 수 있단 말인가.

"도무지 가만히 있을 수가 없어서 말이야."

김유신은 알고 있다. 김훈상이 이곳에 나타날 수 있었던 건, 아마도 워프를 사용했을 거다. 백제와 고려는 상당히 멀리 떨어져 있다. 비행기로도 20시간 이상 걸린다. 그 거리를 격하게 넘어왔다면 몸에 무리가 엄청나게 많이 간다.

'어째서 오신 겁니까, 폐하!'

우리 스페셜 나이트들을 믿을 수 없으셨던 겁니까! 따지고 싶었다. 무엇이, 도대체 왜 왕이 자신의 몸을 저렇게 혹사시키는 건지 모르겠다.

"내가 김상희를 이곳으로 보낸 것은 왕으로서의 결정이었다."

김훈상의 몸이 사라졌다. 이종선 대령을 순식간에 제압해 땅에 눕혔다. 이종선 대령 역시 베테랑이며 제국의 나이트이기는 하지만 감히 김훈상의 상대는 되지 못했다.

"이런 놈을 색출하기 위해서."

무릎으로 이종선의 등을 찍어 눌렀다.

"그리고 내가 이곳에 온 건."

김상희를 쳐다봤다. 김상희를 쳐다보는 김훈상의 눈은 평소와는 달랐다. 김유신조차도 그걸 느낄 수 있을 정도였다. 뭔지는 모르겠는데 굉장히 부드러운 눈빛이었다.

"아버지로서 내린 결정이다."

스페셜 나이트 7명과 고려 국왕 김훈상의 가세로 제국의 나이트 16명이 순식간에 제압됐다. 스페셜 나이트들 중에서도 가려 뽑은 최정예 7명과 김훈상이다. 이쯤 되면 제국 나이트 16명이 아니라 160명이어도 힘들 터.

"내 딸을 다치게 한다면 나는 너희를 죽일 거다. 내 딸에게 무슨 짓을 하든, 나는 그것을 수만 배로 갚아주겠다. 왕의 이름을 걸고 맹세한다."

스페셜 나이트들은 이해하지 못했다. 김상희 공주가 도대체 뭐기에 왕의 이름까지 거론된단 말인가. 스페셜 나이트 중 한 명은 이렇게 생각했다.

'사실 김상희 공주는 왕자님이 아닐까?'

그렇지 않고서야 상황이 설명이 안 된다.

'모종의 이유가 있어서 성별을 숨기는 거였어.'

그렇게 생각하면 설명이 된다. 이런 미끼 작전을 펼치는 것도.

'특수한 능력을 지닌 왕자님이다!'

제국이 김상희를 노리는 것도.

'역시 그랬어!'

이때부터 김상희 공주 왕자설이 시작됐다.

김유신이 보고했다.

"11명 사살, 3명을 생포했습니다. 그러나 부상이 심각하여 빨리 치료해야 할 것 같습니다."

"우리 쪽 피해는?"

"3명이 부상을 입었으나 심각하지 않습니다."

"좋군."

거기까진 좋았다. 그런데 문제는 거기서 그치지 않았다.

김유신은 인상을 찡그렸다.

'진짜 큰 문제가 발생했군.'

김유신은 주위를 둘러봤다.

'도대체 언제?'

놀라운 일이라면 놀라운 일이었다. 지금 이곳은 필드 내다. 제국 나이트 3명이 필드를 펼쳤었고 거기에 더해, 스페셜 나이트들이 스페셜 필드까지 펼쳤다. 그 말인즉, 이곳의 상황은 외부에서 못 본다는 소리다. 그런데 백제의 나이트들이 이곳을 발견하여 포위를 하고 있었다.

'난처하게 됐어.'

이곳은 백제다. 그리고 자신들은 백제에 밀입국한 범법자들이다. 일반인도 아니고, 무려 스페셜 나이트다. 그것도 이 정도 인원이 들어왔다는 것이 밝혀지면 상당히 큰 문제가 될 수 있다. 조금 비약하자면 스페셜 나이트가 백제의 요인들을 암살하기 위해 들어왔다고 해도 세상 사람들은 그렇게 믿을 수 있을 테니까. 백제 입장에서는 공격을 당한 거고 당연히 반격을 해도 된다.

밖에서 백제의 나이트들 중 한 명이 소리쳤다.

"무기를 버리고 투항해라."

김훈상이 말했다.

"김유신, 무기를 거둬라."

"폐하……!"

김훈상이 크리스를 쳐다봤다. 크리스는 언제나 그렇듯 싱글벙글 웃고 있었다.

“네가 감당할 수 있겠지?”

턱으로 한쪽을 가리켰다. 방금 전 ‘무기를 버리고 투항해라’라고 외친 남자 쪽을 향해서 말이다. 크리스에게 ‘알아서 해결해라’라고 말하고 있는 셈이다.

크리스는 어깨를 으쓱했다.

“제가 잘 처리할 수 있을지 모르겠네요.”

김상희는 그 말에 긴가민가했다. 크리스가 말하면 언제나 농담 같다. 저 말이 진담인지 농담인지 모르겠다.

‘그래도 백제의 왕자인데……?’

백제의 왕자니까 어떻게든 잘 처리할 수 있지 않을까? 생각했지만 또 뭔가 그렇게 간단한 문제는 아닌 것 같기도 했다. 크리스가 걸음을 옮겼다.

“저희 쪽 사람이면 괜찮은데, 아니면 힘들 수도 있어요.”

저게 무슨 말일까? 김상희는 알 수 없었다.

‘백제 내에 세력이 분할되어 있기라도 한 걸까?’

크리스는 백제의 내부 사정에 대해 정확하게 말해주지 않았다. 김훈상도 김유신도 그것을 눈치채고 더 이상 깊게 묻지는 않았다.

크리스가 스페셜 필드 밖으로 나갔다. 이윽고 김상희는 놀랄 수밖에 없었다.

“너희들 지금 어디에 총구를 겨누는 거야?”

저 목소리, 어딘가 모르게 섬뜩했다. 지금은 크리스의 뒤통수밖에 보이지 않는다. 그래도 언제나 그렇듯 웃고 있지 않을까? 그렇게 생각했다. 크리스의 웃는 얼굴이 잠깐 떠올랐는데, 그 얼굴이 금세 사라져 버렸다.

'내가 아는…… 그 크리스가 맞아?'

뭐랄까? 분위기 자체가 완전히 달라졌다. 크리스가 걸음을 옮겼다.

"내게 총구를 겨누는 건 그럴 수 있어, 몰랐으니까. 근데 내 여자한테 총구를 겨누려면 너희부터 목숨을 걸어야 할 거야."

김환석이 칫 하고 짧게 혀를 찼다. 김환석은 왠지 모르게 발끈하고 싶어졌다. 내 여자? 웃기지 마. 나는 아직 허락해 준 적이 없다. 라고 말하고 싶은 걸 참았다. 왜 그런 마음이 드는 건지는 잘 모르지만 하여튼 그랬다.

크리스의 목소리가 들려왔다.

"지휘관이 누구야?"

크리스와 백제 나이트 지휘관이 얘기를 나누게 됐다. 다행히 지휘관은 크리스의 얼굴을 아는 것 같았다. 크리스가 활짝 웃었다.

"너, 이름이 뭐라고?"

"예, 중령 홍경식입니다."

"내가 있다는 것 알고 움직였어?"

"아닙니다, 모르고 움직였습니다."

"흠…… 그렇단 말이지."

"예, 그렇습니다."

크리스는 고개를 끄덕였다.

"병력을 물려."

"하지만 타국의 나이트들입니다."

"내 손님들이야."

"하지만 왕자님……."

"못 들었어? 내가 사랑하는 여자가 있다고."

먼발치서 이쪽의 얘기에 집중하고 있는 고려의 스페셜 나이트들은 황당해졌다.

'아니, 지금 저딴 걸 이유라고 대는 거야?'

어이가 없다. 사랑하는 여자가 여기에 있는 거랑 타국 나이트의 불법 침입이랑 도대체 무슨 상관이 있단 말인가? 굳이 비유를 해보자면 지금 100억짜리 잘못을 했는데, 100원 줄 테니까 용서해 줘. 이거랑 뭐가 다르단 말인가!

스페셜 나이트 중 한 명이 생각했다.

'저런 얼토당토않은 이유를 댄다고?'

왜 저러는지 알 것 같기도 하다. 어쨌든 이쪽을 신경 써주는 척하면서 사실은 잡아넣으려는 생각 아니겠는가. 고려의 스페셜 나이트 7명이다. 이들은 엄청난 전력이다. 사실 스페셜 나이트가 도망치려면 도망칠 수 있겠지만 이쪽엔 '아마도 왕자님일 것이 분명한 김상희 공주'와 김환석 왕자가 있다. 이들을 놔두고 도망칠 수는 없다.

'교활한 놈!'

크리스가 그 사실을 알고 있기 때문에 일부러 시간을 끌면서 병력을 확충하고 있는 게 아닌가 싶었다. 실제로 지금 백제의 병력이 속속들이 모여들고 있었다.

'폐하께 말씀드려야 해.'

그러나 마음을 고쳐먹었다.

'내가 아는 걸 폐하께서 모르실 리 없다.'

김훈상이 누구인가. 세계가 인정한 천재인데, 전투 경험마저도 굉장히 많이 쌓았다. 스페셜 나이트들 중 그 누구도 김훈상과 대적할 수 없다. 심지어 대대장인 김유신마저도.

'저런 쓸데없는 말로 시간을 끌고 있는 것인 분명한데……!'

그런데 정말 어이없는 일이 발생했다.

"알겠…… 습니다."

스페셜 나이트는 긴장이 풀렸다. 긴장이 풀림과 동시에 다리까지 풀릴 뻔했다.

'뭐라고?'

아니, 지금 무슨 일이 벌어지는 거야? 설마 진짜 우리를 그냥 보내준다고? 아무리 왕자의 손님이라지만 우리는 불법 침입자들인데?

'사랑하는 여자의 가족, 이딴 게…… 진짜 이유가 된다고?'

스페셜 나이트의 대대장 김유신 역시 황당한 건 매한가지였다. 혹여 저 말속에 어떤 술수가 숨어 있는 건 아닐까 하는 가정도 해봤다. 저 말 자체가 어떤 은밀한 암호라든가, 그도 아니면 수신호를 통해 다른 얘기를 주고받았다거나, 그럴 수 있다는 가능성에 초점을 맞추고 마력을 한껏 끌어올려 상황을 주시했었는데 그런 것도 아닌 것 같다.

다만 김훈상은 이 상황을 예상했다는 듯 피식 웃었다.

"이리 와라."

김상희는 고개를 갸웃했다. 지금 재 뭐 하는 건데? 김훈상은 구부리고 앉아서 두 팔을 벌리고 있다. 마치 '나한테 달려와서 안기렴' 하고 말하는 것처럼.

김상희가 머뭇거리자 김훈상이 개차반답게 말했다.

"……죽고 싶냐?"

알렉스가 봤다면 '폐하, 제발 좀. 예쁘게 말하면 어디 덧납니까? 안아주고 싶으면 그냥 부드러운 말로 와서 안길래? 하고 말하면 안 됩니까?' 하고 속으로 생각했을지도 모를 일이다. 김상희가 김훈상에게 쭈뼛쭈뼛 걸어가서 안겼다.

아무도 듣지 못하게 김훈상이 김상희의 귓가에만 속삭였다.

"미안하다."

김상희는 순간 큰 충격에 빠졌다. 왕은 어지간해서는 사과를 하지 않는다. 왕의 권위가 무너지기 때문이다. 사과를 하는 순간, 왕은 자신의 잘못을 인정하는 꼴이 된다. 인간인 이상 그럴 수는 없겠지만, 왕은 완벽해야만 한다. 그게 신하들과 백성들이 생각하는 왕이다. 김훈상은 그 사실을 잘 안다. 그래서 사과를 하지 않는다. 김상희도 그 사실을 잘 알고 있다. 그런데 김훈상의 입에서 '미안하다'라는 말이 나오다니.

"아, 아버님……!"

뭘 미안하다고 말하는지는 알 것 같았다. 김상희도 분명 느꼈다. 자신이 미끼가 되었다는걸. 하지만 이게 왕이 딸에게 미안하다고 얘기할 문제는 아니다. 막말로 왕이 그냥 '너 죽어' 하면 죽어야만 하는 것이 공주다. 이런 일 좀 했다고 미안해 할 일은 절대 아니다. 김훈상이 김상희를 더욱 꽉 껴안았다. 그 모습을 보며 스페셜 나이트들은 확신했다.

'역시…… 모종의 이유로 여장을 하신 것이 틀림없다!'

아까까지는 좀 긴가민가했는데 이젠 확신했다. 스페셜 나이트들은 서로 몰래 얘기했다.

'너도 그렇게 생각했지?'

'어? 너도 그렇게 생각했어?'

원래 한 명이 생각하면 의심에서 그친다. 그런데 그게 두 명, 세 명, 그러니까 여러 명이 한 상황을 보고 똑같이 생각하면 거의 사실 혹은 진리가 된다.

'역시 왕자님이겠지?'

'맞네, 왕자님이시네. 우리가 여태까지 모르고 있던 거야.'

7명의 스페셜 나이트가 똑같이 생각했다. 김상희 공주는 사실 왕자였던 것이었다.

'왕자님이셨던 것이다!'

그들은 있지도 않은 비밀을 풀어가고 있다는 기분에 사로잡혔다.

한편, 김훈상은 생각했다.

'확실하다.'

저번부터 느꼈다. 김상희에게는 특별한 능력이 있었다. 몸 상태가 정상일 때에도 조금 느꼈었는데, 지금 이런 상황이 되자 확실히 느껴졌다.

'내 마력이 빠른 속도로 정상이 되어가고 있다.'

겉으로 보기엔 멀쩡해 보이지만 김훈상은 지금 구역질을 억지로 참고 있다. 원래대로라면 쓰러져도 열 번은 쓰러졌을 거다. 일반적인 스페셜 나이트라면 그랬다. 아니, 왕인 김훈상이라고 해도 쓰러졌을 일이다. 그러나 왕인 김훈상보다 아버지인 김훈상이 더 강했다. 초인적인 정신력으로 버텼다. 연거푸 워프를 사용했다. 정신이 혼미해지고 어지러웠다. 꼭 죽을 것만 같은 그런 기분이었다. 하지만 김상희를 안는 순간, 빠른 속도로 괜찮아졌다. 특히 '미안하다'라고 말을 했을 때 몸이 거의 정상이 되어버렸다.

'이건 김상희의 능력인가?'

천고의 영약 퓨리어스를 마셔도 이렇게까지 말끔하게 회복될 것 같지는 않았다.

'제국에서 이 아이를 탐내는 것이 이런 이유인가?'

예전에는 명치를 때릴 때에만 능력이 활성화되었다. 하지만 지금은 아니다. 단순히 스킨십을 하고 있는데, 몸이 회복되고 마력 흐름이 자연스러워지고 있다.

'심지어 마력의 양까지 소폭 상승하고 있다.'

마력의 양은 타고난다. 다른 말로 '마력의 그릇'이라 불린다. 물론 훈련을 통해 늘릴 수는 있지만, 그 늘릴 수 있는 한도 역시 타고나는 거다. 그걸 늘려준다? 엄청나게 획기적인 능력이라고 할 수 있다. 그러나 단순히 그것 때문에 제국이 김상희를 탐내는 건 아닌 것 같았다.

김훈상의 눈에 김상희는 정말 사랑스러웠다. 어떻게 표현해야 할지 모르겠다. 강서영을 볼 때와는 약간 다른 느낌이다. 눈에 넣어도 아프지 않을 것 같은 그런 느낌. 뭘 해도 귀엽고 사랑스럽고 예뻐 보였다. 하지만 겉으로는 퉁명스레 말했다.

"역시 내가 낳은 계집이군."

김상희는 '쟨 왜 또 자뻑이야?' 하고 속으로 생각했지만 겉으로는 배시시 웃었다.

"소녀는 아버님의 딸이라는 것이 너무너무 행복하고 너무너무 기쁘고 너무너무 좋아요!"

물론 이건 내가 하는 말이 아니라고 속으로 수십 번씩 외쳤지만, 제아무리 김상희라고 해도 김훈상의 진짜 속마음까지 읽어낼 수는 없었다. 엄청나게 잘난 내가 낳은 딸이니만큼 '엄청나게 사랑스럽다'

라는 속 내용까지는 이해하지 못했다. 김훈상은 김상희에게서 눈을 떼질 못했다. 귀여워 죽겠다.

김훈상은 속으로만 생각했다.

'뽀뽀해도 되나?'

하지만 참았다. 그랬다가는 스페셜 나이트들이 기절하고 말 거다. 스페셜 나이트들이 김상희를 남자라고 생각하고 있다는 것은 꿈에도 몰랐다.

김유신은 이해할 수 없었다.

'사랑하는 여자'가 있다는 것이 어떻게 석방의 이유가 되는 건지. 이 백제라는 곳 정말 이상한 곳이었다. 심지어 김상희 공주는 사실 여자가 아닌 남자인 것이 틀림없는데.

'그렇다면 크리스 왕자는 게이인가?'

아무래도 그런 것 같다. 그렇게 생각하면 모든 것이 명확해진다.

'게이는 남자를 알아보는 특별한 눈을 가졌나?'

그렇게 생각해 보니 알렉스도 그렇지 않은가!

'알렉스 학자 역시 김상희 공주님을 편애했었지.'

알렉스 역시 유명한 게이다.

'게이는 남자를 알아보는 특별한 눈을 가진 것이 틀림없겠군. 확실해.'

그제야 모든 상황이 말끔하게 정리됐다. 그래서 알렉스가 예전에 그런 말을 했던 것 아니겠는가.

"왕자님처럼 생각하고 대하면 모든 것이 명확해집니다."

다시 생각해 보니 그 말을 이제야 좀 알겠다. 김상희 공주는 사실 공주가 아닌 왕자였으니까!

크리스 덕택에 백제의 나이트에게 별다른 위해를 받지 않은 스페셜 나이트들과 김훈상은 고려로 돌아갔다. 신원 불명의 세 나이트를 고려로 압송했다. 사실 이 3명의 나이트를 백제에서 취조해야 한다는 말도 있었는데 크리스가 묵살했다.

"내가 사랑하는 여자를 다치게 하려던 놈들이다. 내가 알아서 처리하겠다."

상식적으로 생각해 보면 진짜 말도 안 되는 이유였는데, 백제 나이트들은 그 말에 수긍했다. 아니면 왕자의 말이라서 그냥 들어준 건지는 확인할 길이 없지만.

하여튼 김유신과 크리스, 김환석과 김상희는 백제의 이곳저곳을 돌아다녔다. 놀이동산, 고대 유적지, 백제 내의 유명한 산과 계곡 등. 그러나 김상희는 딱히 특별한 점을 발견하지는 못했다.

'어떻게 여자와 남자가 거의 평등하게 살 수 있는 거지?'

김상희는 느꼈다. 이곳은 지구와 좀 비슷했다. 남자와 여자가 완전히 평등하다고 보기에는 힘들었지만, 적어도 남자가 여자를 억압하고 마음대로 주무르는 그런 곳은 아니었다.

고려로 돌아가는 비행기에 몸을 실었다. 그때까지도 남자와 여자가 평등한 이유를 찾지는 못했다.

'어쨌든…… 나쁜 경험은 아니었어.'

지구에서의 추억이 자꾸만 떠올랐다. 진수와 놀러갔던 곳, 진수와 같이 걸었던 거리, 진수와 함께 있었던 장소. 그러한 행복한 기억들이 떠올랐다.

'진수는…… 어디에 있을까?'

어디에서 뭘 하고 있는지 모르겠다. 목소리라도 듣고 싶은데, 얼굴이라도 한번 보고 싶은데, 도대체 어디에 있는 건지…….

주황빛 저녁놀이 펼쳐진 하늘을 향해 비행기가 전진했다. 그러고 보니 바닷가에서 저녁놀을 보면서 진수와 키스했던 기억도 있다.

'너 미워.'

문득, 진수가 너무 보고 싶었다.

'네가 너무 보고 싶은데…… 도대체 어디에 있는 거야?'

나 혼자 두지 않는다며, 절대로 외롭게 안 할 거라며. 따지고 싶었다. 따지고 싶은데 보고 싶었다. 옆에 있다면 정말로 꽉 안아주고 싶었다.

김상희는 창밖을 향해 고개를 돌리고 남 몰래 눈물 한 방울을 훔쳤다.

'보고 싶어, 진수야.'

그때, 비행기가 덜컹거렸다. 김상희는 깜짝 놀랐다. 그런데 갑자기 목소리가 들려왔다.

처음에 김상희는 이 말을 들었다.

"내가 뭘 그렇게 잘못했어?"

사실 무슨 말인지 몰랐다. 그러나 몇 초가 지난 뒤, 불현듯 깨달았다. 저 말은 진수가 자주 하던 말이다. 진짜로 뭘 잘못했냐고 따지는 게 아니다.

"왜 그렇게 슬픈 얼굴을 하고 있냐고."

진수는 그것을 견딜 수 없어 했다.

"왜 나 혼내?"

김상희가 슬픈 표정을 하고 있으면, 한진수는 그 슬픈 표정 때문에 정말 힘들다고 했다. 단순히 힘든 것을 넘어서서 괴롭다고 했다.

지금은 비행기 안. 한진수가 이곳에 갑자기 어떻게 나타난 건지는 알 수 없었다. 하지만 중요한 건 지금 눈앞에 한진수가 있다는 사실이었다.

"……."

비행기 창가 틈을 비집고 들어오는 저녁놀 사이로 한진수의 얼굴이 보였다. 그 얼굴이 점점 더 가까이 다가왔다. 그리고 한진수가 김상희를 살포시 안았다. 예전과 똑같은 말투, 똑같은 목소리, 그리고 똑같은 얼굴로 똑같은 말을 했다.

"네가 그렇게 슬픈 표정을 하고 있으면 내가 너무 괴롭잖아."

"……."

김상희는 가만히 손을 들어 한진수의 등을 살짝 안았다. 한진수가 말했다.

"보고 싶었어."

김상희도 말했다.

"나도 보……."

그때, 한진수의 몸이 움찔했다. 방금 전까지만 해도 울먹거리던 김상희였지만 저도 모르게 피식 웃음이 새어 나오고 말았다. 한진수의 이 반응, 정말 익숙한 반응이다. '보고 싶었어'라든가 '좋아해'라든가. 하여튼 그런 식의 말을 해주기 전, '보' 혹은 '좋'라는 글자만 나와도 몸이 움찔움찔 떨리곤 했었다.

'정말 너는…….'

지구의 한진수라든가, 지금 이곳의 한진수라든가. 사실 그것 때문에 고민을 많이 했다. 하지만 한 가지는 이제 확실해졌다. 누군가가 사무치게 그리웠고, 그 누군가가 너무나 보고 싶었다. 그리고 그 누군가가 나타났다. 그 누군가는 지금 자신의 눈앞에서 자신을 살포시 안아주고 있는 이 사람이었다. 이 한진수를 보니 마음이 놓였다. 타들어가는 갈증이 해소되는 기분이었다.

'나는…….'

정말 보고 싶었어. 그렇게 말해주려다가 참았다. 이렇게 계속 혼자 내버려 뒀으면서, 옆에 있지도 않으면서. 한진수의 잘못은 아닌데, 괜히 한진수가 미웠다.

"너 미워."

"……."

한진수가 찔끔 놀랐다. 생각지도 못한 말이었다. 솔직히 충격받았다. 상식적으로 생각하면 여자 따위가 감히 '너 미워'라고 말하면 안 되는 일이다. 한진수도 머리로는 그걸 안다. 이성은 이 상황이 이상하다고 계속해서 말하고 있다. 하지만 한진수는 잘못한 것 같은 기분에 사로잡혔다.

"그, 그게……."

한진수는 이런 상황이 처음이다. 여자에게서 '너 미워'라는 말을 들은 것도 처음이고, 하필이면 그 여자가 김상희인 것은 더더욱 처음이다. 이 세계에서 나고 자란 한진수에게 있어서 이 말은 아주 생소하고 청천벽력과도 같은 말이었다. 지구의 남자들이라 할지라도 여자 친구가 갑자기 '너 미워'라고 말하면 당황하는 게 태반인데, 이 세계의 남자인 한진수는 당연히 어떻게 대처해야 할지 알 수 없었다.

김상희가 다시 말했다.

"너 미워."

모르겠다. 누군가 그랬다, 사랑하는 사람 옆에 있으면 어려지는 법이라고. 사랑에 나이 같은 건 중요하지 않다고. 평소 자신을 속이고 연기하던 김상희는 지금 이 순간만큼은 스스로에게 솔직해졌다.

"너 진짜 미워."

다른 사람들에게 말할 때와 목소리가 달라졌다는 것도 스스로는 인지하지 못했다. 김환석 스스로가 자신이 뭘 아끼는지 구체적으로 인지하지 못하는 것처럼 말이다.

한진수는 한진수 나름대로 머리를 굴렸다.

'내, 내가 엄청난 잘못을 한 것이 틀림없다.'

세기의 대천재이면 뭘 하나. '너 미워'를 듣는 순간 머릿속이 새하얗게 변해 버렸다. 이렇게 무서운 말이 세상에 존재할 줄이야.

급기야 김상희는 울먹거리기 시작했다.

"진짜 미워……."

스스로 표현은 하지 않지만 김상희는 늘 외롭다. 본연의 모습대로 살아갈 수가 없다. 남자들의 비위를 맞춰야 하고 24시간 내내 눈치를 살피면서 저 남자가 무슨 말을 들어야 좋아할까를 궁리하면서 그렇게 살아간다. 덕분에 예쁨을 받고 귀여움을 받기는 하지만, 그건 김상희 본연의 모습을 좋아한다고 보기에는 힘들었다. 김상희는 원래 자기의 모습대로 살아갈 수 없어 그런 삶을 선택했다. 지구에서의 행동 방식대로 그냥 살았다면 진작에 죽었을지도 모를 일이다. 그

설움과 외로움이 한꺼번에 밀려들었다.

한진수의 품에 안겨 있으니까 그랬다. 내가 나일 수 있는 시간, 그 시간이 지금이었다. 김상희는 너 미워를 되풀이하다가 결국 고백해 버리고 말았다.

"근데 너무 좋아."

한진수의 몸이 또 움찔 떨렸다. 한 번도 아니고 세 번이나 부르르 떨렸다.

'나 지금, 잘 들은 거 맞지?'

세기의 대천재는 혼란스러웠다. 방금까지는 굉장히 당황한 상태였는데, 그리고 굉장히 슬펐고 무서웠는데 갑자기 기분이 급격히 좋아졌다.

'너무 좋다고?'

지금 나한테 좋다고 한 거지? 그런 거지?

한진수의 표정이 이상해졌다. 웃는 것 같기도 하고, 우는 것 같기도 하고 기기묘묘한 표정이 되었다. 스스로도 자기가 어떤 표정을 짓고 있는지 몰랐다. 자신이 뭘 잘못했는지 찾기 위하여 굉장히 초조해졌던 한진수는 이제 자신감이 생겼다. 단순히 '너 좋아' 한마디 들었을 뿐인데 세상을 다 얻은 것 같은 그런 행복감이 물밀듯 밀려들었다. 하지만 그 자신감과 행복감은 잠시였다.

"근데 너 미워."

아니, 도대체 뭘 어쩌란 말인가! 한진수는 그 짧은 시간 동안 천국과 지옥을 넘나들었다. 계집의 말 한마디가 남자를 들었다 놨다 할 수 있다는 것 자체가 놀라운 일이지만 그 놀라움 자체를 인식하지 못할 정도로 한진수는 당황해했다. 너무 당황해서 계집 따위가 감히 반말을 하고 있다는 것도 잊었다.

'나, 나는 도대체 어떻게 해야 하는 거냐!'

알 수 없었다. 패닉이다. 잘은 모르겠어서 그냥 김상희를 꽉 안아줬다. 지금 당장은 그것밖에 할 수 있는 게 없었다. 그러자 느껴졌다.

'김상희도 날 꽉 안고 있어……?'

잘은 모르겠는데 정답을 선택한 것 같다. 이럴 땐 그냥 안아주는 게 좋다는 걸 오늘 처음 알았다.

'날 꽉 안는다는 건, 내가 안 밉다는 거지?'

그런 거지? 좀 불안해졌다. 시간이 조금 흘렀다. 급격히 소심해진 한진수가 물었다.

"그런데……."

시간이 흘러 정신을 되찾은 김상희도 존댓말로 대답했다.

"말씀하셔요, 오라버니."

"그게……."

한진수는 이런 걸 물어도 되나 싶었다. 이런 걸로 고민한다는 거, 세상 사람들이 알면 얼마나 비웃을까? 그런 생각이 들었다. 아무래도 자신은 미친 게 틀림없었다. 그래도 묻지 않고는 못 배길 것 같았다. 예쁘게 웃고 있는 김상희의 얼굴을 보고 있노라니 또 기분이 좋아지는 것 같기도 했다. 뭐랄까? 헤벌쭉 웃음이 나오는 느낌이랄까? 뽀뽀 세례라도 퍼부어주고 싶었다. 그걸 주체하지 못할 것 같았다. 그 충동을 겨우 억눌렀다.

세기의 대천재는 계속 소심하게 고민했다.

'나 엄청 소심하게 보면 어쩌지?'

남자라면 모름지기 대범해야 하지 않는가. 상대에게 믿음을 주어야 하며 신뢰감이 있어야 한다. 그게 한진수가 생각하는 '남자다움'이다. 그러나 김상희 앞에서는 그럴 수가 없다. 적어도 김상희와 관련된 일에 있어서는 소심해진다. 그걸 이제 확실히 알았다. 결국 물어봤다.

"나…… 안 밉지?"

김상희가 말했다.

"오라버니, 말씀해 주셔요."

그래서 한진수는 또 슬퍼져야만 했다. 아까는 '너'라면서 이제는 '오라버니'란다. 차라리 '오빠'면 아무 말도 안 하겠는데, 오라버니라고 하면서 존댓말을 쓰니까 묘하게 거리를 두려는 것 같아서 좀 기분이 이상해졌다.

'아니, 저게 당연한 건데. 나는 도대체 왜…….'

저게 당연한 거다. 오라버니라 부르는 것도 맞는 일이고 존댓말을 써야 하는 것도 맞다. 그런데 왜? 왜 기분이 별로지?

그래서 한진수가 말했다.

"우리 둘만 있을 때엔……."

그…… 오빠라고 불러. 이 말 하기가 왜 이렇게 힘든지. 오빠 아니고 그냥 진수라고 불러주면 더 좋을 것 같다. 거기서 더 나아가…….

'아니, 내가 대체 무슨 생각을 하는 거냐!'

아무래도 미쳐도 단단히 미친 것이 틀림없었다. 이유는 모르겠는데 '자기' 같은 이상한 단어가 떠올랐다. 김상희가 자신을 자기라고 불러준다면 엄청 행복할 것 같은 그런 미친 생각이 들어 황급히 고개를 휙휙 저었다.

'내가 이런 말을 하면 미쳤다고 생각하겠지?'

하지만 한진수의 생각과는 달리 김상희는 이미 저 말을 여러 번 들어 봤다. 한진수는 '호칭'에 조금 집착(?)하는 경향이 있었다. 그래서 김상희가 생각하기에는 참 이상한 애칭을 많이 만들어내곤 했었는데 그중에 하나가 바로 '자기'였다. 김상희는 한진수에게 자기라고 부른 적이 거의 없다. 한진수가 워낙 듣고 싶어 해서 몇 번 해줬을 뿐. 뭐랄까, 너무 오그라드는 기분이랄까?

'자기라고 부르면 좋겠다고 생각하고 있겠지.'

김상희는 알면서도 일부러 모른 척했다.

"말씀하셔요."

한진수는 백 번 양보했다. 자기나 오빠 같은 낯간지러운 호칭보다는 현실적인 대안을 선택했다.

"우리 둘만 있을 때엔 편하게 말해주면 안 돼?"

이를테면 아까처럼 말이야. 하고 한진수는 묘한 기대가 담긴 눈으로 김상희를 쳐다봤다.

"미천한 소녀가 어찌 감히 그러겠어요?"

아깐 그랬잖아! 제발 그래줘! 부탁이야. 한진수는 외치고 싶었다. 몇 번이나 실랑이를 더하고 나서야 김상희는 못 이기는 척 고개를 끄덕였다. 애초에 이건 김상희가 못 이기는 척할 문제가 아니다. 한진수가 그러라고 하면 그냥 그러는 게 맞는 거다. 하지만 한진수도 김상희도 이 상황을 이상하게 생각하지 않았다. 둘 다 당연하게 받아들였다. 세상 사람들이 본다면 놀라 까무러치겠지만.

현재 한진수는 특수한 필드를 펼친 상태다. 스페셜 필드와 비슷하긴 한데, 비행기 내의 그 누구도 한진수가 이곳에 있다는 사실을 알지 못하는 듯했다. 한진수는 바깥을 한번 둘러 봤다.

'김환석 왕자님은 모르고 있는 것 같고, 스페셜 나이트도 마찬가지. 그러나 저 크리스라는 녀석이 걸린다.'

뭐랄까, 정확하지는 않은데 자신이 이곳에 왔다는 것을 알고 있는 것 같다는 느낌이 강하게 들었다.

'기분 탓인가?'

아무래도 기분 탓일 거다. 스페셜 나이트와 김환석 왕자조차 알아차리지 못한 워프와 필드 개방인데 크리스가 알아낼 수 있을 리 만무하다.

한진수는 생각했다.

'이대로 시간이 멈춰 버렸으면 좋겠다.'

이 상태로 그냥 김상희랑 같이 있는 것만으로도 행복하고 좋으니 시간이 영원히 멈췄으면 좋겠다고 생각했다. 하지만 그게 불가능하다는 걸 스스로 잘 안다.

김상희가 물었다.

"이곳엔 어떻게 오신 것이어…… 아니, 어떻게 온 거야?"

아직 반말이 익숙하지가 않다. 한진수는 활짝 웃었다. 상식적으로 생각하면 버르장머리 없는 반말을 들었는데 왜 기분이 좋은 건지 모르겠다. 아무래도 정말 미친 것 같았다.

'이렇게 웃어본 게 얼마만이야.'

최근 들어 웃어본 기억이 없다. 김상희 앞이라서 웃음이 절로 나왔다.

"워프했어."

"내가 여기에 있는지는 어떻게 알구?"

"지금 내가 속한 곳의 정보력이 생각보다 좋거든. 고려에서 일부러 정보를 흘린 것 같기도 하지만."

더 정확하게 말하자면 그곳의 수장이 됐다. 하지만 정확한 얘기는 하지 않았다. 사실 '워프'를 사용했다는 것 자체도 기밀이라면 기밀인 일이다. 현재까지는 고려의 스페셜 나이트와 고려의 국왕만이 워프를 사용한다고 알려져 있으니까. 그마저도 대부분의 사람은 모른다. 제국 정보부 정도만 파악하고 있다.

한진수가 말했다.

"넌 특별한 능력을 가지고 있어."

"내가요?"

김상희는 내가? 라고 물으려다가 또 습관적으로 뒤에 '요'자를 붙였다. 아직 완전히 익숙해지지가 않아서 그렇다. 한진수는 그런 김상희의 모습이 너무나 귀엽게 느껴졌다. 왜 귀엽냐고 물으면 대답할 수 없지만, 하여튼 귀여웠다. 그래서 머리를 한번 쓰다듬었다.

"정확한 건 더 파악해야 해. 하지만 한 가지는 알아냈어."

한진수가 목소리를 조금 낮추었다.

"특별한 여자들에게는 특별한 호칭이 붙어."

우연인지 아닌지는 모르겠지만, 크리스의 시선이 한진수를 향했다. 한진수는 순간 움찔했다. 하지만 우연인 것 같았다. 크리스가 다시 고개를 돌렸다. 목이 뻐근해서 고개를 돌리는 중이었던 것 같다.

"우리가 파악하기로 네 호칭은 성녀야."

"성녀요?"

그게 무슨 뚱딴지같은 소리야. 김상희는 고개를 갸웃했다. 한진수가 설명을 이었다.

성녀라고? 그런 게 있어? 그런 의문이 떠오름과 동시에 머릿속을 스쳐가는 게 있었다. 바로 골렘 피라미드에서 봤던 내용이다.

성녀의 은총이 내릴 때에 골렘이 깨어나리니.

저번에도 말했지만 고대의 기록이란 건 거의 전설과도 같은 것들이 많아서 그대로 믿기에는 좀 무리가 있다. 옛날 옛적에 도깨비와 구미호가 있었다는 전설과 그다지 다르지 않으니까.

'성녀라고?'

하지만 전혀 의외의 인물인 진수 입에서 '성녀'라는 말이 나오게 될 줄은 몰랐다. 이번엔 일부러 존댓말과 반말을 섞어서 썼다. 너무 한 번에 익숙해지면 좀 이상하잖아.

"성녀가 뭐야…… 요?"

아마도 내가 이런 식으로 말을 하면 진수는 나를 엄청 귀엽다고 생각할 거다. 사실 좀 창피한 말이기는 한데, 진수가 나를 귀엽다고 생각한다면 나도 기분이 좋다. 왜, 뭐, 그럴 수도 있지. 내 안에 40대 없다고. 원래 연애하면…… 사실 연애인지는 모르겠지만 어쨌거나 연애를 하면 어려지는 법이라고. 아 근데…… 이거 연애 맞지? 나랑 진수랑 지금 연애 비슷한 거 하는 거 맞지? 그렇다고 말해줘.

아니나 다를까, 진수는 사랑스러워 죽겠다는 표정으로 나를 쳐다봤다. 사랑스러워 죽겠다는 표정이 어떤 표정이냐고 묻는다면 구체적으로 대답할 수는 없을 것 같다. 하지만 나는 느껴진다. 저 표정, 저 분위기를 나는 예전에 많이 느꼈었다. 그땐 잘 몰랐는데, 이젠 정말 확연히 알 수 있다.

"성녀는 모든 여자 중에서도 전략적 가치가 가장 높은 종류의 여자야. 일단 우리가 파악하기로는 그래. 사실 그냥 전설과도 같은 얘기이긴 하지만…… 제국이 너를 호시탐탐 노리고 있는 걸 보면 뭔가 있는 건 틀림없으니까."

그 말을 정리해 보자면, 원래대로라면 쓸데없는 얘기로 치부될 얘기이기는 한데 내게 있는 그 어떤 것 때문에 제국이 관심을 가지고 있다. 그리고 그 뭔가가 성녀다? 그런 얘기인 것 같다.

'전략적 가치가 제일 높다는 건…….'

아씨. 무슨 말인지는 알겠는데, 좀 뭐랄까, 너무 군대용어 같은 느낌이잖아. 예전부터 그랬지만 난 군대 얘기 별로 안 좋아한다. 진수도 그걸 느꼈는지 말을 좀 바꿨다.

"남자들이 널 원할지도 몰라."

그 말을 하고 나서 진수는 인상을 찡그렸다. 설마, 너 그 말…… 하려고? 설마? 진짜로? 너는 지구의 한진수는 아니잖아…… 라고 생각은 하면서도 은근히 기대했다.

진수가 말했다.

"나만 널 원하면 되는데."

"……응?"

했다! 했다고! 그땐 귀찮게 생각했던 집착 나왔다! 진수는 가끔 내게 집착(?)을 하기도 했고 내게 소유욕을 부리기도 했다. '너는 내 거야'라는 식의 말로. 그럴 때마다 나는 '내가 왜 네 거야? 내가 물건이야? 나는 내 거야'라고 대답했었다. 그리고 저런 말도 많이 했다.

"불가능한 거 아는데, 내 눈에만 좀 예쁘면 안 돼?"

"딴 남자들 말고 나만 널 원하고 싶어. 그니까 그만 좀 예뻐."

그럴 때마다 나는, '안 그래도 네 눈에만 예뻐'라고 대답했었다. 솔직히 말해 진수는 언제나 제정신은 아니었던 것 같다. 그래, 내가 조금 예쁜 편이긴 했다. 하지만 어디까지나 조금 예쁜 편이다. 적어도 내가 느끼기엔 그랬다. 내가 정말로 예뻤으면 연예인이 되어 TV에 나왔겠지. 진수가 말하는 것처럼 세상 모든 남자가 홀라당 반할 정도의 미모를 가진 건 절대 아니라는 뜻이다. 하여튼 진수 눈에는 내가 세상에서 제일로 예쁜 여자이며, 모든 남자가 호시탐탐 나를 노리는 늑대들이라고 주장하곤 했었다.

그때 생각이 나서 나는 배시시 웃고 말았다.

"나도 너만 날 원해 주면 돼. 너 말고 다른 남자는 싫어."

"……."

진수의 몸이 움찔했다. 그리고 가만히 선 상태로 나를 쳐다보기만 했다. 표정을 보아 하니 '다 이루었다!'라고 말하는 것 같았다. 세상 모든 것을 다 가진 듯한 저 표정. 정말…… 좋긴 좋은데 중증이다.

한진수는 민망한 듯 크흠 헛기침을 한 뒤 말을 이었다. 예전의 진수라면 그냥 부끄러워했을 텐데, 그래도 이 진수는 좀 다르다. 괜히 퉁명스레 말하는 걸 보면 말이다.

"어쨌든 중요한 건, 넌 가치가 매우 높은 계…… 아니, 여자고."

너 지금 계집이라고 하려고 했지? 따지려다가 말았다. 그래, 습관은 어쩔 수 없지. 나는 마음 넓은(?) 여자니까 참아줄게. 복수할 거야. 뽀뽀 두 번 할 거 한 번만 할 거다. 복수가 복수 같지 않다고? 무, 물론 나도 그렇게 생각은 하지만…… 어쨌든 그건 중요한 게 아니니까…… 큼큼.

"그러니까 제국에서도 너를 노린다는 거야. 백제에 나이트들을 투입시켜 가면서까지. 물론 그 나이트들이 제국의 나이트라는 증거는 없어. 다른 곳에서 온 나이트일 수도 있겠지. 하지만 나는 제국의 나이트라고 90퍼센트 이상 확신하고 있어."

진수의 말에 따르면 그 나이트들은 제국의 나이트일 확률이 높다고 했다. 그리고 아마도 증거를 모두 없애거나 조작했을 거라고 했다. 제국의 소행이라는 것이 들키지 않도록 말이다.

진수가 말했다.

"그래서 나는 강해질 수밖에 없어."

'그래야 내가 너를 지킬 수 있을 테니까'라는 말이 들려오는 것 같았다. 그때가 또 떠올랐다. 그 왜, 예전에 그, 뭐야. 드라마 보다가 얘기했던 거.

"걱정 마. 무슨 일이 있어도 내가 너 지켜줄게."

"그러지 말고 그냥 경찰에 신고해."

"경찰 오기 전에 너 다치면 어떡해? 나 그 꼴은 절대 못 봐. 차라리 내가 죽으면 죽었지."

차라리 내가 죽으면 죽었지라는 그 말, 그게 이렇게까지 진심인 줄은 몰랐다. 혹시나 싶어서 나는 묻기로 했다.

"진수야."

내가 이름을 불러주자 진수는 또 움찔했다. 묘하게 귀여운 맛이 있네 이거.

"네가 제국을 배신한 건……."

솔직히 말해서 한진수가 제국을 배신할 이유는 전혀 없었다. 앞으로 창창한 미래가 펼쳐져 있는 세기의 대천재. 그게 바로 한진수였다. 굳이 제국의 반역자가 될 필요가 없었다는 소리다. 부와 명예, 여자. 그가 원하는 건 모두 가질 수 있는 그런 미래를 걷어차고 말이다.

한진수가 내 입을 막았다. 정상적인(?) 방법은 아니었다. 손이 아니라 입으로 막았다. 진수의 입술이 내 입술을 덮었다. 진수의 입술은 언제나처럼 따뜻했다.

'음……?'

뭐야, 근데 왜 이리 빨리 떨어져? 아 진짜. 나 지금 발뒤꿈치까지 들었는데 벌써 끝? 진짜 그런 거야? 아, 짜증 나. 하려면 똑바로 하든가!

나는 따지고 싶었다.

한진수가 제국을 배신한 이유는 별거 아니었다. 제 입으로 '너를 지키기 위해서'라고 말하기에는 조금 낯간지러워서 말 못했지만 정말 그거였다. 김상희를 제국의 손으로부터 지키기 위해서. 그래서 모든 명예와 부를 걷어차고 제국을 배신했다. 하지만 한진수는 그걸 김상희가 알게 하고 싶지 않았다. 김상희는 그저 밝은 세상에 있었으면 좋겠다. 어두운 일, 나쁜 일은 모두 자신이 감당할 테니, 김상희는 그저 예쁜 곳에만 있었으면 좋겠다고 생각했다. 물론 불가능하다는 건 안다. 김상희는 성녀다. 성녀가 뭔지 정확하게 파악하려면 시간이 걸리겠지만 그래도 일단 뭔가가 있다는 건 확실하다. 그것도 제국에서 탐을 낼 만큼의 능력이다. 그러려면 밝고 따뜻한 곳에만 있을 수는 없다. 그래서 경고는 해줘야만 했다. 조심하라고.

'내가 지켜줄게.'

마음 같아선 정말 아무것도 모르게 하고 싶다. 궂은일, 무서운 일 다 자신이 감당하고 싶었다. 무슨 말을 해야 할지 몰랐다. 그래서 그냥 가볍게 키스했다.

'나…… 뭐 잘못했나?'

짧게 키스했는데 김상희의 기분이 별로 안 좋아 보인다.

'아니, 내가 왜 계집의 눈치를 보는 거야?'

이성이 눈을 떴다. 그렇지 않은가! 자신이 왜 한낱 계집 따위의 눈치를 보아야만 하냔 말이다. 감히 계집 따위가 기분 나쁜 것을 티 내? 아무래도 혼을 좀 내야 할 것 같았다.

"화, 화났어?"

하지만 말은 거꾸로 나왔다. 머리는 분명 혼을 내라고, 단단히 버릇을 고치라고 얘기하고 있는데 몸이 말을 안 들었다. 김상희가 아무래도 약간 토라진 것 같은데 왜 토라진지 도무지 알 수 없었다.

"아니요."

심지어 이제는 존댓말이다. 아니라고 말을 하는데, 분명 화가 났다. 화가 난 게 맞다! 늑대들 32명과 싸울 때에도 이런 긴장감은 느껴지지 않았었다.

"내, 내가 잘못했다."

"오라버니가 무엇을 잘못하셨어요?"

아까는 진수라며! 반말하라고 했잖아! 진수는 괜히 슬퍼졌다. 뭔지는 모르겠는데 일단 사과는 해야 할 것 같았다.

"그냥 다."

김상희는 속으로 웃고 말았다. 저 말, 정말 많이 들었다. 조금만 화난 체하고 있으면 진수는 언제나 미안하다고, 내가 못나서 너 화나게 만들었다고 말하곤 했었다. 그럴 때면 김상희는 '네가 뭘 잘못했는데?' 하고 물었고 그때마다 한진수는 진땀을 뻘뻘 흘렸었다.

속으로만 웃었다.

'어쩜 이렇게 똑같아?'

겉으로는 냉기가 폴폴 풍겼지만 김상희는 한진수의 마음을 읽을 수 있었다.

'나 걱정 안 시키려는 건 여전하네.'

이내 김상희는 웃고 말았다. 그리고 한진수에게 가까이 다가가 뒤꿈치를 들고 먼저 키스했다. 입술과 입술이 닿았다. 쪽 소리가 났다. 한진수는 그 상태로 얼어버렸다. 세기의 대천재이긴 하지만 이런 상황에 면역이 없기는 했다. 한진수는 몸에서 열이 확 피어오르는 것을 느꼈다. 성녀의 능력과는 별개로 신체가 그렇게 반응했다. 그런데 한진수는 또 문득 이상함을 느꼈다. 크리스와 눈이 마주친 것 같은 그런 기분이 들었다. 크리스가 이쪽을 보며 웃고 있었다.

'내 착각이겠지?'

스페셜 나이트조차도 파악하지 못하고 있는 특수 필드다. 그런데 크리스가 이곳을 파악했을 리 없다.

'착각일 거야.'

한진수는 다시금 김상희에게 키스했다.

"금방 올게."

"거짓말. 매일 금방 온다고 하면서."

김상희의 목소리가 조금 변했다. 어린아이가 어른에게 투정 부리듯 그렇게 말했다. 스스로 인지하지도 못했다. 그냥 그렇게 변해 버렸다. 한진수는 그런 김상희가 너무나 사랑스러워 어쩔 줄 몰라 했다. 그저 사랑스러워 죽겠다는 눈길로 김상희를 쳐다보기만 했다. 그 스스로 생각해도 금방은 못 올 것 같다. 그는 힘을 길러야 했다. 김상희를 지키려면 제국과도 싸울 수 있는 힘을 말이다.

김상희는 눈을 떴다. 입술을 포개고 있던 그 따뜻한 느낌이 사라져 있기 때문이다. 목소리가 들려왔다.

“계집, 입술은 왜 내밀고 있는 거냐?”

따뜻했던 한진수의 입술은 사라지고 탑 오브 망나니가 이쪽을 쳐다보고 있었다.

‘나 지금 꿈꾼 거야?’

김상희는 고개를 갸웃했다. 정신을 차려보니 자신은 잠을 자고 있었던 것 같기도 했다. 이상하네. 비행기가 덜컹거렸고 잠시 이상 징후가 생겼던 것 같은데. 정말…… 꿈인가? 꿈치고는 너무 생생한데.

크리스가 말했다.

“왕자님, 너무 구박하지 마세요. 상희는 정말 좋은 꿈을 꾼 것 같아요. 표정이 좋아 보이네요. 아까 봤는데 웃고 있더라구요. 많이 행복해 보였어요.”

김환석이 퉁명스레 말했다.

“너 따위가 알 바 아니다.”

직역하자면 ‘내 동생에 대해서 신경 쓰지 마라. 나는 내 동생을 너에게 허락한 적이 없으니까’라는 뜻이다. 물론 김환석 스스로도 이 뜻은 파악하지 못했지만.

김상희는 왕궁으로 돌아왔다. 알렉스가 조심스레 책을 하나 가져

왔다. 지금 이거, 엄청난 불법행위다. 기록의 관 특별 서고는 남자들, 그중에서도 특별히 선택받은 남자들만이 출입할 수 있다. 당연히 그곳의 기록들은 일반 남자들은 접근이 불가하다. 일반 남자들도 그런데, 하물며 그보다 신분이 훨씬 낮은 여자라면 두말할 필요도 없다.

"공주님, 정말 조심하셔야 합니다."

물론 원본을 가져다주는 건 아니다. 알렉스가 필사-마력을 써서 하는 거라 그리 오래 걸리진 않는다-하여 사본을 보여준다. 그리고 며칠이 지나서 그 사본을 직접 다시 소각해 없앤다. 지금 이 행위는 불법행위니까. 알렉스도 나름대로 모험을 하고 있는 셈이다. 괴짜라서 할 수 있는 모험 말이다.

"고마워요, 알렉스 학자님. 저는 고대의 기록들을 보는 것이 재미있어요. 모두 해석하지는 못하지만, 아니, 대부분 해석하지 못하지만 그냥 보는 것만으로도 좋아요."

물론 거짓말이다. 대부분 해석이 가능하다. 일부러 알렉스에게도 숨기는 중이다. 중간중간 알렉스의 실수라 여겨지는 오탈자도 있었지만 전체적인 뜻을 해석하는 것에는 크게 문제가 없었다. 김상희는 고대의 기록들을 살펴보기 시작했다.

그런데 또 이상한 내용이 적혀져 있었다.

'이건……?'

단순히 전설이라 치부하기에는 조금 지나치게 구체적이고 자세한 기록이었다. 그리고 '성녀'라는 글자도 눈에 들어왔다. 갑자기 심장이 쿵쾅대기 시작했다.

'성녀라고?'

성녀에 관한 이야기, 마력에 관한 이야기가 좀 더 자세하게 써져 있었다.

'여왕?'

게다가 여왕이라는 얘기도 있었다. 처음에는 언제나 그렇듯 그냥 뜬구름 잡는 소리인 것 같았는데 뭐랄까, 마냥 헛소리는 아닌 것 같은 기분이랄까?

기록들을 읽어 내려가기 시작했다.

그는 자신이 영원히 늑대들의 왕일 줄 알았다. 한진수라는 걸출한 천재, 그러니까 우리 안에 넣을 수 있을 줄 알았던 그 대천재가 나타나기 전까지는 말이다. 그는 한진수를 받아들인 뒤, 한진수의 능력을 두려워하게 됐다. 결국 그는 자신의 우리에 넣을 수 없다고 결정내린 뒤, 한진수를 공격했다. 제아무리 상대가 한진수라도 자신들이 힘을 합치면 한진수 한 명쯤은 쉽게 제압할 수 있다고 생각했다. 그러나 그 생각은 착각이었다. 그날 이후로 늑대들의 왕이 바뀌었다.

'퓨리어스를 가지고 있었을 줄이야.'

처음에는 분했다. 그러나 시간이 지나면 지날수록 그 생각은 조금씩 바뀌기 시작했다.

'퓨리어스 한 병을 통째로 우리 형제들에게 사용했다.'

당시 한진수가 늑대들을 공격했을 때, 더 정확하게 말하자면 늑대들이 먼저 한진수를 공격했을 때, 그때 한진수가 늑대들을 전부 죽인 줄 알았다. 분명 그랬었다. 죽었다고 해도 과언이 아닐 정도로 반쯤 시체였었으니까. 그러나 한진수는 퓨리어스를 사용하여 그들을 모두 살려냈다. 그 상황은 단순히 '한진수가 퓨리어스를 사용하여 늑대들을 살려줬다' 그 이상의 의미를 가지는 것이었다.

가장 먼저 '실력 차'를 들 수 있겠다. 늑대들을 전부 제압했다. 제압과 사살은 그 의미가 완전히 다르다. 당연한 말이지만 사살이 제압보다 쉽다. 제압하려면 정확한 힘 조절이 필요하다. 더군다나 '난전'이었다. 32명과 1명의 싸움. 그럼에도 불구하고 모두를 제압했다는 사실은 엄청난 실력 차가 있다는 거다.

'거기에 더해 퓨리어스까지.'

퓨리어스는 오로지 고려에서만 생산이 된다. 그리고 고려 왕가가 직접 관리한다. 즉, 고려의 선택을 받은 이들만이 퓨리어스를 얻을 수 있다. 괜히 한 병 가격이 나라 하나와 맞먹는 게 아니다. 그런데 그것을 무려 한 병이나 가지고 있었다. 한 방울만 있어도 무병장수한다고 알려진 그것을 말이다.

'그걸 아낌없이 사용했지.'

그것이 의미하는 바는 분명했다.

'정말로 다른 것에는 욕심이 없다는 뜻이다.'

그렇게 해석할 수 있었다.

'정말 황당한 거래지만.'

한진수가 원하는 것은 김상희를 보호할 수 있는 힘이었다. 애초에 레지스탕스가 결성된 것은 제국에게 항거하기 위해서다. 각자의 사연이 있고 사정이 있다. 공통분모는 바로 제국을 무너뜨리고 싶어 한다는 것.

'한진수 역시 마찬가지지.'

이유는 정말 황당한 게 맞다. 김상희를 지키고 싶어서라니, 한 여자 때문에 천고의 보물과 창창한 미래를 모두 내던지고 힘든 가시밭길을 간다니. 그는 결코 이해할 수 없었다. 아니, 이해하고 싶지도 않았다. 한낱 계집 때문에 인생이 망가지는 거, 상상조차 해본 적이 없으니까.

'하지만 목표는 같다. 제국을 무너뜨리고 경제적 이득과 모든 명예는 우리 늑대들이 갖는다.'

모든 좋은 것은 자신들이 누리게 될 것이다. 그에 반해 한진수는 '김상희'를 얻을 수 있을 거다. 정말 남는 거래이지 않은가. 그는 한진수를 늑대들의 왕으로 인정할 수밖에 없었다. 제국을 무너뜨리고 나면 그 자리를 되돌려주겠다는 약속까지 받아냈다. 사실상 그 약속을 정말로 지킬지, 지키지 않을지는 두고 봐야 하는 상황이었지만 아마도 지킬 것이란 생각이 들었다. 지키지 않으려고 했다면 그때 그 자리에서 자신을 죽였을 거라고 생각했다.

'게다가 놈은 김상희에게 정말로 미쳐 있다.'

그것만큼은 확실했다. 몸에 무리가 가는 워프를 사용해서 이동을 했다. 일정한 좌표를 가진 곳으로 이동해도 몸에 큰 무리가 오는데 이번에는 움직이는 물체, 그것도 시속 700㎞ 이상으로 움직이는 비행기 안으로 워프했다. 위험한 기술인 워프를 사용해서 김상희를 만나고 돌아왔다. 그의 입장에서는 이해도 안 되고 이해할 수도 없었다. 그가 한진수에게 물었다.

"괜찮은 거 맞습니까?"

한진수가 대답했다.

"……괜찮아."

그가 보기에 한진수의 상태는 정상이 아니었다. 식은땀이 줄줄 흐르고 있고 마력 흐름도 불안정했다. 그러나 한진수는 스스로 괜찮다고 생각했다. 피가 끓어오르고 구역질이 날 것 같은 느낌은 지금 느끼는 행복감에 비해선 아무것도 아니었다. 김상희가 '보고 싶었다'고 말해줬다. 그거 하나면 세상을 전부 얻은 것 같은 기분이다.

'나는…… 김상희만 있으면 돼.'

정말이다. 다른 거 아무것도 필요 없다. 다른 걸 원했으면 제국을 배신하지 않았을 거다. 다른 사람들은 미쳤다고 손가락질할지도 모르지만 그는 진심이었다.

'보고 싶다.'

방금 보고 돌아왔는데 또 보고 싶었다. 몸에 무리가 가는 기술? 그런 거 따윈 아무래도 좋았다. 방금 잠깐, 김상희를 보고 왔는데 더 미치겠다. 보고 싶은 마음이 주체가 안 됐다. 그는 자신의 입술을 매만졌다.

'입술이 닿았었지.'

만약 혀를 김상희의 입속에 넣었다면? 그런 생각이 불현듯 들었다. 놀라운 일이지만(?) 한진수는 모태 솔로다. 연애를 해본 경험이 없다. 누군가에게 '키스하는 법'을 배운 적도 없다. 그런 건 원래 관심 없었다. 그래서 자신이 떠올린 것이 '키스'의 일종이라는 것을 알 수 없었다. 본능이 알려줬다. 혀를 넣으면, 그래서 혀끼리 맞부딪치면 굉장히 달콤한 느낌일 것 같다.

'그러면 화냈으려나?'

더러운 짓 한다고 화낼지도 모른다. 모태 솔로인 그는 그렇게 생각했다.

'아, 그래서 기분이 나빴었나?'

아무래도 자기도 모르게 혀를 넣으려고 했었던 것 같다. 김상희가 그걸 느꼈고 말이다. 그래서 김상희의 기분이 언짢아졌다고 확신했다.

'혀를 넣는 건 자제해야겠어.'

이제야 잘못을 깨달았다. 그러니까 김상희도 말을 안 해줬겠지. 더러운 일이고 민망한 일이니까. 하지만 자꾸 이상한 충동이 밀려들었다.

'아닌데, 난 넣고 싶은데.'

그런데 그러면 김상희가 화낼 수도 있잖아. 두 가지 마음이 치고받고 싸웠다. '왜 키스하려다 마는 거야, 도대체!'라고 마음속으로 투덜거린 김상희가 알았다면 뒷목을 잡았으리라. 연애 경험이 없는 한진수는 지나치게 순수했다.

나는 솔직히 혼란스러웠다.

가장 먼저 고대에는 여자들의 마력이 더 강했다는 것이 사실이었다. 일단 이 기록상으로만 보면 그랬다. 원래 고대에는 여자들이 마력을 갖고 있었단다. 하지만 지금과는 사뭇 다른 세상이었다고 했다. 여자들은 남자들을 괴롭히거나 노예로 부리지 않았었다. 아, 다시 말하는 거지만, 이 기록에 의하면 그렇다는 거다. 실제로 그랬는지 안 그랬는지는 아직 확인할 길이 없다. 계속 강조하는 건데, 고대의 기록이라는 건 전설이나 다름없으니까. 그러니까 100프로 확실한 건 아니다.

하여튼 고대의 여자들은 마력이 없는 남자들을 가엽게 생각했다고 했다. 뭘 하든지 불편하고, 힘도 약했으니까. 그래서 그 당시에는 모계 중심 사회를 이루었으며 남자들은 여자들에게 보호받는 세상이었다고 한다. 그러던 와중 특별히 '성녀'라고 불리는 어떤 여자가—이름은 전해지지 않는다—남자들에게 마력을 전수하는 방법을 알아냈다고 했다. 그 성녀는 자신의 특수한 능력을 바탕으로 남자들에게 마력을 전해 줬단다. 남자들은 성녀를 칭송했고 점차 마력을 가진 남자들이 생겨나게 됐다. 그 당시에는 여자들도 기뻐했다고 했다. 남자들이 이제 보호받는 존재가 아니라, 동등한 힘을 가진 존재가 되어가고 있었으니까.

'그 시기를…… 유토피아라고 한다…….'

나는 기록을 계속해서 읽어 내려갔다. 모두가 꿈꾸는 이상향 유토피아. 그 시기를 그렇게 불렀다고 한다. 세상에는 전쟁이 없었고 평화로웠으며 모두가 행복하게 웃으며 살아갔다고 했다. 그런데 그 유토피아는 그렇게 길지 않았다.

'배신자 율다라…….'

'율다'라는 남자가 등장했다.

'무슨 진짜 전래 동화 같네.'

율다라는 남자는 '성녀'와는 반대되는 능력을 가지게 됐다. 바로 마력을 빼앗는 능력. 어떻게 하여 그 능력을 가지게 되었는지는 알 수 없었다. 그게 능력인지, 아니면 특수한 어떤 약물을 사용한 건지, 아무것도 기록이 남아 있지 않았다. 그저 그런 능력이 있었다고만 알려졌다.

그 율다라는 남자는 여자들에게서 마력을 빼앗기 시작했다고 했다. 시간이 점차 흐르면서 여자들은 마력을 잃어가기 시작했다. 물론, 그 당시 여자들은 자신들이 왜 마력을 잃는지 알 수 없었다고 했다. 율다가 비밀리에 일을 진행시켰으니까. 그리고 시간이 더 흘러 '100년 전쟁'이 시작되었다.

'100년씩이나 전쟁을 했다고……?'

남자들은 여자들에 비해 상당히 호전적이고 전투적이었다. 힘을 가지게 된 그들은 점차 남이 가진 것을 탐하게 되었으면 서로를 죽이고 가진 것을 빼앗기 시작했다. 여자들이 그걸 막아보려고 했을 때에는 이미 늦었다. 여자들은 이미 힘을 많이 잃은 상태. 그래서 여자들은 힘을 쓰지 못했다.

'그리고 그 이후는…….'

남자들이 힘을 가진 세계, 그리고 끝없는 전쟁. 그렇다면 답이 뻔하지 않은가? 지구를 예로 들어 생각해 봐도 전쟁에서 피해자는 항상 여자였다. 때로는 성욕 해소의 대상이 되기도 하고, 때로는 노예가 되기도 했다. 100년간의 전쟁을 거치며 여자들은 비참한 삶을 살게 됐다.

'이 기록이 정말일까……?'

그게 끝이 아니었다. 율다는 100년 전쟁 이후에 또 다른 이상한 방법을 개발해 냈다.

'도대체 율다는 몇 살이야?'

내가 이 기록을 완전히 믿지 못하는 것은 바로 이것 때문이다. 고대 기록에 존재하는 율다는 최소 100년 이상을 산 것 같다. 아직 끝까지 안 읽어 봤는데 이대로 읽다 보면 200살, 300살 정도는 살았다는 얘기가 나올 것 같다. 그게 말이 돼?

하여튼 율다는 또 '여자가 많이 태어나게 하는 방법'을 개발했다고 했다. 여자들은 힘을 잃었다. 그런데 숫자까지 많아지게 됐다. 그 이후는? 시간이 아주 많이 흘러 지금의 상황이 된 거다. 극남존여비. 여자는 노예일 뿐이며 남자에게는 아무 말도 못 하는 힘없는 존재가 된 세상, 바로 지금 말이다. 그런데 재미있는 이야기가 또 있다.

'여왕을 가진 남자들이 세상을 점령했다고?'

분명 여자는 힘을 잃었다고 했다. 그런데 여왕은 또 뭐란 말인가. 아쉽게도 여왕이 뭔지는 알지 못했다.

'그런데…… 성녀를 가진 나라가…….'

아주 작은 약소국이었던 어떤 나라가 있다고 했다. 그 나라에는 '성녀'라는 여자가―아까 앞에서의 기록과는 다른 형태의 성녀인 것 같다―있었단다. 그리고 그 성녀를 가진 나라가 결국 100년 전쟁을 마무리하고 세계를 제패하게 되었다고 했다.

'그게…… 태양 제국 잉카라고?'

태양 제국 잉카. 나는 그 이름을 이미 알고 있다. 현시대를 주름잡고 있는 대륙의 절대자, 제국의 이름이 바로 잉카다. 뭐랄까, 소름이 돋았다.

'이 기록은 아마도 수천 년 전에 쓰였을 거야.'

그 기록에 '태양 제국 잉카'가 거론되어 있다. 그리고 현 시대에도 태양 제국 잉카가 현존하고 있다. 이 기록이 단순히 전래 동화 같은 이야기일 뿐일까? 사실 알 수 없었다.

'성녀, 여왕, 태양 제국 잉카, 100년 전쟁.'

도대체 뭘까? 머릿속이 복잡해지는 기분이 들었다. 그리고 여자들의 배신자 율다. 율다는 원래 한 나라 왕의 남편이었다고 한다. 그 당시 왕은 여자였고, '남편'이란 여자에게 보호받는 존재였다. 하여튼 왕의 남편이었던 율다는 왕의 전폭적인 지원을 받으면서 연구를 진행했다. 그리고 왕을 속여서 실험체로 사용했다고 한다. 그리고 충격적인 기록도 있었다.

'아, 여자들의 마력을 흡수해서 수명을 오랫동안 연장시켰다고?'

그런 내용도 있었다. 여자들의 마력을 빼앗은 이후, 시간이 흘러율다는 여자의 마력을 흡수하는 방법을 알아냈다고 했다. 그렇게 해서 여자를 많이 태어나게 했단다.

'정말 못된 놈이네.'

단순히 이야기일 뿐이지만 절로 욕이 나왔다. 나는 이 내용을 시간이 가는 줄도 모르고 읽었다. 신기한 내용이 너무 많았다. 그런데 지금의 상황을 비추어 생각해 보면 또 그럴 수도 있겠다는 생각이 들었다. 왜 그런 거 있잖아? 정말 있을 법한 얘기. 그래서 더 몰입이 됐다고나 할까?

그때, 목소리가 들려왔다.

"김상희, 너…… 지금…… 뭐 하는 짓이냐……?"

나는 깜짝 놀라 책을 떨어뜨렸다. 절대 금녀인 성스러운 구역에서 유출돼서는 안 되는 그 기록이 담긴 책이 땅에 떨어졌다.

나는 볼 수 있었다. 내가 처음 태어났을 때, 그때 봤었던 싸늘하기 그지없는 김훈상의 표정을 말이다.

김훈상이 뭔가를 발견했다. 보통 사람들이 봤다면 아마도 몰랐을 거다. 그러나 김훈상은 안다. 현세대에 대천재 한진수가 있다면, 전세대의 대천재로는 김훈상이 있다. 당연히 알아봤다.

'특별 서고 내에 있는 내용이다.'

저 내용을 해석할 수는 없어도, 저게 특별 서고에서 나온 내용이라는 것 정도는 쉽사리 알 수 있었다. 아니나 다를까, 김상희는 사색이 되어 벌벌 떨었다. 조심해서 보고 있었는데, 인기척도 없이 들어온 김훈상에게 들키고 말았다.

"아, 아버님……."

"다시 묻겠다. 이게 뭐냐고 물었다."

특별 서고는 절대 금녀의 성스러운 구역이다. 아무리 왕비나 공주라 할지라도 감히 들어가서도, 들어가고 싶어 해서도 안 된다.

'이 계집이 이 내용을 스스로 얻었을 리는 없다.'

김훈상은 김상희가 이 책을 보고 있었다는 사실 하나만으로도 완벽한 추리를 할 수 있었다.

'범인은 알렉스겠군.'

분명히 알렉스다. 특별 서고에 있는 귀한 내용을 빼돌려 한낱 계집 따위에게 전해 준 사람은 말이다.

김훈상이 물었다.

"김상희, 제정신이냐?"

그의 목소리는 싸늘했다. 목소리만 그랬다.

'나는…… 혼내고 싶지가 않다.'

혼내야 하는데, 이성은 그렇게 외치고 있는데 자꾸만 다른 생각이 들었다.

'이 계집을 혼내기보다…… 구제할 변명거리를 찾고 있다.'

범인은 알렉스일 것이 틀림없었다.

'그래. 범인은 알렉스다!'

1차적인 범인을 김상희가 아닌 알렉스로 지목했다.

'알렉스를 처벌해야 하는데…….'

그러나 그럴 수는 없다. 그는 왕이다. 왕에게는 원칙이 있다. 그 원칙을 지키지 않으면, 왕권은 무너진다. 지금 김상희의 행동은 도를 지나친 절대로 해서는 안 될 행동이다.

김훈상은 또 깨달았다.

'나는 또 즉결 처분을 하지 않고 있다.'

이젠 스스로가 이상하다는 것을 이상하게 생각하지도 않는다. 그냥 정신병의 일종이라고 생각하고 있다. 원래대로라면 즉결 처분 대상이다. 김훈상이 마음만 먹으면 이 자리에서 김상희를 죽여도 된다. 왕인 김훈상은 마음을 달리 먹었다.

'원칙 따위, 알 게 뭐냐?'

김훈상이 말했다.

"김상희, 빨리 대답해라. 네 대답에 따라 처우가 달라질 것이다."

일부러 힌트를 주려고 여기서부터 천천히 늘려 말했다. 이상하게 강세를 주기도 했다.

"만약 그것이 특.별.서.고.에.서 빠.져.나.온 내.용.이라면 엄벌을 면치 못할 것이다."

굳이 계속해서 사족을 덧붙였다.

"특별 서고는 절대 금녀의 구역이다. 너는 계집이므로 절대로 그곳에 들어갈 수 없었을 것이다."

"……."

"그러니 특별 서고에서 나온 내용은 아닐 것이라 생각한다. 지금 무엇을 하고 있는 거냐?"

나는 대단히 곤란해졌다. 눈치를 보며 살아온 것이 벌써 15년이다. 김훈상이 무엇을 말하는지는 알 것 같다.

'이 책은 특별 서고의 책이 아닙니다'라는 답변을 얻고 싶을 거다. 그렇게 말한다면 어쩌면 나를 용서할 수도 있다. 어차피 특별 서고의 책은 대부분이 해석 불가능한 책이므로, 특별 서고가 아닌 다른 곳에서 나온 책이라고 우길 수도 있다.

'하지만 내 입장을 고려해 달라고!'

만에 하나라는 게 있다. 만약 김훈상이 나를 떠보는 거라면? 물론 그렇다고 생각하지는 않지만 어쨌든 이 대답 여하에 따라 내 목숨이 왔다리 갔다리 할 수도 있다. 그러니까 함부로 거짓말을 할 수는 없다. 계집 따위가 왕에게 거짓말을 한다? 이건 두말할 필요도 없이 사형이다. 어디 감히 계집이 무려 왕에게 거짓말을 한단 말인가.

'나는…… 어떻게 말해야 하지?'

그때, 설상가상으로 망나니 2종 세트가 내 방에 들이닥쳤다.

"아부지?"

"아버님?"

하늘이 노래지는 기분이 들었다. 분위기가 뭔가 묘하다. 정확하게는 모르겠는데 탑 오브 망나니, 김환석 같은 경우는 지금 개차반의 손에 들려 있는 게 뭔지 알고 있는 눈치였고 김환성은 분위기 파악 못한 채 키득대고 있는 형국.

개차반이 말했다.

"너희는 이것이 무엇인지 알고 있냐?"

제발 몰라라. 모르기를 빈다. 김훈상은 속으로 그렇게 생각했다. 김환석의 경우 잠시 생각에 빠진 듯한 모양새였고, 김환성은 키득대다가 활짝 웃으며 말했다.

“그거 왕궁 특별 서고에 있는 거 같은데? 이상한 문자 마구 쓰여 있고. 음, 맞나? 맞아요?”

천진난만한 그 질문에 김훈상은 하마터면 손에 들고 있던 책을 놓칠 뻔했다. 김환성의 경우는 지금 사태의 심각성을 딱히 눈치채지 못한 것 같았다.

그는 김상희를 혼내기 싫었다. 정말 이상하고 해괴망측한 마음인데, ‘이렇게 어려운 걸 보고 있었구나’라고 칭찬해 주고 싶은 마음이 저절로 피어올랐다. 이건 정말 미친 거다. 정신병도 상당히 심각한 정신병. 그걸 알기는 아는데 김상희를 혼낼 수가 없었다. 그러한 상황에서 두 왕자가 이 책을 발견했다. 그것도 김상희의 방에서. 목격자가 아예 없으면 또 모를까, 목격자가 두 명이나 생긴 상황에서 무턱대고 관용을 베풀 수는 없는 노릇이다. 하필이면 그 목격자가 아들들이라니!

‘네 녀석들은 갑자기 왜 이 방에 들어온 거냐?’

신하들이 듣는다면 놀라 까무러칠 생각을 아무렇지도 않게 했다. 한낱 공주 때문에 왕자들의 입장을 싫어하다니, 이게 말이나 되는 소리인가?

일단 김훈상은 시간을 끌어보기로 했다.

“이건 내가 가져가겠다. 계집, 넌 처우를 기다리고 있도록 해라.”

김훈상은 저녁 내내 고민했다. 그 고민은 밤이 되어서도 계속됐다. 노크 소리가 들려왔다. 방에 들어선 것은 둘째 왕자 김환석이었다.

“아버님.”

"그래, 무슨 일이냐?"

김환석의 입에서 놀라운 말이 새어 나왔다.

"그 계집을 용서해 주시면 안 되겠습니까?"

"……."

다른 사람도 아니고 김환석의 입에서 이런 말이 나올 줄은 몰랐다. 그는 김환석의 아버지다. 김환석이 평소 공주들을 어떻게 대하는지 아주 잘 알고 있다.

'환석이 역시 정신병에 걸린 것이 틀림없다.'

어쩌면 이 정신병은 유전일지도 모른다. 그는 그렇게 생각했다.

"왕궁 내에는 원칙이 있다. 특별 서고의 내용은 여자에게는 허락되지 않는 성스러운 내용이다."

"어차피 해석도 불가능하지 않습니까? 성스러운 내용이 담겨 있을지, 천박한 내용이 담겨 있을지 그 누구도 모릅니다."

"어떤 내용이 담겨 있든 그건 중요하지 않다. 김상희는 왕궁의 법도를 어겼다."

겉으로는 그렇게 말하면서도 속으로는 김환석을 응원했다. 그래, 어떻게든 핑계를 더 만들어 봐라. 이 사실이 밖으로 새어 나갔을 때, 신하들과 다른 놈들이 납득할 만한 그런 위대한 핑계를 말이다!

"그리고 그 책은 아마도 특별 서고에서 나온 책이 아닐 겁니다. 아마도 제 책방에 있던 책을 필사한 것일 겁니다."

김상희와 김환석은 입장이 약간 다르다. 김상희가 왕에게 거짓말을 한다? 그럼 사형당해도 할 말 없다. 그러나 김환석이 거짓말을 한다? 물론 해서는 안 되는 일이고 거짓말의 종류에 따라 다르기는 하겠지만, 그렇다고 목숨을 위협받지는 않는다. 그래서 거침없이 거짓말을 할 수 있었다. 그것도 아버지가 바라 마지않는 그런 거짓말을 말이다. 김훈상은 전세기 대천재답지 않게 미끼를 덥석 물어버렸다.

"네 눈에도 그렇게 보였느냐?"

"……."

김환석은 순간 할 말을 잃었다. 이 아버지, 갑자기 왜 이러시지? 내 눈에도 그렇게 보였다니? 그건 누가 봐도 특별 서고에서 나온 책이 틀림없는데. 김환석마저도 고개를 갸웃할 뻔했다.

'불호령을 내리실 줄 알았는데.'

김환석은 김훈상에 대해서 많이 안다고 자부하고 있다. 아들에겐 따뜻한 왕이지만 공적인 일에 있어서는 냉철한 왕이었다. 거짓말하지 말라고, 다시 한 번 아비에게 거짓말을 하면 크게 혼을 내겠다고 엄포를 놓으실 줄 알았는데 어처구니없게도 동의를 했다. 욕먹을 각오하고, 어떻게든 김상희를 변호하려고 비장한 마음을 품고 왔는데 좀 허탈할 지경이다. 김환석은 또 거짓말을 했다.

"그렇습니다. 절대 특별 서고에서 나온 책이 아닙니다."

김훈상이 고개를 끄덕였다.

"역시 그렇지?"

시간이 좀 더 흘렀다.

"들어와."

이번에는 김환성이다.

"아부지……."

김환성은 김상희가 멍청하고 바보라서 그런 실수를 했다고 주장했다. 김환성의 논리는 이러했다.

"그 계집이 길을 잃은 거예요. 길을 잃어서 헤매다가 실수로 특별 서고에 들어갔고, 그 덜떨어진 계집은 거기가 특별 서고인지도 모르고 책을 꺼내 왔겠죠. 복사를 했든지. 아니, 마력이 없으니까 복사는 못했나? 하여튼 베꼈든 뭘 했든 했을 거예요!"

김환성의 말은 옳은 구석이 단 한 군데도 없었다. 그도 그럴 것이 김상희는 '기록의 관'에서 나고 자랐으며 거의 15년을 이곳에서 살아왔다. 길을 잃으려야 잃을 수가 없다. 뿐만 아니라 정말로 길을 잃었다고 해도 특별 서고에 들어갈 수 있을 리 없다.

김훈상의 찻잔에 차를 따르던 시녀마저도 좀 황당해졌다.

'특별 서고의 입구는 나이트님들이 항상 지키고 있을 텐데……?'

그걸 뚫고 공주가 들어갈 수 있다고? 그게 말이나 돼?

'폐하를 기만하려 하시는 건가?'

그도 아니면 어린 아들(?)의 재롱인가? 도무지 알 수 없었다. 비약하여 비유하자면 왕에게 빨간색 종이를 가지고 와서 '아부지, 이건 초록색입니다. 알겠죠? 반드시 초록색이어야만 해요'라고 주장하고 있는 꼴이 아닌가. 더욱 황당한 건 그걸 들은 김훈상의 반응이었다.

"그럴 가능성도 농후하군."

김훈상이 저 개떡 같은 논리에 수긍하고 있다는 것에 시녀는 혼란스러워졌다.

'무슨 얘기를 나누고 계신 거지?'

어쩌면 엄청난 비밀이 담긴 얘기를 듣고 있을 수도 있다고 생각했다. 미천한 여자들은—그녀는 실제로 자신이 미천하다고 느끼고 있다—절대 이해할 수 없는, 한 차원 높은 고차원적인 대화가 아닌가 싶었다. 그렇지 않고서야 저렇게 말도 안 되고 이해도 안 되는 대화를 할 리가 없지 않은가. 뭔가 대단한 암호인 것이 틀림없었다. 절대 밖으로 새어 나가서는 안 되는 내용이라 저런 암호화된 방식으로 대화를 나누고 있는 것이리라.

물론 그런 건 절대 아니다. 그저 어떻게든 딸을 혼내고 싶지 않은 딸 등신 김훈상과 논리라고는 눈 씻고 찾아볼 수 없지만 어떻게든 김상희를 변론하고 싶은 오라버니가 만든 한 편의 병맛 같은(?) 드라마일 뿐이었다.

아침이 밝았다. 김훈상이 김상희를 찾았다. 김상희는 지난밤 잠을 제대로 자지 못했다. 김훈상이 자신을 아끼는 건 안다. 하지만 원리원칙을 무시하면서까지 자신을 용서해 줄 거라고는 생각하지 않았다. 그나마 이렇게 하루 정도 마음의 준비를 할 시간을 준 것이 고맙다고 생각될 지경이었으니까.

'어떤 처분이 있을까?'

설마 사형은 아니겠지? 어쩌면 사형당할 수도 있겠다는 생각은 했지만 애써 그 생각을 지웠다.

'그래도 옛날의 개차반은 아니니까.'

김훈상이 김상희를 물끄러미 쳐다보기만 했다. 김상희는 침을 꿀꺽 삼켰다. 애교도 부릴 수 없었다. 지금의 상황은 그 어떤 것도 할 수 없었다. 김훈상의 처분을 기다릴 뿐.

김훈상이 입을 열었다.

"어이."

김상희가 떨리는 목소리로 대답했다.

"네, 아버님."

"왜 그러고 있는 거냐?"

그건 네가 더 잘 알고 있잖아요. 김상희는 속으로 그렇게 대답했다. 긴장으로 손바닥이 축축하게 젖었다.

김훈상이 말했다.

"어제 새로이 법을 개정했는데, 아직 못 들었나 보군."

김상희는 초조한 마음을 숨기며 최대한 예쁘게 웃어 보였다. '소녀가 미천하여 아직 잘 모르고 있답니다'라고 웃음으로 대답했다.

"매일 00시 이후 나를 첫 번째로 보는 계집은 무조건 내게 '아빠'라는 호칭을 사용하여야만 한다. 그게 법이다."

"……."

김상희는 혼란스러워졌다. 저딴 게 법이라고? 아마도 왕명으로 특별히 만들어진 법령, 즉 왕령인 것 같은데, 갑자기 얘가 무슨 말을 하는 건지 알 수 없었다. 어째서 저런 쓰잘데기 없는 얘기를 하고 있는 거지? 나에 대한 처우는 어떻게 되는 거야? 김상희는 긴장을 풀지 못했다.

시간이 조금 흘렀다. 김훈상의 표정도 진지해졌다. 김상희의 등에서 식은땀이 줄줄 흘러내렸다. 이제야 올 것이 온 것 같은 느낌이다.

"계집."

"네, 아버님. 말씀하셔요. 소녀가 여기 있어요."

김훈상이 김상희를 눈을 부릅뜨고 쳐다봤다.

"너는 감히 왕명을 어겼다."

김상희는 자리에 주저앉을 뻔했다. 아마도 특별 서고를 금녀의 구역으로 만든 것은 왕명이었던 듯싶다.

'그게 왕명이었다고……?'

그것까지는 몰랐었다. 눈앞이 캄캄해졌다. 아무리 남자라 할지라도 '왕명'을 어기는 건 중대한 잘못이다. 그런데 남자도 아니고 여자 따위가 왕명을 어겼다고? 그럼 그건 거의 사형이다.

'나는…… 어떻게 되는 걸까?'

김훈상이 여전히 진지한 표정으로 입을 열었다.

"너는……."

언젠가 김훈상은 김상희에게 이렇게 말했던 적이 있다.

"네 아버지를 두려워하지 마라. 나는 너를 지키는 자다. 너를 해하지 않아. 나는 언제나 네 편이며 너와 함께함이다. 내가…… 네 아버지다."

김상희가 '아빠'와 '오빠'를 불렀던 그 괴상망측했던 사건, 그리고 신하들이 집단으로 반발할 것이 뻔해 보였던 그 사건 때 말이다. 그 당시 김훈상은 김상희를 쫓아내듯 궁에서 내보냈었다. 그런데 그때 했던 말이 왕명인 줄은 몰랐다.

'두려워하지 마라'라고 말한 것이 왕명이란다. 김상희는 어이가 없었다. 뭐라고? 그딴 게 무슨 왕명이야. 개차반을 조련한 것까지는 좋은데, 그 정도가 점점 심해지고…… 아니, 이상해지고 있지 않은가. 아빠라고 부르는 게 왕명, 명치 안 때리면 사형, 두려워하지 말라고 하는 게 왕명. 뭐 이딴 인간이 다 있나 싶다. 아니, 두려움은 어디까지나 감정의 영역 아닌가? 왕명을 지켜야 하는 건 이성의 영역이다. 애초에 영역 자체가 다르다. 두려워하지 말라고 해서 안 두려워할 것 같았으면 그건 왕명이 아니라 신의 언어쯤 될 거다. 억울한 김상희는 그렇게 생각했다.

"그런데 넌 날 두려워하고 있군. 건방져. 아주 건방진 계집이야. 왕권을 바닥에 떨어진 쓰레기만도 못하게 생각하는군."

차를 내오던 송수진이 다른 말은 못 듣고 그 말만 들었다. 끔찍했다. 공주가 왕권을 저런 식으로 생각했다? 그리고 그걸 왕에게 들켰다? 이젠 정말 끝이다. 송수진의 몸이 덜덜 떨려왔다.

'안 돼.'

김상희 공주님이 특별한 대우를 받고 있는 건 진작에 알고 있었다. 김상희 공주와 함께 해외여행도 갔다 왔다. 그래서 그녀는 모든 시녀가 부러워하는 대상이다. 단순히 외국 여행을 갔다 올 수 있었다는 것만으로도, 그녀는 시녀들의 동경의 대상이 되었다. 어쨌든 그녀는 김상희가 특별한 대우를 받고 있다는 것을 알고 있었는데, 오늘은 김상희 공주님이 넘어서는 안 될 선을 넘은 것 같았다.

'어떡하지? 내가 뭐라고 말씀드려야 하지?'

머릿속이 새하얗게 변했다. 왕권을 모독하다니, 이건 빼도 박도 못한다. 다른 사람이 그렇게 주장하는 것도 아니고 김훈상이 직접 저렇게 말했다. 눈물이 앞을 가려왔다. 너무 무서웠다. 이대로 김상희 공주님이 죽으면 남은 자신은 어떻게 해야 한단 말인가. 그런데 뭔가 이상했다. 차를 가지고 앞으로 걸어가는데, 김훈상의 표정이 보였다.

'화가…… 전혀 안 나신 거 같은데?'

말만 들으면 분명히 엄청 화가 난 것 같았는데 표정을 보아하니 아닌 것 같다. 화가 나기는커녕 따뜻한 봄바람이 살랑거리고 있는 것 같은 표정이다.

김훈상이 또 어처구니없는 말을 했다.

"하지만 하찮은 계집이니만큼 위대한 내가 넓은 아량을 발휘해야겠지."

"……."

한껏 긴장하고 있던 김상희는 순간 무슨 말을 해야 할지 몰라 아무 말도 하지 못했다. 평소라면 '아빠는 정말 위대하셔요'를 약 세 문장에 걸쳐서 정확하게 표현했겠지만 오늘은 그러지 못했다.

김훈상이 진지한 표정으로 말했다.

"아빠라고 부르면 모든 것을 용서해 주겠다."

……진심이냐?

나는 정말로 그렇게 묻고 싶었다. '모든 것'을 '용서'해 준단다.

'그렇다면 설마…….'

'모든 것' 속에는 어제의 일도 포함되어 있는 걸까? 그러고 보니 개차반의 조금 다른 모습이 보였다.

'설마 하찮으니 위대하니 아빠니 어쩌니…… 결국 그런 건 다 여기까지 오기 위한 쇼였던 걸까?'

과정이야 둘째 치고 그냥 결과만 놓고 보자면 '아빠라고 부르면 모든 것을 용서해 주겠다' 이거다. 솔직히 잘 모르겠다. 내가 조련을 한다고 하기는 했지만 김훈상이 정말로 나를 딸로서 사랑하고 있을까? 그냥 단순히 애완견 보듯 그렇게 바라보고 있는 건 아닐까? 아니면 이곳에는 없는 종류의 여자아이라서 그저 약간의 호기심을 가진 채 날 바라보고 있는 건 아닐까? 솔직히 말해 나는 김훈상이 나를 딸로서 사랑한다는 것에 자신이 없다. 그래서 말을 함부로 하지 못했다.

개차반이 개차반답게 또 말했다.

"싫으면 너 사형."

"아, 아, 아빠……."

개차반이 또 진지한 표정을 지었다. 너 그러지 말라고. 난 너 무섭다고.

"잘 안 들린다."

그래서 조금 더 크게 말했다.

"아, 아빠."

김훈상의 표정은 여전히 진지했다. 마치 전쟁을 앞둔 병사처럼, 얼굴에는 비장함까지 감도는 것 같았다.

"더 크게."

"아, 아빠!"

김훈상이 눈을 살짝 작게 떴다. 그리고 귀를 후볐다.

"안 들린다."

안 들릴 리가 없잖아. 너는 내가 직선거리로 수백 미터 넘게 떨어진 곳에서 '아빠, 오빠'를 외쳤을 때에도 순식간에 나타났잖아. 네가 마음만 먹으면 내 심장 뛰는 소리, 아니, 내 피가 흐르는 소리까지도 들을 수 있잖아. 마력이란 사기 같은 능력을 갖고 있는 주제에 안 들리긴 뭐가 안 들려! 아…… 무섭긴 무서운데 진짜 패고 싶다, 얘.

"아빠."

"크게 말하라니까?"

그래서 결국 나도 말해버리고 말았다. 이번엔 정말로 크게 말했다.

"아빠!"

그제서야 김훈상은 만족한 표정을 지었다. 그리고서 스페셜 필드를 펼쳤다.

김훈상이 손가락을 까딱했다. 그러자 김상희의 몸이 저절로 움직였다. 김훈상의 바로 앞까지 몸이 움직여 김상희의 머리 위에 손을 얹었다. 그리고 인형의 머리를 쓰다듬듯, 김상희의 머리를 두어 번 쓰다듬었다.

"너는 어제 책을 읽고 있었다."

"……."

김상희는 김훈상이 무슨 말을 하고 있는 건지 알았다.

"김환석의 말을 따르면, 그 책은 김환석 방에 있는 책을 필사한 것이라고 하더군."

김훈상은 결론을 내렸다. 그 책은 특별 서고에 있던 책이 아니었다. 그 책은 무조건 혹은 반드시 김환석의 책을 필사한 것이어야만 했다.

"알겠나?"

그리고 놀라운 일이 벌어졌다. 여자의 심리 따위는 전혀 신경도 쓰지 않던, 아니, 지금도 신경을 쓰지 않고 있는 그가 김상희를 배려해 줬다.

"말하기 곤란하면 고개를 끄덕이는 것으로 대신해라."

결국 김상희는 고개를 끄덕이고 말았다. 머리 위에 얹어진 김훈상의 손길이 느껴졌다.

'개차반에게…… 이런 면이 있었다고……?'

개차반이긴 개차반인데 배려 돋는 개차반이라고 김상희는 생각했다. 생각해 보면 정말 놀라운 일이다. 남자 중에서도 왕인 김훈상이 여자를 배려하고 있었으니까. 김상희는 모른다. 여태까지 김훈상이 얼마나 김상희를 배려해 왔었는지. 김상희를 날릴 때, 그러니까 비행기를 태울 때에도 혹여 다칠까 봐 비접촉 마력 보호를 극성으로 걸어줬고, 어딜 나가거나 할 때도 스페셜 나이트를 따로 불러 김상희를 보호하도록 했다. 바깥나들이 때도 김상희의 고막이 상할까 봐서 일부러 김상희의 귀를 보호하라고 김유신에게 명령을 내렸었다. 김유신은 왜 그런지 전혀 이해 못했었지만. 김상희가 몰라서 그렇지 김훈상은 여태까지 김상희를 많이 아껴왔다.

김훈상이 말했다.

"내가 네 아버지라고 몇 번을 말해야 알아듣겠냐?"

그리고선 자신의 실수를 깨달았다. 또 진지한 표정으로 말했다.

"아빠다."

아버지 아니고 아빠. 그걸 강조했다. 별거 아닌데, 아버지라고 부르면 뭔가 거리감이 느껴지는 것 같아서 싫었다. '거리감 느껴지니 싫어. 아버지 말고 아빠라고 부르렴'이라는 이 다정한 말이 개차반의 입을 통해 나오니 '아빠라고 안 부르면 사형시키겠다'라고 표현되었을 뿐, 사실상 두 말의 본질적인 의미는 같았다.

김훈상이 말을 이었다.

"그러니까 나를 좀 믿어라. 내게 기대어도 좋다고 몇 번이나 말했다."

"아빠……."

솔직히 말해 김상희도 이젠 김훈상이 좋다. 하지만 무섭다. 좋은 마음과 무서워하는 마음, 그리고 또 얄밉다고 생각하는 마음이 공존하고 있다. 이 세계의 남자들이 그러하듯 김상희 역시 자기가 김훈상을 좋아하고 있다는 사실을 인정하지 못하고 있을 뿐이다.

"김상희."

"네, 아버…… 아니, 아빠. 말씀하셔요. 소녀가 여기 있어요. 소녀가 아빠의 말을 들어요."

연속되는 두 번의 아빠 소리에 김훈상은 저도 모르게 씨익 웃고 말았다. 김훈상의 표정은 마치 '목.표.달.성!'이라고 외치고 있는 것 같았다.

"이제 솔직하게 말해라. 그 책 내용, 해석이 가능했냐?"

특별 서고에서 나온 책이라고는 말 안 했다. 그냥 그 책이라고 했다. 모르는 사람은 모르겠지만 이것 역시 김훈상의 배려다. 김훈상은 그 책이 특별 서고에서 나왔다는 사실을 안다. 하지만 모르는 척했다. 아니, 모르는 척이 아니라 그 책은 특별 서고에 원래부터 없던 책으로 만들어 버렸다.

"소녀는……."

"나는 너를 해하지 않는다고 했다. 나를 믿어라."

김상희는 고민하고 또 고민했다.

'과연 얘기해도 될까?'

이 세계의 남자들 입장에서는 말도 안 되는 얘기들뿐이지 않은가. 성녀이니 여왕이니, 배신자 율다니. 이 세계의 지배자인 남자들이 들으면 기분 나쁜 얘기밖에 없어서 말을 할 수가 없을 것 같았다.

'그리고 내 해석이 무조건 맞다고 볼 수 있을까?'

김상희의 눈에는 고대어가 한글로 보인다. 정확한 해석법은 모른다. 그냥 그렇게 보일 뿐. 만약 그냥 한글로 보이는 것뿐이라면? 뜻이 다르다면? 김상희도 자신의 해석이 맞는지 확신할 수 없었다.

김훈상은 김상희의 양어깨에 손을 얹었다. 무릎을 살짝 숙여 김상희와 눈을 마주쳤다.

"나는 그 어떤 상황이 오더라도, 설령 네가 나를 미워한다 할지라도 너를 지켜주겠다. 그러니 나를 믿고 말해라. 내가 너를 지키는 요새가 되어주겠다."

스페셜 필드가 해제됐다. 송수진은 갑자기 나타난 김훈상과 김상희 때문에 찔끔 놀랐다. 그녀의 입장에서는 김훈상과 김상희가 갑자기 사라졌다가 또 갑자기 나타난 것처럼 느껴졌으니까.

김훈상이 말했다.

"나는 그저 그 흔한 이야기책이 재미있었을 뿐이다. 하루의 시간을 주겠다. 잘 고민해서 얘기하도록 해라. 솔직하게 말이다. 아주 흥미로울 것 같아."

송수진은 김상희를 쳐다봤다. 뭐랄까, 고민이 많은 것 같은 표정이다.

'뭘 고민하고 계시지?'

김상희를 볼 때마다 송수진은 충격을 느껴야만 했다. 김상희의 옆에 있으면 기상천외한 일이 자꾸자꾸 벌어지니까. 그런데 오늘은 뭔가 더 충격적이다.

'폐하께서 시간을 따로 주신다고?'

왕이 공주에게 뭔가를 말하라고 했다. 그럼 공주는 그냥 말해야 하는 게 정상이다. 그게 상식이다. 애초에 공주에게 거부권이나 생각권 따위가 있을 리가 없지 않은가.

'바로 말씀드린다고 하겠지?'

그러나 그 생각은 무참히 깨졌다.

"네, 아빠. 소녀를 생각하여 주시니 몸 둘 바를 모르겠어요."

아니, 이게 무슨 해괴망측한 상황이야? 다 큰 공주가 폐하를 아빠라고 부르다니. 그것도 한 번도 아니고 연속 두 번이나! 송수진은 충격에 충격에 충격을 계속해서 받을 수밖에 없었다. 왕이 뭔가를 말하라고 했는데, 뜸을 들이는 거나, 아빠라고 부르는 거나. 이건 충격을 넘어 파격이다.

그게 끝이 아니었다.

"필요하다면 거짓말을 해도 좋다."

시녀들의 입장에선 절대로 불가능한 일이다. 아니, 애초에 왕에게 거짓말을 한다는 것 자체가 있을 수가 없는 일 아닌가. 왕에게 어떻게 그런 불경한 짓을 저지른단 말인가! 그런데 왕이 직접 그걸 허용하다니, 이럴 수가.

'공주님, 어서…… 어서 말씀하셔요!'

이럴 때엔 아무리 여자들이라도 말해야 했다. 거짓말을 해도 좋다고 해서 거짓말을 하면 절대 안 된다. 그게 상식이다. 이럴 땐, '저는 아버님께 절대로 거짓말을 하지 않겠어요'라고 맹세를 하면 된다. 남자들의 말에 감히 토를 달지 못하는 여자들이지만 거짓말에 관한 문제만큼은 이렇게 대답하는 것이 관례이며 상식이다. 실제로 남자들이 '거짓말해도 좋다'라고 말을 했을 때, 여자가 정말로 거짓말을 하면 '감히 남자에게 거짓말을 해?'라는 상황이 펼쳐질 수 있다. 저 말을 곧이곧대로 들으면 절대로 안 된다.

김상희가 말을 이었다.

"아빠가 소녀를 생각해 주시는 마음, 너무나 감사해요. 그래서……."

잠깐 뜸을 들였다. 그리고 말했다.

"소녀는 아빠가 정말 좋아요."

신하들은 고개를 갸웃했다. 오늘따라 김훈상의 표정이 정말 좋아 보였다. 지금 같아서는 어떤 얘기를 해도 다 용서받을 수 있을 것 같은 그런 기분이랄까? 무역을 담당하고 있는 관리 하나가 김훈상의 표정을 읽고서 얼른 보고했다. 이럴 때야말로 나쁜 보고를 올리기에 아주 좋은 시기다.

"폐하, 이번 엘란 왕국과의 거래에 있어서……."

어려운 보고다. 손해가 났다는 보고를 해야만 하니까. 보고를 이어갔다. 몇 가지 상황 설명을 덧붙였다.

"20억 원 규모의 손실이 발생하였으며……."

관리는 김훈상의 표정을 살피며 계속 말했다.

"엘란 왕국에서는 피해 보상을 요구하는……."

평소라면 불호령이 떨어졌을 거다. 그런데 김훈상은 고개를 끄덕였다.

"그래, 그렇게 하도록 해라."

잔뜩 긴장하고 있던 신하들은 자신의 귀를 의심해야만 했다. 비록 성군이기는 하지만 공과 사는 확실히 구별하는 왕이다. 성공했다면 칭찬을, 실패했다면 질책을 하는 그런 왕이다. 그런데 오늘은 좀 기분이 과도하게 좋아 보인다.

모두가 느꼈다.

'오, 오늘이야말로 미루고 미루었던 보고를 할 기회다!'

원래 같은 말이라도 상대의 기분과 상황에 따라 해야 할 때와 하지 말아야 할 때가 있다. 오늘은 무조건 해야 할 때였다. 그리고 김훈상의 기분이 왜 좋은지 파악해야만 했다.

'저걸 파악해야 내 정치 인생이 핀다!'

'지금 폐하가 기분 좋은 이유를 파악하기만 한다면……!'

그래야 또 기분을 좋게 만들 수 있을 거다. 하지만 아무도 상상하지 못했다. 김훈상의 기분을 저렇게 좋게 만들 수 있는 것이 한 명의 딸아이라는 걸 말이다.

시간이 흘렀다. 김훈상이 말했다.

"알렉스, 너는 나를 찾아오도록 해라."

알렉스는 뜨끔했다. 특별 서고의 책을 복사해 빼돌렸으니까. 도둑이 제 발 저린다고 하지 않는가.

깊은 밤.

알렉스가 김훈상을 찾았다.

"폐하, 저를 찾으셔서……."

김훈상이 과정을 생략하고 결론만 말했다.

"특별 서고, 네 짓이냐?"

혹시나 했던 알렉스는 순간 침을 꿀꺽 삼켰다. 아무리 왕의 총애를 받고 있다고는 해도 이번 일은 분명 선을 넘었다. 어차피 다 알고 물어보는 것일 터. 발뺌은 하지 않기로 했다. 애초에 그는 정치인이 아니라 학자다. 정치인이었다면 김상희에게 특별 서고의 책을 전해주는 그런 미친 짓은 하지도 않았다. 순수한 학구열을 가진 학자라서 가능했던 일이다. 이번에도 마찬가지다. 다른 것을 계산하지 않고 그저 무릎을 꿇고 바로 자신의 잘못을 시인했다.

"폐하, 죽을죄를 지었습니다."

김훈상이 말했다.

"그래, 죽을죄를 지었다."

알렉스의 몸이 움찔했다. 그렇다. 왕은 성군이지만 할 땐 하는 왕이다. 멀리 갈 것도 없이 최근 10년 내에서만 찾아봐도 왕궁에 두 번이나 피바람이 불어닥쳤었다. 이번에는 아마도 무사하지 못할 거라고 알렉스는 생각했다.

'……죽음을 면치 못할 것 같다.'

그럴 것 같다. 왕이 직접 '죽을죄를 지었다'라고 말을 했으니.

'상희학을 집대성하지 못한 것이 천추의 한이다.'

이제서야 빛을 조금 발하는 것 같은 학문인데, 그걸 여기서 접어야 한다니, 그게 너무 아쉬웠다.

'그래도 정이 있으니 편안한 죽음을 내리시겠지.'

그건 다행이라고 생각했다. 아프게 죽는 건 사양이다.

김훈상이 알렉스에게 물었다.

"알렉스, 어째서 그런 짓을 저질렀나?"

솔직히 말해서 김훈상은 조금 화가 났다. 그럴 수밖에 없었다. 만약 김상희가 자신이 아닌 다른 남자들에게 들켰다면 일이 많이 커진다. 왕과 왕자들이 먼저 발견해서 그렇지, 그렇지 않았다면 눈물을 머금고 김상희를 벌했을 수도 있다. 원칙이란 건 그런 거니까.

"김상희 공주의 능력이 너무나 아까웠기 때문입니다."

"아깝다라……."

"김상희 공주는 김상희 공주만의 특별한 방식으로 고어를 해석합니다. 그래서 특별 서고에 있는 책들마저도 해석할 수 있을 거라고 내다봤습니다."

사실 김훈상에게 그런 건 중요하지 않았다. 중요한 건 딸이 위험해질 수도 있었다는 거다.

"정말 죄송합니다. 죽을죄를 지었습니다."

김훈상은 알렉스를 물끄러미 쳐다보다가 이내 말했다.

"내가 알아보니 그 책은 특별 서고에서 나온 책이 아니더군."

그 말을 듣고 알렉스는 확신했다. 알아보긴 개뿔. 왕은 지금 누가 봐도 특별 서고에서 나온 책을 특별 서고에서 나오지 않았다고 둔갑시키고 있는 거다. 어차피 본 사람이 없으니까. 알렉스는 비록 정치인은 아니지만 왕의 생각을 아주 무시해 버릴 만큼 눈치가 없는 사람도 아니었다.

"무, 물론 그렇습니다. 조금 어려운 고어가 담겨져 있는 책일 뿐이었죠."

"알렉스."

"예, 폐하."

그때서야 알렉스는 안도했다. 죽지 않아도 될 것 같다. 죽는 것은 두렵지 않으나 상희학을 집대성하지 못하고 죽는 것은 너무나 애석한 일 아닌가.

"입조심해라. 조심하고 또 조심해라."

알렉스는 왕이 다르게 보였다. 아까, 불과 몇 분 전만 하더라도 공과 사를 철저히 구분하는 왕으로 보였다면, 이제는 딸의 안위를 걱정하는 딸바보, 아니, 딸 등신으로 보였다. 그리고 확실히 알 수 있었다.

'상희학은 위대하다!'

공과 사를 철저히 구분해 왔던, 다른 나라에서는 철혈의 왕이라고도 불리는 김훈상이 이토록 원칙을 깨고서 잘못을 눈감아줄 만큼 상희학의 힘은 대단했다. 조심하고 또 조심하라고 당부하는 모양새라니.

'게다가 하지 말라는 말씀도 하지 않고 계시다!'

그 말이 뭐겠는가? 눈감아줄 테니까 하려면 마음대로 하라는 뜻 아니겠는가.

'혹시 김상희 공주님이 특별 서고에 있는 책을 보길 원해서?'

아무래도 그런 것 같다. 그렇다! 사랑하는 딸내미가 그토록 원하는 건데, 딸 등신이 그걸 못하게 막는다는 건 말이 안 된다. 원칙을 준수하는 철혈의 왕마저도 그 원칙을 깨뜨리게 만드는 것, 그것이 바로 상희학의 위대함이었다. 학구열이 더욱 불타올랐다.

알렉스와의 만남 뒤, 김훈상은 김상희를 찾았다. 김상희에게 가는 내내 마음이 복잡했다.

'그 아이가 내게 어떻게 말을 할 것인가?'

확신할 순 없지만 그 아이는 고어를 해석할 수 있을 것 같다는 막연한 느낌이 들었다.

'계집치고 아주 똑똑한 아이이니 자기가 해석할 수 있다는 사실을 밝히길 꺼려할 것이다.'

아니면 차라리 모른다고 말하는 게 나을 수도 있다. 그냥 심심해서 그런 책을 읽고 있었다고 하면 된다. 하지만 김훈상은 봤다. 집중해서 책을 읽고 있는 김상희의 모습을. 해석이 불가능하다면 그 정도로 집중할 리는 없었다. 마치 책을 읽듯 자연스럽게 눈동자도 움직였었다.

'어쨌든 그런 건 중요하지 않다.'

하지만 김훈상에게 정말 중요한 건 그런 게 아니었다.

'내가 그토록 믿음을 주지 못하는 아버지인가?'

김상희가 말하기를 꺼려했다.

'나는…… 미덥지 못한 아버지인가?'

그게 너무 마음에 걸렸다. 솔직하게 말해주면 좋으련만. 김상희가 자신에게 무언가를 숨긴다고 생각하자 걷잡을 수 없는 섭섭함이 마구 몰려들었다. 그걸 내색하지 않으려고 정말 애 많이 썼다. 생각해보라. 얼마나 황당하고 웃기는 일인가. 공주가 왕에게 솔직하게 말하지 않는 건 그야말로 범죄다. 절대 그래서는 안 된다. 애초에 그런 일은 일어날 수도 없고 일어나서도 안 된다. 만에 하나라도 그런 일이 벌어진다면, 왕은 그것에 분노하는 게 맞다. 그게 이 세상의 상식이며, 모두가 생각하는 보편적인 반응이다. 하지만 김훈상은 달랐다. 화는 하나도 안 났다. 그저 자기반성의 시간을 가지게 됐다.

'내가 어떻게 해야만 하지?'

사실 김훈상은 자신이 미쳤다는 것을 솔직히 인정했다. 처음 인정하기가 어려워서 그렇지, 한 번 인정하고 나니까 삶의 태도 자체가 완전히 바뀌었다. 왕자들보다도 김상희를 더 아꼈으니까. 자신이 미쳤다는 걸 인정하고, 김상희를 아끼고 또 아껴왔는데 김상희는 아직 자신에게 마음의 문을 다 열지 못했다. 그게 슬펐다.

김상희가 김훈상을 맞이했다.

"아빠, 오셨어요?"

김훈상은 저도 모르게 피식 웃고 말았다. 두 손을 앙증맞게 모으고 허리를 숙이는 저 모습, 귀엽다. 사랑스럽다. 귀엽다나 사랑스럽다라는 말로는 부족했다. 눈에 넣어도 아프지 않을 것 같았다. 그런

아이가 '아빠'라고 부르니 더더욱 행복해졌다. 여기까지 오면서 마음이 많이 복잡했는데, 이젠 또 아니었다. 김상희의 한마디에 마음이 스르르 녹아버렸다.

김훈상이 스페셜 필드를 펼쳤다.

"이제 솔직하게 말해봐라."

나는 고민하고 또 고민했다. 어쩌면 별거 아닐 수도 있다. 옛날에는요, 여자가 짱이었구요, 남자가 배신했어요. 나쁜 남자 놈들이 세상을 이렇게 바꿔 버렸대요. 참 재미있는 얘기죠? 이렇게 말하면 끝나는 문제일 수도 있다. 다만 그것이 왕궁의 성지인 특별 서고에서 나온 내용이라는 점이 조금 특이할 뿐. 그리고 남존여비로 점철되어 있는 우리의 개차반이 그 말을 듣는다는 것이 특별할 뿐이었다.

'솔직하게 말해도 될까?'

말해도 될 것 같았다. 그리고 사실 나도 누군가에게 털어놓고 싶다. 왜 그런 거 있잖아, 임금님 귀는 당나귀 귀. 그 마음이 이해가 된다. 아무에게도 얘기 못하고 있는 상황. 심지어 알렉스 학자님에게도 숨기고 있는 상황 아닌가. 하지만 개차반이 내 말을 잘 들어줄까?

'들어줄 것 같은데…….'

개차반, 습관이 되어서 아직도 내가 '개차반'이라고 부르기는 하는데 이제 개차반이라고 하기에는 좀 미안할 정도다. 쟤는 티를 안 내려고 하는 것 같은데, 나를 볼 때의 눈빛과 다른 사람을 볼 때의 눈빛이 완전히 다르다. 너무 티가 나서 민망할 정도니까. 음, 개차반의 눈빛을 굳이 문자로 표현해 보자면 '하트 뿅뿅' 정도가 되지 않을까?

나는 이곳의 방식대로 남자를 높이며 질문을 했다.

"아빠는 저의 요새라고 하셨어요. 그 말이 맞나요? 정말인가요? 소녀가 아빠의 요새 속에 숨어 숨을 돌려도 될까요?"

개차반은 고개를 끄덕였다. 언제나 그렇듯 약간은 오글거리는 말을 아무렇지도 않게 했다. 내용 자체는 오글거리는 데, 분위기는 전혀 오글거리지 않다는 게 신기하다면 신기한 일이었다.

"내가 분명히 말했다. 나는 너의 아버지이며 누구보다도 단단한 산성이 되어줄 것이다. 그리고 누구보다도 안전한 요새가 되어줄 것이다. 그러니 이제 말해라. 내가 네 말을 듣겠다."

나는 뜸을 들였다. 말하라고 해서 바로 말하면 안 된다. 애를 좀 태워 줘야 한다. 말할 듯 말 듯, 믿음을 주는 듯 마는 듯. 내가 15년 동안 해온 게 이런 줄타기다. 무슨 일이든 한 10년 하면 전문가가 되잖아. 나는 15년을, 그것도 목숨을 걸고 해왔다. 이 정도는 이제 껌이다.

"소녀는 아빠를 믿고 신뢰하며 존경해요. 하지만…… 아빠가 소녀를 정말로 사랑하시는지에 대한 확신이 아직 서질 않아요."

아마 충격 좀 받지 않을까?

아니나 다를까, 김훈상은 충격을 받은 것 같았다. 나 참, 김훈상이라서 그런 거야? 아니면 이 세계의 남자들이 전부 그런 거야? 아니면 내가 무슨 독심술이라도 갖고 있는 거야? 왜 저렇게 표정이 술술 읽혀? 오늘따라 정도가 아주 심하시네, 이 아버님.

"내가 너를……."

그런 주제에 말은 또 잘 못했다. '사랑'이란 단어를 직접적으로 언급하기에는 아마도 어려우리라. 해본 적도 없는 말일 테니까. 나는 아무것도 모른다는 듯 순진무구한 표정을 지어 보였다.

"아빠가 소녀를요……?"

'설마하니 사랑한다고 말하겠어요? 아빠는 그럴 리가 없잖아요'라고 주장하는 듯, 나는 그렇게 개차반을 쳐다봤다. 개차반은 고민하고 또 고민했다. 이봐, 뭘 그렇게까지 심각하게 고민해요? 내일 전쟁이라도 터져?

"하여튼 확신을 가져도 된다."

그러니까 무슨 확신? 구체적으로 얘기를 해보시라고. 어라? 나 지금 엄청 신기한 거 발견했다. 김훈상, 지금 무표정이긴 한데,

'귓불이 조금 붉어졌잖아?'

나 저런 모습 처음 본다. 귓불이 붉어진 김훈상이라니, 귓불이 붉어진 이 시대의 성군이라니! 귓불이 붉어진 전 세대의 대천재라니! 아, 미치겠다. 우리 진수랑 비슷하네 저건, 우리 개차반 씨한테 저런 모습이 있었어? 와, 진짜 신세계다.

"어떤 확신인지 미천한 소녀는 입으로 말씀하여 주시지 않으면 정말로 모른답니다. 소녀의 아둔함과 겁 많음을 용서하여 주시어요."

자, 이제 말해봐. 구체적으로 어떤 확신인지. 김훈상은 나를 쳐다보지 못했다. 내가 아니라 내 뒤의 무언가를 찢어 죽일 듯 노려봤다.

'화, 화난 건 아니지?'

분노한 것처럼 보이는 개차반이 말했다.

"내가 너를 사랑한다."

시간이 조금 흘렀다. 몇 번 밀당 아닌 밀당을 한 나는 결국 입을 열었다.

"아빠에게만 처음으로 말씀드리는 것이어요. 다른 사람은 너무나 무서워서 말을 할 수가 없었어요. 소녀의 요새가 되어주시는 아빠에게…… 소녀는 용기를 내보도록 하겠어요. 아빠니까…… 솔직히 말

할게요."

야야, 개차반아. 입 찢어지겠다. 표정 관리 좀 어떻게 해봐.

잠시 후, 생각을 정리한 나는 특별 서고 내 책에 있었던 내용들을 김훈상에게 얘기해 줬다. 여태까지 읽었던 모든 내용을 말이다.

"……그런 내용이 적혀져 있었어요. 소녀의 해석이 맞는지는 잘 모르겠어요."

"그렇군."

개차반 씨는 내 말을 딱히 믿는 것 같지는 않았다. 어차피 고대의 기록이라는 건 전설이나 다름없는 것이 많으니까. 전설처럼 생각하는 모양이었다.

"그 나라의 이름이 태양 제국 잉카였어요."

"……."

그건 예상하지 못했는지 김훈상은 나를 다시 한 번 쳐다봤다. 내가 말을 이었다.

"또한…… 저는 한진수로부터 이야기를 들었어요."

"한진수? 언제 만난 적이 있었나?"

글쎄요. 꿈이었던 것 같기도 하고, 비행기에서 봤던 것 같기도 한데.

"저보고 성녀라고 했어요. 성녀 말고 여왕이라는 여자도 있다고 했어요."

"성녀와 여왕이라?"

"소녀는 성녀가 무엇이고, 여왕이 무엇인지는 알 수 없어요. 죄송해요."

문득 떠오른 게 있어 나는 한 가지 이야기를 더했다.

"그리고…… 골렘 피라미드에서 아빠를 뵈었을 때가 기억나요."

아, 그러고 보니 그때 스페셜 나이트들이 우리를 구출하러 왔었다. 그 당시에는 경황이 없어서 딱히 떠올리지 못했다.

'이 개차반이 나를 아끼기는 정말 아끼는구나.'

이제 좀 알겠다. 단순히 아끼는 게 아니고 아마도 개차반이 말하는 것처럼 사랑하는 것 같기도 하다. 스페셜 나이트 수십 명을 투입했고 자기가 스스로 찾아오기까지 했었으니까. 어떻게 갑자기 날아왔는지는 모르겠지만 하여튼 그랬다.

"그곳에서 저는……."

나는 기억을 떠올렸다.

세상을 가지고 싶다면 골렘을 얻으라.

이 부분은 해석이 잘못되어 있었다. 내가 본 바에 의하면 옳은 해석은 이랬다.

골렘을 가지면 세상을 얻을 것이다.

그것을 얘기해 줬다.

"그리고…… 해석이 불가능한 부분에는 이러한 얘기도 있었어요."

성녀의 은총이 내릴 때에 골렘이 깨어나리니.

그 말을 들은 개차반은 고개를 끄덕였다.

"재미있는 이야기구나."

그리고선 내 머리를 두어 번 쓰다듬어줬다. 나는 어깨를 움츠리고 배시시 웃었다. 예전이라면 나는 100퍼센트 연기로 이런 행동을 했겠지만 지금은 아니다. 나도 여자다. 나를 아껴주고 사랑해 주면, 솔직한 말로 마음이 열린다. 비록 첫 만남 때(?)의 앙금은 평생 없어지지 않겠지만. 또 계집이니 어쩌니 반성이니 어쩌니 했던 그거 말이다. 하여튼 지금은 완전히 연기는 아니고 한 반쯤 연기라고 보면 될 것 같다. 개차반의 손길이 나쁘지 않았다. 아니, 좀 더 솔직하게 말하면…… 오히려 좀 좋은 축에 속했다.

"그리고 오늘의 이 이야기는 그 누구에게도 말하지 마라. 왕자들에게도 마찬가지다."

음? 갑자기 왜 이러지?

"알렉스를 통한 특별 서고의 이용을 허가하겠다. 누군가 묻는다면 특별 서고에서 나온 책이 아니라고 발뺌해라. 내가 보증하겠다. 내가 지켜주겠다. 혹시 모르니 무조건 거짓말해라. 내가 보증하고 용서할 테니."

……요즘 이 개차반, 나한테 왜 그래……? 왜…… 좀 고마워지려고 그래……?

에이, 모르겠다. 오늘은 서비스다.

"아빠."

조금 뜸을 들이고 말했다. 그래, 이건 어디까지나 서비스야. 반쯤은 연기라고. 일단 나를 반만 잊기로 하자.

"뽀뽀해도 돼요?"

그래. 지금의 나는 내가 아니다. 내가 아니다. 내가 아니다. 그래. 내가 아닌 게야.

왕궁 내 회의실.

궁정 내부의 대소사를 관리하는 관리들이 모였다. 이번 회의 주제는 바로 '김상희'와 관련된 얘기였다.

"……그렇습니다. 강력히 주장해야 합니다."

"안 그래도 일정이 뒤로 밀리고 있습니다."

김상희 때문이었다. 더 정확하게 말하자면 한진수와의 약혼이 파기된 것에 따른 것이었다. 왕궁에는 관례가 있다. 계집을 나이가 많은 순서대로, 차례대로 시집을 보내야 했다.

"곽씨 후작가에서 김상희 공주를 원하고 있습니다."

"맞습니다. 기회가 있을 때에 빠르게 보내 버리죠."

사실상 이런 것을 결정하는 것은 왕이 아니다. 안 그래도 바쁜 왕이다. 계집의 시집 문제, 딱히 중요하게 생각하지도 않는다. 관리들끼리 결정해서 마지막에 사인만 받으면 끝이다.

"좋습니다. 그렇게 하죠."

김상희와 김훈상이 전혀 모르는 사이, 김상희의 결혼이 진행되었다. 그리고 한 관리가 김상희 공주를 찾아왔다. 딱히 존댓말도 아니고 반말도 아닌, 어중간한 말로 말했다. 태도 자체는 상당히 고압적이었다. 그냥 공주라서 아주 무시만 안 하는 거지, 사실은 만만하게 보는 게 완전히 티가 날 정도였다.

"김상희 공주는 결혼을 준비하도록 합니다."

며칠 전.

곽기현은 이상한 꿈을 꿨다. 아니, 처음에는 꿈인 줄 알았는데 꿈이 아니었다. 곽기현이 벌떡 일어섰다.

"야! 야이 나쁜 새끼야!"

주먹을 들고 그 자리에서 돌진하여 놈의 얼굴에 주먹을 꽂아 넣었다.

"으악!"

하지만 비명을 지른 건 다름 아닌 곽기현. 주먹이 너무 아팠다.

"인간적으로 맞아주는 척이라도 좀 하든가, 이 나쁜 새끼야."

"……."

한진수는 아무런 말도 하지 못했다. 그는 반역자다. 곽기현이 자신을 보면 어떤 반응을 보일지 알 수 없었다. 선뜻 찾아오기가 어렵기도 했다. 어린 시절부터 믿어 왔고, 알게 모르게 의지해 왔던 친구인데 반역자가 된 지금, 어떤 반응을 보일까 싶어 솔직히 조금 무서웠다. 제국의 반역자라며 찬밥 대우를 한다면 정말 슬플 것 같았으니까.

곽기현이 말했다.

"마실 거라도 좀 내줘?"

"아니, 됐다."

곽기현의 태도는 과거 한진수가 촉망받는 기대주였을 때와 완전히 똑같았다. 제국의 반역자라는 거, 그런 거쯤은 하나도 신경 안 쓰는 듯했다. 이 사실이 제국에 들어가기라도 하면 아무리 곽씨 후작가라 할지라도 화를 피하기 어려울 것이 자명했는데도 말이다.

한진수가 물었다.

"내 욕…… 안 하냐?"

"욕? 이미 다했다. 다 쏟아내서 할 말이 없네, 이제 넌 아주 개새끼야."

"……."

욕 다해서 이제 할 말도 없다면서 곽기현은 또 욕을 한 바가지 쏟아냈다.

"적어도 나한테는 네 사정 말할 수 있었잖아. 적어도 한 번은 찾아와서, 아니, 전화라도 사용해서 이러이러한 상황이라고 말할 수 있었잖아. 내가 너한테 이거밖에 안 되는 놈이었냐? 우리 친구 맞긴 맞냐? 나만 너 친구라고 생각했냐? 나만 너 걱정했냐? 아, 생각해 보니 존나 억울하네, 진짜."

"……미안하다."

우려했던 것과는 다르게 곽기현은 한진수를 제국의 배신자가 아닌 친구 한진수로 보고 있었다.

곽기현이 최후통첩(?)을 내렸다.

"한 번만 더 이딴 짓했다가는 진짜 절교다."

하지만 곽기현도 한진수도 이딴 짓 한 번 더 할 수 없다는 것 정도는 잘 안다. 제국에 한 번 반역했는데 어떻게 또 반역한단 말인가. 하여튼 못 말리는 놈이라고 생각한 한진수는 피식 웃었다.

곽기현이 발끈했다.

"웃지 마! 지금 짜증 난 상태니까."

"그래."

정적이 흘렀다. 하지만 한진수도 곽기현도 이 상황이 어색하다고 생각하지는 않았다. 딱히 무언가 말을 하지 않더라도 어색한 기류는 없었다. 정적을 깨뜨린 사람은 곽기현이었다.

"구질구질하게 변명하려고 들지 마. 뭔가 이유가 있었겠지."

한진수는 고개를 끄덕였다. 그리고 고마웠다. 이유와 과정이 어찌 됐든 그는 제국에 반역했다. 그런데 곽기현은 그 이유조차 묻지 않고 있다. 친구라는 이유 하나로 모든 것을 이해하는 듯했다.

"그래서 갑자기 날 찾아온 이유가 뭔데? 뭔가 나한테 부탁할 게 있는 거 아냐?"

한진수는 또다시 피식 웃었다.

"요즘 독심술 익히냐?"

"네가 그러면 그렇지 뭐. 그래서 뭔데?"

한진수가 이야기를 시작했다. 이야기를 다 들은 곽기현은 깊은 한숨을 내쉬었다.

"넌 진짜 개새끼다."

"나도 개새끼인 거 안다."

"와, 생각하면 생각할수록 열통이 터지네. 간만에 떡하니 찾아와서는…… 아참, 이것도 불법 가택침입인 거 알지? 너 지금 내가 신고하면 바로 잡혀가야 돼."

신고하려면 진작에 했겠지만. 그 말은 삼켰다. 그리고 또 열을 냈다.

"게다가 이젠 뭐라고? 나보고 결혼을 하라고? 에라이, 더러운 새끼야."

"……부탁한다."

"그래, 결혼하는 건 뭐 그렇다 쳐. 어차피 내 씨를 남겨야 하는 건 중요하니까. 그런데 건드리지는 말라고? 그럴 거면 결혼은 뭣하러 해? 위장 결혼이냐?"

곽기현은 한진수를 도무지 이해할 수 없었다.

"……그래서 들어줄 거냐, 안 들어줄 거냐?"

곽기현은 아무 말도 못 했다. 그저 한진수를 욕할 뿐이었다.

"개새끼……."

한진수는 한진수 나름대로 고민을 많이 하고 내린 결정이다. 어차피 김상희는 시집을 가야 한다. 그게 왕궁의 원칙이다. 아무리 김훈상이 김상희를 아낀다고는 해도 시집을 보낼 수밖에 없다. 김상희가 가지 않으면 그 아래의 다른 공주들도 시집을 못 간다. 그리고 애초에 공주의 시집 문제는 중요한 사안도 아니므로, 산하의 관리들이 알아서 관리한다. 왕궁에 커다란 이익을 제시하는 쪽에 공주를 넘긴다.

공주는 공주 나름대로의 가치가 있다. 무엇보다 '고려 왕가의 피'를 이었다는 것에서 일단 유리한 조건을 확보하고 있다. 그래 봐야 계집이기는 하지만, 그래도 고려 왕가의 피를 가지고 있고 그러면 우수한 아이가 태어날 확률이 높아진다. 게다가 왕가의 계집은 대부분이 미녀다. 잘난 아들이 태어날 확률이 높다는 얘기다.

'곽기현은…… 믿을 수 있으니까.'

어쨌든 김상희는 무조건 시집을 가야만 하는 상황. 그렇다면 믿을 수 있는 곽기현에게 넘기는 것이 좋겠다는 판단이 들었다. 하지만 어디까지나 차선책이다. 사실 그는 김상희를 다른 사람에게 넘긴다는 것 자체가 너무나 싫다.

'분하다.'

단순히 분한 게 아니었다.

"어라, 대장. 지금…… 설마……."

한진수에게 결국 항복하게 된 붉은 늑대의 왕 칼리번은 깜짝 놀라야만 했다. 한진수의 두 눈에서 눈물이 흘러내리고 있었기 때문이다. 설마 지금 웁니까? 라고 말할 뻔했는데 겨우 참았다.

'저 인간도 결국은 인간인가 보네.'

피도 눈물도 없는 독종인 줄 알았는데, 아닌 것 같았다. 그냥 모른 척하기로 했다. 한진수가 말했다.

"우리 계획은 잘 진행되고 있나?"

"예, 뭐, 대충은요. 아, 중요한 일이 있는데 깜빡했네요. 그거 먼저 처리하고 오겠습니다."

칼리번은 황급히 방을 나갔다. 한진수의 분위기가 영 심상치가 않다. 뭐랄까, 외로워 보인다고 해야 하나, 고독해 보인다고 해야 하나? 칼리번은 지금 한진수의 느낌을 어느 정도 이해할 수는 있었다. 그도 한 단체를 이끄는 리더, 그러니까 절대자의 자리에 앉아본 적이 있다. 그 자리에 앉아 있으면 고독할 수밖에 없다. 자신의 속마음을 드러낼 수 있는 사람이 없으니까.

'그렇다고는 해도…… 한진수가 눈물도 흘릴 줄 안다니. 사람은 사람이구나.'

한진수는 눈물을 훔쳐 냈다. 너무 분했다. 지금 당장에라도 많은 사람의 축복을 받으며 김상희와 결혼하고 싶다.

'내 옆에만 두고 싶다.'

딴 거 필요 없다. 김상희가 자신을 안 좋아해도 상관없다. 그냥 옆에만 있어주면 좋겠다. 옆에만 있어주면 정말 잘해 줄 자신 있었다. 이 세상의 모든 것을 이미 포기하고 김상희를 선택했다. 다시 말해 이 세상의 그 무엇보다도 김상희가 그에겐 가장 큰 보물이라는 소리다.

'나는 아직 너무 약해.'

보물을 가지려면 보물을 지킬 수 있는 힘이 있어야 했다. 그의 힘은 아직 제국에 비하면 너무나 약했다. 그 전까지 김상희를 지켜야 했다.

'그러려면…… 이 방법밖에는 없어.'

그래서 곽기현에게 부탁했다. 정말 싫지만, 그 누구에게도 내주기 싫지만, 이미 너무나 슬프고 분했지만 그래도 이 방법밖에는 없었다.

'기현이라면…… 괜찮아.'

제국의 반역자를 만났다는 사실만으로도 위험해질 수 있건만, 기현은 그런 걸 신경도 쓰지 않았다. 김상희를 건드리지 말아달라고 간곡하게 부탁했다. 곽기현은 아마 그 부탁을 들어줄 거다. 길지는 않지만 한평생을 살면서 곽기현 같은 친구 한 명쯤 있다는 사실이 고마웠다.

다음 날.

곽기현이 말했다.

"아부지."

"왜?"

"나 결혼할래요."

그의 아버지는 반색했다.

"결혼 안 한다더니? 필요 없다더니?"

곽기현은 머뭇거렸다. 거짓말하는 것에 익숙지가 않다. 그래서 좀 찝찝했다.

"예전부터 맘에 드는 계집이 하나 있었는데 말씀을 못 드렸어요."

"어떤 계집이냐?"

"아실걸요? 김상희라고."

"김상희?"

이름만 들어서는 잘 모른다.

"왕국의 보배 있잖아요."

"아, 그 계집."

그는 고개를 끄덕였다. 아들이 여자 보는 눈이 그렇게 나쁘지는 않은 것 같다. 지금은 제국의 반역자가 되었지만 어쨌든 이 세계 최고의 남자라 할 수 있는 한진수의 전 약혼녀. 그리고 고려 왕가의 피를 이었다.

"좋은 씨받이가 되겠구나."

"그렇죠 뭐. 추진 좀 해주세요."

그리하여 김상희 공주의 결혼이 추진되었다.

곽기현은 투덜거렸다.

"시밤, 시밤, 시밤, 시밤, 시밤, 시밤."

그는 원래 결혼할 생각이 별로 없었다. 그런데 친구 놈 때문에 팔자에도 없이 결혼하게 생겼다. 곽기현만 투덜대는 게 아니었다. 그나마 곽기현은 투덜거리만 했다.

그에 반해 김환성은 분노했다. 그는 한달음에 왕의 방을 찾아갔다. 노크도 안 했다.

"아부지! 그게 사실이에요?"

원래대로라면, 이 무슨 예의 없는 행동이냐! 하고 혼을 냈겠지만 오늘 만큼은 아니었다. 김훈상도 인상을 잔뜩 찡그렸다.

"……그렇게 됐다."

"똥개는 아직 어려서 안 돼요! 게다가 약혼까지 했는데 결혼은 무슨 얼어 죽을 결혼!"

김환성은 물론 망나니지만 그렇다고 아버지인 김훈상 앞에서 이렇게 언성을 높였던 적은 단 한 번도 없었다. 버릇없는 행동이 맞았다. 그러나 김훈상도 그것을 질책하지 않았다.

"아부지, 잘 생각해 봐요. 걔는 똥개인데다가 더럽고 냄새나고 그래서 안 돼요. 결혼시키면 왕가의 얼굴에 먹칠을 할 거라고요."

김환성은 발을 동동 굴렀다. 하지만 정당한 명분이 없었다. 내 동생이니까 결혼은 안 돼. 아무나 못 줘. 절대 안 준다! 라고 말할 수는 없지 않은가. 그랬다가는 정신병자로 몰려 아마 탄핵당할 거다. 그건 김훈상도 마찬가지다. 내 딸은 안 된다. 내 딸은 아무나 못 준다! 내 딸 행복하게 만들어줄 수 있는 훌륭한 놈 아니면 안 돼! 라고 주장할 수도 없지 않은가.

나이가 많은 순서대로 결혼하는 건 왕궁의 관례다. 법칙까지는 아니어도 여태까지 그렇게 해왔다. 그리고 계집의 결혼은 관리들이 정해 왔다. 곽씨 후작가에서는 상당한 예물까지 준비했다. 거절할 수 있는 명분이 없었다.

김환석도 김훈상을 찾아왔다.

"무슨 말을 할지 알고 있다. 결론만 말해라."

"제가 여러모로 생각을 해봤는데…… 아무래도 김상희의 몸이 정상이 아닌 것 같습니다."

김훈상도 안다. 지금 저거 핑계다. 김상희의 몸은 완벽히 정상이다. 하지만 모른 척했다. 아니, 모르기로 했다.

"어떻게 이상하지?"

"아무래도 불임인 것 같습니다. 그런 문제가 많은 계집을 시집보내는 건 안 될 말입니다."

"역시 그런가?"

그래서 명령을 내렸다.

"미첼을 불러와라."

회복의 관 관장 미첼이 김훈상을 찾아왔다. 그리고 김훈상은 강요하듯 말했다.

"김상희는 불임이지. 그렇지 않느냐?"

회복의 관 관장 미첼은 식은땀을 흘렸다. 반드시 불임이라고 말해야만 할 것 같은 기분이랄까? 그렇게 말하지 않으면 큰일이 벌어질 것 같은 살벌한 느낌이랄까? 하여튼 긴장됐다. 저런 왕의 모습은 처음 본다. 뭔가 똥줄 타는 느낌이다.

"김상희는 반드시 불임일 것이다. 미첼, 대답해라."

"폐, 폐하…… 그것이……."

하지만 미첼은 거짓말을 할 수는 없었다. 소견서를 제출하지 않았다면 거짓말했겠지만 이미 제출한 상태다.

"김상희 공주의 몸에 이상이 없다는 소견서를…… 이미 제출했습니다."

왕궁 내부의 대소사를 관리하는 기관, '집행부' 관리들에게 이미 소견서를 냈다. 이건 당연한 거다. 남자에게 보내는 여자다. 여자 측에서 당연히 신경을 써야 한다. 공주들의 경우도 마찬가지. 여태까지 항상 정밀 검사를 진행하여 집행부에 검사 결과를 넘겼다. 우리가 넘기는 공주에게는 아무런 이상도 없다는 것을 증명하기 위해서 하는 관례였다.

김훈상이 저도 모르게 버럭 소리를 질렀다.

"아니, 그걸 왜 그렇게 빨리 제출했어!"

아니…… 폐하. 원래 하는 건데요……. 미첼은 억울했다. 원래 하는 일이다. 즉, 업무라는 소리다. 업무를 신속하고 정확하게 수행했더니 돌아오는 건 오히려 문책이었다. 미첼은 울고 싶었다. 나보고 어쩌라고. 따지고 보면 집행부 관리들은 자신들의 업무를 빠르고 정확하게 수행하고 있는 거다.

김훈상은 모두를 내보내고 혼자서 욕했다. 왕의 자리에 앉은 이후, 비속어를 거의 사용하지 않았던 김훈상의 입에서 상스러운 언어가 마구 튀어나왔다.

"이 개새끼들을 어떻게 족치지."

아무리 생각해도 답이 없었다. 핑계도 없고 명분도 없다. 오히려 흠-과거 약혼을 했으므로-이 있는 김상희를 받아주어 고맙다고 해야 할 판이다. 마음이 복잡해졌다. 절대 보낼 수 없다. 절대 안 보낸다. 절대 내 새끼 못 보낸다. 그 말을 속으로 삼키며 김상희의 방으로 향했다. 그리고 그곳에서 김훈상은 충격적인 장면을 보고야 말았다.

김훈상은 아무런 말도 하지 못했다.

"너……."

왕이 된 이후로 말문이 이렇게까지 막혔던 적은 처음이었다.

나는 내가 이 세계에 왜 태어난 건지 잘 모르겠다. 혹시 또 모른다. 나 같은 사람이 또 있을지. 이렇게 되는 거 솔직히 상상 한 번 정도는 해보지 않았을까? 자고 일어났더니 다른 세상이라더라. 정신을 차려보니 이세계라더라. 사실 허황된 얘기다. 그래, 그것까지는 좋다. 허황된 얘기지만 내게는 정말로 일어난 일이니까. 그런 일이 정말로 일어났는데 하필이면 개똥 같은 남존여비로 점철된 세상이라는 것도 이해하려면 이해할 수 있겠다. 개떡 같은 남존여비가 팽배한 대신에 이곳의 남자들은 상당히 단순했고 다루기가 쉬운 편에 속했으니까. 남존여비가 팽배한 상황인데 여자들보다 더 약삭빨랐다면 나는 진작에 혀 깨물고 자살했을지도 모를 일이다. 그도 아니면 누군가에 의해 살해당했거나.

하여튼 좋다. 다 좋다. 과정이야 어찌 됐든 나는 15년간 살아남았고 개차반과 왕자들의 총애도 받고 있으며 여자의 몸으로는 경험하기 힘든 많은 일을 경험해 왔다. 여자의 몸으로 제국 마력학원에도 입학해 봤고 바깥나들이를 두 번이나 다녀왔으며 계집 주제에 아빠와 오빠를 제 맘대로 불러내기도 했었다. 그뿐이랴. 해외여행까지도 갔다 왔다. 아마 나는 왕을 독대한 횟수가 가장 많은 사상 초유의 그런 공주일 거다. 나는 정말 많은 경험을 했다.

'그런데 이것만큼은 경험하고 싶지 않았는데.'

나는 진수 외에 다른 남자를 내 남자로 생각해 본 적이 단 한 번도 없다. 크리스가 내게 적극적으로 구애를 하고 있지만 솔직한 말로 나는 크리스가 남자로 느껴지지가 않는다. 크리스는 정말로 좋은 남편감이다. 여자에게 다정다감하며, 여자의 마음을 잘 읽어준다. 재력도 굉장히 뛰어났다. 이 세계에서 '너만을 아끼고 사랑해'라고 말해주는 남자가 세상에 몇이나 될까? 진수를 제외하면 아마 크리스가 유일하지 않을까? 그럼에도 불구하고 나는 크리스를 이성으로 사랑할 수는 없었다. 내 마음속에 한진수가 너무나 크게 자리 잡고 있어서, 내 마음속에 한진수가 너무너무 커서. 그래서 크리스의 마음을 받아들일 수 없었다. 그랬는데…… 분명 그랬는데.

'너는 어디 있는 거야……?'

지구에서는 늘 진수가 나를 기다렸다. 특히 연애 초반, 내가 진수를 많이 속상하게 할 때, 그때 진수는 하루가 멀다 하고 나를 기다렸었다. 내가 약속 장소에 나타나지 않아 비를 쫄딱 맞으며 1박 2일을 기다렸던 적이 있을 정도다. 언젠가 오겠지, 오겠지 하면서 이틀을 그 자리에서 꼼짝도 않고 기다렸다. 당시 내가 핸드폰이 고장 나서 연락하지 못했었다. 물론 핑계다. 연락을 하려고 했으면 얼마든지 할 수 있었다. 그냥 귀찮아서 안 했었다. 내가 그래도 진수는 어차피 나를 이해해 주고 사랑해 줄 테니까. 그리고 그 당시에는 진수를 별로 좋아하지도 않았으니까. 언제나 느끼는 거지만 과거를 돌이켜보면 나는 정말 못된 년이었다.

'그래서 벌을 받나 봐.'

눈물이 차올랐다.

'어디 있는 거야? 왜 내 옆에 없는 거야? 내 옆에 있어준다고 했잖아.'

예전이랑은 상황이 많이 달라졌다. 제발 내 옆에만 있어달라고, 다른 건 필요 없으니까 그냥 옆에만 있어달라고 사정하던 진수였다. 그 진수가 이젠 내 옆에 없다. 어디 있는지 모르겠다. 제국을 피해 어떤 것을 하고 있다는 것만 알 뿐 진수는 내게 많은 것을 알려주지 않았다.

'부탁이야…….'

부탁이니까 내 옆에 있어줘. 라고, 부탁이니까 내 옆에서 나를 좀 안아줘. 라고 말하고 싶었다.

그랬다. 나는 벌을 받는 것이었다. 진수의 진심을 그토록 호구 취급하며 내 멋대로 생활했던 그때의 그 벌을 이제서야 받게 됐다. 다른 사람과 결혼이라니. 나는 그 결혼에 반대할 수 있는 능력도, 힘도 없었고 명분도 없었다. 나는 그저 남자들이 결혼을 하라고 말하면 결혼을 해야만 하는 그런 무가치한 계집일 뿐이니까.

'나는…… 나는…….'

내가 할 수 있는 게 정말 아무것도 없을까? 나는 내 나름대로 살아남기 위해서 내가 할 수 있는 건 정말 열심히 해왔는데. 결국 나는 이렇게 아무것도 못 하고 결혼을 해야만 하는 걸까? 서러운 마음이 밀려들었다.

나는 이불 속에 숨어 그동안 참아왔던 눈물을 펑펑 흘리며 중얼거렸다.

"보고 싶어……."

나 결혼하게 될 거라고. 그것도 네 절친했던 친구인 곽기현한테 시집간다고. 이래도 괜찮아? 나는 그럼 이제 네 여자가 아니게 된다고. 나는 내 남자가 네가 아니면 안 되는데…… 너는 정말 괜찮은 거야? 뭐라도 좋으니까 대답이라도 좀 해줘. 내 앞에 나타나란 말이야!

나는 엉엉 울었다. 정말로 나는 할 수 있는 게 아무것도 없었다. 실컷 울고 나면 속이라도 좀 후련해지겠지. 그런 생각이 들어서 그냥 울었다.

김훈상은 아무런 말도 하지 못했다.

"……."

그 옆에선 시녀 송수진은 어찌할 바를 몰라 발을 동동 굴렀다. 지금 왕이 방에 들어왔다. 그렇다면 공주는 반드시 일어서서 예를 취하고 인사해야만 맞다.

'공주님…… 제발 빨리 좀 일어나세요.'

이게 얼마나 미친 짓인가. 무려 왕이 들어왔는데, 공주가 침대에 엎드려 그냥 울고 있다니. 그것도 이불을 뒤집어쓰고. 왕이 인기척을 냈든지 내지 않았든지 그건 별로 중요한 게 아니다. 결과적으로 공주 따위가 왕을 무시하고 있는 것 아닌가. 송수진은 움직이지 못했다. 김훈상이 마력으로 그녀의 몸과 입을 구속했다. 그는 김상희가 실컷 울게 내버려 뒀다.

'나는…… 어떻게 해야만 하는 거냐?'

김훈상은 속이 쓰려왔다. 김상희가 왜 우는지 알 것 같다. 김훈상은 한진수가 김상희를 사랑하는 건 안다. 그러나 그녀가 한진수를 사랑한다는 건 잘 모른다.

김훈상은 아주 심각하게 착각했다.

'나 때문이겠지?'

생각해 보면 이런 왕이 어디 있는가? 왕자들만 태워준다는 비행기도 태워주고, 퓨리어스도 줬고, 마력학원에 입학도 시켜줬고—물론 자기가 한 일은 아니지만 그는 자기 좋을 대로 해석했다—버릇없는 행동도 봐주고, 심지어 특별 서고의 책 사건까지도 눈감아주지 않았는가. 무려 이 정도인데, 계집이 감동받지 않겠는가. 그래서 착각할 수밖에 없었다.

'나와 떨어지기 싫은 것이 분명하다.'

그렇게 생각하니 가슴이 아팠다. 그의 눈으로 본 김상희는 아직 작고 여린 아이일 뿐이었다. 성년이 지났다고는 하지만 그래도 그의 눈에는 아직 애기였다. 품에 안고 지켜줘야만 하는 아기새 말이다.

한참의 시간이 흘렀다. 약 두어 시간 정도가 흘렀다. 그때까지 김훈상은 꼼짝도 않고 그 자리에서 김상희가 흐느끼는 소리를 가만히 듣기만 했다.

그렇게 얼마나 울었을까. 눈물을 훔치며 몸을 일으킨 김상희는 깜짝 놀랐다. 황급히 김훈상에게 달려와 무릎을 꿇었다.

"소, 소녀가 감히 아버님께서 오신 줄 모르고……."

송수진의 표정이 사색이 된 것으로 보아 아마 시간이 꽤 지난 것 같았다. 김상희는 지금 자신의 행동이 용서받을 수 없는 행동이라는 걸 안다. 왕이 왔는데 그걸 무시했다는 것도 그렇지만, 왕의 결정에—관리들이 결정했지만 대외적으로 공주의 시집 문제는 왕의 결정이다—불복하여 눈물을 흘리고 있는 꼴이라니. 아무리 자신이라고 해도 용서받을 수 없는 꼴불견 짓거리를 하고 있는 것이다. 공주에겐 선택권이 없다. 그냥 하라면 하는 거다. 그것 때문에 울고 있다?

배가 불러 미친 짓을 하고 있는 거다. 그걸 순식간에 파악한 김상희는 슬픈 와중에도 거짓말했다.

"미, 미천한 소녀는 아버님과 떨어지는 것이 너무나 무섭고 두려워……."

김훈상이 팔을 앞으로 뻗었다.

"내가 네 마음을 안다."

사실 하나도 모른다. 김상희가 한진수를 어떻게 생각하는지, 왜 이 결혼에 그토록 서럽게 우는지. 그럼에도 불구하고 김훈상은 김상희의 말에 조금 행복해졌다. 자신과 떨어지기 싫다니! 얼마나 사랑스러운가!

"울지 마라. 네가 울면 이 아비의 마음이 너무나 아프다."

한진수가 떠올랐다.

"울지 마. 네가 울면 내가 너보다 더 슬퍼."

한진수는 이렇게 말했었다.

"너를 울게 만들었다는 그 사실 때문에, 너를 행복하지 못하게 했다는 그 사실 때문에 나는 자책하게 된다고."

그리고 이렇게도 말했었다.

"정말 울고 싶으면…… 차라리 내 옆에서 울어. 내가 옆에 있을 때 내 품에 안겨서 울어."

그 당시 김상희는 타박했었다. 네가 무슨 순정 만화에 나오는 남자 주인공이냐고. 어떻게 그런 낯간지러운 대사를 아무렇지도 않게, 그것도 진지한 표정으로 하는 거냐고. 말은 그렇게 했어도 김상희는 좋았다. 대사 내용이 오글거리든 그렇지 않든 적어도 한진수의 진심은 느껴졌으니까.

김훈상이 김상희를 가만히 껴안았다.

"울더라도 이 아비 옆에서 울어라."

'차라리 내 옆에서 울어' 그렇게 말하던 한진수가 떠올라서 또 눈물이 터지고 말았다.

"내가…… 네 아버지라 했다. 네 눈물을 포용할 수 있는 가슴이 내게는 있음이니."

김훈상은 머릿속이 복잡해졌다.

'시집…… 진짜 보내야 하나?'

진지하게 고민했다. 딸아이가 이렇게 자신과 헤어지기 싫어하지 않는가. 이 얼마나 멍청하고 가녀린 계집이란 말인가. 멍청하고 미천하니 위대한 자신이 지켜줄 수밖에.

'보내기 싫다.'

김훈상의 눈이 어떤 신념으로(?) 불타올랐다.

'절대 보낼 수 없다.'

김상희의 눈물 때문에 김훈상이 마음을 고쳐먹었다. 집행부의 반발이고 뭐고, 신하들의 상소고 뭐고, 그딴 거 다 필요 없다. 왕궁의 법도? 관례? 다 필요 없다. 내가 왕이다.

"이 아빠가 너 안 보낸다."

신하들을 뭐라고 구슬릴지 그건 모르겠다. 안 되면 힘으로라도 쥐어 패지 뭐. 김상희의 눈물 앞에 그의 이성이 죽어버렸다. 이성을 잃은 그가 비장한 표정으로 중얼거렸다.

"아니, 못 보낸다."

늦은 밤.

왕궁 전체가 부르르 떨리기 시작했다. 스페셜 나이트들은 물론이고 비상대기 중이던 나이트들이 벌떡 일어섰다.

"이, 이 엄청난 파동은 뭐지?"

나이트들은 왕궁의 안전을 책임진다. 왕궁의 안전을 위협할 만큼의 거대한 파동이 느껴졌다. 이 정도 마력은 신참들은 느껴본 적도 없다. 경력이 20년쯤 되는 베테랑이라면 이 정도 되는 마력 파동을 느껴본 적이 있다. 전쟁기 때 앞장서 나이트들을 이끌던 김훈상이 그랬다.

스페셜 나이트 대대장 김유신은 침을 꿀꺽 삼켰다.

'폐, 폐하께서 진심이시다……!'

위험했다. 지금이야 성정이 많이 누그러졌다지만 과거 김훈상은 김환성보다 더한 망나니였다. 김유신은 김훈상을 말릴 생각도 못 했다. 까딱 잘못하여 휩쓸리면 자신도 위험하게 생겼다. 그럴 바에야 차라리 스페셜 필드를 유지하고 밖에 피해가 새어 나가지 않도록 하는 것이 나을 터.

'이렇게 엄청난 마력 파동이면 스페셜 필드 바깥까지 영향을 끼칠 텐데.'

스페셜 필드라고 해도 만능은 아니다. 그 필드가 감당하는 힘을 뛰어넘는 힘이 안에서 발생하면 스페셜 필드는 깨진다.

'그나마 폐하께서 한 가닥 이성은 잡고 계시는군.'

다행이다. 스페셜 필드를 펼친 사람이 다름 아닌 김훈상. 김훈상이 펼친 이 스페셜 필드는 김훈상의 마력을 받아낼 수 있으리라. 물론 지금 좀 제정신이 아니라서 확신할 수는 없었지만.

김훈상이 씩씩댔다.

"너 뭐 하는 놈이냐?"

"폐, 폐하. 진정하시고 검을……."

챙!

철과 철이 부딪치는 요란한 소리가 터져 나왔다. 김유신은 눈을 부릅떴다.

'폐하의 진심이 담긴 공격을 저렇게 쉽게 막아냈다고?'

한진수의 몸이 세 발자국이나 뒤로 밀리기는 했지만 그래도 저 정도면 굉장히 쉽게 막아낸 축에 속한다.

'분명 얼마 전까지만 해도 저 정도의 능력은 아니었는데…….'

과연 세기의 대천재다웠다. 그 대천재가 어떠한 계기가 있어 엄청나게 강해진 모양이다. 예전의 김훈상과 마찬가지로 말이다.

김훈상이 씩씩댔다.

"너 때문에 내 딸이 울었다."

그 말에 한진수가 움찔했다.

"그 죄, 죽음으로 갚아라!"

한진수는 이대로면 정말 죽겠다는 느낌이 들었다. 이쪽은 저쪽을 공격할 수가 없다. 만에 하나라도 김훈상의 몸에 생채기라도 났다가는 김상희를 안 줄 것 같다. 딴 건 안 무서운데 그게 너무 무서웠다.

한진수는 요리조리 잘 도망 다녔다.

“폐하! 고정하십시오.”

“네가 죽으면 고정할 수 있을 것 같다.”

김훈상은 김상희가 운 것을 모두 한진수 때문이라고 생각했다. 아니, 그렇게 생각하기로 했다. 지금 그는 스트레스가 이만저만이 아니다. 김상희를 시집 안 보내려고 마음먹기는 했는데 그러려면 명분이 없다. 반드시' 명분이 있어야만 한다. 왕이라고 해도 원칙을 무시하고 마음대로 행동할 수 없다. 물론, 한두 번은 그럴 수 있다. 그러나 원칙이 무너진 왕은 왕권을 가질 수 없다. 김훈상은 그렇게 생각했다. 이번만큼은 원칙 같은 거 무시하고 싶었는데 신하들의 반발이 좀 거셌다.

계륵이나 다름없는 김상희 공주를 빨리 후작가에 팔아넘기겠다는 것이 집행부 관리들의 생각이다. 그들의 입장에서 김상희는 하나도 소중할 것이 없으니까. 김훈상에게도 그럴 거라고 생각하고 그냥 마구잡이로 밀어붙이는데, 그 덕분에 김훈상은 미치고 팔딱 뛸 노릇이다. 알렉스의 1/10만 김훈상의 마음을 알아차리는 누군가가 있었다면 그 누군가는 분명 왕의 총애를 듬뿍 받았을 텐데 아쉽게도 그런 관리는 없었다. 스트레스는 받지, 김상희가 울었다는 것에 충격도 받았지, 계속 화도 나지, 그러다 보니 화를 풀 대상이 필요해졌는데 운 나쁘게도 한진수가 걸렸다.

왕이 분노하는 자세한 내막은 몰랐지만 김유신도 그걸 알아차렸다.

‘폐하의 분노를 받아낼 수 있는 거의 유일한 사람이겠군.’

김훈상은 함부로 마력을 폭발시키지 않는다. 주변 일대가 초토화될 수 있기 때문이다. 또한 격이 맞는 상대가 있어야만 마력을 폭발시킨다. 하지만 그런 사람은 거의 없다. 그런 의미에서 한진수의 등장은 왕에게 있어서도 상당히 반가운 일이라 할 수 있겠다. 그걸 알고 김훈상도 지금 아낌없이 힘을 방출시키고 있는 거다.

시간이 흘렀다. 왕궁을 지키는 나이트들을 깜짝 놀라게 했고 수많은 사람이 벌벌 떨어야만 했던 지진 같은 진동이 멈췄다.

김훈상이 말했다.

"꺼져라, 꼴도 보기 싫으니."

한진수는 고개를 끄덕였다. 저 말은 허락이다.

"알겠습니다."

저 허락을 받는데 꼬박 3시간 걸렸다. 3시간 동안 정말 죽는 줄 알았다. 실수로 빗겨 맞기라도 했다면 최소한 어디 한 군데는 터졌을 거다. 운 나쁘게 그게 심장이었다면 아마 죽었을 거고. 그런데 그 말을 달리하자면 3시간 동안 한 대도 얻어맞지 않았다는 뜻도 된다.

김훈상은 속으로 생각했다.

'한진수, 어쩌면 나를 뛰어넘었을지도 모르겠다.'

하지만 그런 건 안 중요하다.

'도둑놈 새끼.'

김훈상은 속으로 욕하면서도 한편으론 대견스러워했다.

'그래도 도둑놈치고는 제법 기개도 있고 괜찮지 않은가?'

고개를 휙휙 저었다. 그럴 리 없다. 도둑놈은 도둑놈이다. 하여튼 저 도둑놈 때문에 우리 상희가 울지 않았는가. 저놈이 쓸데없이 반역만 안 했어도, 지금 상희가 울 일은 없었다.

'그러고 보니 저놈이 안 도와줬다면…… 상희는 지금 제국에 잡혀 있었겠지.'

그걸 생각하니 좀 진정이 됐다. 따지고 보면 저놈은 김상희 때문에 모든 것을 포기한 놈이 아니던가. 그래서 결국 허락해 줬다. 김상희의 방에 갔다 오라고.

김훈상은 이미 사라지고 없는 한진수를 향해 통명스레 말했다.

"또 울리면…… 그땐 정말로 모가지를 잘라 버리겠다."

비록 지금 모습은 보이지 않지만 이 정도 크기면 분명히 들었으리라. 한진수는 몸을 부르르 떨었다. 정말로 죽일 기세다.

김훈상을 뒤로하고 한진수는 김상희의 방으로 향했다.

새벽 3시. 한진수는 떨리는 맘을 부여잡고 김상희의 방문을 열었다. 그런데 침대 위에는 아무도 없었다.

'뭐지?'

제 발로는 어디 한 곳도 제대로 이동하지 못하는 그녀가 사라져 버렸다.

소식을 접한 김훈상이 자리에서 벌떡 일어섰다. 스페셜 나이트들을 전원 소집했다. 어쩌면 제국에서 몰래 잠입하여 납치를 했을 수도 있다. 물론 가능성은 낮다. 하지만 불가능한 건 아니다. 한진수는 스페셜 나이트의 감시를 뚫고 들어온다. 감시를 뚫고 오는 게 불가능한 건 아니라는 소리다.

김훈상이 입술을 꽉 깨물었다.

'도대체 어디로 사라진 거냐!'

제23장
남자들, 움직이다

크리스가 말했다.

"이대로면 네가 너무 안돼 보여서…… 네가 너무 슬퍼 보여서…… 미안해."

크리스는 스페셜 나이트다. 스페셜 나이트 대대원들은 크리스를 동료로 인정하지 않고 있지만 어쨌거나 스페셜 나이트인 것은 맞다. 그리고 그의 역할은 김상희를 보호하는 것이었다. 물론 김훈상은 크리스에게만 김상희를 맡겨 놓지 않았다. 아무리 이곳이 고려 왕궁 내라고는 해도 제국이 김상희를 노리고 있다는 사실을 안다. 정확하게는 몰라도 김상희가 '성녀'라는 괴이한 단어와 연관이 있다는 것도 안다. 그래서 김상희의 안전에 신경을 많이 썼다. 기본적으로 크리스가 보호하고, 그 외에 기록의 관을 스페셜 나이트 한 명과 일반 나이트 한 명이 경계하고 있으며, 크리스 외에 또 다른 스페셜 나이트 한 명을 밀착 경호로 붙여 놨다. 그 스페셜 나이트는 기절한 상태로 김상희의 방 한편에서 발견되었다. 크리스가 그랬다.

"너 정말 이대로 결혼할 거야? 난 네가 슬픈 것도 싫고, 네가 내가 아닌 다른 사람과 결혼하게 되는 것도 싫어. 나는 절대로 너 이렇게 못 보내."

"크리스……."

김상희는 마음이 복잡해졌다. 그녀는 지금 납치를 당했다. 뭐 이리 운명이 기구한지. 개떡 같은 세상에 태어났다가 이젠 성녀니 뭐니 해가면서 제국에서 납치하려 하고 있고, 이젠 크리스에게 납치당했다. 그러고 보니 저번에는 한진수에게 납치당했었다. 뭐 이리 납치를 당하는 인생인지 모르겠다.

'하지만…… 차라리 이대로 도망가고 싶어.'

마음에도 없는 결혼, 죽기보다 하기 싫었다. 만약 이 세계에 한진수가 없었다면 그 결혼, 했을 수도 있다. 마음에도 없는 사랑을 연기하면서 김상희가 아닌 다른 여자를 연기하며 살아갔을 수도 있다.

'나는…… 나는…….'

하지만 진수가 이곳에 있다. 한진수를 떠올리면 이 결혼 절대로 할 수 없었다. 할 수 없는데 해야만 했다. 거절한 명분이 없었으니까.

한편 김상희가 실종되었다는 것을 모르는 김환석은 무릎을 탁 쳤다. 현재 시각은 새벽 3시. 그가 이토록 잠을 이루지 못하고 있었던 건 김상희 때문이다. 금쪽같은 내 동생, 절대로 시집 못 보낸다. 그 마음은 애써 무시하고, 어떻게든 김상희를 시집 안 보내려고 머리를 굴리고 또 굴렸는데 좋은 생각이 떠올랐다.

'명문 가문을 하나 만드는 거지!'

고려 내에서 만들면 좀 눈에 띈다. 그렇다면 방법은 두 가지다.

'하나는 내가 빨리 분가해서 왕국을 세우고.'

왕국 같은 거 딱히 필요 없다고 생각했는데 이젠 좀 만들어야 할 것 같다. 일단 왕국을 만들고 그 왕국 내에서 귀족을 만든 다음, 그 귀족을 내세워 김상희와 결혼시키면 될 것 같다. 물론 위장 결혼이다. 그냥 겉으로만 결혼시키고 금쪽같은 내 동생은 옆에 두면 된다. 아주 좋은 방법인 것 같다.

'만약 시간이 오래 걸린다면…….'

그렇다면 외국의 어느 귀족가와 계약을 맺으면 된다. 그냥 겉으로 결혼하는 척만 하라고. 사실 이런 결혼은 상상도 못할 조건의 결혼이긴 하다. 애초에 이런 세계에서 누가 여자를 위해 이런 짓을 벌이겠는가.

'많은 재물을 약속하면 좋겠지. 가세가 기울어가는 귀족가를 선택하여 거래를 진행하면 일이 아주 쉬울 거야.'

거기에 더해 곽씨 후작가에는 막대한 보상을 지급한다고 한다면 모든 일이 깔끔하게 해결될 터.

'내가 왕국을 세우는 것보다는 타국의 귀족을 섭외하는 것이 훨씬 빠르기는 할 텐데.'

일종의 거래다. 김상희와 결혼만 시키고 실제 결혼 생활을 못 하게 할 거니까. 스스로의 생각에 감탄에 감탄을 더한 김환석은 한달음에 아버지를 찾아가려고 했다. 그런데 스페셜 나이트들이 들이닥쳤다. 지금 시각은 새벽 3시. 이렇게 늦은 시각 자기도 아버지에게 찾아가려고 했던 주제에 김환석은 한바탕 화를 냈다.

"무슨 일이냐? 지금 시간이 몇 시인지 잊은 거냐!"

"폐하께서 엄명을 내리셨습니다."

얘기를 들어 보니 김상희가 실종되었단다.

'위치 추적기!'

그동안 김상희가 왕궁 내에 있어서 딱히 사용할 필요가 없었다. 그런데 지금은 아니었다. 김상희의 실종. 그것도 왕궁 내부에서의 실종. 김환석은 눈치챘다. 외부에서 스페셜 나이트의 경계망을 뚫고 들어와 마력도 없는 김상희를 납치했다? 거의 불가능에 가깝다. 고려 왕궁은 그동안 외세의 침입을 단 한 번도 허용한 적이 없질 않은가. 김환석은 한진수가 왕궁에 몰래 드나들었다는 것을 모른다.

"크리스는 어디에 있지?"

김훈상이 말했다.

"이번 작전은 내가 직접 지휘한다."

스페셜 나이트들은 침을 꿀꺽 삼켰다. 현재 복무하고 있는 스페셜 나이트들은 과거 김훈상과 함께 전장을 누볐던 세대는 아니다. 물론 김유신과 같은 베테랑들도 분명 있기는 하지만, 그래도 대부분은 경력이 이제 겨우 7년 정도밖에 안 된 햇병아리들(?)이다.

"아니, 이번에는……."

김훈상은 생각했다.

'그놈들을 불러도 되는 걸까?'

세상은 고려의 스페셜 나이트들이 대단하다고 말한다. 분명히 대단하기는 하다. 그런데 세상이 모르는 게 한 가지 더 있다. 고려는 스페셜 나이트만 가진 게 아니다. 오히려 스페셜 나이트는 대외적으로 활동하는 가장 강한 나이트들일 뿐이다.

김훈상이 김유신을 불렀다.

"김유신."

"예, 폐하."

김유신은 직감했다. 아무래도 이번 수색 작전에는 그들이 동원될 것 같다.

'폐하…….'

지금 왕은 제정신이 아니었다. 어찌 한낱 딸을 찾는 데 그들을 부른단 말인가. 이건 그들에 대한 모독이 될 수도 있다. 하지만 그 말은 삼켰다. 지금 왕의 모습이 너무나 절박해 보였다.

'하긴, 김상희 공주는 공주가 아니니까.'

이미 김상희 공주의 왕자설은 스페셜 나이트 내에 파다하게 알려진 이야기.

'그렇게 따지면 그들을 부르는 게 모독이라고는 볼 수 없겠군.'

어쩌면 그 반대로 생각해야 할 것 같다.

'오히려 그들이 움직여야 할 때다.'

과정이 어찌 됐든 결과적으로 고려 왕궁의 경계가 뚫렸으며, 고려 왕궁 내에서 납치가 일어났다. 현재 납치의 가장 강력한 용의자는 스페셜 나이트 크리스. 왕궁의 경계가 뚫린 것은 스페셜 나이트와 나이트의 책임이며, 크리스가 잘못했다 함은 곧 스페셜 나이트의 잘못이라는 소리도 됐다. 스페셜 나이트가 잘못했으면 당연히 그 상위 기관이 움직여야 하는 것이 맞다.

김유신의 몸이 사라졌다. 얼마 지나지 않아 나이트들이 나타났다.

"부르셨습니까, 폐하."

스페셜 나이트들은 긴장했다. 그들은 저들을 안다. 약 7년 전 자신들을 엄격하게 가르쳤던 선배들이다. 세상은 모른다. 고려의 진정한 힘은 스페셜 나이트가 아니라, 전대 스페셜 나이트. 그러니까 고려 왕가의 진짜 힘은 더블 에스 나이트라 부르는 저들에게서 나온다는 사실을 말이다. 게다가 전 세대의 스페셜 나이트, 다시 말해 20년 전 김훈상과 함께 전쟁기를 거쳤던 저들은 전 세계에서도 초특급 엘리트로 분류되는 베타랑 중의 베테랑이다. 평균 나이는 약 45세. 남자 나이치고는 굉장히 젊은 축이며, 실질적으로 뒤에서 고려를 지탱하는 가장 거대한 힘이라고 보면 됐다.

'선배님들이 소환됐다.'

그것이 의미하는 것은 분명했다.

'역시 김상희 공주는 특별한 임무를 가진 왕자님이 틀림없다.'

김상희 공주의 왕자설을 완벽하게 입증하는 꼴이 됐다. 그것도 대단히 중요한 임무를 맡은 왕자, 그러니까 왕이 더블 에스 나이트, 줄여서 '더스 나이트'를 소환하지 않았겠는가. 전쟁같이 커다란 일이 터지지 않는 이상 더스 나이트는 어지간해선 모습을 드러내지 않는데 말이다.

지금 제정신처럼 보이지 않는 김훈상이 제정신이 아닌 제안을 했다.

"김상희 공주를 가장 먼저 찾는 자에게 퓨리어스 한 병을 내리겠다."

제국 정보부 국장 김국현이 황제를 찾았다. 현재 시각 새벽 3시 17분.

"폐하."

취침 중이던 황제가 눈을 떴다. 이 시간에 정보부 국장이 찾아왔다? 이건 예삿일이 아니다. 분명 큰일이 벌어졌다. 그렇지 않고서야 국장 따위가 새벽에 황제의 잠을 깨울 리 없으니까.

"김상희 공주가 행방불명되었습니다."

"뭐라고?"

김상희 공주는 현재 고려 왕궁 내에 있다. 고려 왕궁의 경계를 뚫고 들어갈 수 없어 가만히 지켜보기만 하던 중에 이런 일이 벌어졌다.

'고려 왕궁 내에서 실종되었다고?'

원래대로라면 있을 수 없는 일이다. 그게 쉬웠으면 제국에서도 벌써 했다.

"고려의 자작극일 확률은?"

"아마 자작극은 아닐 겁니다."

황제가 김국현을 주시했다. 저토록 빠르게 대답이 나왔다는 말은 분명한 근거가 있기 때문일 것이다. 김국현은 지금 확신하고 있었다.

황제가 고개를 끄덕였다.

"그렇다는 말은 김상희 공주가 실제로 실종되었다는 소리겠군. 김상희 공주의 위치, 파악할 수 있나?"

"대외적으로는…… 불가능합니다."

황제가 씨익 웃었다.

"비공식적으로는 가능하겠군."

"예, 비공식적으로는 가능할 것 같습니다."

황제가 명령을 내렸다.

"무슨 일이 있어도 찾는다. 지금 당장 병력을 풀어 모든 수단과 방법을 가리지 말고 어떻게든 찾아서 데려와라. 김국현, 네 능력을 보겠다."

김국현을 내보낸 황제가 흐흐 웃었다. 딱히 기대하지 않고 있었다. 어차피 지금 당장 김상희가 필요한 건 아니니까, 때를 기다리던 중이다. 꼬리가 길면 밟힌다. 저번 실패 사건도 있고 해서 일부러 몸을 웅크리고 있었다. 고려에서도 이미 눈치는 챘을 거다. 백제에 투입된 나이트들이 제국의 나이트라는걸. 하지만 증거는 찾지 못했을 거다. 그냥 심증만 있을 뿐. 그래서 제국도 그냥 가만히 있었다.

'하지만 이젠 움직일 때다. 이런 좋은 기회를 놓칠 수는 없지.'

김상희는 성녀다.

'성녀를 가진 자가 곧 대륙의 패권을 쥔다.'

프리지아가 '여왕'으로 각성했을 때만 해도 충분히 기뻤다. 여왕은 정말 귀하다. 과거 여왕을 가졌던 고대 국가가 한때나마 세계를 지배했었다.

'여왕만 해도 감지덕지인데…….'

그리고 얼마 지나지 않아 성녀를 가진 나라가 세계를 제패했다. 그 나라가 태양 제국 잉카다.

'거기에 성녀라니.'

그렇다면 여왕과 성녀를 동시에 가진다면?

'그 시너지 효과는 이루 말할 수 없을 터.'

김상희가 물었다.

"크리스, 여기는 어디예요?"

"내 은신처."

"은신처요?"

김상희는 주변을 둘러봤다. 일반 가정집 같은 느낌이다. 벽에는 따스한 벽난로가 피어오르고 있다.

'나를 납치한 거라면…… 불을 피우면 안 될 텐데.'

불을 피우면 어떻게든 표시가 나게 마련이다. 하다못해 연기라도 나지 않겠는가. 어쨌든 따뜻하기는 했다. 하지만 자신이 생각해 낸 것을 크리스가 생각하지 못했을 리 없다. 김상희는 아무런 말도 하지 않았다.

'왕자쯤 되는 사람이 왜 은신처를 따로 갖고 있는 거지……?'

그것도 고려 근처에?

크리스가 말했다.

"상희야, 내가 여러모로 생각해 봤는데……."

"네, 말씀하셔요."

"그냥 나랑 결혼하면 안 되겠어?"

"……."

김상희는 대답하지 못했다. 사실 그녀는 안다. 지금 당장에라도 크리스가 마음먹으면 자신은 무서운 일을 당할 수도 있다. 남자 앞에서 여자는 보잘것없는 존재니까. 아마 반항도 하지 못할 거다. 마음은 몰라도 적어도 몸은 마음대로 빼앗을 수 있다. 하지만 크리스는 그렇게 하지 않았다.

"알아. 내가 아닌 다른 사람이 네 마음을 가득 채우고 있다는 거."

"……죄송해요."

"그래서 일단 결혼만 하자고 하는 거야. 곽기현이라는 그 사람, 믿을 수 있어?"

김상희는 곽기현을 믿을 수 없다. 당연하다. 한진수로부터 아무런 설명도 듣지 못했으니까. 한진수가 자신을 찾아오기 직전에 크리스에 의하여 납치당했으니까. 사실상 납치라고 하기에는 좀 애매하기는 했지만. 크리스의 입장에서 보면 사랑의 도피에 가깝지 않을까? 납치를 당한 김상희도 딱히 무섭지는 않았고.

"그러니까 차라리 나랑 결혼해. 내가 곽씨 후작가에 막대한 보상을 약속하고 왕가에 충분한 재화를 제공하면 너랑 결혼할 수 있을 거야."

현실적으로 크리스의 제안은 김상희에게 굉장히 유리했다.

"그리고 나는…… 네가 내게 마음의 문을 열 때까지 기다릴게. 그냥 서류상으로 결혼만 하는 거야."

"크리스……."

크리스의 행동은 이해하기 힘들었다. 아무리 출신이 다르다지만 그렇다고 해도 크리스의 행동은 납득하기 어려웠다. 어째서 자신을 위해 이렇게까지 하는지 모르겠다.

"김상희, 머리 굴리는 소리가 여기까지 들려. 이해하려고 들지 마. 나도 내 스스로를 이해 못 해. 나는 네가 좋아. 다른 거 필요 없어. 너만 내 옆에 있으면 좋겠어."

저 말 많이 들어본 말이다. 예전에 한진수가 많이 해줬던 말이다.

'진수야…….'

크리스가 고백을 해오고 있는 와중에도, 김상희는 진수를 떠올렸다. 그래서 김상희는 크리스에게 미안했다. 저 마음, 진심인 건 알겠는데 받아줄 수가 없다.

"나는 정말 오래 기다릴 자신 있어. 너 안 건드릴게. 일단 비부터 피하고 보자. 결혼만 하는 거야."

이와 비슷한 생각을 한진수도 했고 곽기현도 했고 심지어 김환석까지 했다는 사실을 김상희는 알 수 없었다.

김상희는 생각에 잠겼다. 크리스의 말이 맞았다. 일단 결혼만 하고 나면, 그러고 나면…… 진수를 기다릴 수 있을 거란 생각이 들었다. 하지만 무슨 낯으로 한진수를 본단 말인가.

'내가 이러는 거…… 진수한테 용서받을 수 있을까?'

단순히 서류상 결혼이라지만 과연 진수가 그걸 용납해 줄까? 지구에서라면 무조건 용납해 줬을 거다. 진수는 그렇게 멍청하고 미련하리만치 자신을 사랑했으니까. 그러나 이곳의 한진수는? 다른 남자와 결혼한 자신을 용납해 줄까? 그게 너무 무서웠다. 그러나 방법이 없었다. 어차피 지금 당장 결혼하는 것도 아니다. 곽씨 후작가와 얘기를 나누고 절차를 진행시켜야 하니 시간은 분명 있을 터.

김상희는 결정을 내렸다.

"……좋아요."

크리스가 활짝 웃었다. 그렇다면 이제 고려왕에게 찾아가서 얘기를 할 때다. 크리스는 그것을 노리고 일부러 납치했다.

'이 정도면 충분히 똥줄이 탔겠지.'

원래 100의 고난을 맞이하다가 10의 고난을 맞이하면 상대적으로 힘들지 않은 법이다. 아예 김상희를 잃어버렸다고 생각하다가 '저와 결혼시켜 주세요'라는 말을 들으면 아마 덜 충격받을 거다. 그것만 있었던 건 아니다.

'게다가…….'

크리스는 김상희를 힐끗 쳐다봤다. 만약 고려의 왕이 허락해 주지 않는다면 이대로 도망가 버릴 생각도 하고 있었다. 그것도 아니면 김상희를 내가 아무도 모르는 곳에 숨겨놨다고 협박이라도 할 작정이었다.

'미안해, 상희야.'

김상희를 힘으로 어떻게 하겠다는 생각은 없다. 김상희가 마음의 문을 열 때까지 평생 기다리겠다는 마음도 변함은 없다. 하지만 김상희의 생각과 다르게 크리스는 김상희를 진심으로 납치할 생각을 갖고 있다. 만약 김훈상이 허락하지 않는다면 그땐 김상희를 데리고 세계 저편으로 도망가 버릴 거다.

크리스가 김상희의 이마에 살짝 키스했다.

"기다리고 있어. 금방 갔다 올게. 허락만 받아서 올 테니까 따뜻한 우유라도 마시면서 기다리고 있어요. 여긴 아무도 못 찾는 곳이거든."

크리스가 발걸음을 옮겼다.

'폐하께서 허락해 주셔야 할 텐데.'

그리고 얼마 지나지 않아 발걸음 소리가 들려왔다. 김상희는 고개를 갸웃했다.

'크리스가 벌써 왔나?'

그런데 크리스가 아니었다. 여러 명의 발소리가 들렸던 것이다.

"이 계집이 맞는 것 같군."

"이 정도면 찾기 불가능한 것이 맞군요."

남자가 약 7명 정도 보였다. 그들은 저희끼리 떠들었다.

"폐하께서 아무 짓도 하지 말고 깨끗한 상태로 데려오라 하셨습니다."

"일단 계집이 비명을 지르지 못하게 기절부터 시켜 놔라."

김상희는 거기까지 듣고 자신의 의사와는 상관없이 기절했다.

김환석은 김상희의 몸에 위치 추적을 할 수 있는 마이크로칩을 용해시켜 놨다. 그리고 김상희의 위치를 찾을 수 있는 추적기를 무려 3대나 만들었다. 하나는 김훈상에게 줬고 하나는 그가 가졌다. 그리고 하나는 한진수에게 넘겼다.

김환석이 말했다.

"한진수, 무조건 찾아라. 못 찾으면 너부터 죽여 버리겠다."

김환석은 이제 인정했다. 똥개가 없으면 안 된다. 똥개가 결혼한다고 생각하니까 기분이 매우 나빴었다. 그런데 납치당했다고 생각하니 이젠 미칠 것 같았다. 아니, 이제 단순히 똥개가 아니었다.

"……내 동생을 부탁한다."

김환석이 직접 '동생'이라고 인정했다. 계집 보기를 벌레보기처럼 한다는 그 김환석 왕자가 말이다.

김환성은 고래고래 소리를 지르며 무턱대고 왕궁을 뛰쳐나갔다.

"어떤 새끼야아아아아아!"

반드시 죽여 버리겠다! 목을 따버리겠다! 아니, 산 채로 살을 저미고 소금에 절여 놈이 보는 앞에서 생살을 씹어 먹겠다! 김환성은 분노했다. 감히 왕궁 내에서 똥개를 납치하다니.

현재 시각 새벽 3시 20분. 상식적으로 생각하면 별것도 아닌, 그저 수많은 공주 중 한 명인 김상희 때문에 고귀하디 고귀한 두 명의 왕자가 귀신같이 일어나서 추격을 준비했다.

그때, 크리스가 김훈상을 찾았다. 크리스가 김훈상을 만났을 때엔 김훈상이 더스 나이트를 데리고 왕궁을 막 출발하려던 참이었다.

"폐하."

김훈상의 목소리가 착 가라앉았다.

"네 짓이냐?"

현재로서는 크리스가 가장 유력한 용의자였다. 그 용의자가 제 발로 눈앞에 나타났다. 솔직한 말로 김훈상은 지금 분노를 다스리기가 어려웠다. 만약 크리스가 범인이라는 사실이 밝혀진다면 지금 당장 크리스의 목을 쳐도 이상할 것이 없을 정도로 그렇게 화가 많이 났다.

크리스의 몸이 휘청거렸다. 그것을 보고 김훈상은 알 수 있었다.

'저놈도 워프를 구사할 줄 아는군.'

워프는 대중들에게는 공개조차 되지 않은 기술이다. 스페셜 나이트들은 물론이고 김훈상조차도 부담을 감수하면서 사용하는 기술이다. 그것 하나만 봐도 크리스는 범상치 않은 인물이다.

'역시 숨기는 것이 많은 놈이다.'

그런 기술을 사용해서 갑자기 나타났다. 하지만 그런 건 중요한 게 아니었다. 어차피 신기술이라는 건 언제나 공개가 되게 마련이고 이 세상 어딘가, 누군가는 워프보다 훨씬 뛰어난 이동 기술을 가지고 있을 수도 있다. 그런 건 하나도 안 중요하다. 지금 중요한 건 딸내미의 행방이었다.

"내 딸, 네가 데려갔냐?"

왕국의 보배라든가 공주라든가 그런 호칭은 모두 생략했다. 더스나이트들은 고개를 갸웃했다.

'폐하가 저렇게 화가 나신 것이 딸 때문이라고?'

그랬다가 문득 깨달았다.

'김상희 공주가 사실은 왕자라는 말이 틀림없군.'

후배 스페셜 나이트들이 그런 말을 할 때에는 그저 헛소리인 줄 알았다. 그냥 그러려니 했다. 왕궁이란 곳이 워낙 이상한 소문이 많이 나도는 곳 아니던가. 더스 나이트들쯤 되면 그 정도는 그냥 풍문으로 치부하며 흘려듣는다. 그런데 오늘 보니 그게 진짜인 것 같다.

크리스를 쳐다봤다.

'왕자를 납치하다니, 아주 미친놈이야.'

워프를 사용하고, 또한 기척까지 거의 느껴지지 않는다. 저 나이 때에 저 정도의 성취를 이룬 사람은 더스 나이트들이 경험하기로는 김훈상 정도밖에는 없다. 그들 중 한진수와 직접적으로 마주친 사람이 없으니 그렇게 생각하는 것도 당연했다.

더스 나이트의 일원 강동훈은 검 자루를 만지작거렸다.

'정말 네놈이 범인이라면 내가 네 목부터 잘라주마.'

일선에서 은퇴한 더스 나이트들이 움직였다. 그들이 움직인다는 건 엄청나게 중요한 사안이라는 뜻이다. 왕자, 그것도 여장을 하면서까지 비밀스런 임무를 수행하고 있는 왕자를 납치한 것은 더스 나이트가 충분히 움직이고도 남을 일이다.

"제가 그랬습니다. 폐하."

그와 동시에 강동훈이 검을 내질렀다. 당장 죽일 생각은 없었다. 그러나 도주하지 못하도록 다치게 만들 필요는 있었다. 무릎을 노리고 정확히 검을 뻗었다.

챙!

그런데 강동훈의 검은 크리스의 무릎을 찌르지 못했다.

'이럴 수가!'

크리스가 강동훈의 검을 막아냈다. 그 모습을 보며 더스 나이트들이 눈을 크게 떴다.

'아무리 동훈이 전력을 다하지 않았다지만.'

강동훈은 지금 크리스를 얕잡아 보고 있다. 아무리 세기의 천재라는 한진수라고 해도 더스 나이트가 마음먹고 공격하면, 그것도 기습으로 공격하면 막아낼 재간이 없다. 적어도 더스 나이트들은 그렇게 생각하고 있는 중이다. 그런데 한진수도 아니고 이름도 제대로 들어보지 못한 초출내기 스페셜 나이트 크리스에게 검이 막혔다? 이건 놀라운 일이기도 하거니와 강동훈의 자존심이 와장창 부서지는 일이기도 했다.

'이 새끼가!'

강동훈은 순간 분노했다. 왕 앞이라 함부로 욕을 할 수는 없는 노릇이고, 다시 한 번 검을 내지르려고 했다. 그런데 김훈상이 말했다.

"강동훈, 경거망동하지 마라. 내가 직접 문책할 것이다."

그때 김상훈에게 크리스가 말했다.

"아시다시피 저는 김상희 공주를 사랑합니다."

더스 나이트들은 이해를 할 수 있었다. 여자를 사랑하는 건 미친 짓이지만, 우월한 존재인 남자끼리의 정신적 사랑은 얼마든지 이해를 할 만하지 않은가. 아무래도 저놈은 김상희 공주, 아니, 김상희 왕자를 지키고 있다가 김상희 왕자에게 반한 것 같았다.

김훈상이 인상을 찡그렸다.

"계속 지껄여 봐."

"김상희 공주가 눈물을 흘리던 그 순간, 저는 제 스스로를 주체하지 못했습니다. 다른 사람은 몰라도 폐하시라면…… 제 마음을 어느 정도 이해하실 수 있으시겠죠."

그 말이 맞았다. 다른 사람은 절대 이해하지 못한다. 딸이 운다? 그게 뭔 상관이란 말인가? 딸이 울든 말든 보통의 경우, 아버지는 그런 거 하나도 신경 안 쓴다. 오히려 계집이 질질 짠다고 혼을 내거나 내쫓으면 내쫓았지 그것 때문에 마음이 어지럽거나 하지는 않는다.

하지만 김훈상은 이해했다.

'내 딸은…… 소중한 아이다.'

더스 나이트들도 이해했다.

'아주 중요한 왕자님이시니까.'

과정이야 어찌 됐든 왕과 더스 나이트, 둘 다 이해했다.

"현재 김상희 공주는 안전한 곳에 있습니다. 저는 지금…… 반쯤 협박을 하러 왔습니다."

크리스는 자신의 생각을 말했다. 김훈상이 찢어 죽일 듯 노려봤지만 크리스는 담담히 할 말을 이었다. 일단 김상희 공주와 결혼을 하겠다. 곽씨 후작가에는 자신이 큰 보상을 하겠다. 그리고 김상희의 마음이 열렸을 때에 그때서야 진짜로 결혼 생활을 시작하겠다는 것이 주요 골격이었다.

강동훈은 혀를 찼다.

'결혼을 하고 싶어서 납치를 했다고?'

이건 뭐 거의 정신병자 수준 아닌가. 남자 간의 고귀한 정신적 사랑은 물론 인정할 수 있으나 방법이 잘못됐다. 일국의 왕자를 납치하다니, 그것도 왕궁 내에서, 그것도 호위를 담당하고 있는 스페셜 나이트가.

김훈상이 검을 뽑아 그대로 휘둘렀다. 그와 동시에 크리스의 목이 땅에 떨어지며 바닥에서 떼굴떼굴 굴렀다.

김훈상이 피식 웃었다.

"잔재주를 부리는구나."

이름 모를 숲 속.

한진수는 애타게 김상희를 찾았다. 그가 아는 모든 추적술의 기법들을 동원하여 흔적을 찾고 또 찾았다.

'이 근처인 것 같은데.'

대략적인 위치까지는 파악할 수 있었으나 그 이상은 알 수 없었다. 도대체 어떤 놈이 납치를 한 것일까?

'반항의 흔적조차 없다.'

사실상 남자가 마음먹고 김상희를 어떻게 하려고 했으면 김상희는 반항할 수 없다. 김상희에게는 마력이 없으니까. 하지만 그렇다고는 해도 흔적 자체가 너무나 없다. 상대는 상당한 실력자인 것이 틀림없었다.

마력을 한껏 끌어올리고 기감을 극대화시켰다. 주변을 온통 자신의 마력으로 뒤덮었다. 이름하여 '마력 탐지'다. 마력을 가진 남자라면 누구나 가능한 기술이지만, 한진수처럼 광범위한 지역을 샅샅이 탐색하는 사람은 없다. 무엇보다 마력 소모가 굉장히 심하니까. 하지만 그는 지금 체력을 아낄 생각이 없었다. 아니, 그런 생각을 아예 하지 못했다.

김상희를 찾아야 해. 다른 건 모르겠고 김상희를 찾아야겠다는 사명감만이 온몸을 지배했다.

'제발…….'

김상희에게 나쁜 소식을 전하러 찾아왔다. 친구와 결혼을 하라고, 그 친구는 믿어도 되니까 일단 결혼하라고, 죽기만큼 싫은 그런 소식을 전하러 왔다. 안 그래도 마음이 무거웠는데, 지금은 미칠 것 같았다.

그때 이상한 움직임이 느껴졌다.

'뭔가가 걸렸다!'

약 7명의 기척이다. 정확한 숫자는 파악하기 힘들었다. 은밀하게 이동하는 그들은 모두 뭔가를 짊어진 것 같았다. 발걸음 소리가 약간 둔탁했으니까. 지금은 단서가 없다. 일단 그곳으로라도 움직여야 했다.

잠시 후 한진수는 발견할 수 있었다. 7명의 복면인은 어깨에 자루를 짊어지고 있었다. 자루 안에서 뭔가가 꿈틀거리고 있었는데 아마도 사람인 것 같았다.

복면인들을 이끄는 리더는 한진수를 알아봤다. 한진수는 제국의 프리온 나이트였고 그의 얼굴은 이미 유명하다.

'한진수다!'

한진수는 제국의 반역자. 그렇다면 저놈을 잡는 것이 유리한지 유리하지 않은지 잠시 고민했다.

'우리의 숫자는 7명.'

하지만 7명으로는 안심할 수 없었다. 일단 그들의 임무는 김상희를 황제에게 데리고 가는 거다.

'아무리 숫자가 많더라도 한진수는 위험하다. 일단은 피하는 게 맞아.'

제국의 반역자를 그냥 보내준다는 것이 찜찜하기는 했으나 임무가 우선이다. 수신호를 보냈다.

–모두 흩어진다!

일부러 자루 7개를 준비하여 계집 7명을 자루에 담았다. 7명이 일곱 방향으로 움직였다. 한진수는 저 자루들 중 하나에 김상희가 있을 거라고 막연히 생각했다. 입술을 깨물었다. 여기서 놓치면, 아마도 끝일 거다. 그런 생각을 하니 눈앞이 캄캄해져 왔다. 만약에, 아주 만약에라도 저 복면인들이 제국의 나이트라면 그는 제국 황궁에 잠입할 거다.

'황제의 목을 노려서라도 나는 김상희를 구해내겠다.'

제국과 전면전을 치러도 될 만큼 강한 힘을 기르려고 했다. 그러나 김상희가 저쪽에 있다면 얘기는 달라진다. 그런 거 필요 없다. 다른 거 아무것도 필요 없다. 그저 옆에 김상희만 있으면 된다. 김상희만 있으면 이 세상 전부를 가진 거다.

'만약 황제 네가 사주했다면…… 나는 기필코 네 목을 따버리겠다.'

만에 하나 김상희에게 무슨 일이라도 생긴다면 그날로 그는 혼자서라도 제국과 전쟁을 치르겠다고 다짐하고 또 다짐했다. 그리고 한 방향을 찍었다.

'저놈일 확률이 높아.'

이성적인 근거는 없었다. 그저 저놈이 김상희를 데리고 있을 것 같다는 생각이 들었다.

복면인은 필사적으로 도망쳤다. 그러나 자루를 짊어지고 있는 상황에서 한진수의 추격을 따돌리기란 요원한 일이었다.

한진수의 손이 복면인의 등에 닿았다. 그와 동시에 한진수는 손바닥을 통해 복면인의 몸에 마력을 불어넣었다.

쾅!

뭔가가 폭발하는 듯한 소리와 함께 복면인이 바닥에 나뒹굴었다. 복면인의 입에서 피가 질질 새어 나왔다. 아무래도 죽은 것 같았다. 한진수도 복면인을 죽일 생각은 아니었다. 제압만 해 놓고 배후를 캐야 했다. 그래서 큰 충격을 주지는 않았다.

'자결했군.'

아마도 입안에 독약 같은 걸 물고 있었던 것 같다. 아쉽기는 해도 그건 중요하지 않았다. 자루를 푸는데 가슴이 쿵쾅거렸다.

'제발…… 제발 여기 있어라.'

자루 안에서 목소리가 새어 나왔다.

"진수야…… 나 여기 있어."

한진수는 황급히 자루를 묶고 있는 끈을 풀었다. 손이 바들바들 떨려왔다.

'김상희의 목소리다……!'

그런데 뭔가 좀 이상했다. 뭐가 이상하냐고 묻는다면 대답하기 어려웠지만 하여튼 뭔가가 이상했다.

끈을 전부 풀었다. 이제 열기만 하면 된다. 열면 사랑하는 여자가 안에 있을 거다. 아니, 제발 있었으면 좋겠다. 그렇게 생각했다.

한진수가 자루를 열고 얼굴을 확인했다. 그러나 한진수는 크게 충격을 받은 듯 잠시 동안 아무런 말도 하지 못했다. 이윽고 그가 입을 열었다.

"너는……!"

한진수는 그 자리에서 얼었다.

"이건……."

김상희처럼 생기기는 했다. 그러나 김상희는 확실히 아니었다. 정확한 연결 고리는 찾지 못했지만 이 사람(?)을 보자 '프리온 나이트'가 떠올랐다. 한진수는 현재 프리온 나이트 5기를 소유하고 있다. 원래 7기가 있었는데 2기가 고려 나이트에 의해 파괴됐다.

'프리온 나이트의 초창기 버전이라면 이럴까?'

김상희처럼 생기기는 했는데, 뭐랄까, 사람보다는 인형에 더 가까운 모습이다. 기계적인 말투와 표정으로 그것은 말했다.

"진수야…… 도와줘……."

한진수는 당혹스러웠다.

"진수야…… 나야……."

그것은 연거푸 중얼거리고 있었다.

'이게…… 사람이라고 할 수 있을까?'

모르겠다. 사람보다는 로봇에 가까운 개념인 것 같기는 한데, 그도 아직 프리온 나이트의 비밀을 밝히지 못했다.

'지금 중요한 건 그게 아냐.'

지금은 시체가 되어버린 저놈이 아니었다. 저놈이 아니라는 말은, 나머지 6명의 복면인 중 누군가가 김상희를 데리고 있다는 뜻.

'젠장! 어디냐!'

아직도 마력 탐지를 가동 중이다. 다른 목표물을 향해 빠르게 움직였다.

송수진은 그 자리에 주저앉아 엉엉 울었다. 공주님이 갑자기 실종

되셨단다.

"공주님……! 우리 공주님!"

송수진에게 있어 김상희는 소중한 사람이다. 송수진은 김상희를 어릴 적부터 맡아 키워왔다. 송수진이 김상희에 대해 느끼는 감정은 어머니가 딸에게 느끼는 감정과 거의 흡사할 정도였다.

'괜찮을 거야.'

송수진은 입술을 꽉 깨물었다. 남자들이 움직였다고 들었다. 여자 때문에 남자가 움직인다? 그건 있을 수 없는 일이다. 하지만 송수진은 그걸 이상하게 생각하지 않았다. 다른 사람도 아니고, 김상희 공주님이니까. 다른 공주들은 몰라도 김상희 공주님이니까.

'공주님, 꼭 무사히 돌아오셔요.'

송수진은 기도하고 또 기도했다.

'분명 괜찮을 거야.'

송수진은 그렇게 생각했다. 김상희를 구출하기 위해 움직인 남자들의 면면은 그야말로 어마어마한 수준이었다.

'국왕 폐하, 스페셜 나이트, 한진수 님, 김환석 왕자님, 김환성 왕자님……!'

일단 고려 국왕 김훈상이 직접 나섰다. 전 세기의 대천재, 혼자서 황궁에 침투하여 황제의 목을 딸 수도 있다고 알려진 괴물 같은 능력자이자 고려의 국왕. 그리고 스페셜 나이트. 그 대단하다는 태양 제국 잉카에서도 상당히 신경 쓰고 견제하는 고려의 초특급 엘리트 나이트들. 그리고 송수진은 모르고 있지만 그 나이트들보다도 더욱 강한 더블 에스 나이트들이 움직였다. 그뿐이랴. 전 세기의 대천재 김훈상의 계보를 잇는 현세대의 대천재, 현재는 제국의 반역자인 한진수가 움직였고, 무력만 놓고 보자면 한진수에게도 뒤처지지 않는다는 김환성 왕자가 있다.

새벽 3시. 상희학을 연구하며 밤을 새우다가 난리를 알게 된 알렉스는 생각했다.

'김환석 왕자님과 김환성 왕자님까지 움직였어.'

이거 참, 엄청난 기적이군. 기적이라고밖에 표현할 길이 없다. 낮도 아니고 새벽 3시에 왕을 비롯하여 더블 에스 나이트. 그리고 왕자들이 기다리기라도 했다는 듯 앞다투어 나서다니.

상희학과 별개로 그는 느낄 수 있었다.

'김상희 공주님은 정말로 사랑받는 공주님이구나.'

알렉스는 그 기분을 충분히 이해할 수 있었다. 학문적인 관점이 아닌, 감성적인 관점에서도 말이다.

'김환석 왕자님의 각종 발명품과 김환성 왕자님의 무력이 더해진다면 그 시너지 효과는 어마어마하겠지.'

한낱 공주일 뿐인 김상희를 위해 새벽 3시에, 숱한 남자들이, 그것도 한 명, 한 명이 세계를 움직일 수 있는 그런 거인들이 움직였다.

김훈상이 말했다.

"잔재주를 부리는구나."

더스 나이트들도 속지 않았다. 그저 저 조그만 놈이 괘씸할 뿐이다. 더스 나이트 강동훈은 매우 불쾌했다. 당장에라도 나서서 저놈의 목을 잘라 버리고 싶었다. 지금 저놈은 분신을 내세웠다. 본체가 아니라는 소리다. 저런 기술은 더스 나이트들도 마음먹으면 얼마든지 사용할 수 있다. 그럴 일이 별로 없어서 사용하지 않는 것일 뿐.

허공에 아지랑이가 피어올랐다. 아지랑이는 점차 색깔과 모양을 갖춰갔다. 크리스였다.

"저를 정말로 죽이실 셈입니까?"

"이 정도도 피하지 못했으면 내 딸과 결혼하고 싶다는 말은 하지 말아야지."

이 말을 만약 곽기현이 들었다면 게거품을 물고 기절했을지도 모른다. 참고로 곽기현은 김훈상이 딸바보, 아니, 딸 등신이라는 걸 잘 모른다. 알았다면 절대 한진수의 제안 같은 거 허락하지 않았을 거다. 장인어른이 시험해 본답시고 칼 휘두르면 잘못했다가는 자신의 목이 날아갈 수도 있으니까. 하여튼 곽기현은 그런 속사정은 전혀 모른다. 어찌 보면 곽기현은 속고 있다고 볼 수도 있겠다.

크리스는 침을 꿀꺽 삼켰다.

'내가 피하지 않았다면 정말로 날 죽였을 거다.'

식은땀이 흘렀다. 방금은 전력을 다해 피했다. 남들이 보기엔 어떨지 모르겠지만 그는 최선을 다해 피한 거다. 만약 안 피했다면 저 칼은 틀림없이 자신의 목을 꿰뚫었을 거라고 확신했다.

"그러다 진짜 죽으면 어떡합니까?"

김훈상은 크리스의 목숨 따위는 아무렇지도 않게 생각한다는 듯 말했다.

"그것도 네 복이지. 그래서 김상희는 어디에 있는 거냐?"

더스 나이트 강동훈은 처음부터 크리스가 마음에 안 들었다. 마침 자신의 발 앞으로 굴러온 가짜 크리스의 얼굴을 짓밟아 부숴 버렸다.

'이건 도대체 뭐지?'

못 보던 형태의 물건이다. 로봇 같다고나 할까? 이 세계는 로봇이 없다. 특히나 인간형 로봇은 발명된 적이 없다. 애초에 발명할 필요도 없다. 이 세계의 남자들은 마력을 갖고 있고 마력이 있으면 로봇보다도 더 정확하고 신속하게 모든 일을 끝낼 수 있으니까.

강동훈은 한 가지 가설을 떠올렸다.

'아주 작은 형태의 골렘인가?'

어쩌면 골렘 같은 것일 수도 있었다. 그러고 보니 고대에는 골렘이라는 마도 병기가 있었다고 했다. 그 골렘의 인간형, 그것도 초기형이 아닐까 싶었다. 아무래도 진짜 사람이라고 보기에는 조금 미흡했었으니까. 마음 같아선 이게 뭔지 물어보고 싶었지만 강동훈은 그러지 못했다. 김훈상이 발걸음을 옮겼기 때문이다.

김훈상이 경고했다.

"만에 하나라도 내 딸에게 무슨 일이 생겼다면 네놈의 목을 정말로 잘라주겠다."

여기가 어디지? 나는 꿈을 꾸고 있는 걸까? 뭔가 목소리가 들리는 것 같은데.

-일어나. 일어나. 일어나.

누군가 내게 말하는 것 같았다.

—일어나. 일어나. 일어나.

꿈이…… 아닐 거라는 생각이 들었다. 그 순간 나는 벌떡 몸을 일으켰다.

"여…… 여기는……!"

기억이 날 듯 말 듯 뭔가가 이상했다. 크리스가 자신을 데리고 도망친 건 알고 있다. 거기까진 기억이 난다. 그런데 그다음이 기억이 안 난다. 언젠가부터 기절을 했던 것 같다.

목소리가 들려왔다.

"괜찮으냐?"

일어나라는 말은 꿈속에서 들리던 소리가 아니었다. 진짜 사람으로부터 들리는 소리였다. 그것도 아주 익숙한 목소리다. 개차반, 다시 말해 이 세계 내 아빠의 목소리.

"……괜찮으냐고…… 물었다."

개차반의 목소리가 조금 떨리는 게 느껴졌다. 도대체 무슨 일이 있었던 걸까? 나는 도무지 알 수 없었다. 아, 그러고 보니 크리스가 잠깐 기다리고 말하고 나갔던 게 기억이 났다. 정확한 기억은 아니었다. 뭐랄까, 약에 취한 기분이랄까, 안개를 헤매는 와중 겨우 찾은 기억이랄까? 그런 느낌이 들었다.

"괜찮아요, 아빠."

처음에는 진짜 개차반이었는데 지금은 많이 변했다. 나를 걱정했던 것이 여실히 티가 난다. 음, 내가 이런 말을 해도 될지 모르겠는데, 나는 개차반이랑 있으면 사랑받는다는 느낌이 확실히 든다. 조련을 한답시고 애교를 부리고 마음에 없는 말도 지어내고 그랬던 걸 보상받는 그런 느낌이 든다. 아…… 안 돼. 무너질 수 없어. 저놈은 개차반이야. 뼛속부터 개차반이라고. 아직 이렇게 마음을 열 수 없어. 밀당은 계속 해야 한다고.

개차반의 목소리가 계속 떨려왔다.

"괜찮으니 다행이다. 정말 다행이다. 정말…… 정말 다행이다."

내 몸이 갑자기 따뜻해졌다. 왜냐고?

"아, 아빠……!"

개차반이 갑자기 날 와락 끌어안았기 때문이다. 이, 이봐. 개차반 씨, 뒤에 사람들 있다고. 내가 모르는 아저씨들 같은데. 아니, 뭐 일단 아저씨라고 하기에는 힘들다. 애초에 이곳 남자들은 외모로 나이를 판별할 수 없으니까. 대충 느낌이나 분위기 같은 걸로 알아보곤 하는데 저 남자들은 나이가 좀 많은 것 같은 기분이 들었다. 스페셜 나이트가 아닐까 싶긴 한데, 스페셜 나이트보다 뭔가 더 중후한 느낌이 들었다.

"움직이지 마라. 네 체온이 느껴진다. 네가 살아 있다는 것이 느껴진다는 뜻이다. 조금만 내 품에 더 안겨 있어라."

……이 개차반.

계속 개차반이라고 불러도 되는 걸까요?

김상희는 애초부터 납치를 당한 적이 없다. 크리스는 김상희를 안가에 내려놓고 나올 때에 김상희를 기절시켜 지하실에 몰래 숨겨 뒀다. 혹시 모를 사고를 대비하기 위해서였다. 그리고 김상희가 아닌 다른 무언가로 김상희를 대체시켰다. 김상희와 완벽하게 똑같지는 않았다. 하지만 안가는 어두운 편이었고 만약 제국의 나이트들이 이곳을 찾는다고 해도 김상희를 알아볼 수는 없을 거라고 생각했다.

크리스는 혼자서 생각했다. 누군가에게 말을 걸 듯 말이다.

'거봐, 어차피 내 승리야.'

피식 웃었다.

'어쩌면 그럴 수도 있겠다는 생각이 들더라고. 그래서 손을 미리 써놨어. 아, 걱정하지 마. 폭발 장치를 넣어뒀으니까. 지금쯤 터졌을걸. 시체도 안 남기고 완전히 사라질 거야. 증거 같은 건 없어.'

고개를 끄덕였다.

'맞아, 위험한 발상이었지. 하지만 제국의 나이트들이 김상희의 얼굴을 제대로 알 리 없잖아? 조명도 일부러 어두컴컴하게 해놨었고. 뿐만 아니라 제국 나이트들은 한시가 급한 상황이야. 정확하게 파악할 리 없었겠지. 글쎄. 통하지 않았다면…… 까짓것, 죽기밖에 더했겠어?'

남들이 듣는다면 전혀 이해하지 못할 말을 자꾸만 머릿속으로 떠올렸다.

김훈상이 김상희를 껴안고 있는 틈을 타서 강동훈이 크리스에게 가까이 다가왔다.

"무슨 생각을 그렇게 하는 거지?"

아무리 봐도 이 크리스란 놈, 뭔가 뒤가 구리다. 뭔가가 있는 것 같은 기분이 들었다.

"아무것도 아닙니다. 다행히 김상희 공주는 무사하군요."

강동훈은 이해할 수 없었다. 뭔가 미로 같은 길을 걸어온 것 같았다. 정확하게는 모르겠지만 결계 비스무리한 무언가가 아닐까 싶었다. 길을 걷는 내내 풍경이 이질적이었다.

'만약 이놈이 길잡이 역할을 하지 않았다면 이곳을 찾을 수 있었을까?'

알 수 없었다.

'어떻게 놈이 이런 시설을 알고 있는 거지? 백제의 영향력이 이렇게 컸나? 이런 외진 숲 속에, 더스 나이트들조차 발견할 수 없는 은신처를 만들 수 있을 만큼?'

이런 시설을 만들려면 당연히 대규모 공사가 있었을 거다. 그게 아니더라도 천재라고 하는 남자들이 적어도 몇 명은 필요할 거다. 그러나 이런 곳이 있다는 거, 그 누구도 알지 못했다.

김훈상도 비슷한 생각을 했다.

'백제, 백제를 다시 한 번 조사해 볼 필요가 있겠다.'

예전에 보고를 받은 적이 있으나 크게 이상한 점이 없어 넘어갔었다. 하지만 아무래도 이상했다. 백제가 보고처럼, 그냥 그런 나라였으면 이런 시설을 비밀리에 갖추고 있었을 리 없다. 게다가 김훈상은 이제 안다. 프리온 나이트가 사람이 아니라는걸. 아까 크리스가 보였던 것, 자신 대신 목이 잘리게 만들었던 그 무언가를 보면 알 수 있다.

'프리온 나이트의 초창기 버전…… 이라면 설명이 될 것 같은데.'

프리온 나이트와 묘하게 닮은 구석이 있었다.

이상한 로봇과 비밀리에 위치한 안가. 백제에 분명 뭔가가 더 있을 것 같다는 예감이 들었다.

한편, 연락이 닿아 한달음에 이곳으로 달려온 한진수가 크게 외쳤다.

"김상희!"

한진수는 몹시 화가 난 것 같은 모양새로 쿵쾅거리며 걸어왔다. 이번에는 스페셜 나이트 대대장 김유신이 화가 났다.

'저놈이 감히 폐하 앞에서……!'

감히 국왕 폐하 앞에서 저토록 격앙된 모습을 보이며 신경질적으로 걸어오다니. 심지어 김훈상에게 제대로 인사도 하지 않았다. 어린놈이 실력만 믿고 너무 까부는 게 아닌가 싶었다. 자신의 주군인 김훈상에게 제대로 예를 차리지 않는 것을 보니 화가 났다.

하지만 김훈상은 한진수를 이해했다.

"놔둬라."

한진수가 김상희에게 걸어왔다. 기세만 보면 칼을 뽑아 당장에라도 김상희를 내려칠 것 같았는데, 벌어진 일은 정반대였다.

"상희야…… 김상희……."

그리고 정말로 충격적인 일이 벌어졌다. 한진수를 막아서려고 검을 뽑았던 김유신은 하마터면 그 검을 놓칠 뻔했다.

'어떻게 이렇게 황당한 일이…… 벌어질 수 있단 말인가!'

뚝, 한 방울. 뚝, 두 방울. 뚝, 세 방울. 뚝, 네 방울.

무언가가 뚝뚝 떨어져 내렸다. 현재 한진수는 제국의 반역자이자 현존하는 최악의 범법자 중 한 명으로 분류되고 있다. 그 엄청난 능력을 바탕으로 제국에 항거하고 있는—사실상 그가 직접적으로 무언가를 한 적은 없지만 제국에서 그렇게 만들었다—철면피다. 더스 나이트들도 한진수를 알고 있다.

'놈이…… 울고 있다……?'

한진수가, 제국조차도 잡으려 혈안이 되어 있는 최악의 범법자 중 한 명인 한진수가 김상희를 와락 끌어안고 울었다. 김상희가 어떻게 될 뻔했다고 생각하자 미칠 것 같았다. 그리고 무사하다는 것을 알자 또 미칠 것 같았다. 심장이 쿵쾅거리고 피가 끓어오르는 것 같았다. 전 세계적 대천재라는 한진수라지만 지금 이 순간만큼은 무어라 말을 해야 할지 모르겠다.

"상희야…… 김상희……."

그저 이름을 불렀다. 김상희는 지금 자신이 처한 상황을 제대로 모른다. 그녀는 크리스에게 납치(?)되었다는 것만 안다. 제국 나이트들에 의해 정말 위험한 상황에 처했을 수도 있다는 사실을 전혀 모르고 있다.

하지만 한진수에게는 전혀 다른 문제였다. 김상희가 내 옆에 없다고 생각하면 세상 전부를 잃은 것 같은 허망함이 가슴에 밀려들었다. 그것은 마치 해일과도 같이 강력하게 밀려드는 지독한 외로움이었다. 그저 그렇게 상상만 해도 그런데, 실제로 김상희가 옆에 없어진다면…… 그땐 정말 살기가 너무나 힘들 것 같았다. 자신이 왜 이렇게 변했는지, 왜 김상희에게 이렇게 목매다는 건지는 알 수 없었다. 이건 논리적이나 이성적인 근거는 절대로 댈 수 없는 이상한 종류의 것이었다.

한진수는 입술을 깨물어봤다. 눈물이 멈추질 않았다. 김상희를 지금 품에 안고 있는데도 안고 싶다. 보고 있는데도 보고 싶다. 이 괴상한 마음이 도대체 뭔지 모르겠다. 김상희를 더욱더 꽉 안았다. 김상희의 체온이 느껴졌다. 따뜻했다.

'나는…… 김상희가 너무 따뜻해서 눈물이 나는 것뿐이다.'

전혀 논리적이지 않은 이유지만 한진수는 그렇게 생각하기로 했다. 그도 놀랐다. 자신이 이렇게까지 펑펑 울 수 있다는 사실을 처음 알았다. 그것도 다른 사람들 앞에서 이렇게 울게 되는 날이 오다니. 하지만 창피함은 크지 않았다. 그저 김상희가 무사하다는 사실만이 그에게 너무나 중요했다.

김상희는 가만히 손을 들어 올려 한진수의 허리를 감싸 안았다.

"……."

김상희는 지금이 좋았다. 한진수의 품에 안겨 있는 이 순간, 이 순간이 너무나 행복했다. 진수의 심장이 터질 듯이 쿵쾅거리고 있었다. 그리고 아마도 자신의 심장 역시 강하게 뛰고 있을 거라고 생각했다. 진수의 품은 따뜻했고, 진수의 품을 통해 느껴지는 진수의 감정은 정말로 세차고 뜨거웠다. 진수의 눈물이 상희의 목덜미에 닿았다. 그 눈물은 굉장히 뜨거웠다. 한진수의 진심이 느껴진다는 것만으로도 김상희는 좋았다. 행복했다. 그녀는 그럴 수밖에 없었다. 다른 사람과의 결혼을 염두에 두고 있는 상황이다. 크리스가 됐든 곽기현이 됐든 누군가와는 결혼을 해야만 하는 상태. 그런 상황에서 김상희는 지독히도 외로웠었다. 내가 다른 사람과 결혼하게 되면, 나는 진수를 영원히 잊어야 하는 걸까? 진수는 나를 봐주기는 할까? 아니, 진수가 나를 용서해 줄까? 그런 마음이 들었었다. 하지만 진수의 품에 안기자 그런 마음은 모두 사라졌다.

김상희의 눈에서 눈물이 왈칵 쏟아져 나왔다.

"나……."

나 결혼하기 싫어. 나한테 있어서 남자는…… 너 하나밖에 없단 말이야. 그렇게 말하고 싶었다. 하지만 입이 떨어지지 않았다. 뒤쪽에는 김훈상이 있다. 그리고 스페셜 나이트라 짐작되는 남자들도 있다. 그러한 상황에서 '결혼을 하라는 왕의 결정'을 딸이 '마음에 안 든다. 싫다'라고 말할 수는 없는 노릇 아닌가. 그렇게 되면 김훈상은 눈물을 머금고라도 김상희에게 큰 벌을 내려야 할 거다.

'그런데…… 진수는 왜 이렇게 우는 거야……? 설마 내가 결혼을 한다는 사실을 알게 된 걸까?'

아무래도 그런 것 같았다. 참고로 김상희는 한진수가 왜 이렇게 펑펑 우는 건지도 몰랐다. 하지만 다른 건 몰라도, 한진수가 울고 있다는 사실 때문에 가슴이 아파왔다. 옛날에, 그러니까 지구에 있을 때에 김상희는 한진수가 울고 있는 모습을 본 적이 있다. 그 당시엔 모른 척했었다.

'나는 정말…….'

몇 번이고 말하지만 나는 정말 못된 년이었다. 진수의 진심을 너무나도 잘 알고 있어서 정말 내 마음대로 행동했다. 연애 초기, 내가 진수는 전혀 배려하지 않고 진수가 주는 사랑만을 받으며 누리고 내 마음대로 행동할 때에…… 내 입으로 말하기는 그렇지만 나는 다른 남자를 만난 적이 있다. 내가 얼마만큼 나쁜 년이었냐면, 나는 뻔뻔하게 말했었다.

"그 남자가 내가 너무 좋다는데 어떡해? 내가 그 남자한테 사심만 없으면 되는 거 아냐?"

지금 돌이켜보면 얼마나 뻔뻔하고 이기적이었는지. 내가 어떤 행동을 하더라도 진수는 날 떠나지 않을 걸 알고 얼마나 잔인하게 이용했었는지. 나는 참 못된 년이었다. 그리고 얼마 뒤, 나는 술김에 그 남자와 키스를 했었다. 변명을 해보자면 내가 키스를 하려고 했던 건 아니었다. 저쪽에서 먼저 해왔다. 처음에 나는 뿌리치려고 했지만 그러지 못했다. 그 남자가 다소 강압적으로 내게 키스를 해왔다. 정말로 술김에. 그런데 정말 잔인하고 못된 건 그게 끝이 아니었다.

세월이 많이 지났음에도 불구하고 나는 얼굴이 화끈거렸다. 그날은 마침, 내가 진수 보고 나를 데리러 오라고 했을 때였다. 비가 많이 왔었으니까. 나는 그 남자와 키스를 하게 될 줄은 몰랐다. 가볍게 밥만 먹고 술 한잔만 하고 돌아오려고 했었다. 이미 그것부터가 잘못되었기는 했지만. 어쨌든 나는 그랬었다. 나를 데리러온 진수는 내가 남자와 키스하는 걸 봤었다.

'그때도 진수는 울지 않았어.'

분명 진수는 키스하는 나를 봤었다. 하지만 아무런 말도 하지 않았다. 애써 웃으며 나를 집 앞까지 데려다 줬다. 자기는 홀딱 젖었었는데 나는 거의 안 젖었었다. 술에 취한 상태였음에도 불구하고 나는 죄책감을 조금 느꼈었다. 정말 천하의 못된 년이긴 했지만 그래도 미안한 마음은 가졌다. 나는 혼자 살던 오피스텔 복도 창문에서 밖을 쳐다봤다. 진수에게 미안하다고…… 내일은 말해야겠다고 생각하며 진수가 돌아가는 걸 보려고 했다. 그때 나는 봤다. 오피스텔 앞 벤치에 앉아 비를 맞으며 펑펑 울고 있는 진수의 모습을. 내 앞에서는 아무렇지도 않은 척 '술 많이 마셨네? 다음부턴 조금만 마셔' 그렇게 다정하게 말했던 주제에, 밖에 나가서 저렇게 서럽게 울었다. 사실 말하자면 그때부터였던 거 같다. 내가 진수를 진심으로 좋아하게 된 건. 미안한 마음이 점점 커져서 좋아하는 마음으로 바뀌었다고 해도 과언이 아닐 정도였다.

'정말…… 호구고 등신이고 멍청이였는데…….'

그래서 고마웠다. 나 같은 나쁜 년을 포기하지 않아줘서, 진심으로 나를 사랑해 줘서. 적어도 나에게 있어서만큼은 호구여도 좋았고 등신이어도 좋았고 멍청이어도 좋았다. 그때 진수가 화를 내고 내게 이별 통보를 했다고 해도 나는 할 말이 없었을 거다. 하지만 진수는 그러지 않았다. 진수는 언제나처럼 나를 사랑해 줬다. 언제나 내 옆에 있어줬고, 나를 기다려 줬고 나를 이해해 줬다.

내가 작게 말했다.

"……고마워."

구체적으로 뭐가 고맙냐고 묻는다면 나는 뭐라고 대답할지 모르겠다. 그냥 고마웠다. 한진수가 몸을 돌렸다. 우리 개차반 씨를 쳐다봤다. 한진수는 아무런 말도 하지 않았는데, 그보다 먼저 개차반이 고개를 끄덕였다.

"10분 주겠다."

한진수가 스페셜 필드를 펼쳤다. 김상희가 한진수의 얼굴을 쳐다보려고 했다. 하지만 한진수가 김상희를 더욱 강하게 끌어안았다. 자신의 얼굴을 보지 못하도록.

한진수는 퉁명스럽게 말했다.

"못생긴 얼굴, 보고 싶지 않아."

하도 울어서 목이 많이 잠겼다. 사실 김상희의 얼굴, 보고 싶다. 정말 미치도록 보고 싶다. 안고 있는데도 보고 싶었다. 하지만 자신의 모습을 보여주고 싶지 않았다. 그는 세기의 대천재로 인정받으며 살아왔다. 누구보다도 위에 군림할 수 있었던 그런 사람이다. 그는 현재 자신의 모습을 알고 있다. 눈이 시뻘겋게 충혈되었을 거고, 아마 눈이 부었을지도 모른다. 그래서 보여주고 싶지 않았다. 이미 약한 모습 많이 보였는데, 더 이상은 보여주고 싶지 않은 이상한 마음이 들었다. 김상희 앞에서는 당당한 남자이고 싶었다.

김상희는 한진수의 마음을 알아차렸다. 문득, 귀엽다는 생각이 들었다. 겉으로는 저렇게 틱틱대고 퉁명스레 말해도 그녀는 한진수의 마음을 알 수 있었다.

김상희가 다시 한 번 말했다.

"……고마워."

한진수도 말했다.

"아니, 내가 더 고마워."

"……뭐가?"

그냥 살아 있어줘서. 그 말은 하지 못했다. 그 말을 한다면 김상희가 정말 죽을 위험에 처했을 뻔했다고 말하는 꼴이지 않은가. 그런 말을 한다고 해서 위험에 빠졌다는 사실이 없어지는 건 아니지만 그래도 그런 말을 하는 것 자체가 싫었다. '위험'의 '위'자라도 김상희와 관련되는 게 싫었다. 논리적으로는 이상한 말인데, 하여튼 싫었다.

한진수가 다시 말했다.

"……내 옆에 있어서."

"응?"

"지금 나한테 안겨 있어서."

"……."

"네가 날 뿌리치지 않아서."

한진수가 계속 말을 이었다.

"나한테 고맙다고 말해줘서."

"……."

"그리고 나를 안아줘서."

한진수는 아직도 느끼고 있다. 김상희의 팔이 자신의 허리를 감싸고 있다는걸. 한진수는 말하고 싶었다. 그냥 다른 거 모르겠고 태어나 줘서 너무 고맙다고 그렇게 말하고 싶었다.

김상희도 말했다.

"……미안해."

따지고 보면 김상희는 한진수에게 미안해해야 했다. 김상희의 본의는 아니었지만, 한진수가 이렇게 밑바닥까지 떨어지게 된 것은 김상희 때문이었다. 김상희가 아니었다면 한진수는 지금쯤 제국의 프리온 나이트로 활약하다가 후에는 고려의 중책을 맡았을 것이었다. 아니, 그게 아니라면 제국의 중책을 맡고 있든지. 그도 아니면 독립하여 하나의 나라를 세웠을지도 모를 일이다. 한진수에게는 충분히 그럴 만한 역량이 있었다. 그 모든 것을 김상희 한 명 때문에 포기했다.

한진수는 김상희의 머리를 쓰다듬었다.

"미안하다고 말하지 마. 너는 나한테 미안할 게 하나도 없으니까."

"그래도……."

"내가 선택한 길이고 나는 후회하지 않아."

후회한 적 물론 있다. 다른 것 때문에 후회한 게 아니라 자신이 약한 것을 후회했다. 만약 자신이 정말로 강했다면 제국보다도 강했다면 김상희를 지금 행복하게 만들어줄 수 있었을 텐데. 그제서야 한진수는 김상희를 조금 놓아줬다. 아까는 못생긴 얼굴 보기 싫다고 말했던 주제에 이제는 눈을 똑바로 마주쳤다. 얼굴이 너무 보고 싶었다. 보지 않고서는 못 배길 것 같았다.

"나는 그저 네게 정말 고마울 뿐이야."

"……뭐가 그렇게 고마운데?"

솔직히 김상희는 잘 이해하지 못했다. 뭐가 그렇게 고마운 건지.

"그냥 다. 지금 내 옆에 네가 있다는 사실만으로도 나는 정말 감사해. 비록 나는 많은 것을 잃었지만 너를 얻을 수만 있다면 다른 모든 것을 잃어도 좋아. 그냥…… 내 옆에만 있어. 내가 잘할게. 내가 정말 잘할게."

김상희는 아무런 말도 하지 못했다. 한진수도 옛날에 이렇게 말했었다.

"그냥 내 옆에만 있어. 내가 잘할게. 나랑 사귀면서 다른 사람 만나도 좋아. 진심이야. 그러니까…… 내 옆에만 있어줘."

그리고 이런 말도 했었다.

"나는 자신 있어. 다른 누구보다도 널 많이 좋아할 수 있어. 그것만큼은 확실히 약속할게. 이 세상 누구보다도, 내가 너 더 좋아해. 내가 정말 잘할게."

김상희는 그 기억들이 또 떠올랐다. 그런데 김상희는 한진수의 말을 곧이곧대로 받아들일 수 없었다.

한진수에게 말을 해야 할 것 같았다.

"나…… 결혼하게 될 것 같아."

김상희는 상상하지도 못했던 말이 한진수의 입을 통해 흘러나왔다.

"그거 내가 시킨 거야."

김상희의 표정이 조금 굳었다.

"……뭐라고?"

나는 내가 말을 잘못 들은 게 아닌가 싶었다. 지금 뭐라고 했냐? 너가 시킨 거라고 했냐? 다른 것도 아니고 결혼을? 너 진심? 리얼 진심이냐? 내가 너 말고 다른 남자랑 결혼해도 괜찮다고? 하, 아…… 그래, 뭔가 사정이 있겠지. 분명 사정이 있을 거야. 그래, 일단 들어 보자. 일단 들어는 보고 얘기하자.

'후.'

나는 깊게 숨을 들이마셨다. 그래, 한진수가 아무런 이유도 없이 나를 다른 남자와 결혼시키려고는 하지 않았을 거다. 나도 머리로는 그걸 안다. 그런데 이상하게 많이 섭섭했다. 화도 났다. 그럴 거면 미리 말이라도 해주든가. 내가 얼마나 미안해하고, 내 상황에 슬퍼하고 좌절하고 그랬었는데. 그게…… 다 네가 꾸민 거라고? 이유가 있든 말든 일단 한 대 패도 되겠니?

나는 한진수의 설명을 들었다.

……일이 그렇게 된 거구나. 이제 좀 알겠다. 말하자면 크리스가 말했던 것처럼 위장 결혼을 하라는 뜻이다. 그냥 공식적으로 결혼만 하는 거. 곽기현은 믿을 수 있는 친구니까. 그냥 서류상으로 결혼만 하고 나중을 기약하자는 소리였다.

이해는 된다. 진수의 말은 분명 일리가 있는 말이고, 지금 내가 선택할 수 있는 최상의 패이기는 하다. 머리로는 분명히 인지하고 있고 이해하고 있는데 괜히 섭섭했다. 하지 않아도 될 말인데, 나는 굳이 하고야 말았다.

"……내가 너 말고 다른 남자랑 결혼해도 괜찮은 거 맞아?"

진수의 표정은 진지했다.

"죽기보다 싫어."

'그럼 죽어'라고 말할 뻔했다. 아, 이러면 안 되지. 이해하자. 이해하자. 이게 맞는 거야. 당연한 일이고. 이렇게 되는 게 충분히 합리적이야. 아, 근데 나 왜 섭섭해? 미치겠네. 머리랑 가슴이랑 자꾸 따로 노네.

"그럼…… 나 진짜 곽기현 공자님이랑 결혼…… 해?"

따지고 보면 나는 감사하다고 해야 한다. 곽기현에게도 폐를 끼치는 일 아닌가. 게다가 진수의 말에 따르면 나는 이미 결혼한 몸이 된다. 이 세계의 어느 남자가 한 번 결혼한 여자를 데려가려고 하겠는가. 안 그런 여자도 널리고 널렸는데. 이미 결혼한 여자는 여자로서의 상품 가치가 거의 없다고 보면 된다. 슬픈 말이지만 현실이 그랬다. 그리고 이러면 안 되는데, 진짜 머리로는 안 된다는 거 아는데 나는 속으로 생각했다.

'하지 말라고 말해줘…….'

싫다고, 무슨 상황이 있든지 나는 다른 남자랑 네가 결혼하는 거 죽어도 못 보겠다고, 그렇게 말이라도 해주면 좋을 것 같았다. 그런 말이라도 듣고 싶었다. 안다. 나도 멍청한 거. 그런데 너무 듣고 싶었다.

'차라리 같이 도망가자고 해.'

지금 진수가 왜 이러는지 대충은 안다. 제국에 쫓기고 있는 몸이라서 그렇다. 그래서 나를 행복하게 만들어줄 수 없다고 생각하고 있겠지. 개차반과 망나니들한테는 미안한 말이지만 나는 차라리 진수가 나를 데리고 어디론가 멀리 가줬으면 좋겠다고 생각했다. 고생길이 훤할지라도, 나는 그 길을 걸어갈 자신이 있었다. 진수가 내 옆에 있으니까. 나를 정말로 사랑해 주는 사람이 내 옆에 있으니까. 나는 감당할 수 있을 거라고 생각했다. 하지만 진수의 생각은 달랐던 모양이다. 결국 진수는 말했다.

"……결혼하도록 해."

그리고 황당한 건 이 타이밍에 얘가 나한테 키스를 시도했다는 거다. 나는 안다. 얘 모태 솔로다. 게다가 여자의 감정 같은 거 하나도 모른다. 얘를 탓하려는 건 아니다. 이 세계의 남자들이 그러면 그렇지 뭐.

나는 한진수의 입술을 막았다. 솔직히 말해서 내가 막는다고, 막아질 입술은 아니었다. 세기의 대천재 한진수인데, 내가 막을 수나 있겠어? 하지만 진수는 멈췄다. 내 손이 진수의 입술에 닿았다.

진수가 나를 쳐다봤다. 내가 다시 한 번 물었다.

"……진심이야? 정말 아무렇지도 않아?"

한진수의 등에 식은땀이 흘렀다. 이유는 알 수 없었다. 뭐지? 왜 이러지? 내 몸에 뭔가 커다란 이상이 생겼나? 뭐냐, 이 기분은? 스스로도 황당함에 빠져들었다. 이 이상한 오한의 출처는 바로 김상희의 질문이었다.

"……진심이야? 정말 아무렇지도 않아?"

한진수는 고민에 빠져들었다.

'뭔가, 답이 정해져 있는 것 같은 그런 기분이 든다.'

그 답이 무엇인지 정확하게 알 수는 없었지만 하여튼 느낌이 그랬다. 이건 본능에 가까웠다. 대답 잘하라고 본능이 경고를 보내왔다. 목숨을 건 전투에 나설 때와는 사뭇 다른 긴장감이 그의 온몸을 지배했다. 손바닥이 축축하게 젖었다.

'아니, 이 방법이 최선인데.'

누가 봐도 그 누가 생각하더라도 이 방법이 최선이다. 자신과 결혼하는 것이 최선책이 되기는 하겠지만 현실적으로 그건 불가능한 상태. 김상희에게 그런 짐을 떠맡길 수 없을뿐더러 자신은 아직 김상희를 지켜줄 수 있는 힘이 없다. 제국으로부터 김상희를 보호하려면 고려 왕가의 비호를 받는 것이 훨씬 낫다. 그게 논리적이고 합당하며 또한 합리적인 선택이다.

'그런데…… 뭔가 틀린 것 같다.'

이성적으로 생각하면 분명히 이 방법이 맞는 건데, 본능이 자꾸만 아니라고 외쳤다. 말해야 돼. 뭔가를 말해야만 한다. 그렇지 않으면 이 위기를 넘기지 못할 것이다.

'말해야…… 산다……!'

그런 기분이 들었다. 설마 김상희가 자신을 죽이거나 하지는 않을 거다. 그런데 왜 이렇게 똥줄이 타는 건지 모르겠다.

"나는……."

한진수가 입을 열었다.

"지금 당장에라도 너랑 결혼하고 싶어."

김상희의 표정이 아주 조금, 한진수는 알아차리지도 못할 만큼 아주 조금 풀어졌다.

"……그럼 하면 되잖아."

"내 마음 같아선 그냥 너를 데리고 가고 싶어. 네가 없는 일분일초가 내겐 얼마나 괴로운지, 너는 모를 거다."

진수는 예전에도 그랬었다.

"네가 없는 그 짧은 순간이 나한테는 1년, 2년처럼 느껴져. 진짜 괴롭다고."

그땐 오그라드는 소리하지 말라고 등짝을 한 대 때렸었다. 하지만 이번에는 조금 달랐다.

"나도……."

'나도 그래'까지는 말하지 않았다. 말꼬리를 흐렸다. 하지만 그것만으로도 진수는 충분히 기뻐했다. 끝까지 듣지 않았지만 김상희의 마음이 조금은 느껴졌으니까. 그거면 됐다.

한진수가 말했다.

"네가 날 보고 싶어 하는 마음의 수십 배만큼 너가 보고 싶어."

진수는 예전에도 그랬었다.

"네가 날 좋아하는 것보다 수십 배는 내가 너 더 좋아할걸?"

김상희는 아무런 말도 하지 못했다. 그때의 진수와 지금의 진수가 같은 사람이라고 생각하지는 않지만, 한 가지는 분명했다. 적어도 자신을 이토록 사랑해 주는 사람을 또 만날 수 있을까, 란 생각이 들었다. 그 사실만으로도 감사했다. 너무나 감사해서 그 사실이 너무 고마워서 김상희는 저도 모르게 한 발자국 앞으로 움직였다. 발뒤꿈치를 들고 한진수의 입술에 입술을 포갰다. 쪽 소리가 났다. 김상희의 얼굴이 조금 붉어졌다. 지구에서도 김상희가 먼저 나서서 이렇게 뽀뽀를 해준 적은 열 손가락 안에 꼽는다. 그때마다 한진수는 기뻐 어쩔 줄 몰라했다. 지금도 마찬가지였다. 한진수는 순간 이성을 잃었다. 여태껏 잘 유지하고 있었는데, 합리적인 판단이나 이성 같은 거 지금 이 순간 멀리 던져 버렸다.

"그냥 나랑 같이 가자."

모르겠다. 될 대로 되라다. 이 사랑스러운 여자와 함께 있기만 하면 뭐든지 다 가능할 것 같았다. 심장이 쿵쿵대고 뛰었다. 단순히 입술을 한 번 맞대었을 뿐인데 세상 모든 것을 다 가진 것 같은 기분이 들었다.

"어떻게 해서든 내가 너 행복하게 해줄게."

제국 따위 뭐 죽을 각오 하고서 황제의 목만 따면 어떻게든 되겠지. 이성이 제 기능을 상실했다.

그때, 한진수는 스페셜 필드가 흔들리는 걸 느꼈다.

'아차!'

10분이 지난 것 같다. 김훈상이 허락한 시간은 10분. 지금 아마 밖에서 시위하고 있는 걸 거다. 10분 지났으니 나오라고.

'폐하의 능력이라면 이 필드를 깨부수는 것도 가능하겠지.'

김훈상을 떠올리자 갑자기 이성이 되돌아왔다. 이러면 안 된다. 잠시 이성을 잃었는데 이러면 김상희를 행복하게 해줄 수 없다. 지금 당장의 행복감 때문에 미래를 포기해서는 안 되었다. 그래서 말하려고 했다. 나중을 기약하자고. 그냥 결혼하라고. 그런데 입이 쉽게 떨어지질 않았다. 일단 사과부터 하고 봤다. 왜 사과해야 하는지는 모르겠는데 사과를 해야만 할 것 같았다.

"……미안해."

김상희는 한숨을 내쉬었다. 김상희는 지금 스페셜 필드가 흔들리고 있다는 사실을 모른다. 애초에 마력이 없는 여자이다 보니 그런 것까지 자세하게는 알 수 없었다.

'그 한진수나 이 한진수나 답답한 건 매한가지네.'

하지만 이해는 할 수 있었다. 자신을 사랑하고 아끼는 마음은 충분히 전달됐다. 김상희는 반쯤 장난으로 물었다.

"오빠가 왜 미안한데?"

김상희는 반쯤 장난이었는데, 한진수는 식은땀이 흘렀다. 이, 이거 뭔가 잘못됐다.

"그냥 다……."

널 행복하게 해줄 수 있는 힘이 없는 것도 미안하고, 지금 당장 네 옆에 있어주지 못하는 것도 미안하고. 다 미안해. 그렇게 말하고 싶었다. 하지만 김상희가 원하는 답은 그런 게 아니었다. 평소라면 그런 말 좋다. 진수가 말하니까 좋다. 그런데 오늘은 아니다. 아무리 상황이 그렇다고 해도 어떻게 친구와 결혼을 하란 말을 저렇게 쉽게 한단 말인가! 물론 김상희도 이해는 한다. 하지만 이해를 한다는 것과 섭섭한 건 또 다른 문제다.

"오빠가 뭘 잘못했는데?"

"……."

한진수는 아무런 말도 못 했다. 이거, 뭔가 엄청 위험한 것 같은 느낌이 든다. 내가 뭐, 뭘 잘못했지? 답은 명확했다.

"내가 너무 약해서……."

제국으로부터 널 제대로 지켜줄 수 없다는 거, 그게 너무 미안하다고 말하려고 했다. 김상희는 한숨을 내쉬었다. 애초에 이곳 남자에게 뭔가를 기대한다는 것 자체가 어불성설이다. 사실상 이런 질문이라면 지구의 남자들도 쉽사리 대답하지 못하겠지만.

'으이그, 이 답답아!'

김상희는 한진수의 허리에 팔을 감았다.

"네가 시키는 대로 할게. 난 너 아니면 정말 싫어. 네가 아닌 다른 남자와 결혼한다는 거, 상상조차 해본 적 없고 생각조차 해본 적 없어."

김상희는 '내가 이런 말을 내 입으로 하게 될 줄이야……' 하고 생각했지만 딱히 부끄럽다거나 오글거린다거나 하지는 않았다. 그녀 스스로도 과거와는 아주 많이 달라졌다. 과거 한진수가 그토록 많이 말했었다. 나는 너 아니면 안 된다고. 너 말고 다른 여자는 눈에 들어오지도 않는다고. 그 말을 이번에는 김상희가 했다.

"나는…… 너 아니면 안 돼."

한진수의 심장이 쿵! 내려앉았다. 정말로 그런 기분이 들었다. 김상희가 말을 이었다.

"그러니까…… 나 기다릴게. 너 기다리고 있을게. 그러니까…… 빨리 와줘."

한진수는 다짐하고 또 다짐했다. 반드시, 언젠가는 이 여자를 행복하게 만들어 주겠다. 다른 건 아무것도 필요 없다. 나한테는 이 여자만 있으면 된다.

'반드시…….'

제국을 뛰어넘는 힘을 가져서 이 여자를 지켜주고 싶다. 행복하게 해주고 싶다. 울지 않게 해주고 싶다. 매일매일 웃게 해주고 싶다. 그런 마음이 자꾸만 치솟아 올랐다.

한진수는 키스라도 하고 싶었다. 김상희도 마찬가지였다. 실제로 그녀는 눈을 살짝 감았다. 한진수의 귀에 환청이 들렸다. 어서 키스해! 라고 말이다. 하지만 한진수는 그럴 수 없었다.

김훈상이 문제였다.

'이대로면 진짜 스페셜 필드 부수겠다.'

저 장인어른은 아주 과격한 사람이니까. 사실 이 정도만 해도 많이 참아준 거다. 한진수는 김상희와 키스하지 못했다. 상황을 정확하게 모르는 김상희는 조금 삐졌다.

'키스하는 게 그렇게 어렵냐?'

답답한 건 예나 지금이나 똑같았다. 처음 거사(?)를 치를 때도 그녀가 먼저 덮치지 않았던가. 결국 김상희가 먼저 한진수에게 키스를 시도했다.

그와 동시에 땅이 진동했다.

"이 개새끼가…… 내 딸한테 무슨 짓이냐?"

한진수는 억울했다. 사랑하는 여자가 키스를 해오는데 밀쳐낼 수도 없고, 그렇다고 장인어른을 보자니 가만히 있을 수도 없고, 진퇴양난이다.

세기의 대천재, 세계가 인정한 최악의 범법자 중 1인, 과거 프리온 나이트였으며 고려가 자랑하는 걸출한 인재 한진수는 울고 싶어졌다.

제국 정보부 국장 김국현은 이 보고를 어떻게 올려야 하나 고민하고 또 고민했다. 엄선한 7명의 나이트를 보냈는데 결과는 참담했다.

'7명 모두가 죽었다고?'

심지어 그중 1명은 폭사당했다.

'폭사라면…….'

상황이 그려진다. 김상희로 위장시킨 어떤 계집의 몸속에 폭탄을 이식해 놨을 거다. 그리고 그 계집을 김상희로 착각한 나이트가 희생당한 거고.

'애초에 고려의 함정이었나?'

그럴 가능성도 있다. 저번에도 미끼 작전에 당하지 않았던가. 이번에도 역시 미끼일 수 있다. 김상희를 납치하려는 세력의 꼬리를 잡기 위해서.

물론 김훈상 역시 김상희가 납치된 줄 알고 미칠 뻔했다. 그러나 각자의 입장과 상황이 다르다 보니 김국현은 그렇게 오해했다.

'하지만 미끼 작전이라는 것을 못 알아차린 내 불찰이 크다. 그렇게 보고할 수는 없어.'

이미 신뢰를 많이 잃었다. 어차피 실패는 실패. 그렇다면 이유라도 잘 만들어야 한다.

'스페셜 나이트의 능력이 우리가 파악한 것보다 훨씬 더 강했다고 보고해야겠다.'

그렇게 생각했다가 그는 이내 고개를 흔들었다.

'스페셜 나이트보다도 상위의 나이트 집단을 만들어내는 것이 좋겠어.'

고려에는 숨겨진 전략 병기가 있다. 여태까지는 스페셜 나이트인 줄 알았는데, 스페셜 나이트보다도 더 강한 집단이 있다고 말한다면?

'그렇다면 고려의 새로운 전력을 파악했다는 공로라도 인정받겠지.'

그렇다고 해도 실패가 성공으로 변하지는 않는다. 하지만 다행히도 죽은 나이트들과 제국과의 연결 고리는 없다. 증거가 남지 않도록 철저히 준비했다. 그러니까 제국에게 피해가 올 일은 없다는 소리다. 나이트 7명을 잃은 대신 고려의 새로운 능력을 알아냈다고 하면 그렇게까지 큰 문책은 당하지 않을 수 있을 것 같았다. 그대로 보고를 올렸다.

황제는 고개를 끄덕였다.

"스페셜 나이트가 아닌 또 다른 나이트라……."

"예, 대외에는 전혀 알려지지 않았지만 틀림없습니다. 그렇지 않고서는 설명이 되지 않습니다. 그토록 빠른 시간에, 정확하게 7명 모두를 죽였습니다."

사실과는 조금 다르다. 아니, 아주 많이 다르다. 그러나 진실에는 근접했다. 실제로 고려에는 스페셜 나이트보다도 강한 더스 나이트가 존재하니까.

황제가 말했다.

"그렇다면 일단 그들을 더스 나이트라 지칭하기로 한다."

착각과 오해에서 비롯되기는 했지만 어쨌거나 진실에는 더더욱 근접하게 됐다.

"이번 실패는 용서하겠다. 앞으로는 더스 나이트의 존재를 고려하여 작전을 짜도록 한다."

"예, 폐하."

김국현은 다행이라고 생각했다. 이대로 넘어갈 수도 있겠다 싶었다.

"그리고 앞으로는……."

황제가 말을 이었다.

"그런 변수는 없어야겠지."

김국현은 그 말을 이해했다. 지금 더스 나이트는 외진 곳에 나와 있다. 아마도 고려의 최강 전력이라 짐작된다. 그렇다면 본국에서 멀리 떨어져 있을 때에, 다시 말해 힘이 분산되어 있는 상태에서 그들을 친다면? 그들의 전력을 상당 부분 약화시킬 수 있을 거다.

황제는 거기서 그치지 않고 또 다른 명을 내렸다.

"서두른다면 김상희도 얻을 수 있겠지."

김국현은 침을 꿀꺽 삼켰다.

'설마…… 지금 당장……?'

황제가 명령을 내렸다.

"프리온 나이트 제12대대를 운용한다. 일대에 살아 숨 쉬는 생명체는 개미 한 마리도 없어야 할 것이다."

황제는 지금 그곳에 김훈상이 있다는 걸 모른다. 만약 알고 있었다면 이런 명령을 내리지는 않았을 거다. 타지에 나와 있는 나이트를 공격하는 것과 타지에 나와 있는 국왕을 공격하는 건 차원이 다른 문제다. 만약 김국현이 그 사실을 알았다면 보고를 했을 텐데, 김국현도 거기까지 파악하지는 못했다. 김국현이 대답했다.

"예, 폐하."

제국의 최강 전력 프리온 나이트가 움직이기 시작했다. 고려의 나이트들을 죽이고 김상희를 빼앗아 오기 위해서 말이다.

같은 시각, 김훈상이 부들부들 떨었다.

"이 개새끼가…… 내 딸한테 무슨 짓이냐?"

김훈상은 보고야 말았다. 한진수가 강제로 김상희의 입술을 범하려는 것을. 저 입술이 어떤 입술인가. 그냥 입술이 아니다. 예전에 저 입술이 볼에 한 번 닿았다고, 왕국 하나의 값에 맞먹는 퓨리어스 한 병을 통째로 뿌렸다. 그토록 귀중하고 귀중한, 아주 소중하고 소중한 그런 입술이다. 그런 입술을 감히 강제로 범해?

'죽인다!'

사실과는 아주 많이 다르다. 한진수는 키스하고 싶어도 할 수 없는 상황이었다. 김훈상이 스페셜 필드에 압박을 주고 있는 것을 알기에, 그래서 김상희와 키스할 수 없었다. 그 사실을 모르는 김상희가 답답한 나머지 한진수를 먼저 덮쳤다. 결과적으로 말해서 한진수는 덮쳐졌는데, 김훈상이 보기엔 한진수가 김상희를 덮친 것처럼 보였다. 앞뒤 결과, 전후 사정 그런 건 하나도 안 중요했다. 뭐가 어찌됐든 김훈상이 보기엔 확실히 강제로 하는 거였다. 아니, 어쩌면 그렇게 보고 싶은 걸지도.

한진수는 당황했다.

"저, 저기……."

천재고 뭐고, 지금 이 상황에선 머리가 굳었다. 아무 생각도 안 떠올랐다. 이걸 어떻게 수습해야 하지? 그런 위기의식만 머릿속을 지배했다.

'나, 나는 잘못한 게 없다고.'

설령 자신이 덮쳐진 게 아니라 실제로 김상희를 덮쳤다고 해도 그건 잘못이 아니다. 상식선에서는 말이다. 오히려 한진수쯤 되는 남자의 유전자를 받을 수 있으니, 아버지는 넙죽 절이라도 해야 할 판이다. 분명히 그러한데 한진수는 식은땀을 흘렸다.

'뭔가 변명을 해야 한다!'

이유는 모르겠는데 엄청난 변명을 해야 할 것 같았다.

'모르겠다. 내가 잘못한 것 같다.'

이쯤 되니 무릎을 꿇고 사과해야 할 것 같은 기분이 들었다. 김상희는 저도 모르게 한숨을 내쉬었다.

"휴…… 아빠는 진짜……."

다른 사람은 못 들었어도 김훈상은 확실히 들었다. 한진수를 향해 검을 내지르려던 김훈상의 몸이 우뚝 멈춰 섰다. 김유신은 의아하게 생각했다.

'폐하께서 왜 저러시지?'

김유신이 만약 김훈상만큼 김상희에게 관심을 가지고 있었다면 김상희가 홀로 중얼거리는 것을 들었을 거다. 하지만 김유신은 듣지 못했다. 그래서 김훈상이 갑자기 저토록 충격받은 듯한 얼굴로 서 있는 이유를 알 수 없었다.

'설마…… 워프의 후유증인가!'

저번에 김훈상은 김상희를 구하기 위해 백제까지 워프를 했다. 아무리 천재인 김훈상이라고 해도 분명히 몸에 무리가 가는 행동이었다. 그 후유증이 지금 다시 도진 것일지도 몰랐다.

김유신이 황급히 김훈상을 부축하러 달려갔다.

"폐, 폐하!"

고려의 국왕은 이런 곳에서 쓰러지면 안 된다. 그의 건강이 곧 고려의 운명이다. 적어도 김유신은 그렇게 생각했다. 김유신이 김훈상을 부축했다.

'폐, 폐하의 몸에 힘이 없으시다!'

단언하건대, 김훈상이 즉위한 이후 이토록 약해진 왕의 모습은 정말로 처음 본다. 역시 워프의 후유증이 맞았다. 물론 그런 거 아니다.

'지금…… 한숨을 쉬었다고……?'

김상희가 말을 하지는 않았지만 '아빠는 분위기 파악도 못하고 진짜……. 어휴, 내가 말을 말아야지'라는 목소리가 들린 것만 같았다.

'아니, 내 딸이 내게 그런 말을 했을 리 없지.'

그런 말을 할 리 없는데, 자꾸만 왜 그런 말이 들리는 것 같을까!

한진수는 떨떠름했다. 지금 당장에라도 한 대 치러 달려올 것 같았던 왕이 갑자기 멈춰 서 있으니 이상할 수밖에.

김상희는 속으로 아차 싶었다. 한진수와 키스를 하려던 찰나, 갑자기 난입한 불청객(?) 때문에 저도 모르게 한숨이 나왔다.

'설마…… 화났나?'

도가 좀 지나쳤을 수도 있다. 아슬아슬한 줄타기, 그건 절대 끝나지 않을 과제다.

'이번엔 좀 심했던 거 같기도 한데.'

아무리 김훈상이 딸바보가 되었다지만 김훈상이 저러고 있으면 좀 긴장된다.

'왕의 입장에서는 충분히 화가 날 만해.'

참고로 김훈상은 지금 화 하나도 안 났다. 그냥 충격을 받아서 가만히 있을 뿐. 그의 머릿속에 자꾸만 '방해꾼', '방해꾼', '방해꾼' 하고 누군가 중얼거리는 것 같았다.

'나는…… 방해꾼일 뿐인가?'

문득 서러워졌다. 성심성의껏 키워 놨더니-실제로 대놓고 예뻐한 시간은 1년이 채 안 되지만—딸아이는 자신이 아닌 남자를 더 좋아하는 모양새가 아닌가. 굉장히 애통하고 속상했다.

그때 김유신이 말했다.

"무장을 갖춥니다."

김유신은 스페셜 나이트의 대대장. 스페셜 나이트들이 김유신의 말에 빠르게 움직였다. 더스 나이트, 그러니까 김유신의 선배들 역시 김유신의 명령에 빠르게 반응했다. 그들은 김유신의 선배지만, 그래도 명령권은 김유신이 가진다. 서로가 서로를 존중하는 오묘한 관계에 있다.

더스 나이트 중 한 명이 말했다.

"김유신 대대장, 제법인데? 실력이 많이 늘었어."

김상희는 지금 이 상황을 모른다. 화가 난 건지, 어떤 건지는 모르겠지만 김훈상은 제자리에 멈춰 서 있고, 스페셜 나이트들이 갑자기 전열을 가다듬었다. 그리고 이상한 건 스페셜 나이트라 짐작되는 사람이 김유신더러 '제법인데, 실력이 많이 늘었어'라고 말하고 있다는 거다.

'김유신 대대장님이 제일 높은 사람 아니었어?'

김상희는 더스 나이트의 존재를 모른다. 그래서 이 상황이 이해가 되질 않았다.

'갑자기 무기는 왜?'

약간의 시간이 흘렀다. 한진수가 입을 열었다.

"무기를 거두셔도 될 것 같습니다. 제 동료들입니다."

김유신이 대답했다.

"우리는 고려 왕가를 수호하는 스페셜 나이트다. 무기를 소지한 채 빠른 속도로 이쪽으로 접근하는 놈들을 가만히 둘 수는 없겠지."
그래서 한진수가 오른손을 들어 올렸다.
"정지."
김상희는 한진수를 올려다봤다. 자신과 단둘이 있을 때와는 완전히 다른 분위기다. 같은 사람이 맞나 싶을 정도로, 지금 한진수는 뭔가 굉장히 남자다웠다. 뭐가 남자답냐고 묻는다면 구체적으로 대답하진 못하겠지만 하여튼 남자다웠다.
'멋있어.'
하지만 겉으로 티는 안 냈다. 티 내면 왠지 지는 느낌이다. 다시 한번 상기해 냈다.
'나를 딴 남자한테 시집보내려고 했다고!'
그러니까 티 안 낼 거야. 좋아하는 티 안 낼 거라고 다짐했다. 그러한 김상희의 속마음을 알 리 없는 한진수가 명령을 내렸다.
"즉각 무기를 회수하고 은신을 풀어라."
제국에서도 골치 아파하는 레지스탕스와 고려 최강의 전력이 한 곳에 모였다. 겨우 정신을 차린 김훈상이 한 걸음 앞으로 움직였다. 충격을 너무 많이 받아서 다리가 풀릴 뻔했다. 김유신은 긴장했다.
'지금 폐하는 정상이 아니다.'
한진수의 동료라면 그럭저럭 믿을 수 있겠지만 지금 김훈상의 몸은 매우 위중한 상태. 워프의 후유증으로 저렇게 불안정한 상태에서는 모든 일에 만전을 기해야 한다.
'이럴 때일수록 정신을 바짝 차려야 해.'
김유신이 긴장하는 가운데, 한진수가 다시 입을 열었다.
"정식으로 인사드립니다. 대제국 레지스탕스의 붉은 늑대를 지휘하고 있는 한진수입니다."

정신을 차린 김훈상이 주위를 둘러봤다. 그리고 피식 웃었다.

"붉은 늑대? 혹시 붉은 고양이들이 아니냐?"

"……."

전직 붉은 늑대의 왕 칼리번은 발끈할 뻔했다. 지가 뭔데 저렇게 늑대를 무시하는가. 고려의 왕쯤 된다면 모를까, 감히 붉은 늑대를 무시하다니.

"그리고 이분은 고려의 국왕, 김훈상 폐하시다."

칼리번은 충격을 받았다. 고려의 국왕이 왜 여기에 있는가? 어째서? 왜 고려를 떠나 이 숲 속까지 들어왔지? 여기에 무슨 퓨리어스한 상자가 묻혀 있나?

'이…… 이 숲에 뭔가 있는 것인가!'

뭔가 없다. 이 숲에는 그저 김상희 한 명이 있을 뿐이다. 김훈상에게만(?) 보물인 김상희가. 칼리번은 이 숲에 무언가 굉장히 귀중한 보물이 숨겨져 있을 거라고 생각했다. 그렇지 않고서야 저토록 비범해 보이는 남자들-스페셜 나이트와 더스 나이트들-과 고려 국왕이 이곳에 직접 행차할 리는 없으니까. 하여튼 칼리번은 한진수에게 보고했다.

"우리가 사살한 숫자는 5명입니다. 1명은 이미 죽은 상태였고, 또 한 명은 우리 눈앞에서 폭사했습니다. 폭탄이 숨겨져 있었던 것 같습니다."

김훈상과 한진수의 눈이 동시에 크리스를 향했다. 크리스는 아무것도 모른다는 듯 그저 어깨를 한번 으쓱했다.

김훈상도 모든 내용을 한 번에 이해했다.

'7명이 김상희로 위장한 무언가를 데리고 각기 다른 방향으로 도망쳤다. 그리고 모두가 사살되었으며 그중 하나는 폭탄에 의해 사살되었다…… 인가?'

새삼스레 크리스를 다시 보게 됐다. 이 모든 걸 계획하고 움직였단 뜻인가? 더 정확하게 말하면 더 좋은 쪽으로 다시 보게 됐다.

'내 딸의 귀중한 입술을 강제로 빼앗으려던 저놈보다는 이 똑똑한 놈이 나을 수도 있겠어.'

누가 더 마음에 드는 사윗감인지 김훈상의 내적 갈등이 점점 심화됐다.

'하지만 뭔가 있는 놈이야. 뒤가 구린 놈이지. 내 딸을 줘도 될까?'

아니, 안 된다.

'한진수도 나름 분발하고 있군.'

그래도 마음에 안 든다. 누가 됐든 마음에 들 가능성은 없을 것 같다. 그러고 보니 아주 어린 시절 김상희가 했던 말이 떠올랐다.

"아빠랑 결혼할래요!"

할 수만 있다면 평생 시집 안 보내고 옆에 두고 싶다. 이 정도면 진짜 정신병 수준이라고 스스로 생각은 하면서도 주체가 안 됐다.

'더더군다나 곽기현은 안 돼.'

뭔가 있어 보이는 백제 왕자도 탈락, 세기의 대천재 한진수도 탈락한 와중에 곽씨 후작가의 아들이 성에 찰 리가 없다. 사실 백제 왕자와 한진수를 더하고 거기에 제국 황제까지 얹어줘도 아빠인 자신의 눈에 찰 리는 없지만, 그 사실은 인정하지 않기로 했다. 아니, 인지조차 하지 않기로 했다. 그냥 남자 놈들이 다 별로인 걸로 하기로 했다.

'뭐 이리 맘에 드는 놈이 한 명도 없냐?'

프리온 나이트, 그들은 제국의 최강 전력이며 베일에 가려진 집단이다. 프리온 나이트 제12대대를 이끄는 대장 세카르트는 오랜만에 긴장했다.

'고려의 더스 나이트라…….'

실제로 더스 나이트라고 불리는지는 모른다. 다만 그런 것이 있을 거라는 가정하에 움직이고 있다.

'하지만…… 프리온 나이트 제12대대를 움직이시다니.'

정말로 전멸시킬 생각인 것 같았다. 프리온 나이트는 상대를 완전히 말살할 때에만 움직인다. 특히나 12대대의 경우, 더욱더 비밀을 요하는 일에 움직인다. 12대대의 프리온 나이트들은 상대적으로 덩치가 작고 빠르다. 대신 화력은 조금 떨어진다. 대규모 화력전보다는 대인전, 그러니까 강한 사람과 싸울 때에 동원되는 나이트 부대라고 할 수 있다.

무전 연락이 당도했다.

–지원 필드 준비 완료. 가동합니까?

"지원 필드 가동 시간은?"

–약 50분 정도 됩니다.

그 정도면 충분할 거다. 아무리 고려의 스페셜 나이트, 아니, 더스 나이트라고 할지라도 프리온 나이트 제12대대와 프리온 나이트 어시스턴트가 동원됐다. 이 근방에 살아 있는 생물체는 개미 한 마리 없게 될 것이었다.

'김훈상과 한진수가 한꺼번에 힘을 합친다고 해도.'

일어날 수도 없는 최악의 상황을 가정해 봤다. 김훈상과 한진수쯤 되는 대천재 둘이 힘을 합치는 상황.

'뭐 그런 말도 안 되는 상황이 있더라도 살아나지는 못할 것이다.'

제국이 괜히 초강대국이 아니다. 프리온 나이트가 괜히 제국의 최강 병기가 아니다.

'모두 죽여주겠다.'

프리온 나이트 어시스턴트들에게 연락했다.

"지원 필드를 가동시켜라."

제국의 최강 전력 프리온 나이트들을 소환시켰다. 12대대 프리온 나이트 32기가 모습을 드러냈다.

한진수는 이 느낌에 익숙했다.

'이건 설마……!'

그 역시 과거 프리온 나이트였다. 마을 몇 개를 순식간에 없애버린 적이 있다. 그때와 비슷했다. 한진수가 입술을 깨물었다.

"프리온 나이트……!"

프리온 나이트가 느껴졌다. 그것도 한두 기가 아니다. 적어도 1개 대대 이상이 한꺼번에 움직인 것 같았다. 이건 제국이 정말 작정하고 보냈다. 이곳에 생명체는 아무것도 남지 않을 거다.

김훈상의 한쪽 입가가 씰룩거렸다.

"이게 프리온 나이트의 기운인가?"

목을 풀었다.

"역시 김상희를 노리는 건 제국이 맞았군."

그걸 확인했다. 이제 제국과는 돌이킬 수 없는 강을 건넜다. 제국과는 반드시 공생해야만 하는 관계다. 왕으로서 생각하면 그렇다. 그런데 딸이 보였다.

'나는 왕이기 전에 아버지다.'

그렇게 살기로 결심했다. 아마도 수많은 사람이 피해를 볼 거다. 왕이 아닌 아버지의 삶을 선택하면 많은 백성이 고통 받게 될지도 모른다. 하지만 지금은 외면하기로 했다. 아니, 솔직히 말하면 그걸 외면하기 전에 이 상황부터 타개해야 했다.

"더스 나이트, 스페셜 나이트, 지금부터 전쟁에 돌입한다."

한진수도 명령을 내렸다.

"늑대들, 전열을 가다듬어라."

"예."

한진수가 김상희를 한 팔로 꽉 끌어안았다. 무슨 일이 있어도, 그 어떤 일이 있어도 너만큼은 내가 지키겠어. 한진수는 그 말을 실제로 하지는 않았지만 김상희는 그 진심을 느낄 수 있었다. 실제로 한진수는 지금 두렵지 않았다. 제국의 최강 전력이 마음먹고 이곳을 노리고 있는데 떨리지 않았다.

"김상희."

한진수가 김상희의 이마에 키스했다. 김상희가 눈을 감았다. 한진수는 그 감은 눈에 또 가볍게 키스했다. 그리고 코에 키스했다. 마지막으로 입술에 키스했다. 아까 스페셜 필드 내에서 하지 못했던 말을 했다. 어쩌면 마지막일지도 모른다. 상대는 누가 뭐라 해도 프리온 나이트니까.

"나랑 결혼하자."

무슨 상황에 처하든 어떤 합리적인 선택이 있든 그런 건 생각 못 하겠다. 김상희밖에 눈에 안 보이고 김상희밖에 생각이 안 난다. 그저 김상희만 옆에 있으면 될 것 같다. 그러면 행복할 것 같다.

"다른 놈한텐…… 죽어도 못 보내."

그게 믿을 만한 내 친구라 할지라도.

"여기서 살아나간다면……."

그는 다짐했다.

"정식으로 청혼할게."

그리고 진심을 담아 고백했다.

"……사랑해, 김상희."

프리온 나이트 제12대대 대대장 세카르트도 이제 상대들을 느꼈다. 생각보다 숫자가 제법 많았다. 숫자가 많은 건 문제가 안 된다. 몇 명이 있든 모두 죽여 버리면 된다. 딱 한 명, 김상희만 빼고 말이다.

명령을 내렸다.

"발포. 단, 계집은 피한다."

제24장
내가 죽으면 김상희가 살 수 있다

프리온 나이트 제12대대는 대인전 특화 대대. 각 프리온 나이트의 크기는 약 2~3미터 정도로 성인 남자보다 조금 더 큰 수준이다. 프리온 나이트 32기가 진을 양옆으로 조금 벌렸다. 옆으로 길게 늘어선 프리온 나이트가 오른손을 들어 올렸다.

"발포."

프리온 나이트의 오른손이 황금빛으로 물들기 시작했다.

쉬이이이이!

공기를 빨아들이는 듯한 소리가 났다. 얼마 지나지 않아 무언가가 프리온 나이트의 오른손에서 일직선으로 쏘아졌다. 그것은 마치 황금색 빛줄기 같았다. 그 빛줄기와 맞부딪친 나무는 흔적도 없이 사라졌다. 바위 역시 마찬가지였다. 커다란 바위에 빛줄기 크기만 한 구멍이 뚫렸다. 32다발의 황금색 빛줄기가 김상희 일행이 있는 곳을 덮쳤다.

김훈상은 직감했다.

'제대로 맞으면 최소 중상이다.'

급소를 맞으면 무조건 죽는다. 위력이 어마어마했다. 명령을 내렸다.

"최대한 피해라. 피하면서 거리를 좁혀."

원래대로라면 절대 내릴 수 없는 명령이다. 피하는 것만으로도 쉬운 일이 아닌데, 거기다가 거리를 좁히라니. 스페셜 나이트나 더스나이트쯤 되는 사람들이 아니면 불가능한 일이다.

"크아악!"

한진수가 이끄는 레지스탕스, 늑대라 불리는 남자 중 한 명이 배를 부여잡고 쓰러졌다.

"유카토! 젠장!"

늑대들은 지금 황당했다. 갑자기 보이지도 않는 먼 곳에서 레이저포 같은 것이 날아왔다. 심지어 곡사포다. 보통 레이저포는 무조건 일직선으로만 발사된다. 그런데 이 빛줄기는 분명 일직선이 아니었다. 방향을 조금 바꾸며 곡선으로 꺾어져 들어왔다.

한진수가 물었다.

"유카토, 괜찮나?"

"안 괜찮은데요."

"농담하는 거 보니 괜찮나 보군."

그러나 한진수도 전혀 괜찮지 않다는 걸 안다. 배를 관통당했다. 마력을 사용해서 황급히 지혈을 했지만 임시방편이다. 저대로 내버려 두면 반드시 죽는다. 하지만 거기에 신경을 쓸 수는 없다. 한진수가 김훈상에게 말했다.

"폐하, 곧 2차 발포가 시작될 겁니다."

"거리를 좁힌다. 한진수 넌 내 딸을 지켜라."

한진수는 귀중한 전력이다. 김훈상은 한진수가 2차 각성마저도 끝냈을 거라고 생각하고 있다. 2차 각성은 천재들만 이룰 수 있는 경지다. 그런데 한진수는 그것마저도 끝냈다. 어쩌면 본신의 능력만 보면 자신보다 강할 수도 있다고 조심스레 생각하는 중이다. 그 귀한 전력을 겨우 여자아이 하나를 보호하는 데 쓰는 건 상당한 손해다.

김유신은 이제 완전히 확신했다. 이건 빼도 박도 못하는 증거다.

'확실히 왕자님이군.'

이제 더 이상 이견 같은 건 필요 없다. 김유신은 결론을 내렸다.

'한진수는 역사에 길이 남을 게이고.'

김상희 공주를 저토록 사랑한다는 건 한진수가 역사에 이름이 남을 엄청난 게이라는 소리다.

2차 발포가 시작됐다. 저쪽은 이쪽의 움직임을 파악한 것 같았다.

큭!

짧은 비명이 들려왔다. 32줄기의 빛다발이 피할 틈을 주지 않겠다는 듯, 거미줄처럼 촘촘히 엮여져 쏘아졌다. 1명의 더스 나이트, 그리고 1명의 스페셜 나이트, 또 1명의 늑대가 바닥에 쓰러졌다.

김유신은 속도를 늦추지 않았다.

"개 같은."

아마도 프리온 나이트라 짐작되는 이 적은 원거리 공격에 특화되어 있는 것 같았다. 그리고 고려의 나이트들은 원거리보다는 근거리 전투에 특화되어 있다.

김상희는 입술을 깨물었다.

'내가 가만히 있는 것이 이 사람들을 돕는 일이야.'

나서서 뭐라도 하고 싶지만 그럴 수 없었다. 김상희는 드라마나 영화 속 민폐 여자 주인공처럼, 함부로 나서지 않았다. 자신의 어깨를 감싸 쥐는 단단한 팔이 느껴졌다.

"진수야……."

정식으로 청혼하겠다고 했다. 그 말을 들었을 때 얼마나 기뻤는지 모른다. 그 말을 들은 덕분에 지금 그렇게 무섭지 않은 것 같기도 했다.

"무서워하지 마. 내가 죽는 한이 있어도 너는 반드시 지킬 테니까. 적어도 네가 나보다 먼저 죽는 일은 없을 거야."

예전에는 진수가 이런 말을 하면 네가 무슨 슈퍼맨이냐며 핀잔을 주곤 했지만 지금은 그럴 수 없었다. 진수의 진심도 진심이거니와 실제로 슈퍼맨보다 강하면 강했지 약하지는 않을 테니까.

"그런 무서운 말 하지 마."

김상희도 조금 솔직해졌다. 지금은 정말로 사느냐, 죽느냐의 기로에 서 있는 중요한 시점이었으니까. 이 시점에서까지 속마음을 숨길 수 있는 담력이 김상희에게는 없었다.

김상희가 말했다.

"나도…… 너 없는 세상은 상상하기도 싫어."

단단한 팔이 느껴졌다. 한진수가 김상희를 부둥켜안고 바닥을 굴렀다. 그 와중에도 김상희는 어디 한 군데 다치지 않았다. 그 흔한 긁힌 상처마저 없었다.

한진수가 물었다.

"괜찮아?"

방금 위험했다. 김상희의 고백 아닌 고백 때문에 한진수는 순간 가슴이 철렁했다. 이대로 놔두면 심장이 폭발해서 죽는 게 아닐까 싶을 정도로 기뻤다. 김상희가 그렇게 말해줘서. 단순히 그런 말을 해줬을 뿐인데 하늘을 날아갈 것같이 행복했다. 그래서 이 행복을 부수고 싶지 않았다. 꼭 지키고 싶었다.

김상희는 입술을 깨물었다.

"너……."

한진수의 등에서 피가 뚝뚝 흘러내렸다. 등 쪽 옷이 반으로 갈라져 나풀댔다. 한진수 혼자 피하려면 얼마든지 피할 수 있었을 거다.

"아, 이 정도는 아무것도 아냐."

한진수는 거치적거린다면서 찢어진 옷을 벗어버렸다. 그러자 탄탄하게 균형 잡힌 몸이 김상희의 눈에 들어왔다. 지구의 사람들이 본다면 피트니스 모델 같다고 군침을 흘릴 만큼 멋들어진 상체였지만, 김상희는 그런 걸 생각할 겨를이 없었다. 진수의 등에서 피가 철철 흘러내렸기 때문이다.

"나 때문에……."

진수가 아프다, 나 때문에. 나 같은 못된 계집애 하나 지켜주려고 저렇게 많이 다쳤다. 그렇게 생각하니 가슴이 너무 아팠다.

"울지 마. 네가 울면 내가 너보다 더 슬퍼. 너를 울게 만들었다는 그 사실 때문에, 너를 행복하게 하지 못했다는 그 사실 때문에 나는 나를 자책하게 된다고."

진수가 예전에 이렇게 얘기했었다. 그 말뜻을 이제 좀 알겠다. 김상희는 예전에 '내가 아픈데, 왜 네가 더 아프냐?'라고 물었던 적이 있다. 내 몸은 내 몸이고, 네 몸은 네 몸이지. 그렇게 생각했다. 그런데 아니었다. 진수의 등에서 피가 흘러내리니, 김상희의 가슴이 더 아팠다. 찢어질 것 같았다.

한진수는 김상희 앞에서 등을 보여주지 않았다. 한진수는 지금 입은 부상이 얼마나 심각한지 안다. 아마도 살이 전부 패이고 가죽이 드러나서, 뼈가 보일 정도의 깊은 상처일 거다. 그게 느껴진다. 이걸 김상희가 본다면 정말 아파할 것 같았다. 그래서 아픈 내색 하나 보이지 않았다. 등도 보여주지 않았다. 보여주기 싫었다. 김상희의 가슴이 아플 테니까. 한진수가 빙그레 웃었다. 평생 동안 이렇게 웃어본 적이 다섯 손가락에 꼽을 정도다. 그 다섯 번의 미소 중에서도, 오늘의 이 미소가 가장 행복했다고 한진수는 당당하게 말할 수 있었다.

"정말 가볍게 스치기만 한 거야. 걱정 마."

한편, 스페셜 나이트와 더스 나이트, 그리고 늑대들은 계속해서 피해를 입었다. 스페셜 나이트 4명이 반죽음 상태에 이르렀고 더스 나이트 2명 역시 치명상을 입었다. 늑대들은 피해가 더 심각했다. 무려 8명의 늑대가 바닥에 쓰러졌다. 그나마 다행인 것을 꼽으라면 아직까지는 모두 살아 있다는 것 정도. 하지만 약 15명 정도가 이대로 가만히 두면 죽을 가능성이 매우 높았다.

칼리번은 생각했다.

'역시 고려의 왕이다……!'

그는 과거 전쟁기를 몸소 겪었다. 그때 김훈상의 이름은 하늘을 찔렀었다. 사람들이 우스갯소리로 하는 말로, 김훈상을 무적의 군주라고 부르곤 했었는데 실제로 그 말이 틀리지 않음을 알 것 같았다.

'왕이 일선에서 나이트들을 독려하다니.'

있을 수 없는 일이다. 무려 왕이나 되는 사람이 가장 선두에 서서 길을 개척하고 있지 않은가.

'대단한 남자다.'

게다가 김훈상의 움직임은 굉장히 효율적이었다. 빛다발을 피하면서도 다른 나이트들의 움직임을 제약시키지 않도록 최적의 방향을 골라서 최적의 속도로 움직였다. 게다가 스페셜 나이트들 역시 서로간 움직임에 익숙해졌다. 저쪽의 공격은 점점 더 교묘해지고 정교해졌지만, 이쪽의 움직임은 그보다 훨씬 더 효율적으로 변했다. 서로의 움직임을 방해하지 않는 선에서 저쪽의 공격을 피했다.

'게다가 서로에게 방해가 될 것 같으면…… 일부러 맞는다.'

아무리 전우라지만 어떻게 저럴 수 있단 말인가. 고려의 스페셜 나이트, 말만 들었지 저렇게 대단할 줄은 몰랐다. 상대의 움직임에 방해를 줄 것 같다는 판단이 들면, 그 자리에서 저 이상한 광선을 맞아버렸다. 즉사할 수 있는 급소를 피해서 말이다.

'덕분에 사망자가 아직 발생하지 않았다는 것이 다행인 일인가?'

프리온 나이트 제12대대를 이끄는 세카르트는 감탄했다.

'역시 스페셜 나이트인가?'

스페셜 나이트가 아닌 놈들도 몇몇 보이는 것 같기는 했지만 대단하기는 대단했다. 원거리 포격만 해도 살아남는 인간이 별로 없는 게 정상이다. 프리온 나이트의 원거리 포격의 정확도는 상상 이상이니까.

'뭐, 예상하지 못한 건 아니지.'

아니, 오히려 거리를 좁힐 거라고 확실히 예상했다.

'더 가까이 와라.'

이쪽이 바라는 바다. 프리온 나이트 제12대대의 프리온 나이트는 원래 원거리 전용 나이트가 아니다. 오히려 근거리에 특화된 나이트다. 원거리 포격을 할 수 있는데 굳이 접근할 필요가 없었을 뿐.

'이쪽이 원거리 특화형 타입이라고 생각하고 있겠지.'

씨익, 한쪽 입꼬리가 올라갔다. 접근을 끝내고 나면 저쪽은 아주 조금 방심하게 될 거다. 그때가 오히려 기회다. 그런데 뭔가 이상했다.

'김훈상 같은데?'

그는 눈을 부릅뜨고 상대를 재확인했다. 김훈상 같은 게 아니라 김훈상이 확실했다.

'고려의 국왕이 여기에 있다고?'

있을 수 없는 일이다. 어째서 고려의 왕이 이 자리에 있단 말인가! 황급히 보고를 올렸다. 제국의 정보부는 갑자기 또 바빠졌다. 고려의 왕이 그 자리에 있을 줄은 몰랐다. 황제에게도 보고가 실시간으로 올라갔다.

"김훈상이 거기에 있다고?"

김국현은 식은땀을 흘렸다.

"예, 폐하."

정보국장씩 되어서 그것조차 파악하지 못했으니까. 고려의 국왕을 공격했다. 이건 나이트를 공격하는 거랑은 차원이 다른 문제다.

"죄송합니다, 폐하."

황제가 말했다.

"아니, 이미 돌이킬 수 없다. 차라리 잘됐다."

김훈상과 스페셜 나이트가 없는 고려. 그렇다면 상대할 만하지 않은가? 아니, 상대할 만한 것이 아니라 아주 상대하기 쉬워진다. 이렇게 외지에 고립되어 있을 때, 이때 치는 것이 훨씬 낫다.

"김국현, 김훈상이 살아나가지 못하도록 최선을 다해라."

만약 살아나간다면 일이 굉장히 피곤해진다. 다른 것도 아니고 프리온 나이트가 발각됐다. 프리온 나이트는 제국만 가지고 있는 비밀병기다. 빼도 박도 못하는 증거가 된다.

"이 일은 실패하면…… 독박은 네가 쓰게 될 거다."

김국현은 침을 꿀꺽 삼켰다. 그 말인즉, 이번 작전을 주도한 것을 자신으로 하겠다는 소리다. 아마 김훈상이 살아 돌아간다면 자신의 목은 붙어 있지 않을 거다.

황제가 말했다.

"우리는 한진수와 그를 동조하는 세력으로 오인하고 공격한 것이다. 작전 책임자는 김국현 정보국장."

"……예, 폐하."

반드시 성공해야 했다. 실패하면 목이 잘려서 고려에 보내지겠지. 막대한 보상금과 함께.

"프리온 나이트 제6대대를 함께 파견한다. 가용 가능한 병력이 더 있나?"

김국현은 머리를 굴렸다. 프리온 나이트가 많아야 한다. 무려 고려의 왕과 스페셜 나이트를 상대하는 일이니까. 뭐가 어찌 됐든 자신은 살아야 하지 않겠는가.

'7대대 병력도 뺄 수 있을 거야. 전력에 구멍은 생기겠지만, 일단 살아야지.'

그래서 건의했다.

“7대대 병력도 운용 가능합니다.”

황제의 승인이 떨어졌다.

“6대대와 7대대 파견을 승인한다.”

아예 싸그리 씨를 말려 버리겠다는 소리다. 김국현은 조금 안심이 됐다. 이 정도 되면 아무리 고려의 왕과 스페셜 나이트라고 할지라도 어쩔 수 없을 거다. 무려 3개 대대가 나섰다. 17년 전 강대국이었던 도르긱을 평정할 때, 그때 3개 대대가 나섰다. 그 당시 도르긱이 아마 지금의 고려와 비슷한 힘을 가졌을 거다. 그 정도의 힘이 투입되면 충분히 승산이 있었다.

‘고려 왕에게는 미안하지만.’

그건 중요하지 않았다. 일단 살아야 했다. 보이지 않는 곳에서 사람들이 모르는 사이 제국과 고려간의 비공식적인 전쟁이 벌어졌다.

같은 시각.

김훈상은 입술을 살짝 깨물었다.

‘이놈들, 만만치 않다.’

접근하는 것까지는 좋았다. 원거리 타입의 프리온 나이트라고 생각했으니까. 그런데 아니었다. 근접 전투에도 능했다. 거대한 덩치에 걸맞지 않게 그들은 빨랐고 또한 강력했다.

‘이대로면…… 피해가 너무 커진다.’

다른 건 모르겠다. 이곳에 딸아이가 있다. 그리고 그는 진심으로 생각했다. 나는 죽어도 좋으니, 내 딸만큼은 반드시 살려야 한다고. 누가 봐도 정말 황당한 생각이지만 김훈상은 진심으로 그렇게 느꼈다.

'내가 네 아버지다. 내가 반드시 널 지키겠다.'

그래서 사용하기로 했다.

'나는 죽어도 좋다.'

둘째 왕자 김환석이 있고 셋째 왕자도 있다. 아직 어리지만 넷째 왕자도 있다. 고려를 잘 이끌어갈 수 있을 거다.

'내가 죽으면 김상희가 살 수 있다.'

그러면 남는 장사라고 생각했다. 누구나가 미쳤다고 손가락질하겠지만 김훈상은 그렇게 느꼈다. 자신이 죽는 게 딸이 죽는 거보다 낫지 않은가. 그렇게 생각하니 마음이 편해졌다.

'그게 맞는 거다.'

그래야 죽어서도 내가 네 아버지다라고 당당하게 말할 수 있지 않겠는가. 말로만 아버지가 아니라 행동으로 아버지임을 보여주고 싶어졌다.

'그걸…… 사용한다.'

김유신이 이상한 낌새를 눈치챘다.

"폐, 폐하! 서, 설마!"

어느 나라나 그렇겠지만, 특히나 스페셜 나이트는 세상에 알려지지 않은 몇 가지 기술들을 가지고 있다. 대표적으로 '워프'가 있다. 이는 제국 정보부 정도만 파악하고 있는 기술로 대부분의 사람은 이런 기술이 존재하는지조차도 모르고 있다. 다만 그러한 기술들은 몸에 무리를 주는 경우가 많으며, 그래서 자주 쓸 수 있는 기술이 아니다.

그중에서도 지금 김훈상이 사용하려고 하는 것은, 필요 이상의 마력을 한순간에 방출시키는 '마력 폭발'이라는 기술이다.

김유신이 외쳤다.

"폐하! 안 됩니다!"

단순히 방출시키는 게 아니다 사용자의 잠력을 극대화시키고 평소보다 훨씬 더 강한 힘을 끌어다 쓸 수 있다. 김훈상 같은 천재가 사용하면 그 효용성은 무궁무진하다.

'내게 허락된 시간은 겨우 10분이다.'

그 10분 동안은 거의 무적이 된다. 다만, 부작용이 만만치 않다. 워프가 단순히 몸에 무리를 주는 것이라면 마력 폭발은 생명을 갉아먹는다. 10분이 지나고 나면 몸이 마력을 감당하지 못한다. 심한 경우, 몸이 터져 죽을 수도 있다. 말 그대로 최후의 순간에나 사용할 법한 그런 기술이다.

김훈상이 말했다.

"너희의 마력 폭발 사용을 금한다."

이들은 고려의 최고 전력이다. 이런 곳에서 죽게 할 수는 없었다. 차라리 죽는 것은 혼자로 족했다. 자신의 목숨을 바쳐서 스페셜 나이트, 그리고 더스 나이트를 구할 수 있다면. 거기에 더해 사랑해 마지않는 딸을 구할 수 있다면 괜찮은 거래가 아니겠는가.

"그리고 너희는 당장 후퇴하여 김상희를 대피시킨다."

솔직한 말로 상황이 이렇게까지 될 줄은 몰랐다. 프리온 나이트, 실제로 겪어보니 정말 대단했다. 인간의 힘으로는 상대하기 힘들었다. 그나마 김훈상쯤 되니까 프리온 나이트를 무려 7기나 부술 수 있었다. 그러나 프리온 나이트는 역시 이상했다. 지치질 않았다. 마치 기계처럼 말이다. 시간이 흐르면 흐를수록 불리해지는 것은 자명한 사실. 사실 그냥 도망쳐도 되기는 한다. 나중을 기약하면 되니까. 하지만 그러려면 전제 조건이 붙는다.

'어차피 누군가 한 명은 이목을 끌어야 한다.'

최소한 한 명 이상은 이곳에 남아 프리온 나이트의 이목을 끌어야 했다. 그렇지 않으면 프리온 나이트는 분명 김상희를 노릴 거다. 그도 아니면 스페셜 나이트가 각개격파당하든지. 프리온 나이트를 묶을 수 있는 힘을 가진 사람, 그것도 혼자서 20기가 넘는 프리온 나이트를 감당할 수 있는 사람은 자신밖에 없다고 생각했다.

'김상희만 살리면 된다.'

그리고 조금 못 미덥기는 하지만 한진수가 옆에 있다. 한진수라면 어떻게든 김상희를 지킬 수 있을 거다.

김유신이 외쳤다.

"저는 명령을 따르지 못하겠습니다."

"김유신, 명령이다!"

"그 명령, 못 따릅니다!"

김유신은 막무가내로 마력 폭발을 사용했다. 더스 나이트들이 피식 웃었다.

"여, 김유신. 멋있는 척하지 마라. 그러다 골로 간다."

"김유신, 네 녀석과 스페셜 나이트는 후일 고려를 이끌어가야 할 중요한 전력이다."

우리는 이제 지는 해고, 너희는 뜨는 해지. 더스 나이트들이 몸을 풀었다. 지친 기색이 완연했지만 그들은 웃었다.

"너희는 폐하의 명을 받들어 후퇴해라. 저 빌어먹을 프리온 나이트 새끼들은 우리가 족칠 테니까."

김훈상은 황당했다. 원래 왕의 말이라면 죽는 시늉까지, 아니, 실제로 죽는 놈들이 아니던가. 갑자기 왜 이리 말을 안 듣나 싶다.

더스 나이트 중 한 명이 말했다.

"국왕을 미끼로 도망친 나이트가 나이트 맞습니까? 우리는 이대로 못 갑니다."

스페셜 나이트들은 머뭇거렸다. 더스 나이트가 검을 휘둘렀다.

"빨리 안 꺼져! 방해된다고!"

스페셜 나이트 하나가 황급히 피했다. 그가 있던 자리에 시퍼런 검의 잔상이 남았다. 피하지 않았으면 실제로 잘릴 뻔했다.

김유신도 마력을 끌어올리며 말했다.

"마력 폭발을 사용한 우리 옆에 있으면 너희는 방해만 된다. 상황을 직시해라."

김훈상이 어이없다는 듯 어깨를 으쓱했다.

"너희를 명령 불복종죄로 엄히 다스리겠다."

강동훈 더스 나이트가 대답했다.

"제발 엄히 다스려 주시죠."

엄히 다스리려면 일단 살아남아야 한다. 그러나 강동훈은 안다. 마력 폭발을 사용하는 건 정말로 최후의 순간이라는 거다. 다시 말해 거의 100퍼센트에 가까운 확률로 죽는다. 솔직한 말로 이해는 잘 안 된다. 그냥 도망쳤으면 된다. 왜 굳이 왕이 직접 나서서 프리온 나이트와 격돌하려는 건지 알 수 없었다. 이해는 잘 안 됐지만 그래도 왕이다. 왕을 지키는 것이 나이트의 사명이다. 그리고 지금은 그 사명을 다해야만 하는 때다.

프리온 나이트 제12대대 대대장 세카르트는 피식 웃었다. 지금 뭐 하는 건지 모르겠다. 아주 잠깐, 뭔가 엄청난 것을 하는 것처럼 보여서 긴장하며 사태를 주시했는데, 딱히 별다른 건 없어 보였다. 분명 그런 것 같았다. 하지만 상황은 완전히 뒤바뀌었다.

콰광! 콰과광!

거대한 폭발음이 들려왔다.

그와 동시에 그는 경악으로 눈을 부릅떴다.

"마, 말도 안 돼!"

세카르트는 비명을 터뜨렸다. 일어날 수 없는 일이 벌어졌다. 프리온 나이트 1기의 머리가 산산조각이 났다. 내구성 자체가 그렇게 뛰어난 프리온 나이트는 아니다. 제12대대의 프리온 나이트는 '대인전 전용'이니만큼 그렇게 단단한 장갑을 착용하고 있지는 않다. 그러나 그래도 프리온 나이트다. 적어도 미사일 정도는 날아와야 머리를 터뜨릴 수 있을 거다.

세카르트는 실성한 듯 중얼거렸다.

"맨손으로 프리온 나이트를 부쉈다고?"

있을 수 없는 일인데 그 일이 눈앞에서 벌어졌다. 제국 최강의 전력인 프리온 나이트를 어떻게 저렇게 부숴 버릴 수 있단 말인가. 프리온 나이트를 소환하고 조작하는 패널이 알림을 띄웠다.

-프로그램 재가동.

-상대의 능력치를 재파악합니다.

프리온 나이트의 무서움이 이거다. 상대에 따라 능동적으로 움직인다. 상대의 움직임을 계산하고 그 계산에 따라 가장 적합한 행동을 취한다.

'그래, 처음은 어이없이 당했다 하더라도…… 데이터만 수집이 되면 상대가 가능해질 거다.'

그렇게 생각했다.

–파악 불가능.

–프로그램을 수정할 수 없습니다.

–데이터 부족.

경고 알람이 계속 떴다. 세카르트는 다급해졌다.

'미친……!'

어떻게 이런 일이 있을 수 있는가. 그 와중에 또다시 콰과광! 거대한 폭발음이 들렸다. 한 번이 아니었다. 프리온 나이트 3기가 부서졌다. 남은 프리온 나이트는 이제 20여 기.

'눈에 제대로 보이지도 않는다.'

프리온 나이트는 마치 고장 난 마리오네트처럼 손발을 마구잡이로 휘저으며 더스 나이트와 김훈상에게 대적했지만 소용없었다. 눈에 보이지도 않는데, 쾅! 쾅! 폭발음이 들려왔고 몇 번의 폭발음이 들린 이후에는 프리온 나이트의 머리가 터져 나갔다.

–제7기 손상. 행동 불능.

–제3기 손상. 행동 불능.

–제15기 손상. 행동 불능.

겨우 2분여 만에 프리온 나이트 17기가 파괴됐다. 세카르트는 아연실색했다.

'이럴 수가…….'

이대로라면 살아 돌아간다고 해도 문책을 받을 것이다. 제국의 최강 전력을 이렇게 허비해 버리다니. 필히 중벌을 받게 될 것 같았다. 이왕 이렇게 된 거 이판사판이다.

"출력을 최대치로 조정한다."

–출력 MAX.

–예비 전력을 0으로 조절합니다.

–행동 불능 상태에 빠져들 수 있습니다.

그리고 격돌이 이어졌다.

콰광! 콰과광!

거대한 폭발음이 연속해서 터져 나왔다.

김상희는 눈을 꾹 감았다. 무서웠다. 뭐가 무서운지는 모르겠는데 정말 무서웠다.

그때 콰과광! 폭발음이 일었다. 마치 천둥이 치는 것 같았다. 왜 이런 소리가 나는 건지, 그녀는 알 수 없었다.

'나는…….'

김상희는 스스로 잘 알고 있다. 남자들은 도망을 쳤어도 된다. 몇 명의 희생자는 생기겠지만, 그래도 대부분의 남자는 살아남을 수 있었을 거다. 하지만 싸우는 것을 선택했다. 스페셜 나이트와 더스 나이트는 김훈상의 명령으로, 늑대들은 한진수의 명령으로 말이다.

'나 때문이야.'

자신 때문이었다. 저 프리온 나이트는 분명 자신을 노리고 있을 터. 그렇기 때문에 김훈상은 무리해서 저들과 싸우고 있는 것이었다. 다른 건 몰라도 그건 확실했다.

그때 누군가가 나타났다.

"공주님은 우리와 함께 전선을 이탈합니다."

얼굴이 낯이 익었다. 스페셜 나이트 중 한 명이었다.

"아, 아버님은? 아버님은 어떻게 됐죠?"

스페셜 나이트는 대답하지 않았다. 당신을 지키려고 마력 폭발을 써서 10분 뒤면 죽을 겁니다. 그 얘기를 어떻게 할 수 있겠는가.

한진수는 상황을 파악했다. 그는 김상희와 다르다. 거리가 멀리 떨어져 있기는 하지만 대략적인 상황은 느껴진다. 지금 고려의 국왕 김훈상의 기세가 완전히 달라졌다. 멀리 떨어져 있음에도 불구하고 거대한 해일처럼 느껴졌다. 모든 것을 집어 삼키고 갈가리 찢어버릴 만큼 강대한 해일 말이다.

'저렇게 거대한 힘을 사용하면…… 육체가 버티지 못한다.'

아마도 폐하는 마지막을 준비하고 있는 거겠지. 그리고 자신의 마지막을 바쳐 사랑하는 딸을 도망치게 하고 싶었던 거겠지.

한진수는 고개를 저었다. 도망치려면 진작에 쳤다. 프리온 나이트가 움직일 때엔 단순히 그들만 움직이지 않는다. 어시스턴트들이 같이 움직인다. 섣부르게 도망치려고 했다가는 포위망에 갇혀 각개격파당한다. 혼자서 따로따로 도망친다면 모를까, 마력 사용이 불가한, 그래서 은신을 할 수 없는 김상희를 데리고 도망친다? 그건 거의 불가능에 가깝다. 차라리 부딪쳐서 깨뜨리면 모를까.

"제국의 지원군이…… 도착한 것 같습니다."

상황이 더욱 참담해졌다. 느껴졌다. 저 앞의 프리온 나이트들보다 훨씬 더 강한 프리온 나이트들이.

'더 강한 프리온 나이트들이 오고 있다.'

그때 목소리가 들려왔다.

"이런 씨파아아알 개좆 같은 새끼들아아아아아!"

목소리가 쩌렁쩌렁 울려 퍼졌다. 누군가 하늘에서 떨어져 내렸다. 그 누군가는 시뻘게진 얼굴로 씩씩대고 있었다.

그의 이름은 김환성. 둘째 망나니였다.

"내 똥개를 어떤 개새끼가 건드렸어! 다 죽여 버린다! 이 씨팔 새끼들!!!"

그 옆에 누군가가 또 떨어져 내렸다. 김환성과는 다르게 낙하산을 착용하고 가볍게 착지했다. 하지만 스페셜 나이트들은 확실히 느낄 수 있었다. 지금 평온해 보이는(?) 김환석 왕자는 대단히 분노하고 있는 상태였다.

스페셜 나이트들은 눈을 크게 떴다.

'저, 저건 레이저 미사일 유도기?'

이런 국지전 규모의, 그것도 비공식적 전쟁에서 쓰일 물건은 절대로 아니다. 대규모 화력전처럼 상대 국가를 초토화시킬 때에만 쓰이는 무기. 상대에 대한 대대적 선전포고를 할 때에나 쓰이는 무기, 국제사회의 눈치를 봐야 하는 그런 무기를 김환석 왕자가 가지고 왔다.

김환석은 눈을 힐끗 돌렸다. 김상희가 보였다. 그의 눈에 비친 김상희는 지금 잔뜩 겁을 먹고 있는 상태였다. 그래서 불쑥 분노가 치밀어 올랐다. 김환성과는 분노하는 방식이 조금 달랐지만 그 분노의 크기가 김환성보다 크면 컸지 결코 작지는 않았다.

'개 같은 새끼들, 모두 죽여 버리겠다.'

김환성과 김환석은 아직 상대가 제국, 그리고 프리온 나이트라는 사실까지는 알 수 없었다. 방금 비행기에서 떨어져 내린 상태니까. 그들의 눈에 보인 건 겁먹어 보이는, 슬퍼 보이는 김상희였다. 그게 두 형제를 미치게 만들었다.

김환석은 메고 있던 가방에서 뭔가를 꺼냈다. 네모난 형태의 작은 물건이었다. 빨간색 버튼이 있었다. 그 버튼을 눌렀다.

김환석이 말했다.

“이제 무전 연락이 가능할 거다. 본국에 지원 요청해.”

김훈상과 나이트들이 바보라서 본국에 연락을 하지 않은 게 아니다. 고려에는 스페셜 나이트, 더스 나이트 외에도 수많은 나이트가 있다. 그 나이트들은, 비록 스페셜 나이트에 미치지는 못하더라도 하나하나가 강맹한 전력이다. 그들과 연락을 할 수 없었다. 다시 말해 지원 요청이 불가능했다. 제국의 프리온 나이트 어시스턴트들이 전파를 차단시켰기 때문이다. 그걸 김환석이 해제했다. 김환석의 진가가 발휘된 셈이다.

김환성이 무전기에 대고 외쳤다.

“야! 우리 애들 다 불러!”

이를 바드득 갈았다.

“내 똥개는 나만 괴롭힐 수 있다고!”

그걸 주장하기 위해 제국과 전쟁을 선포했다.

“죽여 버린다!!!”

물론, 상대가 제국이라는 건 몰랐지만 하여튼 결과가 그랬다. 아무리 소리를 질러대도 분이 풀리질 않았다. 내 똥개는 나만 괴롭힐 수 있는 건데, 왜 자꾸 못 괴롭혀서 안달인지 모르겠다. 요즘 물어왓도 못 시켰는데. 물어왓시켜야 되는데. 짜증이 무럭무럭 치밀어 올랐다. 뭐가 됐든 다 부숴 버리고 싶은 그런 마음이 들었다. 김상희의 얼굴을 다시 보니 울었던 것 같다. 내 똥개가 울었다고? 그렇게 생각하자 또다시 열불이 치솟아 올랐다. 그 분노를 감당하지 못해서 저도 모르게 소리를 질렀다.

“으아아아아!”

나무들이 떨리고 잎사귀들이 폭풍을 맞이한 것처럼 마구 떨어져 내렸다. 김환성의 눈이 시뻘겋게 변했다.

"씨발 새끼들아!!!"

처음에는 국지전 규모였던 비공식적 작은 전쟁의 규모가 점점 더 커지기 시작했다.

김환석, 김환성 형제는 대단히 분노했다. 분노가 표출되는 방식은 달랐지만 둘 모두 분노했다는 사실은 틀림없었다. 이 둘이 분노하는 이유는 단순했다. 내 똥개, 아니, 내 동생을 어떤 새끼가 괴롭히는 거냐! 정도가 되겠다. 이미 본국에는 지원 요청이 들어갔다. 그러나 김환성은 그들을 기다릴 여유가 없었다.

김환성이 김환석을 닦달했다.

"형, 쓸어버리자."

김환석이 가방에서 또다시 뭔가를 꺼내 들었다. 다시 한 번 김상희를 힐끗 쳐다봤다. 그러자 다시 한 번 분노가 치밀어 올랐다. 눈에 넣어도 안 아플 내 새끼, 아니, 내 동생을 저렇게 슬프게 만든 놈들에겐 미사일 세례가 답이다. 김환석이 꺼내 든 것은 크기 약 20㎝의 정사각형 형태의 물체였다. 손바닥을 댈 수 있도록 홈이 파여 있었다.

"마력을 최대한도까지 불어 넣어."

스페셜 나이트들은 의아했다. 저게 도대체 뭔데 마력을 최대한도까지 불어넣으라고 하는 건가? 애초에 김환성 왕자는 천재다. 그것도 마력량에 있어서의 천재다. 절대량만 놓고 보면 한진수보다도 더 뛰어날 거라는 게 사람들의 생각이었다. 그 양을 감당할 수 있는 기계가 있다고? 말도 안 된다.

김환석이 명령을 내렸다.
"너희는 스페셜 나이트냐?"
"예, 그렇습니다."
"너희는 김환성 왕자의 뒤에 일렬로 서서 마력을 보충한다."
"예?"
그게 도대체 무슨 소리인가 싶었는데 김환석은 설명하지 않았다. 아니, 못 했다.
"시간이 없어, 빨리."
뭔지는 몰라도 굉장히 강력한 무언가가 다가오는 건 느껴졌다. 스페셜 나이트들은 일단 김환석의 말을 들었다. 김환성이 손을 댄 그 물체를 중심으로 푸르스름한 막이 생겼다.
김환석이 다시 말했다.
"내 주위로 밀집해라."
그와 동시에 레이저 미사일 유도기를 꺼내 들고 한 곳을 가리켰다. 이상한 알림음이 들려왔다.
–타겟팅 아리아를 설정합니다.
–설정 완료.
–토마호크 미사일 12기 발사 준비 완료.
스페셜 나이트의 안색이 창백하게 질렸다. 토마호크 미사일이라니, 저건 국가 대 국가의 대규모 화력전에서나 쓰이는 물건이 아닌가. 갑자기 왕자가 왜 저러나 싶다. 미친 거 아닌가?
"와, 왕자님!"
문제는 단순히 저 무기를 사용한다는 게 아니다. 저 무기는 미사일이다. 그것도 토마호크는 폭발력이 굉장히 강한 미사일. 그리고 그 폭발은 아군과 적군을 가리지 않는다. 아군이라도 일단 맞으면 죽는다. 이건 자살행위밖에 안 된다. 왕자가 미쳐서 자살행위를 하고 있는 것으로 비친다는 소리다.

김환석은 여전히 전방을 주시했다.

"안심해라, 우리는 안전하니."

흔들림이 전혀 없어 보였다. 아무리 안전한 그물망이 있다고 해도 눈앞에 공이 날아오면 무서운 게 사람이다. 자신을 위협할 수 없다는 걸 알아도, 공포 영화를 보면 무서운 게 사람이다. 하물며 지금은 눈앞에 미사일을 터뜨리겠다고 하는데 두렵지 않은 사람이 어디에 있을까?

'아무리 안전하다고 해도…….'

정말 안전하다고 장담할 수 있는 것도 아니지 않는가.

'그래도 미사일을 코앞에 터뜨리다니.'

스페셜 나이트의 생각과는 별개로 카운트는 시작됐다.

-발사 10초 전.

-발사 9초 전.

-발사 8초 전.

김상희는 어안이 벙벙했다. 김상희도 분명 들었다. 미사일을 발사한다고. 토마 뭐시기 미사일이란다. 그게 도대체 뭐지?

한진수가 김상희를 꽉 껴안으며 김상희의 귓가에 속삭였다.

"무슨 일이 있어도 너를 지켜줄게."

한진수의 마음은 진심이었다. 진심으로 김상희를 지키겠다고 다짐하고 또 다짐했다. 자신은 죽어도 된다고 생각했다. 내가 죽어서 김상희가 산다면, 정말 남는 장사라고 생각했다. 김훈상과 똑같은 생각을 했다.

—발사 3초 전.

—발사 2초 전.

저만치 멀리, 나무 사이사이로 뭔가가 보이기 시작했다. 거대한 몸체를 가진 물체였다. 크기는 약 7~8미터 정도 되어 보였다.

김환성이 고개를 갸웃했다.

"저게 뭐야?"

스페셜 나이트 중 한 명이 대답했다.

"프리온 나이트입니다."

"프리온 나이트?"

스페셜 나이트는 고개를 끄덕였다. 그럼 그렇지. 왕자들이 이렇게 무대포로 나올 수 있었던 건 상대가 프리온 나이트, 그리고 제국인 것을 몰랐기 때문일 거다. 지금이라도 늦지 않았다. 대인전과 화력전은 당연히 다르다. 고려가 먼저 이런 무기를 사용한다면 제국도 가능하다. 국지전이 국가 단위의 전쟁으로 확대되는 건 시간문제다. 스페셜 나이트들은 당연히 김환석과 김환성이 그만둘 것이라고 생각했다. 하지만 그들의 생각은 완전히 틀렸다.

김환성이 이를 바드득 갈았다.

"저 새끼들이 내 똥개 괴롭힌 새끼들이라는 거지?"

다 필요 없다. 다른 건 모르겠고 저놈들이 내 똥개 괴롭혔다. 그것만 떠올랐다. 동생 바보의 정도가 아주 많이 깊어졌다.

—발사 1초 전.

—토마호크 미사일 12기, 발사합니다.

프리온 나이트 제7대대를 이끄는 대대장, 프렌토는 이상 징후를 감지했다. 프리온 나이트를 컨트롤하는 패널이 위험신호를 알려왔다.

–남서 방향, 1,348㎞ 상공에서 위험 물체가 감지됩니다.

–남서 방향, 1,344㎞ 상공에서 위험 물체가 감지됩니다.

패널이 그 물체를 탐지했다. 프렌토는 영상을 확인했다.

'미사일…… 인가?'

아무래도 고려 놈들이 미친 것 같았다. 여기서 동반 자살하자는 건가 싶었다.

'젠장.'

미사일? 까짓것 막으면 된다. 저들은 자살할 각오로 쐈겠지만 이쪽은 아니다.

'우리는 프리온 나이트 제7대대다.'

물론 출혈이 없는 건 아니다. 출력을 다 까먹게 생겼군, 하고 짧게 중얼거린 그는 패널을 조작했다.

"프리온 나이트 쾌속 전진."

일단 더욱더 빠르게 저들에게 접근하기로 했다. 접근하면 미사일을 함께 맞을 테니까. 그런데 문제가 있었다. 저쪽이 자살 테러를 감행한다면 김상희 공주가 죽을 수도 있다. 프리온 나이트 어시스턴트들에게도 명령을 내렸다.

"무슨 일이 있어도 김상희만큼은 살려내서 내 앞에 데려와라."

알림이 이어졌다.

–남서 방향, 720㎞ 상공에서 위험 물체가 감지됩니다.

상상을 초월하는 속도로 미사일이 접근했다. 이제 김상희 일행이 육안으로도 보일 정도가 됐다. 이 정도면 충분히 폭발 범위 내에 들어가 있을 거다. 진격 속도를 조금 늦추기로 했다.

"배리어를 최대한으로 활성화시킨다. 출력을 아끼지 마."

저들에게도 배리어 비스무리한 것이 보이기는 했지만 저딴 걸로 미사일을 막을 수는 없을 것이라 확신했다. 적어도 프리온 나이트 정도 되는 출력이 있어야 할 텐데, 인간의 힘으로 그 정도의 힘을 낼 수는 없을 거다. 그가 잘 알았다. 그는 프리온 나이트를 지휘하는 입장이고 그 힘을 몸소 알고 있으니까. 그리고 얼마 뒤, 패널이 알림을 계속해서 띄웠다.

–토마호크 미사일 추정 물체 접근 중.

–배리어를 MAX로 설정합니다.

–배리어 MAX 설정으로 인해 움직임이 제한됩니다.

–방어 모드로 전환합니다.

한진수는 김상희를 끌어안았다. 김환석, 김환성 형제가 이곳에서 자살을 하려는 건 절대로 아닌 것 같았다. 하지만 그냥 저 둘을 믿기에는 미사일이라는 무기의 존재가 너무 컸다. 김상희를 더욱 꽉 껴안았다. 등에는 피가 철철 흘러내렸지만 그 고통 같은 건 아무래도 좋았다. 피 흐르는 등을 프리온 나이트 쪽으로 향했다. 폭발의 파편이라도, 김상희에게는 닿지 않게 하겠다는 듯.

스페셜 나이트들은 이를 악물었다. 그들도 사람이다. 미사일 맞으면 당연히 죽는다. 하지만 어차피 이제 피하기는 글렀다. 두 왕자를 믿어보는 수밖에.

쿠과과과광!

거대한 폭발음이 터져 나왔다. 폭발음과 더불어 충격파가 일대를 휩쓸었다. 깊은 구덩이가 패이고 흙먼지가 피어올랐으며 화염이 숲을 집어삼켰다. 땅 전체가 우는 것 같았다.

프리온 나이트 제7대대의 대장 프렌토는 귀를 막았다. 프리온 나이트 안에서 보호를 받고는 있지만, 소리가 너무 커 고막이 터져 버릴 것 같았다.

—제3기, 제17기, 제27기 완파. 행동 불능.

—제10기, 12기, 15기, 반파. 행동 제약.

—제4기, 18기, 22기, 손상. 행동 일부 제약.

—제2기, 26기, 29기, 손상. 행동 제약 없음.

—그 외 다수, 출력 수치 매우 낮음.

폭발 한 번에 무려 3기의 프리온 나이트가 파괴됐다. 고려 무기의 성능이 상상 이상이었다는 소리다.

'그렇다면 저쪽은?'

물론 직격타는 이쪽이 맞았지만 이쪽은 프리온 나이트고 저쪽은 맨몸이다. 성할 리 없을 거다. 고려 쪽 상황을 살피던 프렌토의 입이 쩍 벌어졌다.

'어떻게……!'

멀쩡해 보였다. 푸르스름한 막 덕택에 폭발의 여파가 그들에게 미치지 않았다.

"형, 2차 발사 가능해?"

"그 전에 거리를 완전히 좁힐 거다."

김환석은 가방에서 또 다른 무기들을 꺼내 들었다. 중화기들이다.

휴대용으로 사용할 수 있는 무기 중에서는 최강의 화력을 자랑하는 무기들이라고 할 수 있겠다. 다만, 사용자의 마력을 많이 잡아먹는 물건들이다.

한진수는 속으로 감탄했다.

'저 많은 무기가 들어가는 가방이라니. 그리고…… 미사일의 여파로부터 안전할 수 있는 배리어라니. 듣도 보도 못 했다.'

프리온 나이트가 진격해 왔다. 중화기로 무장한 스페셜 나이트가 그들과 맞서 싸웠다. 한진수의 품에 안긴 김상희는 지금 무슨 상황인지 제대로 알 수 없었다. 확실한 건 일단은 무사하다는 거다.

한진수는 생각했다.

'우리에게도 승산은 있어.'

더스 나이트와 김훈상이 엄청나게 잘 싸우고 있는 것 같다. 더스 나이트와 김훈상의 강렬한 기세는 느껴지는데 프리온 나이트의 숫자는 계속 줄고 있다. 갑자기 더 강해진 것 같은 기분이 들기는 했지만 그런 세세한 것까지 파악할 수는 없었다. 그렇다면 남은 이들이 이 프리온 나이트들을 상대하면 된다. 그것도 중화기로 무장하고 있다. 김환석이 발명한 최신 무기들로 말이다.

'이길 수…… 있다!'

그때까지만 해도 그렇다고 생각했다. 스페셜 나이트들도 그렇게 생각했다. 미사일 폭격으로 인해 프리온 나이트의 전력이 상당히 약화되었다고 느꼈으니까.

7대대 대대장 프렌토에게 목소리가 들려왔다.

"고생하고 있는 것 같은데."

"선배님, 이제 오셨습니까?"

"어. 다른 곳에 있다가 급히 명령받고 파견됐다."

7대대에 이어 6대대가 도착했다. 과거 도르긱을 멸망시켰을 때에 3개 대대가 동원됐었다. 그중 한 개 대대가 바로 이 6대대다. 총 18개의 프리온 나이트 대대들 중에서도 다섯 손가락에 꼽히는 강함을 자랑하는 부대. 프렌토는 이제 한숨 돌렸다. 6대대까지 도착했다. 저 놈들은 이제 정말로 끝이다.

한진수는 눈앞이 아득해졌다. 제국에서 정말로 마음먹고 부대를 보내고 있는 모양이다. 지금 지원을 온 저 부대는 심상치가 않다. 아무리 폭발의 여파 때문에 마력의 흐름이 불안정해졌다고는 하지만 저 부대가 접근하는 것을 눈치채지 못했다. 그만큼 마력이 잘 컨트롤되고 있다는 소리다. 밖으로 흘러나가지 않도록 말이다.

'방법은…… 있다.'

한진수는 방법을 떠올렸다. 품 안에서 따뜻한 체온이 느껴졌다. 김상희 특유의 향기가 한진수의 코를 간지럽혔다.

'하지만…… 나는 죽겠지.'

김훈상만 마력 폭발을 사용할 수 있는 게 아니다. 김훈상과는 약간 다른 방식이지만 한진수 역시 그와 비슷한 기술을 갖고 있다.

'내가 죽으면, 상희는 누가 지키지?'

자신이 죽는 건 두렵지 않았다. 오히려 김상희를 지키기 위해 죽는다는 건 행복할 것 같았다. 사랑하는 여자를 위해 목숨을 내놓는 거니까. 그건 하나도 안 무섭고, 하나도 안 아깝다. 하지만 그 이후가 문제다.

'제국으로부터 상희를 지켜야 해.'

프리온 나이트 제6대대와 7대대가 진격해 오자 스페셜 나이트들은 잠시 멍하니 앞을 쳐다봤다. 빠져나갈 방도가 안 보인다. 본국에서 지원이 당도하려면 시간이 좀 더 필요했다.

한진수는 입술을 깨물었다. 그리고 김상희에게 작게 말했다.

"상희야."

"……응?"

김상희는 순간 불안해졌다. 한진수가 갑자기 이상한 말을 할 것 같았다. 하지 말라고, 듣고 싶지 않다고 말하고 싶었다. 하지만 그러지 못했다. 지금 이 순간 일분일초가 귀하다는 것을 김상희도 안다. 그 귀한 시간을 빼앗을 수 없어서 한진수의 말을 막지 못했다.

"잘 들어."

한진수가 김상희를 더욱 꽉 껴안았다. 어쩌면 정말 마지막일지도 모른다. 이토록 사랑스러운 여자를 가슴에 안는 것은.

'그래도 나는 행복했다.'

단순히 김상희를 떠올리는 것만으로도 미소가 절로 새어 나오고, 아무리 힘든 일이 있어도 김상희의 미소를 떠올리면 힘이 솟았었다. 이 세상에 그 누가 있어 이런 경험을 해볼 수 있단 말인가. 어차피 한 번 사는 인생, 남들은 경험해 보지도 못할 특별한 경험을 했다. 그 특별한 경험에는 김상희가 녹아 있었다. 다른 것 때문이 아니라 김상희 때문에, 김상희를 알았기 때문에, 김상희를 사랑했기 때문에, 그리고 김상희를 지금 안고 있기 때문에, 그래서 행복했다.

김상희는 아무런 말도 못 했다. 잘은 모르겠지만 진수가 마치 유언을 하는 것처럼 느껴졌기 때문이다.

"앞으로 무슨 일이 일어나도 놀라면 안 돼."

"……무슨 일이 일어나는데?"

"그건 보면 알아."

내가 죽을 거야.

"무슨 일이 일어나도 놀라지 마. 그리고…… 딱 하나는 기억해 줘."

"……."

한진수가 김상희를 더욱 꽉 껴안았다.

"나한테는 너밖에 없었고, 앞으로도 너밖에 없을 거고, 네가 행복해야 내가 행복해."

"……."

김상희는 한진수가 무슨 말을 하려는 건지 조금 알 것 같았다. 유언을 하는 것 같은 느낌이 아니라 실제로 유언이었다. 그렇게 생각하자 싫었다. 지금은 투정을 부릴 때가 아니란 걸 알지만 참을 수 없었다.

"싫어!"

한진수가 없는 세상은 상상하고 싶지 않았다. 그럴 바에는 차라리 죽는 게 낫겠다는 생각마저 들었다.

한진수가 김상희의 귓가에 속삭였다. 이젠 정말로 시간이 없다. 프리온 나이트가 지척까지 다가왔다.

"딱 한 번만 말할 거니까 잘 들어."

한진수가 입을 열었다. 그 말을 들은 김상희가 철퍼덕 주저앉았다.

한진수는 죽음을 각오하고서 말했다.

"사랑해."

한 번만 말한다고 했는데, 결국 또 말해버렸다.

"죽어도 좋을 만큼 사랑해."

다시 한 번 더 말했다.

"정말 사랑해."

한진수는 입술을 깨물었다. 내가 없어도 너는 무조건 행복해야 돼. 네가 행복해야 내가 행복한 거니까. 네가 웃어야 나도 웃을 수 있으니까. 나는 너를 이제 못 보게 되겠지만, 그래서 아주 많이 미안하지만, 너는 살았으면 좋겠어. 네 목숨이 내 목숨보다 귀하니까. 네 생명이 내 생명보다 값지니까. 적어도 나한테 있어선 그러니까.

김상희가 반항하지 못하도록 김상희의 몸을 마력으로 구속했다.

"미안해."

그것마저도 미안했다. 김상희에게 힘을 쓴다는 거, 그것 자체만으로도 말이다. 하지만 구속할 수밖에 없었다. 그렇지 않으면 김상희가 자신에게 매달릴 것 같았으니까. 그건 그것 나름대로 행복한 일이지만 그는 그럴 수 없었다.

'마력을 폭발시킨다.'

김훈상이나 스페셜 나이트들처럼 이 기술을 '마력 폭발'이라고 명명한 건 아니다. 이 기술의 이름은 아직 정하지 않았다. 언젠가 쓸 일이 생길 수도 있다 하여 이론만 정립해 놨을 뿐 실제로 사용하는 것은 처음이었다.

한진수의 발을 중심으로 하여 흙먼지가 소용돌이치며 피어오르기 시작했다. 스페셜 나이트들은 깜짝 놀랐다.

'설마, 마력 폭발인가?'

아무래도 그런 것 같다. 똑같은 원리인지는 모르겠지만 일단 비슷했다.

'아니, 마력 폭발이 아니다.'

아무리 마력을 폭발시킨다고 해도, 저 정도로 강맹한 기운이 몸 밖으로 피어오르지는 않는다. 저건 마력 폭발의 수준을 훨씬 넘어섰다.

'신체에 무리가 엄청나게 갈 텐데.'

스페셜 나이트들은 깨달았다. 한진수는 지금 이곳을 자신의 무덤으로 선택했다. 사랑하는 여자, 아니, 그들의 입장에서는 사랑하는 왕자를 위해 이곳을 자신의 마지막으로 선택한 것이다.

한진수는 프리온 나이트들을 쳐다봤다. 마지막을 불태우는 힘, 심장이 끓어오르는 것 같았다. 하지만 정신은 어느 때보다도 맑았다. 그가 꺼낼 수 있는 또 다른 패인 프리온 나이트를 꺼냈다. 현재 그가 소유하고 있는 프리온 나이트는 5기. 저쪽은 무려 40기가 넘는 것 같지만 그래도 이 5기가 있음으로 인하여 이쪽의 전력이 많이 향상되었다. 힐끗 김상희를 한번 쳐다봤다. 김상희는 원망 가득한 눈으로 자신을 바라보고 있었다.

'미안해.'

미안하고 또 고마웠다.

'내가 사람을 사랑할 수 있다는 걸 알게 해줘서.'

그게 너무 고마웠다. 김상희가 없었다면 이렇게 행복한 기분, 세상의 모든 것을 다 잃어도, 세상의 모든 것을 다 가진 것 같은 그런 기분은 결코 알 수 없었을 것이다.

'그리고 내가 사랑한 사람이 너라서.'

그래서 그게 정말 고마웠다.

'나를 사랑해 줘서.'

그래서 행복했다.

'내가 너 진짜 많이 사랑해.'

마력을 폭발시킨 한진수가 프리온 나이트들과 격돌했다.

김훈상은 하늘을 올려다봤다. 주위는 공터가 되어버린 지 오래. 왕이 된 이후, 특히 전쟁기가 지난 이후 성군으로 자리매김하면서 그는 부하들에게 딱히 욕을 했던 적이 없다. 최근에 김상희 때문에 흥분해서 욕을 좀 많이 하긴 했는데, 하여튼 그전까지는 욕을 잘 안 했다. 왕의 입은 무거워야 했으니까.

김훈상이 자리에서 쓰러졌다. 그 자리에 그냥 누워 버렸다.

"멍청한 새끼들! 너희는 진정한 또라이들이다."

김훈상뿐만 아니라 더스 나이트 17명도 쓰러졌다. 버틸 수 없었다. 하지만 그들은 웃었다.

"제 생각에는 폐하가 제일 또라이인 것 같은데요."

"그런가?"

전쟁기 시절을 함께 보냈던 부하들이다. 형제처럼 느껴지는 이들. 오늘만큼은 왕 김훈상이 아니라 이들을 이끌었던 대장 김훈상으로 돌아간 것 같았다. 돌이켜보면 그때가 더 자유롭고, 더 행복했던 것 같다. 왕의 신분이 아닌, 훨씬 덜 고독한 위치로 이들과 함께 행동할 수 있었으니까.

"어떻게 왕자 하나 구하겠다고 이렇게 자기 목숨을 버립니까? 덧붙여 부하들까지 다 죽게 생겼네요. 이제 한 5분은 살려나?"

그나마 다행인 건 프리온 나이트를 전멸시켰다는 것. 대인전 특화용 프리온 나이트 제12대대는 김훈상 휘하 더스 나이트들에 의하여 궤멸됐다.

김훈상은 고개를 갸웃했다.

"왕자?"

"네, 김상희 왕자요."

김훈상은 어이가 없어 피식 웃고 말았다.

"왕자라니, 딸이다."

그것도 눈에 넣어도 아프지 않을 사랑스러운 딸.

"에이, 말도 안 되는 거짓말하지 마십쇼. 어차피 같이 죽을 마당에 뭘 우리까지 속입니까?"

"……."

김훈상은 뭔가 잘못됐음을 느꼈다. 김상희를 왕자라고 생각하고 있다고? 아니다. 그럴 리 없다. 김상희는 눈에 넣어도 안 아플 사랑스런 딸이다. 스스로 딸 병신이라고 생각하고 있다. 김상희가 아들이라니, 그건 말도 안 된다!

"왕의 이름을 걸고 맹세하는데, 딸이다."

"……."

더스 나이트들은 충격에 빠졌다. 그리고 허허 웃고 말았다.

"우리 폐하께서 진짜 미친 게 맞네요."

"그렇지. 나는 확실히 미친놈이다."

또 다른 더스 나이트 한 명이 말했다.

"미친놈을 주군으로 섬길 수 있어서 영광이었습니다."

그의 말은 진심이었다. 죽음을 기다리고 있는 상황에서 뭘 구태여 거짓을 말하겠는가.

"미친놈들의 세상에서 미친놈들의 왕이 되어주신 미친 왕께 깊이 감사드립니다. 일어나서 무릎 꿇지 못하는 거 용서 좀 해주시고."

김훈상의 입가에 가느다란 미소가 새겨졌다. 지금 자신은 죽지만 자신과 함께할 부하들이 있어 그리 외로울 것 같지는 않았다. 그리고 딸아이를 사랑할 수 있는 기회가 있지 않았던가. 아마 세상의 그 어떤 아버지라도 이런 행복한 기분은 느끼지 못했을 거다.

'한 번만 더 보고 싶은데.'

그러고 싶은데 그럴 수 없었다.

'놈들이 더 몰려오고 있다.'

김훈상이 억지로 일어섰다. 모두가 일어날 수 없을 거라고 장담하고 확신했는데, 그럼에도 불구하고 김훈상은 일어섰다.

"폐하, 몸이 움직이긴 합니까?"

"딸에게 미친놈은 가능한 것 같군."

이미 몸은 만신창이였다. 그러나 어떻게든 일어섰다. 그는 가야 할 곳이 있었다.

"나는 내 딸을 지켜야만 한다."

더스 나이트들은 생각했다. 우리가 지켜야만 하는 사람이 바로 폐하 당신입니다.

김훈상이 힘겹게 걸음을 옮겼다.

"그게 내가 아버지인 이유다."

스페셜 나이트들은 기겁했다.

"미, 미친!"

한진수의 마력 폭발, 그 기술은 엄청났다.

'폐, 폐하보다도 강하다!'

사실 한진수나 김훈상 정도 되면 그 실력의 차이는 종이 한 장 차이라고 해도 과언이 아닐 정도다. 원래대로라면 그렇다. 그런데 스페셜 나이트들이 느끼기에는 아니었다. 지금의 한진수는 김훈상을 뛰어넘었다. 세기의 대천재가 아니라, 전 세기를 통틀어 인류 역사상 최고의 천재라고 보는 게 맞을 정도였다.

콰과광!

거대한 폭발음이 터져 나왔다.

12기의 미사일로도 3기밖에 파괴하지 못했던 프리온 나이트들을 한진수는 맨손으로 부숴 버렸다.

프리온 나이트 제7대대 대대장 프렌토는 이 상황을 믿을 수 없었다. 어떻게 인간의 힘으로 이런 말도 안 되는 일을 벌일 수 있는가. 인간이 맨몸으로 프리온 나이트를 부술 수 있다는 건 오늘 처음 알았다. 고려 국왕 김훈상이라고 해도 불가능할 거라고 생각했는데, 고려 국왕도 아니고 그보다 훨씬 어린 한진수 때문에 프리온 나이트가 파괴되다니, 그것도 무려 7기가.

프리온 나이트 제6대대 대대장 맥민이 말했다.

"정신 차려라. 이쪽이 월등히 유리하다. 그리고 저놈, 조급해하고 있어. 저 힘을 끌어다 쓰는 것에 시간제한이 있을 확률이 높다. 방어진형을 유지하면서 피해를 최소화시켜. 시간을 끈다."

상황을 면밀히 주시하고 있던 그는 허점을 발견했다.

'김상희에게 피해가 가지 않도록 모든 힘을 조절하고 있다.'

다시 말해 김상희가 약점이라는 소리다.

ㅡ원거리 포격 모드.

프렌토가 깜짝 놀랐다.

"선배님! 설마 김상희를 노리시는 겁니까? 안 됩니다. 반드시 살려서 오라는 폐하의 엄명이 있었습니다."

"지금은 어쩔 수 없는 상황이지. 그렇지?"

그의 말은, '어쩔 수 없는 상황이어야만 한다'라는 뜻이었다.

ㅡ제3기, 제4기, 제5기 원거리 포격 준비 완료.

방어 진형을 유지하면서 김상희를 향해 오른손을 겨누었다. 오른손등 위에 자리 잡은 대구경 레이저포가 김상희를 노렸다.

한진수가 그것을 눈치채고 소리쳤다.

"안 돼!"

프리온 나이트를 부수던 한진수의 모습이 사라졌다. 프리온 나이트 3기가 발사한 황금빛 빛기둥이 주위를 집어삼킬 듯 김상희를 향해 뻗어 나갔다.

프리온 나이트와 접전을 벌이던 김환성도 비명을 질렀다.

"김상희!!!"

맥민이 회심의 미소를 지었다. 예상대로다. 어떤 이유인지도 모르겠고 이해도 안 되지만, 한진수는 저 여자를 끔찍하게 보호하려고 했다. 지금도 마찬가지다.

김상희는 이제 움직일 수 있게 됐다. 자신의 몸을 구속하고 있던 한진수의 마력이 풀려 버렸다. 김상희가 한진수를 껴안았다. 김상희는 봤다. 세 줄기의 빛다발이 한진수의 몸을 관통하는걸. 그리고 관통당한 자리에는, 아마도 심장이 있었을 거라는걸. 한진수의 몸에는 지금 큼지막한 구멍이 세 개나 뚫려 있었으며, 그의 몸에서 흘러나온 피가 땅을 흥건히 적시고 있었다.

김상희는 비명을 질렀다.

"안 돼!!!"

이러면 안 됐다. 이제서야 서로의 마음을 확인했는데, 이제서야 좀 알 것 같은데. 그런데 이렇게 죽어버리면 절대로 안 됐다.

김상희의 머릿속이 하얗게 변해 버렸다.

"안 돼! 안 돼! 안 된다고!"

아무 말도 떠오르지 않았다. 미쳐 버린 것 같았다. 으아아아아아아! 비명을 질렀다. 목 놓아 울었다. 김상희에게 반쯤 안긴 한진수가 힘겹게 팔을 들어 올렸다.

아까 한 번만 말한다고 했는데, 결국 또 말했다.

"……사랑…… 해……."

그 말을 하는 것조차도 힘겨워 보였다. 김상희는 자기가 무슨 말을 하는지도 모르고 아무렇게나 마구 말했다.

"나 두고 죽으면 절대로 용서 안 할 거야. 평생 용서 안 할 거야. 너 나 두고 어디 가면 나 평생 울 거야. 매일매일 힘들게 살아갈 거야."

그러니까, 그러니까 제발 죽지만 마. 이렇게 나 때문에 죽어버리면 내가 어떻게 사냐고!

"너 죽으면 나도 따라 죽을 거야."

그러니까 살아나란 말이야!

한진수의 고개가 꺾였다. 살아나기에는 너무 깊은 상처를 입었다. 기적이 일어나지 않는 한, 한진수가 되살아날 가능성은 없었다. 스페셜 나이트들은 한진수의 죽음을 애도했다. 그리고 그들도 선택할 수밖에 없었다.

'우리도 마력 폭발을 사용해야만 한다.'

그렇지 않으면 이곳에서 빠져나갈 수가 없다.

'기적이 일어나지 않는 한…….'

이곳에서 모두 전멸하게 되겠지. 그렇게 생각했다. 김상희가 오열했다.

"으아아아아아아!"

그리고 그 순간, 기적이 일어났다. 기적을 일으킨 사람은 다름 아닌 김상희였다. 김상희의 몸이 은은한 백색으로 빛나기 시작했다. 그리고 한진수가 소유하고 있던 프리온 나이트의 몸체가 금색으로 빛나기 시작했다.

모두가 보는 앞에서 기적이 일어났다.

제25장
성녀 만세!

김상희의 몸이 백색으로 빛났다. 김상희 근처의 스페셜 나이트들은 어안이 벙벙해졌다.

'이게…… 도대체…… 어떻게 된…… 일이냐?'

몸의 흉터가 사라져 갔다. 피가 새어 나오던 상처들에서 피가 멎고 새살이 돋았다. 천고의 영약 퓨리어스를 먹어도 이 정도 효과는 없을 터.

김환성도 고개를 갸웃했다.

"뭐야, 이거?"

몸에 힘이 솟았다. 단순히 힘이 솟는 게 아니라 마력이 폭발할 것처럼 꿈틀거리는 게 느껴졌다. 마력의 순도가 높아지고 정갈해졌다.

"나 지금 엄청 세진 느낌인데? 원래도 셌지만."

김환성은 뭔가 몸에 변화가 있음을 감지했다. 본격적으로 싸운 지

얼마 되지 않아 체력적으로 부담이 있는 수준은 아니었으나 체력이 회복되는 게 느껴졌다. 최상의 컨디션이다.

김상희의 몸이 하늘로 약간 떠올랐다. 원래대로라면 불가능하다. 여자는 마력이 없다. 마력이 없는 여자가 중력을 거스르고 하늘로 뜰 수는 없는 법이다. 김상희의 몸이 더욱더 밝은 빛에 물들었다.

스페셜 나이트들은 생각했다.

'아름…… 답다.'

여자를 보며 아름답다고 느끼다니, 말도 안 되는 일이다. 하찮은 미물이나 다름없는 계집 따위에게서 아름다움을 느끼다니. 단순히 아름다움을 넘어 경외심마저 들 정도였다. 이상했다. 김상희에게 뭔가 커다란 변화가 있는 것 같았다.

김상희와 멀리 떨어져 있던, 쓰러진 상태로 죽음을 기다리던 더스 나이트들도 이상함을 눈치챘다.

"형님, 몸이 좀 이상하지 않습니까?"

고갈된 마력이 다시 채워지는 느낌이다. 몸에 활력이 일기 시작했다. 더스 나이트들은 이 상황을 이해할 수 없었다.

"이건 도대체……."

그들은 죽음을 기다리고 있었다. 마력 폭발을 사용한 대가로 목숨을 바쳐야 했다. 그래도 일생에 목숨을 다해 지킬 주군을 모셨고 제국의 최강 병력이라는 프리온 나이트를 맨몸으로 꺾었다. 남자 인생이 정도면 성공했던 거 아니겠는가, 라고 생각했었는데, 이것이 끝이 아닌 모양이었다.

"몸이…… 움직입니다."

더스 나이트들이 몸을 일으켰다.

'이건 기적이다.'

뭐가 어떻게 된 건지는 모르겠다. 기적, 그것 말고는 다른 말로는 설명이 되질 않았다.

딸을 지키겠다는 일념으로, 시체가 되어버린 것과 다름없는 몸을 억지로 이끌고 김상희를 향해 힘겹게 걸어가던 김훈상의 몸이 갑자기 사라졌다.

'몸이…… 편안하다.'

혹시 내가 죽은 것일까? 나도 모르는 사이 목숨을 다해, 이제야 편해진 것인가? 지금은 이성적인 판단이 불가능했다. 오로지 '사랑하는 딸을 지키겠다'는 일념이 그의 목숨을 겨우겨우 붙잡고 있던 상황이니까.

'나는 비록 죽었더라도.'

김훈상은 자신이 죽었다고 생각했다.

'그래도 나는 내 딸을 지키겠다.'

어떤 상황인지는 모르겠다. 정말로 귀신이 되어버린 건지, 몸이 되살아난 건지 그런 걸 판단할 시간도 여유도 없었다. 그냥 달렸다. 자신이 낼 수 있는 최고의 속도로. 그리고 그는 볼 수 있었다.

김상희가 하늘에 떠올랐다. 그녀의 몸이 하얗게 물들어 백색의 빛을 은은하게 흘리고 있었다. 김훈상의 눈에 눈물이 고였다. 눈물이 왈칵 쏟아졌다.

'살아 있었구나.'

그러면 됐다. 그거면 됐다. 자신이 죽든 말든 그런 건 중요하지 않았다. 그리고 김훈상은 놀라운 광경을 목격했다.

'저놈은 한진수인가?'

한진수가 틀림없었다. 몸이 완전히 만신창이가 되어 있었다. 배에 커다란 구멍이 두 개나 뚫려 있었고 심장 부근도 뻥 뚫려 있었다. 그가 쓰러져 있는 주위는 이미 핏물이 고여 웅덩이가 되어 있었다.

'재생…… 되고 있다.'

저 현상을 도대체 어떻게 설명한단 말인가. 분명히 심장이 뚫렸다. 저건 거의 즉사라고 보면 됐다. 다시 말해 저건 시체라고 봐도 됐을 정도였다. 딱 몇 초, 몇 초만 더 있었으면 시체가 됐을 거다.

'이럴 수가…….'

하늘에 둥둥 뜬 딸을 쳐다봤다.

'성녀…… 라는 건가?'

'성녀'라는 게 있다는 건 안다. 그런데 그게 뭔지는 정확하게 알 수 없었다. 그랬는데 김상희를 보니 성녀가 뭔지 알 것 같았다.

'기적을 일으키는 능력을 가졌구나.'

사실상 김훈상에게 김상희는 존재 자체만으로도 기적이었다. 자신이 딸을 이토록 사랑하게 될 줄은 몰랐다. 왕이 계집을 사랑한다? 있을 수 없는 일이다. 그것도 기적이었다.

한진수가 눈을 떴다. 이상했다.

'여긴…… 어디지?'

자신은 죽었어야 했다. 죽는 게 맞았다. 후회는 없었다. 김상희를 지키다 죽은 거니까. 그런데 느낌이 이상했다.

'죽은 것 같지가…… 않다.'

손가락을 움직여 봤다. 아주 잘 움직였다. 통증도 없었다. 최상의 컨디션이다.

'나는 어떻게 된 거지……?'

눈이 부셔 하늘을 쳐다보자 김상희가 빛나고 있었다. 한진수는 멍하니 김상희를 쳐다볼 수밖에 없었다.

'아름…… 답다.'

너무 아름다워 눈이 부셨다. 주위를 둘러봤다. 고려 국왕 김훈상이 이 자리에 있었다. 김훈상 역시 놀란 것 같았다. 그도 멍하니 하늘을 올려다보고 있었다.

한진수는 문득 정신을 차렸다. 그래, 거기까진 좋다. 김훈상이 딸을 사랑하는 건 애초에 알고 있었다. 그리고 아버지니까 상관없다. 하지만 한진수는 주변을 둘러보고는 이마를 찌푸렸다.

'저것들이 남의 여자를 왜 저렇게 쳐다봐?'

순간 짜증이 치밀어 올랐다. 어느새 도착한 더스 나이트도 원래부터 이곳에 있던 스페셜 나이트들도 입을 쩍 벌리고 김상희를 멍하니 쳐다보고 있었다. 그중 일부는 아름답다며 중얼거렸다.

'내 여자라고!'

그렇게 소리치고 싶었지만 참았다. 지금은 전쟁 시국이다. 전쟁 시국에 사사로운 질투를 할 수는 없지 않은가.

한진수는 또 찔끔 놀랐다.

'설마…… 내가 질투를 하고 있는 건가?'

그런 것 같다. 질투, 질투라니. 내가 질투를 하고 있다니. 한진수는 황당해졌다. 자신이 이토록 소인배인 줄 처음 알았다. 다른 남자들이 아름답다면서 김상희를 넋 놓고 쳐다보고 있는 그 사실만으로도 싫었다. 부끄러워졌다. 자신이 이토록 소심한 남자일 줄이야. 부끄럽고 창피했지만, 그래도 인정할 수밖에 없었다. 늑대들마저도 김상희를 넋 놓고 쳐다보고 있는 게 보였다. 한진수는 짜증이 무럭무럭 치밀어 올랐다.

"눈 깔아!"

저 여자는 내 거라고. 너희들 눈 전부 깔아! 자신이 유치해졌다는 사실을 인지했다. 인지도 했고 부끄럽기도 했으나 그것을 부정하지는 않았다.

"내 여자라고! 쳐다보지 말라고!"

하지만 한진수의 목소리는 제대로 전달되지 않은 듯했다. 모두가 김상희에게서 눈을 떼지 못했으니까.

"아이 씨……."

왜 너는 그렇게 예뻐서 다른 남자들이 다 쳐다보게 만드냐. 내 눈에만 좀 예쁠 수 없냐? 라고 생각했다가 그는 고개를 갸웃했다.

'어차피 불가능하겠지.'

누구에게나 예쁠 거다. 그게 맞다. 김상희는 이 세상의 그 누구보다도 아름다웠고 예뻤으니까. 적어도 한진수의 눈에는 그렇게 보였으니까.

누군가 중얼거렸다.

"기적이…… 일어났다."

김상희가 공주가 기적을 일으켰다. 모두가 죽음을 각오하고 있던 상황에서 그 죽음을 삶으로 되돌려 놨다.

늑대들 중 누군가가 깨달았다. 한진수와 함께 자료를 조사했었던 기억이 있었다.

"저 여자가…… 성녀."

그때 한진수는 이상한 점을 발견했다.

—최종 형태로 변화합니다.

황금빛으로 물들었던 한진수의 프리온 나이트들의 몸이 번쩍 빛났다. 태양이 눈앞에서 터진 것처럼 빛이 쏟아져 모두가 눈을 감았다.

'뭐지?'

한진수가 눈을 떴다.

–프리온 나이트, 최종 형태 변환 완료.

그는 발견했다. 변화된 프리온 나이트 5기를 말이다. 한진수가 가지고 있던 프리온 나이트는 중형급이다. 크기는 약 5미터가량. 그런데 그 크기가 완전히 작아졌다. 보통 사람 정도로 작아졌다. 큰 것이 2미터 정도. 작은 것은 1미터 60㎝ 정도 되어 보였다.

'사람과…… 똑같다.'

여자인 것 같기도 했고 남자인 것 같기도 했다. 여자처럼 꾸며 놓으면 여자처럼 보일 것 같기도 했고, 남자처럼 꾸며 놓으면 남자처럼 보일 것 같기도 했다. 어쨌든 사람과 다른 점이 별로 없어 보였다. 이상했다.

–자동 타깃팅 시스템이 활성화됩니다.

–적 타깃팅 설정 완료. 공격 명령을 내려 주십시오.

한진수가 공격 명령을 내렸다.

더스 나이트들은 놀랄 수밖에 없었다.

"미…… 미친……."

저 정도면 마력 폭발을 일으킨 김훈상과 맞먹는 수준의 엄청난 강함이 아닌가. 프리온 나이트들이 저렇게 강했다고? 그게 심지어 5기나 된다. 더스 나이트들은 무력으로만 따지면 인간들의 최정점에 올라선 자들이다. 그들이 보기에도 엄청나게 강했다.

김훈상마저도 감탄했다.

'저게…… 진짜 프리온 나이트의 능력인가?'

김훈상은 힐끗 김상희를 쳐다봤다.

'그도 아니면 내 딸의 능력인가?'

아무래도 딸의 능력인 것 같았다. 김상희의 몸이 백색으로 빛나고 있고 그와 동시에 프리온 나이트들이 강해졌으니까. 확실해진 것도 아닌데 괜히 흡족해졌다.

'역시 내 딸이다!'

씨익 웃었다.

"더스 나이트, 스페셜 나이트. 언제까지 구경만 하고 있을 거냐? 내 나이트에 약해빠진 놈은 필요 없다."

나이트들이 와아! 함성을 내질렀다. 죽음을 각오했었는데 살아났다. 사기는 그 어느 때보다도 높았다. 검을 고쳐 쥐었다.

김훈상이 딸 부심(?)을 부렸다. 굳이 안 해도 될 말을 했다. 괜히 딸을 자랑하고 싶은 마음이랄까?

"성녀가 우리와 함께함이다."

그리고 말했다.

"너희의 왕인 나도 너희와 함께하고 있다."

나이트들의 사기가 하늘을 찔렀다. 와아! 함성을 외쳤다. 김훈상이 가장 먼저 내달렸다.

"보여 봐라, 고려의 힘을."

한진수도 명령을 내렸다.

"늑대들도 지지 않는다."

늑대들도 사기가 높아졌다. 한진수만 해도 엄청난 전력인데, 그 한진수가 저 무지막지한 프리온 나이트들을 조종하고 있다. 이제 승리는 따 놓은 당상이다.

더 희망적인 소식이 전해졌다.

"고려 나이트 제4대대 대대장 신충길, 고려 국왕께 인사 올립니다."

고려 본국에서 나이트들이 지원을 오기 시작했다. 함성이 커졌다.

"고려 나이트 제6대대 대대장 파커슨, 고려 국왕께 인사 올립니다."

고려의 나이트 대대들이 고려의 왕자들과 왕을 구하기 위해 집결하기 시작했다.

"고려 나이트 제8대대 고경혁, 고려 국왕께 인사 올립니다."

그들은 만사를 제치고, 수행 중이던 임무도 내팽개치고 달려왔다. 이곳에 국왕이 있다. 국왕이 있어야 나라도 있다. 적어도 그들에게는 그랬다. 나이트들이 숲을 포위하고 포위망을 좁히며 달려왔다. 프리온 나이트 어시스턴트들을 찾아내 습격하고 프리온 나이트들과 격돌을 벌였다.

그날, 제국이 자랑하는 최강 전력 프리온 나이트 3개 대대가 완전히 궤멸됐다. 제국으로서도 엄청난 손해이자 손실이라고 할 수 있었다. 1개 대대면 어지간한 나라는 찜 쪄 먹고도 남는다. 그런데 3개 대대가 날아갔다. 특히 제6대대마저도 전멸했다는 건 의미하는 바가 컸다. 제6대대는 프리온 나이트 대대 중에서도 손꼽히는 강함을 자랑하는 부대였으니까.

고려는 대승을 거두었다. 사망자는 총 12명, 전투의 규모에 비해서는 정말 적은 수치다. 그것도 김상희가 성녀로 각성한 이후에는 단 한 명의 사망자도 발생하지 않았다. 김상희는 전투가 벌어지는 내내 하늘에서 백색의 빛을 뿌렸고, 고려의 나이트와 늑대들은 상처를 입지 않았다. 아니, 상처를 입어도 금방 회복이 됐다. 지치지도 않았다.

제국이 자랑하는 프리온 나이트 3개 대대를 쓸어버렸다.

“와아아아아!”

함성을 내질렀다. 그들도 안다. 그들이 어떻게 이길 수 있었는지. 누군가 외치기 시작했다.

“김상희 성녀, 만세!”

오글거리는 아부가 아니었다. 그들은 애초에 계집에게 아부할 필요가 없는 사람들이다. 지금 이 순간만큼은 마음에서 우러나와 외치는 것이었다. 계집이든 뭐든 상관없었다. 지금 그들을 살려준 건 김상희였다. 김상희가 없었으면 이번 전투는 패배였다. 몇몇이 따라 하기 시작했다.

“김상희 성녀, 만세!”

그 몇몇의 목소리가 점점 커지기 시작했다. 이번 전투의 최고 공로자, 김상희를 향한 경외와 존경, 그리고 감사함을 담아 만세를 외쳤다. 김상희는 그들에게 있어서 생명의 은인이었으니까.

“김상희 성녀, 만세!”

한진수는 또 기분이 나빠졌다. 아니, 좋기는 좋은데 이상하게 불쾌했다. 외치고 싶었다.

‘김상희는 내 거라고! 쳐다보지 말라고! 내 거라고! 나만 볼 거라고!’

그런데 문제가 발생했다. 김상희의 몸에서 밝은 빛이 사라졌다. 그와 동시에 땅으로 떨어져 내렸다.

한진수가 달렸다.

“김상희!”

김상희를 받아냈다. 이상했다. 한진수는 마력을 끌어올려 청력을 극대화했다. 정말 이상했다. 이건 단순히 이상한 정도가 아니었다. 김상희의 심장 소리가 들리지 않았다.

'안 돼!'

불길했다.

제26장
내가 널 더 사랑해

한진수는 김상희의 심장박동을 느끼려 애썼다. 마음만 먹으면 피가 흐르는 소리까지도 들을 수 있다. 하지만 들리지 않았다. 쿵쾅대는, 아니, 쿵쾅대어야만 하는 심장이 멈춰 있었다.

나이트들도 이상함을 느꼈다. 확실히 뭔가 잘못됐다. 분위기가 숙연해졌다. 아무도 이 승리를 기뻐할 수 없었다.

한진수는 마력을 컨트롤하여 김상희의 심장을 주물럭거리기 시작했다. 제발, 제발 일어나라. 일어나야만 한다. 김상희가 없는 세상은 생각해 본 적이 없다. 아니, 생각하기도 싫다. 그에게 있어서 김상희는 천금보다도 귀했다.

'제발, 제발, 제발!'

하지만 김상희의 멈춘 심장은 다시 움직일 생각을 하지 않았다.

'내가 살고 네가 죽으면…….'

그러면 나는 도대체 어떻게 살아가란 말이냐. 제발, 제발 일어나라. 확실히 느꼈다. 그는 김상희가 있어야만 살 수 있었다. 김상희가 옆에 있어야만 자신일 수 있었다. 김상희가 없으면 자신은 아무것도 아니었다.

김상희의 얼굴이 창백했다. 몸이 점점 식는 것처럼 느껴졌다. 순간 한진수는 이성을 잃었다. 세기의 대천재, 인류 역사를 통틀어 최고의 기재라고 해도, 사랑하는 여자의 죽음 앞에선 초탈해질 수 없었다. 하물며 그 여자가 죽은 것이 자기 때문이라고 생각하면, 그러면 너무 괴로워 견딜 수 없었다.

“으아아아아아!”

목 놓아 부르짖었다. 김상희, 사랑한다고. 그러니까 제발 일어나라고. 입에서 나오는 대로 아무렇게나 내뱉었다. 김상희를 껴안고 엉엉 울었다. 눈물이 멈추질 않았다. 입술을 깨물었는데, 어찌나 세게 깨물었는지 피가 줄줄 흘러 나왔다.

제발…… 제발, 내가 죽어도 좋으니까, 내 목숨을 가져가고, 네가 살아나란 말이다!

이성을 완전히 잃었다. 마력으로 손을 감싸고 자신의 목을 찔렀다. 정확히 동맥을 끊어버릴 수 있는 그 위치였다. 과거의 한진수가 알았다면 어처구니없고 황당하고 한심하다고 생각했겠지만, 지금의 한진수에게 있어서 그가 살아가는 이유는 김상희 하나였다. 다른 건 필요 없었다. 오로지 김상희를 행복하게 만들어주기 위해서, 김상희가 웃는 모습을 보고 싶어서, 욕심을 조금 더 부려보자면 그 김상희를 안고 싶어서, 내 옆에 김상희가 있었으면 하는 그 바람 때문에 그래서 제국에 항거하며 열심히 살아왔다. 그런데 김상희가 없다. 그럼 이제 죽어도 된다. 아니, 죽어야 했다. 김상희가 없는 삶은 의미가 없으니까.

그런데 한진수의 손은 그의 목에 닿지 못했다.

"그만둬라."

김훈상이었다. 김훈상이 한진수의 팔목을 잡았다. 한진수는 오열했다. 김훈상은 한진수를 탓하지 않았다. 그 누구도 한진수에게 손가락질을 하지 못했다.

'내 딸이…….'

죽었다. 누가 봐도 그랬다. 심장이 멈춘 지 벌써 10분이 넘게 흘렀다. 일어날 기미가 보이지 않았다.

'내 딸이…… 죽었다.'

나를 살리기 위해서, 우리를 살리기 위해서, 그래서 죽어버렸다.

'내가…… 아버지인가?'

김상희를 위해 열심히 노력했는데, 결과적으로 김상희가 죽었다. 이럴 수는 없었다. 하지만 그는 희미해지는 정신을 겨우 붙잡았다. 그에게는 수십 명의 나이트가 있다. 그가 무너지면 저 나이트들도 무너진다.

'이 순간에도 나는 왕인가?'

자괴감이 들었다.

'쉬고…… 싶다.'

왕이기 이전에 사람이고 싶었고, 사람이기 전에 아버지이고 싶었다. 내 딸을 행복하게 해주는 거, 딸과 함께 행복하게 사는 거 그게 그렇게 어려운 일이란 말인가.

이를 갈았다.

"한진수, 일어서라."

언제까지 슬픔에만 잠겨 있을 수는 없었다.

"나는 제국을 용서하지 않겠다."

따지고 보면 이 일을 일으킨 건 제국 아니겠는가. 프리온 나이트는 오로지 제국에만 있다. 누가 봐도 제국의 소행이다.

김훈상은 복수를 다짐했다.

"제국을…… 반드시 쓸어버리겠다."

그때 목소리가 들려왔다.

"그 말은 취소하는 게 좋을 겁니다."

김훈상이 고개를 돌렸다. 뒤쪽에 크리스가 있었다. 안 그래도 이상하다고 생각하고 있었다.

"너는 어디에 있었지?"

"백제에 지원을 요청했습니다. 전파가 막혀 있는 바람에 상당히 먼 거리를 이동해서야 지원을 요청할 수 있었습니다. 하지만…… 지금은 필요 없겠군요."

김훈상은 고개를 끄덕였다.

'그 상황에서 그런 것까지 계산하고 움직였단 말인가?'

솔직한 말로 감탄했다. 누군가는 반드시 했어야만 하는 일이다. 프리온 나이트의 어시스턴트들이 펼치는 전파방해를 뚫고 고려든 백제든 어디론가 연락을 했었어야 했다. 생각해 보면 이것은 자신의 실수였다. 나이트 하나를 빼서 고국에 연락하게 만들었어야 했는데. 자신도 순간 잊어버린 그것을, 이 새파랗게 어린놈이 해냈다는 거다.

'그리고 어시스턴트들의 경계망을 뚫고 나갔다 왔다는 건 충분히 칭찬할 만한 일이다.'

김훈상이 물었다.

"뭘 취소하라는 거지?"

제국은 반드시 쓸어버릴 거다. 지금 당장은 어려울 수도 있다. 김상희의 목숨을 빌어 프리온 나이트 3개 대대를 이겼을 뿐이다. 아직도 제국에는 프리온 나이트 10개 대대가 남았다. 물론 추정치다. 대략 10개 대대 정도가 남아 있을 거라고 예상하고 있는 중이다.

"……아직 슬퍼하긴 이릅니다. 하루를 기다려 보죠."

크리스는 뭔가 아는 것 같은 눈치였다. 그리고 하루가 지났다.

아침이 밝아 왔다. 한진수는 밤새도록 김상희를 품에 안고 있었다. 싸늘하게 식어버린 김상희의 몸을 따뜻하게 만들어 주고 싶었다. 제발 일어나. 일어나서 내게 말을 하란 말이야. 날 사랑하지 않아도 좋아. 그냥 내 옆에만 있어. 난 그거 하나면 되니까. 그 말을 수천 번은 되뇐 것 같았다.

그리고 그때, 다시 기적이 일어났다.

"……진…… 수?"

한진수는 또다시 오열할 수밖에 없었다. 세기의 대천재, 레지스탕스의 대장. 붉은 늑대의 자리에 앉아 있음에도 불구하고 체면을 차릴 수 없었다. 기뻤다. 너무나 기뻤다. 어떻게 이런 일이 벌어진 건지는 알 수 없었다. 분명 시체였었는데 하루가 지나니 다시 의식이 돌아왔다.

하루 동안 진을 치고 있던 나이트들의 얼굴도 밝아졌다. 그들의 아침이 분주해졌다.

"김상희 왕자, 아니, 김상희 공주님이 살아났다는데?"

"설마? 어제까진 완벽하게 시체였는데."

나이트들이 몰려들었다. 그들에게 있어서 김상희는 그저 그런 계집이 아니었다. 그들에게 있어서는 생명의 은인이며, 성녀였다.

"오! 진짜다! 진짜야! 김상희 공주님이 일어나셨다! 부활했다고!"

축제 분위기에 휩싸였다. 김훈상도 벌떡 일어섰다. 딸이 살아났다. 단언컨대, 그는 태어나서 이런 기분 처음이다. 행복해졌다. 왕이고 뭐고 그런 거 없었다. 너무나 기쁜 나머지 덩실덩실 춤을 췄다.

나이트들이 그걸 봤다.

'폐하께서 이상한 춤을 추고 있다.'

그들은 어안이 벙벙한 얼굴로 고개를 갸웃했다.

'아무래도…… 폐하가 좀 미친 거 같다.'

조금이 아니라 많이 미친 것 같다. 정말 미친 사람처럼 뛰고 있었으니까. 모르는 사람이 보면 왜 저러나 싶을 정도다. 백성들이 봤다면 미치광이 왕이라고 손가락질했을지도 모를 일이다. 나이트들의 시선을 느낀 김훈상이 얼른 정색했다. 마치 자신은 그런 적이 없다는 듯, 자신은 제정신이라고 주장하는 듯 말이다. 하지만 싱글벙글 터져 나오는 웃음은 어떻게 할 수가 없었다. 그래도 짐짓 엄한 척했다.

"김상희, 이 잔망스런 계집. 감히 이 아비를 놀리는 거냐?"

김상희는 지금 죽었다 살아난지라 영문을 몰라 당황했다.

"아, 아버님……!"

김훈상이 가까이 다가왔다. 그리고 한진수를 밀쳤다. 마치 7살 어린이들이 싸우는 것처럼 퍽! 밀쳤다. '비켜, 이 장난감은 내 거야?'라고 주장하는 것처럼. 김훈상이 다가와 김상희를 꽉 안았다.

"살아 있어줘서 고맙다."

정말 꽉 껴안았다. 김상희는 외치고 싶었다. 아빠, 나 숨 막혀요. 당신 때문에 진짜 죽을 거 같다고.

"한 번만 안아보자, 내 새끼."

아니, 이미 안고 있잖아. 두 번 안았다간 내 갈비뼈 부러지겠네. 이봐, 개차반. 좀 놓아달라고! 라고 속으로는 외쳤지만 겉으로는 달리 말했다.

"아빠가 무사하셔서 다행이어요."

겉 다르고 속 다른 거야 하루 이틀 일이 아니다. 그래도 김상희는 괜히 뭉클해졌다. 지금 좀 숨 막히고 괴롭기는 한데, 어쨌거나 김훈상의 진심은 전해졌다. 김훈상은 지금 진심으로 기뻐하고 있었다. 사랑받는 기분이 들었다. 한진수에게 사랑받는 느낌과는 조금 달랐지만 하여튼 기분 좋은 일이라는 것은 틀림없었다.

고려의 나이트들과 국왕, 그리고 성녀 김상희가 고려로 돌아왔다. 고려 왕궁이 발칵 뒤집어졌다.

음, 나에 대한 소문이 막 퍼져 나가고 있다. 뭐, 당연한 말이지만 나는 김상희 공주라고 불린다. 그런데 요즘은 김상희 성녀라고 불리는 경우가 적지 않다. 다른 사람들은 몰라도, 나이트들이 나를 그렇게 불렀다. 나도 어렴풋이 기억은 난다. 내 몸에서 빛이 났고, 사람들이 회복됐고, 프리온 나이트가 금색으로 빛났다. 거기까진 기억이 난다. 정신을 차려보니 프리온 나이트는 모두 전멸했고, 개차반과 한진수가 굉장히 기뻐하고 있었다.

'지금…… 이건 무슨 시추에이션이야?'

나는 지금 굉장히 황당하다. 왜냐고?

"그건 절대로 있을 수 없는 일입니다. 성녀라뇨! 계집에게는 어울리지 않습니다!"

"그렇습니다! 성녀라는 칭호는 듣도 보도 못한 해괴망측한 단어입니다!"

나를 가운데에 세워 놓고 늬들 지금 뭐 하는 짓이냐? 누가 나보고 성녀라고 불러 달래? 나는 그냥 있는 듯 없는 듯 조용하게 살면서 힘을 키워야 된다고.

개차반은 도대체 무슨 생각인지 황금 의자에 앉아 관리들이 싸우는 걸 지켜보기만 했다. 시간이 흘렀다. 김훈상이 관리들을 노려보며 물었다.

"그러니까 늬들은 김상희를 특별 대우하는 게 싫다?"

"예, 그렇습니다. 아무리 보배라 할지라도 한낱 계집에 불과하지 않습니까?"

저런 말은 맨날 듣는 건데 참, 여전히 적응이 안 된다. 한낱 계집이라니.

그때, 알렉스 학자님이 입을 열었다.

"한낱 계집이라니! 당신은 뭐가 그렇게 잘났수?"

오, 그래. 알렉스 학자님, 파이팅. 저 아저씨, 아니, 저 할아버지는 언제나 저렇게 돌직구를 잘 날려준다니까. 비교적 내 마음을 아주 잘 알아주고.

"뭐 잘난 것도 없으면서 김상희 공주님을 깎아내리려 들지 좀 마요. 그렇다고 지가 잘나지나. 그거 열폭이야."

……어라, 당신 학자님이잖아. 인터넷 용어를 막 사용하시네. 열폭, 별거 아니다. 열등감 폭발이라는 뜻인데, 학자님이 사용하니까 뭔가 있어 보이고 다른 뜻 같기도 했다.

……어쨌든 알렉스 학자님 파이팅.

관리는 당황했다. 열폭? 그게 뭐지? 내가 모르는 신조어인가! 그는 무식을 티 내고 싶지 않았다. 저런 어려운 단어를 쓰는 건 치사하잖아. 그래서 대충 얼버무렸다.

"아, 알렉스 학자! 말이 너무 지나칩니다!"

"지나치긴 뭘 지나쳐. 이번 국지전에서의 활약상을 듣지 못했어요? 귀는 장식으로 달렸나……."

그러나 관리들은 믿지 않았다. 솔직한 말로 믿을 수 없었다. 그런 괴이한 힘을 가진 계집이라니, 듣도 보도 못했다. 원래 사람은 자신이 눈으로 보지 않으면 잘 못 믿는 법이다. 차라리 바퀴벌레가 3초 만에 진화하여 사람이 됐다는 말을 믿고 말지.

그때 문이 열렸다.

"폐하, 김상희 공주를 성녀로 추대하는 것은 합당하다고 봅니다."

모두가 눈을 돌려 봤다. 그는 다름 아닌 스페셜 나이트 대대장 김유신이다. 하지만 김유신의 얼굴과 직책을 아는 사람은 그렇게 많지 않다. 프리온 나이트만큼은 아니지만 스페셜 나이트 역시 비밀스런 집단이었으니까.

나이트들이 궁전 내로 물밀듯 밀고 들어왔다. 물론, 이미 사전에 김훈상이 허락한 거다. 어차피 관리들이 반대할 줄 알았다. 김훈상의 생각을 빌리자면, 저놈들은 귓구멍이 막힌 놈들이니까.

김훈상이 자리에서 일어섰다. 잠시 화장실을 가겠다고 했다. 관리들은 황당해졌다. 이 타이밍에 갑자기 화장실? 도대체 왜?

"김상희, 따라와라."

화장실 가는데 딸은 왜 데려가? 어이가 없었지만 왕이 그렇다는데 어쩌랴. 왕이 김상희와 함께 자리를 떴다. 그러자 나이트들이 본색을 드러냈다.

"대장님, 도대체 어떤 무식한 새끼가 김상희 성녀를 성녀라 부르는 데 반대합니까?"

그러자 나이트들이 서로 시끄럽게 떠들기 시작했다.

"어떤 정신 나간 새끼가 그랬어?"

"그냥 죽일까?"

누군가 외쳤다.

"무엄하다! 궁전 내에서 무슨 소란이냐!"

참고로 나이트는 관직과는 상관없는 별개의 집단이라 할 수 있다. 나이트 하나가 왕궁 내의 기둥 하나를 발로 차서 부숴 버렸다. 당연히 김훈상에게 다 허락받은 거다. 그들은 오늘 여기, 깽판 치러 왔다.

나이트들은 평소 품위를 지킨다. 점잖은 사람도 많다. 하지만 모두가 그런 건 아니다. 사람이 모두 제각각이듯 나이트들도 마찬가지다. 개중에는 좀 난폭한 사람도 있다. 하늘 아래 왕밖에 없는 줄 아는 무식한 사람도 있다. 일부러 그런 놈들로 뽑아왔다.

"무엄은 개뿔? 당신 아가리부터 털어줘?"

그들은 봤다, 김상희의 능력을. 김상희가 있어서 제국을 이길 수 있었다. 그런데 그걸 안 믿는다고?

"우리를 구라쟁이로 아시나들."

"그냥 죽이자니까요. 까짓것 죽이고 몇 년 감방 갔다 오죠 뭐."

공포 분위기를 조성했다. 거리의 불량배처럼 침을 찍찍 뱉었다. 목을 돌리는데 우드득 소리가 났다. 관리들은 긴장했다.

나이트 중 누군가가 말했다.

"아참, 김상희 성녀님께 큰 선물을 내리는 것에 반대하는 놈은 이빨부터 뽑아줍니다."

그들은 마치 관리들을 정말로 팰 것처럼 행동했다. 법은 멀고 주먹은 가까웠다. 그들은 아무 말도 못 했다. 하지만 한 가지는 알 수 있었다.

'나이트들이 저렇게까지 행동한다는 건…….'

김훈상의 동의가 없다면 불가능한 일이다.

'정말로 엄청난 일이 있었던 것 같기는 하다.'

현재 제국과 고려 사이의 작은 전쟁에 관해서 밝혀진 바는 그렇게 많지 않다. 쉽게 말해 공론화되지가 않은 비공식 전투였다. 다만 미사일 12기가 발사되었고 고려 본국에 지원이 요청되었으며, 프리온 나이트와 싸워 이겼다는 것 정도.

'아무 일도 없었다면 나이트들이 저렇게까지 난리를 치지 않겠지.'

그렇게 납득했다. 절대, 절대로 무서워서 그런 거 아니다. 절대 안 쫄았다. 안 쫄았는데 괜히 다리가 덜덜 떨려왔다. 저 무식한 나이트들과 눈을 마주치지 않기 위해 괜히 땅을 내려다 봤다. 다시 한 번 강조하지만 안 쫄았다. 그리고 생각했다.

'서, 선물이나 칭호 같은 거 다 주라고 해.'

'저, 저래 봤자 하나도 안 무섭다고.'

하루가 지났다. 김훈상은 김상희의 방을 찾았다. 아침에 잠시 차를 마시기 위해서다. 김훈상은 김상희에게 명령을 내렸다.

"아침에는 무조건 아빠랑 차를 마시는 거다."

김상희는 아직 잠도 덜 깼다.

"안 마시면 사형시켜 버릴 거다."

'아빠는 너랑 잠시라도 좋으니 아침에 잠깐 함께 차를 마시며 좋은 시간을 보내고 싶어'라는 속마음이 '사형'으로 대변됐다.

그때 방문 밖에서 목소리가 들려왔다.

"폐하, 알렉스입니다. 들어가도 되겠습니까?"

알렉스가 소식 하나를 가지고 돌아왔다.

"제국에서 특사를 보낸답니다."

찻잔을 들어 올리던 김훈상의 손이 멈췄다. 김훈상의 표정이 싸늘하게 식었다. 제국, 절대로 용서하지 못할 놈들이다. 지금 당장 칠 수는 없지만, 언젠가는 반드시 씨를 말려 버리겠다고 다짐하고 있는 중이다. 김훈상이 착 가라앉은 목소리로 되물었다.

"이유는?"

제국에서 이례적으로 특사를 파견했다. 제국은 특사를 잘 보내지 않는다. 보통 특사를 보내라고 요구를 한다. 전 세계가 제국과 고려의 행보에 주목했다.

"제국에서 고려에 특사를 보낸다더군."

"어째서?"

"쉬쉬하고 있는 모양이지만 제국과 고려 사이에 무력 충돌이 있었다나 봐."

정확한 건 알 수 없었다. 다만 그렇다 하더라는 얘기만 돌고 있을 뿐.

"프리온 나이트도 파괴되고 고려 스페셜 나이트도 여럿 죽었다나 봐."

"어떻게 그런 일이……?"

"임무 수행 중에 상충되고…… 오해가 쌓여서 국지전이 벌어졌다는 것 같은데. 아무래도 제국 쪽에 좀 잘못이 있는 것 같더라고."

"아, 그래서 특사를 보내는 건가?"

제국은 고려에 사과했다. 제국이 타국에 사과하는 경우는 거의 없다. 그간 태양 제국 잉카가 멸망시킨 나라만 해도 열 손가락으로 셀 수 없다. 어이없게도 실수 혹은 오해 때문에 없앤 나라도 두 나라가 넘는다. 그런데 사과를 한 적이 없다. 제국의 이번 행보는 상당히 파격적이라고 볼 수 있었다.

"제국이 이렇게까지 하는데…… 고려라고 별수 있겠어?"

작전 책임자였던 제국의 정보국장이 이번 일의 책임을 지고 참수당했다고 한다.

"정보국장이면 엄청 높은 거 아냐? 실세 중의 실세일 텐데 그런 사람의 목을 잘라서 고려에 보냈다는 건…… 진짜 제국이 실수를 하긴 했나 보네."

제국은 언제나 갑의 위치다. 갑이 허리를 숙일 필요는 없다는 게 중론이다. 제국이 이렇게 허리를 숙인다는 건, 제국이 정말 잘못을 했기 때문일 거다. 사람들은 그렇게 생각했다.

김훈상의 눈에 사람 머리 크기만 한 나무곽이 보였다. 특사에게 물었다.

"이게 뭐지?"

"이번 작전에 있어서 혼란과 손해를 야기한 제국 정보국장 김국현의 목입니다. 황제께서 친히 참수하셔서 고려에 사과의 의미로 보냈습니다."

김훈상은 무표정한 얼굴로 특사를 쳐다봤다. 정확한 상황을 잘 모르는 특사는 어이가 없었다.

'아무리 그래도 제국이 이렇게까지 하면 응당 제스처를 취해야 하는 것 아닌가?'

상식적으로라면, 아이고 이러실 필요까진 없었는데 황송하군. 이 정도의 반응이 나와야 정상이다. 하지만 고려 국왕의 고개는 뻣뻣하기 그지없었다. 특사는 좀 불쾌해졌다. 하지만 그 불쾌함을 드러낼 수는 없어 정중하게 말했다.

"황제 폐하께서는 이번 일에 대하여 정중히 사과하고 싶다고 말씀하셨습니다. 또한 이번 일의 책임을 지고자……."

김훈상이 말을 잘랐다.

"금은보화를 하사하겠다?"

"……."

특사는 점점 더 짜증이 났다. 아무리 왕이라지만, 어떻게 황제의 말을 대신 전하는 자신의 말을 이렇게 자를 수 있단 말인가. 그런데 들어보니 더욱 가관이다.

"돈 줄 테니 먹고 떨어져라…… 인 거냐?"

"폐, 폐하. 말씀이 지나치십니다. 이것들은 황제 폐하의 진심 어린 사과가 깃들 예물들로써……."

닥쳐라, 그 주둥아리를 찢어버리기 전에. 김훈상은 그런 험한 말이 목구멍까지 튀어 올라왔지만 참았다. 그렇게 함부로 말하기에는 수천만의 백성이 신경 쓰였다. 제국과의 전쟁, 까짓것 못 할 것도 없다. 하지만 엄청나게 많은 백성이 죽어 나갈 것이다. 대규모 화력전에 있어서 고려는 제국을 이길 수 없으니까.

'아무리 싫어도 나는 제국의 사과를 받아들일 수밖에 없는 건가?'

무려 정보국장의 목을 잘라서 보내왔다. 이 정도로 사과를 하는데, 무조건 화를 낼 수도 없는 상황이다. 여론도 제국 쪽으로 많이 기울었다. 어지간하면 몸을 굽히지 않는 제국인데, 이례적으로 이런 행동을 보이고 있으니까.

'젠장.'

김상희에게 무슨 일이 생겼을 뻔했다고 생각하면 당장에라도 제국을 치러 달려가고 싶지만, 가서 황제의 목을 따버리고 싶지만 그럴 수 없는 현실에 짜증이 치밀어 올랐다.

'나는…… 어떻게 해야 하는 거지?'

김훈상은 깊은 생각에 잠겼다.

황제의 밀실.

황제는 기분이 썩 좋지 못했다.

"김국현, 네 능력이 예전 같지 않다."

"……죄송합니다. 폐하, 그리고…… 감사합니다. 목숨을 다해 섬기겠습니다."

제국 정보국장의 얼굴은 알려져 있지 않다. 대외적으로 활동하는 정보국장은 김국현이 아닌, 얼굴만 대표하는 다른 남자였다. 황제는 그를 죽였다. 그리고 정보국장의 목을 보냈다고 했다. 사실상 대외적으로 틀린 말은 아니었다. 어쨌거나 김국현은 목숨을 건졌다.

"아니야. 프리온 나이트 3개 대대가 파괴되기는 했지만 수확은 있었다. 아마도 성녀가 각성을 했을 거야."

그런 것 같다. 그렇지 않고서야 고려의 나이트들이 3개 대대를 전멸시켰을 리가 없다. 당시 상황을 자세하게 조사해 봐야 알겠지만 황제는 90퍼센트 이상 확신했다.

"성녀가 나타났다. 당연히 성녀는 김상희겠지. 그러나 완전한 각성은 아닌 것 같군. 반쪽짜리 성녀야."

능력은 확실한 것 같다. 그러나 그 능력을 자기 마음대로 꺼내 쓰지는 못하는 것 같다. 김국현이 말했다.

"실제로 고려에서는 현재 김상희를 성녀로 추대하고 있답니다."

"고려에서도 이제 김상희의 가치를 알았겠지."

황제는 어깨를 으쓱했다. 성녀의 존재는 이제 완벽하게 확인했다. 그렇다면 김상희를 어떻게 빼앗아오는가가 남았다. 전면전? 물론 할 수 있다. 하지만 피가 많이 흐른다. 거기다 제국은 지금 상당한 타격을 입었다. 3개 대대는 제국의 운명을 좌지우지할 만큼 큰 병력은 아니지만, 그래도 상당한 타격임에는 틀림없었다. 이런 상황에서 고려와 싸우는 건 어리석은 짓이었다. 전쟁은 최후로 남겨둬야 할 선택지다. 그나마 다행스러운 점도 있다.

"프리지아가 여왕으로 각성했기에 망정이지, 그렇지 않았다면 힘들 뻔했어."

"……예, 폐하."

김국현은 직감했다. 프리지아가 여왕으로 각성하지 않았었다면 자신의 목은 지금 땅에 굴러떨어져 있었을 것이다. 그나마 여왕이 굳건히 자리 잡고 있기 때문에, 아직 여유가 있는 황제가 자신에게 아량을 베푼 것이 틀림없었다.

"김상희를 데려오는 방법을 강구해 보도록."

김국현이 좋은 생각을 떠올렸다.

"마침…… 김상희 공주가 결혼을 한다고 하는군요."

그들은 아직 모른다. 이번 국지전에서 김훈상이 '내 딸, 절대로 안 보내. 아무도 못 줘'라는 마음을 가지게 된 것을. 그래서 결혼을 하게 될 거라고 생각했다. 상대는 고려 내 곽씨 후작가의 아들. 까짓것 보상 좀 많이 해주고 데려오면 그만이다.

김국현이 말했다.

"마침 황자님도 아홉 번째 부인을 들일 때가 된 것 같은데요. 김상희 정도면 얼굴도 예쁘고 몸매도 훌륭하지 않습니까? 아홉 번째 부인으로 제격인 것 같습니다."

나는 정신을 집중해 봤다. 그 왜, 그런 거 있잖아. 마법 같은 걸 쓰려고 '이야압!'이라고 한다든가 '읍!'이라든가. 하여튼 기합 비스무리한 뭐 그런 걸 내뱉으면서 그 이상한 힘을 끌어내보려고 했는데 잘 안 됐다.

'그걸 도대체 어떻게 했었지?'

나는 분명 느꼈다. 내 안에서 뭔가가 빠져나갔고 그와 동시에 기적이 일어났다. 나이트들이 지금 나보고 성녀, 성녀, 성녀하면서 굽실거리는데 이젠 내가 불편할 지경이다. 어떻게 하루아침에 사람들이 이렇게 변하는 건지 신기할 지경이다. 항간에 들리는 소문에 의하면 내게 칭호와 보상을 주겠다는 걸 반대하는 남자 관리들의 얼굴이 시퍼렇게 멍들었다고 했다.

'죽빵을 꽂아 넣었다지?'

그런 소문이 떠도는데 사실인지는 확인할 길이 없었다. 에이, 그래도 설마. 아무리 나한테 미쳐 있다고(?) 해도 진짜 왕궁 내에서 주먹질을 했겠어? 한국 국회의원도 아니고 그런 멍청한 짓을…… 왠지 했을 것 같기도 하고.

김상희가 물었다.

"크리스, 혹시 제 옆에 있어요?"

아니나 다를까, 크리스가 은신을 풀고 나타났다. 크리스는 언제나 그렇듯 활짝 웃고 있었다.

"상희야, 너 한진수에게는 반말 잘하더라."

"……네?"

그래서? 나한테 지금 반말하라고?

"왜 나한테 그렇게 거리를 두는 거야?"

아니, 내가 언제? 나는 그냥 예의에 맞게 존댓말을 썼을 뿐인데. 그게 어째서 거리를 두는 걸로 변질되냐?

"나한테도 반말하면 안 돼?"

에라, 모르겠다. 이럴 땐 아이참, 난 몰라요. 난 그런 거 못해요. 예의에 어긋난단 말이에요. 하면서 당황한 척해야지. 이게 최고다.

"제, 제가 감히 어찌 반말을 하겠어요?"

"반말 안 하면 키스해 버린다."

"……."

"그것도 딥 키스로."

……야, 그거 성희롱이다. 어휴, 한숨이 절로 나온다. 아침에 차 같이 안 마시면 사형이라는 개차반이나, 반말 안 하면 딥 키스를 하겠다는 크리스나 이 세계 남자들이 그럼 그렇지 뭐. 말을 말자, 말을 말아.

크리스가 물었다.

"그래서, 나를 부른 이유가 뭔데?"

"크리스는 내 능력을 알고 있는 것 같았어…… 요."

나는 소심하게 끝에 요를 붙였다. 이 정도는 눈감아주겠다는 듯 크리스는 고개를 끄덕였다.

"네 능력을 알고 있다기보다는…… 그냥 느낌이 왔어. 하루 정도 있으면 깨어나겠구나."

이상했다. 개차반의 말에 따르면 나는 완전히 시체였단다. 심장이 멈췄으면 시체 맞지 뭘. 그런데 오로지 크리스만이 날 걱정하지 않았다고 했다. 하루를 기다려 보라면서. 뭔가 알고 있는 게 맞겠지.

나는 일부러 엄청 슬픈 표정을 지었다.

"……크리스는 나한테 거짓말 안 할 줄 알았는데……."

아마 세상을 다 잃으면 이런 표정이 아닐까 싶다. 그리고 깊게 한숨을 쉬었다. 일부러 들으라는 듯 말이다. 크리스의 얼굴에서 웃음기가 싹 가셨다. 이, 이봐. 아무리 그래도 그렇게 갑자기 정색하지 마. 적응 안 된다고.

크리스가 내 양어깨에 손을 얹고 나와 눈을 마주쳤다. 와, 잘생기긴 정말 겁나 잘생…… 아, 이게 아니지. 흠흠, 절대 상큼한 아이돌 구경하는 아줌마 마음가짐 아니다. 절대, 절대로 아니다…… 아마 아닐 거야. 엉엉.

"상희야."

"……응?"

"내가 널 걱정해."

갑자기 무슨 뚱딴지같은 소리야. 너만 나 걱정 안 했다며?

"한진수가 널 사랑하는 것 이상으로, 내가 널 더 사랑해."

"……."

뭐야, 이 타이밍에 그 고백은. 나는 뭐라고 대답해야 하지?

"그리고 언제나 조심해야 해."

"……."

뭘 조심하라는 거야?

"한진수도, 고려도 너를 지켜주지 못하는 날이 올 수도 있을 거야."

"……무서워요."

"무서워도 알고 있어."

여전히 내 눈을 직시하며 크리스가 말했다.

"*Lapuntel Essantia Kerannis Frential.*"

임마, 뭐라는 거야? 나는 몇 번이나 되묻고 몇 번이나 발음을 교정받았다. 내가 그 이상한 말을 어느 정도 따라하게 되자, 크리스가 진지하게 말했다.

"절대로 잊지 마. 언젠가 반드시 쓰일 날이 올 거야."

뭔지 제대로 설명은 좀 해주고 하라고 해라. 뭔지도 안 알려주고 하면 무슨 뭐, 기적이 일어나는 주문이라도 되냐?

"그리고 절대로 잊지 마. 내가 한진수보다 널 더 많이, 훨씬 더 많이 사랑하고 있다는걸."

"크리스……?"

그리고 크리스가 내게 다가왔다.

"미안해. 네가 날 허락하지 않았는데, 나는 도저히 참지 못하겠어."

크리스의 입술이 내 이마에 닿았다. 가볍게 쪽 소리가 났다.

"이 정도는 허락해 줘. 더 이상은 욕심 안 부릴 테니까."

얘 갑자기 나한테 왜 이러지? 마치 꼭…… 작별 인사를 하는 것처럼 들리는데. 바람결에 '사랑해'라는 소리가 흩어진 것 같은 기분이 들었다. 문득 정신을 차려보니 주위에는 아무도 없었다. 창문이 열려 있었다.

왠인지 가슴 한쪽이 휑하니 비어버린 것 같은 요상한 기분이 들었다. 나는 무슨 마법에 걸린 것처럼 몇 번 중얼거렸다.

"*Lapuntel Essantia Kerannis Frential*……."

바람 때문인지 쾅! 하고 창문이 닫혔다.

그로부터 몇 시간 뒤, 나는 충격적인…… 아니, 황당한 이야기를 들었다.

내 방에 찾아온 우리 둘째 망나니 김환성에게 되물었다.

"그게…… 진짜예요?"

아무리 왕자인 김환성이 직접 전해 준 소식이라지만, 나는 믿을 수가 없었다.

왕의 특별 명령이 떨어졌다. 이번 전투에 있어서 가장 큰 공을 세운 김상희 공주에게 '성녀'의 칭호를 내리겠다고 했다. 예전에 보배 칭호를 받을 때와는 달랐다. 나이트들이 적극적으로 나서서 우리 상희 공주님한테 성녀의 칭호쯤은 줘야 되지 않겠냐고 집단으로 나섰단다. 관리들은 물론이고 시녀들조차도 그런 상황에 어리둥절해했지만 어쨌든 그것은 사실이었다. 나이트들이 집단으로 성명서를 발표하며 우리 상희 공주님께는 그에 걸맞은 보상을 해줘야 한다고 입을 모았으니까.

'그래, 그것까진 그럴 수 있다 치자.'

김상희는 인상을 살짝 찡그렸다. 그래, 그것까진 좋다. 다 좋다 이거야. 다 좋은데 이 엉뚱한 소리는 또 뭐란 말인가.

'무조건 아빠라고 부를 수 있는 특권?'

김상희는 진심으로 묻고 싶었다. 그니까 지금 이딴 게 특권이라고? 다른 사람이 보면 모르겠는데 김상희가 보기엔 이건 특권이 아니었다. 다만 전투 보상이란 미명 아래 김훈상이 자신의 사리사욕을 채우고 있을 뿐, 그 이상도 이하도 아니었다.

송수진 시녀가 부럽다는 듯 말했다.

"공주님, 저는 공주님이 너무나 부럽고 또 너무나 존경스럽답니다."

"어째서?"

"어떻게 감히 국왕 폐하를 아빠라 부르겠어요? 꿈에서나 일어날 법한 기적을 현실에서 보다니. 저는 너무나 감격스럽고 놀라워요."

……아, 그러세요? 이건 그냥 개차반의 사리사욕을 채우는 용도일 뿐입니다만. 김상희는 말해주고 싶었지만 송수진의 환상을 깨뜨리지는 않기로 했다.

김상희는 한숨을 내쉬었다.

'거기에 이건 또 왜 들어가?'

좋다. 아빠까진 그렇다 치자.

'오빠라고 부를 수 있는 특권?'

그래, 특권이라면 특권이다. 김상희가 어떻게 생각하든, 송수진 시녀가 이렇게 부러워하는 걸로 봐서 일반적인 사람들이라면 꿈도 꾸지 못하는 그런 엄청난 특권인 건 맞다. 그런데 이건 특권이 아니라 '특무'였다.

'인간적으로 공을 세웠으면 상을 줘야지, 왜 의무를 줘?'

정확하게 말하면 '아빠' 혹은 '오빠'라고 부를 수 있는 권리가 아니라 의무를 줬다. 무조건 그렇게 부르란다. 김상희는 진심으로 따지고 싶었다. 이딴 게 무슨 특권이냐고?

관리들은 이 특권(?)에 게거품을 물고 반대했지만, 김훈상과 왕자들의 뜻이 너무나 확고했다. 그에 동조한 나이트들도 무서웠다.

'그나마 보상다운 보상은 이거 하나뿐이네.'

이 보상은 김환성이 직접 줬다.

"야, 똥개."

"네, 오라버…… 아니, 오빠."

'오라버'에 인상을 찡그렸던 김환성이 뒤이어 '오빠'라는 말에 활짝 웃었다. 천진난만한 그 미소에 김상희는 명치를 때려주고 싶은 강력한 충동을 느낄 수밖에 없었다.

"아부지가 이거 너 주래."

"이게 뭐예요?"

옛다. 그래, 실컷 받아라.

"오빠?"

오빠 소리에 또 김환성이 활짝 웃었다. 행복해 보였다. 에헴 하고 헛기침을 하는데 오빠 소리가 어지간히도 좋은 것 같았다.

“뭐긴 뭐야, 퓨리어스지. 넌 역시 멍청이라 잘 모르네.”

참고로 김상희는 이게 뭔지 당연히 안다. 아는데 일부러 모르는 척했다. 김환성의 허세 심리를 북돋아주기 위해서 말이다. 그에 걸맞은 리액션도 해줬다.

“서, 설마 이게 정말 퓨리어스예요? 아, 아빠께서 저한테 이걸 하사하신 건가요? 미천한 소녀에게 이렇게 큰 선물을 주셔도 되는 걸까요?”

김상희가 놀라워하자 허세력이 충만해진 김환성이 엣헴 헛기침을 하며 생색을 잔뜩 냈다.

“내가 주자고 그랬어.”

김환성이 ‘나 잘했지? 얼른 칭찬해 줘’라는 눈빛으로 김상희를 쳐다봤다. 김상희는 저 활짝 웃는 얼굴과 명치를 한 대씩 패주고 싶은 이상한 기분이 들기는 했지만 그래도 원하는 대로 해줬다.

“오빠는 역시 최고예요!”

김환성은 대단히 만족했다. 고려 왕국 셋째 왕자의 체통과 품위 따윈 저만치 던져 버렸다. 굉장히 기분 좋게 음하하핫! 하고 웃었다. 입안의 목젖이 보일 정도였다.

“그치? 역시 오빤 짱이야.”

김훈상은 고민에 고민을 계속했다.

‘하루 동안 몸이 식었었다. 부작용은 없는 건가?’

하루 종일 딸 걱정 때문에 업무가 손에 잡히질 않았다. 제국의 특사 놈을 쥐어 패고 싶은데, 그럴 수도 없고. 제국의 특사를 보니 저번의 그 아찔했던 전투가 떠올라 심장이 철렁하고, 심장이 철렁한 다음에는 내 딸이 어떻게 되는 거 아닌가 싶어서 걱정되고. 하여튼 매일매일이 초조할 정도였다.

'이럴 때는 퓨리어스지.'

때마침 김환석, 김환성 형제가 퓨리어스를 주자고 입을 모았다.

"아부지, 걔 엄청 약하잖아요. 죽을 뻔했으니까 퓨리어스 좀 주는 게 어때요?"

"맞습니다. 비록 미천한 계집이지만 이번 전투에서 혁혁한 공을 세웠고 앞으로도 공을 세울 가능성이 매우 높습니다. 그러니 컨디션 관리 차원에서 퓨리어스를 조금이나마 하사하는 것이 고려의 국익에 이득이 될 거라고 생각됩니다."

'동생 걱정되니까 퓨리어스 주죠'라는 말이 저렇게 길어졌다. 김훈상은 고개를 끄덕였다.

"좋은 생각이다."

그래서 퓨리어스를 하사했다. 공주에게 퓨리어스를 한 번도 아니고 두 번이나 하사한다는 건 정말 놀라운 일이다. 그런데 정말 놀라운 건 따로 있었다.

송수진은 깜짝 놀랐다.

"세, 세상에…… 공주님, 이, 이것이 그 퓨리어스예요?"

"아…… 응……."

한 방울만 있으면 죽던 사람도 살려낸다는 천고의 영약 퓨리어스. 보통 큰 공을 세운 신하들에게 하사할 때는 한 방울을 준다. 보통 그게 상식이다.

송수진은 입을 쩍 벌렸다.

“이, 이, 이게 전부…… 퓨리어스예요?”

김상희는 고개를 끄덕였다. 송수진의 심정을 충분히 이해할 수 있었다. 지구식으로 비유해 보자면, 지금 눈앞에 몇 천억, 아니, 몇십, 몇백 조에 달하는 그런 현금이 쌓여 있는 거라고 볼 수 있겠다. 저거 한 병이면 어지간한 나라를 사고도 남는다.

김상희도 좀 황당했다.

‘아니, 이걸 왜 한 병을 통째로 줘? 개차반이 드디어 미쳤나?’

미치지 않았다. 딸 사랑이 조금 특별할 뿐. 내 딸에게 주는 건 하나도 아깝지 않다, 라는 마인드랄까?

“수진도 한 방울 줄까?”

송수진이 자리에서 벌떡 일어서며 손사래를 쳤다.

“제, 제가 어, 어찌 감히 그런 마, 말도 안 되는!”

시녀의 신분으로 어떻게 저런 보물을 입에 댈 수 있겠는가! 말도 안 된다. 그런 송수진에게 김상희가 말했다.

“명령이야. 한 방울 지금 당장 마셔.”

“고, 공주님……!”

송수진의 얼굴이 사색이 됐다. 분수에 맞지 않는 보물이다. 그런 보물을 어떻게 감히.

‘내, 내가 어떻게 저런 보물을 마실 수 있겠어?’

송수진은 절대 안 된다며 손을 내저었다.

“공주님, 그건 절대로 안 될 말씀입니다. 저는 그 보물을 절대로 받을 수 없어요. 게다가 폐하께서 직접 하사하신 물건인데 제가 어찌 감히…….”

김상희가 협박했다. 퓨리어스를 땅에 떨구는 시늉을 했다.

“수진이 안 받으면 그냥 버린다?”

“공주님, 그건 천고의 보물이에요. 절대로, 절대로 그러시면 안 돼요. 일생에 다시는 볼 수 없는 보물이란 말이에요. 제발 아끼셔요.”

김상희는 고개를 갸웃했다.

‘개차반한테 달라고 하면 또 줄 거 같은데……?’

하지만 그 말을 입 밖에 냈다가는 송수진이 기절할 것 같아서 안 했다. 시간이 흘렀다. 입씨름에서는 결국 김상희가 이겼다. 송수진은 눈물을 펑펑 흘리며 감사하다고 절을 올렸다.

김상희가 말했다.

“몸이 아플 거 같으면 또 말해.”

개차반한테 좀 더 달라고 할 테니까. 아마…… 줄걸? 그 말은 삼켰다.

김훈상은 조금 걱정했다.

‘퓨리어스 한 병으로는 역시 부족하겠지?’

한 병이 아니라 열 병을 줘도 모자라다. 모르겠다, 이 마음. 그냥 다 퍼주고 싶다. 역사에 길이길이 기록될 호구왕이어도 좋았다. 주는데 행복한 이 기분은 도대체 뭐란 말인가.

‘나한테 더 달라고 졸랐으면 좋겠다.’

어리광 부리는 모습을 보면 좋겠다는 생각이 들었다.

‘그럼 또 줄 텐데.’

한편, 제국의 특사가 다시 한 번 김훈상을 찾아왔다. 김상희를 생각하며 헤벌쭉 웃던 김훈상의 표정이 다시 굳어졌다.

"무슨 일이냐?"

"김상희 공주가 결혼을 할 시기가 되었다고 들었습니다."

그 말을 듣자마자 김훈상이 분노한 표정을 지었다. 제국의 특사 앞에선 그래도 감정을 조금 숨기는 편이었는데 이번만큼은 아니었다. 특사의 말이 나오기 전에 잘라 버렸다.

"누구랑 연결시키려는 것인지는 모르겠지만 내 딸은 아무도 안 준다."

그 대단하다는 한진수도 눈에 안 차는데, 다른 놈이 눈에 들어 올 리가 없다. 평생 아무한테도 안 주고 싶은 마음이다.

제국의 특사는 황당해했다.

'아니, 황자님이라고는 생각하지 못해서일 거야.'

그렇게 단정 지은 그가 다시 말했다.

"황자 저하께서 김상희 공주와 결혼하고 싶어 하십니다."

아, 그 바람둥이 날라리 새끼? 김훈상은 이렇게 말할 뻔한 것을 겨우 참았다. 이성을 되찾았다. 아무리 딸 등신이라도 상대는 제국의 특사다. 후우, 깊게 심호흡을 했다.

"제국의 황자는 이미 결혼을 하지 않았던가?"

제국 특사는 또 황당해졌다.

'그게 무슨 상관이야?'

아무런 상관이 없지 않은가. 계집을 황자에게 보내는 거면 무조건 기뻐해야 정상이다. 그게 상식인데 저 왕이 왜 저러나 싶다.

'정말 머리가 망가졌나?'

특사의 생각이야 어찌 됐든, 김훈상의 표정은 진지하기 그지없었다.

"절대 안 된다고 말했다. 김상희는 시집 안 보낸다."

평소보다 더욱더 진지해졌다. 아니, 못 보낸다. 결연한 의지와 열정이 불타올랐다.

'더더군다나 그놈은 이미 8명이나 아내가 있지 않은가? 천하의 몹쓸 바람둥이 새끼.'

똥 묻은 개가 겨 묻은 개를 욕하는 모양새였다. 참고로 김훈상은 아내가 30명이 넘는다. 그런 건 하나도 안 떠오르는 모양이었다.

'도둑놈 새끼들!'

빼앗기기 싫다는 감정만 마구 피어올랐다. 세상의 모든 남자가 도둑놈처럼 느껴졌다.

김환혁은 무럭무럭 컸다. 마력을 가지고 있으니 당연한 말이지만, 성장 속도가 굉장히 빨랐다. 하지만 여전히 어리광을 부리는 애다. 다른 사람 앞에서는 조금 의젓해졌지만, 김상희 앞에서는 언제나 애였다.

"누나, 누나가 곤충은 싫어하는 것 같아서 포유류로 잡아왔어. 네 발 달린 짐승이야."

응, 그래. 포유류 고맙긴 한데, 거대 송곳니를 가진 표범은 좀…… 그렇지 않니……? 김상희는 울고 싶어졌다. 크기가 3미터는 넘어 보였다. 아마 김환혁이 옆에 없었으면 저 표범의 밥이 되었을지도 모를 일이다.

“환혁 왕자님, 저는 왕자님이 좋아요. 그러니까 선물 같은 건 안 주셔도 될 것 같아요.”

“아냐, 내가 누나한테 해줄 수 있는 게 이런 거밖에 없잖아. 그러니까 얼른 받아.”

아니, 그러니까 그런 거 해주지 말라고. 안 해줘도 된다고. 아니, 제발 하지 말아주세요. 엉엉, 그렇다고 왕자한테 ‘이딴 선물 필요 없어. 위험하기만 하잖아’라고 말을 할 수는 없는 노릇이다. 그래서 이렇게 말했다.

“저는 크기가 작은 것이 좋답니다. 이건 너무 크고 위협적이어서 무서울 것 같아요. 이렇게 무서운 것이 옆에 있으면 밤잠을 설치게 되어 제가 아주 힘들 것 같답니다.”

“흠…… 그래?”

김환혁은 아쉽다는 표정을 지었다. 뭔가 누나한테 다해 주고 싶은데, 뭘 해줘야 하는지 모르겠다. 여자, 참 어려운 존재다.

그때, 목소리가 들려왔다.

“네가 김상희냐?”

김상희는 자리에서 일어섰다. 뭔가, 높은 집안 자제 같은데. 왕궁 내에서 공주 보고 ‘네가 김상희냐?’라고 물을 수 있는 사람은 별로 없다. 최소한 타국의 왕자 정도는 되어야 한다. 그리고 김상희는 저 남자의 얼굴을 이미 알고 있다. 마력학원에 입학하기 전, 주요 인사들의 인상착의 정도는 미리 파악하고 있었으니까.

‘저 사람이 도대체 여길 왜……?’

김환혁이 그 남자를 노려봤다.

“야.”

"……."

남자는 황당하다는 듯 김환혁을 쳐다봤다. 김환혁이 진지한 표정으로 물었다.

"너도 도둑놈이냐?"

남자도, 김상희도 무슨 말인지 이해할 수 없었다.

제국의 황자. 나이는 28세. 이름은 프란토. S. 유르디어 헤렐비아. 보통은 프란토 황자라고 불리는 그는 여태껏 자기가 마음에 들었던 모든 여자를 취했던 것으로 유명한 남자다. 이미 정실부인으로 8명이 있으나, 그녀들과는 거의 잠자리를 하지 않고 황궁 밖을 돌아다니다가 여자를 컨택하는 일명 '헌팅'이라는 것을 열심히 하는 것으로 유명하다. 그래서 사람들은 그를 황자라는 이름과 더불어 헌터라고 부르기도 할 정도다. 그런데 김환혁에게 있어서는 그가 황자든 헌터든 그런 건 하나도 중요하지 않았다.

'뭔 놈의 도둑 새끼들이 이렇게 많아?'

이게 문제다. 한진수부터 시작해서 곽기현, 크리스, 이런 도둑놈들이 활개 치고 있는 것도 못마땅하다.

"너도 내 누나 좋냐?"

그런데 또 저런 이상한 놈팡이까지 꼬였다. 못 보던 놈이니 어느 귀족가의 자식이겠거니 했다. 그럴 만도 했다. 이곳은 고려의 왕궁이고 고려의 왕궁에서 왕자보다 높은 사람은 왕밖에 없었으니까. 프란토가 어깨를 쭉 폈다.

"무엄하다. 나는 제국의 황자 프란토. S. 유르디어 헤렐비아다."

보통은 이 정도면 기가 죽게 마련이다. 제국의 황자인 그가 자신의 풀 네임을 말했으니까.

“근데?”

“그렇다. 나는…… 응?”

어라? 이거 뭔가 이상한다

“그러니까 너도 도둑놈이냐고?”

김환혁은 당당했다. 제국의 황자? 그게 뭔 상관인데? 김환혁은 제국에 많은 반감을 가지고 있다. 다른 건 몰라도, 이번에 누나가 제국 때문에 위험해질 뻔했다고 생각하면 지금도 열불이 마구마구 치솟는다.

‘아, 아니…… 이게 아닌데…….’

이런 상황 처음이다. 원래 인간은 낯선 것을 마주했을 때 당황하게 마련이다. 프란토 입장에서 이런 상황은 28년 만에 처음이다. 그러니까 당황할 수밖에.

“도, 도대체 무슨 도둑이라는 거냐? 나는 제국의 황자다.”

그 말의 뜻을 직역하자면, 나는 제국의 황자이므로 내가 가지지 못할 것은 아무것도 없다. 그런 내가 뭐가 아쉬워서 도둑질을 한다는 말이냐? 라는 뜻이다. 김환혁은 피식 웃었다.

“너도 내 누나 탐내는 거 아냐?”

하여튼 이놈이고, 저놈이고 죄다 도둑놈으로 보인다.

“내 허락 없이는 내 누나 아무 데도 못 가.”

김상희는 황당했다. 개차반과 망나니 형제들에 이어 이젠 환혁이 마저. 맙소사, 나…… 시집은 갈 수 있겠지? 하고 남몰래 한숨을 내쉬었다. 김상희는 걱정 가득한 기색으로 김환혁의 옷자락을 살짝 잡았다.

“왕자님…….”

공주가 감히 왕자에게 '황자에게 너무 무례한 거 아니에요?'라고 말을 할 수는 없어서 가만히 부르기만 했다. 김환혁은 인상을 찡그렸다. 화가 좀 난 것 같은 표정이다.

"그니까 누나가 너무 예쁘니까 이런 일이 벌어지는 거잖아."

프란토는 어이가 없었다.

'이것들이 지금 뭐라는 거야?'

공주 보고 꼬박꼬박 '누나'라고 하는 미친 왕자가 있다니. 저런 미친 왕자는 처음이다. 고려 왕자 중에 제정신이 아닌 놈이 있다느니, 미친개라서 상대할 때 조심해야 한다는 놈이 있다고 들었는데, 그게 이놈인 것 같았다.

프란토가 진지하게 물었다.

"네놈이 김환성이냐?"

그때, 목소리가 들려왔다.

"김환성은 난데, 넌 누구냐?"

김환혁과 짠 것도 아닌데, 김환성은 대뜸 이렇게 말했다.

"너도 도둑놈 새끼냐?"

김훈상이 호통을 쳤다.

"이 무슨 황당한 경우란 말이냐!"

김환혁과 김환성은 아무런 대답도 하지 못했다. 그 옆에는 황자인 프란토가 기세등등한 표정으로 서 있다. 황자는 기세 자체는 당당했으나 얼굴은 성하지 않았다. 눈가가 시퍼렇게 멍이 들었고 팔에는 깁스를 한 상태. 누가 봐도 정상은 아니었다.

"아부지…… 그게……."

"너희가 왕자라는 사실을 잊은 거냐? 너희의 행동 하나하나에 수천만 백성의 목숨이 달려 있다는 것을 잊은 거냐!"

프란토는 잘난 체하며 나섰다.

"이 정도로 군대를 움직일 만큼 제국은 속이 좁지 않습니다. 그 점은 염려 놓으셔도 됩니다."

김훈상은 얼굴을 조금 폈다.

"본의 아니게 누를 끼쳤군. 미안하게 됐다, 황자여."

"뭐, 괜찮습니다."

"제국에는 내가 정식으로 사과하도록 하지."

김훈상은 말을 이었다. 프란토가 뭐라고 말하기도 전에 빠르게 치고 들어갔다. 마치 이것을 말하고 싶어 안달이 났다고 주장하는 것처럼 말이다.

"이런 누를 끼친 상태에서 신성한 혼례 얘기를 할 수는 없지. 이번 불미스러운 일에는 김상희라는 하찮은 계집이 끼어 있었던 바, 결혼 얘기는 없었던 걸로 하는 게 좋겠어."

프란토는 뭔가 일이 잘못되어 간다고 느꼈다. 어라? 뭔가, 뭔가 이상한데? 정확하게 뭔지는 몰라도 뭔가 속고 있는 것 같은 기분이었다.

김훈상이 짐짓 목소리를 높였다.

"김상희, 네년 때문에 제국의 황자가 크게 다쳤다. 어떻게 할 셈이냐!"

"소, 소녀를 죽여주시어요."

"네년은 죽일 가치도 없다. 꼴도 보기 싫으니 썩 꺼져라."

김상희는 울고 싶었다. 사실상 김상희는 잘못한 게 없다. 가만히 있었는데 제국의 황자가 찾아왔고, 또 가만히 있었는데 김환혁과 김환성이 찾아왔으며, 또 가만히 있었는데 그들끼리 시비가 붙어 주먹다짐이 일어났다. 정말 황당한 일이지만 그 일은 정말로 벌어졌다. 김환혁, 김환성 왕자에게는 이성이란 게 없는 듯했다.

김상희는 방으로 돌아왔다.

'아…….'

사회생활을 하다 보면 자신이 잘못한 것이 아님에도 불구하고 혼이 날 때가 있다. 또한 억울한 일임에도 불구하고 참고 넘어가야 하는 일이 있다. 이건 억울해도 어쩔 수 없는 일이다. 아무리 억울해도 공주 따위가 왕에게 반박을 할 수는 없지 않은가.

나는 이불을 덮고 누웠다. 아무래도 오늘 밤은 잠을 자기는 그른 것 같았다. '네년은 죽일 가치도 없다. 꼴도 보기 싫으니 썩 꺼져라'라는 그 말이 귓가에 아른거렸다. 개차반의 본심은 아닐 거라고 생각은 하면서도 자꾸만 그 말이 떠올랐다.

그때, 김훈상이 찾아왔다.

"……괜찮…… 으냐?"

나는 황급히 일어섰다. 아니, 일어서려고 했다. 하지만 일어서지 못했다. 아무래도 마력으로 나를 누르고 있는 것 같았다. 입만 간신히 열었다.

"아빠……?"

이제 나는 무조건 저 개차반을 '아빠'라고 불러야 된다. 특권 같지도 않은 괴상한 특권이 생겨 버렸으니까.

김훈상은 김훈상답지 않게 말을 버벅거렸다.

"그게 그러니까……."

상황을 장황하게 설명했다. 이건 이래서 이랬고 저건 저래서 그랬고, 그건 그래서 그랬다. 어쩌고 저쩌고를 구구절절 늘어놓는데, 제삼자가 본다면 약간 애처로운 구석이 있을 정도였다. 타국에겐 철혈의 왕, 자국에는 성군, 대외적으로는 전 세대를 이끌던 대천재 김훈상에게 이런 모습이 있을 거라는 거 아무도 상상하지 못할 거다.

결론만 요약하자면 어쨌든 결혼 얘기는 취소시켰다. 하자가 있는 계집을 보낼 수 없다나 뭐라나.

"그러니까…… 아빠 말씀은 저를 시집보내지 않으려고 일부러 그러셨다는 거예요?"

"그것도 있고."

김훈상이 딸에게 속마음을 털어놨다.

"너는 너무 예뻐서."

김상희는 고개를 갸웃했다. ……응? 도대체 무슨 말을 하려고 저렇게 약을 쳐?

"그래서 놈이 자꾸 너를 힐끗힐끗 쳐다보잖아."

엥? 그런 적 없는 거 같은데요. 그거 아빠 당신의 착각 같은데요. 나를 과보호하고 구속하려는 그 심리에서 오는 착각 말이에요. 김상희는 말하고 싶었다. 실제로 김상희는 프란토가 자신을 쳐다보는 걸 느낀 적이 없다.

"그래서 쫓아냈다."

아, 그러니까 프란토가 날 훔쳐보는 게 싫어서 날 빨리 방으로 되돌려 보냈다, 이 말인가요? 김상희는 묻지 않았다. 상황은 이제 이해했다. 김상희는 김훈상의 입장을 이해한다. 아무리 그래도 상대는 제국의 황자고, 이런 일방적인 폭행 사건(?)이 일어났으면 당연히 저런 반응을 보였어야 했다. 그게 맞긴 맞는 거다.

'하지만 그것 때문에 내가 얼마나 가슴을 졸였는데…….'

그 생각을 하니 좀 화가 났다. 그리고 고민했다. 이거, 말해도 되려나? 안 되나? 그러다가 해도 될 것 같다는 판단, 아니, 확신이 들었다. 이제 줄타기는 더 이상 아슬아슬하지만은 않았다. 예전의 줄타기가 고공 100미터에서 안전 장비도 없이 하는 줄타기였다면, 지금의 줄타기는 높이 10미터에서 안전 장비를 착용하고 하는 줄타기나 다름없으니까.

마력으로 몸이 구속되어 침대에서 일어날 수 없는 김상희는 눈동자만 돌려 김훈상을 올려다봤다.

"아빠."

안 그래도 죄책감에 시달리고 있는 김훈상이 얼른 말했다.

"그래, 말해봐라."

"미워요."

김훈상은 충격을 받았다. 밉다니, 내가 밉다니. 내 딸이…… 나보고 밉다고 하다니. 뭐랄까, 가슴 한구석이 뻥 뚫린 것 같았다. 뭔가 엄청나게 허전한 기분이 든다.

"아빠 미워요."

김훈상은 아무 말도 못 했다. 세기의 대천재? 그런 거 소용 없었다. 딸 앞에서는 그저 한 명의 가녀린(?) 아버지일 뿐이었다.

김상희는 남몰래 한숨을 내쉬었다. 그래, 이 정도면 됐지. 천하의 개차반이 저렇게 당황해하는 모습을 볼 수 있다는 건 어떻게 보면 대단한 일이니까, 하고 생각한 김상희는 당근을 던져 줬다.

"소녀가 아빠를 얼마나 사모하는데……."

"……."

"그런 소녀가 꼴 보기 싫다고 하시다니…… 소녀는 마치 사랑하는 연인에게 버림받은 것 같은 참담하고 끔찍한 기분이 들어 하루 종일 너무나 괴로웠답니다."

김훈상은 오늘 하루 동안 지옥과 천국을 왕복했다. 지옥에서 탈출한 김훈상이 씨익 웃었다. 딸의 말 한 마디 덕분에 자신감을 회복했다. 그래, 그럼 그렇지. 내 딸은 나를 사모한다고!

그래서 다시 결심했다.

'아무도 못 준다!'

다음 날, 대회의에서 집행부 관리가 물었다.

"폐하, 최종 승인이 필요합니다."

집행부 입장에서는 김상희를 빨리 시집보내야 했다. 그래야 순차적으로 시집을 보낼 수가 있으니까. 이건 집행부의 입장에서는 당연한 거다. 빨리빨리 일 처리를 해야 하지 않겠는가.

김훈상이 말했다.

"김상희의 결혼은 보류한다."

집행부 관리가 눈을 크게 떴다.

'아니, 왜? 왕님, 당신 미쳤습니까?'

지금 김상희의 몸값은 오를 만큼 올라 있다. 곽씨 후작가에서도, 백제 왕가에서도, 심지어 제국에서도 탐을 내고 있다. 이렇게 몸값이 올라 있을 때 후딱 팔아넘겨야(?) 이득 아니겠는가!

"폐, 폐하!"

"그다음 공주는 누구냐?"

"그다음은……."

그다음은 채송희 공주다.

"나이순으로 시집을 가는 건 왕명이나 법이 아니다."

김훈상이 무게를 잡았다. 김훈상이 정말로 진지해지면 아무도 토를 못 단다. 그는 지난 20여 년간 고려를 이끌어온 성군이며, 전쟁기를 다스렸던 카리스마 넘치는 왕이었으니까.

"나이순으로 시집을 보내는 건, 단순한 관례였을 뿐. 김상희는 시집을 보내지 않는다. 이것에는 그 어떠한 반론도 받아들이지 않겠다. 내가 추후 다시 입을 열 때까지, 김상희의 시집을 입에 올리는 놈은 왕의 이름을 걸고 용서하지 않겠다."

집행부 관리들은 긴장하면서도 그나마 다행이라고 생각했다. 어쨌거나 다음 공주를 시집보내면 되는 거 아닌가. 애초에 김상희 공주는 없는 공주라고 생각하면 맘이 편했다. 하지만 정말 이해할 수 없었다. 어째서 한낱 계집애에게 저렇게 애정을 쏟고 계신 건지 도무지 이해가 안 됐다. 나이트들도 단체로 미쳐 있는 상태고. 오죽하면 김상희 팬클럽이라는 말이 떠돌고 있을 정도니까. 하여튼 김상희의 결혼은 보류됐다.

김훈상은 김환혁과 김환성을 따로 불렀다. 황자 앞에서는 호통을 쳤던 주제에 따로 모이니 다른 말을 했다.

"어차피 팰 거 아예 확실히 팼어야 할 것 아니냐?"

"아부지, 그래도 제국 황자인데 너무 심하게 패면 안 되잖아요."

"그거야 대충 치료해 놓으면 그만이지. 황자인 줄 몰랐다고 잡아떼면 되지 않느냐?"

"아씨, 그럴 줄 알았으면 진짜 좀 패놓을걸."

김환혁도 주먹을 불끈 쥐었다.

"아홉 번째 부인? 미친 거 아니에요? 반쯤 죽여 버렸어야 했는데."

아홉 번째? 진짜 미친 소리다. 첫 번째로도 주기 싫은데. 다시 생각해 보니 아깝다. 기회를 빌려 진짜 엄청 팼어야 했다. 아버지와 두 형제는 프란토를 반쯤 죽여 놓지 못한 것에 대해 원통해했다.

김훈상이 입을 열었다.

"도둑놈들이 또 있을지 모른다. 조심해야 한다. 항상 조심하고 또 조심해라."

그들은 마치 전쟁에 임하는 병사들처럼 진지했다.

"네, 아부지."

"네, 아부지!"

김환성과 김환혁이 동시에 대답했다. 그리고 동시에 생각했다.

'내 똥개는 내 거야.'

'내 누나는 아무도 안 줘.'

한편, 새벽 3시. 파견을 나갔던 나이트 제6대대 대대장 파커슨이 비밀리에 김훈상을 찾았다. 김훈상이 비밀리에 백제를 관찰하고 돌아오라는 명령을 내렸기 때문이다. 현재는 크리스도 행방불명 상태다. 백제, 분명 뭔가 있는 나라다. 그래서 다시 한 번 몰래 시찰을 보냈다. 파커슨에게 보고를 받고 김훈상이 벌떡 일어섰다.

"그게…… 정말이냐? 확실…… 한 거냐?"

제27장
이게…… 내가 성녀인 이유입니다

국외 정세를 관찰하고 파악하는 것이 주 업무인 제6대대의 대대장 파커슨, 그가 보고를 올렸다.

"백제가…… 사라졌습니다."

김훈상은 황당해했다.

"뭐라고?"

그럴 리가. 멀쩡하던 나라가 갑자기 어떻게 사라진단 말인가? 무슨 물건도 아니고. 어떻게 국가가 사라질 수 있단 말인가?

"그 자리에…… 아무것도 없었던 것처럼 완전히 없어졌습니다. 몇 번이나 확인했는데 허허벌판이었습니다."

백제가 있던 자리, 그 자리엔 아무것도 남지 않았단다. 마치 신기루처럼 사라졌단다. 김훈상이 김상희를 불렀다. 김훈상은 예전처럼 '어이' 하고 부르려다가 흠칫하고 말았다. 내가 이렇게 부르면 딸이 날 미워하진 않을까? 하는 소심한 생각이 자꾸만 피어올랐다. 그래서 '어이'라고 못 불렀다. 그런데 파커슨 앞에서 '딸아'라고 사랑스럽게 부를 수는 없지 않은가. 그래서 절충했다. 사랑하는 딸과 어이, 그 사이 어딘가에 있는 공식적인 호칭.

"김상희 공주."

"네, 아버…… 아니, 아빠."

순간, 파커슨은 봤다.

'지, 지금 헤벌쭉 웃으신 것 같은데?'

아무래도 그런 것 같다. 그냥 웃은 것도 아니고 바보 천치처럼 헤벌쭉 웃었다. 금방 정색하기는 했지만 파커슨은 분명히 봤다. 딸을 사랑하는 것도 알겠고 김상희 공주가 범상치 않은 공주라는 것도 안다. 성녀로 칭함을 받고 있는 것도 안다. 그러나 왕이 저렇게 멍청한 모습을 보일 줄이야. 파커슨은 신선한 충격을 받았다.

'그런데 왜 웃으신 거지?'

그는 이유를 알 수 없었다. 아빠라는 그 단어가 가진 엄청난 힘을 말이다. 비록 강제적인 거긴 하지만 아빠 소리를 듣게 된 김훈상의 목소리가 아주 많이 부드러워졌다.

"상희 공주, 백제에 갔다 왔던 일을 자세히 읊어봐라."

"소녀는……."

김상희는 기억나는 대로 말했다. 백제에서 특별한 일은 없었다. 크리스의 안내에 따라 여기저기를 둘러봤었다.

김훈상은 저도 모르게 굉장히 자상하게 묻고 말았다.

"이상했던 점은 없었니?"

하지만 파커슨의 눈치를 살피느라, '니야?' 라고 끝을 이상하게 얼버무렸다. 정리하자면 '이상했던 점은 없었니야?'쯤 되겠다. 김훈상이 왜 저러는지 알고 있는 김상희는 저도 모르게 피식 웃고 말았다. 그 피식 웃는 미소마저도, 김훈상에게는 너무도 사랑스러웠다. 그래서 김훈상의 마음이 완전히 열렸다. 무장해제 됐다. 까짓것, 좀 쪽팔리면 어때? 내가 왕인데? 그냥 마음 내키는 대로 하기로 했다.

"아무런 일도 없었는지, 이상한 점은 없었는지 곰곰이 한번 떠올려 보렴. 사소한 거라도 괜찮아요."

김훈상은 김상희를 바라보며 흐뭇하게 웃었다. 파커슨은 또 충격을 받았다.

'폐, 폐하께서 저, 저렇게 다정하신 분이셨던가?'

그는 김훈상과 함께 전쟁기를 겪었다. 전쟁터에서의 김훈상의 모습을 그는 절대로 잊지 못한다. 그랬던 김훈상이 저런 모습을 보이다니. 이건 이해하기 이전에, 머리에서 이미 엄청난 충격과 공포로 다가왔다. 만약 그가 제6대대 대대장쯤 되는 사람이 아니었다면 충격을 받아 다리가 휘청거렸을지도 모를 일이다. 다른 사람도 아니고 김훈상이, 그것도 고려의 왕이 저러다니.

'심지어 존댓말을 쓰시다니!'

왕이 존댓말을 쓰는 경우는 없다고 해도 과언이 아니다. 제국의 황제쯤 되면 모를까.

'아니, 실제로 황제를 만난다고 해도…….'

어쩌면 반말을 쓸 거 같기도 하다. 물론 그럴 리는 없겠지만, 파커슨의 머릿속에서 김훈상의 이미지는 그랬다.

파커슨은 갈피를 잡을 수가 없었다.

'지금 나 속고 있는 건가?'

김상희는 파커슨의 심정을 충분히 이해했다. 하루 이틀도 아니고 늘상 있는 일 아니겠는가. 파커슨에게는 충격이겠지만, 김상희는 이런 상황은 많이 경험했다.

김상희는 생각에 빠졌다.

'이상한 점이라…….'

하나하나 떠올려 봤다. 이상한 점이 딱히 떠오르지 않았다. 그러다가 딱 하나 인상적인 게 떠올랐다.

"이게 이상한 점인지는 잘 모르겠는데……."

김훈상은 저도 모르게 아주 흐뭇한 눈으로 김상희를 쳐다보다가 문득 정신을 차렸다. 파커슨의 눈빛을 알아차린 김훈상은 크흠 하고 가볍게 헛기침을 했다. 하여튼 딸 앞에만 있으면 체통을 차릴 수가 없다. 이거 정말 큰 문제다.

"그래, 무엇이냐?"

"공항에 사람이 없었어요."

이상하리만치 사람이 너무 없어서 이상하다고 생각하지 않았던가. 그러나 놀이동산에 들어갔을 때에는 또 달랐다. 사람이 굉장히 많았었다.

"그렇군……."

김훈상이 보기에도 백제는 굉장히 이상한 나라다. 딱히 타국과의 교역 기록도 없고, 뭔가 전면에 나선 역사가 없었다. 그런데 재력은 막강한 듯 보였다.

'예전 크리스가 노예를 3억에 샀다고 했었지.'

3억은 큰돈이 아니다. 적어도 김훈상의 관점에서는 그렇다. 그러나 '준비되지 않은 곳'에서 '불시에' 갑자기 '현금'으로 3억을, 그것도 딱히 필요하지 않은 일에 심심풀이로 쓸 수 있다는 건 의미하는 바가 컸다. 어지간한 강대국이라고 해도 그런 불필요한 과소비를 할 수는 없는 법이다.

김훈상은 문득 이상한 생각이 들었다.

'크리스가 혹시 뭔가를 알려주려 한 것은 아닌가?'

누가 생각해도 노예를 3억이나 주고 살 필요는 없다. 아무리 돈이 많아도 천 원짜리를 만 원 주고 살 필요는 없는 법이니까. 그런 불필요한 짓을 했다는 건, 어떤 이유가 있다는 거다.

'자기 돈 많으니까 자기한테 시집오라고 꼬신 건가?'

김훈상은 고개를 저었다. 자꾸 이상한 쪽으로 생각이 난다. 도둑놈 새끼라는 건 일단 차치하고서 생각을 해봐야 했다.

김상희는 생각에 빠졌다. 왕이 자기를 불러서 이렇게 얘기하고 있는 걸 보면 뭔가 있다. 크리스가 실종된 상황, 그리고 국외의 기밀 등을 담당하고 있는 파커슨이 옆에 있는 상황. 김상희는 대충 상황을 눈치챘다.

'백제에 무슨 일이 일어난 게 틀림없어.'

김상희는 백제에 관해 이상한 점을 계속해서 생각하다가, 한 가지 사실을 떠올렸다.

"조금…… 조금 이상한 점이 있기는 했는데……."

"이상한 점?"

"네, 그런데 정말 사소한 것이라 아빠께 감히 말씀드려도 될는지 모르겠답니다."

파커슨은 생각했다.

'폐하께 올리는 보고는 진중해야만 한다. 아무리 성녀라고 해도 사

소하고 필요 없는 것을 말할 수는 없는 법. 그랬다간 불호령이 떨어지겠지.'

그러나 그 생각은 완전히 틀렸다. 파커슨은 김훈상의 눈을 봤다.

'폐하의 눈에서 뭔가가 쏟아져 나오는 것 같다.'

이를테면 빨간색 하트 모양의 무언가가 쏟아져 나오는 것 같은 그런 기분이 들었다. 왜 이런 기분이 드는 건지, 좀 이상했다.

김훈상이 말했다.

"뭐가 됐든 좋으니 이야기해 봐라."

파커슨은 여전히 이상한 생각이 들었다.

'그냥 뭐가 됐든 상관없으니까 김상희 성녀랑 얘기하고 싶은 것 같은 기분인데……? 그럴 리 없겠지?'

김훈상은 싱글벙글 웃었다. 보고가 됐든 뭐가 됐든 상관없었다. 그냥 딸이랑 대화하는 시간 자체가 즐거웠다. 그러니까 지금은 백제 핑계를 대고 공적인 척하는 대화를 하고 있는 중이다. 좀 더 직설적으로 표현하자면, '우리 딸, 여행 갔다 왔던 얘기 좀 해보렴. 재미있었니? 뭔가 특별한 일은 없었고?' 정도가 되겠다.

김상희가 말했다.

"정말 사소한 건데…… 진짜 괜찮아요?"

"그럼, 괜찮고말고."

당연히 괜찮다. 그냥 말만 들어도 즐겁지 않은가.

"지금 생각해 보니까 이상한 건데……."

"그래그래."

"소녀가 여기저기를 다녔는데요……."

"그랬겠지."

문득 기분이 나빠졌다. 그 크리스란 놈이랑 데이트 비슷한 것을 한 셈 아닌가.

"그런데 사람들의 반응이 조금 이상하긴 했어요."

"어떻게 이상했지?"

"모르겠어요."

파커슨은 황당했다. 이게 무슨 보고란 말인가. 보고의 자리에서 '모르겠다'라는 말을 어떻게 할 수 있는가. 저건 있을 수 없는 일이다. 보고의 자리에서는 '모르겠다'가 아니라 '부족하여 알아내지 못했다. 알아내겠습니다' 혹은 '알아보겠습니다'가 되어야 하는 게 맞다. 자기도 잘 모르는 내용을 어떻게 이 공적인(?) 자리에서 올린단 말인가. 김상희 성녀는 보고의 '보'자도 모르는 계집이었다. 그런데 더 황당한 건, 김훈상이 고개를 열심히 끄덕이고 있다는 것. 파커슨은 허탈해졌다.

'저렇게 보고를 열심히 받으신 적이 있었던가?'

단언하건대 없었다. 아니, 애초에 보고를 저렇게 화기애애하게 받으신 적도 없다. 그는 착각했다. 이 자리가 보고의 자리라고. 당연히 아니다. 김훈상에게 있어서 이 시간은 사랑스런 딸내미의 얼굴을 보고 대화를 하는 시간이지, 보고를 받는 시간이 아니다. 대화가 주이고 보고는 겸사겸사다. 파커슨의 입장이랑은 완전히 달랐는데, 파커슨은 그걸 이해하지 못했다.

"뭐랄까…… 마치 프로그래밍된 사람들 같은 느낌이었어요."

"프로그래밍이라……."

"음…… 이런 상황에서는 이렇게 말하고, 저런 상황에서는 저렇게 말하고, 그게 딱딱 정해져 있는 것 같은 그런 기계적인 느낌을 많이 받았답니다."

그, 그건 보고가 아니잖아! 그냥 단순한 느낌이잖아! 파커슨은 김상희를 말리고 싶었다. 저런 개인적인 판단과 감상에 따른 보고는 아예 안 하는 게 낫다. 했다가는 된통 깨지게 마련이다. 저렇게 느낀 것에 대한 '구체적인 근거'가 없을 테니까. 저런 보고는 하는 것보다 안 하는 게 훨씬 이득이다.

하지만 김훈상은 고개를 끄덕였다.

"그랬었구나."

파커슨은 좀 울고 싶어졌다. 그리고 묻고 싶었다. 폐하, 저도 그렇게 보고해도 돼요?

우리 송수진 씨가 내게 말했다.

"공주님, 1주일 뒤면 최소연 공주의 소녀식이 진행된답니다."

"아, 그래?"

이전에 소녀식이 있다고는 했었다. 그러나 나는 참여하지 못했었다. 나는 제국의 마력학원에 가 있었으니까.

"어느덧 공주님이 벌써 제1공주님이 되셨네요."

제1공주, 별거 아니다. 시집 안 간 공주들 중 나이가 제일 많은 공주가 바로 제1공주다. 시집을 가고 나면 완전히 타인이 되어버린다. 되게 기분 나쁜 말인데, 그냥 씨받이로 팔려가는 거, 그게 이 세계의 현실이다. 어쨌거나 나는 제1공주가 됐다. 근데 나 시집갈 수 있는 거 맞겠지? 아무래도 좀…… 힘들 거 같은데. 응원 좀 해주고 싶다. 진수야, 힘내. 너라면 어떻게든 할 수 있을…… 있겠지? 환혁이랑 상아를 넘고 망나니 형제를 부순 뒤, 개차반을 뛰어 넘어야 하는데…… 아마…… 할 수…… 이, 있을 거야. 음, 그래. 시, 시집은 보내겠지. 아마도?

어쨌든 내가 소녀식에 정식으로 참여하는 건 이제 두 번째다. 처음은 내 소녀식 때, 그리고 지금.

'그러고 보니…… 내 소녀식 때 진수가 왔었는데.'

문득 진수가 너무 보고 싶어졌다. 어디서 뭘 하는 건지 알 수가 없다.

수진 씨가 말했다.

"어느덧 공주님이 이렇게 훌륭하게 자라셨다니…… 저는 너무나 감격스러워요."

그, 그렇다고 또 울 것까진 없잖아. 이 세계 여자들은 뭐 이리 감동을 잘해? 왕자가 '안녕?' 한 마디만 해줘도 눈물을 줄줄 흘릴 것 같은 여자들이 태반이다. 그래서야 발전이 없지. 이 세계만큼 조련(?)이 쉬운 남자들이 어디 있어? 다 제 잘난 맛에 사는 애들이라 단순하기 짝이 없는데…… 는 나한테만 해당되는 건가? 흠흠.

"그 자리에서도 공주님이 가장 빛나실 거예요."

"그러면 안 되지, 소연 공주가 주인공인데."

그래, 그러고 보니 내 소녀식 때는 참 가관이었지. 공주들끼리 서열을 정하고 지들끼리 갈구고 난리도 아니었었는데.

'이젠 내가 제1공주야.'

이번 소녀식 때, 해야 할 일이 정해졌다. 공주들끼리 힘을 합쳐도 모자를 판에 서로 분열이나 일으키고 서로 괴롭히고 해서 되겠어?

그럼 될 일도 안 된다고. 여기가 무슨 군대야?

3일 뒤 소녀식이 시작됐다. 나는 최소연 공주를 처음 본다. 최소연 공주는 굉장히 귀여웠다. 8살인데 뭔들 안 귀엽겠어. 나는 제1공주 자리에 앉았다. 내 옆으로 주르륵 공주들이 앉아 있는데, 내 밑의 공주가 꽤 많았다. 나는 공주들과의 교류가 거의 없었기 때문에 알 수 없었다. 대충 보니 20명쯤 되는 것 같다. 개차반 씨, 정말 능력도 좋지. 이 정도면 변강쇠 수준인데. 진짜 장난 아니다.

나이 14살, 제2공주인 김예원 공주가 입을 열었다.

"언니께서는 교류가 거의 없으셨으니…… 제가 진행을 해도 될까요?"

그래, 뭐. 마음대로 하세요. 나는 아무것도 모르니까. 내가 아닌 다른 사람의 소녀식에 참여하는 건 또 처음이고.

"그래요, 제2공주가 진행하세요."

김예원 공주가 자리에서 일어섰다. 그런데 좀 이상했다. 이 소녀식의 주인공인 최소연 공주는 긴장을 한 건지, 겁에 질린 건지 얼굴이 좀 창백해 보였으니까.

'긴장해서 그런가?'

제2공주인 김예원이 아마 거의 막내급이라 짐작되는, 대충 보니 10살쯤 되어 보이는 공주의 뺨을 쳤다.

짝!

요란한 소리가 들려왔다.

'뭐 하는 짓이야……?'

분위기가 급속도로 얼어붙었다.

"너, 막내 교육 제대로 안 시킬 거야?"

당연한 말이지만 최소연 공주는 바짝 긴장했다. 자기 때문에 언니 공주가 뺨을 맞았으니까. 최소연 공주의 눈에 눈물이 고였다. 아, 진짜 뭐 하는 짓이람.

“김예원 공주.”

“네, 언니.”

나는 느꼈다. 이 공주, 나를 별로 탐탁지 않아 한다. 공주들과의 교류도 거의 없었던 나고, 공주들 입장에서는 있는 듯 없는 듯한 공주인데 갑자기 자신의 행동에 제동을 거니까 불만이 좀 있는 것 같다. 겉으로는 정중하게 대하지만, 속으로는 깔보는 것 같은 그런 기분이랄까? 여긴 네가 낄 데가 아냐, 라고 말하는 것 같은 그런 기분이다.

“꼭 이래야 해요?”

“언니께서는 여태껏 공주들의 행사에 참여하지 않으셔서 잘 모르시겠지만…….”

짝!

한 번 더 소리가 났다. 아까 뺨을 맞았던 공주의 뺨이 붉게 부어올랐다. 순간, 나는 이상한 느낌을 받았다. 조금 어지러웠다. 제2공주가 뭐라고 말을 하는데 잘 안 들렸다. 웅웅거리는 느낌이랄까? 시간이 조금 지났다. 2공주의 말이 거의 끝났다.

“언니는 어째서 성녀가 되신 거죠?”

모르겠다. 앞에서 얘가 무슨 말을 했는지 전혀 기억이 안 난다. 순간적으로 정신을 잃은 것 같은 기분이었다. 그리고 계속 이상한 느낌이 들었다. 몸속에서 작은 불꽃이 피어오르는 것 같은 느낌이었다.

‘질문의 의도가 뭐야?’

너 따위가 감히 성녀야? 공주로서의 역할도 하지 않는 게? 그렇게 힐난하는 거 같다. 뭐, 얘 입장에서는 그럴 수도 있겠지. 그동안 공주의 행사에 참여하지 않았었으니까. 나만 공주들 중 특권을 누리는 이상한 공주라고 생각하고 있을 테니까.

내가 말했다.

"내가 성녀인 이유는……."

이유는 모르겠다. 이상한 확신이 들었다. 나는 저 공주의 아픈 뺨을 고쳐줄 수 있다. 자꾸만 그런 확신이 든다. 뺨 맞은 공주. 미안한데, 이름을 잘 모르니까 그냥 손짓으로 할게.

"공주는 이쪽으로 오세요."

공주가 쭈뼛쭈뼛 다가왔다. 나는 김예원 공주의 눈빛을 봤다. 네가 대단하면 얼마나 대단하겠어? 그런 눈빛이다. 대놓고 말은 못 해도 분명히 그랬다. 그런 기색을 숨기려고 하지도 않고 있다.

내 손이 하얗게 물들었다.

"이게…… 내가 성녀인 이유입니다."

그리고 놀라운 일이 벌어졌다.

김상희는 근거 모를 자신감에 가득 찼다. 손이 하얗게 물들었고, '나는 저 뺨을 치료해 줄 수 있어'라는 확신에 가득 찼다. 근거는 없었다. 그냥 그럴 수 있을 것 같았다. 공주들은 지금 이게 무슨 상황인가 싶어 침을 꼴깍 삼켰다.

사실상 공주들에게 있어서 김상희 공주는 굉장히 특별하고 신비한 존재다. 평소에는 보지 못하는데, 성녀라는 칭호를 받았으며 사실인지 거짓인지 판명할 길은 없지만 왕이 굉장히 총애하는 딸이라고 했다.

남자 관리들은 이 이상한 상황에 대하여 어느 정도는 눈치를 챘지만 공주들은 아니다. 그녀들은 정보가 상당히 제한되어 있는 상태고, 이렇다더라 저렇다더라 하는 소문은 들을지언정 김상희에 관한 자세한 것들은 잘 모른다. 그녀들이 아는 거라곤 보배 칭호, 성녀 칭호를 받았으며 나이트들과 김훈상이 김상희를 아끼고 있다는 것 정도. 그녀들 입장에서는 말도 안 되는 일이다. 김훈상과 나이트가 계집을 아낄 리 없지 않은가? 그러나 하도 많은 사람이 그런 소문을 펴 나르다 보니 공주들은 긴가민가할 지경이었다.

김상희가 이름 모를 그 공주의 뺨을 어루만졌다.

속으로 김상희를 무시하고 얕잡아보던, 더 정확히 말하자면 질투에 눈이 멀어 그렇게 행동할 수밖에 없었던 김예원은 침을 꼴깍 삼켰다. 성녀, '녀'라는 글자와 '성'이란 글자가 어떻게 함께할 수 있단 말인가? 그 성녀가 자신이 성녀인 이유라며 손을 들어 올렸다. 분명 뭔가 있었다. 손이 저절로 하얗게 물들다니. 하지만 속으로는 인정하고 싶지 않았다.

'겨우 저런 걸로 성녀의 칭호라니.'

김예원은 가소롭다는 눈으로 김상희를 쳐다봤다.

'겨우 저런 걸로 국왕 폐하와 나이트님들의 예쁨을 받는다니.'

그녀는 인정할 수 없었다. 아니, 인정하고 싶지 않았다. 계집이 사내들로부터 예쁨받는 거, 그런 건 상상도 해본 적이 없다. 그런데 김상희는 실제로 그걸 해냈다. 소문에 불과한 건지, 정말인지 확인할 길은 없지만. 더 솔직히 말하자면 김상희가 총애받고 있다는 걸 인정하고 싶지 않았지만.

김상희는 순간 당황했다.

'얼라리……?'

하얗게 빛나던 손이 갑자기 원래대로 돌아왔다. 잔뜩 겁먹은 그 공주의 뺨을 만지긴 했는데, 딱히 별다른 변화는 없었다. 김예원은 옳다구나 싶었다.

"그러니까…… 손이 하얗게 물들었기 때문에 성녀의 칭호를 받으신 건가요?"

겨우 그 정도로? 겨우 그까짓 걸로 왕국을 대표하는 공주가 되었다고? 제국의 마력학원에 입학까지 했고 해외여행까지 갔다 올 수 있었다고? 게다가 국왕 폐하를 아빠라, 왕자님들을 오빠라 부를 수 있는 엄청난 특권과 혜택-정작 김상희는 이걸 특혜라고 전혀 생각 안 하지만-을 받았다고? 이건 말도 안 되는 일이다.

김상희의 얼굴이 조금 붉어졌다. 이게 아닌데 싶었다. 자신 있게 '내가 성녀인 이유를 알려주겠다'라고 했는데, 아무런 변화가 없지 않은가. 공주의 뺨에는 여전히 손바닥 자국이 새겨져 있었다. 그녀는 지금 당장에라도 울음을 터뜨릴 것 같은 표정을 하고 있었다.

김예원은 픕 하고 비웃었다. 대놓고 비웃은 건 아니었다. 티 나지 않게, 그러나 김상희는 확실히 알 수 있을 정도로, 딱 그 정도로 비웃었다.

"저는…… 성녀라는 게 정말 대단한 건 줄 알았어요. 물론 놀라운 일이기는 하지만, 소문의 기적과는 거리가 조금 있는 것 같네요, 언니."

김상희는 창피했다. 솔직히 반박을 하고 싶었다. 그러나 반박도 근거가 있을 때나 하는 거다. 지금 뺨도 어떻게 못 하면서 전쟁터에서 나이트들을 구했다고? 아무도 안 믿을 거다. 비웃음이나 더 사겠지. 그렇다고 변명하기도 애매모호한 상황이었다.

때마침 누군가 들어왔다. 그런데 젠장, 젠장 젠장 젠장. 불길한 기분이 들었다. 그리고 이 불길한 기분은 거의 어김없이 들어맞는다.

"물어왓!"

헝거비가 하늘을 날았다. 헝거비는 헝겊 인형 주제에 앞섶에 다이아몬드 단추를 달고 있다. 번쩍이는 다이아몬드를 달고 있는 헝거비가 허공을 갈랐고, 이내 그것은 땅에 툭! 떨어졌다. 성녀인 줄 알았는데 실상은 똥개다?

'반드시, 반드시 패버린다!'

요즘 망나니 형제나 개차반에 대한 인식이 좋아지고 있는 와중이다. 하지만 저 둘째 망나니만큼은 용서를 못 하겠다. 공주들이 이렇게 많은 데서 나한테 그런 쪽팔림을 줘야겠어? 아, 물론 저 망나니는 이게 쪽팔린 건지도 모르고 그냥 개념 없이 하는 행동이긴 한데, 그래도 쪽팔린 건 쪽팔린 거다. 진짜 패고 싶다. 명치 대라. 아오, 내가 저걸 안 주울 수도 없고, 그렇다고 주울 수도 없고. 도대체 어떡하지?

둘째 망나니가 싱글벙글 웃으면서 다가오다가 걸음을 멈췄다.

"어라? 똥개, 너 왜 그래?"

망나나는 갑자기 사라졌다가 내 눈앞에 나타났다. 어윽, 깜짝이야. 아니, 뭐 진짜 이런 사기 같은 놈이 다 있어? 볼 때마다 적응이 안 된다. 이 마력이라는 건, 도대체 사람을 어디까지 초인으로 만드는 거야?

공주들은 침묵했다. 왕자의 포스에 짓눌렸다고 하는 게 맞을 거다. 모두들 일어나서 무릎을 꿇고 고개를 조아렸다. 왕자가 왔는데 감히 의자에 앉아 있을 수는 없으니까. 미안한데…… 왕자들은 너희 신경도 안 쓸걸. 다시 말해 그렇게까지 과도하게 예를 취하지 않아도 되는데…… 는 역시 나니까 할 수 있는 생각이려나?

어쨌거나 결론만 말하자면, 난 이 망나니를 패주고 싶다는 거다. 망나니는 나를 요모조모 뜯어보다가, 자기 나름대로 판단을 내린 듯했다. 그리고 내 눈치를 살폈다.

"상희야."

문자로 표현하자면 '상희야'인데, 육성으로 표현하자면 '상희얌' 정도가 됐다. 그 왜, 그런 거 있잖아. 혀 짧은 소리. 그걸 망나니가 했다.

"혹시……."

내게 물었다.

"호, 혹시 내가 물어왓 해서…… 삐졌어?"

문자로 표현하자면 그런 거고, 육성으로 표현하자면 '혹시 내가 물어왓 해서 삐져써?' 정도의 발음이었다. 나는 잠시 아무런 말도 하지 않았다. 삐지긴 뭘 삐져, 네 명치를 패버리고 싶은 마음뿐인데.

내 마음을 아는지 모르는지 망나니는 굉장히 당황했다.

"지, 진짜 삐, 삐졌어?"

김예원 공주는 머리를 땅에 박았다. 그랬다가 눈만 살짝 들어 올렸다.

'저 공주는 도대체 무슨 생각이지?'

왕자가 들어왔다. 그러면 고개를 조아려야 한다. 그런데 저 공주는 뭐가 그렇게 잘났는지 뻔뻔하게 고개를 들고 서 있었다.

'성녀면 다야?'

성녀라고 뭔가 대단한 건 줄 알았더니 그런 것도 아니었다. 그냥 손이 하얗게 물드는 것 정도.

'저긴 김환석 왕자님도 계시다고.'

김환석은 여자를 매몰차게 대하는 것으로 유명하다. 그녀들에게 김환석 왕자는 무시무시한 공포의 대상이었다. 그런데 예를 안 차린다고? 저건 미친 짓이다. 그와 더불어 한심하다는 생각이 들었다.

'하긴, 공주들과의 교류도 없었으니 예의범절도 모르는 게 당연하지.'

참고로 설명하자면 공주들이 왕자 혹은 왕을 대하는 예의는 아주 오래전부터 공주들 사이에 내려온 관습이다. 왕이나 왕자가 이렇게 해라, 저렇게 해라 한 적은 없다. 애초에 그런 것까지 정해줄 만큼 왕이나 왕자들은 한가하지 않을뿐더러, 공주들에게 관심도 없다. 눈앞에 날파리가 왼쪽으로 움직이든 오른쪽으로 움직이든 그것을 주의 깊게 관찰하고 신경 쓰는 사람은 별로 없다. 그것과 거의 비슷하다. 이렇게 하든 저렇게 하든, 왕자들은 별로 신경 안 쓴다.

그러나 시간이 흘러 그 관습이 정형화되면서 공주들에게는 거의 절대 법칙처럼 되었다. 이를테면 복도에서 왕자를 만나게 되면 한쪽 옆으로 서서 고개를 숙이고 왕자가 지나갈 때까지 움직이지 않아야 한다든가, 이렇게 밀폐된 방 안에서 만나면 왕자가 지나가거나 일어서라고 말을 하기 전까지는 무릎을 꿇고 고개를 조아려야 한다거나, 그런 것들 말이다. 다시 한 번 언급하지만 왕자들은 공주들이 이러고 있는 것도 잘 모른다. 신경 자체를 안 쓰니까.

어쨌든 김예원 입장에서는 한심할 따름이었다.

'멍청한 년! 저것도 공주라고.'

그런데 황당한 말이 들려왔다.

"호, 혹시 내가 물어왓 해서…… 삐졌어?"

머리를 땅에 박고 있는 탓에 목소리만 들어서 정확히 알 수는 없다.

'김환성 왕자님께서 당황하고 계신 것 같은데……?'

아무래도 그런 것 같았다.

'아냐, 그럴 리가 없어.'

그런데 또 목소리가 들려왔다.

"지, 진짜 삐, 삐졌어?"

일단 이 상황 자체가 쇼킹이고 미스터리다. 왕자가 저런 태도를 보이다니. 그런데 더더욱 충격적인 건, 저 미친 공주가 대답을 안 하고 있다는 거다. 공주들의 관습에 따르면 왕자가 말을 하면 아무리 늦어도 3초 내에는 답변을 해야 했다. 하지만 지금 3초가 넘었다. 3초는커녕 10초도 넘었다.

김예원 입장에서 예의도 모르는 한심한 공주 김상희는 거의 30초가 지나서야 입을 열었다.

"오빠."

"으, 응?"

"소녀는 물어왓을 하면 자존심이 많이 상해요. 물론 물어왓이 오빠의 애정이 담긴 행동인 것은 충분히 이해하고 있어요. 그런데 이렇게 많은 공주 앞에서 물어왓을 하면…… 소녀는 가슴이 너무 아프고 울고 싶어요."

김예원 공주뿐만 아니라, 이곳에 모인 20여 명의 공주가 모두 비슷한 생각을 했다.

'죽고 싶은가 보다.'

아무래도 자살 희망자 같았다. 아까 성녀 어쩌고저쩌고 하다가 창피해하더니, 정말로 죽을 셈인 것 같았다. 다들 비슷하게 생각했다.

'제1공주가 완전히 미쳐 버렸어.'

그런데 상상할 수도 없는 일이 벌어졌다.

"오, 오빠가 잘못했어."

김예원 공주는 너무나 놀라서 고개를 번쩍 들고 말았다. 그리고 자신의 실수를 깨닫고 다시 고개를 숙였다. 참고로 말하면 그녀가 고개를 들었든 말든, 왕자들은 신경도 안 썼다.

'와, 와, 와, 왕자님이 사과를 하셨어?'

어떻게 이런 일이 일어날 수 있단 말인가. 어떻게, 어떻게 이런 경악스러운 일이 일어나고 있지?

'내가…… 지금 꿈을 꾸고 있는 거야?'

꿈이 아니고서야 어떻게 이런 일이 벌어질 수 있단 말인가.

"너 마음 아프고 울고 싶게 해서 미안해. 오빠가 진짜 잘못했어."

그 와중에도 '오빠'란 단어에 굉장히 집착하는 모습을 보이기는 했지만, 하여튼 공주들의 입장에서 엄청난 충격이라는 건 틀림없는 사실이었다. 자기 때문에 공주들이 얼마나 큰 충격에 빠졌는지는 전혀 몰랐다. 그에 관한 개념 자체가 없었다.

그때 형의 눈치를 보고 있던 김환혁이 말했다.

"형아, 형아 차례 끝났으면 이제 나도 인사해도 돼요?"

김환성은 이때다 싶었다. 사과는 했는데 아무래도 동생이 안 받아줄 거 같다. 이럴 땐 뭐랄까, 시간을 조금 벌어야겠다는 생각이 들었다. 그래, 쟤는 환혁이 녀석을 아끼니까 기분을 풀어줄 거야. 그렇게 생각하고 자리를 비켜줬다.

환혁이 김상희에게 달려갔다.

"누나!"

"환혁 왕자님, 저를 보러 오신 건가요?"

“당연하지! 저런 계집애들이야 나랑 상관없는데! 나한텐 누나만 있으면 돼!”

크히히 하고 해맑게 웃다가 이내 김상희의 눈치를 살폈다.

“그, 근데 이런 말 하면 누나가 싫어하려나……?”

김상희는 속으로 한탄했다. ……아, 망했다. 환혁이도 속세에 찌들고 말았어. 물론 나를 위한다는 건 좋기는 좋은데, 그래도 좀. 환혁이만큼은 물들지 않기를 바랐는데.

김예원은 충격에서 헤어 나올 수가 없었다.

‘나한테는 누나만 있으면 돼. 이런 말 하면 누나가 싫어하려나?’ 이런 말, 평생–그래 봤자 14년이지만–듣게 될 줄은 몰랐다. 어떻게, 도대체 어떻게 이런 일이 벌어질 수 있단 말인가! 있을 수 없는 일이다. 그러나 그 일이 눈앞에서 버젓이 일어나고 있었다. 성녀의 능력? 손에서 빛나는 능력. 그런 건 하나도 놀랍지도 않고 신기하지도 않으며 부럽지도 않다. 그런데 이건 너무나 부럽다. 부러워서 미칠 것 같았다.

‘어떻게 성녀가 된 거야?’

나도 성녀가 되고 싶다. 성녀만 되면 저런 대접을 받을 수 있다! 그러고 싶다! 물론 김예원의 생각은 완전히 틀린 것이었다. 성녀가 되어서 저런 대접을 받게 된 것이 아니라, 저런 대접은 김상희이기 때문에 가능한 것이었다. 전후 관계야 완전히 틀렸지만 하여튼 김예원은 부러워서 죽을 것 같았다.

김상희는 차마 ‘그런 말 하면 싫어요’라고 말할 수 없었다. 뒤에는 공주들이 있다. 환혁이의 체면을 생각해서라도 그럴 수는 없는 노릇이었다. 김상희가 뭐라고 말하기도 전에 환혁이 말했다.

"누나가 싫어할 거 같으니까 이런 말 안 할게. 취소, 취소야."

놀라운 일의 연속이었다. 왕자님이 공주의 눈치를 살피다니. 심지어 말을 취소한다니. 공주들은 지금 소녀식을 치르고 있는 건지 충격의 현장에 와 있는 건지 도무지 구분할 수가 없었다.

그런데 더더욱 놀랍고 충격적인 일은 그 이후에 벌어졌다.

김환석이 저벅저벅 걸어왔다. 김환석의 발걸음 하나하나에 공주들은 긴장했다. 그녀들에게 있어서 가장 무서운 사람은 김환성도 김환혁도 아닌, 바로 김환석이었다. 김환석이 무언가를 아주 성의 없는 태도로 바닥에 툭 던졌다.

"받아라, 선물이다."

"네……?"

김상희는 묻고 싶었다. 지금 이 타이밍에 웬 뜬금없는 선물? 게다가 선물이라면서 무슨 쓰레기 버리듯 이렇게 주냐? 다이아 반지라도 그딴 태도로 주면 하나도 안 기쁠 것 같다. 이 탑 오브 망나니야.

하여튼 선물 같지도 않은 선물을 준 김환석은 볼일 다 봤다는 듯 몸을 돌려 나가버렸다. 김상희 입장에선 이게 도대체 무슨 일인지 모르겠다. 이 타이밍에 왜 선물을 주는 건지도 모르겠고, 뭔데 툭 던지고 가는 건지도 모르겠다. 선물을 받긴 받았는데 하나도 안 고마웠다.

김상희는 바닥에 떨어진 검고 동그란, 얼핏 보면 조약돌 같은 물건을 집어 들었다.

'이게 도대체 뭐지?'

설마하니 진짜 조약돌일까 싶었는데 김환혁이 말했다.

“누나, 형아가 그러는데 그거 절대로 몸에서 떼지 말래.”

“이게 뭔데?”

“음, 글쎄. 하여튼 명령이라고 했어. 절대, 절대로 몸에서 떼면 안 된대.”

김상희가 인상을 살짝 찡그렸다. 이런 선물, 하나도 안 좋다. 몸에서 절대로 떼어 놓으면 안 된다고 명령을 하면서 주는 선물이 도대체 어디 있어? 이건 선물이 아니고 강요다. 뭐랄까, 강매당하는 그런 느낌이랄까?

‘이게 도대체 뭐지?’

알렉스가 김환석을 찾았다. 마침 김환석은 방에 돌아와 있었다.

“왕자님, 얼굴이 좀 빨간 것 같은데요?”

알렉스는 요즘 신이 난 상태다. 왕과 왕자들을 관찰하면서 얻은 기록이 아주 많았으며 상당히 흥미로웠다.

‘방금 선물을 전해 주셨겠지!’

그럴싸한 가정을 세웠다.

‘지금 왕자님은 선물을 성공적으로 하사하셨다.’

김환석은 내심 뿌듯해하고 있는 것 같았다. 김상희는 이딴 선물 필요 없다고 생각하고 있지만, 알렉스는 거기까진 파악하지 못해 착각했다.

‘김상희 공주님이 굉장히 기뻐했겠지?’

당연하다. 무려 왕자님이 직접 가져다주는 선물이다. 똥이라고 해도 기쁘게 받아야 할 판이다.

'그런 엄청난 물건을 받으셨으니 당연히 기뻐했겠지.'

심지어 그 선물은 가히 보물이라고 불러도 전혀 손색없는 물건이었다.

'어쨌든 지금 그래서 뿌듯하기도 하고 부끄럽기도 하고, 그런 상태인 것이 틀림없어!'

자세히 보면 김환석의 귓불이 조금 붉어져 있었다. 알렉스는 정확한 결론을 내렸다.

'동생 등신이 기뻐하고 있구나.'

생각을 정리한 알렉스가 물었다.

"왕자님, 배리어는 잘 작동합니까?"

"그래, 네 도움이 컸다."

"에이, 뭘요. 예산 지원이 그렇게 빵빵했는데 아무것도 못 하면 그게 학자입니까? 등신이지."

알렉스는 상희학의 오묘함에 대해 다시 한 번 떠올렸다.

'개발비만 300억이 들었지.'

순수 초기 투자비용만 그 정도다. 그걸 아낌없이 동생에게 주고 오다니. 아니, 애초에 이걸 개발한 배경 자체가 오로지 김상희 공주를 위해서가 아니었던가. 역시 상희학은 진리였다. 세상의 모든 상식을 파괴하는 비상식적인 진리 말이다.

알렉스는 고려 왕가의 비밀을 알고 있는 몇 안 되는 학자들 중 하나다. 김환석 왕자가 사재로 300억 정도는 빼서 지원할 수 있다는 것도 잘 알고 있다. 그래서 예산을 아낌없이 투자받았다. 그 누구도 발을 들이지 않았다면 전입 미답의 학문. '마력이 없는 사람을 위한 학문'과 기술 발전을 위해서 말이다. 김환석과 진행하고 있는 이 프로젝트에서 괴물 같은 성과가 하나 나타났으니 그것이 바로 '반자동 배리어'다.

알렉스는 생각했다.

'세상에 단 하나밖에 없는 물품인데다가…….'

가격을 책정한다면 그야말로 어마어마했다.

'최소 1,000억 원을 호가하는 물품이겠지. 아니, 애초에 가격을 잡을 수조차 없는 엄청난 물건이다.'

김상희는 뭐 이딴 거지 같은 게 다 있냐, 라고 생각했지만 기실 그것은 가치를 측량할 수조차 없는 보물이었다.

반자동 배리어는 소지자에게 다가오는 위협을 전방위적으로 파악하고 탐지하여 보호막을 펼쳐 주는 방어 도구다. 마력이 없는 사람도 사용할 수 있도록 반영구적인 초소형 마력 충전 장치가 들어가 있다. 저번 제국과의 국지전에서의 배리어 사용 및 미사일 방어 연구 데이터를 토대로 이번에 새로이 개발한 엄청난 물건이었다.

알렉스가 정곡을 찔렀다.

"김상희 공주가 기뻐했겠군요. 그래서 왕자님도 기분이 좋으시죠?"

물어라. 미끼를 물어라. 네 입으로 그렇다고 말해라! 알렉스의 눈이 기이한 열망으로 불타올랐다. 하지만 김환석은 역시 쉽지 않았다.

"그깟 계집이 좋아하든 말든 나와는 관계없는 일이다."

……아, 그러세요? 그깟 계집 때문에 매일같이 밤을 새우면서 그거 개발했어요? 심지어 초기 연구비만 300억 들었잖아요? 이게 처음이 아닐 텐데. 저번에는 위치 추적기를 달았잖아. 그러고 보니 왕

자님은 매일같이 수백억 단위로 개발한 수천억 단위의 물품을 김상희 공주님에게 선물해 주시잖아요.

'나 참, 제 입으로 인정만 하면 정말 최고겠는데.'

상희학을 좀 더 열심히 공부해야겠다는 그런 열정이 무럭무럭 솟아났다.

최소연 공주의 소녀식은 김상희 공주의 소녀식 이후로 가장 떠들썩했다. 일단 왕자가 세 명이나 찾아왔다. 모두가 충격에 빠졌다. 그러나 놀랍고 충격적인 일은 거기서 그치지 않았다. 왕자에 이어 이번에는 왕이 나타났다. 최소연 공주는 정신이 없었다.

'도, 도대체 왜……?'

어린 그녀가 감당하기에는 너무나 벅찬 상황이었다. 김상희가 '아빠, 오셨어요?'라고 말하자 공주들은 뒤로 넘어갈 뻔했다. 아빠라고 부를 수 있는 특권을 받았다지만 그걸 실제로 할 수 있을 줄이야. 공주들은 충격에 빠져 헤어 나오질 못했다. 충격도 충격이거니와 너무나 부러웠다. 어떻게 왕에게 아빠라고 부를 수 있단 말인가.

공주들의 심리 상태와는 별개로 김상희는 찝찝해졌다.

'이거…… 느낌이 꼭…….'

배가 살살 아파왔다. 2~3일 전부터 증상이 있었는데, 오늘따라 느낌이 확 왔다. 여태까지는 잊고 있었는데 이게 어떤 느낌인지 이제는 알 것 같았다.

'초경이 시작되는 느낌인데…….'

김상희는 아직 초경을 하지 않았다.

'그러고 보니 변비기도 좀 있었고.'

찝찝하게도 하필이면 이때 피가 좀 새어 나오는 느낌이 들었다. 팬티가 축축해지는, 굉장히 찝찝하고 불쾌한 느낌.

'왜 이걸 이제야 떠올린 거지?'

이제야 떠올렸다는 게 그렇게 이상한 일은 아니었다. 김상희의 나이로 치자면 초경은 30년쯤 전에 경험했던, 아주 오랜 옛날의 일이니까. 더더군다나 요즘 겪었던 일이 보통 일이던가. 납치부터 시작하여 전쟁까지, 엄청난 일들 때문에 정신없다 보니 제대로 신경 쓰지 못했던 탓도 있었다.

그런데 김훈상이 뭔가 이상함을 눈치챘다.

'피 냄새가 난다.'

김상희가 알았다면 '그렇게 쓸데없는 곳에 마력 쓰지 말아요, 좀!'이라고 생각했을지도 모르겠지만 김훈상은 마력을 활성화시켰다. 그에게 있어서 피 냄새는 굉장히 익숙한 냄새였다. 누가 뭐래도 전쟁기를 겪었던 왕이니까.

'분명히 피 냄새다.'

딸 등신 김훈상은 괜히 불안해졌다. 그의 입장에선 불안할 법도 하다. 김상희는 몇 번이나 납치를 당할 뻔했다. 심지어 아주 오래전 불쾌함으로 남아 있던 기억도 있다.

'독으로 김상희를 음해하려고 했던 계집도 있었다.'

그래서 사형을 시켰었다. 눈에 넣어도 아프지 않을 딸내미가 고생길을 거쳐 왔다. 그냥 좀 내버려 두면 좋겠는데 왜 이렇게 못 잡아먹어 안달인지. 마력을 활성화시켜 냄새의 근원을 찾았다.

'김상희……!'

우려했던 일이 벌어지고 말았다. 김훈상이 명령을 내렸다.

"미첼을 불러와라!"

김훈상은 너무나 뛰어난 왕이며 굉장한 남자지만 여자에 대한 개념 자체가 없다. 그냥 김상희에게서 피 냄새가 난다는 것에만 집중했다.

스페셜 나이트들도 깨달았다.

'어떤 개새끼야!'

감히 성녀에게서 피가 나게 만들었다. 여자에 대한 지식과 개념이 없는 남자들이 호들갑을 피우기 시작했다.

김훈상은 진지해졌다. 이전에도 있었다. 김상희를 음해하려고 했던 공주가. 그래서 일부러 공주들과의 교류를 못 하도록 막았었다. 기록의 관에 나이트를 두 명이나 배치시켰었고. 김상희는 모르고 있지만 김훈상이 일부러 그렇게 격리시킨 거다. 그런데 기어이 일이 터지고 말았다.

김훈상이 말했다.

"이곳을 폐쇄한다."

음식에 독을 탔을 거라고 생각했다. 김상희를 살펴봤다. 체온, 맥박 모두 정상이라고 보기에는 힘들었다. 게다가 통증도 조금 있는 것 같았다.

김훈상이 김상희를 안아 들었다.

"괜찮으냐?"

"……."

김상희는 김훈상을 이해할 수 없었다. 얘, 갑자기 왜 이래? 설마

하니 아주 조금 새어 나온 피 냄새를 맡고 이러는 거라고는 상상할 수 없었다. 애가 왜 이러나 싶어서 당황하느라 대답을 못했는데, 그 때문에 김훈상이 버럭 소리를 질렀다.

"이 시간부로 자리에서 움직이는 계집은 모두 목을 잘라 버리겠다."

김훈상은 이를 갈았다. 저번에도 그러더니, 또다시 문제가 발생했다. 계집들이 아무래도 질투라는 걸 하는 것 같았다. 그렇지 않고서야 이런 미친 짓을 누가 벌인단 말인가!

김훈상의 특명으로 인하여 건물이 모두 폐쇄되고 스페셜 나이트들이 집결했으며 회복의 관 관장이 헐레벌떡 달려왔다.

김훈상이 말했다.

"김상희를 옮겨라, 지금 당장."

"……아빠?"

얘 도대체 왜 이래?

김훈상이 비장한 표정으로 말했다.

"아빠만 믿어라. 아빠가 반드시 널 지켜주겠다. 그러니까 괴로워도 조금만 참아라."

그러니까 아빠님, 당신 왜 이러냐고요…… 라고 생각하던 김상희는 그제야 좀 깨달았다. 김훈상이 왜 저러는지. 15년 동안 눈칫밥을 먹고 살아온 그녀다. 이제는 척하면 척이다.

"아빠, 전 괜찮아요. 아무렇지도 않아요."

이건 그냥 여자라면 당연히 겪는 현상이라고요. 배가 살살 아프고 찝찝할 뿐이라고요. 몇십 년 전에 경험했던 거라 잘 기억이 안 나지만.

김훈상은 가슴이 미어지는 것 같았다. 분명 괴로울 것이 뻔한데도 아무렇지도 않다며 의젓하게 말하는 딸의 모습이 너무나 사랑스럽고 또 안타까웠다. 그는 제대로 오해했다.

"미첼! 지금 당장 옮기라고 말했다."

김상희가 왕의 말을 잘랐다.

"아빠, 저는 정말 괜찮다니까요?"

"괜찮은 척하지 마라. 나는 알 수 있다. 지금 네 몸에 위험한 독이 침투되어 있다."

아, 그러니까 안 위험하다고. 지금 당신은 과보호에 중독되어 있어서 위험하다고 느끼는 것뿐이라고. 당신은 내가 모기한테 물려서 피가 조금 나면, 모기의 씨를 말려 버릴 사람이잖아, 이 과보호 중독자야.

"아니에요, 아빠. 저는 독에 당하지 않았어요."

미첼의 눈이 커졌다.

'왕의 말에 어떻게 토를 달아……?'

정신에도 관여하는 위험한 약물인 것 같았다. 그의 상식으로, 왕에게 가르침을 내리는 듯한 저런 태도는 어떤 상황에서도 불가하다. 그것도 공주가 저런 태도를 보일 수는 없는 법이다.

"아빠, 소녀는 정말 괜찮답니다. 그보다……."

아씨, 나는 지금 여자가 되어가는 것뿐이라고! 쉽게 말해 생리한다고! 이 멍청한 아빠야! 김상희는 외치고 싶었다.

김상희의 속마음을 알 리 없는 김훈상은 눈에 불을 켜고 있지도 않은 범인을 찾았다.

"누구냐? 지금 자수한다면 괴롭지 않게 죽여주겠다."

아니, 그러니까 일단 나 좀 보내 달라고. 찝찝해 죽겠다고. 이 느낌, 진짜 싫다고! 김상희가 주먹을 꽉 쥐었다. 초경치고는 양이 좀 많은 것 같았다. 내 의지와는 상관없이 질질 새어 나오는 이 느낌. 으…… 정말 별로다. 진짜 싫다.

결국 김상희는 말하고 말았다.

"소녀를 보내주지 않으면 소녀는 아빠를 평생 원망하고 미워할 거예요!"

이 멍충이 아빠야! 제발 비켜!

그와 동시에 소녀식이 진행되던 홀은 정적에 휩싸였다.

'저 공주는…… 이제 죽는다.'

모든 공주가 그렇게 생각했다. 왕에게 저따위 말을 하다니, 사형 확정이었다. 잠시간의 정적을 깬 사람은 다름 아닌 김훈상이었다.

"나는……."

그저 네가 너무 걱정되어서 그런 거다. 아빠를 믿어라. 그 독, 내가 반드시 치료해 주겠다. 그렇게 말하려고 했는데, 어이없게도 김상희가 말을 잘랐다.

"아빠, 소녀는 이제 여자가 되어가고 있어요."

이 정도 말했으면 제발 알아들어라. 아니, 애초에 넌 여자가 생리라는 걸 하는지도 모르지? 김상희는 답답해졌다. 이미 돌이키기엔 늦었다. 이건 김상희의 의지로 어떻게 할 수 있는 게 아니다.

김훈상은 김훈상대로 황당해졌다. 여자가 되어가고 있는 것과 피를 흘리고 있는 것이 무슨 상관이란 말인가. 게다가 지금 김상희의 심장이 굉장히 빨리 뛰고 있다. 정상이 아니었다.

김상희는 울고 싶었다.

'쪽팔려 죽겠다고!'

일단 부탁을 하고 봤다.

"아빠, 스페셜 필드를 펼쳐 주시어요."

원래대로라면 스페셜 필드를 펼쳐 주시는 영광을 제게 하사하신다면 저는 너무나 감동스러워 행복할 것 같답니다, 정도로 말했을 거다. 그런데 마음이 급했다. 더더군다나 지금은 하얀색 원피스를 입고 있다. 혹시라도 비쳤다가는 정말로 창피해서 죽을지도 모른다는 생각이 들었다.

김예원 공주를 비롯한 20명의 공주와 미첼 관장은 눈앞에서 벌어지고 있는 이 상황을 이해할 수 없었다.

스페셜 필드를 펼쳐 주시어요.

말투는 공손했지만 결론만 말하자면 '스페셜 필드를 펼쳐라'라는 말이다. 남자 관리들조차도 왕에게 이런 말은 하지 못한다. 왕에게 감히 뭔가를 요구하다니. 아무리 성녀라지만 이건 도를 지나쳤다. 이상한 건, 스페셜 나이트들이 제지하지 않고 있다는 것.

미첼은 생각했다.

'분명 뭔가 있다. 스페셜 나이트는 과도한 충정심을 가진 집단인데, 어째서 가만히 있는 거지? 폐하를 저렇게 모욕했는데?'

미첼과 공주들은 충격에서 헤어 나오질 못했다. 그런 와중에 김훈상이 스페셜 필드를 펼쳤다. 김상희가 자리에 주저앉았다. 그와 동시에 김훈상이 김상희를 안아 들었다.

"너는 빨리 치료를 받아야 한다."

필요하다면 내 목숨까지도 떼어내서 너를 구하고 말겠다. 단단히 오해한 김훈상이 결연한 각오를 다지고 있을 무렵, 김상희가 조용히 말했다.

"아빠, 소녀는 여자가 되어가고 있어요. 여자는 주기적으로 이렇게 피를 흘린답니다."

그제야 김훈상은 뭔가를 떠올렸다.

"혹시……."

들어보기는 했다. 아니, 머릿속 깊숙한 곳에는 이미 여자들의 생리에 관한 것을 인지하고는 있었다. 다만 평소 워낙에 신경을 쓰지 않았던 문제인데다가 김상희가 독에 당했다는 생각에 빠져 아무 생각도 하지 못했을 뿐.

김훈상은 그 천재적인 두뇌를 회전시켜 한 단어를 생전 처음 입 밖에 냈다.

"그렇다면…… 초경을 시작한 것이냐?"

그랬다. 초경이란 단어, 아주 오래전 책에서 봤던 것 같은데, 잊고 있었다.

"네, 아빠. 이건 지극히 정상적인 반응이에요."

사실 이곳 여자들의 경우는 성교육조차도 제대로 이루어지지 않는 경우가 태반이라, 자신의 몸에서 이렇게 피가 나오면 대부분 당황한다. 공주의 경우는 그나마 낫다. 시녀들이 항시 붙어 있으니까 말이다. 하지만 김상희는 이미 알 거 다 아는(?) 여자다.

'어휴, 진짜…….'

그다지 당황하지 않았다. 생소한 느낌이 들었을 뿐이다.

"그러니까 아빠, 아빠가 소녀를 걱정하는 마음은 정말 잘 알겠어요. 그 마음, 너무나 감사해요."

두 번 감사했다가는 또 누군가를 참수시킬 것 같긴 하지만 말이에요. 그 말은 참았다.

"그러니까 소녀를 어서 방으로 돌려주…… 응?"

김상희는 고개를 갸웃했다. 말을 하고 있었는데 어느새 자신의 방에 돌아와 있었다. 그녀는 잘 모른다. 김훈상이 워프라는 기술을 사용할 수 있다는걸. 이 워프는 상당히 불안정한 기술이라 몸에 무리를 많이 준다는 걸 말이다.

송수진이 기겁했다.

"에그머니나!"

김훈상이 명령했다.

"내 딸을 잘 보살펴라."

그렇게 명령한 것까진 좋았다. 시간이 흘렀다. 김상희는 김훈상을 힐끗 쳐다봤다. 저 개차반, 도대체가 말을 안 해주면 모른다. 답답해 죽겠다. 그래도 아부성 멘트는 날려줬다.

"아빠, 사랑하는 아빠."

"무슨 일이냐?"

김훈상은 여전히 걱정하는 기색. 다른 건 다 필요 없고, 뭐가 됐든 딸의 몸에서 피가 흘러나온다는 것만 중요했다. 그게 김훈상을 걱정하게 만들었다.

"아빠가 옆에 있으면 부끄러워서 아무것도 할 수가 없어요."

"하지만 나는 언제나 네 옆에 있다. 내가 네 아빠니까."

……아, 스트레스! 그럼 아빠 당신 앞에서 옷 내릴까? 속옷 벗어? 뭐 어쩌라고! 김상희는 인상을 찡그렸다. 이 개념 없는 아빠야!

결국 직설적으로 해석해서 말해줘야 했다.

"아빠, 제발 나가줘요. 아빠가 나가셔야 소녀는 무탈해질 수 있답니다."

아빠, 아니, 왕을 쫓아내는 모습에 송수진은 저도 모르게 수건을 땅에 떨어뜨리며 몸을 벌벌 떨었고, 축객령을 받은 김훈상은 충격에 휩싸였다. 김상희가 충격에 빠진 왕을 달래줬다.

"소녀가 금방 아빠를 찾아뵐게요. 아빠가 소녀를 걱정하시는 모습에 소녀는 무척 감동받았어요. 뽀뽀 백 번 해드리고 싶어요."

충격에 빠진 왕이 충격의 늪에서 헤어 나왔다. 왕이 확인했다.

"백 번이다. 숫자 센다."

최소연 공주의 소녀식은 충격의 도가니였다. 왕자들과 왕의 등장. 그리고 김상희의 만행까지. 거기에다가 왕은 갑자기 사라지는 기적까지 보였다. 공주들은 더 이상 놀라지 않을 줄 알았다. 그러나 그게 끝이 아니었다.

약 30분 정도의 시간이 흐른 뒤 김상희가 돌아왔다. 그 옆에는 왕이 함께하고 있었다. 돌아온 김상희의 입에서 충격적인 말이 흘러나왔다.

"아빠, 부탁이 있어요."

감히 공주가 왕에게 부탁이라니.

"부탁?"

그런데 김훈상은 행복해졌다. 딸이 자신에게 뭔가를 부탁한다는 건 자신을 그만큼 믿고 있다는 뜻이 아니겠는가! 김상희의 표현을 빌리자면 허세력이 가득해졌다.

"뭐든지 말만 해라."

기세만 봐서는 하늘의 별도 따다줄 것 같았다. 실제로 무슨 방법을 써서라도 가져오고도 남을 위인이지만.

"공주들만의 커뮤니티를 만들고 싶어요."

"네가 말이냐?"

"아빠의 눈에는 한없이 여리고 작은 어린아이지만, 이래 봬도 소녀는 왕궁의 제1공주랍니다."

제1공주든 뭐든 상관없다. 김훈상에게 다른 딸들은 그냥 여자1, 여자2다. 그에게 있어서 딸은 김상희 한 명뿐이었으니까.

"그런 걸 왜 굳이 만들려고 하지?"

공주들은 얼이 빠졌다. 왕에게 어떻게 저런 부탁을 할 수 있단 말인가. 당연히 사형당한 줄 알았던 공주가 다시 나타난 것도 신기한데, 어떻게 저런 기적들을 일궈낼 수 있단 말인가. 왕에게 부탁을 하는 공주는 상상해 본 적도 없다. 가능할 거라고 생각해 본 적도 없다.

"공주들의 커뮤니티는 예전부터 음성적으로 진행되어 왔답니다."

그건 김훈상도 안다. 신경 안 쓰고 있을 뿐.

"그걸 양성화시키고 싶어요."

그늘에 숨어 있다 보니 이상한 것도 많고요. 쓸데없는 허례허식 같은 것도 있고. 이상한 군대 비슷한 문화도 있고요. 차라리 그냥 밖에 끄집어내서 양성화시키는 게 나을 것 같아요. 김상희는 생각했다.

'내가 뭘 할 수 있을지는 모르겠지만…….'

일단 이 이상한 세계에서 살아남는 프로젝트는 어느 정도 성공리에 마친 것 같다. 물론, 제국의 위협이 남아 있고 왕궁 밖을 벗어나면 어떻게 될지 모르기는 한다. 그래도 일단 왕궁 내에서의 생존권 확보는 성공했다. 언제까지나 살아남는 것에만 안주할 수 없는 노릇이다. 여자들끼리 뭉쳐도 모자랄 판에 서로 서열을 가르고 저희끼리

'갑질'을 하고 있다. 그 문화를 없애 버릴 생각이다.

"필요는 없는 것 같지만……."

그렇게 생각했지만 김상훈은 거절하지 않았다.

"네 부탁이면 들어주겠다."

딸의 부탁이니 들어주기로 했다. 그 자리에서 집행부의 부장 에반스를 불러 새로운 왕궁 내 부처, '프린세스'를 만들라고 지시했다.

에반스는 집무실로 돌아와 투덜거렸다.

"폐하께서 요즘 확실히 이상하시단 말이야."

공주에게 과도한 관심을 쏟는 것도 이상하고. 하여튼 정상이 아닌 것 같다. 왕의 자리를 유지하시면서 스트레스를 너무 많이 받으신 것 같다. 솔직한 말로 화가 났다. 집행부는 그냥 놀고먹는 기관이 아니다. 집행부 관리들은 항상 바쁘다. 인력도 부족하다. 예산은 더더욱 부족하다. 그런데 갑자기 이상한, 그것도 전혀 쓸모도 없는 공주들만의 기관을 만들라니, 뭐 이런 어이없는 명령이 다 있나 싶다.

에반스의 비서인 스티븐이 헐레벌떡 달려왔다.

"무슨 일이냐?"

"보, 보, 보, 보, 보십시오!"

스티븐은 충격을 받았다. 일, 십, 백, 천, 만, 십만, 백만, 천만, 억, 십억. 무려 10억이었다. 집행부의 예산 통장에 10억이 이체됐다.

"폐, 폐하께서 지원금이라면서 10억을 보내주셨습니다."

그런데 끝이 아니었다.

"왕자님, 오셨습니까?"

김환석이 집행부장의 집무실에 들렀다. 검은색 가방 하나를 별거 아니라는 듯 건네줬다.

“지원비다. 프린세스가 얼마나 잘 운영되는지 두고 보겠다.”

그리고 김환석은 집무실을 나섰다.

“부, 부장님…… 10, 10억입니다…….”

10억이었다. 뭐 이리 억 단위 숫자가 쉽게 움직이는지 알 수 없었다.

얼마 뒤, 제국에 있던 김형석 왕자가 왕궁에 돌아왔다. 그리고 집행부를 찾았다.

“김형석 왕자님, 오랜만에 뵙습니다.”

“그래요, 반가워요. 오랜만이네요, 에반스.”

김형석이 뭔가를 건넸다. 제국에서만 생산되는 특수 광물 프린스톤이었다. 주먹만 한 크기다.

“우연한 계기로 얻을 수 있었어요.”

“이, 이, 이 귀한 걸 어째서 제게……?”

“집행부 예산으로 쓰세요. 요즘 인력도 부족하고…….”

김형석은 싱긋 웃으며 말했다.

“새로운 부서를 만드셨다면서요? 그 운영을 원활하게 하기 위해선 예산이 필요한 법이죠.”

프린스톤. 그것도 주먹만 한 크기. 시가로 30억이 넘는 귀중한 보물이다. 에반스의 입이 찢어졌다. 행복해졌다. 예산이 무려 50억이 넘게 들어왔다. 이렇게 행복할 수가 없었다. 김상희 공주가 성녀든 말든 그런 건 중요하지 않았다. 김상희 공주는 성녀가 아니라, 예산을 받게 해주는 예산의 여신이었다. 적어도 에반스에게는 그랬다. 그는 나이트들과는 다른 의미로 김상희 만세를 외쳤다.

왕의 특별 명령이 있었고, 김환석을 중심으로 하여 한 가지 프로젝트가 진행됐다. 이미 기본 이론은 확립되어 있었다. 이 학문에 있어서 1인자는 김환석이었다.

마력을 갖지 않은 사람을 위한 문물. 이것을 연구하는 사람은 거의 김환석밖에 없다고 해도 과언이 아니니까.

그리고 프로젝트는 성공했다. 마력이 없는 사람에게 효과가 탁월한 진통제를 만들었다. 이걸 만든 이유는 간단했다. 김상희가 생리를 하면 아프다는 사실을 말해줬기 때문이다. 단순히 좀 아프다고 말했을 뿐인데, 세계를 변화시킬지도 모를 엄청난 발명품이 탄생했다.

"원래는 진통제로 개발했는데…… 남자의 마력 순도를 높이는 것에 탁월하다고 하더라고."

"대박이 났군."

마력의 순도를 높여주는 약물. 여태껏 그런 게 없지는 않았지만 이만큼 효과가 탁월하지는 않았다. 본의 아니게 김환석은 돈방석에 앉게 됐다. 물량이 없어서 못 팔 정도가 되었으니까. 김상희 공주를 안 아프게 해주고 싶다는 그 얼토당토않은 열망은 김환석을 엄청난 부자로 만들어줬다.

전 세계로부터 돈을 끌어모으고 있는 중이며 공장을 증축하고 있다. 공장이 증축되기만 하면, 김환석이 하루에 벌어들이는 순수익이 약 900억 원 정도 될 거라고 추산하고 있다.

김환석이 김상희를 찾았다.

"어이."

"네, 오빠. 축하드려요. 정말 큰 성공을 거두셨어요!"

김환석은 무표정한 눈으로 김상희를 쳐다봤다. 하지만 김상희는 느낄 수 있었다. '봤지? 네 오빠가 이 정도야'라고 주장하는 것 같은 기이한 표정이었다.

"오빠는 정말 최고셔요."

김환석의 입가가 미세하게 씰룩거렸다. 기쁘지만 전혀 기쁘지 않아, 라고 주장하는 것 같았다. 김환석이 퉁명스레 말했다.

"시끄럽고, 이거나 받아라. 어차피 쓰레기니까."

절대 쓰레기 아니다. 돈 주고도 못 구하는 진통제, 그걸 김상희의 손에 쥐어줬다. 그러곤 시크하게 밖으로 나가면서 한마디 했다.

"아프지 마라."

그리고 얼마 뒤 대단히 놀라운 사실이 밝혀졌다. 세계를 변화시킬 수 있을지도 모를 그런 일이었다. 그 변화의 시작은 바로 최소연 공주였다.

최근 떠들썩한 소녀식을 치르게 된 최소연 공주에게서 마력 반응이 나타났다. 공식적으로는 마력을 가진 세 번째 여자가 된 셈이다. 마력의 양 자체도 그렇게 적지는 않았다. 그녀 역시 고려 왕가의 핏줄이라는 것을 증명하기라도 하듯, 상당히 순도 높은 마력을 가지고 있었고 마력의 절대량 역시 적지 않았다. 이 사실은 고려 왕궁을 한차례 떠들썩하게 만들었다. 김훈상이 말했다.

"그럴 리 없다. 조사가 잘못된 것이 틀림없다."

하지만 김훈상은 알고 있다. 최소연 공주에게서 실제로 마력 반응이 나타났다. 그리고 그 이유가 김상희일 수도 있겠다고 생각하고 있다. 직접적으로든 간접적으로든 김상희의 능력과 분명 연관이 있을 거다. 적어도 그는 그렇게 생각했다.

“헛소문을 날조하고 퍼뜨리는 놈은 즉결 처분하겠다.”

김훈상은 이 사실이 밖으로 알려지는 것을 원하지 않았다. 안 그래도 지금 제국이 김상희를 호시탐탐 노리고 있다. 마음 같아선 제국을 없애 버리고 싶지만 그것도 쉽지 않은 것이 현 상황이다. 그러한 가운데 김상희가 마력을 만들어주는 능력까지 갖고 있다는 것이 알려진다면?

‘제발 평범하란 말이다.’

김상희가 엄청난 능력을 가졌다는 건 부인할 수 없는 사실이다. 그리고 일반적으로 그런 능력을 가진 계집을 보유하고 있는 국가의 왕은 기뻐해야 하는 게 맞다. 그러나 전혀 기쁘지 않았다. 오히려 평범한 게 좋았다. 눈에 넣어도 아프지 않을 딸이 그냥 평범하게 평화롭게 살았으면 좋겠다.

김훈상은 최소연을 따로 불러 입단속을 시켰다.

“계집, 네 몸에는 마력이 생긴 것이 아니다. 잠깐 이상 반응이 나타났을 뿐이다. 알겠냐?”

“예, 폐하.”

그러나 김훈상의 노력에도 불구하고 왕궁 내에선 최소연 공주가 마력을 가지게 됐다는 사실이 공공연하게 퍼지게 됐다. 애초에 목격자가 한둘이 아니다 보니 입단속을 하기란 불가능에 가까웠다. 그런데 다행히도 신기한 일이 벌어졌다. 최소연 공주에게 생겨난 마력이 다시 사라지게 된 거다.

'옳거니.'

여자에게 마력이 생겨났으면 좋아하는 게 맞다. 전력의 증강을 꾀할 수 있으니까. 하지만 김훈상은 하나도 기쁘지 않았다. 마력이 없어져서 다행이라고 생각했다. 증거가 없어졌으니, 그 소문은 헛소문이라 일축시킬 수 있지 않은가.

왕궁 밖의 사람들은 믿지 않았다. '계집의 손에서 빛이 번쩍하더니 여자도 마력을 쓸 수 있게 되었다더라'와 같은 허황 찬란한 이야기를 누가 믿겠는가. 하지만 믿는 사람들도 있었다. 제2공주 김예원 공주가 그랬다.

"언니, 제가 정말 잘못했어요. 사죄드릴게요."

공주들의 커뮤니티 '프린세스'. 이 프린세스는 왕가의 전폭적인 지원 아래—물론 대외적으로 밝혀지지는 않았다—발호와 동시에 엄청난 성장세를 보였다. 음성적인 커뮤니티가 아닌 양성적인 커뮤니티다. 그 차이는 시설에서부터 두드러지게 차이가 났다.

공주들은 눈을 휘둥그레 뜨고 주위를 둘러봤다.

"장미관이라니……."

믿을 수 없었다. 새로운 건물이 생겼다. 더 정확하게 말하자면 기존에 다른 용도로 쓰려고 잠시 비워뒀던 건물을 '장미관'이라는 이름을 붙여 완공시켰다. 장미관의 규모 자체는 그렇게 크지 않았다. 겨우 5층짜리 건물이다. 건물 자체는 5층밖에 안 되지만 그에 딸린 정원이 300평이 넘었다. 정원 내에는 큼지막한 분수대와 잘 다듬어진 장미 정원이 자리 잡고 있었다.

공주들은 감격했다. 눈물을 흘리는 공주도 있었다.

"공주들의 건물이라니……."

공주들은 이런 것을 꿈에도 꾸지 못했다. 공주들만의 정원, 그리고 공주들만의 건물이 생기다니, 어떻게 이런 일이 있을 수 있는가. 공주들뿐만 아니라 그 누구도 생각하지 못했던 일이었다.

사실 김상희도 놀랐다. 이 정도 크기의 건물과 정원이라니. 척 봐도 엄청 돈 많은 어느 중세 귀족이 거금을 들여 만들어 놓은 초호화 별장 같은 그런 느낌이었다. 고려 왕가가 정말 돈이 많기는 많구나 싶었다. 좀 나쁜 말로 표현하자면 말 그대로 '돈지랄'이랄까?

김상아가 달려와 김상희의 품에 안겼다.

"언니! 이게 다 언니 덕분이어요."

상아는 언제나 그렇듯 상희의 품에 안겨 얼굴을 마구 부볐다. 마치 어린 강아지가 주인에게 그러하듯 말이다. 김상희는 김상아의 머리를 가만히 쓰다듬어줬다. 그러곤 말했다.

"상아는 언니를 죽일 셈이니?"

"응……?"

김상아는 마력을 가진 여자다. 그녀가 힘 조절을 제대로 못 하고 김상희를 안으면 김상희는 질식해서 죽을지도 모른다.

"미, 미안해요, 언니. 상아가 잘못했어요."

"아니야, 괜찮아요."

김상아는 활짝 웃으며 어깨를 쭉 폈다. 장미관 정원 한편에 마련된 쉼터에 공주들이 속속들이 모였다. 그리고 김상아가 김상희를 가리키며 자랑스레 말했다.

"우리 언니예요."

그거 모르는 사람 없다. 아니, 정확하게 말하자면 김상희는 이곳 모든 공주의 언니라고 할 수 있었다. 그녀는 제1공주니까.

김상아는 밝게 웃으며 또 말했다.

"우리 언니라니까요?"

또 웃었다. 행복하게 웃었다.

"내 언니예요!"

머리가 시커멓게 탄 알렉스가 푸념했다.

"왕자님, 이거 출력이 너무 센 거 아닙니까?"

"출력이 좀 약한 것 같군."

알렉스는 묻고 싶었다. 이거 잘못하면 사람 잡는다고요. 하지만 김환석의 눈에는 차지 않는 모양이었다. 알렉스는 생각했다.

'장미관은…… 정말 건물 자체로도 보물이지.'

공주들은 모를 거다. 이 장미관을 완공하는 데 얼마나 많은 돈이 들어갔는지. 마력을 가지지 않은 사람들을 위한 최첨단 설비가 들어간 엄청난 건물이다. 게다가 광역 배리어가 펼쳐져 있어서 허가를 받지 않은 '남자'가 장미관을 침범하면 사이렌이 울리며 전기 충격을 주게 된다. 이 광역 배리어를 펼친 것은 김환석의 의지이자 투자였다.

김환석은 인상을 살짝 찡그렸다.

'도둑놈 새끼들.'

한진수, 곽기현, 황자, 기타 등등. 그의 눈엔 세상의 모든 남자가 도둑놈처럼 느껴졌다. 그래서 이런 특단의 대책을 강구한 거다.

알렉스는 한숨을 내쉬었다.

'동생 등신의 상태가 점점 더 심각해진다.'

그의 입장에서는 그럴 수밖에 없었다.

지금 김환석은 돈방석에 앉았다. 하루 수백억의 순이익이 생긴다. 그야말로 걸어 다니는 1인 기업이라고 할 수 있었다. 그런데 한 달 치 수익을 모조리 이 건물에 투자했다. 더 황당한 건 왕도 그걸 말리지 않았다는 것. 다른 나라에서 들으면 비웃을 거다. 공주들의 커뮤니티를 만들어주는 것도 이상한 일인데, 거기에 수천억 이상의 돈을 쏟아붓다니, 이건 미친 짓이다.

알렉스는 허허 웃고 말았다.

'더 황당한 건…….'

제일 황당한 건 따로 있었다.

'건물의 명의를 김상희 공주님으로 해줬다는 거지.'

덕분에 김상희는 자기도 모르는 사이에 세상에서 제일 부자인 공주가 되었다. 알렉스가 추산하기로 장미관과 그 정원은 시가로 치면 최소 수조 원에 달하는, 예술의 경지에 이른 초특급 건물이다. 일단 마력을 가지지 않은 사람들을 위한 문물과 지식을 가지고 있는 사람이 김환석뿐이다.

'아마 폐하께서 기거하시는 사자관보다도 더 안전할 것 같은데.'

그런 문물과 지식이 기존의 문물과 결합됐다. 덕분에 장미관은 왕궁 내에서도 가장 안전한 건물로 자리 잡게 됐다.

"하여튼 출력은 좀 낮추는 게 좋을 것 같은데요?"

"아니, 더 올린다."

"그러다 진짜 사람 죽어요."

"죽기 싫으면 접근 안 하면 그만이지."

"실수로 들어오면요?"

"……."

김환석이 말했다.

"돈으로 보상한다."

알렉스가 깊은 한숨을 내쉬었다. 이 양반아, 그게 되겠어요? 사람 목숨이 달린 일이라고. 하지만 김환석은 뜻을 굽힐 생각이 없어 보였다. 상희학의 이론에 따르면, 동생 등신의 안전에 관한 한 동생 등신은 과보호와 과한 대처를 하고도 남는데 그 단적인 예라고 할 수 있었다.

'아무리 그래도 돈지랄도 정도가 있지. 동생 등신이라지만 어떻게 수조 원짜리를 그냥 줘?'

심지어 당사자는 자기가 부자가 된지도 모른다.

같은 시간, 공주들이 한자리에 모였다. 공주들은 이 모든 게 김상희 덕분에 이루어졌다는 걸 안다. 항간에 들리는 소문에 의하면 이 건물 자체가 김상희 공주를 위해 지어진 선물이라는 말이 있는데, 확실하진 않았다. 공식적인 얘기는 아니었으니까. 어쨌거나 공주들은 김상희가 '성녀'라는 것을 부인할 수 없게 됐다. 지난 역사를 돌이켜 봐도, 이 정도로 대단했던 공주는 없었으니까.

김예원 공주가 말했다.

"언니, 제가 정말 잘못했어요. 사죄드릴게요."

"김예원 공주?"

"저를 죽여 주시어요."

김예원은 누가 시킨 것도 아닌데 스스로 무릎을 꿇고 사죄했다. 감히 언니를 질투했다. 언니를 욕보이고 싶었던 마음이 있었다. 비웃었었다. 그 모든 걸 사과했다.

"못난 제가…… 언니를 질투했어요."

'그, 그랬었지……' 하고 김상희는 멋쩍게 웃었다. 사실 김상희는 그것에 별로 신경 쓰지 않았다. 그런 것까지 일일이 신경 쓰기에는 너무 바빴다. 납치도 당해야 하고(?) 전쟁터에도 휘말려야 하며(?) 개차반에 의해 죽을 것 같은 창피함도 무릅써야(?) 하니까. 하여튼, 그녀는 14살짜리 공주가 질투하고 함부로 행동하는 것에 일희일비할 만큼 속이 좁지 않았다.

"너무 신경 쓰지 마요. 김예원 공주의 사과는 잘 받았어요."

김예원 공주는 눈물을 뚝뚝 흘렸다.

"저를 이렇게 용서하여 주시니 저는 몸 둘 바를 모르겠어요. 정말 감사해요."

그때, 목소리가 들려왔다.

"내 딸이다."

나는 말하고 싶었다. 얘네도 당신 딸이거든요? 이 아빠야, 나만 네 딸이에요? 차별도 저렇게 대놓고 하면 나머지 공주들이 상처받잖아.

하지만 공주들은 딱히 상처받은 기색은 아니었다. 애초에 이 공주들은 아빠로부터의 사랑을 받아본 적도, 기대도 없을 테니까.

그리고 제발 부탁인데, 다른 애들 앞에서는 나를 다른 애들과 똑같이 대할 수는 없겠니? 아니, 적어도 말투는 비슷하게 해주지 않으련? 다른 애들한테 말할 때와 나한테 말할 때는 분위기와 말투 자체가 너무 달라서 나조차도 적응이 안 될 지경이다.

개차반이 내게 말했다.

"김상희 공주, 최소연에게 했던 것을 또 할 수 있겠니?"

얼씨구. '할 수 있겠냐?'도 아니고 '할 수 있겠니?' 게다가 저 자상한 눈빛은 뭐야. 아, 고맙긴 무지 고마운데, 엄청 신경 쓰이네.

"어이, 너 나와 봐라."

그런 주제에 다른 공주에게 말할 땐 저렇게 정색이다. 당신이 그러니까 공주들이 겁을 먹지. 나한테 하는 것의 반만 해줘도 쟤네는 감사하다면서 울고 감동할걸. 이걸 고마워해야 하는 건지, 아니면 눈치를 봐야 하는 건지 감이 안 온다.

개차반은 나와 공주들을 데리고 몇 가지 실험을 진행했다. 그래서 알아낸 사실이 있었다.

"이 사실은 절대로 장미관을 벗어나지 않도록 한다. 이 일을 발설하는 계집은 혀를 잘라 버리겠다."

……요즘 잊을 뻔했는데 당신 개차반 맞구나. 나한테는 따로 말했다.

"상희 너도 입조심하도록 해라. 네가 위험해지는 일은 상상하기도 싫으니."

……아, 예. 고마워요……. 저 공주들 눈빛 어쩔 거야. 나를 흠모하는 눈빛인지, 부러운 눈빛인지 분간이 안 되네.

공주들에게 함구령을 내린 그 일이 뭐냐고?

"언니, 저에게도 그 빛을 사용하여 주시어요. 부탁드려요."

내 능력에 관한 일이었다. 나는 내 의지대로 하얀빛을 끌어낼 수 있었다. 그리고 그 하얀빛은 마력이 없는 여자들에게 마력을 선사하는 힘을 가지고 있었다.

여자에게도 마력이 생긴다? 물론 엄청난 일이다. 하지만 무조건적인 건 아니었다. 마력을 가지게 되는 기간은 약 3일 정도, 그러니까 일시적으로나마 마력을 가지게 된다는 뜻이었다.

공주들이 앞다투어 김상희에게 몰려들었다.

"언니, 저도 그 빛을 받고 싶어요."

그때, 목소리가 들려왔다.

"비켜, 냄새나는 계집년들아."

……누가 그 아빠에 그 아들 아니랄까 봐, 좋게 말해도 될 걸, 꼭 저렇게 말해야 되나 싶다. 망나니 등장이다. 우리 둘째 망나니는 어마어마한 포스를 내뿜으며 공주들의 입을 한번에 다물게 만들었다. 하지만 내 앞에서는 싱글벙글 웃었다. 얘네 부자, 이중인격 아냐……?

"똥개, 중요한 얘기가 있어."

"중요한 얘기요?"

"그래."

망나니가 스페셜 필드를 펼쳤다.

"장미관을 만든 진짜 이유에 대해서 말해줄 거야."

망나니의 말을 들은 나는 놀랄 수밖에 없었다. 전혀 상상하지도 못했던 일이 왕궁 내에서 벌어지고 있었다.

제28장
네 결혼 상대는…… 한진수다

나는 스페셜 필드 내로 들어오게 됐다. 둘째 망나니가 장미관을 만든 진짜 이유에 대해 설명해 줬다.

"……그러니까…… 단순한 커뮤니티는 아닌…… 거네요?"

솔직히 말해서 나는 마음에 들지 않았다. 내가 요청한 건 순수한 의미의 커뮤니티였다. 공주들 간의 공식적인 연결 고리를 만들고, 그동안 음성적으로 행해져 왔던 것을 양지로 끌어내어 좀 더 공적인 활동을 할 수 있도록 말이다. 그런데 이건 내가 원했던 방향이 아니었다.

'하지만…… 어쩔 수 없는 걸까?'

나는 잘 모른다. 한데 분위기가 심상치 않다. 개차반도 그렇고 망나니들도 그렇고 제대로 알려주지 않는다. 전쟁을 준비하는 것 같은 그런 요상한 느낌이 든다. 뭐, 정확한 건 아니다. 그냥 뭔가 있는 것 같은 그런 기분이 든다고나 할까?

그러한 상황에 전력을 키우는 것은 이상한 일이 아니다. 아니, 이성적으로 생각하면 오히려 좋은 일이다. 생각해 보라. 계집들은 마력을 갖고 있을 수 없다. 전 세계에 마력을 가졌다 알려진 여자들은 그래 봐야 2명밖에 없다. 그마저도 한 명은 실종 상태다. 그러니까 남자들은 여자들에 대해 긴장을 할 필요가 없다. 더 쉽게 말하면 방심하기 딱 좋은 상대. 거기에 고려 공주들은 어쨌든 고려 왕가의 피를 이었다. 이러한 공주들이 마력을 가진 채 상대를 공격한다면?

'하지만…… 방법이 너무…….'

정확한 설명은 못 들었어도 나는 안다. 공주들을 아마 선물로 바치겠지. 그리고 그 선물이 상대-적의 적장 혹은 왕쯤 될 것 같다-를 기습하게 될 거다. 그게 잠자리가 되었든 어디가 되었든.

'내가 원했던 건 이런 게 아닌데…….'

결론만 말하겠다. 장미관은 단순한 공주 커뮤니티가 아니라, 하나의 전략무기 양성소라고 할 수 있었다. 내가 내 이상한 능력을 통해 마력을 주고, 그 마력을 가진 공주는 하나의 비밀 병기로서 키워지게 되는 거다. 여기서 군사훈련도 받는단다.

'맞는 선택이야. 상대는 당연히 방심하고 있을 테니까…….'

잠자리만큼 무방비 상태가 되는 곳도 없지 않은가. 정말 효율적인 무기가 될 거다. 대신 그 공주들은 다음 날 죽겠지. 적들 한가운데 들어가서 적장을 죽인다면, 남는 것은 죽음뿐이다. 거기서 혼자서 탈출할 수 있는 능력을 가진 게 아니라면 말이다.

개차반이 떠올랐다. 나를 아끼고 사랑해 주는 거, 나도 이제는 많이 느낀다. 하지만 이럴 때 보면 정말 왕이구나 싶었다. 비정한 선택을 아무렇지도 않게 하는 그런 냉정한 사람 말이다. 아무것도 모르는 공주들은 감동하며 눈물을 흘리고 있지만 말이다.

망나니가 말했다.

"아, 그리고 이게 솔직히 제일 중요한 이유인데."

김훈상이 말했다.

"……일단 공식적으로는 그렇게 하기로 한다."

김환성이 고개를 갸웃했다.

"공식적으로요?"

왜 아버지가 이렇게 어렵게 빙빙 돌아가는지 모르겠다. 그냥 직설적으로 본론만 딱 말하면 쉬운 일인데, 왜 저러시지?

"어쨌든 공식적인 명분이 있어야겠지."

"그럼 비공식적인 명분은요?"

김훈상은 이제 솔직해지기로 했다. 다행히 나이트도 이 미친 정신 상태에 동조해 주고 있었다. 아들 앞에서는 솔직해져도 될 것 같았다.

"내 딸을 도둑놈들로부터 지켜야겠지."

"아……!"

역시 아부지는 천재예요! 김환성은 그렇게 말할 뻔했다.

"그러니까 아부지는 그 계집들을 호위 나이트로 쓰겠다는 거네요!"

장미관 내에는 남자들의 출입이 제한된다. 그것도 모자라 다른 공주들을 훈련시켜 호위 나이트로 쓰겠다는 얘기다. 최소한의 무력을 가지게 해서 말이다.

"계집들 따위가 도움이 되겠어요?"

"바로 그거다. 계집들 따위는 힘이 없지. 그저 몇 초만 시간을 벌어주면 된다."

그건 가능했다. 계집은 약한 존재다. 갑자기 마력을 사용하면 도둑놈 새끼(?)는 깜짝 놀랄 거다. 그 아주 잠깐 동안 당황하게만 만들어주면 된다.

"내 똥개를 훔쳐 가려는 도둑놈들은 제가 흠씬 두들겨 팰 거예요."

왕자들과 왕이 출동(?)할 거다. 왕과 왕자가 생각하는 공주들의 용도는 딱 그 정도다. 나머지는 김상희의 재량에 맡기기로 했다. 공주들에 관한 교육, 위계질서 확립, 그런 건 아무래도 좋았다. 사랑하는 딸이 어련히 알아서 잘하지 않겠는가.

"어쨌든 내부적으로는 전략무기 양성기관이다."

덕분에 집행부의 반발도 억누를 수 있었다. 왕은 딸을 지키기 위해-사실 과보호를 위해-모두를 속였다.

고려에 새로운 소식이 하나 전해졌다. 이 소식을 가져온 사람은 다름 아닌 6대대 대대장 파커스.

"새로운 나라가 건립되었습니다."

"새로운 나라?"

"예, 그런데 제국에 조공을 바치지 않기로 한 모양입니다."

김훈상은 피식 웃었다. 멍청한 건지, 아니면 배짱이 있는 건지.

"제국과 멀리 떨어져 있어서 제국에서도 함부로 병력을 파견하기 어려울 것 같습니다."

"본보기를 위해 파견할 수 있지 않은가?"

"하지만 저희 고려에 의해, 아니, 성녀의 도움을 얻은 고려에 의해 프리온 나이트 3개 대대가 괴멸되었습니다. 덕분에 제국은 당분간 함부로 움직이기 어려울 겁니다."

프리온 나이트 3개 대대쯤 없다고 제국이 위험해지거나 하지는 않는다. 하지만 여유가 없어지는 것은 틀림없었다. 아주 먼 지방에 새로 생겨난 나라 하나를 없애기 위해서 움직이기엔 가성비가 안 맞을 거다.

"왕의 이름은?"

"그것이……."

파커슨이 눈치를 살피다 말했다.

"그 왕이 직접 찾아왔습니다."

"들라 해라."

사실 김훈상은 눈치챘다. 제국에게 제공을 바치지 않겠다 선포하며 들고 일어난 나라? 게다가 극서에 위치한 포름 지방에 있다?

김훈상이 말했다.

"자리를 제법 잘 잡았구나."

포름 지방은 척박하다. 사실 나라를 세우기에 적당한 곳은 아니다. 하지만 요새를 세우기에는 굉장히 좋은 곳이다. 산세가 험하고 입구가 굉장히 좁은 곳이 많다. 한 명이 능히 열 명을 막아낼 수 있는 지형적 요건을 충분히 갖추고 있었다. 그러한 곳에 자리를 잡고, 제국에 반기를 들었다. 이 정도 배짱과 실력을 가진 사람을 김훈상은 딱 한 명 알고 있었다.

한진수가 말했다.

"칭찬 감사합니다."

“나는 제국의 편이다. 너를 지금 당장 구금시킬 수 있다.”

“하지만 그 제국이 김상희를 납치하려고 했었죠, 프리온 나이트 3개 대대를 동원해서.”

정보국 국장 김국현의 목을 베어오면서 미안하다고 사죄했지만, 김훈상은 그 일을 잊지 않았다. 제국의 사죄를 곧이곧대로 받아들이지도 않았다. 이건 요식행위다. 그들은 분명 김상희를 계속해서 노릴 거다. 김상희의 능력을 알고 있으니까. 김훈상이 이를 바드득 갈았다. 마음 같아선 황제의 목을 따버리고 싶었다. 다른 사람도 아니고 사랑하는 딸을 노리다니, 그것만큼은 절대 용서할 수 없었다.

“저는 고려의 국왕께 제안을 하나 하려고 합니다.”

“왕 대 왕으로서의 제안이냐? 아니면 도둑놈 새끼로서의 제안이냐?”

한진수가 좀 고민하더니 대답했다.

“둘 다입니다.”

김훈상은 몸을 부르르 떨었다. 그에 반해 한진수는 오묘한 미소를 지었다.

“어떻습니까?”

“잠시 생각할 시간이 필요하다.”

나이트 제6대대 대대장 파커슨은 확신했다.

‘지금 폐하께서 흔들리고 계신다.’

파커슨 입장에서는 당연히 받아들여야 할 제안이었다. 몸에 무리가 가지 않는 워프라니, 그런 게 있을 줄은 몰랐다. 워프는 아직 불안정한 기술이다. 그런데 그 불안정한 기술을 안정화시킬 수 있는 방법이 있단다.

워프, 그건 엄청난 기술이다. 막말로 스페셜 나이트들이 전부 몸에 무리가 가지 않는 워프를 익힌다면 제국의 수뇌부를 일시에 쓸어 버릴 수도 있다. 황제를 비롯한 수뇌부가 없는 제국은 말 그대로 허울뿐인 제국이다. 하룻밤 사이에 나라 하나를 집어삼킬 수도 있게 되는 거다.

'당연히 받아들여야 하는데…….'

문제는 김훈상의 과도한 집착에 있었다.

'김상희 공주와의 결혼이라…….'

이성적으로 생각하면 당연히 받아들여야 한다. 공주와 결혼시키는 조건으로 전쟁의 판도를 바꿀 수 있는 획기적인 기술을 알려주겠다고 한다면 당연히 하는 거다. 그게 맞다.

'폐하가 엄청나게 고민하고 계신다.'

김훈상이 힘겹게 말했다.

"너는 아직 위험하다. 제국을 이길 수 있는 힘이 있는 거냐?"

"그래서 공식적인 결혼을 제안하지 못한 겁니다. 비밀리에, 김상희와 저 둘만의 결혼식을 허락해 주십시오."

김훈상의 등에 식은땀이 흘러내렸다. 이렇게 무서운 놈이 되었을 줄이야. 욕하고 싶었다. 이 도둑놈 새끼! 감히 내 사랑하는 딸을 내 품에서 빼앗아 가려고?

김훈상은 후…… 하고 한숨을 내쉬었다. 그에게는 세상의 모든 남자가 도둑놈 새끼로 보인다. 하지만 그 도둑놈 새끼들 중에서, 그나마 나은 도둑놈 새끼가 바로 한진수다. 적어도 한진수는 김상희를 위해서 세상의 모든 것을 포기하지 않았던가.

"워프를 안정화시키려면 넉넉잡아 2년 정도의 기간이 걸릴 겁니다."

김훈상은 이미 마음속으로는 저 제안을 받아들이기로 결심했다. 저 기술이 있다면 제국을 무너뜨릴 수 있다. 원래는 제국을 치고 싶은 마음은 없었다. 김상희를 건드리기 전까지는. 하지만 이젠 얘기가 달라졌다.

'제국이 있으면 내 딸은 언제까지고 위험할 수밖에 없다.'

워프가 있다면 백성들은 피를 흘리지 않아도 될 거다. 한 번에 황궁을 접수할 수 있을 테니까. 하여튼 결론만 말하면 왕은 지금 딸 때문에 전쟁을 결심했다. 그것도 세계 최강국과의 전쟁을 말이다.

'2년이라…….'

2년 후 스페셜 나이트와 더스 나이트가 워프를 제대로만 익힌다면 그때 제국을 치면 된다.

"그럼 그때까지 결혼은 보류하도록 한다."

"그럼 저는 기술만 알려주고, 아무런 이득도 없이 2년을 기다려야 하는 겁니까?"

"내 딸을 얻는데 그 정도는 기다려야 하지 않겠나?"

솔직히 말해 사기다. 이건 누가 봐도 한진수가 손해인 거래다. 파커슨도 그걸 안다. 파커슨 역시 성녀를 애지중지하지만, 그래도 이건 너무 부당하다. 아무래도 폐하께서 공명정대함을 잃어버린 것 같았다.

한진수가 강하게 나왔다.

"그렇다면 저도 기술을 알려드릴 수 없습니다."

"감히 나를 상대로 거래를 하려는 것이냐?"

"제 여자라고 도장을 찍고 싶습니다. 불안해서 하루하루 견딜 수가 없습니다."

갑자기 사라진 크리스란 놈도 신경 쓰인다. 하마터면 곽기현이랑 결혼시킬 뻔했다. 뿐만 아니라 제국의 황자마저도 김상희와 결혼하려고–심지어 9번째 부인으로–했다. 그러다 보니 안심할 수가 없었다. 비공식적이라고는 해도, 김상희와 꼭 결혼을 하고 싶었다. 그래서 강짜를 부렸다.

김훈상이 말했다.

"24시간 뒤 다시 찾아와라."

파커슨은 좀 황당해졌다.

'아니, 당연히 받아들여야 하는 건데 그게 뭐라고 24시간씩이나 걸려……?'

24시간이 지났다. 한진수가 다시 김훈상을 찾아왔다. 참고로 김훈상은 그 자리에서 꼼짝도 않고 24시간 동안 생각만 했다. 딸을 결혼시킬 생각을 하니까, 일이 아무것도 손에 잡히지 않았다. 하지만 결국 허락을 했다.

"허락한다."

"감사합니다!"

한진수가 웃었다. 그는 세상을 다 가진 것 같은 그런 기분이 들었다. 행복해졌다.

"제가 정말 잘하겠습니다."

보통의 경우와는 완전히 달랐다. 계집 따위가 한진수쯤 되는 걸출한 인재에게 시집간다면, 그건 계집이 영광으로 여겨야 할 것이다. 하지만 한진수는 기뻐하며 잘하겠다 약속했다. 상식이 파괴됐다.

"제가 정말 잘하겠습니다. 김상희, 행복하게 해주겠습니다."

김훈상이 말을 잘랐다.

"아직이다."

"……예?"

"비공식 결혼은 시켜주겠다."

"……."

뭐지? 뭔가 불안한데. 한진수는 인내심을 갖고 김훈상의 다음 말을 기다렸다.

"하지만 합방은 안 된다. 합방은 2년 뒤다."

"……."

김훈상이 자포자기한 얼굴로 슬프게 말했다.

"나는 아직 마음의 준비가 안 됐다."

더 정확히 말하자면 딸을 보낼 마음의 준비가 안 됐다. 그리고 3일이 흘렀다. 김훈상이 김상희를 찾았다.

"아, 아빠, 어디 편찮으신 거 아니어요?"

누가 봐도 지금 김훈상은 아파 보였다. 눈이 움푹 들어가고 초췌한 게 왕이 아니라 노숙자 같았다.

"그런 거 아니다."

김훈상은 아프지 않았다. 다만 마음이 너무 괴로웠다. 그까짓 워프 기술 따위로 딸을 팔아먹는 것 같은 죄책감과 더불어 딸을 보내고 싶지 않은 그 마음이 김훈상을 괴롭혔다. 그사이 딸 사랑 증상이 더욱 심해졌다. 이 정도면 중증이다.

"사랑하는 나의 딸아."

이 개차반이 무슨 말을 하려고 초장부터 이렇게 약을 쳐? 김상희는 괜히 불안해졌다.

"……네?"

"미안하다."

……그니까 뭐가요.

"너, 결혼해라."

김상희는 황당했다. 난데없이 결혼이라니. 저번에는 곽기현이더니 이번에는 또 누구? 김훈상이 힘겹게 말을 이었다.

"네 결혼 상대는…… 한진수다."

김훈상은 너무나 미안했다. 어떻게 사랑하는 딸을 겨우 워프 기술 따위에 팔아넘길 수 있단 말인가. 물론 궁극적인 이유는 '김상희를 지키기 위해서'였다. 워프 기술을 익혀 2년 뒤 제국을 칠 거다. 그러기 위해 한진수의 제안을 받아들였다. 하지만 딸이 그걸 알아줄까? 너무나 슬펐다. 분명 비탄에 빠질 거라고 생각했다.

왕이 계속 사과했다.

"정말…… 정말 미안하다."

놀라서 아무 말도 못 했던 김상희가 드디어 입을 열었다.

"아빠……."

이어지는 김상희의 말에 김훈상은 충격을 받을 수밖에 없었다.

김상희는 이게 도대체 웬 횡재냐고 생각했다. 김상희는 한진수 말고 다른 남자는 남자로 생각해 본 적이 없다. 그리고 최근에는 한진수가 아닌 다른 남자에게 시집갈 뻔했다. 그러한 상황이다 보니 재고 따지고, 밀고 당기고 할 겨를이 없었다. 기회는 왔을 때 잡아야 하는 법이다.

"고마워요, 아빠."

김훈상은 충격을 받았다. 아니, 그래도 한 번쯤은 싫다고 할 줄 알았는데. 너 옛날에는 아빠랑 결혼하겠다고 그렇게 조르지 않았더냐!

따지고 싶어졌다.

김상희도 이상함을 눈치챘다.

“아빠……?”

“아…… 그래.”

김훈상은 당황했다. 나…… 지금, 왜 안 기쁘냐? 딸이 저토록 좋아하는 걸 보면 당연히 기뻐야 하는데, 하나도 안 기뻤다.

“흠흠, 아무것도 아니다. 하여튼 네 결혼 상대는 한진수고 날짜는 3일 뒤다.”

“3일 뒤요?”

김훈상의 목소리가 퉁명스러워졌다.

“왜? 그것도 너무 기냐?”

아, 아니, 이게 아닌데. 왜 나도 모르게 퉁명스런 말투가 나오는 거냐. 이런 감정은 처음이고 완전히 생소한 김훈상은 스스로의 감정 때문에 혼란스러웠다.

“그런 게 아니라…….”

김상희는 이상하다고 생각했다. 결혼 준비는 생각보다 오래 걸린다. 그런데 3일밖에 걸리지 않는다니.

‘정상적인 결혼은 아닌 것 같아.’

상식적으로 제국의 반역자와 정상적인 결혼을 할 수는 없는 법이다. 그렇다면 아마도 비공식적으로 결혼이 이뤄지게 될 것 같았다.

어쨌거나 결혼이다. 괜스레 설렜다. 진수와의 결혼이라니. 정말 멀리도 돌아왔다. 고지가 눈앞이다. 그렇게 생각하니 행복해졌다.

김상희가 행복해하면 행복해할수록 김훈상의 마음이 어려워졌다. 단순히 기분이 나쁜 것은 아니었다. 이 마음, 뭔지 모르겠다. 정말 처음 느끼는 요상한 감정이었다.

'한진수랑 결혼하는 게 그렇게 좋으냐?'

아직 자세한 설명은 안 했다. 합방은 허락하지 않았으며 최소 2년 후에 정식으로 결혼을 성사시킬 거다. 그런데 일반적으로 '결혼'이라 함은 여자가 남자의 집으로 가게 된다. 김상희는 지금 이 결혼에 대해서 모른다.

'나랑 떨어져도 좋다는 거냐!'

뭐랄까, 정확히 표현하긴 어려워도 울고 싶기도 하고 억울하기도 한 그런 마음이랄까?

김상희는 그제야 김훈상의 표정을 알아차렸다.

'앗차!'

한진수와 결혼한다는 사실에 너무 들떠서 김훈상의 기분을 하나도 신경 쓰지 못했다. 15년 인생 동안 이토록 큰 실수를 한 적이 있었을까 싶을 정도로 김상희는 당황했다.

'개차반 씨 기분이 엄청 안 좋아 보이는데…….'

김상희는 특단의 대책을 강구했다. 김상희가 김훈상에게 쪼르르 달려가 안겼다. 김훈상은 마음의 방벽을 단단히 쌓았다.

'딸은 역시 키워 봤자 소용이…….'

그때, 김훈상의 볼에서 쪽 소리가 났다. 김상희가 가볍게 키스했다.

'……나는 여전히 기분이 나쁘다.'

그렇게 생각했다. 겨우 딸아이의 뽀뽀 정도로는 이 토라진(?) 마음이 절대로 풀리지 않을 것이 분명했다.

'절대로…… 절대로 기분이 좋지 않다. 나는 화가 나 있는 상태다.'

고대 문서 해독에 관한 자문을 얻기 위해 김상희의 방 안으로 들어오던 알렉스는 흠칫했다.

'폐, 폐하가 미쳤나?'

아무리 봐도 미쳐 보였다. 입가가 꿈틀거리고 있는데, 제정신이 아닌 것 같았다. 알렉스는 상황을 판단했다.

'김상희 공주님이 안겨 있는 상태.'

하지만 그것만으로 저렇게 표정이 미쳐 있을 수 있을까?

'아니, 어쩌면 뽀뽀를 받으셨을지도 몰라! 그도 아니면 '아빠 사랑해요'라는 고백을 받았든지!'

알렉스는 상희학에 근거하여 진실에 제법 가까운 결론을 내렸다. 역시 학자는 학자였다.

김환석은 비속어를 자주 사용하는 편은 아니다. 하지만 오늘은 달랐다.

"한진수 이 개새끼."

입술을 잘근잘근 깨물었다. 결국 그 도둑놈이 나타나더니 김상희와 결혼을 하겠단다. 안정화된 워프 기술이고 뭐고, 그런 건 하나도 안 중요했다. 그에게 있어서 중요한 건 오로지 김상희를 훔쳐 간다는 거다.

김환성이 주먹을 불끈 쥐었다.

"어떡해, 형? 이대로 그냥 둬? 그냥 죽일까?"

만약 상대가 한진수가 아니었다면 벌써 곤죽이 되도록 맞았을지도 모른다. 상대가 한진수쯤 되니까, 김환성도 함부로 못 움직인 거다.

막내 왕자인 김환혁은 자신의 감정에 충실했다.

"형아들! 어떡해! 나 누나 결혼하는 거 너무너무 싫어! 누나는 나랑 결혼해야 한단 말이야!"

김훈상을 비롯하여 세 명의 왕자는 김상희의 결혼에 결사반대하는 입장이었다. 그런데 한진수가 세 명의 왕자를 찾았다.

"잠시 따로따로 이야기를 나누고 싶습니다."

한진수가 가장 먼저 따로 만난 왕자는 김환석이다. 김환석은 눈치챘다. 이놈이 지금 무슨 수작을 부리고 있다. 하지만 절대로 넘어가지 않을 거라고 결심했다. 도둑놈은 도둑놈이니까.

"약소하지만 이걸 준비했습니다."

한진수가 뭔가를 건넸다. 부피가 굉장히 컸다.

김환석의 눈동자가 동요하기 시작했다.

'프리온…… 나이트?'

김환석은 현재 그만의 재능을 살려 발명가로 활동하고 있다. 다시 말해 과학자이자 엔지니어라는 소리다. 그런데 프리온 나이트라니, 현시대에 있어서 최강의 전략 병기가 아닌가. 그것도 망가진 것이 아닌, 실제로 구동되고 있는 전략 병기.

"약소하지만 받아주십시오. 사랑스런 동생을 데려가는 것에 대한 소소한 보상입니다."

"겨우 이까짓 걸로……."

한진수가 말했다.

"저에겐 아직 6기의 프리온 나이트가 남아 있습니다."

김환성은 절대로 한진수를 받아들일 수 없었다. 똥개는 내 거다. 아무도 못 준다. 그렇게 생각했다.

"포름 지방 깊은 산맥에서 구한 민트 향이 나는 초콜릿입니다. 아주 작은 산골 마을에서 개발된 것인데, 아직까지 공개된 적도 없는 새로운 것이죠."

"나한테 이걸 왜 주는 건데?"

"사랑하는 동생을 내어주는 그 아픔을 충분히 이해하고 있기 때문이죠."

"……."

김환성은 민트 향 초콜릿에 쉽게 넘어갔다. 더 정확하게 말하자면 한진수를 더 이상 거부하고 싫어할 명분을 찾지 못했다. 더더군다나 김환성은 안다.

한진수가 김상희를 얼마만큼 사랑하는지. 그래서 더 이상 땡깡을 부리지 못했다.

잠시 후 김환성은 민트 향 초콜릿을 오물거리면서 말했다.

"그렇게 쳐다봐도 절대 안 줘. 나만 먹을 거야."

"……."

한진수는 그저 흐뭇하게 웃었다. 김환성이 진지한 표정으로 말했다.

"그리고 절대 초콜릿에 넘어가서 허락하는 거 아니야."

"네, 절대 그렇지 않으실 겁니다."

김환성이 좀 머뭇거리다가 말했다.

"그래서, 이거 또 구할 수 있어?"

한진수는 김환혁을 찾았다. 김환혁은 나이가 어려서인지, 대뜸 주먹부터 내질렀다. 한진수가 그 주먹에 얻어맞았다. 복부에 강한 통증이 밀려들었다.

오히려 당황한 사람은 김환혁이었다.

"어…… 어?"

어쩌면 고려 국왕 김훈상을 넘어섰을지도 모르는 한진수다. 자신의 주먹 따위 얼마든지 피할 수 있었을 거란 걸 안다. 그런데 맞아줬다. 마력으로 방어도 안 했다. 아니, 더 정확하게 말하자면 마력을 억지로 눌러서 몸을 보호하지 못하게 만들었다. 그에 반해 김환혁의 주먹에는 마력이 실렸다.

한진수가 가볍게 피를 토했다. 마력을 돌리면 회복시킬 수 있지만 한진수는 그러지 않았다.

"빠, 빨리 회복시켜, 이 도둑놈아!"

"왕자님, 이건 제 선물입니다."

한진수가 주머니에서 뭔가를 꺼냈다. 김환혁의 몸이 부들부들 떨리기 시작했다.

"이, 이건……!"

한진수가 건넨 것은 주먹만 한 크기의 황금 박쥐였다. 전 세계적으로도 굉장한 희귀종이며, 동물의 피를 빨았을 때엔 붉은색으로 변한다 하여 붉은 흡혈귀라는 이름으로도 불리는 희귀 동물이었다.

"이, 이, 이 귀한 걸 어떻게……!"

"제 작은 성의입니다."

"그, 그, 그래도 우리 누나는 절대 못 줘!"

한진수가 또 다른 주머니를 꺼냈다.

"삼두 독개구리!"

머리가 세 개 달린 붉은 개구리. 엄청난 맹독을 가지고 있어서 코끼리마저도 죽일 수 있다고 알려져 있는 개구리다. 거의 영물 취급받고 있으며, 전 세계적으로도 몇 마리 없는 초희귀종이다.

김환혁은 침을 질질 흘렸다. 그리고 결국 말했다.

"저, 절대 이딴 것들 때문에 우리 누나 허락하는 거 아냐."

한진수는 한숨 돌렸다. 그동안 왕자들의 마음을 얻기 위해 자료를 수집하고 연구했던 것이 큰 도움이 됐다. 가장 큰 산들을 넘은 것 같은 기분이 들었다.

하지만 아직도 산은 남았다.

"동생들은 그렇다 치고, 나는 어떻게 넘을 생각이죠?"

첫째 왕자 김형석. 아직 그가 남았다. 사실 그를 장애물로 생각한 적은 없었다.

김형석처럼 온화한 성품을 가지고 있다면 좋게 좋게 넘어갈 수 있을 거라고 생각했었으니까.

'김형석 왕자마저도 결사반대하는 입장인가?'

그렇다면 일이 복잡해진다. 그때, 김형석이 말했다.

"내 동생을 많이 아껴주길 부탁합니다. 한진수, 아니, 이제…… 왕이라고 불러야 합니까?"

"……."

한진수는 고개를 끄덕였다. 김상희를 아끼는 거, 다른 건 몰라도 그건 누구보다도 잘할 자신이 있었다.

"나도 그렇고 동생들도 그렇고, 결국 당신을 받아들일 수밖에 없었을 겁니다."

"……."

"우리는 당신이 내 동생을 얼마나 사랑하고 있는지 압니다. 당신은 내 동생을 위하여 세상의 부귀영화를 모두 포기하고 힘든 길을 선택했죠. 그것만으로도 당신은 이미 합격입니다."

"그렇게 말씀해 주시니 감사합니다. 김상희, 정말 행복하게 만들어주겠습니다. 제 목숨을 바쳐서라도 반드시 그렇게 만들겠습니다."

"단순히 목숨을 바치는 걸로는 부족합니다. 그런 각오가 중요한 게 아닙니다. 제국이 존속하는 한, 내 동생은 영원히 위험할 수밖에 없습니다. 생각이 있습니까?"

"……물론입니다. 하지만 이 자리에서 밝히기는 어렵습니다."

생각은 물론 있다. 하지만 이성적이고 논리적인 판단, 생각 이전에 김상희를 너무나 간절히 원했다. 김상희가 없으면 안 될 것 같았다. 그게 그의 진심이었다.

김형석이 빙그레 웃었다.

"그러면 됐습니다. 당신을 믿겠습니다."

결국 김상희의 결혼식은 치러지게 됐다. 김상희의 어머니인 강서영과 왕, 그리고 4명의 왕자들만 참여하는 그런 결혼식이었다. 완전히 비공식, 비공개로 치러진 결혼이었다. 당연히 간소하게 진행될 수밖에 없었다. 한진수의 눈시울이 붉어졌다.

"날 받아줘서…… 고마워."

한진수가 김상희의 이마에 가볍게 키스를 했다. 왕과 왕자들의 인상이 동시에 찡그려졌다는 건 여담이다.

한진수가 김상희의 넷째 손가락에 반지를 끼워줬다.

"이건 내 선물이야. 지금 당장은 성대한 결혼식도, 행복한 삶도 약속할 수 없어."

"……."

"하지만…… 내가 널 사랑했고, 지금도 사랑하고 있고, 앞으로도 사랑할게. 나한테는 너밖에 없었고, 앞으로도 너밖에 없을 테니까."

"……."

김상희는 아무 말도 못 했다. 진수의 진심이 전해져 왔다. 어쩜 이렇게도 옛날과 똑같은지. 정말 똑같았다. 자신을 사랑해 주는 저 마음이 분명히 느껴졌다.

"조금만 기다려 줘, 정식으로 결혼식을 올릴 때까지. 조금만 참아 줘. 조금만 참으면 내가 너 반드시 행복하게 해줄게."

김상희는 그 말을 어렵지 않게 해석할 수 있었다. 아무래도 한진수는 제국과의 전쟁을 준비하고 있는 것 같았다.

하지만 지금 당장은 그런 말을 하고 싶지 않았다. 지금 이 순간을 즐기고 싶었다.

결혼식이 끝났다. 밤이 깊었다. 놀랍게도 왕과 왕자들은 한진수와 김상희의 합방을 허락해 줬다. 다시 말해, 초야를 허락해 줬다는 소리다.

한진수가 설레는 맘을 부여잡고 김상희의 방에 들어섰다. 김상희를 육체적으로 어떻게 하겠다는 생각은 없었다. 그저, 김상희와 함께 밤을 지낼 수 있다는 그 사실 자체가 너무나 설레고 기뻤다. 행복했다.

김상희의 방문을 열었다.

"오래 기다렸지……?"

그때 한진수의 기대는, 행복에 부풀었던 그 마음은 산산조각 나버렸다. 한진수는 멍하니 앞을 쳐다봤다. 생각지도 못한 일이 벌어져 있었다.

"아……."

4권에서 계속…